果戈理
阴阳之间

刘洪波 著

图书在版编目（CIP）数据

果戈理：阴阳之间 / 刘洪波著. —— 北京：北京大学出版社，2025.3.（国家社科基金后期资助项目）. —— ISBN 978-7-301-35955-6

Ⅰ.I512.064

中国国家版本馆CIP数据核字第2025KH1073号

书　　　名	果戈理：阴阳之间 GUOGELI：YIN YANG ZHI JIAN
著作责任者	刘洪波　著
责任编辑	李　哲
标准书号	ISBN 978-7-301-35955-6
出版发行	北京大学出版社
地　　　址	北京市海淀区成府路205号　100871
网　　　址	http://www.pup.cn
新浪微博	@北京大学出版社
电子邮箱	编辑部：pupwaiwen@pup.cn　总编室：zpup@pup.cn
电　　　话	邮购部010-62752015　发行部010-62750672 编辑部010-62759634
印　刷　者	北京溢漾印刷有限公司
经　销　者	新华书店
	720毫米×1020毫米　16开本　24.25印张　440千字 2025年3月第1版　2025年3月第1次印刷
定　　　价	98.00元

未经许可，不得以任何方式复制或抄袭本书之部分或全部内容。
版权所有，侵权必究
举报电话：010-62752024　电子邮箱：fd@pup.cn
图书如有印装质量问题，请与出版部联系，电话：010-62756370

国家社科基金后期资助项目
出版说明

　　后期资助项目是国家社科基金设立的一类重要项目，旨在鼓励广大社科研究者潜心治学，支持基础研究多出优秀成果。它是经过严格评审，从接近完成的科研成果中遴选立项的。为扩大后期资助项目的影响，更好地推动学术发展，促进成果转化，全国哲学社会科学工作办公室按照"统一设计、统一标识、统一版式、形成系列"的总体要求，组织出版国家社科基金后期资助项目成果。

全国哲学社会科学工作办公室

目 录

序　　　　　　　　　　　　　　　　　　　　　　001
前言　　　　　　　　　　　　　　　　　　　　　005

上篇　失衡的生命

第一章　先天不足：魔自心生（1809～）　　　014
第一节　姓氏之谜：易感的心　　　　　　　　　014
第二节　求学之路：何以解忧　　　　　　　　　029

第二章　艰难生长：上下求索（1828～）　　　036
第一节　选择职业：凌云之志　　　　　　　　　036
第二节　锁定文学：走向基督　　　　　　　　　050

第三章　奋力抗衡：人神交战（1836～）　　　058
第一节　艺术创作：孰重孰轻　　　　　　　　　061
第二节　精神探索：天降大任　　　　　　　　　084

第四章　死而后已：天上人间（1848～）　　　113
第一节　进退两难：鞠躬尽瘁　　　　　　　　　114
第二节　落幕谜团：天梯难登　　　　　　　　　124

下篇 心灵的事业

第一章 出自本能的自救 154
第一节 照猫画虎的《狄康卡近郊夜话》 155
第二节 四下探索的《米尔格罗德》 182
第三节 坐困愁城的"彼得堡故事" 221

第二章 经由入世的立命 250
第一节 服务社会的《钦差大臣》 252
第二节 疗救心灵的《死魂灵》第一卷 272
第三节 屡试屡败的《死魂灵》第二卷 293

第三章 试图出世的布道 302
第一节 如是我观的《关于宗教礼拜仪式的沉思》 303
第二节 引起纷争的《与友人书简选》 308
第三节 披肝沥胆的《作者自白》 335

结语 344
附录 果戈理的接受史概览 346
参考文献 366
后记 374

序

读《果戈理：阴阳之间》一书

任光宣

刘洪波教授的新著《果戈理：阴阳之间》即将出版，请我做序。这令我感到诚惶诚恐，因为我从没有给别人的专著写过序言，也不知该如何写。再则，我对果戈理没有什么深刻的研究，对这位作家的文学创作充其量仅略知皮毛，因此作序这件事实在让我犯难，本想婉言拒绝；但我十分喜爱果戈理这位作家，既然刘洪波教授给我一次深入理解和认识果戈理的好机会，我岂能错过，故认真拜读并写出以下文字，算是我阅读这本书的一点体会吧！

19世纪俄罗斯作家果戈理这个名字对于中国读者并不陌生。他的短篇小说《马车》早在1920年就被译成中文，从那时起中国读者就知道这位作家。后来，果戈理的《钦差大臣》《死魂灵》等作品的中文版与中国读者见面。中国学者对果戈理的研究也几乎同步开始，尽管在接受果戈理创作的早期，出现的大多是一般性的评介文章。20世纪40年代，有人撰文写到中国作家鲁迅与果戈理的创作在写作风格和技巧上的相似之处，引起了中国读者对果戈理的兴趣，他逐渐为更多的中国文化人所知。

果戈理的作品来到中国已有一个多世纪。如今，安徽文艺出版社（1999年）、河北教育出版社（2002年）和人民文学出版社（2018年）分别推出了《果戈理全集》，果戈理的主要作品均被译成中文并得以成套出版；果戈理的创作还进入高校的有关人文专业学生的课堂，成为大学生和研究生的学位论文题目，学界对果戈理文学创作的研究也在逐渐深化。此外，果戈理的喜剧《钦差大臣》还被搬上中国的话剧舞台……总之，果戈理是位中国文化人熟悉的俄罗斯作家，在中国有一定的知名度。然而，与19世纪普希金、陀思妥耶夫斯基、托尔斯泰以及其他一些俄罗斯作家、诗人相比，国人对果戈理的认识和了解还比较片面且相对肤浅，从研究的意义上看，果戈理在中国还是陌生的，甚至可以说他是"熟悉的陌生人"。

果戈理之所以"陌生"，首先，是因为他的人生有不少无法解开的谜，他的文学创作充满矛盾和悖论，他的一些思想令人难以捉摸。我认为，首先，迄今为止国人对果戈理现象认识和分析得不深不透，甚至有些偏激和谬误；其次，我们过去害怕涉及果戈理的宗教道德世界观体系，长期忽视《圣经·福音书》是果戈理创作的思想指南，没有深入探索他的文学创作中的基督教思想的道德内涵，很难真正读懂果戈理，因此他让许多中国读者"貌似熟悉，实则陌生"，成了"熟悉的陌生人"；最后，果戈理的一部最重要的作品《与友人书简选》长期被打入冷宫，而《与友人书简选》不是一般意义上的与友人们的书信，而是集果戈理的社会的、宗教的、文学的、道德的思想之大成，浓缩了作家长期的、痛苦的精神探索，是对作家思想创作道路的一种独特的总结，是果戈理留给世人的一份宝贵的精神遗产。

最近几十年，由于解除了学术研究的许多禁忌，中国对果戈理的研究也全方位展开。大量的研究论文问世，也有少量的研究专著出版，刘洪波教授适时推出自己研究果戈理的新著《果戈理：阴阳之间》，为我国新时期的果戈理研究做出一份新的贡献。

拜读这部专著之后，我的感触颇深并想指出以下几点：

一、这部专著由上篇"失衡的生命"和下篇"心灵的事业"构成。上篇用中医的"阴阳五行"分析了果戈理个性的不稳定和失衡的特点，指出果戈理精神气质的快活与阴郁交织的特征。在介绍果戈理的生平创作时，作者认为他之所以走上文学道路，是因为这是他的"心灵的事业"，是为抗衡"自身的阴阳失衡"所采取的一种手段。刘洪波基于果戈理生长的家庭和环境做出的这种结论，摆脱开一些国人研究果戈理生平创作的思维定式，让人感到耳目一新。此外，作者用"阴阳失衡""阴阳理论"阐释和分析果戈理的作品，颇有新意。从中国传统文化的视角，用阴阳理论考察和研究果戈理的人生、创作以及他所代表的文化现象，这是作者的一种全新的尝试和大胆探索，该书作者独辟蹊径的阐释和分析，显示出当代中国的果戈理研究的特色。

二、作者高度注意果戈理的世界观中的基督教思想，并且在各个章节里进行阐述。尤其应当指出的是，刘洪波高度评价果戈理的《与友人书简选》一书，指出它是一本"内容独特、遭遇坎坷的书"，它有"解释以往的创作、公开心灵探索的结果、指出通往理想之途径"这三个任务,从而肯定了《与友人书简选》是果戈理创作中的一部重要著作。我认为刘洪波抓住了果戈理创作思想的核心,感悟到果戈理把俄罗斯文学从美学扭向了宗教这一贡献。

三、这部著作的结构也颇具特色,在阐释和分析果戈理的创作时,适时插入对果戈理与别林斯基、果戈理与波戈津、果戈理与马特维等人关系的论述,十分自然地让读者理清了果戈理与他们的纠葛,这有助于深入理解果戈理的精神世界。

四、本书的材料翔实、论述精当。作者基于国外学者研究果戈理的最新成果,经过自己的思考、分析和判断,提出自己的独到见解和看法。

我认为,刘洪波的《果戈理:阴阳之间》一书是中国学者在果戈理研究中的一个新突破,可庆可贺!我相信这部专著有助于深化中国的果戈理研究,对中国的俄罗斯文学研究者以及广大的读者深入认识果戈理大有裨益。

前　言

　　果戈理（Николай Васильевич Гоголь，1809～1852）是19世纪俄罗斯文学乃至文化的重要人物，其影响是世界性的。近两个世纪以来，俄罗斯各路研究人马对之做出了多种解读：

　　"俄罗斯文学和批评界的巨擘们，诸如普希金、别林斯基、赫尔岑、涅克拉索夫、车尔尼雪夫斯基、杜波罗留波夫、冈察罗夫、屠格涅夫、奥斯特罗夫斯基、列夫·托尔斯泰、柯罗连科，关于果戈理都写下了惊叹之语。人们对其创作的反响，差异之大，令人吃惊：有车尔尼雪夫斯基的《俄罗斯文学的果戈理时期》和普希金的抒情简讯，有别林斯基激情四溢的抨击文章《致果戈理的一封信》和赫尔岑日记中很有洞察力的、聪明绝顶的、言之有物的记载和观感，有屠格涅夫鲜明和独特的肖像画和柯罗连科极有根据的素描……"①

　　在俄罗斯本土的文学评论家和果戈理研究者的著述中，不乏大胆、标新立异之说，更为引人注目的是各种评论间的相互矛盾，甚至是彼此对立。同一个作家，在别林斯基眼里是文坛盟主，在罗扎诺夫眼里却是一个捣毁文学纪念碑的破坏者；在梅列日科夫斯基眼里是捉鬼的术士，在奥夫夏尼科—库利科夫斯基眼里则是人类心灵的试验家。凡此种种，不一而足。

　　为什么会这样呢？这与俄罗斯民族性格中的极端性因素有关。这种极端性和中国的中庸之道一样，是被公认的。前者是绝不走中间，而后者是绝不走极端，二者在理论上刚好形成反差。

　　当然，任何一种理论都是一种假定性的建构。比如，数学的"整体一"概念便是一种假定，视万物为一体。空间的概念也是一种假定，想象源于一个点的三条相互垂直的线，两两构成平面，三个相互垂直的平面无限延伸，从而构成空间。宇宙是空间的整体一。时间也是如此——时间

---

①　译自：*Поляков М.Я.* Н.В. Гоголь в оценке русской критики. / Н.В. Гоголь в русской критике (сборник статей). М.-Л.: Гослитиздат, 1953.

（历史）是从一个原点（现在）向前（未来）、后（过去）的延展。不同的时间观（历史观）给不同的方向加上了箭头。箭头指向未来的是现代的时间观念，指向过去的是古代的时间观念。

中国的中庸之道源自古人以阴阳学说为基础的世界观。阴阳学说来自《易经》，所谓"太极生两仪，两仪生四象，四象生八卦"，说到底也是一种假定。阴阳学说认为宇宙间任何事物都具有既对立又统一的两个方面，并将这两个方面命名为"阴"和"阳"。"万物负阴而抱阳，冲气以为和"；"阴阳者天地之道也，万物之纲纪，变化之父母，生杀之本始，神明之府也，故治病必求于本"。在我们看来，阴阳学说就是假定万事万物都可以用一个圆圈框定，并且都符合圆圈里阴阳鱼的运动规律——矛盾对立，同时统一于圆圈之中。这种矛盾对立在达到平衡时，事物呈现出稳定的状态。当然，这种平衡是一种动态的平衡，而失去平衡，事物就失掉其稳固性。中庸之道体现的便是对平衡的追求。

阴阳学说是中国哲学的基础。苏永利在其新著《中国哲学基本原理：阴阳之道》中指出："就整体而言，我们中国人最基本的一种思维方式是阴阳之道，即从相对的两个角度看问题。阴阳是同一事物的两个方面，比如白天与黑夜、手心与手背、上与下、是与非等。阴阳两个方面相互对立，相互依存，相生相息。作为一种知识体系，中国哲学在整体结构上基本呈现了阴阳之道的状态。在哲学问题上，人道为阳，天道为阴，神道为阴阳之间，人天神三位一体。在哲学流派上，儒家为阳，道家为阴，佛家为阴阳之合，儒道佛三足鼎立。在哲学方法上，推理为阳，类象为阴，感悟为阴阳之极，理象悟三驾马车。"[①]

阴阳学说也是中国医学的基础。中国古代医学家借用阴阳五行学说来解释人体生理、病理的各种现象，逐渐形成了以阴阳五行学说为基础的中国医学理论体系。

其实，阴阳学说不仅是中国哲学和医学的基础，整个中国传统文化，诸如社会政治乃至文学、书法、绘画、音乐等艺术，都是以阴阳学说为基础的。比如，帝王的制衡之术，文学中的俯－仰结构，书法中的"揖让进退""互相避就"，绘画上的虚实相生、"计白当黑"，音乐中的"乐而不淫，哀而不伤"等等，无不渗透着阴阳之道的精髓，无不讲究平衡和中庸。可以说，这就是中国人的文化基因，是每一个中国人与生俱来的观看

[①] 苏永利：《中国哲学基本原理：阴阳之道》，北京：中国大百科全书出版社，2022年，第002页。

世界的方式。

那么，依据阴阳理论，如果我们把中国文化和俄罗斯文化放在一起看待，则中国的中庸和俄罗斯的极端，便可以视为文化视域中的阴和阳，互为补充。而在两种文化的内部，还各自有更小一些的阴阳太极图式。比方说，在俄罗斯文学的视域中，如果我们把普希金和果戈理放在一起看待的话，那么普希金便是阳，果戈理则为阴。

为什么这么说呢？

因为普希金随性自然。虽说他只活了38岁，却是吃、喝、玩、乐，外加决斗，一样不少不说，还写了一大堆作品，抒情诗、叙事诗、诗剧、诗体小说、散文体小说、文论，样样俱全。可以说，普希金是享受尘世生活，享受生命的快乐、肉体的欢愉，恨不得把神明都尘世化。他是玩着写作的，仿佛一切得来全不费工夫。生前在文坛呼风唤雨，影响力非凡；死后更被奉为全民族的文学代表，民族的骄傲，"一切基础的基础"（高尔基语），"俄罗斯诗歌的太阳"（梅列日科夫斯基语）。因而普希金可以被视为白日之阳。

而果戈理拘谨勉强。他比普希金多活了5年（享年43岁），却除了和老乡们聚在一起唱唱民歌、做点家乡菜吃吃这类的消遣外，就连小玩意儿都不敢喜欢，生怕自己被欲望诱惑了去。果戈理是把尘世生活变成了苦修，摒弃生命的快乐和肉体的欢愉，并意欲把整个俄罗斯都作为一座修道院，把所有同胞都变成修士。果戈理"克己复礼"，潜心创作。如果说普希金是玩着写作的，那果戈理则是玩命写作的，他的每一部作品都是从疾病和死亡手中夺出来的。即便如此，果戈理仍不免心下惴惴，唯恐一个不小心，领会错了上帝的旨意，从而坠入万劫不复的罪恶深渊。因而果戈理可以被视为黑夜之阴。

同样是生活在同一个国度、同一个时代的两个作家，为什么活出了如此天差地别的人生呢？

我们认为，这两位文学大师之所以形成如此截然不同的行为方式和性格特点，是他们各自生命本身的内在决定性使然。

从普希金的传记中我们得知，他有非洲血统，性格上属于热血沸腾的易冲动类型。他在自己的一篇抒情诗里坦言，不喜欢春夏，偏爱秋冬。①

---

① 普希金的抒情诗《秋》中有云："Теперь моя пора: я не люблю весны; / Скучна мне оттепель; вонь, грязь — весной я болен; / Кровь бродит; чувства, ум тоскою стеснены. / Суровою зимой я более доволен, / Люблю ее снега;..."

若从中医理论的角度看，他应该是阳气过盛而阴气不足。他之所以不喜欢春夏，是因为春生夏长，是阳气上行的季节，气血过旺的人难免心浮气躁，感觉不舒服；而他之所以喜欢秋冬之寒凉，则是因为秋收冬藏，是阳气收敛下行的季节，有利于阳亢的人水火相济，阴阳平衡。从中医阴阳调和的理论看，对于普希金而言，秋天可以调和自身的燥热阳气，故而感觉心平气顺，有利于创作。事实也证明，秋天是普希金创作的黄金期，著名的"鲍尔金诺之秋"这样的丰产期便是例证。

而果戈理则相反，他天生气虚体弱，畏寒怕冷，所以他喜欢阳光大盛的季节，以驱散自身的阴寒湿气，点燃生机。果戈理坦言，他喜欢春天，春天令他快活。如前所述，春天是生发的季节，天地间阳气上升，对于天生阳气不足的果戈理而言是焕发生机之时。他的成名之地是彼得堡，但他后来却离开彼得堡而旅居罗马，其中很重要的一个原因便是彼得堡太过阴冷，而罗马不仅是艺术之都，更有灿烂的阳光。从果戈理的传记、书信和作品中我们了解到，他不但夜间容易梦魇，甚至大白天也会出现幻觉，就像《旧式地主》中所描写的那样，光天化日之下听见了"神秘呼唤"。从中医理论的角度看，这是典型的阳气不足。

阴阳理论还可以再聚焦更小一些的对象，譬如普希金，有研究者论及普希金身上存在三种对立——大神与小人、极端与和谐、民族与世界。① 这三种（或者还可以找出更多种）对立，其实都可以在阴阳之道中得以统合，它们是一个整体的阴阳两面。只不过，在更追求极端性的俄罗斯人身上，阴阳两面的差异性，或曰对立性，较之在追求中庸之道的中国人身上，更加凸显了而已。我们这么说，是因为不只在普希金身上，在其他俄罗斯作家，比如在果戈理身上，我们同样可以找到多种对立：天才与庸人、选民与病人、圣人与小丑等等。让我们觉得不可思议的是：俄罗斯研究者何以对一方面视而不见，而对另一方面则极尽敷陈呢？

其实，我们提出这样的问题，恰恰源自我们是另一种文化培育出来的人。在我们的思想观念里面无时无刻不有一个无形的阴阳太极图，是它让我们带着和谐的、均衡的取景器去看世界，所以对于不符合我们观念之常态的现象，我们就会很敏感，就会觉得新鲜，就会要一探究竟。

那么，在我们的取景器里，普希金什么样？果戈理什么样？托尔斯泰什么样？恐怕无一例外，都很矛盾。有意思的是，俄罗斯的研究者追求的是如何让自己画的像成为惊人的那一张，从而被看见，被选中，而我们

---

① 王宗琥：《关于普希金的三个对立》，《文艺报》，2019年6月12日第5版。

想达成的目标却是如何理解一个人身上所表现出的这种不一致，更确切地讲，是试图将这些不一样的、矛盾的特质纳入一个统一的框架之下，将它们融为一炉，不抛弃，不放弃，都给它们一个合理的安顿。这种想法本身就很中庸，因而很中国。

对于我们的研究对象果戈理，家庭影响、社会环境、学识和思想、际遇和性格、天赋和天命，它们就像一条条的线，牵引着这个生命。而最初显现的往往并不是最强有力的那根线，至于到底是哪一条线最强有力，又向着哪一个方向牵引，与其他的线形成了怎样的抵消与合力，这些都需要我们徐徐而行，细细剖解。

本书作者自1998年以来致力于果戈理研究[①]，对这位"俄国散文之父"自成名以来的接受史较为了解，对既往研究成果的丰富性和各种见解之间的互斥性深有感触。在我们看来，很多时候，果戈理就好像是被俄罗斯的研究者借来生蛋的鸡、借来上市的壳，需要他的哪个侧面就聚光哪个侧面。从反专制的旗手到叛徒，从诗人魁首到文法不通的乡巴佬，从社会批判作家、讽刺幽默大师到苦行僧、东正教作家，从梦游者到幻想家，五花八门，千奇百怪。俄罗斯人眼里的果戈理是如此分裂、如此极端，这对一个中国人而言是很难理解的。我们不禁要问：果戈理到底是一个怎样的人？他经历了什么？思考了什么？他的人生和艺术创造为什么会给人这么矛盾的印象？带着这些问题，本书作者研读了大量的果戈理生平和研究资料，却每每深陷不同研究者各自的逻辑之中而无法得识庐山真面目。

如果我们承认，被各个时代、各个派别的研究者所烛照的每一个果戈理的特征，单独拿出来，都有一定的依据和道理，那么问题就在于：如何能使这些完全不同，甚至截然相反的特征统一于一个人身上呢？这正是本书试图解答的问题。

从中国传统文化的角度看果戈理的人生和创作，这是本书作者陷在俄罗斯研究者的逻辑中而百思不得其解后的一种全新尝试。这种尝试受到人类学，特别是文学人类学的启发。乐黛云在为《文学人类学教程》一书所写的"序"中指出，继"语言学转向"之后，20世纪的"人类学转向"给人文学科，特别是文学研究带来了变化和发展。"在这个基础上，进一步从中国实际出发，立足于跨文化、跨学科的视野，从族群、民俗、神

[①] 本书曾于2003年受到北京大学欧美文学研究中心985项目资助，当时的题目是《果戈理：心灵的事业》。后来，研究思路和构想发生了很大的变化，才有了本书。在此鸣谢欧美文学研究中心当年的支持。

话、宗教信仰等多重角度拓展比较文学的范式和发展空间，深入阐释和反思本土文学与文化现象"，"重视文学人类学提出的活态文学、多元族群互动文学和口传文学，充分发挥其融合故事、讲唱、表演、信仰、仪式、道具、唐卡、图像、医疗、出神、狂欢、礼俗等的文化整合功能，逐步完成从仅仅局限于文学性和文学内部研究的范式，向文学的文化语境还原性研究范式演化，重建文学人类学的本土文学观。这种文学观的更新将大大扩展我们对本土遗产的多样性、丰富性和独特性的认识"。① 当然，这里说的是如何以人类学的视野来进行比较文学研究和中国文学研究，但我们可以从中借鉴的是文学研究的这种人类学思路：在进行俄罗斯文学研究时，我们也可以运用"文化语境还原性研究范式"，即着眼于跨文化、跨学科的视野，以俄罗斯本土研究成果为基础，立足于中国文化的视角，用他者（相对于俄罗斯文化而言）的眼光，以中国文化遗产的"多样性、丰富性和独特性"棱镜对俄罗斯文学进行观照，从而对一些在俄罗斯本土文化语境中众说纷纭的矛盾现象给出中国式阐释。

《诗经》有云："他山之石可以攻玉。"本书从中国传统文化中的阴阳之道哲学思想出发，来整体观照果戈理这一充满矛盾、悖论的历史文化现象。我们发现，在这一视域下，果戈理纷乱、割裂的形象是可以共存并统合于一体的，我们需要做的只是调整我们的镜头，找到合适的取景框和聚焦方式。

本书便是践行这一设想的结果。我们以新的视角、新的研究方法对果戈理的"人生之路"和"心灵事业"进行细致的"观看"。与以往果戈理研究成果的不同之处在于：上篇虽也主要以作家的生命历程为线索，但其中每节都以影响其精神成长的生平事件或对其产生较大影响的人际关系为主要关注点，比如果戈理母亲关于末日审判的宗教故事对他的影响，果戈理与诗人普希金、沙皇尼古拉一世、历史学家波戈津、文学批评家别林斯基、画家伊万诺夫、神职人员马特维神父等的关系对作家的影响；下篇则以果戈理的主要作品为线索，根据创作情况和作品的特点将果戈理的整个创作分成三个阶段加以分析、论述，既有宏观上的归纳总结，也有细致的文本解析。比如，第一阶段我们称之为"出自本能的自救"，将果戈理早期创作的三组作品视为一个整体，它们是果戈理为了驱走"不时袭来的心灵上的烦闷"而制造的"快活的涓涓细流"，这是他失衡的生命的一种本

---

① 乐黛云：《文学人类学教程》序，2009 年。引自叶舒宪：《文学人类学教程》，北京：中国社会科学出版社，2010 年。

能需要。"烦闷"与"笑"是果戈理青年时期的阴与阳,他用文学创作的"阳"来对抗生命里过剩的"阴"。第二阶段我们称之为"经由入世的立命",果戈理的文学代表作《钦差大臣》和《死魂灵》是作家服务社会、疗救心灵的手段。这一时期的果戈理把早年的服务激情融入自己的艺术创造之中,将无意识的、本能的自娱自乐变成有意义的笑、注重社会反应的笑、含泪的笑。因为他发现,自己对社会上的庸俗非常敏感,他发现自己的笑效果惊人。而在我们看来,庸俗和一切腐败、丑恶都是属阴的元素,而有意义的、有力的笑是属阳的元素。这一阶段果戈理依然是在以更为有力的文学创作的阳来对抗阴,只不过这一次对抗的已然是社会层面的阴了。在最后一个阶段,果戈理开始研究人的心灵,普遍的人心和自己的心灵,他的宗教信仰越来越占了上风,但他始终没有放弃文学创作,他希望自己的文学创作成为艺术的布道,因而我们称这一阶段为"试图出世的布道"。这一时期思想探索是果戈理主要的、核心的事业。他的身体每况愈下,生命能量屡次亮起红灯,他的生命需要直接的能量支撑。审美活动与思想活动就是他晚期的阴与阳,他有意调大了思想活动的按钮,而把审美活动的按钮调到了最低。

本书通过上述观照,得出结论:果戈理的人生之路和心灵事业作为俄罗斯历史文化的重要现象,本身极其丰富,同时伴有十分复杂的研究史,其为我们提供的启示是多方面的。本书从中国传统文化的角度对其进行解读,使一些在俄罗斯本土文化语境中相互排斥的特征得以兼容在阴阳之道中,从而使果戈理的形象更为立体,为果戈理研究提供一种中国阐释。

诚然,从中国传统文化的角度看果戈理的人生和创作,是一种全新的尝试。作为第一个吃螃蟹的人,本书中所做的尝试还存在不少需要深入思考的问题,既有的一些思路还有待拓展、圆融和落实。以往将中国传统文化与外国文学相结合的研究经验,多出自比较文学研究领域,以探究外国某些作家作品中体现出的中国文化元素,或者反过来,在中国作家作品中挖掘某些外国文化元素。而以中国思想、中国立场作为总体研究的理论框架去阐释外国文学现象,目前并没有多少可资借鉴的经验。这是困难,也是机遇。

笔者不揣冒昧,奉上这本粗浅之作,意欲做引玉之砖,期待方家斧正。

上篇　失衡的生命

对于俄罗斯经典作家果戈理的生平，我们可以在下列著述中读到：斯捷潘诺夫（Н. Степанов）的《果戈理传》[1]、佐洛图斯基（И. Золотусский）的《果戈理传》[2]、魏列萨耶夫（В. Вересаев）的《生活中的果戈理》[3]、赫拉普钦科（М. Храпченко）的《尼古拉·果戈理》[4]、屠格涅夫（И. Тургенев）等的《回忆果戈理》[5]、曼（Ю. Манн）的《果戈理：著作与日子（1809～1845）》[6]、《果戈理：道路的终结（1845～1852）》[7]、维诺格拉多夫（И. Виноградов）的三卷本《同时代人回忆、日记和通信中的果戈理》[8]、七卷本《果戈理生活与创作年谱》[9]等等。从中我们可以找到对果戈理生平的一些基本事实的共同指认，同时，也可以看到不同的叙事以及对作家生活的个别时段的不甚了了，更有人们对果戈理生平的不同解释和评价，简言之，可以看到果戈理的生活在人们的记忆中呈现出不尽相同的面貌。我们试图以时间为经，以重要的人际关系为纬，从阴阳理论的角度梳理果戈理的生命历程。

---

[1] 尼·斯捷潘诺夫：《果戈理传》，张达三、刘健鸣译，哈尔滨：黑龙江人民出版社，1984年。
[2] 伊·佐洛图斯基：《果戈理传》，刘伦振等译，天津：天津人民出版社，1982年。
[3] 维·魏列萨耶夫：《生活中的果戈理》，周启超、吴晓都译，合肥：安徽文艺出版社，1999年。
[4] 米·赫拉普钦科：《尼古拉·果戈理》，刘逢祺、张捷译，上海：上海译文出版社，2001年。
[5] 屠格涅夫等：《回忆果戈理》，蓝英年译，北京：东方出版社，2008年。
[6] *Манн Ю.* Гоголь. Труды и дни: 1809-1845. М.: Аспект Пресс, 2004.
[7] *Манн Ю.* Гоголь. Завершение пути: 1845-1852. М.: Аспект Пресс, 2009.
[8] *Виноградов И.* Гоголь в воспоминаниях, дневниках, переписке современников. В 3 т. М.: ИМЛИ РАН, 2011-2013.
[9] *Виноградов И.* Летопись жизни и творчества Н.В. Гоголя (1809-1852). В 7 т. М.: ИМЛИ РАН, 2017-2018.

第一章　先天不足：魔自心生（1809～）

在遥远的19世纪初，1809年3月，尼古拉·瓦西里耶维奇·果戈理－扬诺夫斯基（Николай Васильевич Гоголь-Яновский）降生在乌克兰波尔塔瓦省（Полтавская губерния Украины）的一个地主之家。

关于果戈理的出生日期有不同的说法：果戈理的第一位传记作者库利什（П. Кулиш）依照屠格涅夫的说法，认为果戈理出生于1808年[①]；在索罗庆采（Сорочинцы）的斯帕索－普列奥布拉任斯基教堂（Спасо-преображенская церковь）里的出生登记簿上写的是1809年3月20日[②]；而果戈理的同学、朋友达尼列夫斯基（А. Данилевский）则指出，果戈理真正的出生日是俄历1809年3月19日。[③]

2017年出版的七卷本《果戈理生活与创作年谱》是目前最新、最详尽，同时也是最权威的学术性著作。其中根据达尼列夫斯基的观点，将果戈理的出生时间认定为：俄历1809年3月19日（公历为1809年3月31日）晚上9点钟。

第一节　姓氏之谜：易感的心

尼古拉·果戈理的血统成分比较复杂，其曾外祖母姓谢尔巴克（Щербак），是俄罗斯血统；外祖母姓肖斯塔克（Шостак），是鞑靼血

[①] См.: Виноградов И. Летопись жизни и творчества Н.В. Гоголя (1809-1852). В 7 т. Т. 1. М.: ИМЛИ РАН, 2017. С. 215.

[②] См.: Степанов Н. Гоголь. М.: Молодая гвардия, 1961, С. 9.

[③] См.: Виноградов И. Летопись жизни и творчества Н.В. Гоголя (1809-1852). В 7 т. Т. 1. М.: ИМЛИ РАН, 2017. С. 216.

统①；祖父果戈理－扬诺夫斯基是波兰血统，祖母利佐古勃（Лизогуб）是哥萨克血统。

关于果戈理－扬诺夫斯基家族的历史，存在着不同的说法。在《果戈理家族》一文中我们可以读到这样的描述：

> 扬诺夫斯基是波兰古老的贵族世系。在《波兰徽章》卷集里扬诺夫斯基的姓氏自1376年始有提及。这一世系在小俄罗斯始于生活在17世纪中期的雅科夫·扬诺夫斯基。他的儿子伊万和孙子杰米扬在卢布内军团里做神甫，而杰米扬的儿子，也就是尼·瓦·果戈理的祖父——阿法纳西·杰米扬诺维奇，曾就读于基辅神学院，做过军队文书官，是一名二级少校②。姓氏中首次加上"果戈理"是在1792年10月15日的"贵族证书"上。③

而在魏列萨耶夫的《生活中的果戈理》一书中，开篇即援引拉扎列夫斯基（Ал. Лазаревский）发表于1875年的资料，写道：

果戈理－扬诺夫斯基家族
  1. 叶夫斯塔菲（奥斯塔普）·果戈理，1658～1674，波多利斯克上校，而后是莫吉廖夫上校。卒于1679年。
  2. 普罗科菲，波兰小贵族。
  3. 扬，波兰小贵族。
  4. 杰米扬，科诺诺夫卡村神甫。
  5. 阿法纳西，1738年生人，二级少校。其妻——塔吉雅娜·谢苗诺夫娜·利佐古勃。
  6. 瓦西里（作家之父），八等文官，卒于1825年。其妻——玛丽娅·伊万诺夫娜·科夏罗夫斯卡娅。④

---

① См.: Смирнова Р. Секреты семьи Гоголя. http://gogol-lit.ru/gogol/family/sekrety-semi.htm Дата обращения: 07-02-2023.
② 二级少校（секунд-майор）——18世纪俄国陆军大尉与少校之间的军衔。
③ Семья Гоголя. http://gogol-lit.ru/gogol/family/family.htm Дата обращения: 07-02-2023.
④ Вересаев В.В. Гоголь в жизни: Систематический свод подлинных свидетельств современников. X.: Прапор, 1990. С. 16.

由此看来，果戈理这个姓氏的出现还早于扬诺夫斯基。这是果戈理家族之谜的一个节点——姓氏之谜。接着，魏列萨耶夫又引用了这位作者的另一段话，指出果戈理的祖父阿法纳西关于祖先的陈述中存在不实之处，比如把叶夫斯塔菲（奥斯塔普）·果戈理（Евстафий (Остап) Гоголь）说成是安德烈·果戈理（Андрей Гоголь），而扬·果戈理（Ян Гоголь）的父亲本该是普罗科菲（Прокофий），却变成了雅科夫（Яков）。祖父阿法纳西还隐瞒了扬的神甫身份，这是果戈理家族之谜的另一个节点——身份之谜。也许正是因此，曼在自己的专著《果戈理：著作与日子（1809～1845）》中认为，在果戈理的家族谱系中还"存在不少含混不清的，再不然，根本就是想象出来的东西"①，他对果戈理的生平资料的态度是审慎的，觉得两位老神甫彼得罗夫斯基（Ал. Петровский）和拉扎列夫斯基1902年发表的专题介绍资料还多少可靠一些，因为他们依据的是扬诺夫斯基家族当时还在世的传人弗拉基米尔（Владимир）神甫提供的资料。根据这些资料，曼认为，扬诺夫斯基家族最早可以往上追溯四代，即到果戈理的曾祖父、来自波兰的伊万·雅科夫列维奇（Иван Яковлевич），姓氏不详。于是，我们从曼的书中整理出如下图谱：

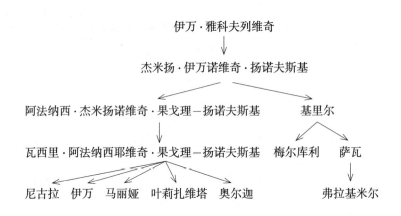

至于"果戈理"这个姓具体是什么时候加到"扬诺夫斯基"前面的，曼的书中也有不同的分说，依据的是库利什的著作《尼·瓦·果戈理传记尝试（包括近40封他的信件）》②：

---

① *Манн Ю.* Гоголь. Труды и дни: 1809-1845. М.: Аспект Пресс, 2004. С. 10.
② *Кулиш П.А.* Опыт биографии Н.В.Гоголя, со включением до сорока его писем. СПб., 1854.

1784年10月19日基辅总督辖区的贵族会议审查了"军团文书官阿法纳西·果戈理—扬诺夫斯基提交的证明材料",做出决定,将他与子女一同列入"基辅总督辖区的贵族谱系书,入第一部分",并确认了他对所继承庄园的权利,其中也包括对奥里霍维茨村的权利,(此村)据说是波兰国王扬·卡济米尔钦赐的。①

而上文所说的"想象出来的东西",大概就包括"果戈理"这个姓氏的来源。曼研究了诸多有关资料,最后得出结论:

> 事实就是,果戈理家族的谱系没有顺畅地转入扬诺夫斯基的谱系,两条线没有接上,它们之间存在着某种脱节,对此暂时还没有可行的解释。②

也许,果戈理本人身世之谜从他的姓氏来源处就开始了,也许,他日后对其笔下人物的姓名格外重视也与此不无关系,关于这个问题我们将在后文中详谈。

综上,关于果戈理的身世,我们可以确切地说,他的祖上是波兰人,姓扬诺夫斯基,到祖父那辈改为复姓果戈理—扬诺夫斯基。先祖为神职人员,从其祖父开始放弃了神职,家族里祖父的兄弟基里尔那一支依旧从事神职工作。

果戈理的祖父阿法纳西·杰米扬诺维奇·果戈理—扬诺夫斯基(Афанасий Демьянович Гоголь-Яновский, 1738～1805),据说懂俄语、拉丁语、希腊语、德语、波兰语等五种语言,是个很能干的人。其人生中有两件事被记录了下来,一件就是上文所说的,在他的努力下,果戈理家族被列入乌克兰头等贵族的行列;另一件则与他的个人生活有关,他就像果戈理在《旧式地主》(Старосветские помещики)中所描写的同名主人公阿法纳西·伊万诺维奇一样,拐走了家世显赫的利佐古勃家的女儿,最终获得了娘家馈赠的库普钦(Купчин)(后来称为库普钦斯基 Купчинский)庄园,即日后的扬诺夫希纳(Яновщина)以及最终的瓦西里耶夫卡(Васильевка)。瓦西里耶夫卡便是以阿法纳西的儿子瓦西里命名的。

---

① Манн Ю. Гоголь. Труды и дни: 1809-1845. М.: Аспект Пресс. 2004. С. 12.
② Там же. С. 13.

果戈理的父亲瓦西里·阿法纳西耶维奇·果戈理－扬诺夫斯基（Василий Афанасиевич Гоголь-Яновский, 1777～1825），早年曾在远亲、前司法部长特罗辛斯基（Д. Трощинский）任局长的市邮政总局供职。1805年以八等文官的级别退休，结婚生子。如果说果戈理祖父的婚姻已经是不走寻常路，那么其父母亲的婚姻则可称为神奇故事了。

父亲瓦西里在14岁那年做了一个梦，梦见圣母给了他神启——指示教堂里的一个女婴便是他未来的妻子。当他随家人路过一个庄园时，看到当时只有不到一岁的玛丽娅·伊万诺夫娜·科夏罗夫斯卡娅（Марья Ивановна Косяровская），便认定她是梦中圣母指给他的未婚妻。此后他便成为了科夏罗夫斯基家的常客，陪伴他未来的新娘，耐心等她长大成人。关于他们的婚姻浪漫史，母亲玛丽娅曾回忆说：

> 上天女皇对他说：你会患上许多病症，但是那都会过去的，你会痊愈，娶妻，这就是你的妻子，说完，手一抬，他就看到了，在她的脚边，一个小孩儿坐在地板上，其轮廓铭刻在了记忆里。后来……他认识了我的姨母，当她抱出七个月大的婴孩时，他看了她一眼，惊奇地停住了脚：出现在他眼前的婴儿的相貌正是梦里所见的。……他开始关注我；等我长大一些，他就用各种玩具逗我开心，甚至在我玩布娃娃时也不烦，用多米诺骨牌搭小房子，就连我姨母都惊叹不已，这个小伙子怎么整天和这么一个小孩子玩耍都不烦。①
>
> ……有时，当我和姑娘们到普肖尔河边去玩耍的时候，就会听到对岸灌木丛中有悦耳的音乐声响起。不难猜出，那是他。当我靠近时，那音乐声便隐匿在花园里，从不同的方向伴送着我，一直到家。②

瓦西里经过漫长的等待，直到玛丽娅长到14岁，才终于抱得美人归。有意思的是，仿佛为了助力他的求婚，他又一次做了与14年前同样的梦，只不过这一次，代替女婴的是站在教堂里的玛丽娅·科夏罗夫斯卡娅。他以此为据，兴奋异常地说："这是来自上天的旨意！这是上帝想要的！"③ 如此权威的最高指示，谁又能反对呢！类似这样以上帝之名来为

---

① *Вересаев В.В.* Гоголь в жизни: Систематический свод подлинных свидетельств современников. Х.: Прапор, 1990. С. 29.
② Там же. С. 30.
③ *Золотусский И.* Гоголь. М.: «Молодая гвардия», 1984. С. 12.

自己的目的和行为找根据的做法，我们在果戈理的生平中也屡见不鲜，例如，1829年，对自己突然要出国的行为，果戈理在给母亲的信中这样写道："唯上帝……指示了我去异国他乡的路，以使我在寂静中、在幽僻处、在永恒的劳作和工作的喧闹里培育自己的激情……我需要重塑自我，重生，以新的生命而苏醒，在永恒的劳作和工作中焕发心灵的力量。"①

不知道是否父母的爱情和婚姻太过浪漫和完美，而母亲的形象又太过美丽，对儿子也宠爱太多，致使儿子对爱情和婚姻有了过高的预设，而在瓦西里耶夫卡和在中学里观察到的现实却是那么的普通和庸俗，沉痛打击了他的诗意想象②，因而他没能在自己的生活中复制父母的幸运。总之，与父辈和祖辈比起来，尼古拉·果戈理的个人生活远没有那么有故事，甚至可以说是乏善可陈。除了在他的信中闪烁其词地暗示过他也曾经疯狂地爱上了地位很高的女子而不得之外，也就是后来传说的他向维耶利戈尔斯卡娅（А. Виельгорская）求婚遭拒，以及他对斯米尔诺娃-罗赛特（А. Смирнова-Россет）"并非无情"两桩没有得到确证的公案。

不过，除了在这一点上他没有走父辈的路之外，果戈理从父母那里还是继承了不少后来成就他人生的东西。

比如说，父亲是个颇有才情的人，他把自家的花园修整得很有情调，还给花园里的林荫小道起了诸如"宁静的峡谷"（Долина спокойствия）之类的诗意名称，甚至禁止女仆们在园中的池塘里洗衣裳，怕弄出的声响惊了夜莺。果戈理从他这里"接过了'对园艺的痴迷'"，并且"形成了自己独特的花园美学——自由的、不加润色的、不对称的、生机勃勃的（花园），这种美学不仅在他的创作（大家都记得的泼留希金花园）中得到反映，而且体现在生活爱嗜和行为上"。③曼在自己的书中援引果戈理同学的话为佐证，说果戈理一有空就跑到学校的花园里去和花匠聊天，他让花匠不要把树种得像士兵站队一样整整齐齐的，要像自然生长的那样。他抓起几个石子随手扔到空地上，让花匠在石子落下的地方栽树。④这个例子证实了父亲对园艺的爱好和审美趣味给儿子的影响，同时，从这里我们也仿佛看到了《与友人书简选》（Выбранные места из переписки

---

① Письма Н.В.Гоголя. Под ред. В.И.Шинрока. СПб., 1901. Т.1, С. 123, 129. *См.: Котляревский Н.* Николай Васильевич Гоголь. 1829-1842. Очерк из истории русской повести и драмы. М.; СПб: Центр гуманитарных инициатив, 2015, С. 26-27.

② *См.: Золотусский И.* Гоголь. М.: Молодая гвардия, 1984. С. 56.

③ *Манн Ю.* Гоголь. Труды и дни: 1809-1845. М.: Аспект Пресс. 2004. С. 25.

④ Там же.

с друзьями）的作者那教诲和布道激情的发源地——果戈理天性中的那种看到他认定不对的事情便无法置身事外的热忱。

父亲热爱文学，写过诗歌和剧本，对演戏也很在行，在特罗辛斯基家组建的家庭剧院里任经理和演员。果戈理对戏剧的爱好与他童年时期跟随父母到特罗辛斯基的家庭剧院演出的经历不无关系。他在那里目睹了著名诗人卡普尼斯特（В. Капунист）和他的爱女一起表演的、由诗人编写的《菲勒蒙和巴乌西斯》（Филемон и Бавкида），并对此印象深刻，后来我们在果戈理的《旧式地主》里可以看到这种印象的长久印记。果戈理的父亲有一部名为《老实人，或者女人的花招被士兵所智胜》（Простак, или Хитрость женщины, перехитренная солдатом）的喜剧流传于世，取材于民间童话，其中有这样的片断：

> ……帕拉斯卡害怕被她藏起来的执事福马·格里戈里耶维奇会在她丈夫面前暴露自己。士兵利用了她的窘境。他脱掉了执事的衣裳，给他抹了些煤烟子，把他当作鬼怪赶出了屋子。士兵和纯朴的罗曼一起饱餐了帕拉斯卡给她的情夫准备的晚餐，额外还拿走了执事的衣服。[1]

对比一下果戈理的《圣诞节前夜》（Ночь перед Рождеством）中的一幕：

> ……小鬼在索洛哈那里……刚提出要求，就听到了大村长的声音。索洛哈赶忙跑去开门，机灵的小鬼钻进了地上放的口袋。村长……看到这屋里亮着灯就拐过来想同她一起共度夜晚。村长话没说完，有人敲门，传来执事的声音。……她选中了装着炭的大布袋，把木炭倒进木桶，大胡子村长连头带帽子钻了进去。……执事不知该抓她的什么地方了，偏巧有人敲门，是哥萨克丘布的声音。索洛哈又把一袋木炭倒到桶里，执事身材瘦小，一直钻到底下坐好，上面还能压上半袋炭。……丘布……得意地笑了，内心庆幸只有自己得到了索洛哈的青睐。……"开门呀！"外面传来喊声，同时又在敲门。……"这是铁匠！"……索洛哈……惊慌中示意丘布钻到执事藏身的口袋里。……铁匠……的目光停在了布袋上，"这些口袋……得搬到铁匠

---

[1] *Степанов Н.* Гоголь. М.: Молодая гвардия, 1961, С. 18-19.

炉去。"……说完劲头十足地往肩上撂口袋，扛了两个壮汉才驮得起的分量。……又抓上一个小布袋，小鬼就蜷身藏在里面。"这大概是我放的工具。"他说完出了屋，一边吹着口哨。①

从中不难看出父亲的喜剧对果戈理的某些影响——被藏起来的情夫、纯朴的丈夫、出乎意料的困境解脱……

不只父亲有文学天赋，母亲对文学也有很强的审美感受力。阿克萨科夫（С. Аксаков）发现，她有"最为温和的幽默意味"。父母常常在家庭剧院里同台演出喜剧，家庭中充满爱、温情、宁静的快乐和对艺术的盎然兴趣。不能说父母（尤其是母亲）文学造诣有多高，但是家庭中充溢的这种良好的、富有艺术气息的氛围，对果戈理是一种很好的滋养。父母彼此情有独钟，伉俪情深，对孩子宠爱有加，关怀备至，兄弟姐妹之间也是手足情深。在这样的家庭里长大的果戈理，温情脉脉，相信爱，追求善和完美，充满建设的激情。因此，1828年从涅仁高级科学中学毕业后，果戈理就一心要到彼得堡去寻求服务祖国的道路。"我还是从很早的时候，从几乎还不懂事时起，就充满了使自己的生命对国家的幸福有用的永不熄灭的热忱，为国家带来哪怕是最微小的益处的愿望在我的胸中翻腾。"②这当然是后话。

果戈理从父母那里继承的还有另一些特质（它们对他人生的影响也许更大些）——父亲不时发作的莫名忧郁和母亲的爱幻想和情绪化，这些精神气质上的遗传因素在果戈理身上体现得非常明显。

父亲性情温和、快活，但又时常莫名地抑郁。佐洛图斯基在《果戈理传》中援引了父亲写给母亲的纸条，来说明父亲亟不可待的热情和"可怕的想象"：

噢，这种分离多么令我难以承受，加之我不确信您的爱。哪怕用一个字让我确信呢，您就可怜可怜不幸的人吧！……您不怜惜我！唉！要是您知道，折磨着我的是怎样的痛苦啊！我已经无法隐藏我的哀愁了。噢，我这个最最不幸的人呐，我都做了什么啊！我让您难过了！……请您怜惜，请您宽恕吧！请您赏予一行字吧，我也就心满意

---

① 《果戈理全集》第一卷，周启超主编，白春仁译，合肥：安徽文艺出版社，1999年，第147～153页。

② Боголепов П., Верховская Н. Тропа к Гоголю. М., 1976, С. 15.

足了。我写不下去了：笔正从我的手中掉落……

我应该用愉快的样子掩饰强烈的哀愁，它源于可怕的想象……我身体的虚弱导致了可怕的想象，于是难以忍受的绝望撕扯着我的心。①

继而，佐洛图斯基得出结论："这些特点也被他的儿子所继承。他从父亲处继承的还有他的爱幻想、他的疑心重和不愿意等待。他同样相信梦。他同样地会醉心于建造自己的梦幻。"②柯罗连科（В. Короленко）也认为，果戈理的忧郁气质正是从父亲那里继承来的，父子俩的早逝都是由于患有一种现在精神病学称之为"抑郁性神经官能症"的病："果戈理的病完全是父亲病症的翻版，他父亲就死于这种病。"③确实，我们在果戈理晚期的书信中可以读到不少类似的自诉，不过关于果戈理的身心状况我们稍后再说。

果戈理的母亲温柔善良，但是情绪不稳定，容易大起大落。她生得很美，自幼善舞，佐洛图斯基推测，或许正是因为她，特罗辛斯基才经常邀请果戈理一家到他的领地上去做客。④她也很爱幻想，并且达到引人注目的程度，有时会一连几小时坐着不动，发呆和幻想。佐洛图斯基还提到她的预感天赋和"能透过身体的外形看到落到我头上的、接踵而来的不幸"⑤的洞察力。大概因为她富于幻想而不时夸大其词，还极其不切实际，奇日（В. Чиж）认为，母亲有些神经质，幻想力太发达，而理性行动力不足，不具备支配思维过程的意志力。⑥如果我们联系果戈理虎头蛇尾的教授生涯和大部头历史著作写作规划，甚至可以包括构想写成三卷却仅发表了一部的《死魂灵》（Мёртвые души），那么从中确乎隐约可以看到母亲上述特质的影子。

一些研究者，如佐洛图斯基、曼等，把果戈理对"死的恐惧"也归咎于母亲的影响，认为是她那些关于"地狱"和"末日审判"的宗教故事在年幼的果戈理心灵中造成了可怕的想象。这的确不无道理，因为果戈理自己在1833年写给母亲的信中说：

---

① *Золотусский И.* Гоголь. М.: Молодая гвардия, 2009. С. 10.
② Там же. С. 11.
③ 柯罗连科：《幽默大师的悲剧》，载袁晚禾、陈殿兴编选：《果戈理评论集》，上海：复旦大学出版社，1993年，第225页。
④ *См.: Золотусский И.* Гоголь. М.: Молодая гвардия, 2009. С. 17.
⑤ *Золотусский И.* Гоголь. М.: Молодая гвардия, 2009. С. 15.
⑥ Чиж В.Ф. Болезнь Н.В.Гоголя: Записки психиатра. М.: Республика, 2001, С. 12.

我记得：我不是很敏感，我看待一切都像是看待为了投我所好而创造出来的东西。我没有特别地爱过谁（只除了您之外，就连这也只是因为天性本身激发的这种情感）。我对一切都用冷淡的眼光看待；我去教堂是因为那是让我去或者带我去的；但是，站在那里，除了法衣、神甫以及执事令人厌恶的大呼小叫之外，我什么都没有看到。我画十字是因为看到大家都在画。但有一次——我对这件事记忆犹新——我请求您给我讲讲最后的审判，于是您给我这个小孩子如此之好、如此明白、如此动人地讲述了等待着积德行善的人们的那些幸福，也如此惊人、如此可怕地描述了罪孽深重之徒的永恒的折磨，这把我心中全部的敏感都震动和唤醒了。这在我心里激起和造就了最为崇高的思想。①

果戈理的这段自述告诉我们，是母亲的故事使他从一个愚钝无感的孩子仿佛瞬间开悟一般，变得敏感起来了，从不见到看见，从无知无觉到感受至深。他这里所谓"最为崇高的思想"，指的应该就是宗教信仰。虽然这段话里也指出了对神恩的感动，但是相比之下，对他震撼最大的还是"永恒的折磨"。果戈理后来的宗教信仰都是以恐怖为底色的，他对末日审判、地狱惨象的恐惧纠缠他，直至生命的最后一刻，这与母亲关于最后审判的故事有着直接的关系。当然，故事的影响只是诱因，根源还在果戈理的本性之中。这一点我们将在后文中详谈。

除了这种对来自神的惩罚的恐惧外，果戈理还有一重恐惧，那就是对鬼怪的恐惧。这种恐惧源于小俄罗斯的民俗民风的影响。果戈理小时候，家里请来照顾他和弟弟的小伙子经常给他们讲从老奶奶那儿听来的鬼怪故事，并且信誓旦旦地说这是真人真事。在斯捷潘诺夫的《果戈理传》中就记载了这样的故事：

"你自己见过妖婆吗？妖婆长什么样啊？"尼科沙刨根问底儿。

嗯，就是大家都知道的那样，就跟寻常妇人一样。只不过她后面有条尾巴。我奶奶跟我说过，亚列西基有个人，他老婆就是个妖婆。他夜里醒来，发现老婆不在身边。于是他决定暗中盯着她。他假装睡

---

① Гоголь Н.В. Полное собрание сочинений: [В 14 т.] / АН СССР; Ин-т рус. лит. (Пушкин. Дом). [М.; Л.]: Изд-во АН СССР, 1937-1952. Т.10. Письма, 1820-1835. 1940. С. 282.

着了，一直等到半夜。他老婆这时起来了，点上了油灯，从架子上取下一个罐子，脱掉内衣，把罐子里的矾抹到腋下，就从壁炉飞到烟囱里去了。男人急忙也往自己腋下抹了点矾，去追她。

　　她在飞，身后跟着男人。他们飞到了基辅，正巧飞到秃山上。在那儿，靠近教堂附近的墓地里，男女妖怪多得数都数不过来。每个妖怪都拿着支蜡烛，那蜡烛就那么熊熊燃着。妖婆一回头，看见她男人在身后飞呢。"你飞来干吗？没见有这么多妖怪，让他们看见了，会把你撕成碎片！"她给了他一匹雪白的马，说："骑上这匹马，快快回家去！"他骑上那匹马，一下子就到了家。他把马拴在干草垛旁，自己进屋躺下睡觉了。早晨起来，老婆就躺在他旁边。他就出去看马。来到昨天拴马的地方，绳子拴住的是一棵大柳树！我奶奶就是这么给我讲的！①

这些现实与想象界限模糊的鬼故事不仅给果戈理提供了文学素材（我们在《狄康卡近郊夜话》(Вечера на хуторе близ Диканьки)里轻易就可以找到对上述故事的摹写），也给他增添了另一种恐惧——对妖魔鬼怪的恐惧。由母亲开启的宗教恐惧还只是想象中的，而对妖魔鬼怪的恐惧却因为其与现实生活的接近或者说界限不清而带给了果戈理一些切实的体验。他曾经给斯米尔诺娃讲述过他童年的一次难忘的经历：

　　那时我大约是五岁吧。我一个人在瓦西里耶夫卡坐着。父亲和母亲出门了。和我留下来的只有一个保姆老太太，而她也走开了。黄昏降临了。我缩在沙发的角落里，在极度的寂静中倾听着老式挂钟那长长的钟摆的摆动声。耳朵里嗡嗡响，有什么东西来了又走开去了。您信不信，我那时已经感觉到，钟摆的响声就是流逝为永恒的时间的敲击声。突然，一声模糊的猫叫打破了压迫我的安静。我看见它一边叫着，一边小心地悄悄走近我。我永远都忘不了，它是怎么走的，伸长了腰身，柔软的爪子上的指甲轻轻扣击着地板，绿色的眼睛闪着不善的光。我感到瘆得慌。我爬到沙发上面紧贴墙壁。"猫咪，猫咪，"我小声嘟哝道，然后为了给自己打气，跳起来，一把抓起很容易就落到我手里的猫，跑到了花园里，在那里把它扔进了池塘，当它奋力游出水面并来到岸上时，还用杆子几次把它推回去。我很害怕，直哆

---

① *Степанов Н.* Гоголь. М.: Молодая гвардия, 1961, С. 12.

嗦，但同时又感到某种满足，也许是报复它吓到了我。但当它沉下去了，水面上最后的圆圈也消散了——极度的安宁和寂静降临时——我突然觉得极其可怜"猫咪"了。我感受到了良心的啃噬。我觉得我溺死了个人。我哭得很吓人，直到父亲抽了我一顿鞭子——我向他坦白了自己的行为——我才平静下来。①

然而，父亲的鞭打只是暂时解救了果戈理，这可怜的猫咪终究也没有放过他——在《旧式地主》里它要了老妇人的命，而在《五月之夜》（Майская ночь）里它则与"白小姐"以命相搏，凶猛异常。这当然依旧是后话。

受到上述因素的影响，果戈理的个性里有一种不甚稳定和缺少平衡的特点，精神气质是快活和阴郁相交织，但总体而言以恐怖为底色。

果戈理的这种精神气质与他天生不够强壮的身体颇有关系。奇日在《果戈理的病》一书中认为，母亲生产过早导致果戈理先天发育不良。②的确，果戈理的母亲结婚时年仅十四岁，而且在生果戈理之前，父母曾经有过两个孩子，但都是生下来没多久就夭折了，所以，第三个孩子尼古拉便成为了家中的长子。为了确保无虞，在生他的时候，母亲甚至都住到了当地最好的医生家里去待产。即使这般如临大敌似的重视，果戈理生下来还是很虚弱，瘦小，个头也矮，又怕冷，总是穿得很臃肿，常常抱怨身体不适。在同时代人的回忆中，他"耳朵总是有渗液，身上也长满脓包"③。总之，不是一个很健康的孩子。关于他生过的病，医生们的诊断可以列一个不短的单子，诸如淋巴结结核、猩红热、神经紊乱、疑病症、肝病、肠黏膜炎、结肠炎、胃部神经损伤、痔疮、脑脊膜炎等等。奇日指出，体弱多病对果戈理包括性格在内的诸多方面都有很大影响，他这样写道：

> 毋庸争辩，果戈理在生理方面是一个很弱的人，窄肩、塌胸；他一直很瘦，而且从未有过健康的、鲜亮的脸色。恐怕不能质疑，虚弱的生理组织在果戈理的整个发展中、在他的全部生活中、在他性格的构成中、在生活方式中有着重大的意义。④

---

① *Вересаев В.В.* Гоголь в жизни: Систематический свод подлинных свидетельств современников. Х.: Прапор, 1990. С. 36.
② *Чиж В.Ф.* Болезнь Н.В.Гоголя: Записки психиатра. М.: Республика, 2001, С. 13.
③ *См.: Белый А.* Мастерство Гоголя: Исследование. М.: МАЛП, 1996. С. 40.
④ *Чиж В.Ф.* Болезнь Н.В.Гоголя: Записки психиатра. М.: Республика, 2001, С. 10.

奇日还认为，父亲瓦西里患过肺结核，这可能会是导致儿子的神经系统存在病理性组织的原因，并以他们夫妇所生子女的高死亡率作为论据[1]（除了出世不久便夭折的两个孩子外，果戈理的弟弟伊万也在不到十岁时就死去了。另据他母亲的说法，他们夫妇总共生了十二个孩子，六个儿子中只有果戈理活了下来，再有就是最小的三个妹妹活下来了，其余的都死了[2]）。尽管这个论据在今天看来不是很有说服力，但正如人们常说的那样，健康的精神寓于健康的身体，反过来看，也许身体的健康状况不佳也确实会影响到一个人的精神健康，身体和精神之间这种双向的相互作用在果戈理身上体现得比较明显。在1833年写给茹科夫斯基（В. Жуковский）的信中，普列特尼奥夫（П. Плетнёв）在说到果戈理没有写成喜剧《三级弗拉基米尔勋章》（Владимир 3-й степени）的原因时，就曾指出，其中的一个原因便是果戈理住的房间太冷，他在里面坐不住，总得往外跑。"人的生理方面有时候会毁了他的精神的那一半，连同其中的全部萌芽……"[3]果戈理体虚怕冷，这是人所共知的事实。作家的小妹妹奥尔迦甚至将果戈理之死归咎于那些劝阻他去阳光灿烂的罗马的人："他非常怕冷。他最后一次离家是打算去罗马过冬的，但路过莫斯科时，那儿的朋友们开始劝他留下，在俄罗斯住一段时间，不要去罗马。哥哥很是推托，一直重复说，严寒对他有害……可是人们取笑他，让他相信，这一切都是他的错觉，说他一定会很好地经受住俄罗斯的冬天。他们说服了哥哥……他留了下来，就死了。"[4]奥尔迦的说法尽管带有一些迷信和宿命的色彩，但对于作家怕冷的事实却是一种可信的佐证。果戈理自己也在《外套》（Шинель）中对于彼得堡的寒冷有过非常具体形象的描绘，鲜明地体现出作家对此的深刻体验：

在彼得堡，对于所有年俸为四百卢布或四百卢布左右的人来说，有一个强大的敌人。这个敌人不是别人，正是我们北方的寒冷的天气，尽管人们也说它是有益于健康的。早上八点多钟，当街道上挤满上班的人群时，它就开始不分青红皂白地、猛烈地、像针扎似的抽打

---

[1] См.: Чиж В.Ф. Болезнь Н.В.Гоголя: Записки психиатра. М.: Республика, 2001, С. 10.
[2] См.: Вересаев В.В. Гоголь в жизни: Систематический свод подлинных свидетельств современников. Х.: Прапор, 1990. С. 32.
[3] Гиппиус В.В. Гоголь. М.: Аграф, 1999. С. 70.
[4] Загадочное проклятие дома Гоголей. http://gogol.lit-info.ru/gogol/bio/zagadochnoe-proklyatie.htm Дата обращения: 12.03.2023

着所有人的鼻子，使穷官吏们简直不知道该往哪里躲才好。当那些身居高位的官员们的额头也被冻得发疼、眼泪都被冻出来了的时候，穷苦的九等文官们真是上天无路，入地无门。唯一的办法就是：裹着单薄的外套尽快跑过五六条街，然后在门房里使劲跺跺脚，直到所有那些在路上被冻僵了的、执行公务的机能和才干都融化出来为止。①

　　身体健壮的人感觉不到的东西，对于体弱的人而言却会有很明显的体感。如此看来，果戈理的敏感和与众不同的性情与他自小瘦弱多病确有关系，这甚至也影响到了他的创作。对于创作的影响我们后面再详谈。这里我们主要想谈一谈果戈理的性情。他童年时期便不喜欢和同龄的孩子玩耍，要么一个人躲在角落里看书、画画、给地图染色，或者帮女人们捯线；要么跟父亲骑马到草原上去看风景，或者独自一人跑到草地上，一躺就是几个小时，望天，倾听地底的动静。②他喜欢黏着大人听故事，无论是哥萨克家族出身的祖母讲的英雄故事，还是笃信上帝的母亲讲的关于虔诚教徒和末日审判的故事，或者雇来照顾孩子们的邻村小伙子讲的女妖的故事，他都听得津津有味。他的这种偏内向的性格使他能够专注于自身，这大概便是他后来走了向内寻的道路，而非像别林斯基（В. Белинский）那样向外寻的一个重要原因吧。

　　果戈理身上体现出很多矛盾的特质。他敏感、体贴、怜贫惜弱，同时也自尊、骄傲、娇惯任性；他爱热闹、会淘气，同时也喜清净、常沉思。果戈理之所以会形成这种充满矛盾的性格，不仅如前所述，是受到父母的遗传因素和家庭环境的影响，影响他的还有幼年的经历中遇见的那些重要人物——特罗辛斯基、卡普尼斯特、杰尔查文（Г. Державин），以及那些令他印象深刻的事情。比如说，到特罗辛斯基家做客时的见闻：大人物的傲慢任性和小人物的委曲求全，夜晚演出的盛况，丰富的藏书以及往来无白丁的人际关系；再比如说，每年春天的集市以及集市上的傀儡戏带来的那份热闹；或者在卡普尼斯特的领地奥布霍夫卡度过的美妙时光……这些都在未来作家的心湖中投下了影像，埋下了伏笔，也都参与了果戈理矛盾性格的形成。

　　我们中国有句老话：三岁看大，七岁看老。从中医阴阳五行理论的

---

① 《果戈理全集》第三卷，周启超主编，刘开华译，合肥：安徽文艺出版社，1999年，第183页。
② См.: Золотусский И. Гоголь. М.: Молодая гвардия, 2009. С. 23-24.

角度看，果戈理幼年体弱多病，属于先天不足。前面我们谈到果戈理非常怕冷，总是比别人穿的多；而在他的书信里总是提到自己的肠胃也不好，不是腹泻就是便秘，还常常胃疼，可他偏偏尤其爱吃甜食。中医认为，"人之生也，有刚有柔，有弱有强，有短有长，有阴有阳"。①"人生有形，不离阴阳。"②"阴胜则阳病，阳胜则阴病。"③"阳虚则外寒，阴虚则内热，阳盛则外热，阴盛则内寒。"④果戈理形寒肢冷、怕冷喜热，是典型的"寒象"，属于阳虚或者阴盛的病理反应。中医还认为，心气衰，面色㿠白，心血衰，面色苍白无华，心的精血不足，则思维活动迟钝，常出现失眠多梦健忘神志不宁等心神病变。⑤肺气虚，就会见到懒言低语，语声低微。⑥"好食甘味者，脾不足也。"⑦"肾气通于耳，肾和则耳能闻五音矣。"⑧"心阳不振，心火不足，不能下温肾阳，以致肾阳虚，水寒不化，凌于心，证见心悸、心慌、水肿、甚则喘息，不能平卧的水气凌心证。"⑨"肾阳不足，失其升清降浊的功能，以致水寒上迫肺脏而出现喘息不能平卧的症候。"⑩"内寒，是阳气虚衰，寒从内生，功能衰退的'阳虚则寒'证，又称'虚寒证'。主证为面色㿠白，肢冷，倦怠嗜卧，畏寒喜暖……脾胃阳气不足，则伴有脘腹冷痛，呕吐清水，腹胀食少，大便溏泄等症状；肾阳不足，则伴有腰膝冷痛，下利清谷，小便清长，以及男子阳痿，女子带下清稀等症状。因为肾为阳气之根，故阳虚证内寒证多与肾有关，故《素问·至真要大论》说：'诸寒收引，皆属于肾。'"⑪果戈理后

---

① 《灵枢·寿夭刚柔》，载《黄帝内经》下，姚春鹏译注，北京：中华书局，2022年，第916页。
② 《素问·宝命全形论》，载《黄帝内经》上，姚春鹏译注，北京：中华书局，2022年，第232页。
③ 《素问·阴阳应象大论》，载《黄帝内经》上，姚春鹏译注，北京：中华书局，2022年，第57页。
④ 《素问·调经论》，载《黄帝内经》上，姚春鹏译注，北京：中华书局，2022年，第494页。
⑤ 程士德：《程士德中医学基础讲稿》，北京：人民卫生出版社，2008年，第31～32页。
⑥ 同上书，第33页。
⑦ 《图书编·脾脏》，转引自《程士德中医学基础讲稿》，北京：人民卫生出版社，2008年，第39页。
⑧ 《灵枢·脉度》，载《黄帝内经》下，姚春鹏译注，北京：中华书局，2022年，第1026页。
⑨ 程士德：《程士德中医学基础讲稿》，北京：人民卫生出版社，2008年，第56页。
⑩ 同上书，第58页。
⑪ 同上书，第99页。

来关于自己身体状况的种种自述和身边人的见证表明，除了形寒肢冷、怕冷喜热、嗜甜贪食外，他还有耳背、懒言、面色苍白无华、不能平卧等症状，甚至数次感觉自己病入膏肓，命不久矣。与中医辨症结合起来，果戈理应为阴盛阳虚之态。我们甚至可以推测，果戈理终身未娶，除了前面提到的可能对爱情预期过高而在现实的骨感面前难以产生认同感（这从他的小说《伊万·费多罗维奇·什蓬卡和他的姨妈》（Иван Федорович Шпонька и его тётушка），尤其剧本《婚事》（Женитьба）中的恐婚情结可见一斑）之外，其身体上的元阳不足应该也起了相当大的作用。

第二节　求学之路：何以解忧

与同时代的其他作家相比，果戈理受到的教育并不十分出色。父母先是给他和弟弟请了一位家庭教师，但由于这位家庭教师更喜欢喝酒和与女仆调情而收效甚微。于是在 1818 年 8 月，他们被送到波尔塔瓦的县立学校念书。时过一年，弟弟的突然病逝使得果戈理深受刺激，随后中断了在县立学校的学习。尽管在县立学校学习的时间很短，但在果戈理的创作中还是可以找到这段生活的投影。曼就注意到了《伊万·费多罗维奇·什蓬卡和他的姨妈》中主人公什蓬卡所学的课程与果戈理在县立中学学的课程几乎一模一样。[①] 难怪人说，对于作家而言，一切经历都是财富。

1820 年 9 月 4 日，涅仁高级科学中学创办，隶属哈尔科夫学区。1821 年 5 月 1 日果戈理转入该校，7 月经过入学考试，留在该校二部。[②]

涅仁高级科学中学的学制为九年，分为三个阶段，每段三年。最后三年学生学习大学课程范围内的"高等科学"，因而被看成是大学生。

学校的章程中，明确列出下述必修课程：一、神学；二、语言和文学——俄罗斯文学、拉丁文学、希腊文学、德国文学和法国文学；三、地理和历史；四、物理、数学科学；五、政治科学；六、军事科学。此外还有舞蹈、绘画和制图。这所学校的特权和优越性，表现在

[①] См.: Манн Ю. Гоголь. Труды и дни: 1809-1845. М.: Аспект Пресс. 2004. С. 43.

[②] Виноградов И. Гоголь в воспоминаниях, дневниках, переписке современников. Полный сичтематический свод документальных свидетельств. Научно-критическое издание. В 3 т. Т. 1. М.: ИМЛИ РАН, 2011. С. 439-440.

允许研究政治法律科学和自然法。①

从曼等人的研究和叙述中我们得知，果戈理的入学成绩不佳，除了跟宗教相关的两门课程得了满分 4 分外，大部分课程是 2 分，法文和绘画只有 1 分。转年 1 月份，果戈理的成绩大有进步，十门课里有六门得了高分，总成绩也从 22 分提高到 33 分（满分 40）。学校生活紧张而有规律：

5:30 起床；
6:30 早祷；
早茶和读新约（半小时）；
9:00～12:00 上课；
散步（15 分钟）；
午饭；
自习（1 小时）；
3:00～5:00 上课；
5:00～5:30 晚茶；
5:30～6:30 复习；
文娱（半小时）；
整理班级（15 分钟）和放松（15 分钟）；
7:30～8:00 晚饭；
活动（15 分钟）；
8:15～8:45 复习；
8:45 晚祷；
9:00 就寝。②

而在维诺格拉多夫主编的《果戈理生平和创作年鉴》里有一份涅仁高级科学中学的课表：③

---

① 尼·斯捷潘诺夫：《果戈理传》，张达三、刘健鸣译，哈尔滨：黑龙江人民出版社，1984 年，第 34～35 页。
② См.: Манн Ю. Гоголь. Труды и дни: 1809-1845. М.: Аспект Пресс. 2004. С. 60-61.
③ См.: Виноградов И. Летопись жизни и творчества Н.В. Гоголя (1809-1852). В 7 т. Т. 1. М.: ИМЛИ РАН, 2017. С. 292.

日期	上课时间	课程
周一	8:00～10:00	拉丁语
	10:00～12:00	俄语语法
	12:00～14:00	法语
周二	8:00～10:00	算术
	10:00～12:00	德语
	12:00～14:00	宗教
周三	8:00～10:00	绘画
	10:00～12:00	地理
	12:00～14:00	历史
周四	8:00～10:00	习字
	10:00～12:00	法语
	12:00～14:00	宗教
周五	8:00～10:00	俄罗斯语法与习字
	10:00～12:00	德语
	12:00～14:00	法语
周六	8:00～10:00	德语
	10:00～12:00	绘画
	12:00～14:00	俄罗斯语法与习字
周日		读圣书

两份作息时间表不尽相同，相互参详之下，我们对果戈理上学时的情况有一个大致的了解，发现语言课和宗教课占了绝大部分课时。

跟童年时一样，学生时代的果戈理给人的印象也是矛盾和莫衷一是的：既有人见证他的机智（包括在面临体罚时装疯[1]、上课因精神溜号而被老师提问时以机智应对[2]）、搞笑和爱捉弄人，也有人见证他的安静、温顺、招人喜欢。而他的生活管理老师则说："他的表现非常好；没有比他更老实的了，但是同学们常常告他的状：他学所有的人，滑稽地模仿他们，给他们起绰号；但是性子很善良，并且做这些并非出于想要欺负人，

---

[1] См.: *Манн Ю.* Гоголь. Труды и дни: 1809-1845. М.: Аспект Пресс. 2004. С. 63.
[2] См.: *Золотусский И.* Гоголь. М.: Молодая гвардия, 2009. С. 45.

而只不过是一时兴起。"①果戈理自己在1828年3月1日给母亲的信里是这么描述他在学校的表现的:"在这里我被称作老实人,温顺和忍耐的典范。在有的场合我是最平和、谦恭礼让的人,在另外的场合我又是忧郁沉思、缺乏教养,等等,在第三种场合我又成了多嘴饶舌、极其令人厌烦的人了。"②实际上,初到高级科学中学的果戈理遭遇了不少委屈,甚至有的传记作家认为,"尼古拉·瓦西里耶维奇的中学生活对于他来说,根本就是地狱"③。确实,果戈理从波尔塔瓦的县立学校并没有学到多少东西,到了涅仁中学,学业明显跟不上,而身体的瘦小虚弱也是男孩子最易被攻击的弱点,加上被家人过度保护而养成的一些生活习惯和自尊执拗,他被同学们起了绰号——"神秘的侏儒"(таинственный карла)、"麦鸡"④(пигалица)、"僵思"⑤(мёртвая мысль)等。可见,果戈理模仿同学和给他们起外号,不过是还以颜色罢了,或者,像作家后来在1838年时解释的那样,另有原因——为了自己的心灵需求:

> 当我在中学还是个少年时,我非常自尊……我特别想要知道,其他人都是怎么说我的。我觉得,人们对我说的一切都不是他们心里所想的。我故意尽力引发与我同学的争吵,那他自然地会怒气冲冲地对我说出我身上的全部不好来。我需要的正是这个;得知关于自己的这一切后,我已经心满意足了。⑥

或许,有人会觉得,这是一种事后诸葛亮式的解释,有自我美化之嫌,这与果戈理后来解释说,《钦差大臣》(Ревизор)里有正面主人公,那就是"笑",而被认为是作家后知后觉的自我拔高一样。但像果戈理这样一个自小就敏感多疑、专注于自我,并对道德纯洁有着不同寻常的追求(这种追求以对最后审判的惧怕为底色)的人,有这样的心灵需求是完全

---

① Манн Ю. Гоголь. Труды и дни: 1809-1845. М.: Аспект Пресс. 2004. С. 65.
② 《果戈理全集》第八卷,周启超主编,李毓榛译,合肥:安徽文艺出版社,1999年,第31～32页。
③ Исторический вестник. 1902, № 2, С. 550. См.: Манн Ю. Гоголь. Труды и дни: 1809-1845. М.: Аспект Пресс. 2004. С. 71.
④ "麦鸡"一词在俄语里的转意是指"矮小难看的女人"。
⑤ 果戈理被起了这个绰号的原因是,他在与人交谈时经常说半截话,害怕人家不信他或者不接受他说出的真话。参见:Манн Ю. Гоголь. Труды и дни: 1809-1845. М.: Аспект Пресс. 2004. С. 70-71.
⑥ См.: Манн Ю. Гоголь. Труды и дни: 1809-1845. М.: Аспект Пресс. 2004. С. 65.

符合逻辑的。如果我们联系果戈理在解释自己为什么放下《死魂灵》第二卷的写作，转而出版了《与友人书简选》时所说的——他是想要知道，自己如今站在心灵进境的哪级阶梯上，我们就会明白，这种追求于果戈理而言是一以贯之的。这当然也是后话。其实，早在1828年他就说过："有朝一日，对他们的一切坏事，我都能做到以德报怨，因为对于我，他们的恶已经变成了善。"① 可见，果戈理的确很早就开始修心的工作了。

事实上，果戈理在学校的遭际（即人们对他负面的评价和态度）与他的特立独行是相辅相成的。学习不好、身体不佳、土里土气的小男孩儿，偏偏有一颗敏感又自尊的玻璃心，而且年纪不大却早已习惯了过内心生活，这种知识和生活经验上的不足与心灵经验的丰富之间的不平衡，使他的外部环境和内心的自我认知是错位的。他的不足显而易见，而他的优势却无人得知。所以，他的骄傲在同学眼里便是可笑的自不量力。他在同学间找不到存在感，却在成人（诚然，主要是如农民、小商贩、花匠这样的普通人）那里受到欢迎。② 一位姓阿尔蒂诺夫的同学回忆说：果戈理"经常到马格尔基去。马格尔基是涅仁的郊区。果戈理在那里有许多熟识的朋友。如果他们有谁举行婚礼，或者有别的什么事情，或者随便遇到一年一度的节日，那么果戈理一定在那里"。③ 而另一位同学柳比奇—罗马诺维奇也见证："他只希望接近与他平等的人……他同那些不追求优雅风度和漂亮言辞、不选择话题的普通人接近，这仿佛给了他一种生活乐趣，满足了他的审美需求，并且使他心里产生了创作冲动。……他每一次在什么地方有了这样的新交之后，总是把自己久久地锁在屋子里，在纸上写下自己的印象。"④ 果戈理从儿时起就时常为莫名的忧郁情绪所缠绕，这使得他忽而快乐，忽而落寞。这也许与童年时的某种神秘体验有关："我记得，我在童年时代常常听到它：有时我会突然听到身后有人清清楚楚地叫我的名字。这时候通常天气非常晴朗，阳光灿烂，花园里树叶纹丝不动，四周死一般的寂静，园子里没有一个人；然而说实在的，即使在暴风雨肆虐、老天爷大发淫威的夜晚，我独自一人刚好待在渺无人迹的森林中间，我也不会像在晴空万里的日子里，置身于骇人的寂静中那样胆战心惊。那

---

① 《果戈理全集》第八卷，周启超主编，李毓榛译，合肥：安徽文艺出版社，1999年，第32页。
② См.: Манн Ю. Гоголь. Труды и дни: 1809-1845. М.: Аспект Пресс. 2004. C. 74.
③ 参见米·赫拉普钦科：《尼古拉·果戈理》，刘逢祺、张捷译，上海：上海译文出版社，2001年，第72页。
④ 同上书，第73页。

时我总是惊恐万状、气喘吁吁地从花园里跑出去,直到遇上一个人,他的身影驱走了那可怕的心造的幽灵时,我的心才会平静下来。"①"尼古拉的苦闷和无聊,往往会迅疾地转化为行动,他会突如其来地发泄一通,或若有所悟而兴高采烈,或搞点恶作剧。"②时而明朗,时而阴郁,"经常有一些我本人也无法解释的苦闷袭击我的心头,也许,苦闷源于我的病态的情绪。"③何以解忧呢?果戈理就"自己想出了一切能够杜撰的可笑的东西",④"把一股股快活的笑的涓涓细流放入了自己的心田",⑤让它们冲走心中的阴郁。身体的虚弱让他幼时不得不安静地专注于自身,而内心的苦闷忧愁又让年少的他去"杜撰可笑的东西"来对抗不时袭来的"无法解释的苦闷"。其实,这苦闷就像是过盛的"阴",需要"笑的涓涓细流"的"阳"去温煦、化解。

少年心事当拏云,果戈理在慢慢适应了高级科学中学的学习生活,成绩逐步提高的同时,在同学中间,也因敏锐独到的眼光、出色的表演天分以及能写会画,而逐渐成为了学校的风云人物之一。他爱书如命,不仅仅是喜欢读书,更喜欢书籍本身。不喜欢数学的他竟然用自己的钱订购了一本《数学百科》,只为这本书是他最爱的小开本。⑥在给父母的信中他也常常离不开有关书籍的话题。他搞文学创作:写诗——韵文抒情叙事诗《两条小鱼》(Две рыбки),写小说——中篇小说《特维尔季拉维奇兄弟》(Братья Твердиславичи),写剧本——悲剧《强盗》(Разбойники)、讽刺杂剧《涅仁纪事,或傻瓜的法律尚未成文》(Нечто о Нежине, или Дуракам закон не писан),其中包括《希腊公墓教堂的祝圣仪式》(Освящение церкви на греческом кладбище)、《希腊市政厅的选举》(Выборы в греческий магистрат)、《学生的散和聚》(Роспуск и съезд

---

① 《果戈理全集》第二卷,周启超主编,陈建华译,合肥:安徽文艺出版社,1999年,第36页。
② 伊·佐洛图斯基:《果戈理传》,刘伦振等译,天津:天津人民出版社,1982年,第32页。
③ 《果戈理全集》第六卷,周启超主编,任光宣译,合肥:安徽文艺出版社,1999年,第301页。
④ 同上。
⑤ 柯罗连科:《幽默大师的悲剧》,载《果戈理评论集》,袁晚禾、陈殿兴编选,上海:复旦大学出版社,1993年,第228页。
⑥ *См.: Гиппиус В.В.* Гоголь. М.: Аграф, 1999. С. 15.

студентов）三部分，① 还自己编了本杂志《星》（Звезда）。为了把杂志的封皮画得跟印刷出来的一样，果戈理下了很大功夫。② 他积极参与学校剧场的组织和演出，从他写给父母和同学的信中，我们可以感受到他对此事的热衷和贡献，从剧本到服装、道具、布景，甚至还有灯光和音乐，事无巨细都是他关注的内容。他的同学回忆说，无论是莫斯科还是彼得堡，没有哪个女演员所扮演的《纨绔少年》（Недоросль）③ 中的普罗斯塔科娃（Простакова）一角，好过16岁的果戈理所扮演的。④

到了快毕业的时候，个人的成长使果戈理感受到了涅仁的逼仄，他在给朋友的信中写道："与微贱的无声无息的造物们一起被埋没于死寂之中是多么令人沉痛啊！你是知道我们那些凡夫俗子们的，所有住在涅仁的那些。"⑤ 他向往更广阔的天地——彼得堡，甚至是国外，他渴望有所建树，害怕一事无成：

> 一想到，也许，我会化为尘埃，而没有用一件美好的事业来标记我的名字——在世上存在过，却没有存在的标记——这对我而言很可怕，想到此，我的脸上就冒出冷汗。⑥

学生时期的果戈理身上持续着阴阳的不平衡，只不过幼年时先天的身体上的不平衡，这时进一步内化到了精神体验上，体现为外部环境与内心需求的不平衡与错位。

---

① 参见米·赫拉普钦科：《尼古拉·果戈理》，刘逢祺、张捷译，上海：上海译文出版社，2001年，第87页。
② См.: *Гиппиус В.В.* Гоголь. М.: Аграф, 1999. С. 14.
③ 十八世纪俄国作家冯维辛（Д. Фонвизин）的名剧。
④ См.: *Гиппиус В.В.* Гоголь. М.: Аграф, 1999. С. 20.
⑤ Там же.
⑥ Там же. С. 23.

第二章　艰难生长：上下求索（1828～）

1828年12月13日，果戈理带着前司法部长特罗辛斯基的推荐信，带着诗稿《汉斯·古谢加顿》（Ганц Кюхельгартен），怀揣要在司法领域大展拳脚、成为国之栋梁的梦想，和好友达尼列夫斯基一道，动身前往彼得堡。特罗辛斯基由白丁而平步青云的经历①大大激励了外省青年果戈理的雄心壮志，而另一位熟人——做过法官的、和蔼可亲的诗人卡普尼斯特则是果戈理心目中理想官员的楷模，对果戈理的社会观产生了深远的影响。因此，尽管从好友维索茨基（Г. Высоцкий）的信中，他已经预先知道了彼得堡的物价（食品价格尤其昂贵，气候也很严酷），但依然在1827年6月26日的回信中表示："我在想象中已把自己置身于彼得堡那个窗临涅瓦河的房间了……我不知道有什么东西能阻止我去彼得堡。"②

第一节　选择职业：凌云之志

1829年1月，果戈理终于到了彼得堡。这座皇城给初来乍到的热血青年留下的印象，稍后被作家写进了《圣诞节前夜》之中：

> 我的天哪！响声震耳，灯火通明。两旁是四层楼的高墙，马蹄声车轮声引出雷鸣般的回响，在四周荡漾。到处是巨厦拔地而起。木桥颤抖着。马车飞驰。车夫和驭手不时喊叫。纵横飞奔的千百辆雪橇，碾得积雪吱吱作响。行人拥挤在高楼之下，彩灯把巨大人影

---

① 他在叶卡捷琳娜二世南巡路过基辅时趁势上位，不仅被授予了二级弗拉基米尔勋章，还获得了位于基辅省的一处庄园作为封赏，后来更是官至司法部长。
② 《果戈理全集》第八卷，周启超主编，李毓榛译，合肥：安徽文艺出版社，1999年，第24页。

投到墙壁上,几乎接近了烟囱和楼顶。……身穿呢面皮袄的老爷比比皆是。①

然而,果戈理很快便意识到了,"彼得堡完全不是我想的那样",这座城市向他展现出了自己的另一面:

> ……彼得堡身上都没有任何特征:住到这里来的外国人适应了这里的习俗,根本不像外国人;相反,俄国人却洋化了,变得不三不四。彼得堡的寂静是非同寻常的,人民中表现不出任何精神的闪光……一切都是那样压抑,无所事事的、分文不值的劳作淹没了一切,人们的生命也就在这种劳作中白白地耗费了。②

在这个"尘土飞扬的首都",连春天都"根本不像春天"③,夜间也"只是在太阳落下和升起的间隙中两次霞光撞在一起……然而既不像黄昏,也不像清晨"④,墙壁都是"让人窒息的":

> 首都空空荡荡,像坟墓一样死气沉沉,宽阔的大街上几乎没一个人影,举目望去只是一幢幢高楼大厦和永远晒得灼热的屋顶,没有树木,没有草地,没有一处让人感到清爽的凉快地方!⑤

这样的彼得堡,无情地漠视了果戈理寄予了厚望的推荐信,还有他的诗稿以及他的梦想,成功地将果戈理的一腔热血冷凝成了失望和沮丧。经过短暂的迷惘,在生计问题的逼迫下,果戈理打起精神,本着"在这方面遇到挫折,可以求助于其他方面,其他方面不行——还可以转向第三方面"⑥的原则,开始了各种尝试:做过《外套》里的阿卡基一样的抄写小吏,也跟《肖像》(Портрет)里的恰尔特科夫一样学过画

---

① 《果戈理全集》第一卷,周启超主编,白春仁译,合肥:安徽文艺出版社,1999年,第166页。
② 《果戈理全集》第八卷,周启超主编,李毓榛译,合肥:安徽文艺出版社,1999年,第41页。
③ 同上书,第48页。
④ 同上书,第42页。
⑤ 同上书,第51页。
⑥ 同上书,第44页。

画,还去考过演员,给弱智儿童当过家庭教师,在专业学校做过历史教员,甚至于还动过靠双手劳动糊口的念头:"我会些手艺,是个很好的裁缝,能用湿壁画不错地装饰墙壁,能下厨,厨艺中的很多东西我都已领悟……"① 不过,果戈理的这些傍身之技终究也没有派上用场,因为仅仅过了四五个月的时间,果戈理就敏锐地看到,在彼得堡,大家都对"小俄罗斯"的东西感兴趣。于是他给母亲写信求助:

> 这对我是非常,非常需要的。下一次写信,希望您给我描写一下农村教堂执事的全部装束,从上衣到靴子,要写出名称,那些最土生土长的、最古老的、变化最小的小俄罗斯人是怎样叫它们的;同样,还有我们的农村姑娘穿的衣服的名称,直到最后一条丝带,以及现在已婚妇女和农民服饰的名称。
>
> 第二条:盖特曼时代以前的衣着的准确而可靠的名称。……
>
> 还要详尽地描写一下婚礼的情况,不要漏掉最微小的细节。……还要简单地介绍一下圣诞祝歌。伊万·库巴尔日节和水中仙女的故事。此外,如果有什么鬼和家神的故事,那么请写得详尽点,要写上它的名称和故事;普通百姓之中流传着许多迷信传说,可怕的故事,传统习俗,各种趣闻轶事,等等,等等。所有这些我都极感兴趣。
>
> ……
>
> 还请您寄给我爸爸的两本小俄罗斯喜剧:牧羊狗和罗曼与巴拉斯卡。②
>
> 1829 年 4 月 30 日
>
> 顺便我还要向您,最敬爱的妈妈,了解几种玩牌的方法……还有,几种环舞:赫列希克舞,鹤舞是怎么跳法。③
>
> 1829 年 5 月 22 日
>
> 您向安娜·马特维耶夫娜打听些古代的事,或者问问阿卡菲娅·马特维耶夫娜:她们那时候的百夫长,他们的妻子都是穿什么

---

① Манн Ю. Гоголь. Труды и дни: 1809-1845. М.: Аспект Пресс. 2004. С. 175.
② 《果戈理全集》第八卷,周启超主编,李毓榛译,合肥:安徽文艺出版社,1999年,第 43~44 页。
③ 同上书,第 47 页。

衣服，以及乡长的服装，她们自己穿的服装；他们那时候的什么料子最著名，总之越详细越好；她们那时候有些什么奇闻轶事和故事，可笑的、逗乐的、悲伤的、可怕的都行。不要看不上眼。什么都对我有用。①

1830年2月2日

如果什么地方能碰到小俄罗斯古代的服装，请全部为我收集起来。……我记得很清楚，有一次在我们的教堂里，我们都看见过一个穿着古代服装的姑娘。她或许会把服装出卖的。如果在什么地方能遇到农民有稀奇古怪的帽子或服装，和平常的衣服有点不同，即使是穿旧了的，都一定要弄到手！现在的男女服装也要，但是要好的和新的。……民间故事、民歌、发生的事件都可以在信中或小邮件中寄来。②

1831年9月19日

感谢您寄来的包裹，感谢妹妹寄来的歌曲。……最使我感激的是您寄来的那本抄着歌曲的旧笔记本，其中许多歌曲是非常优秀的。请您多费心找找类似那本歌曲笔记本的东西，我想，它们大多会放在旧日地主家或旧日地主的后人家的旧木箱里，夹在旧文件中间。③

1833年11月22日

我们之所以大量引用这些不厌其烦的请求，是因为它们的确对果戈理非常重要。这些素材后来都以各种不同的方式走进了作家的不朽创作之中，或者像佐洛图斯基所言："外省成了他不懈的文学原料供应者和通讯员。"④ 虽然，1829年6月自费出版的仿德国浪漫主义的长篇叙事诗《汉斯·古谢加顿》受到冷遇，给果戈理带来沉重的打击，成为他同

---

① 《果戈理全集》第八卷，周启超主编，李毓榛译，合肥：安徽文艺出版社，1999年，第50页。
② 同上书，第65页。
③ 同上书，第101页。
④ *Золотусский И.* Гоголь. М.: Молодая гвардия, 1984. C. 112.

年 7 月至 9 月突然出国旅行①的一个重要原因，但乌克兰题材的小说创作却为他在彼得堡开辟了一条生路：1830 年 2 月至 3 月间，果戈理的第一篇小说《巴萨留克，又名伊万·库巴尔日的前夕。由波克罗夫教堂的一位执事讲述的小俄罗斯故事（源于民间传说）》(Бисаврюк, или Вечер накануне Ивана Купала. Малороссийская повесть (из народного предания), рассказанная дьячком Покровской церкви) 发表在《祖国纪事》(Отечественные записки) 上，这不仅是果戈理文学之路的真正开端，甚至还为他打开了迈向新职位的大门。

1829 年 11 月 15 日至 1830 年 2 月 25 日，果戈理曾短暂地在内务部供过职，但很快就因为薪水过低（月薪只有 30 卢布）入不敷出而递交了辞呈。小说的发表成为果戈理得到皇室领地分封司（Департамент уделов）司长青睐的一个重要契机，因为后者同样出身于乌克兰，对乌克兰有着非同寻常的感情。因而，果戈理于 1830 年 3 月 27 日递交了入职申请，4 月 10 日便已经得到了抄写员的职位，年俸 600 卢布。果戈理对这份工作相对比较满意：一方面，工作地点在一座漂亮的三层楼内，1827 年底办公楼进行了设备改造，办公设施全都是现代风格的，在当时可谓独领风骚；另一方面，也是更为重要的，该机构由部长领衔，与宫廷关系密切，甚至有机会直达天听，而且在 1828 年初，沙皇陛下曾亲临该司视察过。各级上司都"确实是很好的人"②，他们中有的人，如帕纳耶夫（В. Панаев），本身就是作家，对有写作潜质的下属自然有一种惺惺相惜之意。还有一点对果戈理而言也不无意义，那就是激发他要走仕途的远亲、前司法部长特罗辛斯基也在此任过职。③凡此种种，使果戈理表现出坚定和忍耐，要沿着"又长、又陡、又滑的"仕途"阶梯"走向自己的梦想。正如他在 1830 年 6 月 3 日给母亲的信中所写的那样，这段职场生活稳定而有规律："我每天早晨 9 点钟去上班，在那里一直待到 3 点钟；3 点半的时候我吃午饭；饭后，5 点钟我到美院去上课，我在那里学我怎么都没法放下的绘画……在课堂上我要坐 2 个小时，一周去三次；7 点钟我回到家，去哪个熟人那里度过晚上的时间，我的熟人还不

---

① 果戈理乘轮船途经瑞典、丹麦，到了德国，游历了吕贝克、特拉夫明德、汉堡。他对德国的哥特式教堂印象深刻。
② *Манн Ю.* Гоголь. Труды и дни: 1809-1845. М.: Аспект Пресс. 2004. С. 184.
③ *См.: Манн Ю.* Гоголь. Труды и дни: 1809-1845. М.: Аспект Пресс. 2004. С. 183-187.

少呢。"① "晚上9点我开始自己散步，或者参与共同的游乐，或者自己到各种别墅去；晚上11点钟游乐停止，我就回家，如果之前在哪儿都没喝茶的话，就喝点茶……"② 就在写信的这一天，果戈理被确认为十四品文官，职务从入职时起算。紧接着，一个多月后，他升职为一科科长助理，年薪加至750卢布。③ 也就是说，此时，果戈理的仕途进展还算顺利。

而与此同时，在业余时间他还从事艺术工作——学画画，写文学作品。他自1826年就开始记录各种民间歌谣和传说、俗语谚语等素材的笔记本《万有文库，或袖珍百科全书》（Книга всякой всячины, или Подручная Энциклопедия）一直伴随着他，加上母亲和妹妹为他搜集的各种资料，这些都对他的写作助益良多。这段时间，他先后写成了《伊万·库巴尔日的前夕》《不翼而飞的信》《五月之夜》等后来收入《狄康卡近郊夜话》的小说。1830年底，果戈理结识了茹科夫斯基和普列特尼奥夫。新的人际关系带给了果戈理新的机遇，他被介绍给几个有地位又富有的家庭，做孩子们的家庭教师。教育活动不仅增加了收入，也使果戈理收获了成就感和新的人脉。他给孩子们讲的课内容丰富，涉及自然地理和历史，就连家长们都觉得不仅生动有趣，还有很多新知。因而，他很快被推荐到爱国女子学院（Патриотический институт благородных девиц）去任教，做专职的历史老师。他的生平资料中写道：

> 1831年3月9日，根据他的申请，他被皇室领地分封司除名。他在本司里的供职表现很好，勤勉地履行了自己的职责，未受处罚，未受诉讼，也未休假。④
>
> 经皇后的恩准，果戈理被任命为爱国女子学院历史课讲师；同时根据1831年4月1日皇上的诏令，果戈理被授予九品文官的衔位。他于1831年3月10日就任此职。⑤

---

① См.: Гиппиус В.В. Гоголь. М.: Аграф, 1999. С. 38.
② См.: Манн Ю. Гоголь. Труды и дни: 1809-1845. М.: Аспект Пресс. 2004. С. 184.
③ Там же. С. 188.
④ 《果戈理全集》第九卷，周启超主编，周启超、吴晓都译，合肥：安徽文艺出版社，1999年，第46页。
⑤ 同上书，第47页。

果戈理之所以辞去原职，分析起来，原因不外乎是：文学活动成果显著，继第一篇小说于1830年在《祖国纪事》上发表之后，果戈理又接二连三地在《北方之花》（Северные цветы）丛刊上和《文学报》（Литературная газета）上发表了几篇小说和文章；教育活动新鲜有趣，能体现他包罗万象的思想，因而也更有意义，且时间相对宽裕（一周6小时，而他坐办公室一周要坐满42个小时①），与文学创作互不抵牾，而相比之下，办公室的工作则显得枯燥和乏味许多，除了练得一笔好字之外，与最初为祖国带来益处的憧憬相去甚远。新工作使果戈理有更多时间从事写作，他继续写他的历史长篇小说《盖特曼》（Гетьман，又译"首领"）和中篇小说《可怕的野猪》（Страшный кабан），主要还是写后来收入《狄康卡近郊夜话》里的作品。

这时果戈理已发表的作品有：1831年，《北方之花》丛刊上发表了他的《长篇历史小说的一章》（Глава из исторического романа）②，署名为ОООО，代表了作家姓名中的四个字母О③；同年，《文学报》第1期发表了他另一篇小说《小俄罗斯中篇小说的一章：可怕的野猪》（Глава из малороссийской повести: Страшный кабан）④，署名为格列奇克（П. Глечик），这是出自前一篇小说里的一个人物；一同发表的还有他的一篇文章《关于教孩子们地理课的几点想法》（Несколько мыслей о преподавании детям географии），署名为扬诺夫（Г. Янов），是果戈理—杨诺夫斯基的缩写；该报第4期还发表了他的另一篇文章——《女人》（Женщина），署名果戈理（Н. Гоголь）。曼认为，署名的特点，间接地反映了出果戈理作为一个文学家的自我意识的觉醒和强化。30年代初，果戈理选择放弃复姓的第二部分"扬诺夫斯基"，只保留"果戈理"，他说："我的姓是果戈理，而扬诺夫斯基只是这么一叫，附加的；它是波兰人臆造的。"⑤这一举动并非随意之举，而是大有深意的，对此，我们同意曼的分析：

> 果戈理以拒绝"附加"来展示自己参与进全俄罗斯原质中，相对于它来说，波兰因素被他认为是不相干的，而乌克兰因素则是作为整

---

① См.: Манн Ю. Гоголь. Труды и дни: 1809-1845. М.: Аспект Пресс. 2004. С. 213.
② 亦即《盖特曼》（Гетьман）。
③ НикОлай Васильевич ГОгОль-ЯнОвский.
④ 亦即《老师》（Учитель）。
⑤ См.: Манн Ю. Гоголь. Труды и дни: 1809-1845. М.: Аспект Пресс. 2004. С. 15.

体的一部分。①

果戈理在文学之路上的脚步越走越坚实。这个时期的家书反映出果戈理的工作状态和心态上的变化："劳作……总有一个与自己分不开的旅伴——快活……我现在比任何时候都用功，也比任何时候都快活。"②"对于未来的自己，我只预见到有好的东西，除此无它。"③1831年5月下旬，通过普列特尼奥夫，果戈理终于结识了早已心向往之的普希金。与文坛重要人物的往来，对于文学新人果戈理而言，意义不言自明——他的文学动机得到进一步加强。这年的夏天果戈理是在巴甫洛夫斯克（Павловск）度过的，教一户贵族之家的弱智男童识字。那里离普希金所住的皇村（Царское село）不远，步行一个多小时的路程，他们得以不时见面、交谈。后来，茹科夫斯基也随皇室来到皇村躲避瘟疫，三人常常见面。那时，果戈理见证了普希金和茹科夫斯基对民间文学的兴趣和他们之间写童话的竞赛。他觉得："有一座纯粹俄罗斯诗歌的宏伟大厦高高耸立，极大的花岗石奠定基础，同样的建筑师又修建起墙壁和圆顶……一座多么美好的天堂啊！"④而果戈理的《狄康卡近郊夜话》也是民间文学范畴的（尽管是乌克兰的民间文学），但是在当时，人们是把基辅视为全俄的根基、发祥地的，因而，在客观上，果戈理的创作兴趣与普希金、茹科夫斯基的创作追求是相契合的，这极大地激发了他的创作自信，对他的自我感觉产生了积极影响。他憧憬着：什么时候自己也能投身到这个神圣的故事中去。

斗志昂扬的果戈理笔耕不辍，很快就于1831年9月拿出了使他跻身于文学家圈子的入场券——《狄康卡近郊夜话》第一部。而且，第一部甫一问世，果戈理就请求家人恢复为他提供小俄罗斯的"民间故事、民歌、发生的事件"⑤等素材。紧接着，他一鼓作气，于当年年底完成了第二部的写作。1832年3月初，《狄康卡近郊夜话》第二部出版。

《狄康卡近郊夜话》是果戈理的成名作。曾经默默无闻的抄写小吏，年仅23岁的外省青年，因这部小说而名动京城。它不仅让印刷厂的排字工人们憋不住笑，也让普希金这样的文豪"惊讶不已"，盛赞"这就是真

---

① Манн Ю. Гоголь. Труды и дни: 1809-1845. М.: Аспект Пресс. 2004. C. 15-16.
② Золотусский И. Гоголь. М.: Молодая гвардия, 2009. C. 108.
③ Там же. C. 106.
④ 《果戈理全集》第八卷，周启超主编，李毓榛译，合肥：安徽文艺出版社，1999年，第63页。
⑤ 同上书，第65页。

正的欢乐，真诚的、自由自在的欢乐，没有矫揉造作，没有过分拘泥。而有些地方是多么富有诗意，多么富有情感呀！所有这一切在我们的文学中是这样的不同凡响，以至于我到现在也没有醒过神来"。[1]1832 年 2 月 19 日，果戈理受邀参加了书商斯米尔金（А. Смирдин）举办的宴会，这实质上是彼得堡文学界的聚会，几乎所有文学家都到场了，包括克雷洛夫（И. Крылов）、茹科夫斯基、普希金、维亚泽姆斯基（П. Вяземский）[2]等在内。果戈理跻身其中，已经是当之无愧的一分子了。

1831～1832 年之交，果戈理生活稳定，心态安宁。他如今已经无需向母亲伸手求助，反过来有能力对家人有所回馈了。1832 年夏，果戈理觉得是时候回一别三四年的家乡看看了。6 月底，果戈理从彼得堡启程，经由莫斯科回老家瓦西里耶夫卡。因感觉身体不适，他在莫斯科逗留了十天左右，其间拜访了历史学家、作家、《莫斯科导报》（Московский вестник）主编波戈津（М. Погодин），作家谢·阿克萨科夫，作家扎戈斯金（М. Загоскин），演员谢普金（М. Щепкин），诗人德米特里耶夫（И. Дмитриев），医生佳季科夫斯基（И. Дядьковский）等人。之后他离开莫斯科，经波尔塔瓦，回到了老家瓦西里耶夫卡。关于这次旅行及回乡印象，果戈理在给德米特里耶夫的信中这样写道：

……走出关口，回首遥望正在消失的莫斯科，我感到心中涌起一阵忧伤。所有美好的、快乐的东西都是瞬息即逝的……一路之上使我感兴趣的只有天空，越往南走，天空就变得越来越蓝了。我看厌了北方灰色的，几乎是绿色的天空，以及那些单调的引人悲伤的松树和枞树，它们从彼得堡一步不离地跟着我，直到莫斯科。现在我住在乡村里……看起来，这一带地方还有什么可缺的呢？富裕而丰盛的夏天！粮食，水果，种种植物极多！但是人民很穷，庄园毁坏，欠缴的捐税不能交付。全部的罪过就是交通不便。交通不便使居民松懈，变懒了。现在地主们自己看到，单靠粮食和酿酒是不可能大大提高收入的。他们开始明白，是该着手建立工场手工业和工厂的时候了；但是没有资金……说老实话，看着母亲那荒芜的庄园我是很难过的。假如有一千卢布的额外资金，那么三年中她的庄园就能比现在增加六倍的

---

[1] Пушкин А.С. Полн. собр. соч., в одном томе, Гослитиздат, М. 1949. С. 1198.
[2] Манн Ю. Гоголь. Труды и дни: 1809-1845. М.: Аспект Пресс. 2004. С. 252.

收入。但是钱在这里是太稀罕了。①

从这段话里，我们明显能感受到果戈理对北方和南方的不同体认："看厌""灰色的""单调的""引人悲伤的"——是关于北方的，而"蓝""富裕""丰盛""极多"——是关于南方的。当然，他也看到了南方"人民很穷，庄园毁坏"，需要更便利的交通，需要资金等等。为了帮助家里减轻负担，也为了妹妹们的教育着想，果戈理决定把两个小妹妹带到彼得堡去上女子学院。家里为了方便照顾两个女孩子，匆忙给果戈理的男仆雅吉姆娶了亲。这样一来，9月23日返回彼得堡时就多出了三个旅伴——妹妹伊丽莎白和安娜，还有雅吉姆的妻子马特廖娜。多出来的这三个旅伴的生计以后就都要由果戈理来负担了，而他在彼得堡也只不过才刚刚站稳脚跟。这个举动既是果戈理爱家人和有担当的表现，也说明他少不更事，把一切都想得太简单了。年轻就是好！有胆气，可以不管不顾地向前冲，相信船到桥头自然直。然而，麻烦还在路途中就开始了：他们的马车坏了，只好滞留在库尔斯克几天，饱尝了普通人在驿站所受的屈辱。②不过，对于作家而言，经历的一切都是财富，这段插曲，我们后来在《钦差大臣》里听到了它的回声：

你知道我为什么想当将军吗？这是因为如果你要到什么地方去——信使们和副官们就会到处给你开道："鞴马！"在那里，在驿站上，所有那些九品官们、大尉们和市长们，任谁也不给马，等了又等，可是你不费吹灰之力就能弄到手。③

10月中旬，一行五人终于到达了莫斯科。果戈理领着妹妹们在莫斯科观光一番，还去了剧院，当然也拜访了阿克萨科夫、扎戈斯金、波戈津等熟人，还结识了一些新交，比如作家、莫斯科大学教授、植物园园长马克西莫维奇（М. Максимович），语文学家、历史学家博江斯基（О. Бодянский），宗教哲学家、文学评论家基列耶夫斯基（И. Киреевский）等。两次途经莫斯科，果戈理都感受到了莫斯科的热情。

---

① 《果戈理全集》第八卷，周启超主编，李毓榛译，合肥：安徽文艺出版社，1999年，第76页。
② См.: Манн Ю. Гоголь. Труды и дни: 1809-1845. М.: Аспект Пресс. 2004. С. 272.
③ 果戈理：《钦差大臣》，臧仲伦、胡明霞译，南京：译林出版社，2005年，第87页。

10月底果戈理回到了彼得堡。然而，新的麻烦又在等着他了：妹妹们并不符合爱国女子学院的入学条件，而果戈理自己也已超假近三个月。好在最后，在普列特尼奥夫的帮助下，事情还是得以圆满解决了——两个妹妹自费上学，费用以果戈理的年薪（1200卢布）抵偿。

四个月之久的休假使果戈理的身体感觉好多了，得到了休息和调整，但是糟糕的是，头脑不给力了——他写不出东西了。而且这种状态延续了相当长一段时间，直到1833年底。其间，果戈理不断抱怨自己的"慵懒""无所作为""呆滞""理智便秘""烦闷""不对劲"，说自己处于一种"小的不想做，大的想不出"的状态。对于果戈理而言，这是痛苦的一年，寻找新的方向的一年：

> 我像个傻瓜似的待着，思想里一片难以理喻的慵懒。
> 我现在是无所作为，毫无行动。小的不想做！大的想不出！总之是理智的便秘。①

1833年2月1日

> 我不知道，为什么近来这样烦闷……现在工作很不对劲！不是那样灵感一来，满怀喜悦，笔尖落在纸上沙沙直响。刚要开始写点历史方面的东西，马上看到个人的许多缺陷：忽而惋惜出手不够开阔，容量要更大一点，忽而又要建立一个全新的体系，把旧的毁掉。……我不知道，为什么我现在这样渴望得到当代的荣誉。整个内心的深处总想冲到外面去。然而到现在为止我还没有写出任何东西。我没有写信告诉你，我为一出喜剧要发疯了。我在莫斯科时，在路上，回到这里以后，这出喜剧一直没有离开我的头脑，然而至今还没有写出一个字来。……我一拿起历史，我眼前就闪现出舞台……于是——让历史见鬼去吧。这就是我思想慵懒无所事事的原因。②

1833年2月10日

> 我现在心绪消沉，冷面铁心，变得平庸乏味，自己都认不出自己

---

① 《果戈理全集》第八卷，周启超主编，李毓榛译，合肥：安徽文艺出版社，1999年，第81、84页。

② 同上书，第85~86页。

了。快一年了，我没写出一行东西。无论怎么努力也挤不出来……①

1833年7月2日

这个1833年对我是多么可怕呀！天啊，多少次危机！在这些破坏性的革命之后，那硕果累累的复兴对我来说能否到来呢？多少次我开了头又多少次焚毁，扔掉！……②

1833年9月28日

我身上发生多么可怕的转变，我内心里的一切遭受了多么强烈的痛苦折磨。……但是现在我希望一切都会平静下来，我将重新抖擞精神，活动起来。我现在已着手抓我们唯一的、贫困的乌克兰的历史了。任何东西都不能像历史那样使人平静。我的思绪开始能够平静而有条不紊地流泻出来了。我觉得我能写成这部历史，我能说出许多在我之前没人说过的话。③

1833年11月9日

到基辅去，到古老而美丽的基辅去！……彼得堡让我感到厌倦了，或者最好这样说，厌倦的并不是这座城市本身，而是它那令人诅咒的气候：这气候在折磨我。是呀，如果你和我都得到基辅的教席，那该有多好；可以去做出许多好事的。更可以在那么美好的地方去开始一种新生活的！那里可以恢复体力，可以让精神焕然一新的。④

1833年12月

我想象着我的著作在基辅引起沸腾的情形，便不禁预先神往起来。在那里我还要从我的秘密仓库中拿出许多东西，其中有许多我还没有全对您朗读过呢。我将在那里完成乌克兰南俄史，写完世界通史……而且，我在那里能收集这么多传说、民俗、歌曲等等！⑤

1833年12月23日

---

① 《果戈理全集》第八卷，周启超主编，李毓榛译，合肥：安徽文艺出版社，1999年，第93页。
② 同上书，第96页。
③ 同上书，第98～99页。
④ 同上书，第59页。
⑤ 同上书，第103页。

从这些信中我们可以感受到作家的纠结、焦虑和探索，看到他在这期间被写喜剧和研究历史两件事拉扯着，难以定夺、无从下手的困境。最终，他在1833年年底时选定了历史，制定了庞大的计划，不仅要写几卷小俄罗斯史，还要写世界通史。同时，果戈理渴望到基辅大学去任历史教授。这里面既有创作和职业方向上的选择，也有健康方面的考量。在这种情形下，果戈理对即将来临的1834年寄予了深切的希望："1834年，你做我的天使吧。如果懒惰与冷漠胆敢向我袭来，哪怕为时短暂——噢，那就请你将我唤醒吧！可别让它们把我给控制住！"① 果戈理甚至向神灵求告：

> 噢！……我不知道该如何称呼你，我的神灵！自我还在摇篮里那时起，你就带着一支支和谐的儿歌从我耳边掠过；正是那些歌曲在我心中播下了如此奇妙的、至今难以解说的思绪，正是那些歌曲在我脑海里孕育出如此广阔的、令人沉醉的理想！啊，你看看！美丽的神灵，请你将你那天国的目光降赐到我的身上！我给你跪下了。我正匍匐在你的脚下！啊，请不要同我分开！在这个世上，请同我生活在一起，就像我那最好的兄弟，——哪怕每天只有两个小时！我要实现……我会实现的。这些劳作将弥漫着那种尘世不可企及的神意！我会实现的！②

1834年初，带着无限的憧憬，果戈理"埋头于小俄罗斯史与世界通史的写作"③，同时也没忘积极争取基辅大学的教席，写了世界通史课程纲要，还拜托了普希金、茹科夫斯基等人为他说情。然而，事与愿违，经过半年左右折磨人的等待，希望还是落空了——渴望已久的基辅大学的教席被别人占据了。不过，果戈理还是站上了大学的讲台——1834年7月24日他被聘为圣彼得堡大学历史教研室副教授。对于这一转折，果戈理在8月14日写给马克西莫维奇的信中谈到了他的态度：

> 我决定接受在此地大学里滞留一年的提议，也借此获得在基辅就职的资格。何况事情还取决于我本人去赢得名声，那种名声会迫使

---

① 《果戈理全集》第八卷，周启超主编，李毓榛译，合肥：安徽文艺出版社，1999年，第61页。

② 同上书，第61～62页。

③ 同上书，第62页。

人家对我的态度更宽厚一些，而不将我看成是那种习惯于通过走后门拉关系而谋取位置的可怜的求职者。而且，在此地再住一段时间，我也可能从自己的经济拮据中摆脱出来。我在为此地的剧院编一个剧，我希望它能给我带来一笔收入，我还在悄悄准备另一个剧本。简而言之，在这个冬天，我要做成这么多的事，但愿上帝助我。而这就足以使我不会后悔在此地滞留一年。①

从中可以看出，尽管生计问题依然存在，但果戈理明显已经摆脱了1833年的那种创作上的无所适从和焦虑不安，重新开始进入工作状态了。1834年初，果戈理入选俄国文学爱好者协会，同时，爱国女子学院恢复了他的工薪。这一年，他还一边在大学里教历史课（中世纪史和古代史），一边创作了大量的文学作品，《小品集》（Арабески）和《米尔戈罗德》（Миргород）两部集子中的主要作品——《涅瓦大街》（Невский проспект）、《肖像》、《狂人日记》（Записки сумасшедшего）、《塔拉斯·布利巴》（Тарас Бульба）、《旧式地主》、《维》（Вий）等都是在这一年里完成的，此外，剧作《婚事》也写于1834年。这一年，果戈理还写了包括《关于普希金的几句话》（Несколько слов о Пушкине）、《庞贝城的末日》（Последний день Помпеи）在内的一些文学和艺术评论文章，以及包括《论中世纪史》（О средних веках）、《阿里—马蒙》（Ал-Мамун）、《论五世纪末诸民族的迁徙》（О движении народов в конце V века）在内的历史学论文（大学历史课讲稿）。在普希金的日记中还记载说，果戈理接受他的建议，开始写俄国批评史。总之，1834年是果戈理非常丰产的一年，就像他在8月14日给马克西莫维奇的信中写的那样："我像马一样劳作着……"②

一开始，两方面的工作进展都很顺利，25岁的彼得堡大学副教授果戈理和《狄康卡近郊夜话》的作者一样受欢迎，外系的学生也纷纷来听他的历史课，连普希金和茹科夫斯基都去听过他的课，反响相当不错。但是，很快听课的人数日渐稀少，果戈理自己的热情也消退了，再往后几乎难以为继，果戈理甚至开始迟到早退，逃避上课了。1835年5月，果戈理再度回乡休假，6月被爱国女子学院解职，9月初回到彼得堡，年末彻

---

① 《果戈理全集》第八卷，周启超主编，李毓榛译，合肥：安徽文艺出版社，1999年，第69页。
② Манн Ю. Гоголь. Труды и дни: 1809-1845. М.: Аспект Пресс. 2004. С. 319.

底告别了彼得堡大学的课堂。对于自己的这段经历，果戈理这样总结道：

> 我默默无闻地登上讲台，又默默无闻地走下了讲台。这是耻辱的一年半，因为公论是我没务正业。但是在这段时日里我从中获得了很多东西并加进了我心灵的宝库。已经不再是幼稚的想法，不再是我先前那有限的知识范围，而是崇高的、饱含真理和有惊人的伟大意义的思想在激发着我……①

是啊，善思的人即使在失败中也能获得教益。只不过，热爱历史也喜欢讲课的果戈理怎么就失败了呢？曼的分析我们觉得很有道理：一是果戈理的文学声誉过盛，构成了教学上的障碍，要想克服这个障碍需要付出额外的心智努力；二是果戈理的讲课风格是建立在表现力、炫才的基础上的，为了达到理想的效果，他需要把授课内容以自己的方式加工出来，但是他来不及把全部材料都进行这样的艺术加工。② 因此，果戈理的教授生涯轰动地开始而潦草地收场。

而更值得我们关注的是果戈理提及的"心灵的宝库"。我们前面谈到过果戈理的性情自幼与众不同，他在少年时期就有意无意地开始修心了。此时，他已经有意识地在建设自己"心灵的宝库"了。从1828年底中学毕业奔赴彼得堡，到1835年底从大学课堂上铩羽而归，果戈理经历了一系列职场的风云变幻，试过走仕途、进演艺圈、登文坛、投身教育，品过失败的苦涩，也尝过成功的喜悦。这些人生经历引发的思考都被果戈理精心地收藏进了自己的心灵宝库，等待日后的输出。

第二节 锁定文学：走向基督

在大学里授课的失败使果戈理得以更专注于文学创作了。1835—1836年，果戈理开始创作他的两部传世之作——《钦差大臣》和《死魂灵》。我们发现，果戈理的生平中有一个很特别的现象：他常常会莫名陷入烦闷不堪的精神状态中，而每次这样的危机之后，往往又会跟着一个平静而富有成效的创作期，接着再次陷入新的危机，如此周而复始。

---

① *Гиппиус В.В.* Гоголь. М.: Аграф, 1999. С. 119.
② *См.: Манн Ю.* Гоголь. Труды и дни: 1809-1845. М.: Аспект Пресс. 2004. С. 312-314.

如前所述，1829年突然出国旅行便是果戈理逃离危机的举动，跟着是1830～1831年以《狄康卡近郊夜话》为代表的创作丰产期；1833年危机状态再度来袭，想不来，也写不来，随后在1834～1835年又迎来一个新的创作丰产期。1836年，《钦差大臣》发表（3月）和上演（俄历4月19日彼得堡首演，5月25日莫斯科首演）之后，果戈理于6月再一次远走异邦，按他后来的说法，是经历了一次"非同寻常的心灵事件"。①此后，类似的危机分别于1840年、1845年、1847年以及作家人生的最后一年——1852年依次发生。可以说，果戈理的一生就是他与心灵荒漠斗争的一生。他的这种独特的心灵体验，很大程度上与他虚弱多病的身体和以恐怖为底色的宗教信仰密切相关，更与他精益求精的创作追求和人格自我完善的"心灵事业"紧密相连。仔细研究果戈理每一次精神危机的节点，我们便会发现，摆脱危机而进入下一次例行的工作状态的果戈理，仿佛都经历了某种蜕变：在1829年焚稿、出逃德国之后，果戈理捧出了散发着小俄罗斯民间甜美芬芳气息和明朗绚烂色彩的《狄康卡近郊夜话》，不仅在题材和笔法上与先前的《汉斯·古谢加顿》不可相提并论，调性也完全不一样了；而在1833年的"理智便秘"之后，则有了《小品集》和《米尔格罗德》，它们更是全面突破了《狄康卡近郊夜话》的乡村和童话境界，在历史和当下、幻想和现实、崇高和鄙俗为坐标的更为广阔的天地里纵横驰骋；到了1835～1836年这个时候，自由自在和顺其自然的前两个阶段又要被更为自觉和专注的追求所代替——意识到自己是一个"有才能把生活的庸俗现象展现得这样淋漓尽致，把庸俗人的庸俗描写得这样有力，以便让那种被肉眼忽略的琐事显著地呈现在大家的面前"②的作家，果戈理这一次要对庸俗开战了："把它想象成为一个给我带来刻骨铭心的侮辱的不共戴天的仇敌，我带着仇恨、嘲笑和一切可用的东西去追逐它。"③1840年发生的"维也纳危机"是果戈理新的一次内在蜕变，危机过后，他开始把自己的文学创作视为上帝的旨意——"我心里正在进行着、完成着奇妙的创作，那感激的泪水现在常常充满我的双眼。在这里我鲜明地看到上帝的神圣的意志：这样的授意是不会从人那里得到

---

① См.: Манн Ю. Гоголь. Труды и дни: 1809-1845. М.: Аспект Пресс. 2004. С. 372.
② 《果戈理全集》第六卷，周启超主编，任光宣译，合肥：安徽文艺出版社，1999年，第113页。
③ 同上书，第114页。

的……"①《死魂灵》的创作自此有了新的方向。1845年果戈理再次陷入精神痛苦之中，他焚毁了《死魂灵》第二卷手稿，而后，在"不死不生"的信念中重启《死魂灵》第二卷的创作。身体上的病痛和1847年因发表《与友人书简选》而引起的"误解的旋风"，再度令果戈理经受了身体和精神上的双重折磨。经过朝圣、回国等一系列旅行，果戈理力图重获身体、精神和创作上的活力。他勉力完成了《死魂灵》第二卷，却在1852年生命的终点处再次将十年奋斗的成果付之一炬，从而以悲剧结束了自己艰难的人生和创作生涯。

而从阴阳理论的角度看，果戈理的这种周而复始的危机体验，根源在于其生命的不平衡状态和他为了纠正这种不平衡的顽强努力。果戈理抗衡自身阴阳失衡的主要手段便是文学创作。

《死魂灵》和《钦差大臣》这两部传世之作的创作契机，照果戈理说法，都是源于普希金的激励和支持："他在很早以前就劝说我去创作一个大部头作品……：'有善于猜测人并且能用寥寥数笔就立刻使整个人跃然纸上的这种本领，有这种本领怎么不去创作大部头作品呢！这简直是罪孽！'……他给我举出塞万提斯的例子。塞万提斯虽然写出了一些十分优秀出色的中篇小说，但假如他不创作《堂·吉诃德》的话，他大概永远也不会占有他如今在作家中间所占据的地位，最后，他把自己的一个情节让给了我，他本人曾想用这个情节构思一部类似史诗的作品……这就是《死魂灵》的情节（《钦差大臣》的情节也是他给的）。"②在果戈理看来，这是很重要的。但是在我们看来，这个重要性也只是一个引发果戈理思考的契机而已，更为主要的是果戈理对社会历史情势和时代精神的感知能力，他的文学才华，它们在普希金建议的触发下，使得果戈理明确了方向，决意顺势而为："这次我自己已认真地考虑起来，——更何况对任何行动都要有意地问问'你做它是为了什么，有何目的？'的年代已经开始渐渐来到了。"③《钦差大臣》就是果戈理"有目的"创作出来的作品，他后来坦言："这是我的第一部带着对社会施加良好影响的目的构思的作品。"④站在这个节点上，从这个立场出发，果戈理发现，以往他"在自己的作品

---

① 《果戈理全集》第八卷，周启超主编，李毓榛译，合肥：安徽文艺出版社，1999年，第226页。
② 《果戈理全集》第六卷，周启超主编，任光宣译，合肥：安徽文艺出版社，1999年，第301～302页。
③ 同上书，第302页。
④ См.: Манн Ю. Гоголь. Труды и дни: 1809-1845. М.: Аспект Пресс. 2004. С. 430.

里笑得毫无理由，毫无必要，自己都不知道为什么要笑"。① 他意识到，"如果要笑，那么最好要笑得有力并且确实去笑那种值得普遍嘲笑的事情"。② 于是，在这样的思想指导下，果戈理便在《钦差大臣》里"把当时知道的俄国的一切丑恶、把在最需要人有正义感的地方所干出的一切不义收拢到一起，对这一切统统予以嘲笑"。③ 除了社会层面的丑恶、不义，个人的缺点也被果戈理搜集起来，赋予了笔下的人物，希望在喜剧之镜中被高尚的笑荡涤干净。

1836年初，除了完成《钦差大臣》并准备将之搬上舞台外，果戈理还积极投入了《现代人》（Современник）杂志的工作。从作家的描述中我们得知，《现代人》杂志作为季刊在1836年1月获准发行，但是普希金"并没有很强烈的出版杂志的愿望，而且他本人也不期待它有多大的益处。得到了出版许可后，他已经想要放弃了。罪责在我：我央求的他。我发誓做一个忠诚的合作者。……我的心灵当时还年轻；我能更鲜活地感受那种他已然对之冷漠了的东西"。④ 大概正因为在果戈理看来，普希金出版《现代人》是自己力促的，所以他格外卖力。1836年1月至3月，在完善《钦差大臣》的同时，果戈理写了长篇述评《论一八三四和一八三五年杂志文学的进展》（О движении журнальной литературы в 1834 и 1835 году）、《彼得堡和莫斯科》（Петербург и Москва）两篇文章以及差不多整个"新书"栏目的简讯。这种左手画圆、右手画方的本领是果戈理的专长。早在1830年前后他就同时在写《盖特曼》和《野猪》，而这两部作品一个是充满崇高英雄主义的历史小说，另一个则是低俗的日常小说。关于果戈理的这一写作特点，曼总结说："这种并行性对于果戈理而言将成为常态：在《狄康卡近郊夜话》第二部里——《可怕的报复》（Страшная месть）与关于什蓬卡的故事并置，在《米尔格罗德》中——《塔拉斯·布利巴》与关于吵架的故事并置，而且再晚一些时候，在写作《死魂灵》的间隙，暂定叫做《为了被剃掉的一根胡须》（За выбритый ус）（取自扎波罗什—谢奇生活的悲剧）的作品也在写作中。"⑤

1836年4月19日，《钦差大臣》在彼得堡首演。第86期《圣彼得

---

① 《果戈理全集》第六卷，周启超主编，任光宣译，合肥：安徽文艺出版社，1999年，第302页。
② 同上。
③ 同上。
④ *См.: Манн Ю. Гоголь. Труды и дни: 1809-1845.* М.: Аспект Пресс. 2004. С. 385.
⑤ Там же. С. 206.

堡新闻》（Санкт-Петербургские ведомости）上有这样的报道："在亚历山德拉剧院，首次，《钦差大臣》，独特的五幕喜剧"。①《钦差大臣》首演的盛况仅从观看演出的人员构成便可见一斑：有高官，如军事部长切尔内绍夫（А. Чернышёв）、财政部长坎克林（Е. Канкрин）、国务委员基谢廖夫（П. Киселёв）等等；有知名的文学家，如维亚泽姆斯基、茹科夫斯基、克雷洛夫、屠格涅夫等等；甚至连沙皇尼古拉一世（Николай I）和皇储亚历山大二世（Александр II）也来观看首演。而且，《钦差大臣》的剧本就是沙皇亲自审查并放行的。之后，果戈理将出版的《钦差大臣》剧本呈给了沙皇，尼古拉一世吩咐奖赏他价值八百卢布的东西（有资料说是一枚钻石戒指）。

果戈理与沙皇

有关果戈理与沙皇的关系问题，在果戈理的生平中也是值得一提的事情。

20世纪50年代，我国学界普遍认为，《钦差大臣》上演后，果戈理出国是受到统治阶级的迫害而被迫流亡国外。②然而，诸多的作家生平资料显示，果戈理与沙皇远非水火不相容，而是呈现出一幅一个忠君爱国，另一个体恤子民的其乐融融的图画。

对于《钦差大臣》为何没有受到书刊检查机关的刁难，就连读过喜剧手稿的沙皇本人也未予任何指责，苏联学界有这样一种解释："'最高层'对于《钦差大臣》的这种态度，完全不是由于任何特殊的、老谋深算的'意图'，以及为了达到自己目的而'借用'果戈理喜剧的愿望所决定的。在我看来，这只不过是因为既没有智力、又没有深刻的洞察力的尼古拉一世不懂得《钦差大臣》的意义，不懂得它的讽刺实质而已。他酷爱轻松喜剧，所以把《钦差大臣》看作是讲叙各种滑稽可笑的事情的使人开心的故事。"③这一矮化沙皇的观点带有一定的想当然色彩。

1998年维诺格拉多夫发表文章《"我是被国君拯救的"——尼·瓦·果戈理写给皇帝尼古拉·巴甫洛维奇的一封不为人知的信以及他对君主制的态度》（«Спасён я был Государем». Неизвестное письмо Н.В. Гоголя к императору Николаю Павловичу и его отношение к

---

① Манн Ю. Гоголь. Труды и дни: 1809-1845. М.: Аспект Пресс. 2004. С. 406.
② 参见曹靖华：《尼·华·果戈理》，《新华月报》，1952年第5期。
③ 米·赫拉普钦科：《尼古拉·果戈理》，刘逢祺、张捷译，上海：上海译文出版社，2001年，第326～327页。

монархии），其中披露了果戈理与皇家关系的一些情况，诸如 1834 年皇后赏赐给果戈理一枚钻石戒指"以奖赏出色的著作"，并下旨免除果戈理两个妹妹的学费，同年，果戈理还从皇后处得到 1000 卢布的补助；1837 年果戈理从国外给沙皇写信求援，沙皇在信上批示拨给果戈理 500 金币（相当于 5000 卢布）①，而且从 1843 年起沙皇指定给他发放三年的膳食服务费，每年 1000 卢布；皇储又为他增添加了同样的数额。这让我们了解到，沙皇尼古拉对作家果戈理和他的文学创作不是偶然接触，也不是一时不察。

　　21 世纪，曼的书中则更为详尽地解读了果戈理与沙皇之间的关系，不仅分析了沙皇何以待果戈理如此优渥，也分析了果戈理 1836 年出国侨居的个中缘由。曼先是援引了吉皮乌斯（В. Гиппиус）和沃依托洛夫斯卡娅（Э. Войтоловская）的观点：吉皮乌斯认为沙皇之所以放行《钦差大臣》，怕的是重蹈格利鲍耶陀夫（А. Грибоедов）《智慧的痛苦》(Горе от ума)的覆辙，即禁止出版后，剧本反而以手抄本形式流行了，影响更不好；沃依托洛夫斯卡娅则认为尼古拉一世没有弄明白《钦差大臣》的真正含义，以为就是嘲笑外省官员和他们的生活，而沙皇在自己的高位上也很鄙视这群人。然后，曼指出："诚然，《钦差大臣》'含义'的深度皇上多半是'没弄明白'。但是从另一方面来说，在他的所作所为中很明显有着自己的含义。恐怕不能把一切都归于装模作样和消除喜剧影响的盘算。尼古拉一世对剧本的态度不仅对于理解政府的政策，而且对于理解果戈理的生平、他的创作上的和作家的自我感觉，都是颇有意味的。"②这等于是否定了吉皮乌斯，赞同但不局限于沃依托洛夫斯卡娅的论断。曼认为，尼古拉一世有意借此举证明，上位者要比臣民勇敢得多，而且"在全民性的不敢发声和怯懦的背景下，来展示自己的忍耐、宽宏和勇敢时，有一种特别的快感"③。而且尼古拉一世本人也很喜欢戏剧，尤其是喜剧。还有一点也很重要，那就是沙皇对官僚们也很不满，"因此应该承认，他的思想趋向可能与果戈理决心把'俄罗斯全部不好的东西'和'所有的不公正''都集中在一堆'的思想趋向在某种程度上是一致的"④。因此，沙皇甚至命令

---

① *Виноградов И.А.* Гоголь в воспоминаниях, дневниках, переписке современников. Полный систематический свод документальных свидетельств. Научно-критическое издание. В 3 т. Т. 2. М.: ИМЛИ РАН, 2012. С. 12.

② *Манн Ю.* Гоголь. Труды и дни: 1809-1845. М.: Аспект Пресс. 2004. С. 411.

③ Там же С. 413.

④ Там же С. 414.

部长们去看《钦差大臣》，而他本人不仅观看了首演，在第三次演出时再次出现在剧场里，而且这一次是携全家观剧。可见，《钦差大臣》确实打动了沙皇，令他对这出戏刮目相看。

不过，若说尼古拉一世就此对果戈理有多么的器重，也不是事实。对于一国之君，《钦差大臣》只是他生活里的一个小插曲，过后，他连作家的名字都搞混了，还以为《死魂灵》是索洛古勃（В.А. Соллогуб）的作品。

从果戈理这方面来说，得到沙皇的肯定和帮助是很重要的。根据曼的分析，果戈理之所以在《钦差大臣》上演后，对负面的评价十分介怀，甚至是病态地反应，以至于要逃避到国外去，其主要原因还在于，担心这些评论传到沙皇耳朵里会影响他的声誉，进而影响到他的主要作品——《死魂灵》的创作。在1836年5月15日写给波戈津的信中，果戈理的确谈道："我伤心的不是今天对我的剧本群起而攻之的残酷无情；使我担心的是我那可悲的未来。"[1] 曼将果戈理的痛苦反应与《死魂灵》联系在一起看待的观点还是比较有说服力的。

而果戈理对沙皇的真实态度也不仅仅是感恩戴德，要比这复杂得多。一方面，就像曼所分析的那样，作家从自己的立场出发，首先担心对《钦差大臣》的负面评论会上达天听，从而影响他下一步的文学创作。单是这一点就已经说明，果戈理对沙皇是有清醒认识的。而他对于沙皇权威的敬畏和感恩之心也是有限的，这反映在写于1839年的《别墅之夜》（Ночь на вилле）中："哦，要是我知道，我付出这样的代价就能买到他脸上意味着慢慢放松的咧嘴一笑，那我会多么开心，会多么解气地把从全权的沙皇那强有力的权杖上撒落的一切都踩烂碾碎……"[2] 另一方面，果戈理在1847年的《与友人书简选》里把沙皇喻为乐队指挥，强调沙皇作为国君的重要性。他写道："国家离开了大权在握的君主，就像乐队没有指挥一样。无论所有的乐师多么出色，但如果他们之中缺少一位用指挥棒的动作给大家示意的人，音乐会就不成体统。"[3] 在果戈理的思想中，"一般君主"是"人们心中的那个肩负着其几百万同胞的命运的人"，这个人"已经以在上帝面前为他们承担可怕的责任而解脱了人们要负的任何责任"，

---

[1] 《果戈理全集》第八卷，周启超主编，李毓榛译，合肥：安徽文艺出版社，1999年，第153页。

[2] Гоголь Н.В. Полное собрание сочинений: [В 14 т.] / АН СССР; Ин-т рус. лит. (Пушкин. Дом). [М.; Л.]: Изд-во АН СССР, 1937-1952. Т. 3. Повести. 1938. С. 325.

[3] 果戈理：《与友人书简选》，任光宣译，合肥：安徽文艺出版社，1999年，第57页。

这个人"要流出的那种无形的眼泪和遭受的那种痛苦是他的下属都想不到的",这个人"应浑身都变成爱","是上帝的形象","为芸芸众生忧心如焚,为自己饱受痛苦的人民而悲伤,号啕痛哭并日夜地祈祷",只有这样,才能"让所有阶层的人们和解,并且把国家变成一个严谨的乐队"。①由此可见,果戈理在《与友人书简选》里对沙皇所谓的歌功颂德,至多不过是他描画的理想沙皇的样子,是好沙皇的标准,而非在位沙皇的写照。果戈理说,"普希金在许多帝王面前感到自己的个人优势,同时又感到在帝王称号面前自己身份的卑微,并且他会虔诚地敬重他们中间那些向世人展示出自己身份高贵的人"②。果戈理自己又何尝不是这样。

---

① 果戈理:《与友人书简选》,任光宣译,合肥:安徽文艺出版社,1999年,第59～61页。
② 同上书,第60页。

第三章　奋力抗衡：人神交战（1836～）

1836年《钦差大臣》上演后，果戈理就离开俄罗斯到欧洲去了。他到底为什么出国？

安年科夫（П. Анненков）认为，原因不止一个。他在回忆果戈理的文章中这样写道：

> 促使果戈理离开彼得堡的原因之一是他在大学执教的失败，……随之而来的是当时的评论界对他新出版的《米尔格罗德》和《小品集》的猛烈攻击，而这种攻击竟然在《望远镜》的盲从的读者中间引起了共鸣。莫斯科的声音最初被彼得堡报刊的喧嚣压下去了，因而需要别林斯基在《望远镜》上发出强有力的声音，以便支持作者，削弱众多反对者所造成的影响，但这并不是很快就能做到的。我们把刊物的议论列为加速果戈理出国的原因之一不管显得多么离奇，然而确是事实。我们先前曾暗示过，果戈理对读者的意见比对行家、朋友、老资格的文学评判家的意见更为重视。……然而彼得堡的读者对待果戈理的态度，如果不是完全敌视的，起码也是怀疑和不信任的。最后的打击是《钦差大臣》的演出。①

在安年科夫看来，《钦差大臣》演出的失败是压倒骆驼的最后一根稻草，果戈理出国的原因是一系列的失败：执教的不顺利、小说集受到攻击、剧本演出的失败。而在其他人那里（比如斯捷潘诺夫的《果戈理传》中），《钦差大臣》演出不尽人意是促使果戈理出国的主要原因。后者也是对果戈理出国原因的通行解释，即果戈理因《钦差大臣》遭到全社会的攻击而失望地逃离。

新近的一种解释来自曼。他在自己的书中举了很多例证来证明，事

---

① 屠格涅夫等：《回忆果戈理》，蓝英年译，北京：东方出版社，2008年，第55～56页。

实上，对《钦差大臣》的负面评价并没有压倒正面的赞扬和支持，更不像果戈理所说的那样，所有人都反对他。在这一点上可以感受到曼对果戈理的不解：明明是毁誉参半，甚至是毁少誉多，为什么果戈理却只捡诋毁的那部分看呢？其实曼忘记了一件事，那就是果戈理当时不可能像他一样掌握全局，拥有全知全能的上帝视角，果戈理对所发生的事情只能是内聚焦，而且是有限的、个体的视角。正如斯捷潘诺夫所言："果戈理没有听到当时社会中刚刚出现的年青的民主力量表示同情的声音。他的交际范围和视野都很有限。"① 况且，人都是有选择地听见和看见的，哪里痛就会抱怨哪里。不过，曼并不像泽尼科夫斯基（В. Зеньковский）和莫丘尔斯基（К.В. Мочульский）那样，认为作家仅仅是对《钦差大臣》没有达到预期的那种立竿见影的社会效果而失望地逃离，他认为："换一种说法会更确切一些：果戈理是被'艺术成就'非他所梦想的真正的成就震惊了，被剧本从其美学方面没有被完全理解震惊了，在美学方面之外，就连道德效果也不复存在。"② 这一观点实际已经道出了果戈理对喜剧上演后的反响感到痛苦和失落的更深一层的原因，那就是反对他的声浪是对喜剧的歪曲，而赞扬他的人也没有真正理解喜剧，是另一种曲解。在上文提及的写给波戈津的同一封信里，果戈理还写道："那些在我的原作中寻找他们个人的特征并且责骂我的人，他们不仅生气，而且表示厌恶，我并不为此生气。那些文学仇敌、出卖灵魂的才子们骂我，我并不生气，但是……当你看到一个被他们辱骂唾弃的作家，他的最愚蠢的意见又对他们发生作用，而且牵着他们的鼻子走的时候，是很伤心的。……你告诉他，还有一个不大的圈子，理解他，对他持有另外的看法，这能安慰他吗？"这是一种"知音少，弦断有谁听"的悲凉，让他不由想逃离这一缺乏理解的荒漠。"果戈理不仅因为不被理解、被指摘、敌意而痛苦，而且还由于不被完全理解、有条件的、有所保留的、掺杂着隐含的和半藏半露的责备的赞扬而痛苦。"③ 不过，这也不是主要的，曼还有另一种推测，认为果戈理的反应过度，其中掺杂着意欲以此说明自己的离开是不得已的逃离这一用意，是一种套路，论据是作家早在1836年3月领稿酬时就有因身体不佳而需要现金以备出国之需的说辞。曼就此得出结论："很明显，决定他早就做出了，而《钦差大臣》只是扮演了最后一根稻草的角色。事态是按照七年

---

① 尼·斯捷潘诺夫：《果戈理传》，张达三、刘健鸣译，哈尔滨：黑龙江人民出版社，1984年，第202页。
② Манн Ю. Гоголь. Труды и дни: 1809-1845. М.: Аспект Пресс. 2004. С. 430.
③ Там же. С. 450.

前果戈理第一次出国时的那种内在的逻辑发展的。那时出演这种角色的是《汉斯·古谢加顿》，但是出行的想法在更早的时候就出现了。"① 曼的说法是有根据的，早在 1828 年 9 月 8 日，果戈理就在写给彼得·科夏罗夫斯基（Петр Косяровский）的信中说："入冬时我一定要去彼得堡，而从那里上帝才知道会把我带到哪里去，完全可能我会到异国他乡去，几年都不会有我的音讯……"② 曼接着说："果戈理提早就对决定性的一步进行周密思考了；这于他是必须的，以防遇到任何的障碍，为的是保持心灵的平衡和安宁。"③ 我们在此还可以续上一句：而"保持心灵的平衡和安宁"为的是创作他一生最为重要的著作——《死魂灵》。因为在 1836 年 5 月 10 日写给波戈津的信中，果戈理这样写道："我并不是不能忍受这些不满才出国的。我很想恢复一下身体，散散心，玩一玩，然后选定几个长久的住处，好好考虑考虑未来的作品。我已经到了以更宏大的思考来进行创作的时候。"④

综上，1836 年的果戈理处在一个重要的转折点上，锁定了文学之路后的第一部"有目的"的作品遭遇了始料未及的敌意，而这或许还会波及他下一步的创作，这样的创作生态对于他而言是非常不利的。摆脱不良的环境，到一个可以心无挂碍地放飞想象的新天地里去创造自己的主要作品，必然成为他的不二之选。

从这个意义上说，我们认为，上述对果戈理出国原因的分析和解释都有道理，彼此并不抵牾，它们加在一起，连同果戈理的自述，刚好可以让我们了解作家为什么要出国。而我们这种给一切彼此排斥和矛盾的现象以合理安顿的追求，也是天人合一、中正平和的思想和以中庸之道为核心的中国心使然。

回到《钦差大臣》首演之后的果戈理。早有预谋也好，形势所迫也罢，1836 年 6 月 6 日，果戈理第二次去国离乡，从此开启了长达十余年的异邦漂泊。

---

① *Манн Ю.* Гоголь. Труды и дни: 1809-1845. М.: Аспект Пресс. 2004. С. 432.
② *Гоголь Н.В.* Полное собрание сочинений: [В 14 т.] / АН СССР; Ин-т рус. лит. (Пушкин. Дом). [М.; Л.]: Изд-во АН СССР, 1937-1952. Т. 10. Письма, 1820-1835. 1940. С. 131-132.
③ *Манн Ю.* Гоголь. Труды и дни: 1809-1845. М.: Аспект Пресс. 2004. С. 432.
④ 《果戈理全集》第八卷，周启超主编，李毓榛译，合肥：安徽文艺出版社，1999年，第 151 页。

在 6 月 28 日从汉堡写给茹科夫斯基的信中,果戈理写道:

> 我现在离开祖国,那是上天的赐予,是为培养我而赐予一切的伟大天意的赐予。这是伟大生命的伟大转折。我知道,我会遇上很多麻烦,我要忍受贫困和不足,但是无论如何我也不会很快回去的。更长,更久,在异国他乡尽可能待得长久。虽然我的思想,我的名字,我的著作永远属于俄罗斯,但是我本人,我的血肉之躯,却要离它远远的。①

他还对奇若夫(Ф. Чижов)说:

> 我之所以要离开俄国,是为了能够把思想集中在俄国。当你置身于人群中时,你只能看到你身边的几个人,而整个人群和群众你却看不见。何况我在俄国遇到的所有人,大都喜欢谈论欧洲的情况如何,而不谈俄国的情况。而且我过去还从来没有如此深切地感到需要了解当代俄国人的现状,更何况如今人们的思想方法是如此迥异,这就需要亲手去摸摸每样东西,而不能轻信任何人。②

也就是说,果戈理出国,与其说是逃离,不如说是借机出走,因为他知道,大事远处才得见,而这一回他要做的正是一件大事。

第一节 艺术创作:孰重孰轻

1836 年的这次出国之行也开启了新的创作里程,这便是那"很长、很长,分好几部,它的名字叫《死魂灵》……"③的作品。

在创作上,果戈理永远不满足于已经取得的成绩,不仅不满足,对以前的作品甚至可称得上是嫌弃。譬如,他在 1836 年 6 月 28 日给茹科夫

---

① 《果戈理全集》第八卷,周启超主编,李毓榛译,合肥:安徽文艺出版社,1999 年,第 156 页。
② 尼·斯捷潘诺夫:《果戈理传》,张达三、刘健鸣译,哈尔滨:黑龙江人民出版社,1984 年,第 345 页。
③ 《果戈理全集》第八卷,周启超主编,李毓榛译,合肥:安徽文艺出版社,1999 年,第 174 页。

斯基的信中写道：

> 如果严格而又公正地审视，我至今所写的一切又算什么？我觉得，仿佛我在翻看中学生过去的练习本，在一页上看到马虎和懒惰，另一页上看到急躁和匆忙，那初学者胆怯和颤抖的手和淘气鬼的大胆妄为，不写正经字母而玩些花里胡哨，为此是该打手心的。也许，偶尔能找到一页值得称赞，不过称赞者也只有能预见到未来萌芽的教师而已。①

又譬如，1837年1月25日给普罗科波维奇（Н. Прокопович）写道：

> 假如能有一个飞蛾，一下子就能把所有的《钦差大臣》剧本，连同《小品文集》《狄康卡近郊夜话》和其他一切胡说八道都吃掉，在很长时间里无论报刊还是任何人口头都不提我半言只语，那我就谢天谢地了。②

这是一种永不止步的孜孜以求，它在不断的自我否定中蜕变、新生，使得果戈理的文学创作日益成熟、开阔。

国外的旅行让果戈理心情大好，德国、瑞士、法国，一路走，一路参观教堂、去剧院看戏、游览名胜古迹，把好东西都看了个遍。与此同时，写作《死魂灵》的念头并未被弃之不理。在日内瓦，果戈理在1836年9月22日写给波戈津的信中写道："秋天到了，我该把我旅行的手杖放到墙角，开始干正事了。"果然，在瑞士的沃韦，果戈理重新拿起了笔：

> 我开始写《死魂灵》，我本来在彼得堡就开始动笔了。所有写好的我又重新写过，更周密地考虑了整个提纲，现在写起来就很平稳了，如同写编年史一样。……如果按设想的构思来完成这个创作，那么……这是个多么宏大，多么独特的题材！这是多么丰富多彩的一群！整个俄罗斯都在里面了！这是我的第一部像样的东西，能够使我扬名的东西。每天早晨我都要给我的长诗写上三页，作为早饭的加

---

① 《果戈理全集》第八卷，周启超主编，李毓榛译，合肥：安徽文艺出版社，1999年，第156页。
② 同上书，第182页。

餐，而这几页所引发的笑声对我来说就足以抚慰我孤独的一天了。①

而在巴黎，他写得更起劲儿了，每天上午都雷打不动地进行写作：

《死魂灵》进展迅速，笔头比在沃韦时更有活力，更有精神了。我真的觉得，我仿佛就在俄罗斯；我面前的一切全是我们的，我们的地主，我们的官吏，我们的军官，我们的农民，我们的农舍——总之，就是整个东正教的罗斯。我一想到我这是在巴黎写《死魂灵》，甚至感到好笑。……现在我全部身心都沉浸于《死魂灵》之中了。我的创作是巨大而宏伟的，它不会很快就收尾的。②

在巴黎的日子很惬意。工作之余，果戈理把巴黎的风景也都看了个遍。为了看戏方便，他还勤奋地学习法语。对于开始于2月中旬的巴黎狂欢节也兴致勃勃，还和好友达尼列夫斯基给巴黎的街道起了彼得堡的街名，并且把饭店称作教堂，把老板和服务生唤做僧人，而将吃饭的过程说成是敬神。正如《罗马》(Рим)中的公爵一样，果戈理在巴黎像一个十足的爱看热闹的人，童心大发。

然而，天有不测风云。1837年2月10日，俄罗斯诗歌的太阳普希金去世，消息很快传到巴黎。果戈理被这个噩耗打击得整个人都不好了，如丧考妣。用他自己的话说，则比这还要糟糕。据果戈理的好友达尼列夫斯基说，果戈理一次在路上遇到他，拉住他说："你是知道的，我很爱我的母亲，但是即便我失去她了，我也不会像如今这世上再不存在普希金了这般伤心难过。"③在写给普列特尼奥夫的信里果戈理说："……没有比从俄国得到的消息更糟糕的了。我一生的全部幸福，我全部最高的幸福都和他一起消失了。"④而卡拉姆辛（А. Карамзин）写给母亲的信也从侧面见证了果戈理非同寻常的伤痛："自那时起，他完全魂不守舍，抛开了正在写的东西。思及返回彼得堡，而那里对他而言已是人去楼空，他便黯然

---

① 《果戈理全集》第八卷，周启超主编，李毓榛译，合肥：安徽文艺出版社，1999年，第169页。
② 《果戈理全集》第九卷，周启超主编，周启超、吴晓都译，合肥：安徽文艺出版社，1999年，第114页。
③ См.: Манн Ю. Гоголь. Труды и дни: 1809-1845. М.: Аспект Пресс. 2004. С. 472.
④ 《果戈理全集》第八卷，周启超主编，李毓榛译，合肥：安徽文艺出版社，1999年，第186页。

神伤。"①

对于普希金逝世的消息，果戈理的反应为什么如此之大呢？他与普希金到底是什么关系？这一点需要我们单独谈一谈。

果戈理与普希金

前文中我们已经提及果戈理对普希金的敬仰和普希金对果戈理的爱重。但是，单是文学前辈与后辈的关系的话，这样大的反应多少还是有些令人不解的。普列特尼奥夫给出了一个解释，他认为，普希金之死对于果戈理而言是"对他文学活动的一个打击。果戈理在伟大的诗人那里失去了自己的判官、朋友和激励者。没有人能像普希金那样严格和正确地评价他"。②但是，也有人质疑果戈理这种异乎寻常的哀伤的真诚度，因为有一种说法，即果戈理在出国前与普希金闹翻了，因而才不告而别。③

对这两位文坛巨匠之间的关系问题，有不少学者进行了专门的解读，如马科果年科（Г. Макогоненко）的专著《果戈理与普希金》④、吉皮乌斯的《果戈理与普希金的文学交往》⑤、彼特鲁宁娜（Н. Петрунина）和弗里德连捷尔（Г. Фридлендер）的《1831～1836年间的普希金与果戈理》⑥等等，另外，在其他一些涉及面更广的研究成果中，也多对这一议题有所关注，如罗扎诺夫（В. Розанов）的《关于宗教大法官的传说》⑦、勃留索夫（В. Брюсов）的《燃烧成灰的人》⑧、佩宾（А. Пыпин）的《尼古拉·瓦西里耶维奇·果戈理》⑨、别雷（А. Белый）的《果戈理的技巧》⑩、赫拉普钦科的《尼古拉·果戈理》等等，可以说，只要谈及果戈理，他与普希金的关系问题就是一个绕不过去的话题。

---

① См.: Минн Ю. Гоголь. Труды и дни: 1809-1845. М.: Аспект Пресс. 2004. С. 472.
② Там же. С. 472.
③ См.: Мочульский К.В. Духовный путь Гоголя. // Мочульский К.В. Гоголь. Соловьёв. Достоевский. М., 1995, С. 20.
④ Макогоненко Г.П. Гоголь и Пушкин. Л., 1985.
⑤ Гиппиус В.В. Литературное общение Гоголя с Пушкиным / Уч. зап. Перм. государств, ун-та. 1931. Вып. 2. С. 61-126.
⑥ Петрунина Н.Н., Фридлендер Г.М. Пушкин и Гоголь в 1831-1836 годах / Пушкин. Исследования и материалы. Л., 1969. Т.6. С. 203-208.
⑦ Розанов В.В. Легенда о Великом инквизиторе. 1891.
⑧ Брюсов В. Испепеленный. К харакристике Гоголя. М., 1909.
⑨ Пыпин А.Н. Николай Васильевич Гоголь. 1893. / Статья Н. Пиксанова из "Нового энциклопедического словаря Брогкауза и Эфрона", 1916.
⑩ Белый А. Мастерство Гоголя. М.-Л. 1934.

那么，普希金与果戈理，到底是偶像与粉丝呢，还是大哥与小弟呢，又或者是文坛盟主之前任与继任呢？他们之间是亲密的友谊，还是互有所需的联盟，抑或根本就是个传说？对此说法不一。

有说普希金对于果戈理相当重要的，如梅列日科夫斯基（Д. Мережковский）指出，与普希金的友谊在果戈理的整个生活中留下了不可磨灭的印记，果戈理崇敬普希金。①伊·伊里因（И. Ильин）也说：普希金之于果戈理非常重要，这重要性就在于他给果戈理一种坚定的感觉。②库利科夫斯基（Д. Овсянико-Куликовский）也谈到了这一点，他形象地比喻说：普希金是果戈理的一道光，他照进果戈理蒙昧的头脑里，并照亮了他未来的创造道路。③

也有的人说，果戈理与普希金之间"并不存在真正的友谊和亲密的关系"，而是"实际的、普通的关系"，一切不过是果戈理一厢情愿的想象，如勃留索夫指出：

> 果戈理却在自己的信中（也在自己的想象中）造出了另一种关系，把普希金变成了他的好友、他的庇护人、他的导师。果戈理不仅感到，仿佛"他生活中的全部欢乐"随着普希金的死而"逝去"，而且果戈理已经相信，没有普希金的劝告，他"没有做过任何事情，没有写过任何东西"，相信《死农奴》（即《死魂灵》——本书作者注）不仅是"他启发"的，而且简直就是他——普希金——的"创造"。但是我们有安年科夫的证明材料，说普希金把《死农奴》的题材让给果戈理并不是很乐意的，曾在家里人中间说过："跟这个小俄罗斯人打交道得当心点儿，他会把我洗劫一空，并且我连喊也没法儿喊。"帕夫利谢夫也证实了这一点。④

据此，勃留索夫认为，"果戈理在他的书信中谈到的那个普希金，乃是一个梦，一个幻影，一个幻象"，⑤正如生活中的其他许多事情一样，是果戈理的想象。勃留索夫还拿果戈理自己的话来作为证据："我一看到有

---

① Мережковский Д.С. В тихом омуте. М., 1991. С. 257.
② Ильин И.А. Собр. соч. т.6. кн.3. М. 1997. С. 264.
③ Овсянико-Куликовский Д.Н. Гоголь. СПб., 1909. С. 76.
④ 《果戈理评论集》，袁晚禾、陈殿兴编选，上海：复旦大学出版社，1993年，第270页。
⑤ 同上。

谁跌倒了，我的想象立即就会抓住这一点，开始加以发展，并且把一切都发展成最可怕的幻影……"①勃留索夫还把这些幻影分成阴暗可怕的和光明可亲的两类，认为普希金应该属于后者。

库利科夫斯基和勃留索夫都注意到了普希金的光明特质，这与我们从阴阳理论的角度看待两位文学大师的关系是相通的，可以说在某种程度上是佐证了我们的观点。太阳一样阳气充溢的普希金吸引着月夜一般阴气过盛的果戈理，在我们看来是再自然不过的事情。

当然，喜欢走极端的俄罗斯人一定会有相反的看法，如佩宾就指出普希金之于果戈理的负面影响：

> 果戈理加入普希金的圈子里时还是个小青年，而这个圈子里的头面人物已经相当成熟，受过广泛的教育，在社会上地位显赫。普希金和茹科夫斯基正处于诗人声誉的峰巅。……这个圈子崇拜卡拉姆辛，热衷于俄罗斯的荣誉，相信它未来的强大，对当下没有怀疑，当对无法视而不见的缺陷感到气愤时，也只是把它们归罪于人们缺乏美德，不遵纪守法。……30年代末发生了一次表明普希金派不再符合社会的新兴追求的转折。后来这个圈子越来越远离新的潮流并与之相敌对了；按照它的想法，文学应该栖息于高尚的领域，回避生活的平淡无奇单调乏味，要站得'高于'社会的喧嚣和斗争……但是这个圈子的艺术感觉是很强的，它很看好果戈理的独特天赋……
>
> 普希金期待果戈理的作品能有很大的艺术优点，但几乎没有期待过它们的社会意义，正如后来普希金的朋友们没能完全地看清它的价值，果戈理本人也愿意否定它一样。②

这段话里实际上包含着佩宾对果戈理所受影响的看法：普希金的圈子在30~40年代落伍了，但是因为果戈理步入这个圈子时还不成熟，受其影响很大，因此与社会上的新兴势力有了距离。佩宾在这里或许是想揭示果戈理"保守落后"的客观原因。

还有人着眼于果戈理对普希金的影响。如罗扎诺夫，他认为果戈理的出现对于普希金而言是毁灭性的现象，而果戈理"知道，他不可能不

---

① 参见《果戈理评论集》，袁晚禾、陈殿兴编选，上海：复旦大学出版社，1993年，第268页。
② Пыпин А.Н. Николай Васильевич Гоголь. 1893. / Статья Н. Пиксанова из "Нового энциклопедического словаря Брокгауза и Эфрона", 1916.

知道，他将要把普希金连同他的诗所带来的一切从人们的思想意识中熄灭掉"①。

可见，果戈理与普希金的关系是批评家们非常关注的问题，而且众说纷纭。正如批评家们所说的那样，对于果戈理而言，普希金是非常重要的，但同时，其影响并非是单一正面的；反过来，对于普希金而言，果戈理可能只是一个有才华、需要提携的后生，但同时，或许也是普希金的一个潜在的、颇具挑战意义的对手。不过罗扎诺夫是有些夸大其词的，他说果戈理要毁掉普希金，而且是有意识地、心知肚明地在这么做，这却是批评家要陷果戈理于不义了，因为我们都知道，普希金这轮"俄罗斯诗歌的太阳"并没有被任何人所"熄灭"。尽管罗扎诺夫很偏激，但至少在客观上他道出了一个不争的事实，那就是果戈理是继普希金之后的又一个颇具影响力的文坛巨擘。我们以为，佐洛图斯基在《果戈理传》中的一句话说得甚好："普希金在写'夕阳西下'，果戈理——整个是旭日东升，是向着那峰顶的攀升，而普希金已然从那峰巅之高在俯视着大地了。"②问题在于时间的早晚。

其实，像果戈理与普希金的这种并不对等的人际关系在生活中是屡见不鲜的。勃留索夫把果戈理对自己与偶像之间的这种关系的认识与作家的精神心理特性联系起来，佩宾将其与果戈理思想观念上的"保守落后"联系起来，这样的解读使得对普希金和果戈理关系的考察具有了超出生平资料的意义。

在我们看来，曼对这个问题的梳理更为客观和公允。他认为，人们对二人之间相互关系的认识经历了重大的变化。别林斯基在1842年提出一个观点：两者的关系令人想起歌德与席勒。库利什延续了这一观点："这是我们的歌德与席勒，我们的沃尔特·司各特与拜伦。"③伊·伊里因后来对这一观点的呼应是描画了一幅普希金和果戈理告别的动人画面。曼在研究了这类看法的来源并指出其中不能令人信服的地方之后认为，对于20世纪而言，两位作家友谊亲厚这样的观点已经失去了其权威性，其实在19世纪末，这个问题就已经开始被重新看待了。就连倾向于维护传统的申罗克（В. Шенрок）都说："他们（指普希金和茹科夫斯基——本书作者注）与果戈理之间的距离直到普希金去世也没有完全消失……"④其后，卢

---

① *Розанов В.В.* Пушкин и Гоголь. / Мысли о литературе. М., 1989. С. 161.
② *Золотусский И.* Гоголь. М.: Молодая гвардия, 1984. С. 118.
③ *Манн Ю.* Гоголь. Труды и дни: 1809-1845. М.: Аспект Пресс. 2004. С. 433.
④ Там же. С. 434.

基扬诺夫斯基（Б. Лукьянский）、陀利宁（А. Долинин）等人的研究使这一认识发生了更大的变化，他们认为普希金和果戈理的友谊就是一个杜撰的传说，而且果戈理在这个事情上脱不了干系。曼依据的是莫丘尔斯基在《果戈理的精神道路》一书中的观点。莫丘尔斯基的原话是这样的：

> 对于果戈理与普希金之间有亲密的友谊这件事本身，其晚近的传记作家们（卡拉什、卢基扬诺夫斯基、陀利宁、吉皮乌斯）并不相信。看起来，两位作家间的关系是最表面的：相识的六年里普希金给果戈理写了三封不长的便条；在皇村之夏，就是用果戈理的话说，他"几乎每天晚上"都和普希金一起度过的那个时间之后，果戈理弄混了诗人妻子的名字（在给普希金的信中他称娜塔莉娅·尼古拉耶芙娜为娜杰日塔·尼古拉耶芙娜）；在果戈理出国之前，看起来，他与普希金之间是发生了不和，所以他甚至都没与之告别就走了。①

而莫丘尔斯基依据的是纳肖金（П. Нащокин）的讲述②。纳肖金的讲述引起了不只莫丘尔斯基一个人的重视，不少人对他的说法进行了解读（如彼特鲁宁娜和弗里德连捷尔等）。对此，曼有自己的看法，他认为，纳肖金是个典型的莫斯科人，结交甚广，因此对待他要审慎。普希金没有对他说的事不一定就没有发生过，比如，果戈理给普希金朗读《死魂灵》这件事，或许就是因为果戈理想让普希金暂时保密，因而普希金便没有对外讲。

除了上述所列举的对二者关系的看法外，在曼的描述和分析中，有三个点是他着重关注的：一是普希金和果戈理之间是否有不和；二是普希金对果戈理的态度；三是果戈理对普希金的态度。

曼不否认普希金和果戈理之间关系的复杂性，而且指出，其中的原因之一是果戈理为《现代人》杂志所写的文章《论一八三四年和一八三五年杂志文学的进展》。果戈理在这篇锋芒毕露的文章中可能确实得罪了不少人，比如文中这样的一些言辞的确很不中听：

---

① *Мочульский К.В. Духовный путь Гоголя. / Мочульский К.В. Гоголь. Соловьёв. Достоевский. М., 1995, С. 20.*
② 对此人的讲述来源，莫丘尔斯基在自己的书中注释为：*Бартенев П.И. Рассказы о Пушкине. М., 1925.*

……大多数定期刊物的表现平淡无奇。许多老杂志停刊，其他杂志慢腾腾、有气无力地拖延……读者完全有权抱怨我们杂志的简陋和愁眉不展的样子：《电讯》早已丧失那赋予它对待彼得堡杂志的论战性地位的尖锐音调；《望远镜》充满那些没有任何新鲜性和紧迫内容的文章。①

　　……不能否认森科夫斯基先生掌握资料；相反很明显：他读得很多；但在他那里一点也看不到那能够指引他达到某种目标的推动、主导的力量。在他那里所有这些资料处在晃荡中，彼此抵触，不能共处。看一看他对现今文学的见解。森科夫斯基先生在批评中表现出缺少见解，以致大概没有一个读者能说出什么是这位评论家更喜欢并占据他心灵的，什么是同他的情感合拍的：在他的评论中既没有进行肯定的，也没有进行否定的趣味——根本没有任何趣味。②

　　……在《莫斯科观察家》中同样看不到任何支配整个杂志进程的强有力的推动力。……编者总应当是著名的人物。杂志的全部信誉都建立在他身上，建立在他的见解的独创性、他的文体的生动活泼、他的语言的通俗易懂、趣味横生、他经常的新颖的活动上。但是安德罗索夫先生在《莫斯科观察家》中是不引人瞩目的人物。③

如此犀利大胆的文章让普希金在发表它时犹豫再三，最后没有署名。然而这一举动却"招致了很多的误解和对普希金而言不希望有的后果"④。有人喜欢这样的文风，比如别林斯基；更有人不喜欢，比如布尔加林（Ф. Булгарин），他把账都算到了普希金的头上。于是普希金被迫不止一次面对各种误解、不满，要做一些诸如辩白、致歉以及以读者来信等形式发表意见之类的善后工作。自然，这些麻烦令普希金对于它们的制造者果戈理生出一些不满，认为后者缺少应有的审慎。实际上，果戈理的文章发表后，普希金在自己的杂志上公开和半公开地与果戈理的文章进行了辩论，是形势所迫，说的也是真实的想法，但客观上来说，撇清的动机同样很明显。可见，不和的说法确实不是空穴来风，有其现实基础。果戈理在出国前没有能和普希金告别，用果戈理的话说，这是普希金的错。照曼的

---

① 《果戈理全集》第七卷，周启超主编，彭克巽译，合肥：安徽文艺出版社，1999年，第180页。
② 同上书，第183～184页。
③ 同上书，第192页。
④ *Манн Ю.* Гоголь. Труды и дни: 1809-1845. М.: Аспект Пресс. 2004. С. 436.

看法，果戈理的意思是说，普希金明明有可能与他见面告别，却没有这样安排自己的时间。总的说来，二人在杂志方面意见不一致是事实，这个事实是导致他们之间关系变得复杂的一个重要的原因。

关于引起二人关系不和谐的原因，还有一个说法：在《钦差大臣》的草稿中，果戈理写了有关普希金创作的逸事，引起后者的不满。曼推翻了马科果年科等人所持的这种观点，认为："赫列斯塔科夫关于普希金的说法很搞笑且没有现实意义，单只因它是由赫列斯塔科夫说出来的。而且，他在那段话里提到布尔加林的名字，不是说'把普希金与布尔加林相提并论'[马科果年科]，而只不过是说明赫列斯塔科夫本人趣味之可笑得不分青红皂白，把一切的一切都混为一谈。"①曼还指出，这是果戈理惯用的手法，在《涅瓦大街》里，皮罗果夫也是这样干的。这否定了关于普希金因而改变了自己对《钦差大臣》的看法，以沉默来表达自己的不满之类的说法。

在果戈理与普希金关系这个问题上，我们也比较认同曼的结论。曼认为，人们在评价普希金和果戈理的相互关系时，混淆了两种不同的现象。事实上，两位作家从未是亲密无间的朋友，他们没有走进彼此的个人生活，他们之间的关系仅限于文学领域。而在这个限定的范围内，二人的关系是相当明确和稳定的。②因为即便在普希金纠正果戈理的批评观点并与之拉开距离之时，他也还在捍卫和支持果戈理的作品，照单全收且不吝赞美③；而从果戈理方面，即便是因没能与普希金告别而很受伤，他还是在刚到国外的头几个月就为普希金的《现代人》准备好了文章《1836年彼得堡札记》(Петербургские записки 1836 года)。④

普希金对果戈理的态度，照曼的说法，无论是在参与《现代人》杂志的事上，还是在借用两个情节⑤的事上，都表现出某种共性，这便是宽容和理解。天才都是要寻找自己的用武之地和完全的自我实现的，对这一"不成文规则"普希金非常理解。⑥当然，不可否认，这中间也难免产生

---

① *Манн Ю*. Гоголь. Труды и дни: 1809-1845. М.: Аспект Пресс. 2004. С. 444.
② Там же. С. 446.
③ Там же. С. 440, 445.
④ Там же. С. 447.
⑤ 指《钦差大臣》和《死魂灵》的情节都是普希金让给果戈理的。对于这件事，果戈理的说法是普希金欣赏他的才华，鼓励他写大作品，大公无私地把自己的情节让给了他。而П. 安年科夫却证实说，普希金并非自愿地让出情节的，普希金私下里说："和这个小俄罗斯人打交道要当心点儿：他把我抢劫一空，却让我连喊都没法喊。"
⑥ *См.: Манн Ю*. Гоголь. Труды и дни: 1809-1845. М.: Аспект Пресс. 2004. С. 441.

后生可畏的想法，表现在言辞上便是前文所引用的那句"跟这个小俄罗斯人打交道得当心点儿，他会把我洗劫一空，并且我连喊也没法儿喊"。但显然，这话里更多的是玩笑的成分和以抱怨的形式流露出来的赞赏，要知道，一个素材只有到了行家里手那里才能打造出精品，并不是随便什么人拿到秘籍都能练就绝顶武功的。

而果戈理对普希金的态度，则堪比席勒对歌德的态度，高山仰止，感恩戴德。曼认为，虽说在杂志方面，果戈理与普希金有分歧，而果戈理也受了些委屈，但是不应该夸大。曼推翻了那种说果戈理认为普希金已经落后了的说法，认为果戈理在《小品集》里表述的观点并未改变，即并非普希金落后了，而是读者跟不上。

综上，普希金之于果戈理是一位有知遇之恩且助力良多的文学前辈。有道是，士为知己者死，果戈理是很希望自己的《死魂灵》能被普希金看到并得到他的赞赏的，同时在内心深处，应该也是很想攀上普希金所在的峰顶，与之比肩而立，共赏风景的吧。然而，天不假年，斯人已逝，那份期许也变成了虚空。这让我们不由想起《塔拉斯·布利巴》里奥斯塔普临刑前的那声求诉："爹爹，你听见了吗？"偌大的世界，而识你、懂你、赞赏你的人却寥寥，因而，老塔拉斯的那一声"我听着呢！"便尤为要紧，有了这一声回应，一切咬紧牙关的坚持和忍耐便都值得了。而果戈理则再也等不到普希金的这一声至关重要的回应了，他的失落、无措和悲哀可想而知。

撇开二者之间的关系，我们站在旁观的立场看这两位文学巨匠的命运，不能不感慨：人和人真的差别很大。

普希金和果戈理，一个仿佛俄罗斯文学的白天，光芒万丈，热情外放；另一个则犹如俄罗斯文学的黑夜，幽暗深邃，禁欲内敛。他们代表了俄罗斯文学的阴阳两极。这两个人都属于天妒之才，英年早逝。就像我们在前言里已经说过的那样，普希金的生命长度只有区区38个春秋，还在最青春的年岁被流放、幽禁，但是这一切都无力遮挡他生命的盛阳属性，他活得灿烂、恣意，及时行乐，猛啜痛饮，玩了个不亦乐乎，捎带写下了一大堆传世之作，抒情诗、叙事诗、诗剧、诗体小说、散文体小说、剧本，不一而足，且轻盈精巧又天然质朴，若流水潺潺，清新自然，生机勃勃。果戈理比普希金多活了5年，却全然没有后者的随性洒脱，他仿佛生来就阴气偏盛，喜静不喜动，活得拘谨、小心，不敢越雷池半步，仍不免心下惴惴，唯恐一个不小心就坠入万劫不复的罪恶深渊。他的文学创作是背负着沉重的使命意识完成的。如果说普希金是玩着写作，灵感像天赐的流星雨，得来全不费工夫，那果戈理就是玩命写作，每一部作品都是从疾病和死亡手中勉力夺出来的。普希金是享受尘世生活，享受生命的快乐、肉体的欢愉，恨不得把神明都尘世化；果戈理则相反，他是把尘世生活变成了苦修，摒弃生命的快乐和肉体的欢愉，并企图把整个俄罗斯都化为一座修道院，把所有同胞都变成僧侣。他们二人可被视为俄罗斯古典文学的阴阳两极，相互吸引又相互排斥，二者的关系体现了俄罗斯文学乃至文化的独特张力。

也许正因如此，果戈理才像被罗马的灿烂阳光强烈吸引那样，被"俄罗斯诗歌的太阳"普希金吸引。失去了普希金的文坛，在果戈理看来就像失去了太阳的天空。

回到果戈理。1837 年初，除了普希金逝世这个大事件之外，果戈理还经历了他的意大利之旅。3 月 26 日，果戈理到了罗马。在罗马逗留的三个多月给他留下了很好的印象：艺术殿堂的典雅壮丽，自然风光的迷人力量，还有内心的安宁。相比法国的沸腾生活，罗马给果戈理的感觉是时光停滞，仿佛这是从历史的链条上脱落的一环。果戈理在这里继续写《死魂灵》，有时一写起来就接连几天不出门。正是在这期间，他因经济状况窘迫，给沙皇尼古拉一世写了一封求助信，而沙皇批示：通过使团给他寄500 金卢布。夏天，果戈理北上避暑及休养，在巴登—巴登再次与斯米尔诺娃相遇，在这里为她和卡拉姆辛等人朗读了《死魂灵》，这是果戈理继在彼得堡为普希金朗读之后的第二次朗读。以后，果戈理多次在不同的场合和人群中间朗读过这部作品，边读边修改。可以说，朗读是果戈理对自己的艺术作品进行精雕细刻的一种惯用的手段。通过当众朗读，果戈理对自己的作品进行测试，从听众的反应中找不足。如果朗读抓不住听众的注意力，那测试便告失败，果戈理会毫不犹豫地将手稿付之一炬。① 而果戈理的朗读者形象，令他的同时代人印象深刻。当时流传着不少关于他朗读的佳话：

> ……果戈理以《钦差大臣》来"款待"列普尼娜和巴拉宾一家。……瓦尔瓦拉·尼古拉耶夫娜·列普尼娜讲述说："可以说，我是观看了一场《钦差大臣》的演出，因为果戈理扮演了所有出场人

---

① 例如，果戈理曾给茹科夫斯基读过他写的一个剧本，结果诗人在听的时候打起了瞌睡，果戈理说这是对他作品最真实的评价，说完就把手稿丢进了壁炉里。

物，变换着嗓音，给每个人物做着不同的表情。"此外，果戈理读了《狂人日记》，结尾时让瓦尔瓦拉·奥西波夫娜·巴拉宾娜泪眼婆娑。①

　　果戈理朗读得精彩极了。在当代作家中，出色地朗读自己作品的人，要数奥斯特洛夫斯基和皮谢姆斯基了：奥斯特洛夫斯基朗读得非常朴实，不追求任何戏剧效果，但却能赋予每个人物应有的色彩；皮谢姆斯基朗读得跟演员一样，也可以说他一面朗读一面表演自己的剧本……果戈理的风格可以说介乎这两种风格之间。他朗读得比奥斯特洛夫斯基富于戏剧效果，但又比皮谢姆斯基朴实得多……
　　……朗读留下深刻的印象，反映在大家的脸上。大家都听呆了。果戈理给听众打开了一个他们如此熟悉和亲近的世界，但在他之前谁也不能把它再现得如此细腻，如此精确，如此具有艺术魅力……什么样的语言啊！多么有力，新鲜，富有诗意！我们满意得浑身起了一层鸡皮疙瘩。②

　　……果戈理推辞半天，但看到无法推托掉时，便烦躁地耸耸肩膀，爬到老式大沙发的紧里面。穿着鞋坐在沙发角里，给大家朗读一段自己的作品。但他是如何朗读的呀？简直不可思议：大家都一动不动地待坐在座位上……朗读的魅力如此强烈，有时果戈理已经合上书，跳下沙发，开始在两个屋角之间来回快步踱步，但听得入迷的客人们还一动不动地坐着，连大气也不敢出……普罗夫·米哈伊洛维奇……轻轻嘟囔了一句："连苍蝇也不嗡嗡了。"大家哈哈大笑，果戈理本人也无比快活。③

　　回到果戈理的旅程。1837年9月1日他乘轮船前往美茵河畔的法兰克福，在那里与亚·屠格涅夫（А. Тургенев）会面，谈的都是关于普希金的话题，因为普希金临终时亚·屠格涅夫在侧，还为普希金送了葬。对普希金之死的回忆差一点又引发了果戈理的抑郁和绝望，他想回意大利，但是那里霍乱肆虐的消息让他不得不延缓行程，而转道日内瓦。果

---

① Манн Ю. Гоголь. Труды и дни: 1809-1845. М.: Аспект Пресс. 2004. С. 458.
② 屠格涅夫等：《回忆果戈理》，蓝英年译，北京：东方出版社，2008年，第35页。
③ 同上书，第82页。

戈理在日内瓦住了一个多月，见到了好友达尼列夫斯基，还有密支凯维奇（А. Мицкевич），相谈甚欢，这也给后来在罗马的波兰传教士说服他改换教廷埋下了伏笔。

深秋时节，果戈理回到罗马。他的足迹踏遍了大斗兽场、圣彼得教堂及罗马的其他名胜古迹，整个人感到从未有过的快活和满足。他甚至在1837年10月30日写给茹科夫斯基的信中说："我是生在这里的。——俄罗斯，彼得堡，雪，卑鄙的人，机关，教研室，剧院——这一切都是梦见的。我醒过来又是在故乡了……"①果戈理对罗马的情有独钟被他自己说得颇具神秘色彩，仿佛投错了胎一样。这实际上是一种对生命的感性体验，源自他因先天的阳气不足而不由自主地想要朝能够赋予他生命能量的所在靠近的生命需求。

意大利情结与改教风波

意大利，尤其是罗马，在果戈理的生平中是非常引人注目的一页。他对意大利的喜爱和赞美溢于言表，从自然到文化，无一不合他的意，就连星星都比国内的亮。比如果戈理1837年8月从罗马写信给母亲时，就说："夏日阳光很好，星星更为闪亮——比在我们这里亮好多倍。一句话，天空是真正的意大利式的天空。"他甚至觉得，意大利的空气有治愈的功效。比如在1837年10月从日内瓦写给母亲的信中，他说："如今我看得很清楚，对我而言最为需要的是空气，而意大利的空气，单是空气就能完全根除我所有的痔疮发作。瑞士还跟以前一样。……看过意大利之后，这里的天好像也没有那么晴朗和湛蓝了，而这里的空气也不是意大利那种神妙的、清澈透明的、能令人神清气爽的空气。"在他眼中，罗马简直就是艺术之都："整个大地到处都是艺术家和绘画作品。古董和镶嵌艺术品成堆地售卖。街上差不多每家每户都是不同的绘画和雕塑流派。"②果戈理在1838年2月写给达尼列夫斯基的信中感叹："这是怎样的天空！怎样的日子！夏非夏，春非春，但无论春夏，都比世界上其他地方的好。

---

① *Гоголь Н.В.* Полное собрание сочинений: [В 14 т.] / АН СССР; Ин-т рус. лит. (Пушкин. Дом). [М.; Л.]: Изд-во АН СССР, 1937-1952. Т. 11. Письма, 1836-1841. 1952. С. 111.

② Там же. С. 90.

那空气！吸也吸不够，看也看不够。心灵中是上天和天堂。"① 1838 年果戈理还对安·屠格涅夫说自己"爱上了意大利，想在那里死去"②，可见其爱之深。

除了上面说的生命本能和审美趣味使果戈理对意大利怀有的特殊情感外，他在这里经历的一段事关宗教信仰的插曲也起了一定的作用。

1838 年春，果戈理在罗马与侨居于此的沃尔康斯卡娅（З. Волконская）伯爵夫人交往密切，还结识了极有语言天赋的意大利红衣主教梅佐凡蒂（Меццофанти）。据说这位语言天才在与果戈理第一次见面时就说起了俄语。果戈理对语言也很敏感，他在巴黎时就为了看戏而学过法语，到了罗马，意大利语也学得很快，可以写信，可以听懂罗马地方话。果戈理不仅喜爱意大利气候和意大利的艺术，也喜欢意大利人的性格——自由奔放，对美的感受力极佳。意大利，特别是罗马的狂欢节令果戈理觉得惊喜异常，他惊异于它那色彩缤纷亮丽的美，它那轻松自由、全民参与的百无禁忌。

在罗马，果戈理的宗教信仰获得了一种更为广阔的视野，变得和谐而宽容。③ 这也许便是以密支凯维奇为首的波兰兄弟会成员试图使果戈理改信天主教的一个原因。这个意图得到了沃尔康斯卡娅伯爵夫人的支持。但是果戈理在对待波兰人的事情上是比较审慎的——关于与他们的交往，他在自己的书信中只字未提，而且这种交往也仅限于有关灵魂得救的谈话范围。

1837 年有传言说果戈理改信了天主教。于是，他在回复母亲的问询时曾明确地说，他不改教，因为他认为天主教和东正教是一样的，所以无需改。果戈理 1837 年 12 月 22 日从罗马写给母亲的回信，原话是这样的："关于我对这件事情的情感思想，您与他们争辩，说我没有改变自己的宗教的礼仪，您是对的。这是完全公正的。因为无论是我们的宗教，还是天主教的，完全是同一个东西，因此完全没必要把一个改成另一个。两个都是真的。两个都承认同一个我们的救主；都承认同一个降临到我们尘世的神的智慧，为了提升我们的灵魂并将之与上天连结，神的智慧在尘世遭受

---

① *Гоголь Н.В.* Полное собрание сочинений: [В 14 т.] / АН СССР; Ин-т рус. лит. (Пушкин. Дом). [М.; Л.]: Изд-во АН СССР, 1937-1952. Т. 11. Письма, 1836-1841. 1952. С. 121.

② *Манн Ю.* Гоголь. Труды и дни: 1809-1845. М.: Аспект Пресс. 2004. С. 518.

③ Там же. С. 505.

了最坏的侮辱。总之，关于我的宗教情感，您任何时候都无需怀疑。"①

对于果戈理对天主教的态度，有的研究者认为（如莫丘尔斯基和安年科娃（Е. Аннекова）），果戈理纯粹出于艺术方面的欣赏，即主要是审美的考量，而对天主教感兴趣；也有人，如曼，认为这兴趣不仅仅是审美上的，也有宗教信仰上的认同，两者密不可分。在我们看来，后者的说法更符合实际情况，因为对于果戈理而言，真正的虔信是在人心，就像他后来在《关于宗教礼拜仪式的沉思》（Размышления о Божественной литургии）中写的那样："宗教礼拜仪式在某种意义上是为我们而建的、伟大的爱之功绩的永恒重演。"②也就是说，"整个圣餐仪式是基督的生活史的隐喻性重演，是基督之死和基督升天的隐喻性重演；它负有净化祈祷者、帮助他'将伪信赶出自己心灵教堂'的责任"。③果戈理注重区分的是真信者和伪信者，而非东正教和天主教。他认为重要的是，在做礼拜时，要"心中想着所有的基督徒，……赶快与那些曾经不喜欢他们、恨过他们、不满他们的人和解，在心中亲吻他们所有的人，默念：'基督在我们中间'……"④果戈理在罗马所经历的改教劝导，使他更加积极和深入地思考宗教信仰的问题，不仅对于他后来写作《死魂灵》《与友人书简选》和《关于宗教礼拜仪式的沉思》（包括修改《塔拉斯·布利巴》）不无影响，也使他更为自觉地关注起东正教、天主教和新教的异同，对后面形成他自己的宗教观具有积极的意义。

除了上面所述的意大利的环境和事件对果戈理的影响外，他在那里结交的人也使他与这个地方有了更深的牵绊，像伊万诺夫（А. Иванов）、茹科夫斯基、舍维廖夫（С. Шевырёв）、维耶利戈尔斯基（И. Виельгорский）、亚济科夫（Н. Языков）等人，是果戈理在罗马往来密切的朋友。

---

① *Гоголь Н.В.* Полное собрание сочинений: [В 14 т.] / АН СССР; Ин-т рус. лит. (Пушкин. Дом). [М.; Л.]: Изд-во АН СССР, 1937-1952. Т. 11. Письма, 1836-1841. 1952. С. 118-119.

② *Гоголь Н.В.* Выбранные места из переписки с друзьями. М., 1990. С. 316.（《关于宗教礼拜仪式的沉思》的这个版本不同于根据 1893 年第 3 版、由曼注释、发表于《我们的遗产》1990 年第 5 期上的版本，它在内容上比后者丰富一些，语言上古斯拉夫语汇运用得较多，从中更能感受到曼所说的"音响本身、声音的接续与和谐带来的快感"，因此我们将主要引用这个版本。）

③ *Золотусский И.П.* Трапеза любви. // Новый мир. 1991. № 9. С. 222.

④ Там же.

1838年果戈理结识了画家伊万诺夫，二人相交甚好，画家对其他人讳莫如深的画室，果戈理却可以带人参观。1838～1839年之交，果戈理还常常与茹科夫斯基结伴出游。茹科夫斯基是作为皇储的随从来到罗马的。这期间，果戈理三次为他朗读了《死魂灵》，一次一章。同期来到罗马的还有舍维廖夫，他在果戈理庆生聚会上朗读了一首赠诗，表达了对果戈理喜剧创作的支持和期待。而皇储的伴读、年轻的维耶利戈尔斯基，与果戈理在彼得堡时就认识。1838年11月他因病由父亲陪伴到罗马疗养。果戈理与他们常常走动，并在1839年4月维耶利戈尔斯基病情恶化后，时时在他的病榻前守护。果戈理很珍视与他的友谊，因为这个朋友是"在生命中已经不会再交到朋友的时候命运给予的"。[①]1839年春，维耶利戈尔斯基去世，他的死对果戈理的触动很大，让他再次感到天妒英才。他在信中写道："在俄罗斯好人难以生存，只有一群猪在那里过得舒服。"[②]后来，基于这次触动，果戈理写了那篇《别墅之夜》，很特别的一个作品，"唯一的一部已知的自传体文学作品"[③]。曼认为，它与早期的作品一脉相承，与《死魂灵》中第六章关于逝去的青春那段抒情插笔以及书信中的相关话题是同一个调性，归结起来，都是在而立之年生出的万千感慨之表达。

　　在这样的视角下，曼赋予了果戈理的1839年以特别重要的意义，我们可以从他的书中梳理出这样一些事实：这一年，6月初经历了好友维耶利戈尔斯基的离世，6月底结识了后来成为最亲近的朋友的亚济科夫，9月回到俄罗斯，逗留至1840年5月。其间：一个月在莫斯科——朗读作品；会见老友新朋；观看《钦差大臣》的演出，提前退场；被阿克萨科夫（К. Аксаков）和别林斯基等视为与普希金、歌德、莎士比亚、拜伦、司各特等比肩的世界一流作家。两个月在彼得堡——为安置两个即将从女校毕业的妹妹借钱（阿克萨科夫主动提供）；朗读作品；拒绝去观看《钦差大臣》。后面五个月又是在莫斯科——写作；新结识了不少人，各方面的都有（与自己宗教思想相近的大司祭马卡里（Макарий, М. Глухорев），与别林斯基关系密切的瓦·鲍特金（В. Боткин）和画家戈尔布诺夫（К. Горбунов），诗人费特（А. Фет），格兰诺夫斯基（Т. Грановский），作曲家兰格尔（Л. Лангер）等）；数次给朋友们朗读《死

---

① *Манн Ю.* Гоголь. Труды и дни: 1809-1845. М.: Аспект Пресс. 2004. С. 534.
② 《果戈理全集》第八卷，周启超主编，李毓榛译，合肥：安徽文艺出版社，1999年，第213页。
③ *Манн Ю.* Гоголь. Труды и дни: 1809-1845. М.: Аспект Пресс. 2004. С. 541.

魂灵》，边读边修改；朗读《罗马》；照顾妹妹们，带她们见世面，教导她们，直到4月母亲来接她们走；5月9日参加命名日聚会，莱蒙托夫出席并朗诵了自己的长诗《童僧》（Мцыри）中的一个片断。

从上面的描述我们可以看到，果戈理在回国的这段时日里，他的一切活动主要围绕着两个主题，一个是安置妹妹，另一个是测试《死魂灵》。

果戈理对亲情的看重和对家人的责任心是很值得称道的。上文我们已经说过，在刚刚有了固定的工作之后，他便把两个妹妹接到了身边读书，以减轻母亲的压力，同时也是为妹妹们的前途着想。此番回国，首当其冲的还是解决两个面临毕业的妹妹的安置问题，可谓有始有终。果戈理在自己身体不好、没有固定收入和固定住所、很多时候要靠朋友们的帮助度日的情况下，照顾两个不谙世事的妹妹，而且不只是衣食周全而已，他还要带着妹妹们见世面——看戏、观光、社交，还要让妹妹们有一技之长，为此不惜血本为她们延请家庭教师（音乐老师一小时课要五卢布），不嫌弃她们的笨拙、幼稚。在他的多方努力下，一个妹妹得以留在莫斯科生活。而在送另一个妹妹和来接她的母亲、小妹走时，他那种周到和细致的临行准备——备好各种吃食："鱼子酱、奶酪、熏货和特别好吃的莫斯科面包圈……"①，也很让人感动。

第二个主题体现在频繁地为两个首都的各类朋友朗读《死魂灵》和其他的作品，为的是探一探大家对他这部作品的态度。反响是令人满意的。但是，因为他的归来，原本就相互竞争的两个首都，在最初的共同激动之后，起了新的争执。以谢·阿克萨科夫或者基里耶夫斯基（И. Киреевский）为代表的莫斯科指责彼得堡不理解果戈理，不仅帕纳耶夫、卡塔舍夫斯基（Г. Карташевский）等不理解，就连茹科夫斯基和普希金也没有正确评价果戈理的天才；而以普列特尼奥夫为代表的彼得堡则进行还击。这是果戈理所不愿意看到的。其实，果戈理很明白，双方的热情都不单纯，都是有所求的，——希望果戈理站在自己一方。而果戈理在这种拉扯中一直想保持独立性，必然落得两边都不讨好。这恐怕也是果戈理在安置好妹妹后，便再次远行的一个原因——远离纷争，专心写他的主要作品《死魂灵》。

为了节省旅费，果戈理登报征求旅伴，却一直无人应征。最后是阿克萨科夫家的一个远亲帕诺夫（В. Панов）与果戈理结伴同行。1840年5月18日，二人离开莫斯科出国，途经白俄罗斯的布列斯特、波兰的华

---

① *Манн Ю. Гоголь. Труды и дни: 1809-1845. М.: Аспект Пресс. 2004. С. 569.*

沙、克拉科夫、捷克的摩拉维亚、波西米亚、布尔诺，6月中旬乘火车前往维也纳。7月中旬帕诺夫与果戈理告别，离开维也纳前往德国，约好9月1日在威尼斯见。

1840年8月中旬，果戈理在维也纳发病，状况危急，被传记作家们称为"维也纳危机"。"精神失调的情况之前也发生过，但是这么严重的危机，好像还不曾有过。果戈理头一次处于生和死的边缘。"①从果戈理后来的自诉看，疑似是躁狂抑郁症的症状：无法安然，站也不是，坐也不是，躺也不是；情绪被放大到身体无法承受的程度，会致昏迷或者梦游状态，——这些让他想起维耶里戈尔斯基临死时的感觉——一种可怕的烦闷和不安，因此他甚至写下了遗嘱。所幸，在尼·鲍特金（Н. Боткин）的照看和帮助下，果戈理踏上了去威尼斯的路途。而路途再一次施展了其对果戈理的拯救魔法，果戈理的病情在路上开始好转，到威尼斯与帕诺夫会合时差不多恢复了正常。他们在威尼斯住了十日，结识了画家艾伊瓦佐夫斯基（И. Айвазовский），同行至佛罗伦萨分开。

果戈理与帕诺夫9月25日到罗马。作家的身体状况仍时有反复。"维也纳危机"对果戈理的影响是很大的，从危机中走出来后，他好像经历了某种内在的蜕变，换了一个人似的，开始用一种新的眼光看待一切。他把自己的康复视为上帝的拯救："……多亏上帝神奇的力量，使我摆脱疾病，重新恢复健康，老实说，我没想到我还能站起来。"②他也把自己的文学创作视为上帝旨意——"我心里正在进行着、完成着奇妙的创作，那感激的泪水现在常常充满我的双眼。在这里我鲜明地看到上帝的神圣的意志：这样的授意是不会从人那里得到的……"③他是如此坚信，在自己奇迹般的康复里有着上帝的意志和安排，致使他在某种程度上甚至把自己也神圣化了——旅行、举债、被照料，"这一切安排得如此奇妙而又明智，都是上帝的最高意志"，而且，"现在我需要受到照料并不是为了我，不是！他们将做的是一件不无益处的事情。他们运走的是一只黏土花瓶。当然，这只花瓶上现在满是裂纹，很旧，勉强立得住；但是这只花瓶中蕴藏着宝贝；因此，需要爱惜它"④。对周围的人和事，看法也发生了改变——"原先让我觉得不痛快和不堪忍受的许多东西，如今我觉得是沉

---

① Манн Ю. Гоголь. Труды и дни: 1809-1845. М.: Аспект Пресс. 2004. С. 583.
② 《果戈理全集》第八卷，周启超主编，李毓榛译，合肥：安徽文艺出版社，1999年，第219页。
③ 同上书，第226页。
④ 同上书，第227—228页。

浸于自己的渺小卑微和无足轻重之中的……"① 他站在新的高度，开始以一种宽容与和解的态度对待周遭纷乱的人际关系，不再一味避走，反而开始有意识地涉入，"因为对神的服侍不是在隐居之中，而是在人们中间"②。这样的想法使果戈理在意大利传教士方济各·法兰西斯（Франциск Ассизский）那里找到了共鸣，后者提出的传教士思想正是：在内心里与世隔绝，但要留在尘世之中，为的是每天都完成苦修者的功勋。这位意大利传教士的经历也与果戈理的很相近：年轻时也有不少诸如虚荣之类的缺点，但是后来，在生了一场重病和做了一个预见性的梦之后，他选择了另一条路，虔诚的道路。③果戈理在后来写的《生病的意义》④中，怀着感恩之心，揭示了生病对于人接近真理、理解自己的使命以及做出正确的选择所具有的重要意义。这是后话。

在1840～1841年这个时候，新的思想虽说已然萌生，但果戈理还需要经历不少周折和反复，才能使它坚实起来。这时，最重要的还是写作《死魂灵》。1840年9月底到罗马后，旅伴帕诺夫成了果戈理的邻居。根据曼的说法，他"在果戈理的寓所里占据一个房间"，果戈理口授《死魂灵》，由他替作家作记录。1841年5月6日，帕诺夫离开罗马，安年科夫搬进他那间屋子，同时也接替了他的记录工作。对于《死魂灵》的写作情况，安年科夫在回忆录中这样描述道：

> 我坐在一张圆桌的后面，尼古拉·瓦西里耶维奇就在这张圆桌旁边离我稍远一点的地方打开笔记本，全神贯注在笔记上，有节奏地、庄重地、表情丰富地口授起来，因此《死魂灵》第一卷中的前几章便在我记忆中留下了特殊的韵味。这同通常对物象进行深刻的静观后所产生的那种平静的、匀称四溢的灵感非常近似。尼古拉·瓦西里耶维奇耐心等我写完最后一个字，又用同样专心致志的声调念下一个长句子。这种声调优美、充满诗意的口授本身如此真挚，以致任何东西也不能削弱或改变它。……也发生过这样的事，由于我对缀字法提出疑义，他中断口授，同我讨论起缀字法来，然后又自如地回到方才的语气、方才充满诗意的语调，仿佛他的思路一刻也没停顿过似的。比如，我记得，我把写好的句子递给他时，在他口授"шекатурка"的

---

① Манн Ю. Гоголь. Труды и дни: 1809-1845. М.: Аспект Пресс. 2004. С. 586.
② Там же. С. 588.
③ Там же. С. 589.
④ 《生病的意义》是《与友人书简选》一书中的一章。

地方写了"штукатурка"。果戈理停住了,问道:"为什么要这样写呢?""这样写好像更正确。"果戈理跑到书架前,取出一本字典,找出这个词的德文词根和它的俄文意思,又仔细查了所有的论据,最后合上字典,把它放回原处,说道:"谢谢您的指教!"随后他又坐在安乐椅里,沉默了片刻,那嘹亮的、仿佛是普通的但实际上却是崇高而激动人心的话语,又倾泻出来。①

虽然说,创作的灵感和激情使果戈理时常充满正能量,但是疾病并没有走远,它盘旋在附近,不时偷袭果戈理本就不甚强健的身体和脆弱的神经。如果说1836年以前,果戈理的体能还够生产出快活的炮弹以对抗阴郁,因而给人的印象是一个快活和善的人,那么,1836年之后,果戈理的身体能量已经不足以与阴郁直接对抗了,所以他只有避走他乡,以路途来逃离烦闷。也就是当机体中的阳气越来越少时,身体便本能地要逃离阴寒之地而靠近阳盛之源。路途既是通达充满生机之阳的途径,也是摆脱心灵阴郁、奔向洒满阳光的心灵故园的治愈之旅。从这个意义上讲,果戈理1829年的旅行如果算作是用路途逃离的一种预演,1836年的出国可以视为是一种主动选择的战略撤退,而1840年经历的"维也纳危机"是一次真正意义上性命攸关的危机。1839年好友维耶利尔斯基之死或许可以视为其前奏。这一次逃离维也纳,则是仓皇地逃离阴郁的致命威胁。此后,阴郁、烦闷乃至死亡的阴影如影随形,时时侵扰着苦苦支撑着的果戈理,在他脆弱的神经上跳舞。1841年,据安年科夫的见证,果戈理夜里已经无法正常地在床上安睡,而是坐在沙发上打盹。而在罗马的一位年轻的俄国建筑师之死,就像蝴蝶效应一样,对果戈理产生了强烈的震撼,他对安年科夫说:"……我要死了……我昨晚差一点因神经发作而死去……带我走吧,随便去什么地方,而且要快,不然就迟了……"②可想而知,果戈理的《死魂灵》创作得多么不容易!简直就是作家从阴郁和死亡的魔爪下夺下来的!难怪安年科夫会说:"《死魂灵》是他痛苦挣扎的苦行禅房,一直挣扎到断了气被人抬出为止。"③而这种挣扎是一种向阳而生的生命本能,同时也是追求精神永生的理性选择。

---

① 屠格涅夫等:《回忆果戈理》,蓝英年译,北京:东方出版社,2008年,第59~60页。
② См.: Манн Ю. Гоголь. Труды и дни: 1809-1845. М.: Аспект Пресс. 2004. С. 591.
③ 屠格涅夫等:《回忆果戈理》,蓝英年译,北京:东方出版社,2008年,第57~58页。

1841年7月初，果戈理与安年科夫一道离开罗马，到达阿尔巴诺。安年科夫认为，彼时的果戈理"正处在一种新的倾向的分界线上，属于两个不同的世界"[1]。在阿尔巴诺，安年科夫与果戈理分手，去意大利南部了，而果戈理8月也上路了——经佛罗伦萨去德国见茹科夫斯基。发生在法拉克福的这次会面令果戈理把已写就的关于哥萨克的悲剧手稿烧毁了，因为他给茹科夫斯基朗读时，后者睡着了。

1841年9月下旬果戈理与亚济科夫一起取道柏林回国，于10月19日到达彼得堡，五天后前往莫斯科。果戈理履行了自己一年前的承诺——带回了《死魂灵》第一卷手稿，只剩后五章尚待最后的修改。[2]

在莫斯科，果戈理把史诗给谢·阿克萨科夫、康·阿克萨科夫和波戈津读了一遍，前两个人的反应是叫好，只有波戈津给出了批评的意见：在第一卷里史诗的情节没有进展，果戈理修筑了一条长廊，然后带着读者和乞乞科夫沿着长廊走去，打开左右两旁房间的门，把坐在每间屋里的坏蛋指给他们看。[3]果戈理对批评意见很重视，因为他已经在考虑《死魂灵》第二部的事情了。而且，总的说来，果戈理对读者的反应向来很关注，相对于赞扬，他更在意的是批评和指责。这种倾向越往后越明显，到后来简直就是求虐的节奏，因为彼时文学创作已然与"心灵的事业"融为一炉了。

《死魂灵》的出版过程让果戈理很是劳心费力了一番。1841年12月，果戈理把《死魂灵》第一卷的手稿交给了莫斯科一位熟悉的书刊审查官过目，并得到了其肯定的反馈，这让果戈理对下一步的批准出版充满了希望。但审查委员会提出了一些疑问，他们把手稿转给果戈理一开始找的那位审查官，请他给出一份评语。这位审查官对果戈理讲述了问题的复杂性，这种情况引起了果戈理的担忧。为了防止手稿被禁止出版的事情发生，他撤回了手稿，把它经由路过莫斯科的别林斯基[4]转递到了彼得堡。1842年初，就在果戈理焦急地等待来自彼得堡方面的消息，而消息迟迟

---

[1] 沃罗帕耶夫：《"我的心告诉我，我的书是需要的……"》，见《果戈理全集》第七卷，沈念驹主编，吴国璋译，石家庄：河北教育出版社，2002年，第3页。
[2] *См.*: Манн Ю. Гоголь. Труды и дни: 1809-1845. М.: Аспект Пресс. 2004. С. 607.
[3] 屠格涅夫等：《回忆果戈理》，蓝英年译，北京：东方出版社，2008年，第297页。
[4] 果戈理托别林斯基转交的不只是《死魂灵》的手稿，还有给奥陀耶夫斯基、斯米尔诺娃和普列特尼奥夫的信。果戈理在莫斯科与别林斯基会面是顶着很大的压力的，因为，正如谢·阿克萨科夫所言，当时莫斯科方面对别林斯基已经是"忍无可忍"了，所以他们的见面是秘密进行的。

不来之时，莫斯科方面却有了好消息：莫斯科学区督学斯特罗加诺夫（С. Строганов）向果戈理伸出了橄榄枝，并且不只是"说说而已"，而是真的给第三厅主管卞肯多夫（А. Бенкендорф）写了信，实际上等于是通过他向沙皇求助了，不仅说手稿是自己建议转送彼得堡的，还替果戈理哭了穷。卞肯多夫果然在呈送给尼古拉一世的报告中提及了果戈理的事，并把斯特罗加诺夫的哭穷具体化为"一次性补助500银卢布"，而尼古拉一世批复："同意"，于是很快这笔钱就寄给果戈理了。这也算是命运跟果戈理开的一个玩笑吧。

而彼得堡方面，受果戈理委托的奥陀耶夫斯基（В. Одоевский）和斯米尔诺娃也在各显神通，动用各种关系打通关节。斯米尔诺娃和普列特尼奥夫想走玛丽娅公主的门路未果，就拉上维耶利戈尔斯基（М. Виельгорский），让他去找彼得堡学区督学及书刊审查委员会主席东杜科夫—科尔萨科夫（М. Дондунов-Корсаков），后者答应促成手稿付梓。但彼得堡的朋友打算把手稿呈给教育部长乌瓦罗夫（С. Уваров）的消息又让果戈理担忧起来，因为果戈理知道，这位部长大人从《钦差大臣》之后就不待见自己。看起来，"一事不烦二主""木匠多了盖歪歪房子"之类的中国智慧，果戈理和他的朋友并不知晓，因而用力过猛了。果戈理害怕让乌瓦罗夫晓得此事反而会事与愿违，他想再次叫停此事，于是写信给普列特尼奥夫说，意欲延缓史诗的"过早"发表，让他把手稿交还给自己。但在此之前，他想让为此事奔波的几个人凑在一起，给史诗提意见，以利将来出版。① 曼不相信果戈理真想这么做，他把果戈理的这一举动理解为"例行的一次促使朋友们加把劲地尝试"。② 我们倒觉得，果戈理未必不是认真的。他太看重自己的这部呕心沥血之作了，以至格外小心谨慎，甚至有点草木皆兵。如果不是这样，他就不会在莫斯科书刊检查机构还并未有定论、而写评语的人已然表示了认可的情况下，仅仅因为有可能被禁止就撤回了手稿。而这一次，情况甚至要比莫斯科更危险一些，乌瓦罗夫明显对他没有好感。他要回手稿怎么就一定是故作姿态呢？况且，我们已经知道，果戈理对读者反应极其重视，而对自己的作品永远都不满意。因而，我们认为，果戈理此番的撤稿意愿未必不真诚。只是，果戈理的朋友们自然不会轻言放弃，而且事情的转机来得也快，1842年3月9日，书刊检查官尼基坚科（А. Никитенко）同意手稿付梓。不过，《死魂

---

① См.: Манн Ю. Гоголь. Труды и дни: 1809-1845. М.: Аспект Пресс. 2004. С. 609-612.
② Там же. С. 612.

灵》曲折的出版之旅并未就此画上句号，后面还有小说中的科贝金上尉的故事引发的周折——改写、请求……

总而言之，好事多磨。几经周折，让果戈理的情绪像坐过山车一样忽起忽落的书刊审查终于通过了。1842年5月21日，第一批装订好的《死魂灵》被送到果戈理手上。至此，果戈理的回乡之行也接近尾声了。完成了《死魂灵》的出版事宜，果戈理便急于离开莫斯科，一方面，这一次在莫斯科的逗留让果戈理感到："将我与世间系在一起的最后的结儿被扯断了。"① 使他产生这种感觉的一个重要因素，便是他因不想给波戈津的杂志供稿而与后者交恶；另一方面，他急于开始在脑海里盘桓已久的《死魂灵》第二部的写作，而这需要脱离开莫斯科和彼得堡两方面对他的拉扯，到一个让他能心无旁骛的环境。

在等待《死魂灵》付梓期间以及从出版到再次离开俄罗斯这段时间里，果戈理做了不少事情：拜访两个首都的旧友新朋；朗读《死魂灵》；为波戈津的杂志修改《罗马》并给好友们朗读；修改《肖像》；修改打磨《死魂灵》中科贝金上尉的故事；朗读《婚事》；操持第一部文集的出版事宜；《死魂灵》出版后考虑赠书和书评的事……在完成这一切之后，果戈理再次踏上了旅途。

第二节　精神探索：天降大任

1842年6月5日，果戈理最后一次出国，开始了长达6年的国外生活。他在1842年5月9日写给达尼列夫斯基的信中写道："这将是我最后一次，或许也是持续时间最长的一次远离祖国，我的归途只可能经由耶路撒冷。"②

路途一如既往地成为他的解药，他一上路，既有了活力，也有了愉悦的心情。在1842年6月26日写给茹科夫斯基的信中果戈理写道：

> 我只能说，在我的心灵中每日每时都在变化，变得更加光明和庄严，我的旅行、我的远离和与世隔绝并非没有目的和意义，它们使我心灵的培育不知不觉地完成了，我变得比留在我朋友们的记忆

---

① См.: Манн Ю. Гоголь. Труды и дни: 1809-1845. М.: Аспект Пресс. 2004. С. 624.
② Там же. С. 633.

中——这份记忆对我而言是神圣的——的印象要好很多，我真心的泪水流淌得更加频繁和庄严，而且一个深深的、无以言表的信仰存活在我的心灵之中，那便是上天的力量会帮助我爬上我面前的这个阶梯，尽管我现在还只不过站在它的最低的和最初的几级台阶上。前面还有许多劳作、路途和心灵的培育！我的心灵当比高山上的雪更纯净，比天空更光明，只有到那时我才会有力量开始建功立业，只有到那时我生存之谜才会解开。①

从中我们可以看出，果戈理对自己的心灵状态更加关注，对心灵的培育更加自觉，而对前途充满了希冀。这种激情澎湃与"维也纳危机"之后的感悟是一脉相承的，只是此时在果戈理心中，自己的生命和创作都关乎上天的旨意这一信念更加坚定了。正是因为有了这一信念，果戈理愈加兢兢业业地勤勉工作了起来。

其实，早在1840年春他便在书信中表示："我现在更适合于过修道院的生活，胜于过世俗生活。"在1842年初的另一封信里他写道："我需要独处，绝对的独处。〈……〉我生来不是为了忙忙碌碌的，我日益感到，每时每刻感到，世上再也没有比修道士的身份更大的造化了。"②这种念头与果戈理40年代的宗教兴趣和对艺术使命的理解是密不可分的。正如他在《作者自白》（Авторская исповедь）中所写的那样："从这时候起，人以及人的心灵比从前任何时候都更加变成观察的对象。我把一切当代题材的东西暂时停了下来；我去注意了解那些推动人和整个人类前进的永恒规律。立法者、心灵洞察者和人的本性观察者写的书成了我的读物。一切东西，只要其中反映出对人和人的心灵的认识，从世俗之士的自白到隐士和修士的忏悔，都令我感兴趣，并且在这条道路上我不知不觉地，自己都几乎不知道怎样就来到基督跟前，因为我在他身上发现有一把开启人的心灵的钥匙，况且任何一位心灵洞察者还没有上升到他所站的那个认识心灵的高度。"③

---

① *Гоголь Н.В.* Полное собрание сочинений: [В 14 т.] / АН СССР; Ин-т рус. лит. (Пушкин. Дом). [М.; Л.]: Изд-во АН СССР, 1937-1952. Т. 12. Письма, 1842-1845. 1952. С. 15.

② 沃罗帕耶夫：《"我的心告诉我，我的书是需要的……"》，见《果戈理全集》第七卷，沈念驹主编，吴国璋译，石家庄：河北教育出版社，2002年，第4页。

③ 果戈理：《与友人书简选》，任光宣译，合肥：安徽文艺出版社，1999年6月，第305页。

1842 年 7 月底至 8 月初，果戈理自黑斯廷去了一趟慕尼黑，然后又回黑斯廷住了一段时间。与之同行的雅济科夫在 1842 年 8 月 28 日的家书中见证了果戈理的孜孜以求：

> 果戈理在任何地方都跟在家里时一样，在任何地方都是按照自己的方式安顿下来即开写；在黑斯廷他就像在莫斯科或者罗马一样坐得住：整个上午都是手握鹅毛笔，独自一人——而且无论谁怎么敲门都不给开！午饭后闲散一下，躺在沙发上稍微打个盹儿，散散步，9 点钟就躺下睡觉了——他做这些全都格外地按时按点和轻松自如，一切按部就班得就像上了发条的钟表一样。①

9 月 17 日果戈理和亚济科夫结伴前往意大利。9 月 22 日到威尼斯，10 月 4 日抵达罗马，住进之前的寓所。在罗马，果戈理依旧按照自己的作息工作：

> 下午 4 点钟之前，亚济科夫都是一个人打发白天，因为果戈理不放任何人到自己那里去，"忙得很，使劲地工作"；然后在午饭时见面。"午饭后一起打打盹儿，晚上通常有三个俄罗斯人来我们这儿（其中包括他们著名的画家伊万诺夫）；我们闲谈两个来小时，9 点钟散伙，各自去找自己的睡神（去睡觉）。"②

尽管果戈理努力工作，但由于他赋予了文学创作以崇高的使命，将之与心灵的事业紧紧联系在一起，因而他的《死魂灵》第二部的写作进展缓慢。在 1843 年 10 月写给普列特尼奥夫的信中，他说："我的作品与我本人的精神教养是如此密切相关，而且在这之前我是多么需要获得这种内在的强有力的精神修养、深刻的修养，因此不可能指望新作尽快问世。"在 1844 年 7 月给亚济科夫的回信中他更是坦言："你问，是否在写《死魂灵》？在写，又不在写。〈……〉我前进了——作品也前进，我停步不前了——作品也就无法进展了。"③

1845 年 4 月果戈理在写给斯米尔诺娃的信中说："我在折磨自

---

① См.: Манн Ю. Гоголь. Труды и дни: 1809-1845. М.: Аспект Пресс. 2004. С. 633.
② Там же. С. 636.
③ 沃罗帕耶夫：《"我的心告诉我，我的书是需要的……"》，见《果戈理全集》第七卷，沈念驹主编，吴国璋译，石家庄：河北教育出版社，2002 年，第 6 页。

己——强迫自己写，由于感到虚弱无力，我痛苦万分，有好几次我甚至因这样强迫自己而病倒，什么也无法做成，一切都是迫不得已，都糟透了。因为这一原因我好几次陷入了忧愁，甚至几乎陷入了绝望之中。"①1845年夏，他甚至感觉自己行将就木而写下了遗嘱，并焚毁了《死魂灵》第二部手稿。在后来发表的《与友人书简选》里，果戈理是这样解释焚稿的："为什么要烧掉《死魂灵》第二部，是因为需要这样做。'若不死就不能生'，——一位使徒说。为了复活，应首先去死。把痛苦而紧张地劳动了五年的成果付之一炬不是件轻易之事，书里的每一行字都是用心灵的震荡换来的，那里有许多东西变成我的最出色的思想，占据了我的心灵。但一切都已烧掉了，况且是在"我发现死神已站在我跟前，我非常想哪怕在自己死后给自己留下些美好的回忆"的那个时刻干的。我感谢主赋予我办了这件事的力量。当火舌刚刚吞噬了我的书的最后几页，它的内容一下子以净化而明亮的神态复活了，宛如从火堆里飞出来的一只凤凰，于是我突然发现了那种我曾经认为是工整端庄的东西还处在那么杂乱无章的状态。"②

可见，1845年，就像沃罗帕耶夫说的那样，"是果戈理一生中最艰难的一年"。③紧张的精神探索和执着的文学创作，令果戈理原本脆弱的身体更加风雨飘摇。自1845年底开始的病症——怕冷和腿肿一再反复发作，困扰着作家，让他觉得生不如死。然而像以往一样，在病痛中，充满创造力的时刻也时常会光顾果戈理。这段时日里，他在写作《死魂灵》第二部的同时，还在继续构思新作——一本"有实际意义的"书，在给亚济科夫的信中果戈理称之为《书简选》。

1846年的前五个月果戈理是在罗马度过的。安年科夫见证说："深刻而令人痛苦的思索在他脸上留下了明显的虚弱和疲乏的痕迹，但他脸部的整个表情不知何故我觉得比以前开朗安详。这是哲学家的脸。"④

此时果戈理的思考都是围绕着人的心灵进行的，对心灵的关注程度有时甚至达到令人瞠目的程度，比如在餐桌上，当别人询问他菜肴味道如何时，他都会建议人家不要关心菜肴，而要想想自己的心灵。这份专注与执

---

① 沃罗帕耶夫：《"我的心告诉我，我的书是需要的……"》，见《果戈理全集》第七卷，沈念驹主编，吴国璋译，石家庄：河北教育出版社，2002年，第6页。
② 果戈理：《与友人书简选》，任光宣译，合肥：安徽文艺出版社，1999年，第118~119页。
③ 沃罗帕耶夫：《"我的心告诉我，我的书是需要的……"》，见《果戈理全集》第七卷，沈念驹主编，吴国璋译，石家庄：河北教育出版社，2002年，第6页。
④ 同上书，第6页。

着使得他对于心灵的烦闷和空虚格外敏感。之前，果戈理更多的是在自己身上体会到不可名状的、令人寝食难安的心灵的烦闷，如今他感受到这种烦闷已经侵袭了整个世界："甚至不可名状的烦闷已然遍布人间；生命变得越来越冷漠；一切都变得越来越渺小，于是由于所有人的变小，唯有烦闷的巨大形象在日益增大，达到无限大的身量。一切都无声无息，到处都是坟墓。上帝啊！你的世界变得空虚而可怕！"①

正是基于这样一种认识，果戈理赋予了《与友人书简选》和《死魂灵》第二部以救世的意义。这两部作品的创作因而具有了生死攸关的重要性，至少对于果戈理而言是如此。与此相关，作者与书刊检查之间的关系问题也是他此时思考的要点之一。通常的通关之道——伊索式文笔并不能令果戈理满意，他追求的是与书刊检查之间的一种更高层次上的共识，即作家应当使自己进入能让所有人都接受真理的状态，他的思考和表达能够让所有人都接受："如果作家充满一种极为纯洁的行善愿望，这一愿望已达到了占据他的整个心灵、成了他的肉体和食物那种地步，那么任何书刊检查对于他都不会严格，他处处都会畅通无阻。"②从这里我们进一步看到果戈理对作家的高标准和严要求。这是一种精神上的崇高追求，是一种心灵的事业。他认为，如果作家所写的东西不能被理解，说明写得糟糕，而写得糟糕则暴露出"自己那未受到教益的心灵的内在邋遢"。③他是这么想的，也是这么做的。前外交部官员斯图尔扎（А.С. Стурдза）1846年4月在罗马见过果戈理，他对果戈理当时的精神状态有这样的描述："那时令我惊异的是，我在果戈理身上看到的不是讽刺作家，不是机敏的讲故事人和内容丰富的小说作者，而是一个比自身的创作站得更高的人，一个饱尝了身心痛苦之火的人，一个以心智的全部才能和力量奔向上帝的人。"④

此时的果戈理与正在创作《基督显圣》（Явление Христа народу）的画家伊万诺夫的状态很像，大概正是这个缘故，这二位艺术家在异乡罗马结下了深厚的友谊，在他们各自的创作史上留下了一段佳话。我们参照苏永利在《中国哲学基本原理：阴阳之道》一书中的思路，从阴阳之道出发，可以将两位艺术家的交往和创作上、思想上的联系视为某种阴阳之

---

① *См.: Манн Ю. Гоголь. Завершение пути: 1845-1852. М.: Аспект Пресс, 2009. С. 13.*

② 果戈理：《与友人书简选》，任光宣译，合肥：安徽文艺出版社，1999年6月，第77页。

③ 出自1846年5月5日（俄历）写给亚济科夫的信。*См.: Манн Ю. Гоголь. Завершение пути: 1845-1852. М.: Аспект Пресс. 2009. С. 8.*

④ *См.: Манн Ю. Гоголь. Завершение пути: 1845-1852. М.: Аспект Пресс. 2009. С. 9.*

合。只是我们这里讲的"合",既指体现在语言与图像两种截然不同的艺术形式在艺术表达层面上的共同感悟,也指体现在其思想层面上对阴阳之间的神道的追求。①

果戈理与伊万诺夫

亚历山大·安德烈耶维奇·伊万诺夫(А.А. Иванов, 1806～1858)出生于艺术世家,父亲是帝国美术学院教授。他11岁即开始在美院学习,24岁出国留学,后半生一直侨居罗马,是典型的学院派画家。伊万诺夫从1836年开始构思他一生中最主要的作品《基督显圣》,创作历时二十个年头。

而果戈理也正是从1836年开始创作自己的不朽名作《死魂灵》的,同样的殚精竭虑,同样的旷日持久。可以说,这两位伟大艺术家的相逢和交往,冥冥之中仿若天定。

不过,两位艺术家是何时相识的,学界对此并没有确切的说法。但从伊万诺夫写给父亲的信和他写给果戈理的第一封信草稿中可以断定,不晚于1838年。②

伊万诺夫在信里评价说,果戈理是"我国最好的文学家","这是一个非同寻常的人,有着很高的智慧和纯正的艺术眼光。作为一位诗人,他洞见深邃,对人类的情感颇有研究"。③

而在果戈理眼里,伊万诺夫是一位正在"创作如此宏伟的,迄今为止任何人都不敢画的画作的大师",④他"拒绝人生的一切诱惑","努力学习并认为自己一辈子都是学生","在自己还没有什么东西可吃和可穿的时候,会把自己的最后一件衬衫与一无所有的劳动者分享"。他"对一切礼节和世俗的条件嗤之以鼻,穿起一件普通的短上衣,不但断掉自己去获得各种享受和大吃大喝的念头,而且也断掉自己有朝一日找老婆成家或者搞某种经营活动的念头,他真正地过起苦行僧的生活,日夜埋头搞自己的画

---

① 参见苏永利:"作为一种知识体系,中国哲学在整体结构上基本呈现了阴阳之道的状态。在哲学问题上,人道为阳,天道为阴,神道为阴阳之间,人天神三位一体。在哲学流派上,儒家为阳,道家为阴,佛家为阴阳之合,儒道佛三足鼎立。"《中国哲学基本原理:阴阳之道》,北京:中国大百科全书出版社,2022年,第002页。

② См.: Машковцев Н.Г. Гоголь в кругу художников. М.: Государственное издательство «Искусство». 1955. С. 89.

③ Там же. С. 90.

④ 果戈理:《与友人书简选》,任光宣译,合肥:安徽文艺出版社,1999年,第160页。

作,并且每时每刻都在祈祷",①因为"画家本人的精神事业与创作这幅画联系在一起了","在创作这幅画时,画家本人无论在艺术手法上还是在让艺术完成合理而崇高的使命的思想上都完成了一次修炼"。②

可见,二人惺惺相惜,将彼此视为艺术上的知音。马什科夫采夫(Н.Г. Машковцев)指出:"完全有理由认为,从相识之初果戈理就成了伊万诺夫的常任参谋。他们的结识迅速转变为友谊。在很短的时间内果戈理就成为了伊万诺夫最亲密的人。"③果戈理和伊万诺夫能够迅速走近并相互影响,一个重要的原因是:他们都是为艺术献身的人,并且有着相近的艺术理念和艺术追求。

在二人相识之前,画家正为画什么而举棋不定,并苦于无人可诉。在1836年12月写给父亲的信中,伊万诺夫抱怨道:"要为我的画想出情节可真难,时至今日我对它们完全不满意。我何时能满意呢?没有人可以帮忙。谁会愿意为了我深入我描绘的对象的全部细节之中呢?"④实际上,这个人已经与画家同在一座城市里了,他就是果戈理,只是他们暂时还未曾谋面。其实,伊万诺夫在1836年7月就已经画出了草图,并寄给了父亲。他在给父亲的信中详细讲解了自己的构思:

> 我让约翰拿着十字架,为的是让人一下子就明白这是约翰——在绘画作品中确切性不是最后的美德,——而身上的披风是为了给他增添作为主要人物的重要性。……在约翰后面的是他的门徒,他们中有些后来成为基督的门徒。没有彼得。此时在施洗约翰身边我画的是年轻的圣徒和福音传道者约翰,再后面是彼得的弟弟安德烈;我会尽力赋予他们二人以达·芬奇在《最后的晚餐》里所塑造的那种特征。最后一个神情激动地站着的是纳法奈尔;尽管他实际上是不在场的,但艺术家的自由在这种情形下是可以胜过拘泥细节的准确性的,况且我并不想让任何人信服这就是纳法奈尔。他在这里就像是与约翰其他三个门徒的真情实感相对立一样。在画面这一边的水里站着一个爷爷

---

① 果戈理:《与友人书简选》,任光宣译,合肥:安徽文艺出版社,1999年,第168~170页。
② 同上书,第161页。
③ *Машковцев Н.Г.* Гоголь в кругу художников. М.: Государственное издательство «Искусство», 1955. С. 89-90.
④ *Боткин М.* А.А. Иванов. Его жизнь и переписка. 1806-1858 гг. САНКТПЕТЕРБУРГ. 1880. С. 102.

领着几个孙子；远一点是个入水的年轻人，他正朝旷野上响起的声音转过头，再远一点，在树枝后面，某个人还停留在忏悔者原来的情感之中——这是为了说明过去的时刻。现在再看画的另半边，仍旧从约翰开始。在远景有两个收税人：一个正忙着后悔，什么也听不见；另一个朝约翰的声音回过头来。他们的苦状可以用头部的装饰物来说明……接下来是旅行者和忏悔的罪人，按东方习俗坐着，头发蓬乱，布满灰尘，穿着破烂的衬衫——两个人都被约翰的话吸引。再靠右边一些是一个儿子，他看到耶稣基督充满强烈好奇心，朝他奔去，但在此之前尽可能小心地帮自己年迈的父亲站起身，对于后者天国已经是唯一的欢乐了。此刻老者正感动地倾听着约翰的话，而儿子则用目光追随着耶稣基督。然后，为了避免清一色的男性形象（当然，男性应该是为主的，因为在犹太人那里女人主要是做家务的），我在后面画了一个年轻的女孩子，另外两个中年妇女正帮她脱衣服；她们在这一时刻也都被约翰的话所吸引，尽管对于作为女人的她们而言，这些话并不是很明白。这组人赋予画面以美感。接着是一个年轻人，他停下穿衣服，好像想要从自己的位置上跳起来，以便快些向耶稣基督表示欢迎；再后面是一个穿着纯粹犹太民族衣服的年轻人，聆听着约翰的话——我想把他，一个已经皈依的人，画成一个充满激情的人。然后，在前景，又是一个年轻人，与自己亲近的人一道，为了看见那即将出现者，猛地从地上站起来；从他们身上掉落的衣服见证着他们过去的行为。他们身后是一些利未人和法利赛人；这些人中——几个人以疯狂的好奇心看着耶稣；另一个对约翰的话平和地微笑着；第三个人心如铁石般望向共同的目标，而第四个人准备好信主了。他们全都会以服装来加以区分。接下来是走向这里的人民；他们中也有军人。最后是耶稣基督本人，在后景中。①

可见，伊万诺夫已经有了对情节的基本构想，只是他对自己的构思不够满意，渴望有人能够帮助他参详，给出中肯的建议。果戈理适时出现，正好满足了伊万诺夫的渴求。

果戈理对伊万诺夫的影响首先体现在：他提议在历史题材的绘画中加进同时代人物形象，并赋予这个人物以某种特定的功能。"将活生生的人

---

① *Боткин М.* А.А. Иванов. Его жизнь и переписка. 1806-1858 гг. САНКТПЕТЕРБУРГ. 1880. С. 92-93.

的肖像引入画作中，在其中塑造现实存在的同时代人，这种想法未必属于画家。它与伊万诺夫的整个绘画体系、塑造典型的复杂方法存在着尖锐的矛盾，而画家即使对画作中的次要人物也不折不扣地施行了这一方法。果戈理那爱嘲笑的头脑把伊万诺夫的绘画体系与阿加菲娅·吉洪诺夫娜（果戈理的剧本《婚事》中的女主人公——本书作者注）寻找理想未婚夫的可笑想法相比，很容易刺伤伊万诺夫创作的这种细致复杂的、在旁观者眼中可能显得机械的方法。"① 也就是说，在果戈理看来，伊万诺夫的学院派绘画技法不切实际，就像阿加菲娅找未婚夫时妄想把不同人的优点集中在一个人身上一样。果戈理对绘画的看法与他在彼得堡时结识韦涅奇阿诺夫及其弟子不无关系。与学院派不同，他们追求真实，主要画室内装饰，对任何细节都很乐见。果戈理从他们的绘画中汲取现实的材料，了解画家的生活和绘画理念，对自己小说中的室内环境描写以及后续的画家主题小说的创作都有较深的影响，如《旧式地主》《肖像》等。② 这种实质上属于现实主义的绘画理念被果戈理贯彻到自己的文学创作之中，而在与伊万诺夫的交流中又有意无意地传递给了画家。

果戈理不仅为伊万诺夫画作的构思出谋献策，还身体力行地全力支持画家，做伊万诺夫的模特。在画作《基督显圣》中，离基督最近、身穿红褐色长袍、把脸朝向基督的人便是以果戈理为原型的。我们对照伊万诺夫1836年在给父亲的信中描述的构思，这个人显然是后来才出现的。因而马什科夫采夫推测说："这一形象及其画中的作用是果戈理本人想出来并告诉伊万诺夫的。"③ 人们将画作中以果戈理为原型的这个人物称作"离基督最近的人"。这个人物形象早在1839年就出现在伊万诺夫的"威尼斯草稿"中了，但草稿中的人物姿态与成品有所不同。果戈理在1847年出版的《与友人书简选》里谈及伊万诺夫和他的画作时，对这一人物的印象显然还是源自草图，而非成品，因为草图中的人是垂着头的，而在完成的画作上，这一形象是扭头朝向基督的。而这一点恰好证实了果戈理对伊万诺夫画作创作过程的知情与参与。

在人们对这一人物的解读中可以看出，即使不知道画的是果戈理，也并不影响人们对这一形象的理解。比如，大司祭费多尔（архимандрит Фёдор）就不知道画中这个人与果戈理有关，但这并未妨碍他针对这个

---

① *Машковцев Н.Г.* Гоголь в кругу художников. М.: Государственное издательство «Искусство», 1955. С. 79.

② Там же. С. 24-26.

③ Там же. С. 78.

形象指出:"这个人似乎强烈地预感到,就连信多神教的人们也能被他变成上帝的子民、威严的神职人员。"①叶夫列莫娃(З.А. Ефремова)在自己的文章中对"离基督最近的人"解读说:"在画家的构思中,果戈理不仅仅是正在发生的一幕的安静、消极的旁观者,也是画家的同时代人,他在画中行为转折时起着特定的作用——这是唯一一个懂得画中行为之'此刻',即'基督第一次显圣'的人。而且这个人在基督面前为世人负有责任。他是唯一一个在恐惧中意识到自己和人们的罪过的人,他召唤人们去忏悔。'最近的人'是唯一带入悲剧调子的人。除了'最近的人',没有任何一个人带有如此深刻的、无比戏剧性的特点。画家的构思如此,唯一一个了解并同意这一构思的人便是尼·瓦·果戈理。"②这一解读与马什科夫采夫的观点几乎同出一辙。③马什科夫采夫在自己的书中研究指出,果戈理在伊万诺夫的画稿里曾有过多种表现形态,诸如"发抖的人""忏悔的人""奴隶",直至"最近的人"。他们在画中所处的位置不一样,有时在前景,有时在远景。体态也不尽相同,有侧脸的,有垂头的,有直立的,有半蹲的。最后选取的是人群中"离基督最近的人",侧脸朝向基督来的方向。种种方案表明,画家对这一形象的思考是不断变化的,其中果戈理的影响举足轻重,关于这一点我们在下面再谈。

另外,与上述情况相关,伊万诺夫在果戈理的影响下开始尝试风俗画和肖像画创作,突破学院派画风的限制,转向现实主义。"伊万诺夫1838~1842年间完成了一组以罗马当代生活为题材的水彩风俗画,这些画作的出现只能以果戈理对伊万诺夫的直接影响来解释。(因为)它们的出现不仅不是发源于画家过去的演变,而且与他在遇到果戈理之前创作发展的整体特质相矛盾。"④这说明,正是受果戈理的影响,伊万诺夫的绘画拓宽了题材领域,罗马的日常生活进入画家的艺术视野。这组水彩风俗

---

① *Ефремова З.А.* Ближайший к Христу. Берегиня · 777 · Сова, 2016, № 2 (29), C. 159. https://cyberleninka.ru/article/n/blizhayshiy-k-hristu-k-210-letiyu-so-dnya-rozhdeniya-hudozhnika-a-a-ivanova/viewer Дата обращения: 31.03.2024.

② Там же, C. 159.

③ 参见 *Машковцев Н.Г.* Гоголь в кругу художников. М.: Государственное издательство «Искусство», 1955. C. 86.

④ *Гоголь Н.В.* Полное собрание сочинений: [В 14 т.] / АН СССР; Ин-т рус. лит. (Пушкин. Дом). [М.; Л.]: Изд-во АН СССР, 1937-1952. Т. 11. Письма, 1836-1841. 1952. C. 419.

画在伊万诺夫的创作中可谓空前绝后，这恰恰说明了果戈理对他的影响之深。除了一反常态的水彩风俗画，1841年伊万诺夫还为果戈理画了肖像画，而这对于伊万诺夫而言也是罕见的。因为画家"对肖像画是持否定态度的。即使是画家最为亲近的人们，也没有被他画成肖像而得以永存。俄罗斯作家的画像在伊万诺夫这里是绝无仅有的"。[1]可见，画家待果戈理是与众不同的，可以为他破例，这再一次证明了果戈理对伊万诺夫的强有力影响。

再者，果戈理在创作思想上的探索和对艺术使命的理解，对伊万诺夫的绘画也有不小的影响。上文我们提及果戈理在伊万诺夫画作中的出场姿态几经变换，实质上就涉及画家创作思想的演进。马什科夫采夫曾指出："画果戈理肖像草图的那几年，果戈理正在修改自己的中篇小说《肖像》。在小说的第二版中果戈理清楚表明了自己对肖像的态度。肖像比其他任何艺术作品都更能反映被画人的现实生活，参与进这一现实生活，作用于周围的人。按照果戈理的想法，心理肖像是一种力量，画家将之引入生命循环。"[2]伊万诺夫放下对肖像的成见而给果戈理画肖像，应该正是受到作家的这一观点的影响。果戈理在同一时期的另一部作品《罗马》中写道："艺术能使人的精神得到升华，赋予心灵以高尚的气度和奇妙的美感。"[3]他喜爱罗马的教堂和宫殿，因为"一道道拱门、由各种大理石制成的扁平的柱子、圆圆的柱子与天蓝色的玄武岩制的飞檐、斑岩、金器及古代宝石，按照深邃的构思交织在一起，而不朽的壁画又高高地超出了这一切。大厅里这些经过深思熟虑的装饰是那样美丽，那样豪华，但它们与那个富有成果的时代的绘画作品相比还逊色一筹"。[4]果戈理强调的是"深邃的构思"和"深思熟虑"的创造，他欣赏罗马艺术体现出的那种从容和耐心，那种与浮夸而潦草的时髦风气截然不同的古拙与诗意。也就是说，果戈理看重艺术中蕴涵的思想，看重艺术对生活，尤其是对人的心灵的引导和提升作用。

---

[1] *Ефремова З.А.* Ближайший к Христу. Берегиня · 777 · Сова, 2016, № 2 (29), C. 158. https://cyberleninka.ru/article/n/blizhayshiy-k-hristu-k-210-letiyu-so-dnya-rozhdeniya-hudozhnika-a-a-ivanova/viewer Дата обращения: 31.03.2024

[2] *Машковцев Н.Г.* Гоголь в кругу художников. М.: Государственное издательство «Искусство», 1955. C. 86.

[3] 《果戈理全集》第三卷，周启超主编，刘开华译，合肥：安徽文艺出版社，1999年，第306页。

[4] 同上书，第305～306页。

而伊万诺夫对果戈理的创作也不无影响，这主要体现在《肖像》第二版（1842）、《罗马》（1842）和《与友人书简选》（1847）等作品之中。索库洛夫（О.Б. Сокуров）指出，《肖像》第二版中描绘了人们在面对从意大利回来的画家的画作时的那种静默。这幅画通常认为是指伊万诺夫的《基督显圣》。① 而且，这位"在意大利深造的俄国画家"本身也明显带有伊万诺夫的印记，换句话说，画家伊万诺夫在某种意义上也是作家果戈理的"模特"：这位画家"从小就酷爱艺术，并怀着一颗勤劳者火热的心完全投入了艺术之中。他远离朋友和亲人，抛弃了舒适的习惯，……像个隐士似的埋头于工作，不为任何其他事物所诱惑。他顾不上人家是否议论他的性格，议论他如何不善于待人接物、不遵守上流社会的礼节并以自己的破衣烂衫给画家丢尽了脸。他不在乎他的同行们是否生他的气。他对任何事情都毫不介意，把一切都奉献给了艺术。他不知疲倦地一次又一次地去参观画廊；几小时几小时地伫立在大师们的作品前，细细琢磨和研究神妙的画法。他每画一幅画都要用大师的标准来衡量自己，并从他们的创作中获取无言的、中肯的忠告。……他从自己的磨炼中汲取了谨严的创作玄机、博大精深的思想和巧夺天工的绘画功夫"②。在这位画家的画作里，"一切仿佛都汇聚到一起了：对拉斐尔的研究反映在人物高雅的姿态中，对柯勒乔的研究体现在炉火纯青的绘画技巧中。但是，可以看出，最富有感染力的是凝聚在画家本人灵魂中的创造力。这灵魂渗透在整个画中，处处都表现出法则和内在的力。处处都可以看到大自然中不易捕捉的浑圆的线条，那是只有独具慧眼的画家才能看出来的，而模仿者总把它们画成棱角。显然，画家是把所有取自外部世界的东西首先融入自己的灵魂中，然后再从那里，从灵魂深处把它们谱成一支和谐的、激昂的歌而倾泻出去。"③《肖像》中画家形象的这些特点可以说是直接取自果戈理对伊万诺夫的观察和了解，只是以一种投射的方式，将它们展现在一个艺术形象身上。另外，1840～1841年伊万诺夫为果戈理画了油画肖像，这也给果戈理提供了观察肖像画家工作的机会，对作家塑造真实而鲜活的画家形象不无裨益。换句话说，画家与作家是画与被画的关系，与此同时，他们也是写与被写的关系。

---

① *Сокуров О.Б.* Н.В. Гоголь: слово о художнике. (На материале «Петербургских повестей») // Культурная жизнь Юга России. № 1 (35), 2010. С. 66.
② 《果戈理全集》第三卷，周启超主编，刘开华译，合肥：安徽文艺出版社，1999年，第138～139页。
③ 同上书，第139～140页。

在与《肖像》同年写成的《罗马》中，果戈理描绘了一个年轻的意大利公爵在游历欧洲之后，以新的眼光看待罗马、发现罗马之美的故事。按照作家的说法，这个故事是一部中长篇小说的片断，开始创作于1839年，也就是与伊万诺夫相识之后。小说中对巴黎和罗马分别进行了绘画般的细致描绘，在两相对比中凸显法式文明的浅薄和意式文明的深厚底蕴，这应该与画家的影响不无关系。比如，针对法国人的气质，果戈理写道："到处都有思想的暗示，却没有思想；到处都有激情的掺杂，却没有激情。一切都未完成，一切都是草稿，仓促草拟；整个民族就是一个华丽的页面花饰，而不是一幅巨匠的画。"不难看出其中体现的绘画式思维。而对巴黎的描绘更是绘画式的：怪物般的外表，川流不息的人马，五光十色的街道，杂乱无章的屋顶，密密匝匝的烟囱，毫无建筑设计感、连成一片的楼房，参差不齐的商铺，无遮无拦的丑陋侧墙，爬到墙上、窗户上、房顶上甚至烟囱上的无数混杂成群的金色字母及由清一色的镜面玻璃构成的明亮通透的底层包裹着。这种着眼于视觉印象的写法使得果戈理笔下的巴黎更像一个万花筒，变幻莫测，让人眼花缭乱："这就是它，巴黎，这是永远涌动着的喷口，是向四下里抛洒着新鲜事物、文明、时尚、文雅趣味及琐碎而强大的习俗（就连这些习俗的反对者自身也摆脱不了它们）之火花的喷射流，是手艺、艺术和隐藏在欧洲看不见的角落里的各种天才出品的一切东西的展览会，是二十岁的人心爱的理想和激动的心跳，是欧洲的市场和兑换处！"四年的巴黎生活之后，年轻的公爵"在许多事情上都感到了失望"，"他发现，他生活的丰富和活力没为他下什么定论，也没让他获得富有成果的心灵积淀，进而就消散了"。他甚而觉得，"好像一切都厚颜无耻地纠缠不休并像夜里在街上揽客的淫荡女人一样不招而来，自荐枕席"。于是乡愁涌上心头，他回到了意大利。他像个外国人一样潜心观察罗马，"起初惊异于罗马小气、黯淡无光的外观，污迹斑斑、暗沉的房屋，从一条胡同落入另一条胡同时，禁不住疑惑地发问：那个庞大的古罗马在哪里？后来，当古老的罗马开始一点点地从狭窄的胡同中显露出来的时候，他才认出它来，它就在那暗沉的拱门、那嵌进墙里的大理石檐板、那发黑的斑岩石柱、那腥臭的鱼市中的三角门梁、那不算古老的教堂前整排的柱廊之间，以及最后，在远处，当走出市区，而它就在千年的常春藤、芦荟和开阔的平原中间巍然矗起的那宏大的科洛西姆斗兽场、凯旋门、一望无际的皇宫遗迹、皇家浴场、神庙、散落在田野上的陵墓之间。于是外国人整个被古代世界所环抱，已经看不见它狭窄的街道和胡同了"。这幅罗马图画的绘制者与其说是意大利公爵，不如说是果戈理自己，或者他所了解的伊万诺夫，他们都是细看罗马从而被罗马的古韵和诗意征服的人。而究其实质，透过罗马，果戈理写的是俄罗斯，在他的心目中，俄罗斯就像罗马，表面上落后、衰败，实则暗藏着深厚的底蕴。他在写罗马人的特质时，仿佛也是在写俄罗斯人的特质，比如恩怨分明、非善即恶、与生俱来的艺术天性和艺术感觉等等。我们在《罗马》中可以找到多处以文字为画笔的风俗画，诸如食品商在复活节前夕装饰店铺的画面或者罗马街头狂欢节的画面等等。可见，果戈理在建议画家将罗马的日常生活纳入艺术视野的同时，他自己的文学创作也践行着相同的创作追求。

当然，对《罗马》也有不同的解读，比如别林斯基在写于 1842 年底的文章里提及《罗马》时认为，其中"有惊人鲜明和准确的现实生活画面"，但是其中也"有对巴黎的斜视（косые взгляды）和对罗马的近视（близорукие взгляды）"。①

到《与友人书简选》中"历史画家伊万诺夫"一章里，伊万诺夫更是毫无遮拦地进入果戈理的作品中。如果说在《肖像》中，画家形象身上有伊万诺夫的某些特点的投射，而《罗马》是伊万诺夫身居其中的风俗画，那么《历史画家伊万诺夫》里就是果戈理为伊万诺夫画的一幅肖像画。

可见，作家果戈理和画家伊万诺夫不仅相互分享艺术构思，甚至也走进彼此的艺术创作中。他们像并肩作战的战友一样，时常彼此鼓劲。我们在果戈理 1850 年 12 月 16 日写给画家的信中可以读到这样的话："如果您的画和我的史诗一起问世该多好啊。"这分明表达了果戈理希望自己的《死魂灵》和伊万诺夫的《基督显圣》一同完成的美好愿望。这两部创作过程极为艰辛的艺术巨著，没有两位艺术家长达十几年的友谊和精神互助是不可想象的。

不仅如此，果戈理与伊万诺夫在罗马的交往和后来果戈理离开罗马时二人的通信表明，他们在生活中也是知己，相互帮助。比如，在 1841 年 9 月 20 日写给伊万诺夫的信中果戈理提到，为了使伊万诺夫继续得到资助，需要给皇储写信，由皇储的老师茹科夫斯基转达。因为了解画家不善此道的性格和为人，果戈理甚至贴心地替伊万诺夫草拟了信件，只要伊万诺夫觉得合意，誊写一下即可。②这样的细心周到不是相交甚笃的朋友恐怕难以做到。伊万诺夫对果戈理也是尽心尽力的，比如他讳莫如深的画室

---

① Белинский В.Г. Полное собрание сочинений, т. XII, Изд. АН СССР, М. 1956. С. 90.
② Гоголь Н.В. Полное собрание сочинений: [В 14 т.] / АН СССР; Ин-т рус. лит. (Пушкин. Дом). [М.; Л.]: Изд-во АН СССР, 1937-1952. Т. 11. Письма, 1836-1841. 1952. С. 345.

对果戈理及其友人却是开放的；而在果戈理去世后，社恐的伊万诺夫为了达成果戈理的遗愿，给茹科夫斯基和波戈津写信索要果戈理的肖像。

果戈理与伊万诺夫的关系若从阴阳之道的角度看，当视为阴阳之合。按照"推理为阳，类象为阴，感悟为阴阳之极"的观点，果戈理的文学创作从1836年的《钦差大臣》开始走思想为先的路线，即为阳，而伊万诺夫的绘画是具象和审美为先的，即为阴。二人在艺术领域中彼此接近、拥抱、影响，达成相同的感悟，将艺术的目标指向神道，是为阴阳之合。

回到果戈理。作为一个作家，果戈理很是悲催，因为从纯粹的审美角度看待他的《与友人书简选》，很难不让人觉得，果戈理有时简直就是耸人听闻，至少也是矫揉造作，装腔作势。如果说一开始写作，用他自己的话说，是为了"用笑的涓涓细流赶走心头不时袭来的阴郁"，那么后来，这则变成了一种面对俄罗斯、人类乃至神明的责任了。所以，果戈理后期的艺术创作实质上是一种苦修，而非一种乐趣。他把文学创作看得太重，当作是心灵的事业。为了这份事业，他孑然一身，孤苦一生，居无定所，寄人篱下，过着禁欲式的生活。文学上的成就为他带来了赞赏，但这赞赏常常内含着不解，而且永远都伴随着责难，可以说它们总是平分秋色的，因为差不多果戈理的每一部作品都会引起争论。

1846年5月，果戈理又开始旅行了，法国、比利时、德国……"我上路为的是上路。行路是我惯用的手段……"①"看来是上帝的旨意，而我比任何人都更需要认为自己的生命就是连续不断的路途，而且除了暂时的过夜和片刻的休息外，在任何地方都不会另行停留。"②

路途对于果戈理有治愈的功效。一踏上旅途，他身体上的病痛、心灵中的烦闷便都消解了，仿佛被留在了原地，而他本人连同他的艺术创造力则好像乘着飞驰的马车逃脱了"魔地"，重获了自由。路途是两地之间的间隙，是脱离了一种状态之后和进入另一种状态之前的某种真空地带，以前的种种被抛在了身后，暂时都可以放下，而以后的种种尚远在天边，无须过虑，因而，在路途中什么都可以想，也什么都可以不想，这种精神上的放空状态对于一般人而言是一种偶尔的享受，而对于果戈理而言却是生命的必需，他那句"我比任何人都更需要认为自己的生命就是连续不断的

---

① 出自1846年5月5日写给谢·阿克萨科夫的信。参见 *Манн Ю. Гоголь. Завершение пути: 1845-1852. М.: Аспект Пресс, 2009. С. 17.*

② *Там же. С. 20.*

路途"是实话实说，而不是文学笔法。当然，这种认识也是不断进化的结果：1829年短暂的出国旅行还只是一种下意识的选择，1836年开始的异国漂泊已经是有意识的选择，但那时还是抱着寻找精神家园的想法，而到了1846年底，这种认识才最终形成，正如曼所述：

> 这一次，果戈理在罗马只逗留了几天，从11月12日至14日——他急于到拿波里去。这时他不无惊奇地发现了自己情感上的变化：他"每一次前往都像是回自己的故乡一样"的城市，如今就像奔赴"一个路途中的车站"。①

此时，果戈理的生命彻底变成了"连续不断的路途"，他的人和他的思想永远在路上。

1846年在巴黎，果戈理遇到几年未见的安年科夫，后者描述了这一次会面作家给他留下的印象："果戈理老了些，但是具有了一种特殊的美，这种美除了称之为思考者之美外，无法另行定义。"②两个月之后，安年科夫再次见到果戈理时，发现他又有了惊人的变化："这完全是另一个果戈理……在他身上，一切都定型了，明确了并且完善了。"③安年科夫的描述见证了果戈理在几年之间发生了某种精神上的蜕变，说明这几年果戈理的心灵事业的确有很大的进展，他的思想和心灵一直在奔驰向前。同样的印象也见于奇若夫1847年1月7日写给亚济科夫的信中："……他完全是健康的，关于他没有任何奇怪的传闻……"④

果戈理的心灵事业在1846年下半年结出了一个的阶段性成果——《与友人书简选》。这本书经历了曲折的审查之路才艰难问世：1847年1月9日的《莫斯科新闻》刊载了《与友人书简选》出版通告，但是出版的不是全部书稿，而是删节版——被书刊检查机构删掉了五篇文章，约占全文的六分之一。这对果戈理而言不啻于一场悲剧，他受到了沉重的打击："病痛再度向我袭来。已经持续了一个多月的失眠、亚济科夫的死讯……最后是我的书遭遇不幸的消息，以及它荒唐问世的消息，——所有这一切令我疲惫不堪。"⑤这还仅仅是悲剧的开始。真正让果戈理不堪忍受的是人们对

---

① См.: Манн Ю. Гоголь. Завершение пути: 1845-1852. М.: Аспект Пресс, 2009. С. 54.
② Там же. С. 17.
③ Там же. С. 54.
④ Там же. С. 20.
⑤ Там же. С. 60.

这本书的反应。《与友人书简选》的际遇与当初的《钦差大臣》惊人的相似：轰动，炸开了锅一般的轰动。反对的声浪一浪接着一浪，肯定的声音也不时响起。攻讦让果戈理痛心，而赞扬并不能令他释怀，他在意的依旧是负面的评价。"因为书最初即使不是向所有人，那也是向很多人进行呼吁的，是意图引起他们的关注、回应的，特别是上至皇帝本人的有权者的反应。个别行家和友人的赞扬什么都解决不了，解决不了问题的还有那些颇具文学性的赞扬。'我不隐瞒，我是想用它对某些患病的人立竿见影地产生作用，我是在期待大量对我有利的见解。'如果这种情况没发生，就失去了效果，书就不成其为书了。"①

以《与友人书简选》出版为标志的1847年，对于果戈理而言是灾难性的一年。他本意是要献宝的，不料却捅了马蜂窝，左支右绌，四面楚歌，不时陷入解释、辩白、自责之中。

1847年6月，果戈理在法兰克福写《作者自白》，以解释《与友人书简选》。他写道："因为害怕无法完成那部十年来一直占据我思想的作品，我不小心提前说了我本应由叙事作品的主人公们出面证明的思想中的一些东西。"②

果戈理与别林斯基

《与友人书简选》发表后，别林斯基在《现代人》1847年第2期上发表了一篇书评。1847年6月20日，在给普罗科波维奇的信中，果戈理回应了别林斯基关于《与友人书简选》的文章，他们之间的笔墨官司自此开始。

别林斯基在其书评里很少做正面的攻击，他所表达的"愤怒"相当克制——基本上采用"以子之矛攻子之盾"的手法，大量引用书中表述有矛盾之处，间或转述书中的思想，将其进行一番逻辑推理，得出荒谬的结论，以反证前者是站不住脚的："在用俄语写的所有书籍中，这大概是最奇怪、最有教育意义的一本书了！……他自己意识到自己有些像乡村神父，乃至于像小小的天主教世界的教皇了……。让我们听听他竟给人一些什么劝告，看看多么奇怪吧……"③"在一封信里，他教丈夫和妻子如何像

---

① См.: Манн Ю. Гоголь. Завершение пути: 1845-1852. М.: Аспект Пресс, 2009. С. 79.
② 《果戈理全集》第六卷，周启超主编，任光宣译，合肥：安徽文艺出版社，1999年，第295页。
③ 《果戈理评论集》，袁晚禾、陈殿兴编选，上海：复旦大学出版社，1993年，第160～162页。

夫妻一样地生活,……另外两封信的内容则是给地主的绝妙建议,告诉他们如何管理农民。"① 别林斯基认为荒谬的还有:"搞不懂作者从哪儿得知,民众像逃避鬼一样地逃避书本?"② 或者:"听听:官吏们受贿主要'是由他们妻子的挥霍无度造成的。这些女人渴望在大大小小的社会场合里炫耀自己,为此向丈夫要钱'。"③ 以及:"生病比健康要好:人,特别是俄罗斯人,在健康时喜欢盲动和炫耀自己,在病中他则清楚地看到,他原先所做的都是蠢事,而现如今头脑清醒,成了一个甭提多好的人了!"④ 别林斯基这篇基本上由摘抄构成的书评,看似翔实客观,但那在语气上屡屡流露出的嘲讽之意,却使果戈理倍感受伤。戳中果戈理痛点的,还有对他作为一个艺术家已然终结的宣判——"其中最糟糕的是,艺术已经失去了这个人","对于公众来说,如今他本人更多的是存在于过去之中了"⑤。

在果戈理看来,别林斯基将《与友人书简选》视为是针对他的,而且当成是对赞同他思想的所有人的攻击,因而别林斯基的回应在为整个西方派鸣不平。而果戈理认为,自己的书不是针对哪一派的,而是"向陷入极端的所有人和一切事发起的进攻",亦即《与友人书简选》是超越党派之争的。在给普罗科波维奇的信中,果戈理附上了给别林斯基的信,表达了自己难过的心情:"我很难过。并不是因为您想让我在大庭广众之中受到屈辱而难过,而是因为在您的文章中听到的是一个对我愤怒的人的声音。……您以被激怒者的目光看待我的书,所以几乎一切都看成另一种模样。"⑥ 他恳请别林斯基:"有些地方即使不是所有人,那么也是许多人都感到是个谜,请您放下这些地方而去注意那些每个健全理智的人都能接受的地方,您会看到,您在许多方面都错了。"⑦ 而那些暂时还是谜团的东西,其"真正含义不是能很快被人感到的",因为关涉的是"一个与众不同的人的心灵历程",是其"内心想法的一部分"。将之公之于众,在果戈理看来,这一举动可以促使"善于思考的人深入思考"。而要理解这些

---

① Белинский В.Г. Выбранные места из переписки с друзьями Николая Гоголя. / Н.В.Гоголь в русской критике. М., 1953. С. 230.
② Там же. С. 232.
③ Там же. С. 222.
④ Там же. С. 223-224.
⑤ Там же. С. 223-224.
⑥ 《果戈理全集》第八卷,周启超主编,李毓榛译,合肥:安徽文艺出版社,1999年,第388～389页。
⑦ 同上书,第389页。

谜团，不能操之过急，"应当在各种心情状态中，在更平静的、更适于个人自白的心境中，"[1]"全面地、心平气和地审视"[2]，"因为只有在这样的时刻，心灵才能够理解心灵，而我的书里正是心灵的问题"。[3]果戈理对公众的反应莫名所以：怎么就搞得"俄罗斯人人都对我怒气冲冲，我现在自己也弄不明白。东方派、西方派和中间派——全都不高兴了"[4]。果戈理认为自己的书"蕴含着普遍和解的萌芽"，但结果却招致了广泛的不满甚至是愤恨，这份委屈流露在给别林斯基的信里。

那么，收到果戈理的这封信后，别林斯基又是作何反应的呢？安年科夫在文坛回忆录《卓越的十年》（Замечательное десятилетие）中写道："当我开始出声地读果戈理的来信时，别林斯基完全不动声色地、心不在焉地听着；但是，在果戈理针对他本人的那几行念过去之后，别林斯基一下子就冒火了，而开口道：——'噢！他还不明白，人家因为什么而在生他的气，——得给他好好地把这事理论理论了。我这就给他回信。'就在当天，……别林斯基动手给果戈理写信，就像着手工作那样，带着在彼得堡赶写那类急等着发排的、为杂志所用的文章时那股火热的劲头。"[5]在1847年7月15日写就的这封著名的《致果戈理的一封信》（Письмо к Гоголю）里，别林斯基直言不讳："当有人在宗教的庇护下，在皮鞭的保护下而把虚伪与不道德当作真理与美德来宣扬来布道时，那是让人无法沉默的。"[6]他痛惜"那个伟大作家——曾以其富有绝妙的艺术性、深切的真实性的一系列作品而向俄国提供出那种犹如照镜子一般去自我检视一番的可能性，进而是那么强有力地促成俄国自我意识的觉醒——却带着这样的一本书露面了，在这本书里他以基督与教会的名义来教导尚是粗野残暴者的地主去从农民身上榨取更多的钱财，教导地主去更多地辱骂农民……"[7]从而成了"皮鞭政策的宣扬者，愚民政策的使徒，蒙昧主义与黑暗势力的卫士，鞑靼人般野蛮风俗的赞颂者"[8]。别林斯

---

[1] 《果戈理全集》第八卷，周启超主编，李毓榛译，合肥：安徽文艺出版社，1999年，第389页。
[2] 同上书，第390页。
[3] 同上书，第389页。
[4] 同上书，第388～389页。
[5] 《果戈理全集》第九卷，周启超主编，周启超、吴晓都译，合肥：安徽文艺出版社，1999年，第341页。
[6] 同上书，第342页。
[7] 同上书，第344页。
[8] 同上书，第345页。

基认为，果戈理在《与友人书简选》里"不成功地扮演了会思索的人这一角色"，而不成功的原因"并不是因为您这人就不是一个会思索的人，而是因为您这么多年来已习惯于从您那美妙的远方来看俄国；可是，众所周知，再没有比从远方看事物——在这种状态下，我们愿把事物看成什么样子便可以看出什么样子——更为轻松的了；因为在这美妙的远方，您生活于那种完全与它格格不入的境况中，生活于独自一人的小天地里、自己的内心世界里，或者是在那种情绪上与您相通且无力抵抗您对它们影响的清一色的小圈子里；因而您就看不出来，俄国看出自己的拯救之路不在神秘主义，不在禁欲主义，不在虔诚主义，而在文明、启蒙、人道精神诸方面的成就"①。他认为这本书败坏了果戈理"在公众心目中的名声"，公众可以"原谅作家写出不好的书，但永远也不会原谅作家写出那极为有害的书"。②

别林斯基的态度代表了革命民主派的立场。赫尔岑（А. Герцен）在1851年发表的《论革命思想在俄罗斯的发展》（О развитии революционных идей в России）一文中继承和发展了别林斯基《致果戈理的一封信》中的主要思想，写道："果戈理，俄国读者的偶像，以自己的奴颜婢膝的小册子一下子就招来了对自己最深的鄙视……俄国是不原谅变节者的。"③革命民主派被《与友人书简选》深深激怒是有原因的。在围绕着《死魂灵》与斯拉夫派进行的论争中，果戈理是站在别林斯基们一边的，他们曾拥有共同的胜利。而如今，《与友人书简选》的出现，尤其是其中对《死魂灵》的说法，让反对派感到人心大快，而这对于革命民主派来说则无异于自毁长城。实际上，对果戈理的这种思想倾向别林斯基早已有所察觉。早在《死魂灵》书评中，别林斯基就不无忧虑地指出，要把艺术家果戈理与思想家果戈理区别开来。因而，在愤怒地抨击抛出《与友人书简选》的思想家果戈理的同时，革命民主派又极力捍卫把俄国文学乃至艺术引上批判现实主义道路的作家果戈理也就是顺理成章的事了。革命民主派这么做实在是出于不得已，是为了摆脱果戈理的突然"变节"而造成的被动、尴尬的局面。但他们把这种局面归咎于果戈理的"背叛"或者"思想危机"是出于他们的一厢情愿。他们只看到果戈理的《钦差大臣》和《死魂灵》

---

① 《果戈理全集》第九卷，周启超主编，周启超、吴晓都译，合肥：安徽文艺出版社，1999年，第343页。
② 同上书，第350～351页。
③ Герцен А.И. Собрание сочинений в 30 томах. Т. 7. М.: Издательство Академии Наук СССР, 1956. С. 220.

等作品在客观上产生的社会影响（而这种社会影响在很大程度上又是在别林斯基的评论的基础上形成的），而不去，也不想去理会作家自己的思想动机。"别林斯基似乎认为自己有一种性命攸关的使命，要把《死魂灵》的内容置于一种可能性之外，这种可能性便是除了当代俄罗斯社会的图景之外，其中还隐藏着其他的东西。"①安年科夫在《卓越的十年》中如是说。而且，在安年科夫看来，别林斯基才是"自然派之父"。②鲍特金说："俄罗斯文学从果戈理处取走了它喜欢的东西，而如今抛弃了他，就像扔掉一个吃剩下的蛋壳一样。"③维诺格拉多夫指出，别林斯基与果戈理"在世界观上有着明显的不同"，因而别林斯基在评论果戈理的作品时其实是有为难之处的，"别林斯基试图克服困难，从第一篇论果戈理的文章起他就诉诸文艺创作的无意识理论，将果戈理定位成一个在'诗意的梦游症'（见别林斯基《论俄国的中篇小说及果戈理君的中篇小说》）状态下创作的艺术家。在这种情况下，用来武装的理论完全具有功利的性质。在实践中它意味着一种随心所欲地解读果戈理文学形象的可能性，因为它宣称，在作家'天才的'艺术直觉和他那貌似并不深刻的世界观之间存在着矛盾"。④别林斯基之后，赫尔岑、车尔尼雪夫斯基（Н. Чернышевский）、安年科夫、杜波罗留波夫（Н. Добролюбов）、佩宾、奥夫夏尼科—库利科夫斯基、科特利亚列夫斯基、科罗布卡（Н. Коробка）等都积极支持"两个果戈理"的理论。别林斯基的这种理论在其他评论家的文章里也有所体现，不少阐释者们赋予了果戈理负面的形象，如德鲁日宁（А. Дружинин）、杜德什金（С. Дудышкин）、罗扎诺夫、别尔嘉耶夫（Н. Бердяев）等。梅列日科夫斯基试图理解果戈理文学遗产的整体性，但是在思考作家的正面观点时遵循的仍是别林斯基的传统。

---

① *Анненков П.В.* Замечательное десятилетие, 1880. / *Виноградов И.А.* Гоголь в воспоминаниях, дневниках, переписке современников. Полный систематический свод документальных свидетельств. Научно-критическое издание. В 3 т. М.: ИМЛИ РАН, 2013. Т.3. С. 511–512.

② *Виноградов И.А.* Гоголь в воспоминаниях, дневниках, переписке современников. Полный систематический свод документальных свидетельств. Научно-критическое издание. В 3 т. М.: ИМЛИ РАН, 2013. Т.3. С. 512.

③ *Боткин В. П.* Письмо к П. В. Анненкову от 28 февраля 1847 г. / *Виноградов И.А.* Гоголь в воспоминаниях, дневниках, переписке современников. Полный систематический свод документальных свидетельств. Научно-критическое издание. В 3 т. М.: ИМЛИ РАН, 2013. Т.3. С. 294.

④ *Виноградов И.А.* Литературная проповедь Н.В. Гоголя: pro et contra. // Проблемы исторической поэтики. 2018. Т.16. № 2. С. 52-53.

果戈理本人在这个问题上也并非没有责任，《钦差大臣》的首演风波已经让作家感到不安，然而直到《死魂灵》问世，他仍然没有下决心站出来说出自己想说的话。这一方面固然由于果戈理的"心灵事业"尚未完成，另一方面也出于对别林斯基的感激和尊敬——不想与之失和。果戈理不愿与别林斯基结怨，一是因为他深知，自己的"文坛盟主"地位不仅仅靠自身的天才创作，还依仗别林斯基的慧眼识英雄；二是出于普遍和解的思想。然而，不管果戈理在《与友人书简选》中怎样力求避免引起纷争，别林斯基还是愤怒了，因为这是关涉"生存还是死亡"的根本问题。他在《致果戈理的一封信》中所申明的立场，正如他自己所说的，"代表的不是一个人，而是许多人"[①]，他们愤怒，是因为他们感到"真理与人的尊严受到侮辱"。[②]

同样，这对于果戈理而言也是大是大非的根本问题。在收到别林斯基的信后，果戈理曾先后写了两封回信。第一封信将别林斯基的责难，如在俄国的出路问题上怀疑果戈理是向沙皇献媚和怀有私心等等——驳回，其激动情绪不亚于别林斯基的《致果戈理的一封信》，其针锋相对的言辞也丝毫不输于前者。但是果戈理不满意自己这样的回复，又写了第二封信。这一回，在简短、平和而又不失立场的回信中，他指出，别林斯基的话也许有一些道理，但双方都有错，一个太专注自我，一个太漫无边际："即将到来的世纪是理性意识的世纪；……在这个世纪面前我们都是幼稚的儿童。请相信我的话，在这个世纪面前您和我的过错是相等的。无论您还是我都失去了节制。……我忽视了应当好好加以理解的现代事情和许多事物，您和我一样，同样忽视了；我过分自我封闭，而您却过于精力分散。正如我需要了解您了解而我不了解的许多东西，您也应该了解——哪怕只是部分地了解——我所了解而您无缘由地予以轻视的东西。"[③]同时，他给当时正与别林斯基在一起的安年科夫也写了一封信，从内容上看，可以视为是对给别林斯基的信的一种补充。他在承认自己与其他人一样偏执和片面的同时，也努力澄清对自己的误解："人人都偏执得过了头，因为任何人都不能平心静气。较之别人我还算平心静气和头脑冷静的，然而我比别人更严重地陷入偏执境地：我写信的时候，我确实坚信这样一个思

[①] 别林斯基：《别林斯基文学论文选》，满涛、辛未艾译，上海：上海译文出版社，2000年，第581页。

[②] 同上。

[③] 《果戈理全集》第八卷，周启超主编，李毓榛译，合肥：安徽文艺出版社，1999年，第392页。

想，所有的官衔和职位都应当闪耀着人的光辉，职位越高，它就应当越神圣；我想以其纯净的源泉来看待所有职位和官衔，而不愿看到由于人的滥用而表现出来的那种样子；我从最高职位开始；我想提醒人注意他的职责的全部神圣含义，然而我表达出来的时候，我的话却被认为是对人的阿谀奉承。"①

别林斯基与果戈理就《与友人书简选》所进行的对话，在当时不只是文学界的大事，其影响远远超出了文学领域。争论的核心问题是社会变革由何入手——社会结构还是构成社会的人？焦点是农奴制问题。

农奴制问题是俄国的一个社会痼疾。早在1803年2月20日，亚历山大一世在给参政院的命令中，准许贵族地主们给自己的农奴以自由，并以出售或其他条件分给农民土地。他希望由这些得到自由的农奴组成一个特殊的阶层——"自由的耕者"。1812年，图拉的一位名为赫鲁晓夫（Д. Хрущев）的地主签署了一个契约，约定在其死后给自己的农奴以自由，让他们成为"自由的耕者"，条件是每人每年上缴5卢布给图拉的一所贵族学校。1818年这位赫鲁晓夫去世，图拉民院给了他的农奴自由书。在尼古拉一世执政期间，为了稳妥起见，组建了一些不公开的委员会推进此事。在1842年4月2日发布的命令中，尼古拉一世说："我们准许地主们将自己的农奴转变成使用应有的土地并为此按约定服役的义务农。"1844年1月14日，图拉的九位地主依据1842年的法令，向省长提交了解放农奴和家仆的申请，史称"图拉事件"。此事因沙皇认为其方案有问题而搁浅。这一年，政府组建了专门的委员会，其后又下令简化地主们给家仆自由的程序。1847年，尼古拉一世旧话重提，过问图拉贵族们还农奴自由的方案是否还有意继续进行，从而重启了这一进程。

果戈理与别林斯基的笔墨之争正是在此背景下展开的。农奴制改革是当时整个俄国社会关注的焦点，而果戈理在《与友人书简选》中几乎没有提及取消农奴制，反而倡导人人各司其职。这不仅令以别林斯基为代表的革命民主派怒火中烧，就是与之接近的斯拉夫派也不买他的账，甚至连正准备进行改革的执政者也不希望看到这样的立场。处在"美妙的远方"的果戈理，对国内的热点问题的确缺乏敏感，在这一点上，别林斯基的指责并非"没有击中目标"。就像曼说的那样，"他在自己的书里只是从现存农村关系的必然性出发，没有依托任何的证据；是别林斯基的批评促使他

---

① 《果戈理全集》第八卷，周启超主编，李毓榛译，合肥：安徽文艺出版社，1999年，第394页。

去捍卫这类关系的"①。果戈理对取消农奴制问题以及准备改革的方法问题产生兴趣是在《与友人书简选》发表之后，曼认为，这大概与霍米亚科夫（А. Хомяков）的影响不无关系。依据是，霍米亚科夫一家在1847年7月到了果戈理所在的奥斯坦德，他们之间的谈话涉及了图拉贵族的事情。②可见，别林斯基的引发也好，霍米亚科夫的影响也罢，不争的事实是，果戈理在1847年7月开始思考农奴制改革的问题，这有点后知后觉，但是如果从思想高度上看，却也不能简单认定先下场的就是必然的赢家，就一定站位高。

"美妙的远方"和"身在此山中"是两种视角，前者方便看长远，后者方便看当下。

果戈理长期的境外游历，使他具有了"横看成岭侧成峰，远近高低各不同"的国际化视野，他感悟到："如果你站得高一点——便能看出，一切都是暂时的……今天的黑格尔主义者，明天又是谢林主义者，以后又会是什么别的主义者……人类来去匆匆……让它去吧，需要这样。但是，那些站在真理火光旁边一动不动的人是痛苦的……应当研究的不是反驳暂时的东西，而是确立永恒的东西。"③果戈理所要确立的"永恒的东西"，不是一劳永逸的理想社会制度，而是心灵的事业，修炼好心灵，便可以"一蓑烟雨任平生"，"任尔东西南北风"。对于果戈理思想的独立性，别林斯基曾深刻地指出："果戈理是少数能够避开随便哪种理论的任何影响的人之一。果戈理善于理解艺术，并对其他诗人的作品表示赞叹，然而他仍然遵循大自然慷慨地赋予他的深刻而忠实的艺术本能，走自己的道路，并不接受其他人的成功的引诱而去模仿他们。这一点……使他有可能保持而且充分表现独创性，而独创性本来是他的人格的属性和本性，从而，像才华一样，这也是自然所赐予的。"④

与果戈理要重视心灵的事业不同，别林斯基认为："在我们时代，艺术是什么呢？就是判断、分析社会，因而也就是评论社会。如今，思想因素甚至和艺术因素融合在一起了。而在我们的时代，艺术作品如果仅仅为了表现生活而表现生活，缺乏任何来自时代主导思想的强烈的主观动机，

---

① Манн Ю. Гоголь. Завершение пути: 1845-1852. М.: Аспект Пресс, 2009. С. 113.
② 参见果戈理在1847年8月6日写给托尔斯泰（А. Толстой）的信。
③ 伊·佐洛图斯基：《果戈理传》，刘伦振等译，天津：天津人民出版社，1982年，第464页。译文略有改动。
④ 别林斯基：《别林斯基文学论文选》，满涛、辛未艾译，上海：上海译文出版社，2000年，第683页。

艺术作品便是没有生命的……"①可见,别林斯基所理解的"思想性"是此时此刻的、时代的主导思想,这与果戈理的永恒的、全人类视角的思想显然是不一样的。

他们之间在思想上的不和谐音日益明显,他们在自己的道路上越是真诚地前行,彼此间的距离就越大。佐洛图斯基用"抛物线式的"来形容别林斯基的道路:"这是一条从切姆巴尔学校肮脏的四壁里出发,从狠抽他的父亲的皮带下出发,从缺衣少穿的境况下出发,穿越过精神王国和抽象理念的高入云霄的(我们要再说一遍,这是'高于人'的)顶峰,穿越过'精神上的和谐和自我享受',并在而后猛烈地从这高峰上跌落下来的道路。"②而果戈理却正如他1844年对阿克萨科夫说的那样:"从12岁起,我就走上了今天的道路,在主要的想法上,从来就是既不摇摆,也不动摇……"③他们的道路之间的关系就好比一条由下而上的斜线与一条抛物线相切于后者的隆起部。它们在一度重合后又开始分开,这是他们的世界观和精神发展的不同趋向使然。别尔嘉耶夫在《俄罗斯思想》(Русская идея)一书中指出:"俄罗斯人是最为极端化的民族,它是矛盾的重合体。……俄罗斯心灵的矛盾性和复杂性可能与世界历史的两条流脉——东方和西方——在俄罗斯碰撞到一起并发生相互作用有关。俄罗斯民族既非纯粹的欧洲人,也非纯粹的亚洲人。俄罗斯是世界的一个完整部分,一个巨大的东—西方,它联结着两个世界。因而在俄罗斯的心灵中有两种因素,东方的和西方的,它们在博弈。……俄罗斯心灵的构造基础中有两个对立的因素:自然的、多神教狄奥尼索斯的元素和禁欲苦行的东正教。在俄罗斯人身上可以发现矛盾的特质:专制、国家为大与无政府主义、自由散漫;残酷、暴力倾向与善良、仁慈、柔和;恪守礼仪与探索真理;个人主义、对个性的强烈意识与无个性的集体主义;民族主义、自我吹嘘与普遍主义、全人类性;末世论—弥赛亚式的虔信与表面的笃信宗教;寻找上帝与战斗的无神论;温顺与蛮横;奴性与暴动。"④别林斯基和果戈理都是俄罗斯精神的杰出代表,只不过他们各自代表了其一极或一个方面。

---

① 波利亚科夫:《别林斯基传》,力冈译,哈尔滨:黑龙江人民出版社,1988年,第255页。
② 伊·佐洛图斯基:《果戈理传》,刘伦振等译,天津:天津人民出版社,1982年,第373页。
③ 《果戈理全集》第八卷,周启超主编,李毓榛译,合肥:安徽文艺出版社,1999年,第299页。
④ *Бердяев Н.* Русская идея. СПб.: Азбука-классика, 2008. С. 1-2.

在社会大潮涌动的时候，每个个体都会因所处社会地位、所受波及程度及自身天性、世界观、素养、心理特质的不同而有不同的态度和判断。要说谁的态度和判断符合当时社会发展的方向，从而谁就是正确的，否则就是错误的，这样的论断在今天看来，多少有些武断和片面，因为在历史的发展中总是存在许多偶然因素，而且社会历史的语境虽说是重要的，但远远不是唯一的衡量人思想认识的尺度。况且历史也正是因为缤纷的思想才色彩纷呈，丰富多姿。别林斯基所选择的道路在当时的社会语境下无疑是进步的，他以文学为阵地，满腔热忱地进行着社会变革的事业，与其说他是文学家，不如说他是革命者。而果戈理追求的是完善社会，救疗人心，他以文学家开始，而以宗教道德说教者结束。由此可见，文学是他们的交汇地，别林斯基从这里走向政治，步入尘世；果戈理则由此走向上帝，超然物外。就像我们很难绝对地说斜线和抛物线哪种更好一样，或者如我们无法评判一个叱咤风云的政治家和一位得道的高僧孰高孰低、孰是孰非一样，对于别林斯基和果戈理我们也不能以进步或保守、对或错来进行简单化的定义。

而从阴阳之道来看，以逻辑和推理为主的别林斯基为阳，而以艺术审美为主的果戈理为阴，二者前期的交往和相互欣赏、相互成全可谓阴阳互补，相辅相成。但到了后期，果戈理由艺术审美转向了宗教布道，步入神道，即阴阳之间；而别林斯基则由形而上的哲学思辨转向了积极入世的社会批判，天阳地阴，即有由阳入阴的趋势。二人精神追求的方向性差异凸显，个人在阴阳转换间也无法同步，之前交往中的互补关系便被打破，对立与冲突代替了和谐共舞。

回到1847年的果戈理。《与友人书简选》的发表和由此引发的纷扰，对果戈理的身体也造成了不小的伤害。"我的身体本来已经开始好转并恢复起来，但是由于我这本书而发生的这桩令我伤心透顶的事情，我的身体又不行了。对于任何脆弱的心弦这些打击都是沉重的，而令我感到惊奇的是我居然活下来了，我的虚弱的身体居然把这一切都忍受下来了。"① "在心脏部位咕噜噜、咕嘟嘟地响，像肚子里一样；嘴里就好像有吃进去的面包碎渣涌上来，所以要不停地咽，——总之，好像食物不消化。整个身体

---

① 《果戈理全集》第八卷，周启超主编，李毓榛译，合肥：安徽文艺出版社，1999年，第395页。

有一种明显的虚弱……"①与身体上的疾病和心理上的烦闷之间的拉锯战几乎贯穿果戈理的整个生命历程，而且越往后越频繁，越激烈。

1847年10月，果戈理最后一次前往意大利，这一次停留在拿波里过冬，"在这里我觉得安宁些，而且由此上船也更近一些"②。这里的"上船"指的是果戈理计划去耶路撒冷。经历了《与友人书简选》引起的风波之后，果戈理需要以一次朝圣来坚定自己的信念。他在1848年出发前给亲朋写了好几封信，请求原谅。这些信反映了他此时的思想境界和矛盾心态。他不认为自己在《与友人书简选》中表述的思想本身有什么错，它忠实地反映了自己心灵的过渡状态，但是用错了表述方式，对本该用鲜活形象说明的事情发了一通议论。曼认为，其中那封写给茹科夫斯基的信是后来《作者自白》的草稿，是对《与友人书简选》的修正。果戈理在信中这样写道：

> 《与友人书简选》的出版对我本人是有利的，我急于出这本书（由于高兴写得十分顺手），而没有先想一想，在带来某种好处之前，我会以这本书把许多人都给搞糊涂的。……事实上，布道说教并不是我的事。艺术没有这些就已经是训诫了。我的事是用生动的形象说话，而不是用种种议论。我应当用人物来显示生活，而不是议论生活。③

这表明，果戈理一直没有停止思考，他思考《与友人书简选》所引发的风波，思考艺术与思想的关系。

1848年1月下旬，果戈理踏上了朝圣之路。

> ……各种政治骚乱和杂乱无章把我赶出了拿波里，比我预计的要早。在那种时候一个喜欢和平和安静的外国人是很难待得住的。④

---

① *Гоголь Н.В.* Полное собрание сочинений: [В 14 т.] / АН СССР; Ин-т рус. лит. (Пушкин. Дом). [М.; Л.]: Изд-во АН СССР, 1937-1952. Т. 13. Письма, 1846-1847. 1952. С. 352.

② Там же. С. 396.

③ 《果戈理全集》第六卷，沈念驹主编，吴国璋译，石家庄：河北教育出版社，2002年，第446页。

④ *Гоголь Н.В.* Полное собрание сочинений: [В 14 т.] / АН СССР; Ин-т рус. лит. (Пушкин. Дом). [М.; Л.]: Изд-во АН СССР, 1937-1952. Т. 14. Письма, 1848-1852. 1952. С. 47-48.

经历了严重的晕船和旅途的不便之后，果戈理在 2 月初抵达贝鲁特。在涅仁时的同学，当时俄罗斯驻叙利亚和巴勒斯坦的公使巴济利（К.М. Базили）的陪同下，他前往耶路撒冷。途中，果戈理对死海印象很深：

> ……我无法描绘这海在日落之时是多么美好！它里面的水不是蔚蓝的，不是碧绿的，也不是深蓝的，而是紫色的。在这辽远的空间里，岸边看不到任何不平整之处；它是规规整整的椭圆形的，并且样子像一只盛满紫色液体的大大的杯盏。①

1848 年 2 月 23 日，果戈理站到了圣墓前。在 4 月 6 日写给茹科夫斯基的信中，他这样描述当时的情形：

> 我几乎不相信我也在耶路撒冷了。而事实上我确实在，并且斋戒了，并且就在圣墓旁领了圣餐。仪式就在那块平放在墓上的石板上完成的。这是多么惊人啊！你已经知道了，棺木所在的洞穴，或者山洞，不过一人高；要弯下腰才能进去；里面超过三个朝拜者都装不下。在它前面是一个小小的前厅，几乎同样大小的一个小室，中间有根上面盖着石头的小柱（石上坐着一个宣告复活的天使）。这个前厅这时变成了圣堂。我独自一人站在其中。我的面前只有主持仪式的神甫。引导人们祷告的助祭已经在我身后，在石棺后面。他的声音在我听来已经是在远处了。人声及应和他的合唱声则更远些……一切都如此神奇！我不记得我祷告了没有。我觉得，我只顾高兴处在一个如此便于祷告和适合于祷告的位置上了。而祷告嘛，我其实没有来得及。我是这么觉得的。我觉得，仪式进行得如此之快，就连生翼的祷告都无力追上它。我几乎都没来得及醒过神来，就已然不知不觉地来到了神甫从石洞里为了让我（一个不配的人）领圣餐而端出来的杯盏面前……②

从中我们可以感觉到，果戈理此时对于朝圣的过程还是比较满意的，用了"惊人"和"神奇"的字眼儿来描述。然而，没过多久，这种最初的

---

① *Манн Ю.* Гоголь. Завершение пути: 1845-1852. М.: Аспект Пресс, 2009. С. 125.
② *Гоголь Н.В.* Полное собрание сочинений: [В 14 т.] / АН СССР; Ин-т рус. лит. (Пушкин. Дом). [М.; Л.]: Изд-во АН СССР, 1937-1952. Т. 14. Письма, 1848-1852. 1952. С. 57-58.

良好感觉就逐渐被失望和不满所覆盖了。情绪和心态的这种从一个极端到另一个极端的陡然转换，在果戈理身上固然是常有的事，但是此时，这种转换的背后却与他的精神探索息息相关。

朝圣是果戈理早在 1842 年春就公之于众的一个计划，这个消息甚至都上了《莫斯科新闻》报。当然，一开始果戈理是打算在完成《死魂灵》之后去的，既是去感谢上帝，也是对这部主要著作的圣化。① 然而，《死魂灵》第二部的难产和《与友人书简选》的风波对他身心的打击，令他对于自己在有生之年能否完成这部无比重要的作品产生了怀疑，他甚至对自己的身体能否承受遥远的朝圣之路也不甚自信。在这样的情况下，朝圣的目的就被果戈理调整为寻求新的生机——身体上、精神上和创作上的新生机。这种退而求其次的期待，本身就已经使朝圣之后的治愈效果被打上了问号。怕什么来什么，朝圣之后的身心状况并没有焕然一新，他依旧感觉自己的心灵处于僵硬的状态。这使他产生了不好的想法——之前的信念可能都不过是自以为是的妄念，自己根本就不是上帝拣选的人。这种自我怀疑对于已经把心灵修炼看得高于一切的果戈理而言是致命的，而加重这种自我怀疑的还有外部因素，比如托尔斯泰（А.П. Толстой）和马特维（Матфей），前者是继波戈津之后为作家提供食宿的人，后者为果戈理的精神导师。但对于这些事，我们将在下一章详谈。

---

① См.: Манн Ю. Гоголь. Завершение пути: 1845-1852. М.: Аспект Пресс, 2009. С. 128.

第四章　死而后已：天上人间（1848～）

　　1848年4月16日，果戈理抵达港口城市敖德萨。漂泊在外十余年的游子终于回到祖国的怀抱，这让果戈理的朋友们高兴极了，大家纷纷写信表示欢迎他回家。在检疫锚泊期里，诗人普希金的弟弟、时任敖德萨海关官员的列·普希金（Л. Пушкин）探望了他，这是他们第一次会面。与列·普希金一同前往的特罗伊尼茨基（Н. Тройницкий）记录下了这次在检疫隔离中会面的印象："果戈理的面部表情第一眼看上去是尖刻嘲讽的，令人印象深刻。他漫不经心地拨弄着念珠，用手势向前来探望他的人打招呼。"① 探望果戈理的还有他的远亲特罗辛斯基的侄子安·特罗辛斯基（А. Трощинский）少将，莫斯科神学院毕业生、后任基希尼约夫和霍京大主教的涅沃德奇科夫（Н. Неводчиков）等人。后者后来回忆说：

　　……尼·瓦与我畅谈起来，说的比我预想的要多。他开始详细打听斯图尔扎的情况，然后问市里的情况，确切说是市里的人们喜爱不喜爱读书。他甚至问及我本身，得知我在教斯图尔扎的孙子后，指出这项工作的重要性："是啊，当我们准备把知识传授给别人时，汇聚进我们头脑里的全部杂乱无章的东西便会以某种方式集中并变得清晰起来。"最后他请求把《死魂灵》和三两期《莫斯科人》给他捎到检疫所。②

　　曼指出，检疫隔离中这场会谈的详情与果戈理彼时的一系列想法相关联：他要《莫斯科人》（Москвитянин）杂志是因为那上面刊登了茹科夫斯基的文章《论诗人及其现代意义》（О поэте и современном его значении），而这篇文章关乎此前他们之间通信的内容；有关教育的那番

---

① Манн Ю. Гоголь. Завершение пути: 1845-1852. М.: Аспект Пресс. 2009. С. 132.
② Там же. С. 133.

话则关系到果戈理的思想认识，即教育者须先把自己的心灵整顿好，才能去教育别人。①而这一思想与艺术家的使命是密切相关的，因为在果戈理看来，艺术家就是教育者，是心灵的教育者。

在敖德萨停留三周后，果戈理动身回家乡瓦西里耶夫卡，恰巧在5月9日命名日这一天到达。阔别已久的故乡却使果戈理感到莫名的忧伤，他的情绪不高，这让母亲和妹妹们很不解。我们在他写给朋友的信中可以找到对此的一种解释："……偏冷的男性不是很快就能热乎起来的。莫名的忧伤之感比其他什么别的情感都离我们更近些。"②听上去好像这是一种男性天然的情感趋向，一种泛泛而论，但按照曼的分析，实际上，果戈理此时的忧伤是有很多具体原因的，诸如对自己工作状态的不满，连带对前不久朝圣的失望，周围不断有人离世的消息，家里因经营不善而债台高筑，俄罗斯的霍乱疫情日趋严重，等等，它们与果戈理在欧洲时耳闻目睹的革命的动荡印象叠加在一起，很难让本就一直在思考永恒的真理、一直在为俄罗斯而忧心忡忡的果戈理快活起来。也许是心绪不宁所致，他只在家乡住了半月，便前往基辅去看望好友了。在基辅，他对朋友说，在罗马住惯了的人，离开罗马，也只有莫斯科尚能喜欢住。但是，基辅并未医好果戈理的心绪，他在基辅也闹了别扭③，两周后便又回到瓦西里耶夫卡，住到8月24日，启程前往莫斯科。

第一节　进退两难：鞠躬尽瘁

1848年9月12日，果戈理抵达莫斯科。路途再一次对他施加了治愈的魔法，在到达莫斯科前他便在信中这样写道："谢天谢地，我的健康状况好一些了。"④这一次到莫斯科，果戈理依旧住在波戈津家里。

在《与友人书简选》风波之后，首次与莫斯科的老朋友们会面的果戈理是一种什么样的情形呢？

康·阿克萨科夫在信中是这样描述的：

---

① *См.: Манн Ю.* Гоголь.Завершение пути: 1845-1852. М.: Аспект Пресс. 2009. С. 133.
② Там же. С. 137.
③ 他被当做重要嘉宾请去与基辅大学的年轻教授们一起吃饭，结果尴尬病又犯了，饭也没吃便一走了之。*См.: Манн Ю.* Гоголь.Завершение пути: 1845-1852. М.: Аспект Пресс. 2009. С. 140-141.
④ *См.: Манн Ю.* Гоголь.Завершение пути: 1845-1852. М.: Аспект Пресс. 2009. С. 143.

……我紧紧地拥抱了他，致使他在这之后呼哧了好一阵。他似乎是难为情了，往后退，而且还不知道该怎么办似的；在他身上看得出有种不自信。我是这么认为的。①

　　果戈理给我的感觉是有些难为情，还不知道他该怎么办，甚至有些胆怯，不由自主地会把任何有力的话头停下来。不过，我那时觉得，现在也这么觉得，他的意大利愚蠢是过去了……但是如果他还是原来的果戈理，那个写了那本不幸的、充满了真诚的谎言和谦逊的骄傲的书的人，那么不由自主地你和他之间就会形成原先的那种在他的书发表后所形成的疏远关系。②

可见，在热烈欢迎的背后，分歧和矛盾依然梗在那里。果戈理在国外紧张的思想探索被他的莫斯科朋友称为"意大利愚蠢"，他的《与友人书简选》被称为"不幸的书"；他们张开双臂欢迎的是一个幡然悔悟的浪子，而不是继续攀登真理高峰的探索者。这真让人为果戈理捏把汗！

所幸果戈理9月中旬去了彼得堡，和莫斯科方面的这些分歧和矛盾暂时未被触碰。果戈理拜会了彼得堡的朋友——普罗科波维奇、普列特尼奥夫、维耶利戈尔斯卡娅、斯米尔诺娃等，在那里逗留了三周。其间，除了老友，果戈理还会见了新朋——几个著名的，而他不认识的彼得堡文学新人：冈察罗夫（И. Гончаров）、格里戈罗维奇（Д. Григорович）、涅克拉索夫（Н. Некрасов）、德鲁日宁。这一举动说明，果戈理对文学发展现状依然很感兴趣。然而，据当事人回忆，果戈理与他们的这次会面并不成功，因为作家表现得很不自然（尽管见面是他动议的）。可怜的果戈理，明明自己有社交障碍，见到生人就无措，却每一次都要色厉内荏地表现出不近情理的任性，甚至是乖张。以前都是别人陷他于窘境，这一次他主动这么为难自己是为了什么呢？就像曼所说，是为了不让两个首都的人觉得厚此薄彼而努力做出不偏不倚、不党不朋的中立姿态。③在与他们谈话时，说到自己和《与友人书简选》，果戈理之所以给人的感觉是在解释和辩白，也是因为谈话的对象是与别林斯基亲厚的人，这样的姿态算是对他们的某种安抚吧。但果戈理自我否定的是书的不完善，而非书的核心思想，对一本书的这种的双重态度是果戈理所特有的。④曼的这一看法我们觉得

---

① См.: Манн Ю. Гоголь.Завершение пути: 1845-1852. М.: Аспект Пресс. 2009. С. 144.
② Там же. С. 144.
③ Там же. С. 151.
④ Там же. С. 152.

还是很符合果戈理个性的。

果戈理显然希望忠实于自我，不愿与斯拉夫派和西欧派中的任何一方结盟。因为在他看来，对立的双方都有一定的道理，但同时也都有自己的问题：一方只看到了建筑物的局部，另一方则只看到了它的正脸。可是，果戈理不偏不倚的态度却把急切地想要拉他入伙的两方都得罪了，可谓费力不讨好。

然而，该来的是躲不过的。1848 年 10 月中旬，果戈理返回莫斯科，并打算定居于此。他仍旧客居于波戈津家。但是，这一次，主客之间却形同陌路：生活在同一屋檐下，彼此间的交流却要通过写纸条的方式进行，令人称奇。那么，果戈理和波戈津到底是怎样的关系，他们之间的恩怨反映出果戈理哪些特质呢？

果戈理与波戈津

波戈津与果戈理相识于 1832 年夏[①]，而早在 1829 年果戈理就曾向波戈津赠送过自己的长诗《汉斯·古谢加顿》。

30 年代二人关系密切：1833～1835 年互通书信；1835 年春波戈津到彼得堡时，果戈理为他朗读了《三级弗拉基米尔勋章》和《婚事》的片断。波戈津在《来自彼得堡的信》中谈及果戈理的朗读及其新作《米尔格罗德》，并赞叹道："一流的天才。"[②] "噢！一颗新星正在俄国文学的地平线上冉冉升起，我很高兴自己在他的第一批崇拜者之列。"[③]1836 年 1 月波戈津在日记中写道："果戈理的喜剧应该创造俄国戏剧史的一个时代并且重建它。"[④]1838 年波戈津、阿克萨科夫等人凑了一笔钱，以波戈津的名义寄给了身居国外的果戈理，附信说："看得出，你在异邦手头不宽裕，我有闲钱，寄给你 2000 卢布。等你发达了（毫无疑问，一定会的），你再

[①] *Виноградов И.А.* Гоголь в воспоминаниях, дневниках, переписке современников. Полный систематический свод документальных свидетельств. Научно-критическое издание. В 3 т. Т. 2. М.: ИМЛИ РАН, 2012. С. 415.

[②] Там же. С. 418.

[③] *Погодин М.П.* Заметка о Гоголе. // Пушкин. Лермонтов. Гоголь / АН СССР. Отд-ние лит. и яз. М.: Изд-во АН СССР, 1952. С. 793-796. — (Лит. наследство; Т. 58). http://feb-web.ru/feb/litnas/texts/l58/l58-7932.htm Дата обращения: 07.02.2023

[④] *Виноградов И.А.* Гоголь в воспоминаниях, дневниках, переписке современников. Полный систематический свод документальных свидетельств. Научно-критическое издание. В 3 т. Т. 2. М.: ИМЛИ РАН, 2012. С. 418.

还给我。"①1839年春波戈津去罗马，到达罗马的第一天就去找了果戈理。在罗马逗留期间几乎都是果戈理带他参观游览。为了让罗马给波戈津留下深刻的印象，果戈理绞尽脑汁设计最佳的游览方式。在波戈津的罗马旅行日记中也时常会出现果戈理的名字②；果戈理还会在波戈津写给他们共同的朋友博江斯基的信中附言③；同年秋，二人一起回俄罗斯，同乘一辆马车。④凡此种种，足见二人亲厚的程度。1839年10月，波戈津在写给舍维廖夫的信中提到他们回到莫斯科了："我把果戈理带回来了，他在我这住了一个月，现在去彼得堡接妹妹们了，回到我这儿再住三个月，就去罗马。他写了很多东西。""莫斯科的人见到果戈理都高兴得忘乎所以"⑤，可见，当时不仅他二人的关系很是亲近，莫斯科的文化人对果戈理也是热情有加的。

那么，是什么让果戈理和波戈津走近的呢？基尔皮奇尼科夫（А. Кирпичников）认为，是对历史的共同兴趣。⑥历史学家波戈津和文学家果戈理不仅对历史有着共同的兴趣，二人看待历史的观点也颇为接近，都把历史视为"一切时代、地球上所有地方的人类生活的完满描绘，从其婴幼年直至我们的时代"⑦，进而认为，历史学家同时也应该拥有审美的才华，成为诗人—历史学家或画家—历史学家。⑧30年代正是果戈理对历史兴趣浓厚的时期，前面我们已经说过，他不仅写历史小说，还在大学里教历史课，甚至制定了写中世纪史、小俄罗斯历史和世界通史的庞大计划。而果戈理之所以在30年代对历史产生了浓厚的兴趣，与当时俄罗斯社会上历史哲学盛行有关。安年科娃在其《果戈理与俄国社会》（Гоголь и русское общество）一书中指出："对历史的哲学思考问题也与19世纪30年代，尤其是30年代下半期紧锣密鼓完成的精神自省、个性自我确立

---

① *Виноградов И.А.* Гоголь в воспоминаниях, дневниках, переписке современников. Полный систематический свод документальных свидетельств. Научно-критическое издание. В 3 т. Т. 2. М.: ИМЛИ РАН, 2012. С. 419.

② Там же. С. 424-427.

③ Там же. С. 409-410.

④ Там же. С. 462.

⑤ Там же. С. 412.

⑥ *Кирпичников А.М.* П. Погодин и Н. В. Гоголь (1832-1852) // Русская старина. 1901. № 1. С. 79-96. *См.: Анненкова Е.А.* Гоголь и русское общество. СПб.: "Росток". 2012. С. 265.

⑦ *Гоголь Н.В.* Введение в древнюю историю // *Гоголь Н.В.* Полное собрание сочинений: [В 14 т.] / АН СССР; Ин-т рус. лит. (Пушкин. Дом). [М.; Л.]: Изд-во АН СССР, 1937-1952. Т. 9. Наброски. Конспекты. Планы. Записные книжки, 1952. С. 146.

⑧ *См.: Анненкова Е.А.* Гоголь и русское общество. СПб.: "Росток". 2012. С. 267-268.

的复杂过程相互关联。也许，俄国历史体裁的小说因此而蓬勃发展：其中个性与历史被直接对接。"①果戈理和波戈津这两个具有相同历史观的人，又恰巧一个主业是历史，另一个主业是文学，正可以相互取长补短，因而，当是一拍即合，甚至有相见恨晚之感，这从二人语气熟稔、坦诚，且往来频繁的通信中便可以一目了然。

然而，从波戈津1839年11月29日写给舍维廖夫的信中，我们已经可以看到二人龃龉的缘起："果戈理还在彼得堡；但我现在在等着他和两个妹妹，他们将住在我家。他应该一定会交出些什么的，而且会有很多，因为他需要一大堆钱，给自己、给妹妹、给母亲。"②波戈津坚信果戈理"一定会"拿出"很多"作品让他给发表，因为果戈理很需要钱。而一个多月后，1840年1月10日，果戈理却在写给马克西莫维奇的信中说："波戈津对你说，我有很多写好的东西，他瞎编。我有一部长篇小说，这是实情，可在它问世之前我不想将其中的任何东西公之于众；况且一个片断在你的文集里也不会有任何价值……"③果戈理否认自己有"很多"作品，而对于仅有的长篇小说，他并不想发表其中的片断。就这样，一个带着势在必得的心态期待着文稿，另一个却完全没有提供的意思。作为《莫斯科人》杂志的发行人，波戈津极力想吸引果戈理为自己的杂志供稿，不仅是因为果戈理在文坛的声望可以提升杂志的地位，更有在与别林斯基和《祖国纪事》杂志的斗争中拉果戈理与自己站在一条战线上的意图。而果戈理也是洞悉了其中的关键，不想卷入内耗和纷争，想要一心一意地创作自己最重要的作品，才拒绝波戈津的。这就导致了二人关系的冷淡乃至敌对。波戈津在其公开发表的回忆性文章中竭力遮掩自己与果戈理之间的分歧，把二人的关系描绘成不变的友谊，也未尝不是出于拉大旗作虎皮的考量。但在私下写的笔记里波戈津却坦言他们之间在1841～1842年间互有敌意："1841年。我开始发行杂志。他的冷血令我产生不好的印象。开始怀疑（他的）自私。1842年。……我以为自己像是他的师傅，很确信他因为我的事业而对我有无限的信赖，我认为自己有权利，并且相信这些指责，尽管是苦涩的，不会改变我们的关系，坚固的关系。可他在这段时间

---

① Анненкова Е.А. Гоголь и русское общество. СПб.: "Росток". 2012. С. 264.
② Виноградов И.А. Гоголь в воспоминаниях, дневниках, переписке современников. Полный систематический свод документальных свидетельств. Научно-критическое издание. В 3 т. Т. 2. М.: ИМЛИ РАН, 2012. С. 413.
③ Там же. С. 412.

已经鄙视我了，而且很怨愤，表现出了鄙视。"①

1842年，当果戈理再次客居在波戈津家时，二人的关系急剧恶化，甚至发展到同在一个屋檐下却彼此不再讲话，而是以写纸条代替交谈的地步。交恶的原因是波戈津在1841年上半年事先未经果戈理同意，擅自在《莫斯科人》杂志上发表了果戈理重新修改过的《钦差大臣》中的几场戏。波戈津这么做也有自己的理由，因为1839年果戈理曾答应波戈津，自己会与即将出版的杂志合作。然而，时过境迁，果戈理的心理状态、创作计划、对当时杂志斗争的态度都发生了根本性的变化，而波戈津对此并未加以考虑，也搞不懂果戈理。他认为自己对于作家在生活上助力良多，后者理所应当投桃报李。大概正是这种挟恩求报的心理令波戈津认为自己有权替果戈理做主，结果引起作家的不满。其实，果戈理也并非不记恩，对于波戈津的约稿请求，他奉上了自己的中篇小说《罗马》，但也仅此而已，波戈津的不满可想而知。波戈津长子的回忆见证了果戈理在他家时的状态："他很少出门，也不喜欢在家里接待客人，尽管他是性格极其快活的人。我觉得名声压得他喘不过气来，人人都在留神听他说话，竭力引他说话，而这些都让他厌烦。最后，他知道，很多人到父亲这里来专门是为了看'果戈理'的，所以如果他们偶然在父亲的书房里碰见他，他便马上像蜗牛似的缩进壳里。闭紧嘴巴，一句话也不说。……果戈理在我们家里简直像个隐士……"②果戈理的窘迫连一个小孩子都感受得到，但身为朋友的波戈津对此却似乎并不在意。

1842年下半年至1843年底，二人的通信一度中断。1843年二人在波戈津的主动和解下恢复通信。但1844年又发生了波戈津私自发表伊万诺夫所绘的果戈理肖像（石印版）的事，果戈理知晓后，二人关系再度恶化。

1847年，积攒了太多不满的果戈理在《与友人书简选》中对波戈津颇多微词，如在"论什么是语言"一章中写道："我们的一位友人 П……有一个习惯，他找到一位著名作家写的无论怎样的几行东西，就立刻将之塞到自己的杂志去，从来不很好地掂量一下，这样做是给作家扬名还是有损作家的声誉。他用新闻记者们的一句有名的套话为自己的这种做法佐证：'我们希望，读者和后代将对我们刊登这些珍贵的东西表示感激；在

---

① *Погодин М.П.* Заметка о Гоголе. // Пушкин. Лермонтов. Гоголь / АН СССР. Отд-ние лит. и яз. — М.: Изд-во АН СССР, 1952. С. 794-795. — (Лит. наследство; Т. 58). http://feb-web.ru/feb/litnas/texts/l58/l58-7932.htm 日期访问: 07.02.2023

② 屠格涅夫等：《回忆果戈理》，蓝英年译，北京：东方出版社，2008年，第78页。

伟大的人物身上的一切都引人好奇'，——以及诸如此类的话语。这一切都是废话。……我们的那位友人 П……他自己整个一生都在忙碌，急于与自己的读者们分享一切，他把自己收集的一切告诉他们，也不分析一种思想在他本人头脑里是否已经成熟得能让大家感到亲切易懂，总之——他在读者面前把自我以及自己的全部邂逅都暴露无遗。……这个人像蚂蚁一样忙忙碌碌地辛劳了三十年，他自己整个一生都急于尽快地把他认为对俄国的启蒙和教育有益的一切转交到所有人手里……然而没有一个人对他表示感谢……"① 如此尖刻的说辞还不解气，果戈理在给波戈津的赠书上题词："此书赠予心灵杂乱不洁、什么也不懂、什么也不留意、每每带给人侮辱却不自知、多疑的多马②、近视的和以粗略的尺度衡量人的波戈津，以永远提醒他的罪过。"署名是："和他同样罪过的、在很多方面比他本人还要不洁得多的人。"③

他们的矛盾表面上看起来是果戈理有些不近人情，对朋友过于小气，有时甚至给人冷漠生硬之感，比如当波戈津问他为什么不写信时，他会在回信中说："当我觉得我的信是被需要的且它对心灵能有某种益处时，我就写。当我看不到这种必要性，我就不写。而以他自己编造出来而非基督给定的关系为条件看事情的人，他怎么想我，跟我无关。"④ 这的确会让人觉得他是一个自我中心的人。那么，果戈理对波戈津何以从之前的亲密好友、知音摇身一变，成了一个如此不讲情面、拒人千里之外的人呢？对此安年科娃的分析很有道理："要想懂果戈理，就得哪怕稍微贴近他的新状态，明白他改善和重塑自我、重塑自己作家的构成和人的构成之需求的欢喜和负重。实质上，需要明白的是，果戈理此时以某种新的、不同于平常的——友谊、事务、兄弟的——交往逻辑的标准来衡量人际关系。"⑤ 正因为他们曾经是亲密的朋友，果戈理才在自己进行自我完善时，也希望波戈津跟上。按照安年科娃的说法，果戈理想要"按照自己的样子打造波

---

① 《果戈理全集》第六卷，周启超主编，任光宣译，合肥：安徽文艺出版社，1999年，第 24～25 页。

② 多马是《圣经》中的人物，耶稣的十二门徒之一，以多疑著称。

③ *Лотман Л. М., Томашевский Б. В., Фридлендер Г. М.* Комментарии // Гоголь Н.В. Полное собрание сочинений: [В 14 т.] / АН СССР; Ин-т рус. лит. (Пушкин. Дом). [М.; Л.]: Изд-во АН СССР, 1937-1952. Т. 8. Статьи. 1952. С. 789.

④ *Гоголь Н.В.* Полное собрание сочинений: [В 14 т.] / АН СССР; Ин-т рус. лит. (Пушкин. Дом). [М.; Л.]: Изд-во АН СССР, 1937-1952. Т. 13. Письма, 1846-1847. 1952. С. 101.

⑤ *Анненкова Е.А.* Гоголь и русское общество. СПб.: "Росток". 2012. С. 281.

戈津,而且有可能,他自我形成的过程越艰难,就越是迫不及待地想要施加影响。"①在处于新状态中的果戈理看来,波戈津"过的是陷在千头万绪之中的生活,它们从各个方向上拉扯着他,使他无法持续地走进自己的内心。"②因此,果戈理才会对波戈津说:"干真正自己的事,像干一件神圣的、要求专注地去做的事,而不是忙乱的、赶工的事。"③果戈理建议波戈津深入思考历史现象背后的本质,并把这种工作与心灵的洁净相关联。但波戈津显然对果戈理进行中的"建设"工作理解不了。这种不解在果戈理创作《与友人书简选》时加剧了,因为果戈理被新的创作深深吸引,"陷入了专注于自我的苦修主义的冷面无私之中"。④这便是果戈理不近人情的由来,他在修炼自己,他认为:"语言是上帝赐给人最崇高的礼物。当作家处在强烈的诱惑、苦闷、愤怒或无论对什么人有某种个人反感的影响下的时候,总之——在他本人的心灵尚未走进和谐状态的时刻,作家写作是一种不幸,因为他写出的话令大家讨厌。于是,他虽拥有最纯洁的行善愿望也可能制造出邪恶。"⑤从这样的认识出发,他对波戈津不顾一切的催稿行为和擅作主张产生反感和愤怒的情绪,从而冷淡、疏远这位昔日的密友,也就可以理解了。说到底,这就是一个人往前走了,另一个人还留在原地的老套故事,正如安年科娃所说:"在很大程度上,正是果戈理艺术探索的紧张度、无情地割舍已经思考过的和不能自圆其说的东西的能力,成为了果戈理与米·波戈津之间关系复杂多变的原因。波戈津在几十年间完成了全部观念进化的同时,仍然保有相当(如果不是极其)稳定的信念和工作方法。"⑥

1848年9月果戈理回到莫斯科,一开始仍旧住在波戈津家。1848年12月,果戈理借波戈津家装修之机搬到了亚·托尔斯泰伯爵的宅第去了。果戈理之所以从波戈津家搬走,实际上是他们之间又发生了不愉快:

---

① *Анненкова Е.А.* Гоголь и русское общество. СПб.: "Росток". 2012. С. 280.

② *Гоголь Н.В.* Другие редакции // *Гоголь Н.В.* Полное собрание сочинений: [В 14 т.] / АН СССР; Ин-т рус. лит. (Пушкин. Дом). [М.; Л.]: Изд-во АН СССР, 1937-1952. Т. 7. Мертвые души. Том второй. 1951. С. 257.

③ *Гоголь Н.В.* Полное собрание сочинений: [В 14 т.] / АН СССР; Ин-т рус. лит. (Пушкин. Дом). [М.; Л.]: Изд-во АН СССР, 1937-1952. Т. 12. Письма, 1842-1845. 1952. С. 401.

④ *Анненкова Е.А.* Гоголь и русское общество. СПб.: "Росток". 2012. С. 281.

⑤ 《果戈理全集》第六卷,周启超主编,任光宣译,合肥:安徽文艺出版社,1999年,第24页。

⑥ *Анненкова Е.А.* Гоголь и русское общество. СПб.: "Росток". 2012. С. 264.

11月11日是波戈津的生日，他以"果戈理"的名号做噱头，广邀名流，搞了一个大型的交际会，想为自己正名。但果戈理没有配合他，在该被隆重推出、闪亮登场时，果戈理躲了，让波戈津在众人面前被打了脸。

纵观二人的交往史我们会发现，40年代果戈理和波戈津之间的关系时好时坏，其表面原因都是有迹可循的，但其背后的主要原因只有一个，那就是从30年代末期开始的互不理解。这种互不理解往深处挖的话，其根源是果戈理开启了向心灵的纵深处的艰难探索，而波戈津还停留在社会历史层面。

1849年初，果戈理在托尔斯泰伯爵家被照顾得很好，"一边写作，一边用白面搓小球球，他对友人说，这些小面包球能有助于他解决最复杂和最困难的问题。他的一个朋友收集了一大堆这些小球球并满怀敬意地珍藏起来……写得累了或者烦了，果戈理就上楼去找房屋的主人，要不然就穿上皮袄，夏天的话就穿上无袖的西班牙斗篷，步行到尼基茨基林荫道去，大部分时候是出门朝左走"①。

然而，身边总是聚拢很多人，很多是非。斯拉夫派和西欧派的争论比《与友人书简选》中写的还要频繁和激烈，而果戈理总是避免参与他们的论战。他坐在角落里，远离灯光，大部分时间一声不吭，经常是悄悄走掉。②除了斯拉夫派和西欧派之争，围绕着果戈理的还有宗教问题。据说，托尔斯泰伯爵给果戈理讲了一个故事：救世主出现在了一个生病的姑娘面前，果戈理信以为真，又讲给别人听。谢·阿克萨科夫据此认为，正是托尔斯泰伯爵和他家的环境给果戈理施加了不好的影响。他说："我过去和现在都把果戈理的道德状态归咎于他寄居在托尔斯泰家里。具有残忍要求的神甫、僧侣、敬神和神秘主义构成了他的环境，这个环境没有毒害任何人，果戈理除外：因为只有他一个人全心全意地醉心于这个方向。"③如果联系到马特维神父的影响，阿克萨科夫的这番话也许不无道理。

但果戈理1849年5月24日写给普列特尼奥夫的信说的却是他的身

---

① По Н.В. Бергу, который «жил тогда как раз напротив, в здании коммерческого банка». См.: Манн Ю. Гоголь. Завершение пути: 1845-1852. М.: Аспект Пресс. 2009. С. 158-159.

② По Зайцеву. См.: Манн Ю. Гоголь. Завершение пути: 1845-1852. М.: Аспект Пресс. 2009. С. 161.

③ По С.Т. Аксакову. См.: Манн Ю. Гоголь. Завершение пути: 1845-1852. М.: Аспект Пресс. 2009. С. 162.

体状态与工作状态的关联:"我整个这段时间都不在我想要的状态。也许,这一切的罪魁祸首是我不知感恩。我没有温顺和毫无抱怨地忍受住没有成果的艰难状态,它紧跟在某种头脑清醒的时刻之后,这种时刻预示着富有灵感的工作。于是我又在自己身上搞出了神经紊乱,由于一些心灵上的不快,这种紊乱还更加被放大了。我被震动得很厉害,我的精神非常紧张,任何药物和安慰都无济于事。沮丧和抑郁重新掌控了我。"① 由此看来,这一次的危机状态和1845年夏的状态类似,也与文学创作进展不顺利有关。就如曼所总结的那样:"写不了就意味着活不了。"②

这之后果戈理尝试旅行,与人交往。和以往一样,旅行,哪怕是短途的旅行,对果戈理也有治愈的功效。1849年6月初他与波戈津一同去奥斯塔菲耶沃看望正经历丧女之痛的维亚泽姆斯基。果戈理在此期间的书信中透露,他尽管还没有恢复到可以工作的状态,但身体好多了,他没有浪费时间,而是在为写作收集材料。7月初他与阿诺尔迪一起去斯米尔诺娃位于卡卢加省的庄园,心情颇佳,上午闭门工作,然后一个人散步,下午与庄园主人同乐。在卡卢加的日子对果戈理恢复写作状态很有益处,他甚至有心情给斯米尔诺娃和阿诺尔迪不止一次读了写作中的《死魂灵》第二卷的章节。曼认为,"在卡卢加的朗读对果戈理有着完全特别的意义。……这里说的是……这一事件在作家的命运中,在他的世界观、艺术上的自我定位上的作用。"因为当时的情况是:"在《与友人书简选》出现之后……公认果戈理背叛了艺术,放弃了它或者失去了艺术天分原有的力量。与这一观点悖论式结合的是另一种看法——果戈理作为思想家或者只是作为一个思考着的人,也已经不合时宜了。"③ 曼认为,此时果戈理面临重获读者信赖的问题,他必须以事实向读者证明他没有背叛艺术,没有放弃艺术的舞台。之所以给斯米尔诺娃朗读,是因为她与斯拉夫派和西欧派保持了同等距离,而且她也懂艺术。因而在曼看来,这次朗读实际上是一场"测试"。在斯米尔诺娃处获得了肯定后,果戈理一边写,一边给不同的人朗读,以求反馈意见,然后做修改。1849年下半年和1850年上半年基本上是在这个状态和节奏中度过的。其间,果戈理也有过短暂的身体和心绪不宁的时候(比如1850年春天),但没对他的创作造成大的影响。

---

① *Гоголь Н. В.* Письмо Плетневу П. А., 24 мая 1849 г. Москва // Гоголь Н. В. Полное собрание сочинений: [В 14 т.] / АН СССР; Ин-т рус. лит. (Пушкин. Дом). [М.; Л.]: Изд-во АН СССР, 1937-1952. Т. 14. Письма, 1848-1852. 1952. С. 125.

② *Манн Ю.* Гоголь.Завершение пути: 1845-1852. М.: Аспект Пресс. 2009. С. 163.

③ Там же. С. 170.

为了创作《死魂灵》第二卷和第三卷，果戈理 1849～1850 年很想周游一下俄罗斯，了解民情。他还想出国专心写作，因而做了很多旅行计划，但大多没能成行。1850 年 6 月，他和老乡马克西莫维奇一起南下回乌克兰，在家乡瓦西里耶夫卡盘桓一阵。10 月启程去了敖德萨，在那里住到 1851 年 3 月，主要还是写《死魂灵》第二卷。其间果戈理还参与了敖德萨剧院的演出活动，给演员们提意见，参加《钦差大臣》的排练。离开敖德萨前往莫斯科前，果戈理再次回到家乡，与亲人团聚。尽管自己身心都很脆弱，但他还是努力为亲人排忧解难：给母亲画地毯花样，给妹妹们讲解有关庄园经营的事情。果戈理的妹妹奥尔迦看出了兄长的疲态，因为他不像以前那样总能想出新花样了，而且，"当妈妈向他抱怨自己庄园没有出路时，他只是病态地皱了皱眉，就把话题转到宗教上去了"①。

1851 年 5 月 29 日，果戈理永远离开了家乡瓦西里耶夫卡。

第二节 落幕谜团：天梯难登

1851 年 6 月 5 日，果戈理抵达莫斯科。对家乡亲人的挂念和对作品集出版不顺利的担忧给果戈理的心情蒙上了一些阴影。但没过多久，6 月 25 日果戈理就重新开始给朋友们朗读《死魂灵》第二卷，听取意见和建议了。之后他就去了斯米尔诺娃家的别墅，在那里进入了良好的工作状态：早起，散步，吃早饭，然后闭门工作 3 小时。为了锻炼身体，果戈理还在午饭前游泳，并在水里跳舞，做各种体操动作。②1851 年 7 月 12 日左右，果戈理从别墅返回莫斯科。在 7 月 15 日给普列特尼奥夫的信中，他说自己在"致力于《死魂灵》第二卷付梓方面的准备工作"，但身体很虚弱，"勉强有力气提笔写几行笔记，修改或者重写需要重写的东西根本不行"③。7 月下旬，果戈理到舍维廖夫家位于莫斯科郊外的别墅去闭门写作。据贝格说，果戈理离群索居，只在吃饭的时候与人见面，话很少。④舍维廖夫在 1851 年 7 月 27 日写给果戈理的便条中写道："你的秘密对我

---

① См.: Манн Ю. Гоголь.Завершение пути: 1845-1852. М.: Аспект Пресс. 2009. С. 220.
② Там же. С. 223.
③ Гоголь Н.В. Письмо Плетневу П. А., 15 июля 1851 г. Москва // Гоголь Н. В. Полное собрание сочинений: [В 14 т.] / АН СССР; Ин-т рус. лит. (Пушкин. Дом). [М.; Л.]: Изд-во АН СССР, 1937-1952. Т. 14. Письма, 1848-1852. 1952. С. 240.
④ См.: Манн Ю. Гоголь.Завершение пути: 1845-1852. М.: Аспект Пресс. 2009. С. 225.

来说很珍贵，相信我。迫不及待地等着第 7 和第 8 章。"①

以上这些信息表明，到 1851 年 7 月底的时候，果戈理的《死魂灵》第二卷已经至少完成了 6 章，他一边继续写作，一边已经在着手准备出版的事了。而他的身体应该是时好时坏，与他的精神状态和写作进展情况互相影响，互为因果。

8 月，果戈理又回到莫斯科，见了一些朋友。9 月初，他身体状况不佳。原打算去克里木过冬连带参加妹妹的婚礼，但母亲生病的消息传来，让这个行程提前了——9 月 22 日果戈理离开莫斯科。但路上他感觉不好，就拐进了奥普塔小修道院（Оптина пустынь），指望在那里能得到治愈，因为那里有一位名为马卡里的长老，果戈理视之为精神导师。之前，1850 年 6 月 19 日，果戈理第一次拜访奥普塔小修道院，他"在那里不仅感受善意、热忱的氛围，他还在寻找对自己写作事业、对实现《死魂灵》第二卷纲要的直接支持"②。这次拜访显然对果戈理起到了很好的作用。在给奥普塔小修道院的僧人格里戈罗夫写了感谢信后，果戈理收到了回信，其中写道："为了对同胞有益，为了俄罗斯的荣光，您写吧，写吧，写吧。"③1851 年 6 月 2 日，在从敖德萨去莫斯科途中，路过奥普塔小修道院，略作盘桓，这是果戈理第二次造访。这时，给他回信鼓励他写作的僧人格里戈罗夫已经不在人世，他结识了马卡里神父。此人性格温和，爱艺术，年轻时还拉过小提琴，喜欢花，博览群书，但同时他也是修道院全体同道的精神领袖。果戈理对马卡里神父寄予了很大的期望，希望在写作事业和心灵事业上能得到他的帮助。但 1851 年 9 月 25 日的第三次，也是最后一次拜访，果戈理在马卡里那里没有得到治愈，也没有得到安慰和祝福，甚至让他本就糟糕的身心受到了重创，因为马卡里长老和果戈理告别时说了"最后一次"，这让果戈理顿时有了不祥的预感，于是他又折返回了莫斯科，去了阿克萨科夫家的郊区别墅。据阿克萨科夫说，果戈理很瘦，很憔悴。

曼在自己的书里不仅梳理了果戈理三次造访奥普塔小修道院的情况，还分析了果戈理所受的影响。曼援引克利门特神父在描述奥普塔小修道院长老制的奠基人列昂尼德神父的生平时所写的话，旨在说明修道院的长老制很重要的一点是信奉"唯一的"权威。果戈理看来是把马卡里神父当成

---

① См.: Дмитриева Е. Второй том «Мертвых душ»: замыслы и домыслы. М.: Новое литературное обозрение, 2023. С. 112.

② См.: Манн Ю. Гоголь.Завершение пути: 1845-1852. М.: Аспект Пресс. 2009. С. 231.

③ Там же. С. 232.

了自己的这个"唯一的"权威。但同时，果戈理又对此前就认识的马特维神父抱有很大希望。"为了自己的得救，果戈理好像想要调动所有的神圣力量。"①一方面，当果戈理感觉到自己对于生活之书的构思是宏大而重要的，从那时起他便具有了一种坚定的自持。另一方面，他又会时不时对自己的话语产生疑虑，怀疑其中是否渗入了某种罪孽的东西。

谢·阿克萨科夫回忆说："在10～11月间果戈理想必是感觉好些了，也能富有成效地工作了，他的几张便条就是证明。顺便说一句，他在其中的一张里写道：'一切都归功于上帝。事情有所进展。要是我们能在冬天，而不是现在，给彼此读一读的话，它也许会更好。现在还是秋天常有的那种乱七八糟的时候，人在忙活和选择坐下去的位置，还没坐下去。'下面的话出自另一个便条，表明果戈理对自己的工作是满意的：'如果上帝仁慈，类似的时而很顺利的日子再给我几天的话，那么，有可能，我能搞完。'然后我就听到传闻，果戈理又紊乱了。我给他写信询问著作的进展，就收到了下面这张忧伤的，也是最后一张便条，写于1851年12月底或者1852年1月初：'非常感谢您的几行信。我的事情进展极其缓慢。时光飞逝，几乎什么也来不及。我的全部希望就落在上帝身上，只有他一个人能够加速我缓慢挪动的灵感。'"②

1852年1月25日，果戈理邀请博江斯基隔天一起去附近的科舍廖娃（О. Кошелёва）家听小俄罗斯歌曲，但次日，病了很长时间、年仅35岁的霍米亚科娃（Е. Хомякова）去世了，这次会面便取消了。逝者是霍米亚科夫的妻子，果戈理亲近的朋友诗人雅济科夫的妹妹，与果戈理关系也很好。她的死让果戈理很难过。据朋友们的回忆，此后，果戈理出现了一些令人不解的古怪行为：维·阿克萨科娃回忆说，1月28日的时候，他长时间地出神，久到令人害怕，只好故意扯开话题打断他的沉思；1月29日葬礼，果戈理没有参加，有人推测他是去了普列奥布拉任斯基精神病院③，去见住在那里的、莫斯科知名的古怪癫狂的先知科列依沙（И. Корейша）。果戈理在医院门前徘徊良久，又在雪地里迎风站了良久，最后坐上雪橇返回了。果戈理的精神导师马特维神父曾讲述过自己去拜访这位先知的事，证实其确有预言的能力。由此，沃罗帕耶夫

---

① См.: Манн Ю. Гоголь.Завершение пути: 1845-1852. М.: Аспект Пресс. 2009. С. 237.

② Аксаков С.Т. История моего знакомства с Гоголем: Со включением всей переписки с 1832 по 1852 год. Изд. 2-е. М.: Книжный дом «ЛИБРОКОМ», 2011. С. 237.

③ 也有人说去医院是在2月7日。

（В. Воропаев）推断，或许果戈理也是想去向这位神人探听一下圣意对于自己的安排，但是，大约是怕听到不好的结果而在最后时刻胆怯了，走掉了。①

果戈理与马特维

马特维·亚历山德罗维奇·康斯坦丁诺夫斯基（Матвей Александрович Константиновский, 1791～1857）是勒热夫市的神父，果戈理的忏悔牧师。二人于1849年1月在托尔斯泰伯爵家相识，此前有过通信。他们的天性完全不同：马特维是一个严格遵守教规、行事一板一眼的人，甚至可以说是一个苦修者，从童年起就向往修道院生活，性格坚忍，擅长布道，在莫斯科和彼得堡很多信教家庭中享有盛名，颇受教徒们的拥戴。列昂季耶夫—谢格罗夫（И.Л. Леонтьев-Щеглов）②在《果戈理与马特维·康斯坦丁诺夫斯基神父》（Гоголь и о. Матвей Константиновский）一文中，描绘了一个傲慢、不近人情的神父形象。谢格罗夫首先转述了从别人那里听来的果戈理与马特维初次见面的情形：

> 人家给马特维神父介绍果戈理。马特维神父严厉而怀疑地打量着果戈理：
> "您是什么教派的？"
> "自然是东正教的！"
> "那您不是路德教派的？"
> "不是，不是路德教派的……"
> "也不是天主教徒？"
> 果戈理被彻底搞无语了：
> "并不是呀，我是东正教徒……我是果戈理呀！"
> "可照我看来，您不过就是……一头猪！"马特维神父毫无礼貌地打断说。"先生，要是您不寻找上帝的恩典也不去让牧师给祝福，您算哪门子东正教徒呢？"

谢格罗夫转述这个故事时也用了"传说"一词，这说明他对这个故事

---

① См.: Гоголевский вестник. под. ред. В.А.Воропаева; Науч. Совет РАН «История мировой культуры». М.: Наука. 2007. C. 59-61.

② Щеглов И.Л. Гоголь и о. Матвей Константиновский. http://dugward.ru/library/gogol/cheglov_matvey.html Дата обращения:11.10.2023

的真实性也不是很确定。他引用它旨在说明，在与果戈理的关系中，马特维神父是居高临下且意志坚定的。谢格罗夫认定，马特维神父"在《钦差大臣》和《死魂灵》作者的命运中起到了如此毁灭性的作用"，他的"精神审讯的权威在病困交加的作家卧榻旁占了上风"。

对此，当代果戈理研究者沃罗帕耶夫有不同的看法，认为谢格罗夫和梅列日科夫斯基描绘的马特维神父形象不真实，过于负面。沃罗帕耶夫在其著述《果戈理与马特维神父》（Гоголь и отец Матвей）中指出："马特维神父几乎害死了阴沉的宗教狂果戈理，这在某种程度上已成为了马特维神父的经典形象。但不容置疑的是，这一形象与实际情况没有任何共同之处。无法否认他在1852年2月对果戈理的影响。但是同样无疑的是，这位达到了精神生活高层次的神甫，比任何其他人都理解果戈理的心灵建构。众所周知，果戈理是在神志清醒的状态中死去的。在去世前，他两次接受了圣餐和涂圣油。他在意识清醒时说的最后一句话是：'死多么甜蜜！'"①沃罗帕耶夫在自己的文章里明显要为马特维神父正名，他指出了关于马特维神父的一些成见，并逐一进行反驳。比如，对于历史学家巴尔苏科夫（Н.П. Барсуков）提出的观点——是马特维神父"建议果戈理抛弃文学家的名头进修道院"的，沃罗帕耶夫指出："果戈理当僧侣的愿望早在认识马特维神父前就有了。1845年夏他甚至做出了放弃文学生涯、剃度为僧的尝试（在写给马特维神父的信中，有关修道院的字行就有这件事的回声）。"②再比如，斯米尔诺夫（А. Смирнов）1902年在纪念果戈理逝世五十周年时说，如果成为果戈理精神导师的不是马特维神父，也许《死魂灵》第二卷就不会被烧毁了。对马特维神父进行类似指责的还有马特维耶夫（П. Матвеев）。对此，沃罗帕耶夫的观点是："果戈理坚定地遵循上帝的意愿并有意识地做出了自己的选择。"③

于是，我们就看到两种截然不同的马特维神父的画像：一个是毁了果戈理的人，另一个是果戈理的知音和精神导师。

谢格罗夫根据马特维神父生平材料分析认为，马特维神父原本自幼就立志是要出家的，做牧师并非他的本意，因此在他的神职活动中难免带有

---

① *Воропаев В.А.* Гоголь и отец Матфей. *Афанасьев В.В.* Православный философ. Духовные искания Ивана Васильевича Киреевского (1806-1856). -Серия «Церковь и образование». Вып. 6. Пермь: Редакция газеты «Православная Пермь», 2000. С. 47.

② Там же. С. 34.

③ Там же. С. 51.

一般牧师所没有的执着和教条。谢格罗夫援引马特维的女婿尼·格列希舍夫（Н. Грешищев）所写的神父生平资料来说明自己的观点：在马特维做牧师的三年里，他硬是把一个喧嚣、快活的村子变得让人认不出来了：世俗的歌声和玩乐几乎全都停止了，在大多数家庭里代之以赞美诗和心灵得救的谈话，就连小孩子聚在一起都只唱基督教节日歌曲和短赞美诗。谢格罗夫在挪揄马特维把自己分管的教区搞得了无生机的同时，也承认神父是一个严格律己的人。在做了勒热夫的大司祭之后，马特维在热闹的商业城市里依然坚守苦修者的清规戒律：不吃肉，不喝饮料，尽一切可能接济贫苦人，每天凌晨三点就起来做祷告。

马特维神父不仅自身的信仰非常坚定，而且对周围人的影响也相当大。谢格罗夫援引杰·菲利波夫（Т.И. Филиппов）的信，以说明这一点：

> 马特维神父在这个案件中的证词对我而言没有价值；就像您了解的那样，他一分钟都没有迈出奇迹的领域，并且喜欢赋予最为平凡的现象以非凡的意义。我在自己的心灵里体验过其才智的这一特点的有害影响；他所深陷的迷信粘在了我的头脑上，因而我需要用力将自己的心灵从这种奴役征服中摆脱出来。而这并非没有危险，因为任何一个变革的实施，无论是在一个国家里，还是在人的心灵里，总是伴随着骚动的，总是接近灾祸的。这就是为什么任何参与激发那桩已被遗忘、需要重新翻腾出来的案件，从而引起教权注意的事，我都不能接受。

谢格罗夫继而指出，像菲利波夫这么强健的体魄都有被马特维神父催眠的危险，更不用说果戈理那种被精神和物质双重折磨得极为虚弱的人了。别看马特维给人的第一印象很平凡——小个子，有点驼背，一双灰色的无神的眼睛，扁平的鼻子，油腻的头发，但他的意志力和大胆、放肆的言辞却总是先声夺人，令人折服。用谢格罗夫的话说，"尖锐的、几乎是断断续续的文风，总体上粗俗狎昵的语调以及偏执禁欲的导向赋予了它们一种独特的色彩"。比如，对于一个想第三次娶妻的人，马特维神父的建议是：

> "不要往地上贴。""你写信说，没有妻子你很难生活，可是谁又能轻松地够到天国呢？谁能不费力和不受穷就得到它呢？兄弟，你看，咱们在这儿就是过客：准备回家吧。别拿上帝换魔鬼，而要拿此

世换天堂。在这儿一时欢，而后世世哭。"

再比如，一个刚愎自用的商人把自己的儿子赶出家门，儿子请求马特维神父的庇护，神父回答说：

> 不是父亲赶您，而是上帝召唤您出来，为的是不让您参与贪财的不义。你要像亚伯拉罕一样，高兴地看待这件事，接受这个意见，可不敢反驳！上帝会保佑你的！你要是听从有智谋的魔鬼的建议，它可从来不会教人好的……

据此，谢格罗夫推测，在果戈理的精神转折和作家生涯转折的最为危急的时刻，马特维写给他的信应该也和上面这些信差不多，"带有幼稚的教诲学问"。事实上，马特维与果戈理的通信始于1847年初，当时果戈理刚刚出版了自己的《与友人书简选》，他托普列特尼奥夫给马特维寄去两本，①然后写信问后者的意见。马特维的回信基本上都遗失了，只留下了一封，但果戈理写给马特维的信现存十七封。②我们可以通过果戈理的信，间接了解马特维神父都给果戈理写了些什么内容。

果戈理的第一封信是从拿波里发出的，信不长，主要是请求马特维评价《与友人书简选》。在收到回信后，果戈理于1847年5月9日给马特维回了一封长信，其中提及神父对书中关于戏剧的文章（《论戏剧，论对戏剧的片面观点及一般地论片面性问题》）有误解。果戈理在信中解释说：

> 我写关于戏剧的文章不是为了使社会爱上剧院，而是为了使它戒除剧院的淫荡的一面，戒除各类女芭蕾舞演员和近期开始成堆地从法文翻译过来的很多奇奇怪怪的剧本。我本想以指出好剧本的方式来戒除这一点，但把这一切表达得既不准确又很糟糕，给了您理由，以为我让人们到剧院去，而不是到教堂去。上帝保佑我别有这个想法！甚至在我对神圣真理的珍贵还感知很少的时候，我也从不曾有过这个想

---

① *Соколов Б. В.* Гоголь. https://biography.wikireading.ru/105275 Дата обращения: 26.09.2023

② *Воропаев В.А.* Гоголь и отец Матфей. *Афанасьев В.В.* Православный философ. Духовные искания Ивана Васильевича Киреевского (1806-1856). -Серия «Церковь и образование». Вып. 6. Пермь: Редакция газеты «Православная Пермь», 2000. С. 32.

法。我只是想，不能完全剥夺社会的娱乐活动，但是应该如此安排，让人在娱乐之后自然而然地产生走向上帝的愿望——去感谢他，而不是走向鬼——去服侍它。这就是那篇文章的基本思想，我没能把它写好。坦白而不矫饰地讲，我那本书的很多缺点与其说是由于骄傲和自我失智，不如说是由于我的不成熟。我的教育开始得很晚，那时候别人已经觉得受过教育了。我对自己成功地战胜了自身的很多东西而兴高采烈，想象着我能教别人了，出了本书，结果在这本书上清楚地看到，我就是个学生。……我自己陷入了我责备别人的那些缺点中。一句话，这本书里的一切都暴露出我的无知。……我不瞒您，您说我的书会起有害的作用，而我要因它给上帝一个说法，您的话让我非常害怕。看了这些话后，我一时陷入了垂头丧气的状态中，但上帝的仁慈是无边的，这个想法支撑住了我。不，有一种神圣的保护力量，它在世上睁眼看着呢，它甚至会将人出于坏心搞出来的东西引向好的方向。而我的书不是出于坏心：一切都因为我缺乏理智；不过上帝已经惩罚过我了，惩罚的方式是让所有人一个不剩地大声反对我的书，尽管发出这些喊声的原因各种各样。但是他的惩罚本身也是如此仁慈！他在惩罚中让我感觉到恭顺，这是他能给我的最好的东西。若非无数的责备和指责从四面八方落在我头上，还有什么方式能让我审视自己呢？①

从果戈理的信中我们可以发现，《与友人书简选》的作者认为马特维误解了自己的本意，他的本意是"让人在娱乐之后自然而然地产生走向上帝的愿望"。可是，从上文可以看出，马特维明显不能同意果戈理关于"不能完全剥夺社会的娱乐活动"这样的看法，对此，他会说："不要往地上贴。"而果戈理在文学创作上是坚定的，他在这封信之后不久写下的《作者自白》中说："我大概比任何一个其他作家都更难放弃写作，因为写作构成我的一切思考的唯一对象，我把一切其他东西、把人生中一切最美好的诱饵都丢掉了，并且像一位修士一样，与一切让尘世的人感到亲切的东西割断了联系，就是为了不去考虑写作以外的任何其他的事。我很难放弃写作，因为我一生最美好的时刻，是当我最终把我脑海里久久酝酿

---

① Гоголь Н.В. Письмо Константиновскому М. А., 9 мая н. ст. 1847 г. Неаполь // Гоголь Н.В. Полное собрание сочинений: [В 14 т.] / АН СССР; Ин-т рус. лит. (Пушкин. Дом). [М.; Л.]: Изд-во АН СССР, 1937-1952. Т. 13. Письма, 1846-1847. 1952. С. 300～301.

的东西搬上稿纸的时候；直到如今我仍深信不疑，是否还有像创作的享受那样的崇高享受。"① 从马特维神父的坚定信仰和禁欲主义生活方式，以及他对教区的教导方式看，他对果戈理说《与友人书简选》"会起有害的作用"，作家因此要"给上帝一个说法"这样的话是必然的，因为尽管二人都是虔诚的教徒，但他们各自的天赋和各自对天赋的理解全然不同。果戈理在回信中反驳了马特维神父认为《与友人书简选》有害的说法，他写道："我的书几乎对那些已经处于教会核心的人们没有产生任何影响，这很自然：自家有好饭的人，不会去别家找差的；走到泉水跟前的人，没必要跑去找半浑浊的小溪流，尽管他们也向往同一条大河。相反，那些处于教会核心且确实信教的人中，许多人甚至会起来反对我的书！也会更警醒地守护自己的心灵。我的书只对那些不上教堂，甚至根本不想听身穿法衣走出教堂的神甫讲话的人有作用。如果这是真的，且如果一些不信教的人果真动摇了，哪怕是出于好奇心而走进教堂，那么仅这一点已经可以安慰我了。在那里，也就是在教堂里，他们会找到更好的导师。他们把腿迈进教堂的门槛，这就够了。……我觉得，如果谁只要动念想成为更好的人，他之后就一定会与基督相遇，就会像大白天一样清楚地看到，没有基督成为不了更好的人，那他就会扔掉我的书，捧起福音书。"②

除了解释和反驳，在这封信里果戈理还进行了自我反省，比方说："我那本书的很多缺点……是由于我的不成熟。我的教育开始得很晚……我对自己成功地战胜了自身的很多东西而兴高采烈，想象着我能教别人了，出了本书，结果在这本书上清楚地看到，我就是个学生。"这些自省后来被更清楚明晰地写进了《作者自白》中。这封信里表达的其他思想，如有关镜子的、有关善良意愿的等等，后来也在《作者自白》里得到更为详尽的发挥。

1847年9月24日，果戈理应该是在收到马特维神父的信后，又给他写了一封回信。信中提及神父建议他不要在世人面前辩白。果戈理表示同意："的确，论断我们的不是世人，而是上帝。"但从果戈理接下来的话中，仿佛能推断出神父劝他放弃文学家的身份："我不知道，我会不会放

---

① 果戈理：《与友人书简选》，任光宣译，合肥：安徽文艺出版社，1999年6月，第323页。
② *Гоголь Н.В.* Письмо Константиновскому М. А., 9 мая н. ст. 1847 г. Неаполь // *Гоголь Н.В.* Полное собрание сочинений: [В 14 т.] / АН СССР; Ин-т рус. лит. (Пушкин. Дом). [М.; Л.]: Изд-во АН СССР, 1937-1952. Т. 13. Письма, 1846-1847. 1952. С. 302-303.

弃文学家的名头,因为我不知道,这是不是上帝的愿望,但是不管怎样,我的理智告诉我,在我自身内心和心灵上没有更为成熟时,在较长的时间里不要发表任何东西。……我向您坦白,我至今坚信,基督的律法可以被带入任何地方,甚至是监狱的高墙里,可以在任何称号和阶层完成他的要求。在作家的称号中同样可以完成它。如果给了一位作家天赋,那么肯定不是白给的,也不是为了让它去做坏事的。"① 可见,果戈理此时还是坚持自己的作家立场,不过他也做出了让步,即表明要先进行心灵的修炼,不急于发表文学作品。他解释了自己坚持写作的理由是因为如今大家都爱读小说,而大部分小说都是没道德的和充满诱惑的,他认为既然上天给了自己写作的天赋,就有责任去用好自己的天赋,"描绘善良的、虔信的和遵循上帝的律法生活的人",并强调说:"跟您坦白地讲,这就是我写作的原因,而不是金钱和荣耀。"显然,果戈理应该是感到神父对他坚持写作的动机有所质疑,才这般回应的。大约是不想被神父认为自己执着于写作,果戈理又让步说:"假如我知道,在别的什么领域我能够为自己的灵魂得救以及……做得比这个领域更好,我就会转到那个领域的。假如我得知,在修道院里我能够脱离俗世,我就会进修道院。然而,在修道院里环绕我们的依旧是那个俗世,依旧是那些诱惑环绕着我们,依旧需要与我们的敌人作战和搏斗。一句话,世上没有一个我们可以避世的领域和地方,因而我暂时给自己这么安排:现在,就从收到您的信之日起,我让自己把每天的祷告加倍,拿出更多的时间阅读神学方面的书籍,重读克里索斯托、圣厄弗冷以及您建议的所有东西,之后,就看上帝怎么安排了。"② 从这段话可以看出来,果戈理对马特维神父的意见和建议还是很重视的。

那么,马特维神父到底对果戈理说了什么呢? 在果戈理1847年8月写给托尔斯泰伯爵的信里有所提及:"他说我们所有人都是活着的神的教堂,应该听从住在我们里面的圣灵,而不是我们尘世的形体;我们中任何人都活不了我们已经活过的年头了,因而我们应该转向内心生活,放下世

---

① *Гоголь Н.В.* Письмо Константиновскому М. А., 24 сентября н. ст. 1847 г. Остенде // *Гоголь Н.В.* Полное собрание сочинений: [В 14 т.] / АН СССР; Ин-т рус. лит. (Пушкин. Дом). [М.; Л.]: Изд-во АН СССР, 1937-1952. Т. 13. Письма, 1846-1847. 1952. C. 390.

② Там же. C. 391.

间的东西和一切忙碌。"① 可见，马特维应该没有直接让果戈理放弃文学，他只是像果戈理说的，"就像一个商人，十分热心地兜售自己的产品"②。而果戈理对此甘之如饴，甚至是期盼的："我们无论如何应该寻找能让心灵变好的相识和会面机会。没有旁人的帮助，我们自己什么也无法到达。与同样追求上帝的人们经常交往，只有通过这样的手段，我们才能到达上帝那里。"①

下一封果戈理给马特维神父的信是写于1848年1月12日。信中写道：

> 您所说的关于教诲之事我都了解了，因此我自然更为密切地既关注自己也关注教诲。只是我不能确定一点：吸引我并且从很早以前就成为我思考对象的东西，是否的确就是教诲。我觉得它就只是我应该服务于我的祖国的义务和责任，就像军人、文职的和任何其他的官员一样（要是他们获得了做这事的能力的话）。确实，我用自己那本冒失的书（您读过的）把某些宏大的构思指向了某种类似于全体基督教会之教诲的东西。但是这本书是我过渡时期心灵状态的产物，那种临时的、刚刚从病态中摆脱出来的状态。被我国发生的一些令人不快的事情和当代文学的非基督教倾向所困扰，我冒冒失失地对这本不明智的书操之过急了，傻乎乎地跑到于我而言有失体面的地方。②

从这段话里可以看出，马特维神父应该是在写给果戈理的信中，指出了《与友人书简选》具有教诲意味，而这一点与果戈理的身份不相符。果戈理在此予以回应，说自己早就在思考这些东西了，觉得这不过是一个作家的职责。继而他承认自己的书有些冒失，里面确实有些想法类似于教诲。而自己操之过急以至于有些过界是有原因的。这实际上还是变相认同了马特维的意见。

---

① *Гоголь Н.В.* Письмо Толстому А. П., около 14 августа н. ст. 1847 г. Остенде // *Гоголь Н.В.* Полное собрание сочинений: [В 14 т.] / АН СССР; Ин-т рус. лит. (Пушкин. Дом). [М.; Л.]: Изд-во АН СССР, 1937-1952. Т. 13. Письма, 1846-1847. 1952. С. 367.

② Там же. С. 367.

① Там же. С. 359-360.

② *Гоголь Н.В.* Письмо Константиновскому М. А., 12 января (н. ст.) 1848 г. Неаполь // *Гоголь Н.В.* Полное собрание сочинений: [В 14 т.] / АН СССР; Ин-т рус. лит. (Пушкин. Дом). [М.; Л.]: Изд-во АН СССР, 1937-1952. Т. 14. Письма, 1848-1852. 1952. С. 39-40.

后面果戈理还把事情归咎于魔鬼作祟，说这本书不是自己的类型，自己一直感兴趣的都是"在大部头作品中描绘我们俄罗斯土地上存在的善与恶"，而且自己有能力把它们写活。读者看完之后，就会认清俄罗斯人和人民精神的根本性特征，就不会因不了解而犯错误。要做到这一点，自己要先变得更好，这便是自己所理解的作家生涯。"我只是想要把俄罗斯最重要的事物呈现给读者，以他自己看到了就决定应该拿来进行自我教育的那种面貌呈现。我甚至没想写出道德教诲，我觉得（如果我自己变得更好），这一切在不知不觉间，无需我，读者自己就能引发出来。"① 果戈理不仅就写作之事而向马特维神父告解，他还怀疑自己不对，要自查自省，要祷告。"我看到自身有如此多缺点，有深不见底的自尊心，以及不善于为了天国的东西而牺牲尘世的东西。"② 先前自以为心性提高了，在读圣书的时候充满了感动，就觉得自己得到了上帝的垂青，离天国更近了。如今深感羞愧，意识到自己还有很多骄傲、弱点、缺陷、心志不坚、迷信、畏惧。检讨到最后，果戈理陷入了另一个极端：

> 我甚至觉得，我心中完全没有信仰；我承认基督是神人，只是因为我的头脑，而不是信仰，如此告诉我。我惊讶于他无边的智慧，而且怀着某种恐惧感觉到，尘世的人无法将之纳入自身；惊讶于他对人类心灵的深刻了解，觉得如此了解人心的只能是它的造物主。就这些，可我没有信仰。我想要信。因而，不顾这一切，我如今胆敢去朝拜圣墓。不仅如此，我想要为俄罗斯大地和我们祖国的所有人和一切事祈祷。③

这封信充分体现了果戈理在这个时候的复杂心理状态：一方面，他不认为自己的文学创作和艺术观念有什么问题；另一方面，他在马特维神父面前对自己的宗教信仰产生了怀疑。发表《与友人书简选》之后的果戈理，既回不到原来的位置上，也不知前路在哪里。他的作家自信本来源自他的天赋，即他可以活灵活现地展现别人无力发现却深感兴趣的一切。可

---

① *Гоголь Н.В.* Письмо Константиновскому М. А., 12 января (н. ст.) 1848 г. Неаполь // *Гоголь Н.В.* Полное собрание сочинений: [В 14 т.] / АН СССР; Ин-т рус. лит. (Пушкин. Дом). [М.; Л.]: Изд-во АН СССР, 1937-1952. Т. 14. Письма, 1848-1852. 1952. С. 41.

② Там же. С. 41.

③ Там же. С. 39-41.

当他舍弃这个天赋，转而去布道时，就落入捉襟见肘的尴尬境地了，因为那是他并无优势的领域。在这个新领域里，他的不自信在遇到专业人士的质疑时立刻疯长，以至于在马特维神父面前他几乎要低到尘埃里去了。比如在另一封信里，他说"我贫瘠的、处在罪孽的黑暗中的心"，"我的状态确实比所有人都危险，我比任何其他人都难得救"。① 这种不自信后来更多体现在他对魔鬼诱惑的担忧上：

> 诱惑人的鬼怪离我很近，常常欺骗我，让我以为我已经掌握了我还仅仅是在追求的东西，以及暂时还仅仅是在我的头脑里，而非在心里的东西。……我对一切都感到恐惧，每分每秒都看到自己走得有多危险。……远处一道拯救的光亮在闪耀着，那是神圣的词语——爱。我觉得，人们的形象如今于我而言好像比以前任何时候都更亲切了，好像我如今比以前任何时候都更有爱的能力了。但天知道，也许，连这也只是觉得而已，也许，这也是引诱者的作用……②

这种疑神疑鬼的心态固然是果戈理自身的天性和身体状态决定的，但与马特维神父的交往，无疑也起到了催化剂的作用。

在1848年11月给马特维的信里，果戈理谈到自己心灵状态的冷硬、无爱、没有灵性，这令他觉得很可怕。在祷告的时候他也无法集中精神，各种念头纷至沓来。而且，在这封信里，果戈理还表达了一种带有末世论意味的思想，他说："在现如今这危险的时候，当灾难从四面八方朝人临近，需要做的只有祷告，把自己的整个人都变成眼泪和祈祷，忘却自己和自身的得救，为所有人祷告。能够感受到这一切，却什么也做不了，因此周围的一切更令人感到可怕，而且你能感觉到一种必要性，就是要重复说：'主啊，不要将我引入诱惑并让我摆脱狡诈的人吧！'"③

果戈理之后写给马特维的信都很短，大部分是事务性的，如帮神父找人安置女儿，捐钱给需要的人，请人帮自己祷告，通知共同熟人的死讯等等。他仅在1850年底的一封短信里涉及了心灵问题：

---

① Гоголь Н.В. Письмо Константиновскому М. А., 21 апреля 1848 г. Одесса // Гоголь Н.В. Полное собрание сочинений: [В 14 т.] / АН СССР; Ин-т рус. лит. (Пушкин. Дом). [М.; Л.]: Изд-во АН СССР, 1937-1952. Т. 14. Письма, 1848-1852. 1952. С. 62-63.

② Там же. С. 62.

③ Там же. С. 96-97.

至于说心灵的状态……怎么说呢？也许，您比我自己更了解我的心灵。我祈祷，让上帝把我整个人变成一曲感恩他的颂歌，所有的创作都应该是颂歌，更别说文学的创作了；能清除掉我所有的污垢，不再提起我的一切缺点，保佑我这个不体面的和有罪的人能变成他的一曲感恩的歌。①

　　这段话体现出果戈理在马特维神父面前已经不再是之前那种诚惶诚恐的小学生状了。

　　总之，如果说果戈理和别林斯基的分歧在于对社会改造路径的看法不一致，那么果戈理与马特维神父的分歧则在于对走向上帝的路径看法不同。因此，从我们的角度看，果戈理与马特维神父的关系既不像谢格罗夫说的那样，可怜的果戈理是被自以为是的马特维神父精神控制了，也不像沃罗帕耶夫以为的那样，信仰坚定、与人为善的马特维神父因为果戈理而无辜背锅。他们是两条道上的车，越是真诚地朝着既定的目标努力，矛盾就越大。由于他们的目的地是一致的，这就注定他们之间在涉及信仰的时候出奇有共鸣，加之二人都有语言天赋，惺惺相惜是难免的；但是当话题涉及路径时，他们就难以携手共进了。实际上，在世俗的层面，果戈理已经算是同时代人中很具有禁欲主义精神的人了，他不积蓄财产，房无一间，地无一垄；他也非常克己，不敢有什么个人嗜好；他一辈子不近女色，把全副心思都集中在文学创作上。但是在马特维神父这样的被迫在家（他自幼立志出家，但因为父亲突然亡故，家中寡母和两个幼小的妹妹需要照顾，不得已留在家中支撑门户），而本质上已出家的人眼里，果戈理在精神层面还是不够"与世隔绝"，与世俗的牵扯太多。

　　库利科夫斯基对果戈理的心理特征有过一段精彩的描述："果戈理属于那种越信仰宗教就越觉得自己信仰不够虔诚的教徒。这是一种多疑的、惶恐不安的宗教信仰；它的特点是渴望预兆和奇迹，追求与神的直接交流，经常由谦恭和自卑转为一种骄傲和幸福的意识，认为神就在他的面前，神在关注着他，并通过考验、疾病和各种指示秘密地为他指引方向……而他则聚精会神、不断紧张地为自己解释着这些神启的涵义……无论是否会遇到灾难、挫折和疾病，他都会沉思默想、绞尽脑汁、想方设法

---

① *Гоголь Н.В.* Письмо Константиновскому М. А., 30 декабря 1850 г. Одесса // *Гоголь Н.В.* Полное собрание сочинений: [В 14 т.] / АН СССР; Ин-т рус. лит. (Пушкин. Дом). [М.; Л.]: Изд-во АН СССР, 1937-1952. Т. 14. Письма, 1848-1852. 1952. С. 219.

地去了解，神这么做究竟想表明什么。他的梦是有预见性的，他的生活到处都充斥着神秘的象征，他一直都在殚精竭虑地用复杂繁难的决疑法去阐释这些象征。在这种相信神直接干预个人生活、有些傲慢又总是给人以安慰的信仰之中，如果我们再并入另外一种侮慢人、恐吓人的信仰，一种相信"鬼"及魔鬼时时在暗中窥伺、想方设法要控制人的灵魂的信仰，那么我们就会得到一个极端神话性神秘主义的可悲景象，果戈理便是它的范例。"①

其实，对于生活中的果戈理，在作家的各种生平资料（包括同时代人回忆和信件）以及传记中，可以看到两种趋向：捧上神坛和打落凡尘。前者既有竖旗立标的目的，也有为尊者讳的思虑；而后者也同样复杂，有还原真相的追求，也有八卦抹黑的恶趣味。这使得果戈理好像有不同的面目：一种是很正面的，诸如乐善好施、朗读和表演才华很高、具有敏锐的艺术感觉、对艺术有准确的评价等等；另一种面目则是很负面的，什么小家子气、虚荣、浮夸、可笑、没品位，什么溜须拍马、逢迎谄媚、工于心计、城府太深，什么傲慢无礼、举止失当、喜怒无常、不知感恩，什么见识浅薄、语法不通等等。相比之下，似乎负面的形象更鲜明具体。这是所谓的天才多怪癖吗？可是，这么一个缺点多多的人，竟然会得到茹科夫斯基的友谊、普希金的赏识、别林斯基的力捧以及阿克萨科夫们、波戈津们的接纳和救济，就连沙皇一家都乐于向他撒钱，这是否也是令人称奇的咄咄怪事呢？细看这些说辞的语境，我们会发现，这里面既有果戈理自身的原因，也有周围人因对他的诉求不同、期待值不同而导致的印象偏差的原因。

实际上，人们对于天才的怪癖，比如倨傲和不近人情这一类的，一般而言是宽容的，因为这是需要资本的，更是常人难以企及的，而对于"溜须拍马""谄媚逢迎"这类门槛比较低的缺点，就不那么容易迁就了，因为天才"安能摧眉折腰事权贵"？所以，在对果戈理的诸多责难中，抹黑指数最高的当属"溜须拍马"和"谄媚逢迎"，而对此的注脚我们看到的最多的就是果戈理写给茹科夫斯基和普希金的信里那些很低姿态的表达。如果脱离了语境去看果戈理的话（比如愿意用自己的头发替茹科夫斯基扫靴子上的灰尘之类的），的确令人作呕。但是如果把这种表达放在整封信

---

① 奥夫夏尼科—库利科夫斯基：《文学创作心理学》，杜海燕译，北京：中国青年出版社，2004年，第181页。

中去读，便不会令人觉得如此不堪了。而且熟悉果戈理文风的人都知道，夸张是其文采的名片，恰如勃留索夫所言："他的特色、他的全部力量和弱点正在于此。"①在果戈理写给他母亲的信里，这样浮夸的表达也比比皆是。所以说，管中窥豹只见一斑便下结论，只能说明自身的局限性。

果戈理被诟病的另一个点，是他在有些时候和有些事情上行事的实用主义和在世俗眼中的不知感恩。乍一看，这种行为确实令人难以恭维，但细究起来，其实他不是不知感恩，而只不过是他感恩的对象不是施予他恩惠的那个人而已。这从果戈理对金钱的态度便可以看出来。

果戈理的金钱观

果戈理一生拮据，总是需要四处化缘。他早年给母亲的信中充斥着要钱的请求，1829年任性出国，花光了家里缴税的款项，后来以放弃家庭财产的继承权作了补偿。其后，他只身在彼得堡谋生计，先是靠着抄写员和家庭教师的菲薄收入度日，后来做了女校历史教员和大学副教授，却又要供养两个妹妹读书。再后来教师的行当他做不下去了，文学创作上却有了一定的成绩，于是干脆专心写作，不再谋职了。但文学创作的收入既不稳定，也不丰厚，偏他认准了这是一条上帝指引的路，因而执着于此。如此，缺钱就成为了他的日常状态。他对金钱的看法很有意思："金钱就像影子或者美人一样，只有当我们从他们身边跑开时，才会跟着我们跑……谁要是工作太忙，谁就不会因为金钱而烦恼，哪怕他的钱甚至用不到明天。他会毫不客气地向第一个碰见的朋友借贷。"②从他的这段话里可以看出，他认为金钱具有某种事与愿违、与人作对的特质，而对于人来说，要紧的是做事，做事便无暇为金钱而烦忧，做事便可以在金钱上坦然求助。表面上看起来，果戈理的这种想法透露着他不谙世事的幼稚天真，而细想起来，这里面还能嗅到一丝"聚合性"或者"万物统一"的味道。果戈理惧怕对包括金钱在内的身外之物的迷恋。据阿诺尔迪的回忆，"他一生中只有一次积攒了一笔不大的款子，大约五千卢布的现款。他马上把这笔钱极为秘密地交给了自己的一位当教授的朋友，让他散发给贫穷的大学生们，以便使自己没有任何私有财产，不怀有任何占有欲。然而半年后他自己又需要钱了，于是只好向别人借贷"③。可见，果戈理不怕贫穷，但怕

---

① 《果戈理评论集》，袁晚禾、陈殿兴编选，上海：复旦大学出版社，1993年，第278页。
② 同上书，第271页。
③ 屠格涅夫等：《回忆果戈理》，蓝英年译，北京：东方出版社，2008年，第159页。

志短，怕自己被物欲主宰。他喜欢大快朵颐，喜欢好看的小玩意儿，但这都被他视为是人的弱点，要加以防范和克服。对此，他还"上纲上线"："现在，一想到我在为什么而奔走，就觉得可笑。好在上帝慈悲为怀，每一次都要惩罚我：每当我考虑自己的生计时，总是没有钱花；而当我不去考虑时，钱却总是送上门来。"①他这是把人有钱还是没钱视为上帝的意志，是上帝教育人的手段。有意思的是，果戈理在《死魂灵》第二卷里塑造的赫洛布耶夫，几乎就是作者这一想法的化身，这位地主"有时一连几天家里连一块面包也没有，有时又举办能让最挑剔的美食家都非常满意的盛大宴会。……有时困难得换另外一个人早就上吊或开枪自杀了，可他却靠着虔诚的信仰幸免于死。宗教的虔诚同他的奢华生活奇异地交替进行着。家境困苦时，他就虔诚地读《苦行者传》和《勤劳者传》，让自己的精神超脱痛苦和不幸。……说来也奇怪，他几乎总能得到意料不到的接济……这时他便虔诚地感激上帝博大的慈悲心怀，举办感恩祈祷，接着又开始过起放荡不羁的生活来"②。

正因为有着这样的金钱观念，所以果戈理不在意钱，接受起别人的钱财资助也没有什么心理负担，而是把这当作是上帝假借这些人之手实施的、对自己干正事的恩赏。这也就解释了为什么他一方面毫不难为情地接受甚至请求他人的援手，另一方面又乐善好施，制定了以版税捐助学生的计划。他真心实意地把自己看作是被上帝拣选的人，是负有崇高使命的人，他只需做好自己分内的事情，而其他的问题上帝自有安排。因此，金钱之于果戈理不过是保障他完成使命的条件。他和朋友们之间由此而生的龃龉说到底是理念上的不同所引起的。按照果戈理在《关于宗教礼拜仪式的沉思》里的界定，他便是那身在俗世而心系天国的"真正的信仰者"，而非身在教堂而心在俗世的"伪信者"。

至于说到他的"傲慢无礼""喜怒无常""举止不当"，仔细看这些评价的佐证，基本上说的都是果戈理成名之后社会上对他趋之若鹜之时发生的。人们不请自来，一窝蜂似的争先恐后地向他伸出橄榄枝，全不顾及果戈理的个性和需求，不胜其烦的果戈理表现得不配合，也算不得是很过分。曼公正地写道："他们不愿意也不善于深入了解果戈理行为的内

---

① 《果戈理评论集》，袁晚禾、陈殿兴编选，上海：复旦大学出版社，1993年，第271页。

② 《果戈理全集》第四卷，周启超主编，田大畏译，合肥：安徽文艺出版社，1999年，第418页。

情，深入了解他的复杂体验。"① 就像后来阿克萨科夫后知后觉地意识到的那样："先生们，我们怎么能根据自己来评判果戈理呢？也许，他的神经要比我们的细十倍且是反着长的！"② 当然，这里面除了有果戈理性格内向、神经敏感的客观原因外，还有一层主观原因，那就是果戈理的一个信条——"只有动了气，才会说真话"。③ 在这一信条的支配下，果戈理有时会故意惹怒周围的人，以求得到他们的真心话，比如普列特尼奥夫 1844 年 10 月 27 日写给果戈理的信里所谓果戈理是"一个内向、自私、傲慢、多疑且为了荣耀可以牺牲一切的生物"④ 的话，便是在果戈理故意惹恼他的前提下写就的。果戈理很看重反对他的意见。他明知道伊·卡普尼斯特不喜欢自己的作品，却非要把作品读给他听，就是因为后者"专门挑毛病，批评起来又严厉无情，可有时还非常精辟。……我是根据我的作品对不大读小说的人所产生的印象来判断它们的价值的。如果他们发笑了，那就是说真正可笑，如果他们被感动了，那就是说真正感人。因为他们坐下来听我朗读的时候，是绝对不准备发笑，不准备感动，不准备赞美的"。说到这里，不由想起诗人丘特切夫（Ф. Тютчев）的诗句："凭理智无法理解俄罗斯，/ 她不能用普通尺度衡量。/ 她具有独特的气质——/ 对俄罗斯只能信仰。"或许果戈理也是一样，不能用普通的尺度衡量。他关心的不是他个人的成败得失，而是心灵事业的成败得失。

除了上面说的一些"怪癖"，在其生命最后几年里，人们对果戈理的印象还有另外一面。比如，伊·冯维辛（И.А. Фонвизин）觉得与果戈理相处"轻松且自在"。⑤ 甚至与果戈理观点不同的奇若夫也在写给霍米亚科娃的信（1849 年）中说："请爱果戈理……原谅我给你们写两句教导的话：我想，你们不会开果戈理的玩笑的，看在上帝面上，别开他玩笑。我与他合不来，但（作为一个作家）这是一个值得最深敬意的人，哪怕最最微小的开玩笑企图都是侮辱性的。请爱他吧……"⑥

不管别人怎么看果戈理，怎么对待他，也不管这些态度对他脆弱的

---

① Манн Ю. Гоголь. Труды и дни: 1809-1845. М.: Аспект Пресс. 2004. С. 449.
② Там же. С. 450.
③ Там же. С. 519.
④ Там же. С. 446.
⑤ По Фонвизину. *См.:* Манн Ю. Гоголь. Завершение пути: 1845-1852. М.: Аспект Пресс, 2009. С. 162.
⑥ По Чижову. *См.:* Манн Ю. Гоголь. Завершение пути: 1845-1852. М.: Аспект Пресс, 2009. С. 161-162.

身心产生了怎样的影响,在最后的时日里,果戈理不顾身体的虚弱和精神上的压力,仍在勉力写作《死魂灵》第二卷。他不断为人朗读已写就的章节,不断询问人们的意见,尤其是批评的意见,然后埋头修改,改好后再给人读,不厌其烦。难怪有人说:"《死魂灵》是他痛苦挣扎的苦行禅房,一直挣扎到断了气被人抬出为止。"①

可是,1852年,果戈理在临终前再一次焚毁了穷十年之功写好的《死魂灵》第二部,在孤独和痛苦中撒手人寰,终年43岁。

---

① 屠格涅夫等:《回忆果戈理》,蓝英年译,北京:东方出版社,2008年,第57~58页。

下篇　心灵的事业

对于果戈理的文学创作，近二百年来，有很多种解读：有的从现实主义角度，如古科夫斯基（Г.А. Гуковский）[①]，有的从浪漫主义角度，如沙姆比纳戈（С.К. Шамбинаго）[②]，有的从心理分析角度，如叶尔马科夫（И.Д. Ермаков）[③]，有的从形式主义角度，如艾亨鲍姆（Б.М. Эйхенбаум）[④]……果戈理创作的图景也因而呈现出纷繁复杂的样貌。

在我们看来，果戈理的文学创作是他的"心灵的事业"，是他对自己"失衡的生命"所做的纠偏之举，是他自救的良药，后来也成为他济世的方略和灵魂拯救的门径，是神授的使命。换言之，他在自己的创作之中经历了从自我救赎到社会救赎，再到宗教救赎的三级跳。

从整体上而言，创作是果戈理的生命所需，是他本能地汲取生命能源的手段。我们从本书上篇的事实出发，寻找走近和阐释果戈理整体创作的路径。

1833年果戈理在给母亲的信中写道：

> 我记得：我不是很敏感，我看待一切都像是看待为了投我所好而创造出来的东西。我没有特别地爱过谁（只除了您之外，就连这也只是因为天性本身激发的这种情感）。我对一切都用冷淡的眼光看待；我去教堂是因为那是让我去或者带我去的；但是，站在那里，除了法衣、神甫以及执事令人厌恶的大呼小叫之外，我什么都没有看到。我画十字是因为看到大家都在画。但有一次——我对这件事记忆犹

[①] *Гуковский Г.А.* Реализм Гоголя. 1959.
[②] *Шамбинаго С.К.* Трилогия романтизма. 1911.
[③] *Ермаков И.Д.* Очерки по анализу творчества Н. В. Гоголя. 1923.
[④] *Эйхенбаум Б.М.* Как сделана «Шинель» Гоголя. 1919.

新——我请求您给我讲讲最后的审判,于是您给我这个小孩子如此之好、如此明白、如此动人地讲述了等待着积德行善的人们的那些幸福,也如此惊人、如此可怕地描述了罪孽深重之徒的永恒的折磨,这把我心中全部的敏感都震动和唤醒了。这在我心里激起和造就了最为崇高的思想。①

果戈理的这段自述,前文我们已经援引过了,用以说明,是母亲有关天堂和地狱的故事使他从一个愚钝无感的孩子仿佛瞬间开悟一般,变得敏感起来了,从不见到看见,从无知无觉到感受至深。说起来,果戈理从小就生活在笃信宗教的家庭之中,定期去教堂做礼拜是全家人的必修课。在果戈理童年的记忆中,家里有一口四角儿包着铁皮的箱子,盖子上被钻了一个洞,祖母常常会把为筹建教堂积攒的钱从这个洞里塞进去。家中桌子上总是放着福音书,各种宗教节日和斋期都被严格恪守。②然而,我们首先从果戈理的这段自述中看到的,却是一种对宗教的流于形式的接受——画十字只是因为看到大家都在画。真正触动果戈理的宗教情感的,是母亲讲述的有关最后审判的故事,具体来说,就是人的一言一行都会落入上帝眼中,无所遁形,最终,一切都会被衡量、评判和奖惩,而且在这最终的判决中已然没有悔过自新的机会了。这是一种"简单到庸俗的思想,但是当果戈理全情投入其中时,他恐惧了"③。这种恐惧把他引向了"最为崇高的思想"——宗教信仰。虽然在果戈理的自述里也表露出了对神恩——"等待着积德行善的人们的那些幸福"——的感动,但是相比之下,对他震撼最大的还是来自神的惩罚——"罪孽深重之徒的永恒的折磨"。果戈理后来的宗教信仰都是以这种对惩罚的恐惧为底色的,对末日审判、地狱惨象的恐惧纠缠他,直至生命的最后一刻。这固然与母亲绘声绘色的描述有着直接的关系,但那只是诱因,根源还在果戈理的本性之中。因为,对于同一件事物,之所以会有不同的观感和理解,原因并不在这事物中,而在于观察事物的主体,取决于他选取的视角和焦点。

我们之所以在谈果戈理的文学创作之前先探讨他的本性,是因为我们发现,果戈理创作中的许多东西作家一开始就关注到了,只是在后续的

---

① *Гоголь Н.В.* Полное собрание сочинений: [В 14 т.] / АН СССР; Ин-т рус. лит. (Пушкин. Дом). [М.; Л.]: Изд-во АН СССР, 1937-1952. Т. 10. Письма, 1820-1835. 1940. С. 282.

② *См.: Манн Ю.* Гоголь. Труды и дни: 1809-1845. М.: Аспект Пресс. 2004. С. 27.

③ Там же. С.28.

创作中才成型。当然，其间有所取舍，一些保留了下来，另一些则被抛弃了。但写进作品中的东西都是有迹可循的，都与他本人的心灵体验和精神进境密切关联着。换句话说，在他的本性中有他文学作品的正确打开方式。

在果戈理的自述和俄罗斯的果戈理研究者那里，他是一个天生具有宗教感的人，他有着异于常人的特殊体验，比如说，他总是能听到一种"神秘的呼唤"（таинственный зов）：

> 我承认，这种神秘的呼唤声总使我感到惊悸。我记得，我在童年时代常常听到它：有时我会突然听到身后有人清清楚楚地叫我的名字。这时候通常天气非常晴朗，阳光灿烂，花园里树叶纹丝不动，四周死一般的寂静，园子里没有一个人；然而说实在的，即使在暴风雨肆虐、老天爷大发淫威的夜晚，我独自一人刚好待在渺无人迹的森林中间，我也不会像在晴空万里的日子里，置身于骇人的寂静中那样胆战心惊。那时我总是惊恐万状、气喘吁吁地从花园里跑出去，直到遇上一个人，他的身影驱走了那可怕的心造的幽灵时，我的心才会平静下来。①

在前文中我们说过，小俄罗斯民间那些现实与想象界限模糊的鬼故事，给果戈理增添了除了畏惧最后的审判之外的另一种恐惧——对妖魔鬼怪的恐惧。这种恐惧因其与现实生活的接近或者说界限不清而带给了他一些切实的体验，比如这里所说的"神秘的呼唤"。但是这和母亲的故事一样，也不过是诱因，其根源也还是在果戈理的本性之中。

罗扎诺夫有一种看法，看上去有些神秘和诡异，但细想起来，或许也并非全无道理。他把果戈理说成是一个梦游者，认为他完全意识不到现实和臆想之间的界限。他拥有将现实描绘得纤毫毕现的艺术奥秘，同时他也具有一种隐秘的力量，能够突然沉睡，并真切地梦见另一个世界。有时候，果戈理仿佛发生了某种内在的蜕变，他会突然灵魂出窍，神游于其他的世界，然后又魂归自己的肉身。于是，在果戈理的生活中就存在着此世和彼世的并行，但他的原世界正是彼世。果戈理和莱蒙托夫一道被罗扎诺

---

① 《果戈理全集》第二卷，周启超主编，陈建华译，合肥：安徽文艺出版社，1999年，第36页。

夫称为"阴郁的灵魂""自己命运的奴隶"①。罗扎诺夫相信,他们是上天宠爱的人,与另外的世界有着某种联系,这使他们可以不信任何东西,却无法不信有另一个世界存在。他们的骄傲与自由也是由此而来的。在他们身上感觉不到任何凡人的影响,显然,在他们之上,有一个比尘世的、理性的、历史的权威更加有力的权威,这构成了他们的命运和个性的不同寻常之处,罗扎诺夫称之为"疯狂":"在果戈理身上,从童年起,从九岁——那时他在学校和家里就已经是个奇怪的孩子了,而我以为是从出生起,亦即天生就存活着、生长着和发展着这一天才的、独特的、绝无仅有的疯狂,它最终掌握了一切,遍布了全身……"②罗扎诺夫的这番话带有明显的神秘主义色彩,仿佛果戈理是一个天生通灵的人,可以在人世和非人世间任意穿越,他没有现实感,那只是因为他本来就不单单是现实中的人。罗扎诺夫语出惊人,不过,他的这番话倒和果戈理上述自述毫无违和感,很契合。

虽然说我们无法确定,果戈理是否如罗扎诺夫所说的那样,是来自另一个世界的人,但无论是作家自己,还是他的同时代人以及后世研究者,都指出了一点,那就是果戈理的唯心本性。比如,谢·阿克萨科夫就写道:

> 应当相信,果戈理身上发生了许多奇迹。因为从那时起他的道德本质上发生了变化。但这并不是说他变成与原先不同的另一个人了。青年时期就存在他心中的内在基础将永远保存在他的心中,但被外在人的外表,这样说吧,遮掩住了。果戈理从此开始了对精神人的自我完善的不停追求的过程,同时也开始了宗教情绪在他心中逐渐占据优势的过程,到了后来,照我的看法,竟达到如此浓厚的程度,以致人的躯壳已经容纳不下了。我没有详细地询问过果戈理发生了什么事。这一方面是出于礼貌,不想侵犯他隐晦的天性,另一方面是不想触及我过去和现在都不相信的那些事物和现象,因为我认为它们是精神和肉体的病态产物。③

---

① *Розанов В.В.* М.Ю. Лермонтов — К 60-летию кончины. 1901. / *Розанов В.В.* Мысли о литературе. М.: Современник, 1989, С. 269.
② *Розанов В.В.* Отчего не удался памятник Гоголю? 1909. / *Розанов В.В.* Мысли о литературе. М.: Современник, 1989, С. 295-296.
③ С.Т. 阿克萨科夫:《我同果戈理相识的始末》,载屠格涅夫等著《回忆果戈理》,蓝英年译,北京:东方出版社,2008年,第288页。

这里所说的发生在果戈理身上的"奇迹",谢·阿克萨科夫自己"过去和现在都不相信的那些事物和现象",他认为是"精神和肉体的病态产物"的事物和现象,恰恰就是他对果戈理唯心本性的一种见证。果戈理的个性发展是以这一本性为核心的。他对母亲所讲的宗教故事和邻村男孩所述的鬼怪故事的敏感和特殊体验便是这一本性的最初体现。当然,最具代表性的还是前文提到过的溺猫事件,我们在佐洛图斯基的《果戈理传》中可以读到对这一事件的描述和解读:

……有一次父母亲出门了,把他留在家里。他完全是一个人——仆人们都躺下睡觉了,妹妹们也各自回房间去了,而那时在瓦西里耶夫卡也没有客人和亲戚。他坐在客厅的沙发上没精打采地看着窗外。窗外天已经黑了。周围寂静得令人觉得,不只是人,好像一切都睡着了。这奇怪的、他起初没有发现的寂静突然触及了他的耳朵,而后是意识,于是他感到害怕了。古老的钟出乎意料地响起了打点声。它们突兀地发出一阵咯吱咯吱的声音,然后开始报时。

果戈理对斯米尔诺娃说:"耳朵里嗡嗡响,有什么东西来了又走开去了。您信不信,我那时已经感觉到,钟摆的响声就是流逝为永恒的时间的敲击声。突然,响起了一声细弱的猫叫……我永远都忘不了,它是怎么走的,伸长了腰身,柔软的爪子上的指甲轻轻地扣击着地板,很瘆人。我爬到沙发上面紧贴墙壁……"

尼科沙把这只猫溺死在了池塘里。他顺着夜幕下的公园把它带到那里,然后在月亮从云后露出脸来时,把它丢到了水中的月影上。小猫没有马上沉没,它喵喵叫着,试图游上来,他随手抄起一根棍子,把它推离了岸边。最终,喵喵声停止了,在可怜的动物之上水面平整地合拢了。

这时他感到愈发害怕了。"我觉得,我溺死的是个人,"果戈理回忆说。他开始可怜猫,可怜自己,他哭了起来。哭泣变成了号啕,父母回来看到他满脸泪痕,歇斯底里地躺在地板上。得知事情的原委之后,瓦西里·阿法纳西耶维奇狠狠地鞭打了儿子,惩罚的痛感解放了他——歇斯底里停止了。

这件事深深地刻在了果戈理的记忆中。重要的不是惩罚,不是惩罚的肉体疼痛,而是那种心灵的疼痛,这种疼痛他似乎是用身体感受的。后悔,思及他所犯下的可怕的、无可挽回的罪过,思及自身的残忍,贬损他的残忍,这些更痛。

它们便是对所做下的事情的报复。①

感受到寂静的诡异，感觉到猫的异常，说明果戈理的天性是极其易感、与众不同的，同时，从中医的阴阳理论来说，也说明果戈理的身体比较虚弱，阳气不足，易感外邪。

或许，在这个问题上，莫丘尔斯基的观点更容易被接受——他认为果戈理的世界观是唯灵论的："果戈理的心理道路由他的全部世界观的唯灵论决定。心灵是世界的中心；一切都发自它并返回到它。心灵中有一切的钥匙。"②我们觉得后面这句话对于果戈理特别适用。莫丘尔斯基在与别林斯基的比照中描述果戈理："别林斯基只承认外部的、国家的改造社会的方法——消灭农奴制，取消体罚，改变国家制度；果戈理所有的方法都是内在的、心理的——改造人的心灵。对于唯物主义者别林斯基来说，存在决定意识；对于唯灵论者果戈理而言，意识决定存在。"③当然，这话有些绝对，别林斯基并非一开始就是唯物主义者，他在19世纪30年代首先接受的是德国唯心主义哲学思想④，但是，关于果戈理的那部分还是符合事实的。

正因为果戈理天性的与众不同，所以我们要选择以一种更贴近果戈理的方式来解读他。伊·伊里因曾提出一个理解和阐释果戈理的方法：对果戈理所说、所写和所做的一切都应当认真对待，对他的全部都应该承认并要像在球面上那样摊开——由果戈理的每一个重要的生活兴趣引出一条通往球心的半径线，所有这些线的交点就是他精神的中心，只有从这个中心出发才能理解和阐释他——他的精神在这里燃烧，他在这里生活着，痛苦着，也应该在这里寻找并找到果戈理；在这里他是那个认为自己不被理解的人，那个等待着我们理应怀着感激之心与之和解的人。⑤正是从同样的立场出发，我们即便认为罗扎诺夫很有些耸人听闻，但因为他的论述与果戈理的自述有同质之处，所以我们还是选择认真对待他对果戈理的解读。

当果戈理对宗教懵懂无知时，他身上的人性弱点和道德洁癖还没有短

---

① *Золотусский И.* Гоголь. М.: Молодая гвардия, 1984. С. 30-31.

② *Мочульский К.* Гоголь. Соловьев. Достоевский. М., 1995. С. 40.

③ Там же.

④ 别林斯基开始的时候受谢林自然哲学的影响，随后接触了费希特的学说，后来又走向了黑格尔。参见拙文《果戈理与别林斯基的分与合》，《欧美文学论丛·俄罗斯文学研究》第九辑，查晓燕主编，北京：人民文学出版社，2016年，第42～44页。

⑤ *Ильин И.* Собр. соч. в 10 т. т.6, кн.3, ч.2. 1997. С. 243.

兵相接，而一旦他的宗教感被唤醒，人性弱点和道德洁癖之间的矛盾就日益尖锐起来。通常，生命的原始本能和宗教的至善至美追求之间的撕扯原本是胜负难料的。但在果戈理这里，由于罩上了最后审判的威胁，这种撕扯就变成了一种命中注定的必须崇高，且唯有崇高，别无他途。这便导致了一种不真实，一种虚假感，由之而来的是自我怀疑和自我否定——对自己无爱、冷漠的担忧①，总想从他人那里知道对自己的印象和真实看法②，以人为镜，这大概也是《钦差大臣》以"脸丑莫怪镜子歪"为题辞的根本原因。一面深受诱惑地眺望罪恶的深渊，一面强迫症一般地不断自我审视和反省，进而把这种心灵的试验由己及人地向外扩展开去。奥夫夏尼科—库利科夫斯基认为，果戈理总是这般进行自我分析及拿别人做试验的做法，是一种精神上的失衡，而且，太过卖力气地和长久地在自己和别人的心灵中挖掘是不可能不受到惩罚的。但问题是，果戈理在搜寻"恶"的时候不是病态的窥视狂，他的心灵试验没有任何的恶趣味，完全是出于崇高的宗教追求，因而他在孜孜以求地研究自己和他人身上的"恶"和"庸俗"时完全想不到会被人嫌恶，反而由于意识上的理所应当而感到理直气壮，心安理得。他的宗教感越强，他离普通人的日常生活越远，而离圣徒越近，他在世人眼中也就越古怪。

既然无论是作家自己，还是他同时代人，如谢·阿克萨科夫，以及后世研究者，如罗扎诺夫、伊·伊里因、莫丘尔斯基、奥夫夏尼科—库利科夫斯基等，都指出了果戈理的唯心本性，而我们前面也说了，在他的本性中有他文学作品的正确打开方式，那么，我们下面也尝试着去这么做。只是，我们对果戈理本性的认识与他的这些同胞们不完全相同。我们承认果戈理天性敏感，在他的身上存在着某种失衡，但是在我们眼中，果戈理首先是一位作家，他的写作天赋使文学创作成为他对抗生命失衡的一种手段，一开始是下意识的，后来变成有意识的追求。从阴阳理论的眼光看，果戈理天性的敏感、身体的孱弱、性情的古怪莫不与他生命的先天不足或曰先天失衡有关，简单地说，就是阴气有余而阳气不足。以此为立足点看待果戈理的创作，我们认为它可以分为三个阶段，而每一个阶段各具特点，这些特点取决于他对生命的感悟，确切地说，应该是取决于他对于生命所需补足之元阳的体悟和摄取。

在创作早期，生命的阴阳失衡还不是很明显，果戈理能感觉到的不

---

① Манн Ю. Гоголь. Труды и дни: 1809-1845. М.: Аспект Пресс. 2004. С. 29.
② Там же. С. 65.

过是偶尔袭来的烦闷,他对抗这种不适的方法是杜撰出可笑的东西,让快活的、光明的"阳"照进自己的生命里,驱散过多的阴郁的、愁人的"阴",于是有了《狄康卡近郊夜话》。而随着生命的河流逐渐加宽,果戈理的先天不足与彼得堡的阴冷气候和大都市的冷漠人情之间的接触面越来越广,他的阳气不足愈发明显,因而,他对于属阴的低俗、丑陋、缺陷愈发敏感,而对于属阳的崇高、完善、美德愈发心向往之。此时,他的《米尔格罗德》呈现出某种分裂,对往昔的缅怀、向往、礼赞可以视为是对"阳"的思慕和渴求,而对当下的鄙薄、嘲弄和恐惧可视为对"阴"的切肤感受和拒斥。《小品文集》里的三篇小说仍旧借助艺术形象说话,而几篇论文则直接推出作者的思考,这种形式上的"曲"与"直"也是果戈理生命需求的体现:他需要补充更多的"阳",无暇逐一为自己的思想包裹上审美的外衣,因为他与属阴的事物之间的强吸引使他能够感知到更多负面的东西,就像他在大学里当历史副教授时,来不及把每一堂历史课都打磨成充满激情、有着完美艺术形式的讲稿一样,面对扑面而来的缺陷、荒谬、庸俗,他同样来不及一一加以艺术改造。而且,在《小品文集》的三篇小说里,他此时已经无法发出像《狄康卡近郊夜话》中那样无忧无虑的大笑了。在"彼得堡故事"系列里,果戈理仿佛坐困愁城,《旧式地主》中往昔的和谐与《塔拉斯·布利巴》里往昔的阳刚,都犹如落山的太阳,余晖已尽,而现实不是《维》中的群魔乱舞,就是《伊万·伊万诺维奇和伊万·尼基福罗维奇吵架的故事》里的一地鸡毛。

  推己及人,果戈理的目光从自身转向了外部世界。他的文学创作自此从让自己快活进阶到对社会有益的阶段。《钦差大臣》是他将自己与社会联结、服务社会的一种选择,由此也可以减少外部属阴物质对自身的吸附与压迫。他早年的建设激情在这时与文学事业相结合,意欲以天赋的笔力为扫帚,扫净一切牛鬼蛇神,还人间一个朗朗乾坤。形象地讲,果戈理的整个创作就好像是一把扫帚,早期的种种尝试仿佛不经意间收集起来的一根根的高粱糜子,而从《钦差大臣》开始逐渐收为一束,《死魂灵》便是其扎紧的部分,《与友人书简选》则是最后的扫把头。每一阶段、每一部分都是由平衡阴阳的动机推动其发展的。具体的我们下面再细说。

  晚期,果戈理的身体健康每况愈下,创作《死魂灵》第二卷几乎成了他风雨飘摇的生命中唯一的支撑。然而,怀疑的种子也开始发芽。他生命的先天不足越往后越明显朝着阴的一面倾斜,哪怕他跑到了阳光大盛的罗马去,内里的阴冷还是挥之不去,令他时不时就发作一阵身体和精神上的危机。他勉力为之的艺术创作举步维艰,围绕他作品的争论也让他有一种百口莫辩的无力感。他害怕自己命不久矣，无法完成上帝的订单。此时的果戈理已经把自己的注意力从社会改造、疗救心灵转移到为上帝服务上。他把形成于《小品文集》时期的基督教艺术观发展到了一种极致，于是写出了《关于宗教礼拜仪式的沉思》和《与友人书简选》，以纯粹思想输出的形式进行宗教布道。用他后来在《作者自白》里的话说，一来是代替《死魂灵》第二卷，对期待已久的读者有一个交代，二来也抱着试试水的想法，探测一下社会的反应。但《与友人书简选》却招致了来自社会各方的更为猛烈的"误解的旋风"。昔日的盟友别林斯基写信痛骂他，他的精神导师马特维也否定他。这令他陷入了深深的痛苦之中，一会怀疑自己对上帝的旨意是否领会错了，一会又坚信写出《死魂灵》第二卷是正确的选择。在我们看来，审美活动是属阴的，思想活动是属阳的。续写《死魂灵》是艺术创造，属于审美活动，而发表《与友人书简选》是宗教布道，属于思想活动。果戈理后期一度中断《死魂灵》第二卷的写作，转而钻研宗教典籍，进行出世布道，我们认为，这是他的生命需要使然。当他的生命亟需更多的阳来温煦时，属阳的思想活动就全面接手了他的艺术创作。从这个意义上讲，《与友人书简选》是果戈理创作的一种必然，它为作家的生命续了航。1847 年之后，尽管不时陷入矛盾挣扎，但果戈理还是完成了他心心念念的《死魂灵》第二卷的创作，并且多次为亲近的朋友们朗读各个章节，反复征询他们的反馈意见，依据这些意见不断进行修改。然而遗憾的是，果戈理临死前还是将已完成的《死魂灵》第二卷手稿付之一炬，只给读者留下了几个残章。

　　从阴阳理论的角度，《死魂灵》第二卷是注定不会问世的，因为《与友人书简选》已经表达了果戈理想要在《死魂灵》第二卷中体现的思想。但果戈理是天生的艺术家，他用属阳的思想活动借来的能量，最终还是耗费在了属阴的审美活动中。对于读者而言，果戈理的焚稿是一个悲剧，这悲剧体现在作者十年之功毁于一炬，十年的痛苦折磨和努力付诸东流，而读者十年的等待也落了空。但于果戈理个人而言，这未必就是一场悲剧。他完成了作品，等于是完成了自己"心灵的事业"，像女娲补天一样，他以自己的写作顽强地撑住了一开始就有所倾斜的生命大厦。与《维》中的霍马不同，果戈理在最后时刻的焚稿不是由于魔鬼捣乱，而是一种主动归零，他完成了自己的主要作品，在上帝面前已经交了卷，就像他在信中写的那样："我是不是能画完自己的画作，还是会在我劳作的时候遭遇死神，都不关我的事；我应当一直工作到我生命的最后一分钟，从我自己这方面不出任何疏漏。如果我的画作就在我的眼前毁了或者烧了，我也理应像它已然存在了一般平静，因为我没有闲待着，我劳作了。预订这幅画作的主人看到了。他允许它烧毁的。这是他的权力。他比我清楚，需要什么和为什么需要。我觉得，只有这样想，才能够在所有的事情中保持平静。"① 而且，在果戈理看来，《死魂灵》第二卷的读者还没有跟上来，没有做好准备。于是，这个一生不断被误解、不断要做解释的作家，临走时便要留给这人世间一个谜，就像《钦差大臣》结尾时借市长之口大声质问："你们笑什么？笑你们自己！"一样，果戈理焚毁已写好的《死魂灵》第二卷，仿佛含着揶揄的微笑，无声地说：你们想看？你们自己写！

我们把果戈理的创作视为一个整体，一方面是我们的中国眼光使然，另一方面在俄罗斯学界也有类似的看法。比如，维诺格拉多夫指出："果戈理自己承认，他早期的小说不是别的，而是在最终的诗史里'应该构成完美图景的那些现象的苍白的片断。'（这是果戈理在 1836 年给波戈津的信中说的，其时他刚刚开始写作《死魂灵》。）果戈理的全部创作是'不可分割'的艺术画布，'早期'作品在其中充当着某种准备阶段的草稿，而《死魂灵》，在其终结版，即三卷本中，肩负着囊括果戈理艺术理念的全部棱面、占领作家艺术世界的所有方面的使命。《与友人书简选》便是这一概括的预先尝试，它终结了反对派文学家对果戈理的'爱'。很显然，谁跟在别林斯基后面不接受果戈理的《与友人书简选》，谁就在理解果戈理的全部文学遗产上同样激烈地与果戈理产生分歧。"② 显然，维诺格拉多夫将果戈理的全部艺术创造作为一个整体来理解，这与我们的观点是一致的。但他将《死魂灵》之前的创作视为"草稿"，而把尚不完全存在的三卷本《死魂灵》当作果戈理创作的终结，实质上是否定了果戈理既有创作的价值和意义，至少是低估了它们。他虽然指出了《与友人书简选》的重要性，但落脚点却是这本书两面不讨好，而反对这本书就意味着与果戈理有"分歧"。在我们看来，维诺格拉多夫在这里所指出的"果戈理的全部创作是'不可分割'的艺术画布"这一观点非常值得赞赏，但他并没有给出对果戈理文学遗产进行整体把握的原则和方法。另外，亚努什凯维奇（А.С. Янушкевич）认为，"坏化（Циклизация）——这是在果戈理的思维基因里的东西，因为它不仅把文本联结和一体化为艺术的统一体，而

---

① *Гоголь Н.В.* Письмо Иванову А. А., 28 декабря н. ст. 1847 г. Неаполь // *Гоголь Н.В.* Полное собрание сочинений: [В 14 т.] / АН СССР; Ин-т рус. лит. (Пушкин. Дом). [М.; Л.]: Изд-во АН СССР, 1937-1952. Т. 13. Письма, 1846-1847. 1952. С. 419.

② *Виноградов И.А.* Литературная проповедь Н.В. Гоголя: pro et contra. // Проблемы исторической поэтики. 2018. Т.16. № 2. С. 54.

且还揭示它们的世界构建本质（мирозиждительную суть）。"① 这与叶萨乌洛夫（И.А. Есаулов）在其专著《俄罗斯经典：新的理解》（Русская классика: новое понимание）一书中提出的思路异曲同工。叶萨乌洛夫倡导在俄罗斯东正教文化的"大时间"里解读俄罗斯经典文学，他以"复活节思想"（пасхальность）概括果戈理的创作诗学，力图在研究视域中兼容宗教的和世俗的取向。他不仅把果戈理的创作视为一个整体，甚至认为俄罗斯文学是一个整体，是"一部作品"②。这些有关果戈理文学创作整体性的观点对我们的研究是一种很有力的佐证。

在我们看来，果戈理的创作是他对抗生命先天失衡的一种本能、一种手段。前期的艺术创作既是天赋的表现，也是驱赶不时袭来的内心烦闷的操作。中期，果戈理有意识地加强了创作的思想动机，以思想之阳温煦自己阴盛阳衰的生命。后期，果戈理由艺术审美转向了宗教布道，步入神道，即以非凡的意志力和领悟力将孱弱的生命抬举至阴阳之间。他的文学创作和他的生命之火息息相关，或者说，他的艺术成果都是他耗尽自己的生命能量换取的，就像丹柯掏出自己的心高高举起为众人照亮黑暗的密林一样。

---

① *Янушкевич А.С.* История русской литературы первой трети XIX века. М.: ФЛИНТА: Наука, 2015, с. 593.
② *Есаулов И.А.* Русская классика: новое понимание. –3-е изд., испр. и доп. – СПб.: Издательство Русской христианской гуманитарной академии, 2017. C. 544.

第一章　出自本能的自救

在本书的上篇中，我们谈到果戈理的敏感和与众不同的性情与他自小先天不足、瘦弱多病有关。在这一章里，我们主要探究一下身体上的阴阳不平衡与他早期的艺术创作之间的关联。这里我们要预先声明一下，我们所说的"阴"与"阳"是构成事物整体的两个元素，两个方面，没有高低和优劣之分。

被划归为果戈理早期创作的作品包括《狄康卡近郊夜话》《米尔格罗德》和"彼得堡故事"三组。其实，从创作和发表的时间上来说，《鼻子》，尤其是《外套》，要比《钦差大臣》更晚，但由于都是彼得堡题材，习惯上把它们称为"彼得堡故事"系列，我们也就沿袭这一习惯做法。大而化之地看，这三组小说在艺术表达上有一个共同的特点——它们都是出自作家的艺术天赋和生命本能。至于我们为什么把这一章命名为"自救"，主要是源于果戈理本人的自述，比如他曾说："经常有一些我本人也无法解释的苦闷袭击我的心头，也许，苦闷源于我病态的情绪。"[①]为了排解这种苦闷，果戈理就"自己想出了一切能够杜撰的可笑的东西"[②]，"把一股股快活的笑的涓涓细流放入了自己的心田"[③]。照我们的理解，这便是他早期作品的由来。

身体的羸弱让果戈理幼时不得不经常安静地专注于自身，而内心的苦闷又让年少的他去"杜撰可笑的东西"来对抗不时袭来的"无法解释的苦闷"。在我们看来，这苦闷就像是过盛的"阴"，需要"笑的涓涓细流"的"阳"去温煦、化解，这是一种生命的本能需求；而能够"杜撰可笑的东西"，这是一种独特的艺术天赋，是照进果戈理生机不足的生命里的

[①] 《果戈理全集》第六卷，周启超主编，李毓榛译，合肥：安徽文艺出版社，1999年，第301页。

[②] 同上。

[③] 柯罗连科：《幽默大师的悲剧》，载《果戈理评论集》，袁晚禾、陈殿兴编选，上海：复旦大学出版社，1993年，第228页。

光。在创作的初期，他只是本能地追逐、靠近这光，以点燃偏弱的生机，这便是"自救"的含义。

果戈理自己把早期创作称为"苍白的片断"，而维诺格拉多夫据此认为早期的创作是《死魂灵》的"草稿"，对此我们有不同的看法。在早期创作的三组作品中，果戈理凭着对生命的本能感知，放任自己的天赋四下探索，无论是浪漫主义的田园诗，还是色彩斑斓的民间故事，也无论是波澜不惊的旧式地主日常生活，还是金戈铁马的哥萨克征战故事，简言之，上天入地，把快活的和悲伤的、平淡的和激昂的、滑稽的和正经的、现实的和荒谬的故事全都尝试了个遍。可以说，在早期创作中他已然打下了后期创作的伏笔，形象地说，所有的高粱糜子都已就位，剩下的只是按需加工扫除阴霾的扫帚了。

第一节　照猫画虎的《狄康卡近郊夜话》

不算学生时代的文学尝试，严格地讲，果戈理的早期创作始于1829年自费出版的浪漫主义田园诗《汉斯·古谢加顿》（Ганц Кюхельгартен）。这部田园诗写于1827～1828年，1829年5月通过审查，于1829年6月出版，署名为"瓦·阿洛夫"。[①]在这部田园诗里，"无可争议地有着对自己的思考和印象的最新鲜的回忆和暗示，顺便说一句，这部田园诗里的一些诗节与果戈理中学生活后几年的书信的相似证实了这一点"[②]。"田园诗的主人公甘茨·奎辛加丹（亦即汉斯·古谢加顿——本书作者注）是老牧师的女儿路易莎的未婚夫，他被一种不可遏止的对远方的向往所吸引，逃离自己的幸福，抛下了未婚妻，离开了宗法制德国小城的安宁生活，出发去漫游。召唤他的是大自然和艺术的奇迹。他要去造访希腊，遥想它光荣的往昔。过了两年，他对自己的追求和力量失望而返。他的心老了。他确认，没被指定从事伟大事业的人应该安静地待在原地，满足于平凡的命运和安宁的幸福。他心安了，放下了浪漫主义的幻想，在和

[①] Комментарии // *Гоголь Н.В.* Полное собрание сочинений: [В 14 т.] / АН СССР; Ин-т рус. лит. (Пушкин. Дом). — [М.; Л.]: Изд-во АН СССР, 1937—1952. Т. 1. Ганц Кюхельгартен. Вечера на хуторе близ Диканьки. 1940. С. 495.

[②] *Котяревский Н.* Н.В. Гоголь. СПб., 1903. С. 10-11.

路易莎的婚姻中找到了自己的幸福……"①

　　从横向的角度看,《汉斯·古谢加顿》深受德国浪漫主义的影响;而从纵向看,其中有果戈理后续创作的很多因素的萌芽,比如有学者指出,田园诗中的牧师与《狄康卡近郊夜话》里《可怕的报复》一篇中的巫师之间有某种关联。②而且,德米特里耶娃（Дмитриева Е.Е.）认为:"西欧的情节透过德国浪漫主义美学的棱镜折射在相似的乌克兰的情节之中。"③

　　但这部作品没有给果戈理带来任何文学声誉,它的第一位评论者波列沃依（Н. Полевой）在1829年第12期《莫斯科电讯》（Московский телеграф）上发表书评,认为作者不该发表自己的田园诗,并引用长诗中的诗句,采用以子之矛攻子之盾的方式,对《汉斯·古谢加顿》予以否定。还有一位不知名的评论者与波列沃依如出一辙。果戈理失望之下,于1829年7月,即书问世一个月后,把书从摊位上一一收回,一把火烧了,没等到它的第三位也是最后一位评论者索莫夫（О.М. Сомов）的书评。这一篇迟到的书评1830年才发表,而其中的观点与前两位评论人并无本质的不同:虽然承认作者有才华,但也说不该急于发表,应该再沉淀一下。这部没在文学的海洋里掀起什么浪花的田园诗只能算是果戈理文学创作的一个序曲。

　　真正令果戈理在文坛站稳脚跟的是写于1829～1831年间、发表于1831～1832年的小说集《狄康卡近郊夜话》——假托是由一个名为"红毛潘柯"的蜂农出版的故事（Повести, изданные пасичником Рудым Паньком）。

　　小说集总共包括八篇故事,分一、二两个部分:第一部包括《前言》（Предисловие）、《索罗奇集市》（Сорочинская ярмарка）、《伊万·库巴尔日的前夕》（Вечер накануне Ивана Купала）、《五月之夜》（Майская ночь, или утопленница）、《不翼而飞的信》（Пропавшая грамота）;第二部包括《前言》（Предисловие）、《圣诞节前夜》（Ночь перед Рождеством）、《可怕的报复》（Страшная месть）、《伊

---

① Овсянико-Куликовский Д.Н. Литературно-критические работы. В 2-х т. Т. 1. М.: Худож. лит., 1989. С. 191.

② См.: Рясов Д.Л. Немецкая тема в цикле Н.В. Гоголя «Вечера на хуторе близ Диканьки». // Изв. Сарат. ун-та. Нов. сер. Сер. Филология. Журналистика. 2014. Т. 14, вып. 4. С. 74-78.

③ Дмитриева Е. Гоголь в западно-европейском контексте: между языками и культурами. М., 2011. С. 95.

万·费多罗维奇·什蓬卡和他的姨妈》(Иван Федорович Шпонька и его тетушка)、《中了邪的地方》(Заколдованное место)。其中五篇故事的讲述人是蜂农，另外三篇(《伊万·库巴尔日的前夕》《不翼而飞的信》《中了邪的地方》)则由某位教堂执事讲述。

小说集里的每一篇故事讲述的都是非常奇异的世界，比方在《索罗奇集市》中，每逢赶集，就有一个猪脸妖怪呼噜呼噜地叫唤着，到处寻找他失落的红裤子。再比如，在《伊万·库巴尔日的前夕》中，大叶蕨在夜里开出火红色的花，被妖婆念了咒、浇了水后，这花就"像一团火球在黑暗中漂浮"①，最后变成罂粟籽那么大的一颗小火星，慢慢落下。妖婆在火星落下的地方一跺脚，冒出一股蓝火，照出地底下成堆的金币宝石。而在《五月之夜》里，"在有月光的晚上，所有淹死的女人都到老爷花园里来，靠月光暖和身子"。②《圣诞节前夜》里就更神奇了，随着一股青烟，女妖骑着扫帚从一户人家的烟囱里飞升到空中，一颗接一颗地偷摘星星，不一会儿就摘了满满一袖子，而拖着尾巴、长着山羊胡子的魔鬼把月亮也偷了去，藏进了口袋……这一切，果戈理信笔写来，充满了诙谐与幽默，常常令人忍俊不禁。

其实，自 1826 年起，果戈理就开始记录各种民间歌谣、传说、俗语、谚语等素材，把它们写进一本名为《万有文库，或袖珍百科全书》的笔记本。1828 年底到彼得堡之后，果戈理也不断写信请求母亲和妹妹为他搜集各种资料，这是他写作《狄康卡近郊夜话》的基础。

此外，当时的文坛对民间文学兴趣浓厚，而且人们是把基辅视为整个俄罗斯的根基和发祥地的，因而乌克兰的民间文学也大受欢迎。19 世纪上半期对民间文学的兴趣从宏观上来说是一种历史必然。俄罗斯古代文学是在东正教的羽翼下发展的。从 988 年罗斯受洗以后，东正教成为国教，民间文学因其与多神教关系密切而发展严重受限。经过 17 世纪的世俗化和 18 世纪的模仿西欧，俄罗斯文学在 19 世纪开始民族化进程，迎来了自身的黄金时代。因而，在 19 世纪上半期，民间文学成为俄罗斯民族文学发展的沃土。

如前所述，1831 年的夏天，果戈理曾见证了普希金和茹科夫斯基当时对民间文学的兴趣和他们之间写童话的竞赛。这让他觉得："有一座纯

---

① 《果戈理全集》第一卷，周启超主编，白春仁译，合肥：安徽文艺出版社，1999 年，第 55 页。
② 同上书，第 73 页。

粹俄罗斯诗歌的宏伟大厦高高耸立，极大的花岗石奠定基础，同样的建筑师又修建起墙壁和圆顶……一座多么美好的天堂啊！"①他憧憬着："什么时候我也能投身到这个神圣的故事中去呢？"这可以说是触发果戈理发表《狄康卡近郊夜话》的一个契机。

而事实上，在此之前，即在1830年2～3月间，果戈理便已经在《祖国纪事》(Отечественные записки)上发表了自己的第一篇小说——《巴萨留克，又名伊万·库巴尔日的前夕。小俄罗斯故事（源于民间传说），由波克罗夫教堂的一位执事讲述》(Бисаврюк, или Вечер накануне Ивана Купала. Малороссийская повесть (из народного предания), рассказанная дьячком Покровской церкви)。这是果戈理文学之路的真正开端。而这篇乌克兰民间传说故事竟然与普希金、茹科夫斯基这样的大作家们的创作追求不谋而合，这对果戈理的创作自信是一种极大的激发，对他的自我感觉产生了积极影响。受到鼓舞的果戈理斗志昂扬，笔耕不辍，很快就于1831年9月拿出了使他跻身于文学家圈子的入场券——《狄康卡近郊夜话》第一部。而且，第一部甫一问世，果戈理就请求家人恢复为他提供小俄罗斯的"民间故事、民歌、发生的事件"②等素材。紧接着，他一鼓作气，于当年年底完成了第二部的写作。1832年3月初，《狄康卡近郊夜话》第二部出版。

小说集好评如潮，奥陀耶夫斯基（В. Одоевский）指出："小说不论在其虚构上，在其叙述上，在其文笔上，都是比迄今为止的以俄罗斯小说的名义而出版的所有作品要高出一头的。"③普希金盛赞《狄康卡近郊夜话》，称之为"真正快活的书""俄罗斯的书"。他说："这就是真正的欢乐，真诚的、自由自在的欢乐，没有矫揉造作，没有过分拘泥。而有些地方是多么富有诗意，多么富有情感呀！所有这一切在我们的文学中是这样的不同凡响，以至于我到现在也没有醒过神来。"④。纳杰日金（Н. Надеждин）认为，《狄康卡近郊夜话》"属于我国文学最令人愉快的现象"，"故事的内容取材于乌克兰民间传说，里面还穿插了一些从现实生活中采撷来的冒险故事，从这里就产生了这些作品之极高的真实性，令

---

① 《果戈理全集》第八卷，周启超主编，李毓榛译，合肥：安徽文艺出版社，1999年，第63页。
② 同上书，第65页。
③ 《果戈理全集》第一卷，周启超主编，白春仁译，合肥：安徽文艺出版社，1999年，第413页。
④ *Пушкин А.С.* Полн. собр. соч., в одном томе, Гослитиздат, М. 1949. С. 1198.

人不得不信，故事的叙述提升到令人迷醉的美。这些故事被涂上了乌克兰色调，被洒上了乌克兰光华"。① 别林斯基也认为："这是小俄罗斯的诗的素描，充满着生命和诱惑的素描。大自然所能有的一切美好的东西，平民乡村生活所能有的一切诱人的东西，民族所能有的一切独创的典型的东西，都以彩虹一样的颜色，闪耀在果戈理君初期的诗情幻想里面。这是年轻的、新鲜的、芬芳的、豪华的、令人陶醉的诗，像爱情之吻一样……"②"书中的一切都是明朗的，一切都闪耀着愉悦和幸福的光芒。"③舍维廖夫（С.П. Шевырёв）后来也指出，果戈理在第一部作品中就表现出"灵感的朝气，某种取之不尽用之不竭的、新的、在我国前所未有的东西"，他"不是循着前人踩出来的足迹走，而是一上来就是独一无二的……而且独一无二得毫不费力，自由自在，依照灵感的召唤"。④ 果戈理终于成功解锁了彼得堡文坛的大门，成为俄罗斯文坛上一颗冉冉升起的新星。在1832年2月19日书商斯米尔金（А.Ф. Смирдин）举办的彼得堡文学界聚会上，果戈理也受邀参加了。能跻身于克雷洛夫（И.А. Крылов）、茹科夫斯基、普希金、维亚泽姆斯基（П.А.Вяземский）⑤等文学大咖的聚会之中，说明果戈理已经是文坛当之无愧的一分子了。

《狄康卡近郊夜话》首先是一个整体。我国学者周启超在其主编的《果戈理全集》第一卷的总题解里对《狄康卡近郊夜话》的整体性有精彩的论述，指出小说集第一部和第二部可以分别视为一个画面，每一个画面都是由前言开头，紧跟着一个当代故事，接着是往昔的传奇，处在黄金分割线上的是最浪漫或最现实的故事，尾声则是志怪小说。两个画面之间是对称的关系，还有内在的对位关系，因为"第一部与第二部各相应的篇目之间在体裁上、在笔调上都是有所照应；各相邻篇什之间又有氛围和色彩的'反差'"。"他以作品内在呼应和外在照应而'编撰'成一个富有戏剧

---

① 《果戈理全集》第一卷，周启超主编，白春仁译，合肥：安徽文艺出版社，1999年，第414页。

② 别林斯基：《别林斯基文学论文选》，满涛、辛未艾译，上海：上海译文出版社，2000年，第166页。

③ *Белинский В.Г.* Русская литература в 1841 году: <Отрывок из статьи> // Н. В. Гоголь в русской критике: Сб. ст. М.: Гос. издат. худож. лит. 1953. С. 108.

④ *Шевырёв С.П.* Миргород. Повести Н. Гоголя. // Московский Наблюдатель. 1835. Ч. I. (Март. Кн. Ⅱ). С. 396 – 411. https://proza.ru/2017/07/20/825 Дата обращения: 01.12.2023

⑤ *Манн Ю.* Гоголь. Труды и дни: 1809-1845. М.: Аспект Пресс. 2004. С. 252.

性、音乐性，从而见出'起承转合'的完整的故事系列。"①

而在我们看来，《狄康卡近郊夜话》整体性的轴心是欢快的笑，它像一首"舞曲"（波列沃依语），十分富有节奏感和感染力。这个欢快的基调从小说集开头的《前言》就定下来了。作者用熟稔的口吻，口语化，甚至是俚语和俗语化的语言，一下子就把读者带入了乌克兰乡村农闲时节的傍晚大家伙儿欢聚的氛围之中，还不忘顺带嘲讽一下上流社会的舞会：

> 那阵子天刚到傍晚，街角就露出光亮，远处响起笑语歌声，三弦琴吱扭怪叫；偶尔还有小提琴声，人语嘈杂……这就是我们的晚会！您看得出，它很像你们的舞会，可又不全是。你们去舞会，为的是转转腿，捂上嘴打打哈欠。我们的姑娘聚到一屋，总带上纺锤和刷毛梳子，可不为的跳舞。起初总像是干活计，纺锤嗡嗡响，伴着歌声；大家全都眼不旁视。等小伙子们拿把提琴一进屋，喊声骤起，人似发狂。人们纷纷起舞，往后的举动，那就不好说出口了。②

单是这么一小段，里面已经包含了诸多果戈理独特的诗学特点：对比（我们的晚会/你们的舞会），嘲讽（你们去舞会，为的是转转腿，捂上嘴打打哈欠），设置机关（起初……等小伙子们一进屋……），矫饰，或者通俗点说就是揣着明白装糊涂（我们的姑娘聚到一屋，总带上纺锤和刷毛梳子，可不为的跳舞）等。此外，比喻（蜜纯净得好比泪珠，好比耳环上贵重的水晶），夸张（馅饼往嘴里一放，顺着腮帮子流油），以及对绰号（这里风俗就是这样，只要给人起了外号，那就要叫上一辈子）、衣服（他出来见客也总罩一件宽大的细呢长袍，颜色像冷凝的土豆羹；是他在波尔塔瓦买的，料子几乎是六卢布一俄尺）、烟盒（上漆的圆烟盒，盒子上画着某个将军头像）、食物（先生们可曾喝过梨汁同荆棘果泡的饮料，可曾尝过葡萄干同李子做的果酱？）等细节的注重等等，使这个不长的前言就像整个小说集的诗学提纲，丰富而引人入胜。

写出这本"真正快活的书"，正如我们前面所说的那样，是果戈理的天赋使然，也是他对自身阴有余而阳不足的生命状态的本能反应。整体而言，八篇故事里有六篇喜剧和两篇悲剧，若以阳对应喜剧，以阴对应悲

---

① 《果戈理全集》第一卷，周启超主编，白春仁译，合肥：安徽文艺出版社，1999年，第418页。
② 同上书，第4页。

剧，则明显阳三倍于阴，用以补自身的阳之不足。若将两部对照来看，第一部更为浪漫和奇幻，欢乐的笑声更多，更响亮，风格上也更为一致；第二部则更加接地气，各个故事之间的差别更大，笑声相对少了，恐惧的情绪加强了。如此一来，可以将欢乐更多的第一部视为阳，而恐惧更多的第二部视为阴。而在每一部中，前两篇和后两篇又可以各自分出阴阳，然后每一篇又可以再分。当然，分阴阳不是目的，而是我们理解果戈理创作的方法和手段。叶丽尼茨卡娅（Л.М. Ельницкая）指出："在果戈理的世界里，不管是生活，还是人，都会飞跃式地变化——从一种状态变到另一种。同时，变化不是无限可能的，而是严格地限定在存在两极对立的情况下。在其创造的图景中，生活的本质是对立统一的，是不可兼容的性质和特征的结合体，其结果可能会跳向这个或那个方向——孱弱或是有力，死的或者活的，婴儿的或是成人的，高的或是低的……"①可见，我们以阴阳的对立统一规律看待万事万物的眼光与果戈理的创作特点是非常契合的。

在《狄康卡近郊夜话》里，除《伊万·费多罗维奇·什蓬卡和他的姨妈》一篇外，其余七篇全都取材于乌克兰民间文学：被逐出地狱的鬼怪寻找自己的财宝，小鬼从烟囱飞出偷摘月亮，人与魔鬼签约，人与鬼玩牌斗法，美人鱼与落水女鬼，家族诅咒，与不洁力量沾边的不义之财等等。果戈理对这些收集来的素材进行了整合和加工，又加进去了自己对生活的观察、思考和天马行空的想象。正如巴甫利诺夫（С.А. Павлинов）在《果戈理的哲学寓言——彼得堡故事》（Философские притчи Гоголя: Петербургские повести）一书中所指出的那样："果戈理在小说集（指《狄康卡近郊夜话》）的几乎所有小说里所运用的主要的情节构成主题是世界文学最古老的'永恒'神话情节——有关人与魔鬼之间的契约的情节，确切地说，关于人摆脱魔鬼的引诱的奇迹。……这一情节是由早期拜占庭的宗教醒世传说在很早的时候——不迟于12世纪，传入古俄罗斯文献的，几个世纪以来一直以被引诱少年的神奇故事的形式存在，起初收在《圣瓦西里行传》（Житие св. Василия Великого）里。……民间大众文学对这一情节的兴趣在整个19世纪都没有衰退，主要存在形式是乌克兰传统的民间创作和小说的加工成果。这可能与《圣瓦西里神奇故事》（Чуда св. Василия Великого）作为一个布道史料正是在乌克兰广泛流传

---

① Ельницкая Л.М. Мифы русской литературы: Гоголь. Достоевский. Островский. Чехов. М.: ЛЕНАНД, 2018. С.11.

的有关。"①在《狄康卡近郊夜话》的开篇《索罗奇集市》里，这一神话情节表现为：为娶心爱的姑娘，小伙子格利茨科（Грицько）与长着一副魔鬼面目的茨冈人达成协议，只要茨冈人帮他如愿以偿，他就把牛以非常便宜的价格卖给茨冈人。不久，集市上传言出现了魔鬼，魔鬼在到处找自己的"红袍"。关于"红袍"的故事也是对人与魔鬼签约情节的一种加工。小说的结局是各得其所，魔鬼虽一心要作恶，但却总是在行善，因为魔鬼作为上帝之堕落的造物最终还是要完成上帝的意愿。该小说集里的其他小说，如《伊万·库巴尔日的前夕》《圣诞节前夜》等也都有这一情节的类似的变形。关于人与魔鬼、魔鬼与上帝、上帝与人的思考一直是果戈理创作中挥之不去的主题。梅列日科夫斯基甚至把果戈理的全部创作看作是果戈理与魔鬼的斗争史。②果戈理后来在给朋友的信中总结了魔鬼的特性，说魔鬼总是想尽各种办法诱惑人堕落，"它的花招谁都清楚：看到无法诱使人去干某种坏事，它就逃之夭夭，然后从另一方面，以另一种面目靠近，试试能否让人垂头丧气；……总之，恐吓、欺骗、使人沮丧——这就是它干的事。它很清楚，上帝不喜欢沮丧的、害怕的人，一句话，不信他的上天之爱和仁慈的人……"③

我们发现，在果戈理的作品中，昼与夜、人与鬼、生与死、善与恶、爱与恨、乐与愁、美与丑、老与少……世间的一切在他的笔下都成对儿出现，而他用得最多也是最主要的文学手法就是对比，这些都无比适合用阴阳理论进行解读。

有时候，果戈理所谓的"无法解释的苦闷"，即使在他"杜撰可笑的东西"时，也会偷袭他，这就是为什么在《索罗奇集市》里，在欢快到忘我的婚礼舞蹈之后，我们会读到"心头变得沉重忧伤，却又无可奈何"这样的语句。④这说明，在写《狄康卡近郊夜话》时，果戈理还只是出于本能，自发地去进行创作，就像一个机灵的顽童，看到好笑的故事就拿过来，照猫画虎，自顾自地鼓捣一番，主要是悦己，远不像自觉地进行创作

---

① *Павлинов С.А.* Философские притчи Гоголя: Петербургские повести. М. 1997. С. 20-21.

② *Мережковский Д.С.* Гоголь и черт. / В тихом омуте. Статьи и исследования разных лет. М.: Сов. пис. 1991. С. 213-309.

③ *Гоголь Н.В.* Письмо Аксакову С. Т., 16 мая н. ст. 1844 г. Франкфурт / *Гоголь Н.В.* Полное собрание сочинений: [В 14 т.] / АН СССР. Ин-т рус. лит. (Пушкин. Дом). — [М.; Л.]: Изд-во АН СССР, 1937-1952. Т. 12. Письма, 1842-1845. 1952. С. 300-301.

④《果戈理全集》第一卷，周启超主编，白春仁译，合肥：安徽文艺出版社，1999年，第41页。

的文学家那么心机深沉，却不承想大家都赞赏起来。

不得不说果戈理的文学天赋是极好的。在《索罗奇集市》里有这样一段：

> 屋里所有的人全都大吃一惊。亲家张着大嘴，呆若木鸡；眼珠都爆了出来，像是准备出膛的子弹；一只手张开指头，举起停在空中。高个子英雄在极度恐惧中猛然起身，脑袋撞上了吊板。木板一倾斜，牧师儿子轰隆一声摔到地上。"我的妈呀！"一人惊慌中扑倒在条凳上，胳膊大腿乱舞乱蹬。又有一个拿皮袄捂住脸，高呼"救命啊！"发傻的亲家又受一次惊吓，回过神来哆哆嗦嗦藏进老婆的衣襟里。高大胆儿硬是钻进了窄口的炉膛里，自己又把炉门拽上。切列维克像挨了开水浇，把夜壶当了帽子扣在头上就向门外跑，到了街上癫狂乱撞，直等累了才放慢跑速；心脏扑腾扑腾跳，好似风车上的木斗，额头汗如雨下。他筋疲力尽，眼看要倒地，突然听到背后有人追来，更加气喘吁吁……"有鬼，有鬼！"他喊叫着加劲猛跑，不一会儿就倒在地上失去知觉。"有鬼，有鬼！"他身后又响起喊声，仿佛有什么东西扑通一下压在他身上。往后就不省人事，像棺木里可怖的僵尸，一动不动默默躺在街道中央。①

众人的惊恐状态被果戈理信手写来，真是活灵活现。而且，每个人都仿佛因惊恐而凝滞了，时间被拿捏了，故事时间和叙述时间的时间差使得画面有了一种慢镜头感。从这里我们仿佛可以预先窥见之后《钦差大臣》里著名的哑场镜头。

果戈理对于空间的把控也十分出彩。在《可怕的报复》里他写道："巫师的死眼珠朝四边转动，看到了从基辅、从加里奇大地、从喀尔巴阡山爬起来的死人，它们个个都有着同巫师一模一样的面孔。"②在这里，空间被大幅度紧缩了，好像一切都发生在一个缩小无数倍的沙盘上一样。而在《中了邪的地方》里，空间又仿佛可以随意扩张一般："到了田里，他觉得这就是昨天晚上来过的地方，鸽子窝竖在那里；但粮囤没见着。'不对，这地方不对。好像还要远一点。看来得往粮囤那边走！'爷爷向后转

---

① 《果戈理全集》第一卷，周启超主编，白春仁译，合肥：安徽文艺出版社，1999年，第31页。
② 同上书，第224～225页。

上另一条路,这回粮囤倒是看见了,鸽子窝却不见了!他重又折回鸽子窝,粮囤又不见了。"①等到第二天爷爷再到那地方去,"一气之下用铁锹砍了一下。一转眼的工夫,他四周又现出了那片田野:一边儿是鸽子窝,一边儿是粮囤"。②你说神奇不神奇!后面"彼得堡故事"系列里的《外套》中,巴什马奇金在大街上走着,好像身处字行间一样,还有《死魂灵》续篇里,别图赫一会儿在乞乞科夫身边,一转眼就不见了,下一刻又出现在台阶上,这些神出鬼没都是从这里起步的。

还有神奇的想象,这可以说是《狄康卡近郊夜话》的一个最为突出的特点。在《伊万·库巴尔日的前夕》里我们可以读到这样的奇异情景:

"你看见了吗?面前有三个小土岗。上面有许许多多各样的花,你可一株也不要采。等大叶蕨一开花,你抓起来不要回头看,不管身后有什么事。"

彼特想再问一句,可一抬头巴萨留克已经影踪全无。他走近山岗,哪儿有花呀?什么也看不见。周围野草丛生,黑压压一片,把一切都摧残了。忽然天空一道闪光,照亮了他眼前一大片花朵,朵朵奇异,从未见过。这里面也有真蕨的普通大叶。彼特觉得奇怪,站在花前琢磨起来,双手叉在腰上。

……

再一看,有个小花蕾渐渐变红,竟然活动起来。还真是奇特呀!花蕾越动变得越大,红得像块炭火。火星一闪,只听轻轻开裂,他眼前展现出一枝花朵,如一团火,映红了周围的花枝。

"现在到时候了!"彼特想着就伸出手去。他一看,身后又伸过来几百只毛茸茸的手,也要采那朵花,又听身后有东西跑来跑去。他把双眼一闭,使劲一揪花茎,花朵就到了他手里。一切全平息下来。巴萨留克这时坐在一个树墩上,浑身发青,像个死人。连手指头都不见动弹。眼睛呆望着什么,似乎是只有他才看得见的东西。大嘴半张着,也不见他应声。周围是一动不动!哎呀,真够可怕的!突然响起了口哨声,吓得彼得心里发凉。他仿佛感觉到荒草在喧哗,花儿相互说起话来,声音尖细如银铃。树木大声对骂起来……巴萨留克的脸这

---

① 《果戈理全集》第一卷,周启超主编,白春仁译,合肥:安徽文艺出版社,1999年,第274页。
② 同上书,第275页。

时忽然活了过来，眼中闪着光。他咬牙切齿地嘟哝说："好不容易才回来，这个妖婆！"……在他们眼前出现一座小房，摇摇欲坠。巴萨留克挥拳一击，房子就摇晃起来。从里面跑出一只大黑狗，它吠叫着变成了猫，朝他俩的眼睛扑去。……再一看，不是猫，竟成了一个老太婆，皱巴巴的脸活像烤苹果，腰全弯着。鼻子和下巴，好似夹核桃的钳子。……妖婆从他手里夺过花朵，低下头，口里念念有词，同时给花浇一种水。她嘴里发出了火星，唇边出现了唾沫。"把它扔了！"她把花递给他命令说。彼得向上一扔，说也奇怪，花没落到地上，却像一团火球在黑暗中飘浮，又像空中行船，最后慢慢落下，掉到很远的地方，只见一颗火星，有罂粟粒那么大。"在这儿！"妖婆哑着嗓子喊了一句。……彼得往手上吐了口唾沫，抓过铁锹……大干起来。不一会儿，碰上了块硬东西。……他想下手抓，可箱子却往深处钻，越钻越深。身后有嘿嘿的笑声，很像毒蛇发出的。"不，在你弄到人血之前，你是搞不到金子的。"妖婆说着就领过来一个六岁的孩子，用白床单盖着。她朝彼得做个手势，让他把小孩脑袋砍下来。……彼得像疯子似的举刀奔向妖婆，抬手就要砍……

"你答应姑娘什么事了？"巴萨留克这一声吼，仿佛一颗子弹打在他的背上。妖婆把脚一跺，地下冒出一股蓝火，把地底照得通亮，有如水晶一般；下面的东西也全清晰可见，如在掌上。金币、宝石装在箱子里、锅里，就堆在他们站的地方。彼得的眼睛放光，脑子发了昏。他发疯似的操起刀，无辜的血溅上了他的眼睛。四周响起一片魔鬼的哄笑。奇形的怪物一群群在他眼前跑过。妖婆抓住无头的尸体，像恶狼似的吸吮人血。……彼得的脑子里一切全翻了个！他鼓起劲撒腿就跑。前面是一片血色。树木好像浸在血里，燃烧着呻吟着。烧红的天空在颤抖……眼里冒着火星，像阵阵闪电。他费尽气力跑回自己的小屋，像捆麦草扑倒在地，死睡过去。①

这情景像是电影镜头在我们眼前放映一样，色彩、光线、声音、形状、神态、动感、气氛，一应俱全。关键是一切细节都是那么具体、鲜明，没有丝毫的含糊不清，现场感十足，即便是想象力不够发达的读者也会有身临其境之感。但若论惊悚奇异的程度，还要数小说集第二部中的

---

① 《果戈理全集》第一卷，周启超主编，白春仁译，合肥：安徽文艺出版社，1999年，第53～55页。

《可怕的报复》这一篇。单是巫师作法的一幕便已经让人过目难忘了：

……他蹲在靠近窗子的桠杈上，用手攀住树干，往窗子里面张望：房间里没有点蜡烛，但却明亮。墙上尽是些奇怪的标志。挂着武器，但全是千奇百怪的。土耳其人也好，克里米亚人也好，波兰人也好，基督教徒也好，可敬的瑞典人也好，全都不佩挂这种武器。天花板下面，忽前忽后地有蝙蝠在飞翔，墙上、门上、地下到处都有它们的黑影在晃动。门无声地开了。进来一个穿红短袄的人，他一直走到罩着白桌布的桌子旁边。"正是他呀，我的岳父！"达尼洛微微地低下头，把身子更紧地贴在树干上。

可是岳父没有时间来观察窗外有没有人向他张望。他是心情忧郁地走进来的，满脸不高兴，走前几步揭去了桌上的桌布，——整个房间里顿时静静地泛着透明的蓝色光芒。可是，先前的淡金色的光并不与之融合在一起，而像是在蓝色的海洋里荡漾着，浮沉着，像一层层的大理石似的波纹。接着，他把一只瓦罐放在桌上，把一些草投到里面去。

达尼洛仔细看着，见他身上穿的已经不是那件红短袄了，他穿的是一条土耳其人穿的灯笼裤子，腰带上挂着一支手枪，头上戴一顶古怪的帽子，上面绣满了字，但不是俄国字，也不是波兰字。再一看他的脸，——脸也变了样子：鼻子拉长了，垂挂在嘴唇上面；嘴一下子变得咧到了耳根；嘴里露出一颗獠牙，歪在一边。——站在他面前的原来是那个在哥萨克大尉家婚礼席上出现的巫师。"你的梦应验了啊！卡捷琳娜！"布鲁利巴什寻思道。

那巫师开始围绕着桌子踱来踱去，墙上的符号也迅速地变幻着，蝙蝠上下左右更快地飞翔着。蓝色的光越来越淡下去，最后仿佛完全消失了。整个房间全笼罩着淡淡的玫瑰色的光芒了。仿佛随着轻轻的一响，奇妙的光便充塞了每一个角落里，接着又忽然消失，成了一片黑暗。只听得呼呼地响了一会儿，好像是静寂的黄昏里微风在镜子般的水面上旋转了一阵，使银色的杨柳更低地垂到水面上了。达尼洛老爷觉得，好像房间里升起了一轮皓月，还有星星在运行，深蓝色的天空朦胧闪烁着光芒，甚至有夜里的寒气袭到他的脸上。达尼洛老爷还觉得（这时候，他开始摸自己的胡子，想要知道是不是在做梦），屋子里没有什么天空了，这里是自己的卧室：墙上挂着他的鞑靼马刀和土耳其马刀；墙上周围都是架子，架上摆着碗盏器皿；桌子上放着面包和盐；房间里还吊着一只摇篮……可是圣像不见了，原来挂圣像的地方露出几张狰狞可怕的脸来；暖炕上……可是浓雾把一切都遮住了，又是一片黑暗。又随着奇妙的一响，整个房间重又笼罩着玫瑰色的光亮，巫师缠着奇怪的头巾，仍旧一动不动地站在那儿。声音越来越变得响亮而低沉，淡淡的玫瑰色的光芒变得越发鲜明了，一朵白云似的白色的东西在房间中央飘浮着。达尼洛老爷觉得，云彩又不是云彩，而是一个女人站在那儿。可是她是用什么东西织成的呢，说不定是用空气织成的吧？她为什么站在那儿，双脚不着地，也不倚靠任何东西，玫瑰色的光是穿过她的身体射出来的吧，墙上的符号也是这样晃动起来的吧？看，她摆动了一下透明的头颅，浅蓝色的眼睛静静地露出一束束光辉。头发卷曲着，像淡灰色的雾似的披在肩上。红殷殷的嘴唇，好像透过洁白透明的晨空露出的一抹嫣红的朝霞。眉毛黑黑的……啊！这就是卡捷琳娜呀！这时，达尼洛感到四肢动弹不了了。他使劲要说话，可是嘴唇动了动，却发不出声音来。①

墙上奇怪的符号，天花板下面乱飞的蝙蝠，在蓝光里"荡漾着，浮沉着，像一层层大理石似的波纹"的淡金色的光，"在房间中央漂浮"的"白云似的"妇人，她悬空而立，头颅是透明的，头发像淡灰色的雾，"玫瑰色的光穿过她的身体射出来"，她那"浅蓝色的眼睛静静地露出一束束光辉"，嘴唇"红殷殷的"，眉毛"黑黑的"。偷窥者发现这赫然竟是自己的妻子，而他也像是中了妖法，被定住了一样动弹不得。然而，这还不是《可怕的报复》中最可怕的一幕，下面这段才是：

坟上的一个十字架摇动了一下，一个干枯的死尸悄悄地从坟里爬起来。长须齐腰；指甲长长的，比手指还要长。他悄悄地举起一双手。整个的脸颤动着，歪扭着。他显然忍受着极大的痛苦。"我气闷啊！气闷啊！"他用一种可怕的非人的声音呻吟着。这声音像一把利刃直刺入心窝，于是死尸忽然消失到地底去了。另外一个十字架摇动了一下，又走出一具死尸来，比先前的一个更可怕，更颀长，浑身上下长满黑毛。胡须长到膝盖；骨头似的指甲也更长了一些。他更加凄厉地喊道："我气闷啊！"接着又消失到地底去了。第三个十字架又

---

① 《果戈理全集》第一卷，沈念驹主编，何茂正译，石家庄：河北教育出版社，2002年，第187～188页。

摇动了一下，第三个死尸又爬了起来。瞧上去只像是一架骷髅升起在地面。胡须长到脚后跟；长着长指甲的手指插入土里。他怪可怕地举起一双手，仿佛要去把月亮摘下来，他喊得像有人锯他的黄色的骸骨似的……①

这真称得上是惊心动魄，简直令人毛骨悚然！

在《可怕的报复》中，现实的世界与幻想的世界、当下的事情与过去的事情，交织纠缠在一起，最后归结到盲人老者弹唱的传说故事，所谓的冤有头，债有主。传说故事中两兄弟的善恶恩仇，冤冤相报，绵延到哥萨克丹尼洛和他的妻子卡捷琳娜这一代。家族的诅咒，到了巫师这一代，终是堕落到无可救赎。这时，上帝的最后审判出现了，巫师遭到了最后的报复，被扔下悬崖，遭到家族前辈永无止境的啃食。这一"恶之传递"主题，在后面"彼得堡故事"系列中的《肖像》一篇里，以画布上恶老头的眼睛为载体续写。

同属于神奇想象的还有《五月之夜》和《圣诞节前夜》这两篇故事里的幻想性段落，只不过，比起上面两篇故事中的惊悚奇异，这两篇故事中的想象更偏神奇童话一些。比如，《五月之夜》中的这段：

夜色在他眼前显得更加皎洁。似乎有一种奇怪的醉人的光芒和月色融在一起，是他过去从未见过的。银白的雾气罩在四周。地面流溢着盛开的苹果树和夜间夜花的香气。他惊讶地注视着静止不动的池水。地主老爷的古旧宅舍倒映在水面，清晰可见而且透着某种雄伟气魄。本来是昏暗的护窗板，却成了悦目的玻璃窗门。透过洁净的玻璃，镀金的光芒闪耀着。此刻他觉得窗子打开了。他屏息细看池水，目不转睛，仿佛自己身子移到了塘里；只见窗口伸出一双玉臂，接着探出漂亮的脸蛋，一双明亮的眼睛，深棕色的长发；她用手支起了下颏。他定睛再瞧：她轻轻晃着脑袋，在招手，又嫣然一笑……他的心一下子突突跳起来……池水颤动了一下，窗子又关上了。他轻轻地离开水塘，朝旧宅瞅了一眼；昏暗的窗板取了下来，玻璃窗在月光中闪亮。……列弗柯心里充满甜蜜的宁静和安逸。他调了下琴弦，连弹带唱起来：

---

① 《果戈理全集》第一卷，沈念驹主编，何茂正译，石家庄：河北教育出版社，2002年，第175页。

> 啊，我的月亮！啊，我的月亮！
> 还有你，我的星光！
> 快照亮那个院落，
> 那儿有我美丽的姑娘。
>
> 这时窗子悄悄开启，露出他方才在塘景中见过的那张俊脸。这人探出头来，聚精会神地听着歌唱。长长的睫毛半盖着秀目。整个人苍白如纸，如月色；但却那么姣美，那么漂亮。她露出了笑容！列弗柯不禁浑身一颤。
>
> ……
>
> 列弗柯朝岸边望去。透过银色的薄雾，姑娘们轻盈的身影闪动着，她们的衬衫白得像布满铃兰花的草场；金项链、项圈、项牌在脖颈间熠熠发光。但她们的面孔全是苍白的颜色；身子仿佛用白云织成，在月亮的银光下完全透明。①

这种亦真亦幻的情境，因其缥缈的雾气、沉静的水面、古宅倒影的奇妙变容、窗口悄然出现的倩影而极具美感，令人神往。小伙子列弗柯仿佛误入仙境的凡人，窥见了晒月光的仙女们。

又或者像《圣诞节前夜》里的这一段：

> 这时，一家村舍的烟囱里轻烟正袅袅上升，像乌云似的飘过天空，一个妖精同这缕青烟一起，骑着扫帚升了起来。②
>
> ……妖精这时候升到了那么高的地方，成了一个小小的黑点在高空里隐约闪动着。可是只要是小黑点出现的地方，那儿的星星立刻就一颗一颗地消失了。不多时候，那妖精就搜集了满满一袖子的星星。只剩下三四颗星星还在闪烁。忽然，另外一边又出现了另一个小的黑点，接着变得越来越大，拉长了伸展开来，已经不再是一个黑点了。③
>
> ……
>
> 这时候，魔鬼偷偷地来到了月亮跟前，正要伸手去抓月亮，却突然像被火烧了一下似的把手缩回来，他吮了吮手指，摆了摆腿，跑到

---

① 《果戈理全集》第一卷，周启超主编，白春仁译，合肥：安徽文艺出版社，1999年，第91～94页。
② 《果戈理全集》第一卷，沈念驹主编，何茂正译，石家庄：河北教育出版社，2002年，第116页。
③ 同上书，第117页。

另外一边又去抓月亮,随即又跳开,又把手缩了回来。不过,尽管失败了几次,这狡猾的鬼东西仍旧不肯罢手。他又跑到了月亮跟前,突然用双手抓住了月亮,歪着脸,吹着气,把它从一只手抛到另外一只手里,正像庄稼人两手捧着一块炭火来回抛着点烟管似的。他终于急急忙忙地把月亮藏进了衣袋,接着好像什么事情也没有发生似的,继续向前奔去了。①

妖精和小鬼趁着夜色在天空中作祟,偷摘星星和月亮。整个场面神奇中带着滑稽,让人看得饶有兴致,却一点儿也不觉得可怕。

比较起来,《伊万·库巴尔日的前夕》和《可怕的报复》两篇的神奇想象因为牵扯到对人的性命和灵魂的伤害而带有惊悚骇人的色彩,而《五月之夜》和《圣诞节前夜》两篇的神奇想象则对人不仅无害,反而还有所助力,因而具有童话般的神奇色彩。前者为恶,而后者行善,也可视为一阴一阳。前两篇和后两篇一样,都分别有一篇属于第一部,有一篇属于第二部,也就是说,第一部里写神奇想象的两篇故事《伊万·库巴尔日的前夕》和《五月之夜》一阴一阳,第二部里的两篇故事《可怕的报复》和《圣诞节前夜》亦然。

其实神奇想象中还包括匪夷所思的梦境,比如《可怕的报复》中卡捷琳娜的噩梦,尤其是《伊万·费多罗维奇·什蓬卡和他的姨妈》中什蓬卡的梦:

> 一会儿他觉得周围全是人在吵嚷打转,他要躲开就跑呀跑,累得腿脚已经不稳,眼看要倒下……突然有谁揪住了他的耳朵。"哎呀!这是谁呀?""这是我,你的妻子!"有个声音朝他嚷叫。于是他猛地惊醒。又有一次他感到已经结婚,家里一切是那么奇怪,那么不可思议,比如他房里原是单人床,一下子成了双人床。妻子坐在椅上,他觉着奇怪,不知怎么走过去,说些什么,又发现妻子有张鹅脸。他不经意地一转身,又看见另一个妻子,也是个鹅脸。再转个身,看见了站着第三个妻子。朝后望,还有个妻子。这下子他可烦透了,拔腿跑到果园里,可园里很热。他摘下帽子,一看帽子里坐着一个妻子。脸上往外冒汗了,伸手掏手帕,口袋里有个妻子。从耳朵里取出棉

---

① 《果戈理全集》第一卷,沈念驹主编,何茂正译,石家庄:河北教育出版社,2002年,第118页。

团来,那里面也藏着妻子。……又有一次他梦见自己忽然单腿跳着走路,姨妈见了就很正经地说:对了,你就应该这么单腿跳,因为你现在已经是有家室的人了。他朝姨妈走去,可姨妈已经不是姨妈,成了一个钟楼。似乎有个人用绳子捆了他往钟楼上吊。"这是谁拽我?"伊万·费多罗维奇叫苦不迭地喊。"这是我,你的妻子。我拽你是因为你就是只大钟。""不,我不是钟,我是伊万·费多罗维奇!"他喊叫着。"对的,你是一只钟!"这是步兵团的团长路过这里说的。忽然他梦里看到妻子根本不是个人,是块毛料。他在莫吉廖夫城里去一个店铺买东西,商人说:"你要什么料子呀?你就要妻子吧!这是最时髦的材料!它特别结实!现在人们全用它缝礼服。"说着商人就量身材,剪了一块妻子。伊万·费多罗维奇接过来夹到腋下,去找一个犹太人裁缝。犹太人说:"不对,这是很差的料子!谁也不用它做礼服……"

伊万·费多罗维奇在恐惧和狂乱中醒来,已是一身的冷汗。①

长着鹅脸的妻子,坐着的,站着的,左一个,右一个,帽子里一个,口袋里一个,就连塞耳朵的棉团里也藏着一个,真是如影随形,叫人防不胜防。然后自己变成大钟,妻子变成衣料;商人说妻子是顶好的料子,可以用来缝礼服,可裁缝却说很差的料子,没人用它做礼服。这种乱梦初看起来莫名其妙,远不如之前的几篇中那般神奇诡异,但因其与人的生活密切相关,反而更令人心惊。这个梦境是《狄康卡近郊夜话》的神奇想象逐渐向人间倾斜的着陆点,它也构成了这篇在内容和风格上迥异于其他故事的小说与另外七篇之间的内在联系,并且,它在"彼得堡故事"系列中的《鼻子》和《肖像》里有后续的发展。

果戈理在《狄康卡近郊夜话》里运用得比较多的还有一种手法——矫饰。它有好几种表现形态:一,看似无甚关联的啰嗦、插话、类比,实际上却是语义重心所在。比如,《圣诞节前夜》里的这一段:"女妖突然觉得周围陷入昏暗,尖声大叫起来。这时小鬼蹦过来挽住女妖的胳膊,附耳说起来悄悄话,无非是通常对女人讲的那一套。我们的世界真奇怪!凡是活在这世上的,无不琢磨着怎么学别人的样子,怎么模仿别人。从前米尔格罗德的一个法官和市长,冬天穿着挂了呢面的毛皮袄,其余的小官吏全是

---

① 《果戈理全集》第一卷,周启超主编,白春仁译,合肥:安徽文艺出版社,1999年,第262~265页。

光板的皮袄。如今陪审员和管家们都给自己弄了件列舍基羊羔的皮袄，罩着呢面。办事员和村文书前年扯了六十戈比一尺的粗蓝布。教堂工友夏天缝了条粗布灯笼裤，还做了件条纹坎肩。一句话，谁都想有个人样儿。这些人几时才能消停下来呢！"① 本来在说着妖精和小鬼，突然就陡转到人身上了，说他们上行下效，把米尔格罗德城从上到下数落了一个遍。再比如，《伊万·费多罗维奇·什蓬卡和他的姨妈》里，说到主人公没事儿就把衣服从箱子里取出来看一看，然后再放回去，看书也只是翻翻看过很多遍的占卜书，随后来了个类比："这好比城里人天天上俱乐部，不为在那儿听到什么新闻，而是想看见老朋友，那些许多时候一直在俱乐部里聊天的人们。这又好比官吏一天里好几次饶有兴味地读通讯簿，不为什么外交活动，而是觉得看印刷出来的名册特别好玩。'啊！这个是伊万·加弗里洛维奇！啊！这就是我的名字！……'他哑着嗓子自语。下一次又是这么念一遍，又是不断地惊叹。"② 二，伪逻辑。比如在《圣诞节前夜》开头，前面刚写到女妖骑着扫帚从烟囱里升空而起，马上跟着写"索罗奇有位陪审员……这时，要是这个索罗奇陪审员驾车路过，他准定能发现腾空的女妖。因为没有哪个女妖逃得出他的眼睛。他知道哪家主妇养的猪要下几个猪崽，箱子里锁了多少尺布，好人过礼拜到酒馆会抵押什么衣服什么家当。"③ 中间写陪审员准能发现女妖，论据却是他了解村里人家的日常琐事，看似言之凿凿，实际上却不过是伪逻辑。可果戈理这么一写，就把个乡村陪审员的"包打听"特点写活了，而且是以一种不经意的态度，更显这类人的普遍性，随意一抓就是一大把。接下来又写回到天空中的女妖和新出现的小鬼儿："突然间在另一个方向也出现了一个黑点，越来越大，越来越长，已经不像是细斑。近视的人，即便不戴眼镜而是戴上将军马车的车轮，也认不出这是个什么东西。"④ 这里好像戴眼镜看不清，戴上车轮子就能看清似的，这同样是一种伪逻辑。后面写牧牛人讲自己如何被女妖施法捉弄，紧接着作者来了这么一句："不过这类谣传都不可信，因为只有索罗奇的陪审员才能看到女妖。所以，出自名门的哥萨克们听到了只是

---

① 《果戈理全集》第一卷，周启超主编，白春仁译，合肥：安徽文艺出版社，1999年，第133页。
② 同上书，第240页。
③ 同上书，第131页。
④ 同上书，第131页。

摆摆手。'全是狗婆娘们胡扯！'——这就是通常的回答。"①这里更是把前面的假设当成了事实来做论据，越是有理有据，就越是显得荒唐可笑，这正是果戈理想要的效果。三，不明说。依旧以《圣诞节前夜》为例，写亲家的"篱笆只剩下几根了，因为人们出门都不带打狗棒，惦着路过亲家菜园时拔根木棍用"。②表面上是写这户人家破败，实际上却是在说村里的野狗太多。当亲家和织布工把路上捡来的口袋抬到家里打算瓜分时，亲家的老婆回来了，于是展开了一场争夺战。两个男子汉败了下风，互相埋怨："'你们家的火钩子看来是铁钩子吧！'织布工过了半刻一边说一边揉自己的背，'我老婆去年在集市上买了个火钩，花了二十五个戈比；那个还行……不很疼……'"③一句话暴露出织布工和亲家一样，在家也挨老婆打。四，神奇的事情平常写，而滑稽的事情郑重写。《五月之夜》里，被捉弄的村长把妻妹当成了魔鬼，气急败坏地想要烧死她时，酿酒人说："妖魔用普通的火烧，是点不着的呀！只有烟袋里的火才能烧着鬼怪。"④说得好像这是个常识一般。还有《圣诞节前夜》中，月亮被小鬼偷走了，丘布和亲家发现月亮不见了，两人的态度都好像司空见惯一般，亲家满不在乎，而丘布则抱怨说："不知哪家的鬼清早没喝上杯酒，就来捣乱！简直是开玩笑嘛！故意的！刚刚坐在屋里朝外看，夜色好极了，亮晶晶的，雪地也在闪光。就出门这么一会儿，会变得伸手不见五指！"⑤从这话里可以听出，这种事好像不是第一次发生，因为丘布把它判定为捣乱和开玩笑。同样神奇的是这篇小说里扎波罗什人大肚皮帕秋克吃甜饺的事，他"张开嘴瞧了瞧甜饺，接着又使劲把嘴张得更大。此时一个甜饺从碗里一跃而起，扑哧落到酸奶油中，翻了个身向上一跃，正巧落到帕秋克口里。他吃完重又把嘴张大，甜饺就这样一个个入了口"。⑥给人的感觉是，对于帕秋克来说饭本就应该是这样的吃法，没什么可稀奇的。这是神奇的事情平常写。至于说滑稽的事情郑重写，只消看看《圣诞节前夜》里亲家老婆大战织布工和亲家的场面就知道了："两人放下口袋，用自己的身体挡住，又扯起衣襟盖上，可已经晚了。……'不行，你得让我看看，不中

---

① 《果戈理全集》第一卷，周启超主编，白春仁译，合肥：安徽文艺出版社，1999年，第143页。
② 同上书，第161页。
③ 同上书，第162页。
④ 同上书，第89页。
⑤ 同上书，第134页。
⑥ 同上书，第157页。

用的酒鬼！'妻子喊叫着朝高个子亲家的下巴打了一拳，自己挤到布袋跟前。织布工同亲家英勇地捍卫布袋，逼得她不得不后退。可没等他俩明白过来，妻子手里操着火钩跑过来，朝丈夫的胳膊和织布工的后背迅速出击，很快便到了口袋旁边。"①被"英勇地捍卫"的并不是什么金银财宝，而是去偷情的人，但捍卫者们并不知情，因而捍卫起来不遗余力。亲家老婆横"钩"夺爱，"迅速出击"，同样不知情，同样不遗余力。于是双方都拉开了势在必得的架势，越是如此，越显得这场"英勇"的战斗特别滑稽，特别无厘头。

绘画式的描写——这也是《狄康卡近郊夜话》的一个亮点，首先用在景物描写上。比如《索罗奇集市》的开头：

> 小俄罗斯的夏日，真是色彩斑斓，令人陶醉。中午时分炎热灼人，困顿难耐。阳光在寂静和气闷中闪烁，苍穹像蔚蓝无际的海洋弓身俯在大地之上，仿佛紧紧拥抱着美女怡然熟睡。举目不见一丝云影，田间不闻人语，一片死寂。只是高空有只云雀在颤动，银铃般的鸣声飞向可爱的地面。偶尔听得到草原上鸥鸟的呼喊，或是鹌鹑的尖嗓。高耸蓝天的橡树，懒洋洋站着茫然无绪，像信步而来的游客。刺眼的阳光点燃了大片大片绚丽的枝叶，又把夜般的阴影投上另一些柯条。背阴的繁叶只在劲风中才闪烁出金色的光点。轻盈的昆虫如祖母绿，如黄玉，如红色和蓝色的宝石，飞聚在五光十色的菜园上空，一排排修长的向日葵遮掩着菜地。灰暗的草垛和黄金的麦垛一顺排开，在一望无际的田野上如浪潮摇曳。樱桃树、李子树、苹果树、梨树上果实累累，压弯了枝条。天空如长河上洁净的镜面，镶着傲然耸立的绿边……②

像海洋一样蔚蓝色的天空，高耸的橡树，被阳光点燃的大片大片绚丽的枝叶，夜一般的阴影，劲风下繁叶上闪烁的金色光点，宝石般的昆虫，五光十色的菜园，修长的向日葵，灰暗的草垛，黄金的麦垛，枝条被果实压弯的各种果树，远处天边的森林像是给如镜的天空镶了一圈绿色的边框……这些词语所指向的事物，每一个都像是蘸着颜料的画笔涂抹出来

---

① 《果戈理全集》第一卷，周启超主编，白春仁译，合肥：安徽文艺出版社，1999年，第162页。
② 同上书，第10～11页。

的,具体、鲜明、饱满,形成一幅明朗美妙的风景画。

或者,如《可怕的报复》中对第聂伯河的描写:

> 第聂伯河在晴和的日子里美不胜收。大河自由而又平稳地驱策波浪滔滔缓流,穿过森林和山谷,没有摇摆,没有声响。放眼远望,你不知道这雄伟开阔的江面是动还是静,只觉得平铺了整块的玻璃;镜子般的蔚蓝河道,宽没有边,长没有头,在绿色世界里蜿蜒翱翔。此时,连炎热的太阳也愿意在高空俯瞰,把自己的光线射入玻璃板下寒冷的深水之中;岸边的森林高兴地倒映在亮晶晶的镜面上。山林仿佛绿色卷发,同野花簇拥一起,挤到水边,探身向河里张望,看到自己美好的面容流连忘返,嬉笑着垂下枝条,迎接可爱的影像。可林木不敢向江心眺望。除了太阳和蓝天,谁也不窥探大河中央。偶有禽鸟飞到江心一望,哎呀,第聂伯如此壮观!世界上可说独一无二。到了温暖的夏夜,第聂伯也是妙不可言。一切全沉入睡梦之中,无论是人是兽,还是飞禽。只有上帝独自环视天地,庄严地抖动袈裟。袈裟散落出无数星斗。星斗燃烧着照亮世界,又一下子全都映入第聂伯河水中。大河在自己深绿的怀抱里,囊括着所有的星辰,没有哪一个能逃掉,除非在天际熄灭。黑黝黝的沉睡着乌鸦的森林,远古断裂的山峦,倒悬着想以身影覆盖起第聂伯河,也是枉然。世界没有什么东西,能够覆盖得了第聂伯。夜里同白昼一样,它的湛蓝湛蓝的河水平缓地流淌,只要目所能及,很远很远都可望见它的浩淼。偶尔大河陶醉着,紧偎向岸边,想避开深夜的寒气,于是江面游来银白色的条带,它闪烁着好似大马士革钢材锻制的马刀。之后湛蓝的河又沉睡起来。此刻的第聂伯还是那么迷人,只感觉它举世无双!可是当天际涌起群山般的乌云,黑色林木连根摇动,橡树噼啪响着,闪电劈开云层一下照亮整个世界,这时的第聂伯却着实可怕!巨浪如山,轰叫着拍打崖岩,发出阵阵白光和呻吟,而后退离河岸,哭泣着在远处泄入洪流。①

果戈理在这里好像画了一幅三联画,把第聂伯河在晴和的白日、温暖的夏夜和雷电交加的时刻的三种面貌展现在读者面前。它时而雄伟开阔,

---

① 《果戈理全集》第一卷,周启超主编,白春仁译,合肥:安徽文艺出版社,1999年,第213～214页。

镜子般平缓，引得山林和野花都挤到水边去顾影自怜；时而自己陶醉着，紧偎向岸边，之后又沉睡起来；时而巨浪如山，拍打崖岩，而后退离，哭泣着泄入洪流。它像个巨人，宽没边儿，长没头儿，有自己的情绪和脾气。

另外，果戈理将绘画手法用在风俗描写上。比如《伊万·库巴尔日的前夕》中的这一段：

> 许多哥萨克人割完了草，收完了庄稼。许多好玩乐的哥萨克人，已经急着上路漫游。我们的沼泽地里还聚着一群群鸭子，可鹳鹤已不见踪迹了。草原上泛起红色。田野上散布着一垛垛麦捆，活似哥萨克人的皮帽。大路上不时能见到马车，拉着枯枝和劈柴。大地变硬，有的地方已有霜冻。天空开始飘雪，树枝蒙上白霜，像长出兔毛。遇上晴朗的寒日，红脯的灰雀犹如波兰好打扮的小贵族，在雪堆里散步，寻啄粮食粒。孩子们用很长的棍子在冰上赶着木陀螺。这时孩子们的父亲都躺到壁炉上面养神去了，要么不时叼着点燃的烟斗到屋外走走，狠命地骂几句冻人的天气，要么透透风到穿堂把放久的粮食磨上一些。终于积雪开始融化，狗鱼甩尾巴要击碎冰块。①

小俄罗斯深秋初冬时节的生活习俗在这里得到风俗画般的鲜活描绘，那种清冷的气息，农闲时节的悠然节奏透纸而出。

再者，果戈理将绘画手法用在人物描写上。果戈理注重对服装、色彩的描绘，总是着眼于颜色、布料、款式等，笔法堪比《红楼梦》。如在《伊万·库巴尔日的前夕》里，他这样描写人们在古代婚礼上的着装：

> 姑娘们戴上漂亮的头巾，是黄色、蓝色、粉色丝带编织的，上面有金银的边饰；薄薄的衣衫，用红绸镶边，绣满银色的碎花；精致的山羊毛皮的皮靴，打着高高的铁掌，跳起舞来像孔雀那么舒展，又像旋风那么响亮。少妇们头上是螺形帽，帽尖用金银的锦缎做成；帽子的后脑处有个开口，露出里面的金色包发小帽；帽上竖着两个小角，一朝前一朝后，材料取的是最小的黑羔皮。身上是优质纱绸的老式长衫，缀着红色兜盖。……小伙子们头顶哥萨克高帽，身穿细呢上衣，

---

① 《果戈理全集》第一卷，周启超主编，白春仁译，合肥：安徽文艺出版社，1999年，第58页。

腰系银边衣带，嘴里叼着烟斗，在姑娘少妇面前跳起小步舞。①

还有，果戈理将绘画手法用在场面描写上。比如，在《圣诞节前夜》里，果戈理描绘聚集在教堂里参加晨祷和弥撒的教众：

> 转眼已是清晨。教堂里天光未亮就挤满了人群。上年纪的女人戴着白粗布盖头，穿着白色呢绒上衣，在教堂入口虔诚地合十敬礼。贵族妇女站在她们前头，身着绿色和黄色的毛衣；有的甚至穿着蓝色上衣，背后画有金色胡须。女孩子们头上扎了五彩发带，脖颈上挂了项链、十字架、古币；她们设法向前钻，想更靠近圣像壁画。不过站在最前面的，是贵族男子和普通农民，他们留着胡髭、发绺，有肥胖的脖子、剃光的下巴；大部分人穿着呢斗篷，里面露出白色或蓝色的上衣。不论往哪儿看，所有人的脸上都透着节日的喜庆。村长一个劲儿地舔嘴唇，琢磨着啃香肠的滋味。女孩子们在想如何找小伙子上冰场滑冰。老太太们比平时更热心地低声祷告。整个教堂里，都听得见哥萨克斯维贝古什跪叩的声音。②

上年纪的女人、贵族妇女、女孩子们、贵族男子和普通农民，他们各自的穿着打扮及神态举止，被一一细细画来。这样的画面令人想起伊万诺夫的名画《基督显圣》。

说到场面描写，果戈理不仅擅于运用绘画的手法描写场面，他还会把绘画、戏剧，甚至音乐的手法结合起来进行全方位的描绘。典型的例子就是《索罗奇集市》中的集市场面：

> 您大概曾经听到过远处瀑布倾泻的声音，四周充溢着轰响，如奇妙而嘈杂的旋风在面前掠过。当您卷进农村集市的旋涡，难道不也马上产生类似的感觉吗？！人们聚拢在一起，形如巨大的怪物，在广场和小街上通身蠕动，一边喊着、笑着，轰然一片。喊叫、詈骂、牛吼、羊啼、人哭，混合成杂乱的语言。牛车、布袋、草料、茨冈人、瓦罐、婆娘、蜜饼、帽顶，连缀成鲜艳的杂色，一团团翻搅着、流动

---

① 《果戈理全集》第一卷，周启超主编，白春仁译，合肥：安徽文艺出版社，1999年，第56页。

② 同上书，第177页。

着。杂沓的人语相互淹没,无法辨别;呼喊也都含混不清。只有贩子们互相拍手的噼啪声,在集市四方此起彼伏。畜车吱呀响,铁器撞击着,木料卸车发出落地声。人们脑子开始眩晕,不知何去何从。……一个茨冈人同一个农夫互相打手,疼得嗷嗷乱叫;一个犹太醉汉拍打女人的后腿;两个吵架的卖货女人对骂,相互投掷鲜虾;一个俄罗斯人一手捋着山羊胡,一手……①

这里有各种声音的交响,有各种物品的点染,还有各种冲突。

此外,《狄康卡近郊夜话》里还可以观察到果戈理制造倒错感和跨界感的情况,它们在作家此后的创作中有更为鲜明的体现,比如在《米尔格罗德》和"彼得堡故事"系列里。我们这里说的倒错感,指的是与我们的日常经验相背离的感觉,例如,在《圣诞节前夜》里有这样的描写:

铁匠……在一辆宽敞的马车上疾驰,身子摇晃着;只见两边全是四层高楼向后退去;马路仿佛轰响着在马蹄下飞奔。②

再说跨界感,就是人有一种处于某个此世与彼岸之间的临界点上之感。比如在《索罗奇集市》中,姑娘的父亲在集市上听到两个人在议论闹鬼的事,他好奇地凑近旁听:

"……木棚子里常常闹鬼。哪一次赶集也得出点祸事。昨天乡里的司书傍晚由这路过,往天窗一看,出来一张猪脸大声哼哼,司书吓得浑身打战。你等着瞧吧,还会出现红衣袍的。"

"什么红衣袍?"

此刻旁听的这位,头发都竖了起来。惊恐间一回头,正好看到自己的闺女和小伙子相抱而立,从容地对唱着情歌,全不理会世上所有的什么衣袍。这一下驱散了他的恐惧感,恢复了原来的镇静。③

这位父亲听鬼故事听得迷了神,恍若误入了另一个世界,感到一种让人"头发都竖了起来"的惊恐,只在扭头看到"自己的闺女和小伙子相抱

---

① 《果戈理全集》第一卷,周启超主编,白春仁译,合肥:安徽文艺出版社,1999年,第15页。
② 同上书,第168页。
③ 同上书,第17页。

而立"的一幕,才瞬移回到人间。

或者像《中了邪的地方》里,爷爷挖宝时,一只鸟、一个羊头和一张熊脸出来吓唬他这段:

> 爷爷吓得转过身去。我的上帝,这个黑夜多可怕呀!没有星星,没有月亮。四周坑坑洼洼,脚下是看不见底的陡坡;头顶着一座大山,好像就要倒下来把他压住!爷爷觉得山后面有个鬼脸向他眨眼睛。……
>
> "见你的鬼去吧!"爷爷丢下锅不管了,"还你的宝贝!这可恶的鬼脸!"他拔腿刚要跑,向四下一瞧,一切又变回原样,就站住了。……①

这是一种一脚门里一脚门外、一念人界一念阴间的感觉,果戈理很擅长制造这种效果。在后面的创作中他把这种跨界感移植到了梦境和现实的边界上,形成亦梦亦真之感,难以分清哪里是梦境,哪里是现实,比如《肖像》便是如此。也就是说,后来果戈理的手法升级了,这一点我们后面再谈。

《狄康卡近郊夜话》的其他常规修辞手法,如夸张("他话一出口,我们这些主人公的心脏仿佛合到一起加快了跳动,紧张的怦怦之声甚至压过了开锁的声响。"②——《五月之夜》;"爷爷不喜欢拖泥带水,把公文缝到帽子里,牵出马,亲了亲妻子和两个孩子……之后上马就走,身后卷起的那片尘土,像十五个小伙子在街心追打戏耍。"③"他抡起拳头在一群哥萨克中间闯过去,那些人就一个个像甜梨似的跌倒乱滚。"④——《不翼而飞的信》;"起初他过着真正扎波罗什人的生活,什么活也不干,一天四分之三时间是睡觉,饭量抵上六个农民,饮水一次得喝一水桶。"⑤——《圣诞节前夜》;"哥萨克在哪里醉倒,便在哪里大睡,鼾声一直可传遍基

---

① 《果戈理全集》第一卷,周启超主编,白春仁译,合肥:安徽文艺出版社,1999年,第277页。
② 同上书,第88页。
③ 同上书,第105页。
④ 同上书,第111页。
⑤ 同上书,第155页。

辅。"[1]"两人砍杀起来,火星如灰尘围住了这一对哥萨克。"[2]——《可怕的报复》)、比喻("河水颤抖着好似波兰小贵族落到了哥萨克手里。"[3]——《不翼而飞的信》;"他的连鬓胡和八字须,在风雪中像给一个麻利的理发师用力捏着鼻子飞快打上了肥皂,可此刻他脸上却不时流露出近似甜蜜的表情。"[4]——《圣诞节前夜》;"整个第聂伯河银光闪闪,活似午夜狼身上的白毛。"[5]——《可怕的报复》;"他一头倒到铺盖上,好像一个大羽毛褥子压到了另一个大羽毛褥子上。"[6]——《伊万·费多罗维奇·什蓬卡和他的姨妈》)、拟人("稠李和甜樱桃的处女林丛,把自己的根须小心翼翼地伸进冰凉的泉水中;当潇洒的轻挑人儿——夜来轻风突然凑上来亲吻时,这林丛才让树叶发出呐呐之声,仿佛有些气恼。"[7]——《五月之夜》;"只有月光朝房里窥探,像在召唤正忙着打扮的姑娘们快到冰天雪地里来。"[8]——《圣诞节前夜》;"此时,连炎热的太阳也愿意在高空俯瞰,把自己的光线射入玻璃板下寒冷的深水之中;岸边的森林高兴地倒映在亮晶晶的镜面上。山林仿佛绿色卷发,同野花簇拥一起,挤到水边,探身向河里张望,看到自己美好的面容流连忘返,嬉笑着垂下枝条,迎接可爱的影像。"[9]——《可怕的报复》)等等,比比皆是,我们就不赘言了。

总体而言,《狄康卡近郊夜话》的风格可谓挥洒自如,上天入地,自由驰骋,有毫无心机的开朗快活、匪夷所思的神奇魔法感。这部小说集极具民族性,其中充满乌克兰风情的故事,充满乌克兰语汇的俄语,充满有乌克兰狡黠和幽默风格的人物,它们在果戈理的作品中与俄罗斯文化传统水乳交融,形成了果戈理独特的个人风格。乌克兰的因素和俄罗斯的因素,二者对于果戈理而言是同等重要的,缺一不可的,抽离了其中的任何一方,果戈理都将不再是果戈理了。正如尤·曼所说的那样:"乌克兰的和俄罗斯的原质相互作用这一因素非常珍贵,并且在许多方面决定着果戈理的创作。"

---

[1] 《果戈理全集》第一卷,周启超主编,白春仁译,合肥:安徽文艺出版社,1999年,第185页。
[2] 同上书,第191页。
[3] 同上书,第112页。
[4] 同上书,第146页。
[5] 同上书,第187页。
[6] 同上书,第243页。
[7] 同上书,第75页。
[8] 同上书,第128页。
[9] 同上书,第213页。

《狄康卡近郊夜话》作为果戈理的开山之作，其中埋藏着后面一切故事的种子，如《索罗奇集市》里的惊恐凝滞中潜藏着《钦差大臣》的哑场，"每个词后面非加'乌斯'不可的学生"让人想起《死魂灵》里给孩子起怪名字的玛尼洛夫；《伊万·库巴尔日的前夕》里"倒塌的酒馆"①中埋藏着《维》里废弃的教堂；《五月之夜》里"可以随意到谁的烟盒里抓把烟草抽"的村长②有《钦差大臣》的市长之风，而村长的小姨子身上③则有后来《伊万·伊万诺维奇和伊万·尼基福罗维奇吵架的故事》的影子，还有"投水女"一章对列弗柯梦境的描写里分明可以体认到《维》中霍马受控于女妖的感染力，而文书读字条那一幕以及后面村长借机让每户送东西的情节又与《钦差大臣》何其相像！《不翼而飞的信》里三个哥萨克迷路简直就是《维》中霍马三人迷路的预演；《圣诞节前夜》中铁匠的画指向《肖像》，奥克桑娜与铁匠瓦库拉指向《塔拉斯·布利巴》里的安德烈与波兰小姐；《可怕的报复》中的魔法前接《伊万·库巴尔日的前夕》，后连《维》，而报复的主题与《外套》的结尾也有着关联；《伊万·费多罗维奇·什蓬卡和他的姨妈》从《可怕的报复》的幻境断崖式落到平地，只有荒唐的梦境还保留了一丝联系，而这梦又与之后的《肖像》《狂人日记》相联系。《伊万·费多罗维奇·什蓬卡和他的姨妈》的现实层面则与《旧式地主》《伊万·伊万诺维奇和伊万·尼基福罗维奇吵架的故事》彼此勾连；《中了邪的地方》里既有《伊万·费多罗维奇·什蓬卡和他的姨妈》的平淡和无厘头，又有《可怕的报复》的森森鬼气和《圣诞节前夜》的狂欢色彩。

《狄康卡近郊夜话》作为一个整体，如我们前面所说，像是欢快的舞曲，为果戈理失衡的生命带来温暖和支撑。其中《可怕的报复》是一个转折，格调变了——从明朗、欢快到阴沉、绝望，笼罩着死气，叙说着不可抗的命数，表现了罪与罚的主题。结尾游吟诗人讲的故事把整篇小说的叙事提升到了一个宗教的高度，同时这也是整部小说集的高峰。而《中了邪的地方》放在小说集结尾处，就像中国书法最后的拖笔，意味深长，它好像是《可怕的报复》和《伊万·费多罗维奇·什蓬卡和他的姨妈》的某种调和，预示着果戈理的创作将有新的方向。

---

① 《果戈理全集》第一卷，周启超主编，白春仁译，合肥：安徽文艺出版社，1999年，第61页。

② 同上书，第76页。

③ 同上书，第77页。

第二节　四下探索的《米尔格罗德》

《米尔格罗德》也是一部小说集，它写于 1834～1835 年间，发表于 1835 年。它与《狄康卡近郊夜话》一样，也是由第一部和第二部构成，不同的是这部小说集的每一部都只有两篇小说。第一部的两篇是《旧式地主》(Старосветские помещики) 和《塔拉斯·布利巴》(Тарас Бульба)，第二部的两篇是《维》(Вий) 和《伊万·伊万诺维奇和伊万·尼基福罗维奇吵架的故事》(Повесть о том, как поссорился Иван Иванович с Иваном Никифоровичем)。这四篇小说风格各异，好像果戈理在尝试往四个不同的方向迈步：

第一部第一篇《旧式地主》，这是节奏舒缓的田园牧歌。小说描写了一对无儿无女的老地主"明朗而宁静的"日常生活。虽说整天围绕着吃吃喝喝打转转，但过得很是怡然自得，风平浪静。他们很好客，乐意"把家里最好的东西一股脑儿地搬出来"请客人品尝。其实，这对地主夫妇的人生中不是没有华彩乐章，比如老头儿年轻时当过骑兵，是准少校军衔，因为岳父岳母不同意女儿嫁给他，还"很机灵地带走了"姑娘，上演了一场为爱私奔的戏码。可是这么足的戏份却被果戈理轻描淡写地一笔带过了，还不如他在小说里为了证明"无论怎样的痛苦和热情都会败给时间"这个命题而举的一个为爱殉情的例子着墨多。那么果戈理如此取材是为了什么呢？有一种观点，认为果戈理的这篇小说展示的是"美好的人类情感是如何在空虚的、卑微的生活中被吞噬殆尽的"（斯坦凯维奇语）[①]，甚至还有人认为小说要揭示地主阶级混吃等死的精神破产。然而，如果从文本出发，我们会看到，小说中不时插入的作者的抒情议论以及在描写老夫妇的日常生活时那种亲切的口吻都告诉我们：果戈理赞赏旧式地主平平淡淡才是真的生活，惋惜旧式地主那种与世无争、偏安一隅的生活方式的消亡。小说中有一句话事关主旨："我们所有的激情，与这种持久的、缓慢的、几乎是无感觉的习惯的力量相比是幼稚的。"[②] 果戈理在这里进行的是一种形而上的思考：在我们的生活中，激情与习惯，哪个更为有力呢？作家认为是习惯。而小说刚一问世，马上就有评论认为"关于习惯的思想是致

[①] 《果戈理全集》第 2 卷，周启超主编，陈建华译，合肥：安徽文艺出版社，1999 年，第 40 页。

[②] 同上书，第 35 页。

命的"(舍维廖夫语)①,应该抹掉。习惯与激情,这像不像当下的谈话类电视节目"奇葩说"的话题?可见,《旧式地主》有其跨越时空的现实意义,它所描绘的人物和生活虽然久远,但折射出的问题却很迫切:生活的意义到底是什么?人的一生究竟应该怎样度过?爱的真谛是什么?等等,等等。

第一部第二篇《塔拉斯·布利巴》,这是铁血壮士的慷慨悲歌。小说写的是乌克兰扎波罗什哥萨克为了俄罗斯大地和东正教信仰悍不畏死、英勇奋战的故事。哥萨克这个词源自突厥语,意思是"好汉"或者"自由的人"。扎波罗什哥萨克是一个特殊的群体,在乌克兰16~17世纪的历史上,书写了浓墨重彩的一页。这是一群自由自在的汉子,在第聂伯河下游的广袤草原上聚居。他们骁勇善战,不服天朝管,靠渔猎和战争为生。果戈理在小说中把他们塑造得个个铮铮铁骨,还着意渲染了哥萨克的民主制度、爱国主义精神和伙伴情义。主人公塔拉斯是哥萨克的代表,他有勇有谋、有原则,是当之无愧的哥萨克首领。虎父无犬子,他的两个儿子也都是异常勇猛的战士,在沙场上纵马驰骋,所向披靡。大儿子奥斯塔普不幸在一次战斗中被俘,行刑受难之际,老塔拉斯乔装混入敌营,在儿子临终痛苦绝望地呼唤父亲时,回应了他一声:"我听着呢!"给了儿子莫大的精神支持和心理慰藉,这飞蛾扑火般的忘我父爱读来令人心潮澎湃。小儿子安德烈热情冲动,他迷恋上了一个波兰美女,两军对垒之际,他为了这女子投了敌,背弃了父兄和祖国。他有自己的信念:"祖国就是我们的心灵寻找的东西,就是它觉得无比亲切的东西。"安德烈觉得,波兰女子就是这个祖国。对这个重色投敌的儿子,塔拉斯在一次战斗中亲手结果了他的性命,又显示出了塔拉斯大义灭亲、无情的一面。塔拉斯的信念是:"只有人能够不靠血缘,而是靠心灵亲近。"老塔拉斯和小儿子安德烈各自的信念看似冲突,实则骨子里却有着共同的基底——轻血缘,重心灵。然而他们的心灵所寻找和看重的东西却是截然不同的,一个置集体的利益高于一切,另一个置个人的情感高于一切。与此同时,小说也没有回避哥萨克的嗜血和残忍,极其生动有力地塑造了哥萨克好汉的群像。那种万马奔腾、刀光剑影、血肉横飞的场面真的可以用"一场男性荷尔蒙的狂飙"来形容。这与《旧式地主》那种脉脉温情形成了巨大的反差。《塔拉斯·布利巴》以其英雄史诗般的容量和厚重感,成为文学史上描写哥萨克

---

① 《果戈理全集》第2卷,周启超主编,陈建华译,合肥:安徽文艺出版社,1999年,第40页。

现象的一部重要作品。

第一部的这两篇小说，在风格上形成强烈的对比，一柔一刚，可谓是一阴一阳。相较起来，《旧式地主》篇幅较小，局限于家庭生活范围，而《塔拉斯·布利巴》不仅在篇幅上数倍于前者，内容上也广泛得多，属于历史故事题材。延续我们在上一节的思路，这一部也是阳盛于阴，有利于作家自己的生命需求。

第二部的第一篇《维》是一个亦真亦幻的惊悚故事。小说在神学校学生鸡飞狗跳的日常生活背景下，着重描写了学生霍马遇鬼这件令人心惊肉跳的故事。霍马夜里迷路，被一个老妖婆施了妖法，把他当马骑。霍马记起学过的驱鬼咒语，念咒起效，然后剧情反转，他反制了妖婆，把她打倒在地。可当霍马定睛一看时，哪里有什么老太婆，奄奄一息地躺在地上的分明是一个绝世美女！不知所措的霍马拔腿跑回了学校。就在霍马已经忘却了这次遇鬼的事情后，一天校长找到他，派他去基辅城外的一个村子里为百夫长的女儿做送终祈祷，据说这姑娘外出散步被人打得遍体鳞伤，回到家就只剩一口气了。她在临死前跟她爹说了自己最后的心愿：让基辅神学校的学生霍马为她念三天的送终祈祷。惊悚的故事就此展开。结局是霍马死了。女鬼喊来了地鬼"维"，当"维"那耷拉到地上的大眼皮被掀起的一瞬，霍马没忍住瞟了他一眼，结果就悲剧了。那么，霍马为什么会死呢？果戈理在小说里借由霍马的同学之口，给了一个答案："是因为他害怕。如果他不害怕，那么妖精对他也无计施。"那霍马又为什么会害怕呢？因为他的信仰不够坚定，他的"信"中掺杂了"疑"。神学生霍马一开始能被妖婆施了妖法，说明他的信有弱点；而他念咒是抱着死马当活马医的试试看心理，直到发现好像念咒有用，这才全力施为，反败为胜。到后面教堂里的较量，他其实一直都想着如何能逃脱，完全没有必胜的信念。他画的圈和念的经文其实都很有效，但它们需要他的信念源源不断地予以加持。他在强大的魔鬼集团军面前内心先怯了，在瞥向"维"的那一眼中露了这个怯，神力的圆圈破了。

第二部的第二篇《伊万·伊万诺维奇和伊万·尼基福罗维奇吵架的故事》讲的是：两个大好人名字都叫伊万，比邻而居，性格互补，是焦不离孟、孟不离焦的好朋友。可是有一天，他们却因为一杆猎枪发生了龃龉。猎枪其实只是一个由头，真正让两个好朋友闹到不可开交，甚至对簿公堂的原因一般人都想不到，竟然只是一个字眼儿："公鹅"。而且是伊万·伊万诺维奇自己先骂对方是"叨哔叨"，对方才回敬了他一句："那您就是蠢鹅本鹅"。这里之所以加了一个"蠢"字，是因为"公鹅"一词还有一个转义：愚蠢、高傲的人。按说，吵架没好话，我们会觉得"叨哔叨"和"蠢鹅"的伤害值并没有很大差别，可怎么一声"蠢鹅"就能让伊万·伊万诺维奇大为光火，甚至扯到什么"忘记体统和对于官衔和姓氏的尊重，用下流字眼玷污名声"上去了呢？不止伊万·尼基福罗维奇不明就里，读者更是一头雾水。为什么呢？原来，"公鹅"一词还有一层隐含的意义，在斯拉夫民间口头创作里，"公鹅"一词还有色情涵义，也就是说，讲一个人是"公鹅"，还有可能暗指这个人很淫荡。① 这么一来，伊万·伊万诺维奇的愤怒和不依不饶就不再显得夸张和不可思议了，虽然伊万·尼基福罗维奇未必有此意。这大概就是典型的说者无心，听者有意吧。为了一个字眼好友反目也就罢了，过分的是两人竟然为此展开了一场旷日持久的诉讼，中间还夹杂着一头褐色的猪，这不仅与《塔拉斯·布利巴》的大义凛然比起来完全是另一个极端，便是与《旧式地主》的明朗温情比起来，也太过晦暗与撕裂了。

如果我们把第二部的两篇捉对比较的话，第一篇至少有一半篇幅写的是幻想的世界，或者说是鬼怪的世界，如果从语义重心上看，则主要是写人与鬼的较量，因而可以视为阴；而第二篇主要写现实生活中的日常，虽然其中有一头略显怪异的褐色的猪，但它不过是叼走了一张状子，并没有改变事件的走向和人物的命运，因而，相较于鬼怪的世界，人世间便是阳。两篇合在一起看，写人世间的内容明显占比更大一些，也是阳多于阴。

若将这四篇小说视为一个整体的话，则前面两篇写的都是过去，牧歌也好，悲歌也罢，给人的感觉都是充满诗意的，只是格调不同——《旧式地主》宁静悠然，《塔拉斯·布利巴》则激昂奔放；后面两篇写的都是现在，一个惊悚，一个日常，透出的都是一股子丧气无聊，但风格不同——《维》奇幻，《伊万·伊万诺维奇和伊万·尼基福罗维奇吵架的故事》庸常。如此一来，不仅同一部里的两篇故事之间形成对照，分属阴阳，小说集第一部和第二部之间也形成过去与现在的对照，也是一阴一阳。而且，在风格上，如果说在《旧式地主》里果戈理以微讽的语气，不无善意地讲述着类似习惯的爱情（这里需要指出，

---

① *Капустин Н.В.* Почему все-таки обиделся Иван Иванович? / ГОГОЛЬ И СЛАВЯНСКИЙ МИР. ШЕСТНАДЦАТЫЕ ГОГОЛЕВСКИЕ ЧТЕНИЯ. Сборник научных статей по материалам Международной научной конференции. Под общей редакцией В.П. Викуловой. 2017. Издательство: Новосибирский Издательский Дом.

习惯的特点是坚实、长时间的坚持），那么在《伊万·伊万诺维奇和伊万·尼基福罗维奇吵架的故事》里作家则带着苦笑，讥讽两个伊万之间所谓的堪称楷模的友谊；如果说在《塔拉斯·布利巴》中，果戈理带着对扎波罗什人英勇无畏和牢不可破的"伙伴关系"的崇敬，追忆了往昔的历史，那么，在《维》里，则带着遗憾和嘲笑，描画了当代生活。这种无论是在宏观上还是微观上都在进行镜式对照的结构形式，将一部集子里的作品纳入一个统一的系列，使之彼此照应，在相互的联系中达到语义增值的效果。虽说这是俄罗斯19世纪30年代很流行的一种创作原则，但初出茅庐的果戈理运用起来如此之得心应手，恐怕还有一层原因，就是我们所说的基于他自身的生命需求，是他的天赋和本能的合力作用。

相比较而言，《狄康卡近郊夜话》充满了节日气氛，有着民间狂欢的色彩，其中的世界童话般绮丽，现实与幻想相互交织，生活在其中的人们心宽体健，自由自在，善恶分明，而《米尔格罗德》展现的世界则更贴近现实，也更为多样和复杂，人们的生活在不同的轴线上极致绽放：过去与现在，这是时间的轴线；崇高与庸俗，这是精神的轴线；家国信仰与个人恩怨，这是社会的轴线。而这两部集子有一个连接部，那就是《维》这篇小说，它兼具《狄康卡近郊夜话》的绮丽幻想和《米尔格罗德》的现实写生特点，而且两部集子写的都是小俄罗斯题材，这便是果戈理称《米尔格罗德》是《狄康卡近郊夜话》续篇（Повести, служащие продолжением «Вечеров на хуторе близ Диканьки»）的原因吧。不过，虽说写的都是乌克兰，但《狄康卡近郊夜话》第一部里描绘了现实的和幻想的两个乌克兰，而这两个乌克兰彼此间并不是对立的关系，反而是界限模糊、好似连成一体的；到了第二部里，这两端都分别向各自的极端进一步延展：幻想的一端从游戏人间的小鬼和妖精偷一偷星星和月亮（《圣诞节前夜》），迷惑捉弄一下人（《中了邪的地方》），攀升（或者说是下沉）到上帝的末日审判（《可怕的报复》），而现实的一端则从带有神奇和狂欢色彩的故事（《圣诞节前夜》《中了邪的地方》）落地到去除了任何滤镜的日常（《伊万·费多罗维奇·什蓬卡和他的姨妈》）。等到了《米尔格罗德》里，幻想的世界只留下了《维》中的一脉，而现实的世界又继续分叉——昔日诗意的和现在鄙俗的乌克兰。《狄康卡近郊夜话》中统一的乌克兰在《米尔格罗德》里似乎一分为二，变成了彼此对立的两方——往昔的和如今的。在往昔的乌克兰世界里，人们有爱（《旧式地主》）、有信仰（《塔拉斯·布利巴》），而在如今的乌克兰世界里，他们对上帝的力量心存疑虑（《维》），因鸡毛蒜皮的事情彼此争吵不休（《伊万·伊万诺维奇和伊万·尼基福罗维奇吵架的故事》）。

简言之，我们倾向于把《米尔格罗德》视为一个整体，里面的现实与幻想、往昔与如今、真情与假意、诗意与鄙俗正如我们中国的阳和阴，彼此对立，又相辅相成，构成完整的事物乃至世界。这一点在结构上体现得尤为明显：《米尔格罗德》也是两两对照的结构。首先，两个部分之间是对照的：第一部是诗意浪漫、充满激情的往昔，而第二部则是庸俗枯燥、一地鸡毛的当下。其次，每个部分内部也是对照的：旧式地主们吃吃喝喝的生存庸常与塔拉斯们金戈铁马的快意恩仇相对立，而学生霍马·布鲁特的悲剧性抗争和死亡与两个伊万无事生非的渺小和卑微形成对照。如此一来，全部四篇小说是由思想和艺术构思的内在统一联系起来的，其核心是对生与死的全方位思考。生而为人，活着便离不开物欲（食与财）与爱欲（身与名）；生而为人，必死是人难逃的宿命，超脱则是人永恒的追求。《旧式地主》的主人公们是阴阳平衡、天人合一、顺其自然的。物欲和爱欲都在适当的范围里，没有泼留希金式的恋物癖，也没有安德烈式的对爱的痴狂。老地主们对死亡的态度是温顺地接受，对于超脱也仅仅是寄希望于有另一个世界。而《塔拉斯·布利巴》里就有了分裂，有了矛盾：对于物，一方面，塔拉斯和哥萨克们对身外之物不屑一顾，随时可以任性地打砸、换酒喝，另一方面，他们又会为了昂贵的战利品而去拼死拼活；对于爱，塔拉斯说哥萨克需要的"抚爱是空旷的原野和骏马"，马刀是他们的母亲，而安德烈则说波兰小姐就是自己的祖国；对于死亡，一方面不是被动接受，而是主动冒险，与死亡游戏，另一方面随意剥夺他人生命，造成他人的死亡；对于超脱，一方面坚信，另一方面可以轻易背弃。到了《维》里，在神学校学生们的饥饿和对食物的渴望和贪欲里，已经没有了旧式地主们的从容和享受，反而具备了哥萨克式的肆意妄为和无法无天；与此同时，他们的爱欲也失掉了安德烈那种情有独钟的火热激情，只剩下了肉欲的满足，比如霍马和卖绦带寡妇小贩的眉来眼去，还"在星期四受难日那天上卖面包的女摊主家去了"[①]。哥萨克在《维》中不再骑着骏马驰骋沙场，只剩喝酒、聊闲话和押送、看管霍马。对于死亡，霍马是抗拒的，是心不甘情不愿的，既没有旧式地主们那种驯顺的接受，也不像塔

[①] 《果戈理全集》第二卷，周启超主编，陈建华译，合肥：安徽文艺出版社，1999年，第233页。

拉斯们慷慨赴死。如果说在《塔拉斯·布利巴》中安德烈是主动背弃信仰（他的信仰本就流于形式，因而在他的内心里并没有斗争和挣扎），那么霍马对信仰的将信将疑则发生在他的内心深处。对于超脱，他时而信，时而疑，摇摆不定。最后一篇《伊万·伊万诺维奇和伊万·尼基福罗维奇吵架的故事》，其中的两位主人公既无真正的爱，也无真正的信仰，更不关心超脱。伊万·伊万诺维奇表面上看起来很虔诚，每逢礼拜日都必定去教堂，还必定"要上所有的乞丐那儿巡视一番"①，却连一块面包都不肯施舍。听见亵渎神灵的脏话，他也只是一走了之。可听到有人说他是"公鹅"，就不依不饶起来，甚至不惜写诬告信，把对方告上法庭。伊万·尼基福罗维奇更是不堪，"整天躺在台阶上"②，表面功夫都懒得做。不关信仰，不关家国，也不关恩仇，引发"战争"的竟然是一杆闲置在储藏室里多年无人问津的老旧猎枪。可见，《米尔格罗德》在总体上的对照下，还呈现出一种降幂排列趋势。

叶萨乌洛夫就把这部集子里的四篇小说看成是一种递降结构。他说，《米尔格罗德》的"美学情节——这就是世界在自身发展中的递降模式。形象地讲，小说集第一篇里的'旧式人们'生活于'与自然而不是社会尚处于和谐之中'的'黄金'世纪（这还是'史前的'、神话的时期），后来'黄金'世纪被《塔拉斯》里的'白银'世纪所取代，那里的主人公们已经有了敌人和横死。'青铜'世纪呈现于《维》之中，其主人公在自己身上找到敌人，然后最终是'玄铁'世纪——在《伊万·伊万诺维奇和伊万·尼基福罗维奇吵架的故事》里。这里空虚的、无内容的敌对变成了从昔日的'伙伴精神'中分离出来的人们无需存在的象征"③。

这种递减模式在果戈理创作的阐释中并非绝无仅有，有人还在评论《死魂灵》时运用了类似的解读方式，把其中的五个地主形象视为一个比一个低级的序列。

可见，对文学作品的理解是读者依据其所选取的角度而见出的图景，是见仁见智的。也就是说，每一代读者都有自己的阐释空间。我个人是从阴阳的角度看的，上为阳，下为阴；现在为阳，过去为阴；现实为阳，幻想为阴。

---

① 《果戈理全集》第二卷，周启超主编，陈建华译，合肥：安徽文艺出版社，1999年，第268页。

② 同上书，第272页。

③ *Есаулов И.А.* Русская классика: новое понимание. — 3-е изд., испр. и доп. — СПб.: Издательство Русской христианской гуманитарной академии, 2017. C. 145.

当然，对于《米尔格罗德》还可以有其他的观照。比方说，我们可以感受到，它们完全指向不同的方向，即散射式结构。在这些小说中，作家好像在试笔，以确定自己的才能在哪个方面。因此，我们在这些小说中可以看到各种因素：浪漫主义的、现实主义的手法；幻想的、抒情的、崇高的、鄙俗的风格等等。这个集子里也有欢快和笑声，但已经不是《狄康卡近郊夜话》中那种没心没肺的、明朗的欢乐了，它们都被蒙上了一层阴翳，要么是命运的任意妄为（《旧式地主》），要么是背叛（《塔拉斯·布利巴》中的安德烈），要么是恐惧和死亡（《维》中的霍马），要么是空虚无聊的鄙俗（《伊万·伊万诺维奇和伊万·尼基福罗维奇吵架的故事》中的伊万们）。

与《狄康卡近郊夜话》相比，《米尔格罗德》的变化体现在：首先，"率真和无拘无束的快活变少了；跳戈巴克舞和哥萨克舞变少了；快活的小伙和迷人的姑娘让位给了其他的人物，伊万·伊万诺维奇们和伊万·尼基福罗维奇们、旧式地主们；而笑已经变成蒿草般的苦涩，并且郁闷的表白变得更加频繁地脱口而出"。（沃隆斯基，Воронский）简言之，人变老了，郁闷的动机加强了。果戈理式的幽默变得更尖锐，更刻薄，经常升级为讽刺。正是在这里，果戈理的幽默恰如别林斯基指出的那样，开始作为"含泪的笑"响起。其次，幻想的比重小了：仅在《维》中，幻想的力量才如《狄康卡近郊夜话》那样，公开参与进情节之中，决定人物的命运和冲突的解决，而在其他小说里，幻想因素仿佛让位给了现实，更确切地讲，是现实被幻化了。在"彼得堡故事"系列里幻想以新的力量和新的面貌在《鼻子》《肖像》《狂人日记》等作品中凸显。这一点我们将在下一节探讨。再次，借助于现实主义的描写手法表现出历史主义和历史性概括，也就是向生活本质切近，正如沃隆斯基所言："对所塑造的人物切近得更加深入，更多关于他们、关于他们生活的思考。"果戈理在《作者自白》中写道："我对往事没有眷恋。我的对象是当代的现实、生活及其当前的习俗，也许是因为我的头脑总是倾心于本质和比较明显的效果。想当位现代作家的愿望在我身上变得愈来愈强烈。"①

在《米尔格罗德》里，果戈理招牌式的笑依然故我，无论是总问"吃点什么"的旧式地主，还是大碗喝酒大口吃肉的哥萨克；无论是如蝗虫过境般的神学生逛集市，还是两个光棍的虚假友谊，都同样逗人发笑。只是这笑声不再像夜话里那么明朗纯净了，它带上了一种泪意，被称为"смех

---

① 《果戈理全集》第六卷，周启超主编，任光宣译，合肥：安徽文艺出版社，1999年，第312页。

сквозь слезы"（即透过泪光的笑），通常被译为"含泪的笑"。总之，笑是一贯的。与此同时，在《米尔格罗德》里，像在《狄康卡近郊夜话》里一样，我们还发现了一以贯之的另一个东西——"恐惧"，如普莉赫里娅·伊万诺夫娜对死亡召唤的恐惧、霍马对维的恐惧。那么果戈理为什么如此偏爱恐惧和笑呢？或者说他创作中的恐惧和笑源自何处呢？我们在前面介绍生平时说到过，果戈理因受母亲那些关于"地狱""末日审判"的宗教故事影响而在心灵中生成了可怕的想象。有道是，谁哪里疼，谁就会说哪里（у кого что болит, тот о том и говорит），缺什么就格外在意什么。确实，"恐惧"和"笑"对于果戈理就是如此。《旧式地主》里灰猫与死亡的关联，还有"神秘的呼唤"便是典型的例证。

但是，果戈理也明白，"跟笑打交道要小心，何况它有传染性，只有聪明人当得起，愚笨点儿的，会把对一方面的嘲笑扩大到全部方面去"。这是他所害怕的，他后期不再以形象说话，也有这个原因。果戈理的顾虑与俄罗斯对待搞笑的双重态度有关：一方面追求节日的热闹，喜欢搞笑；另一方面警惕搞笑的罪过，因为笑里有某种不由自主的东西，能够解除人的意志力。俄语里不少与笑有关的成语、俗语都与罪过有关，比如："и смех, и грех"（哭笑不得）、"и смех наводит на грех"（乐极生悲）、"мал смех, да велик грех"（乐少罪过大）。也就是说，在俄罗斯文化中，笑天然地就带有了一种双重性，而这种双重性关乎的"罪过"具有宗教的内涵，也就是说，笑从相符和不相符中汲取的不仅是喜剧效果，还有宗教的理由。《狄康卡近郊夜话》继承了两种传统：德国浪漫主义和乌克兰民间文学，果戈理力图将二者统一于风格的框架内。果戈理的风格就是将喜剧天才和虔诚的信仰综合在一起。所以果戈理的笑带有宗教道德的内容和色彩，这个我们必须明确。正因如此，他才说与笑打交道要小心，他发现自己的笑一方面引发极端的沮丧或者相反——沮丧引发笑声，另一方面笑又是否定、破坏生活基础的一种元素，因为它能把存在中最光明的方面以不可思议的样子展现，从而使光明的变成可怕的。果戈理后来开始积极寻求笑的意义，将笑转向人，变成了"含泪的笑"，变成了"心灵的哭泣"，这便是其原因所在。所以，从《米尔格罗德》开始有了"含泪的笑"，因为眼泪可以使心灵柔软，就像俄罗斯古代文学中所说的三大法宝：忏悔、仁慈、眼泪，其中之一就是眼泪。

与笑相关，有研究者区分了小丑（шут）和疯癫（或曰圣愚）（юродивый）这两类可笑的人，认为小丑是针对现世，扮演角色，对现行规则进行讽刺模拟，目的是进行批判；圣愚是针对天国，本色出演，无视现世规则。在这样的区分下，果戈理笔下的人物有很多应该归入圣愚一类，如《外套》《狂人日记》，甚至是《死魂灵》。就连果戈理自己也是圣愚，从这个角度才能理解果戈理创作的整体性。当然，这是从俄罗斯文化的角度去理解的。也有人认为"彼得堡故事"系列中的幽默是受了西方的影响，比如舍维廖夫说："不得不指出，我们在《小品文集》里读到的新故事里，这种小俄罗斯的幽默没有经受住西方的诱惑，在自己的幻想性创造中屈从了霍夫曼和蒂克的影响……也许，这就是彼得堡对作者的影响。"① 也就是说，对于果戈理创作中的笑和幽默不同人的看法也是各异的。

在我们看来，果戈理在《米尔格罗德》里笑得不像《狄康卡近郊夜话》里那么浑然天成和无拘无束了，他开始寻找、探索。《米尔格罗德》反映出果戈理对当代现实生活的了解面之广，并且证明了他思想艺术探索的规模和领域。简言之，《米尔格罗德》标志着果戈理创作天赋的新潜力。

下面我们来具体看一下每一部作品。

《旧式地主》的关键词是"爱"。这也是贯穿果戈理整个创作的又一个关键词，与我们之前说的"恐惧"和"笑"同属一个序列。

果戈理在描写自己的主人公时一点儿也没有隐藏自己对他们的喜爱（симпатия）。他以对照的手法，刻画两位老人的性格：

> 阿法纳西·伊万诺维奇现年六十岁，普利赫里娅·伊万诺夫娜五十五岁。阿法纳西·伊万诺维奇个子很高，老是穿着一件骆驼绒面子的羊皮袄，弯着腰坐着，不管是自己说话还是听别人说话，他的脸上总是带着微笑。普利赫里娅·伊万诺夫娜稍带几分严肃，差不多从来不露笑脸，但是她的脸上和眼睛里却洋溢着非把自己所有最好的东西拿出来款待你不可的善良和诚意。你确实会觉得，微笑对于她这张慈祥的脸来说完全是多余的了。浅浅的皱纹在他们的脸上愉快地舒展着，画家见了一定会将它们偷偷地速记下来。从这些皱纹上人们似乎就可以阅遍老人全部的生活，那种保存着民族古风的、淳朴厚道的同时也是殷实康富的世家所过的明朗而宁静的生活。②

---

① *Шевырёв С.П.* Миргород. Повести Н. Гоголя. Московский Наблюдатель. 1835. Ч. I. (Март. Кн. Ⅱ). С. 396－411). https://proza.ru/2017/07/20/825 Дата обращения: 01.12.2023

② 《果戈理全集》第二卷，周启超主编，陈建华译，合肥：安徽文艺出版社，1999年，第 5 页。

不仅如此，果戈理在谈到古老世家的姓氏和新富们的姓氏时也运用了对比，这明显透露出作者对过去和现在的立场：

> 这样的殷实世家完全不同于油漆匠和小商人出身的卑劣的小俄罗斯人，这种卑劣之徒像蝗虫一样遍布衙门和官场，诈取同乡手中最后一文钱，使彼得堡充斥谗言和诽谤，他们终于积攒起了一点资产，便又神气活现地在自己的以 O 结尾的姓氏后面添上个 B。不，这两位老人和这些可怜而又卑劣的家伙完全不同，如同所有小俄罗斯土生土长的古老世家一样。①

果戈理选取了老式地主们最平淡无奇的日子来描写，而对于他们英勇的过去则仅仅是轻描淡写的一笔带过：

> 阿法纳西·伊万诺维奇三十岁结的婚，那时他是一个英俊的小伙子，穿一件绣花的背心；他甚至很机灵地带走了普利赫里娅·伊万诺夫娜，因为她的父母不愿将女儿嫁给他；然而就连这件事，他也几乎忘得一干二净了，至少从来没有提起过。②

照果戈理的说法，"所有这些年代久远的、异乎寻常的事情都已被平静而又寂寞的生活，被那些令人昏昏欲睡但又和谐惬意的梦境取代了"③。这里的梦境指的不是别的，而是现实的生活，准确地说，是现实生活中的恬静美好的时刻。比如，某个夏日，你闲坐在家，一场急雨忽至，"激起一片喧哗，雨点敲打着树叶，汇成淙淙溪流"，俄顷，雨住，"林子后面隐约地出现了一道宛如残缺的圆拱似的彩虹，它以自己不甚耀眼的七彩辉映在天际"，或者，"马车摇晃着你，在碧绿的灌木丛林中穿行，草原上的鹌鹑啼鸣着，芳香的青草连同麦穗和野花一起扑进车门，愉快地拍打着你的手和脸的时候"。进而，果戈理讲述了一个年轻的小伙子因爱恋的对象去世而几次三番寻死，但一年后就走出来了。他用这个年轻人的"异乎寻常的事情"和老头失去老伴儿五年"平静而又寂寞的生活"相对照，从中引发了关于习惯的思想：

---

① 《果戈理全集》第二卷，周启超主编，陈建华译，合肥：安徽文艺出版社，1999年，第5～6页。
② 同上书，第6页。
③ 同上。

> "天哪！"我瞧着他，心想，"五年的时间过去了，那是可以把一切都给抹去的，这个生性冷漠的老人，他的生活中似乎从来没有过一种强烈的情感激动过他，他的整个一生似乎只是由坐高大的椅子、嚼干鱼和梨、听人讲述有趣的故事构成的，可是他竟然有如此持久，如此撕心裂肺的悲伤！究竟是什么更强烈地影响了我们的生活：是激情还是习惯的力量？或许，我们的欲望和炽热激情燃起的所有强烈的冲动和一切旋风，只不过是我们花季的年龄所致，而且也只是因为这一点才显得深刻和有力吧？"不管怎么说，这时我觉得，我们所有的激情与这种持久的、缓慢的、几乎是无感觉的习惯的力量相比则是十分幼稚的。①

也就是这段话，被舍维廖夫认为"破坏了整个画面的道德印象"，应该抹掉。

对于《旧式地主》，正面的和负面的评价都有，也有兼具这两种不同的倾向的。舍维廖夫其实首先大力赞扬了《旧式地主》的长处，如"忠实地撷取自小俄罗斯的生活"，"被情感激活的手笔，生动的和多样的手笔"，只在评论的最后，他才指出自己不喜欢小说中关于习惯的思想：

> 《旧式地主》——这是两张活生生的、鲜明的肖像画，它们忠实地撷取自小俄罗斯的生活。阿法纳西·伊万诺维奇和普利赫里娅·伊万诺夫娜是善良的、忠诚的、好客的一对儿，一辈子相亲相爱，对亲近的人无利也无害。他们的全部家常生活应该是都被描绘得很忠实，因为这不可能不像：它非常之鲜明和生动。环绕在这家庭图画周围的一切，这整个小俄罗斯肥沃茂盛的大自然，构成鲜活的景观，将之美妙地围拢。老头和老太的这两张面孔、这两幅肖像是对那些将作者的天分只局限在漫画上的批评家们的公然揭露。作者不是只从可笑的一面来为我们塑造他们的。即或是在死后也将他们联系在一起的小俄罗斯式的善良、温暖的友谊、那些丈夫为了让生活中有点花样而似乎是在惹妻子生气的快活的玩笑，——这一切都明显是从自然本身攫取的特点。而善良的妇人在临死前对自己即将落单儿的丈夫的关怀，还有

---

① 《果戈理全集》第二卷，周启超主编，陈建华译，合肥：安徽文艺出版社，1999年，第35页。

她死了五年之后，当饭桌上端上来亡妻喜欢的食物时，从善良的老头眼中喷涌的眼泪，——所有这一切都显示着这样一些特征，那便是被情感激活的手笔，生动的和多样的手笔。我不喜欢的只有其中的一个思想，关于习惯的致命的思想，它似乎破坏了整个画面的道德印象。是我的话，就把这几行给涂抹掉……①

同样对《旧式地主》有褒有贬的还有别林斯基：

> 果戈理的诗在外表的朴素和琐屑中是多么有力和深刻啊！拿他的《旧式地主》来看吧：里面有些什么？两个不像人样的人，接连几十年喝了吃，吃了喝，然后像自古已然那样地死掉。可是，这迷人的力量是从哪里来的呢？你看到这动物性的、丑恶的、谑画的生活的全部庸俗和卑污，但你又是这样关心着小说里的人物，你嘲笑他们，但是不怀恶意，接着你跟腓利门一起痛哭他的巴甫基达，分担他的深刻的非人间的哀伤，对那把两个蠢物的财产挥霍殆尽的无赖继承人感到无限的愤恨！……你无论如何还是会可怜亚芳纳西·伊凡诺维奇和普尔赫里雅·伊凡诺芙娜的！你会为他们哭泣，他们只是吃、喝，然后死掉！"②

在别林斯基的评论中，我们感受到的是他对果戈理的艺术才能的充分肯定，但是他对果戈理小说中的人物和他们的生活却贬低得一文不值，说他们"不像人样"，是"两个蠢物"，"他们只是吃、喝，然后死掉"，说他们的生活是"动物性的、丑恶的"，是"庸俗和卑污"。这也有失公允。旧式地主们除了吃、喝，他们彼此间感情甚笃，还很好客，他们对下人也很宽容，对待小动物也很有爱心。而且，别林斯基自己也曾批驳那些诟病果戈理只写鄙俗人物的人，他说："一个画家在一幅画上画了一个欣赏着自己的婴孩的母亲，在她整个脸上只有一种母爱的表情。如果有一个批评家批评了这张画，他根据的理由是，女人不是只懂得母爱，艺术家是污蔑了他所描绘的女人，把她的其他感情都剥夺掉，您能对这个批评家说

---

① *Шевырёв С.П.* Миргород. Повести Н. Гоголя. Московский Наблюдатель. 1835. Ч. I. (Март. Кн. Ⅱ). С. 396 – 411. https://proza.ru/2017/07/20/825 Дата обращения: 01.12.2023

② 别林斯基：《论俄国中篇小说和果戈理君的中篇小说》，载《别林斯基文学论文选》，满涛、辛未艾译，上海：上海译文出版社，2000年，第153～155页。

些什么呢？"①但他自己却在评论《旧式地主》时犯了同样的错误，只不过他批评的不是画家，而是画上的母亲。

我们认为，果戈理在《旧式地主》里比在《狄康卡近郊夜话》里对生活的思考更深入了一步。他努力潜入生活的深处，透过表面直达本质。而这本质不是别的，是爱。按照传统，人们往往把婚姻的意义和主要目的定位在传宗接代上。一些批评家可能因此将无子女的旧式地主们理解为毫无价值的人，并以此来证明，貌似果戈理尽管对他们不无好感，但毕竟以没有后裔对他们进行了审判，貌似凡此种种指明了他们的历史性无能（историческую несостоятельность）。实际上，这种看法与果戈理的本意相去甚远。我们知道，果戈理与教父学说很投缘，而"婚姻理想的、精神的方面在东方的教父传统中至关重要"，"婚姻就像夫妇完全的和全面的联盟"。②果戈理在小说中用古希腊神话中的菲利蒙和巴夫基德③来比喻他的主人公旧式地主们："如果我是画家，并想在画布上表现菲利蒙和巴夫基德的形象，那么我绝不会选除了他们之外的其他人作模特儿。"④果戈理用这两个形象来表达自己爱的理念。他在1832年写给好友达尼列夫斯基的一封信里写道："婚前的爱是美好的、火热的、折磨人的和不可理喻的，但是谁在婚前爱了，那他只是表明了一种冲动，一种爱的尝试。这种爱不圆满，它只是开始，是瞬间的，然而却是有力的和狂暴的热忱，它持久地震动着人的整个机体。"⑤当然，"无论如何也不能否认有'婚前的爱'：它应该在生命里存在，使之变得高尚，构成它的诗意，这也被创作实践所证实，比方说浪漫主义者（包括果戈理本人在《狄康卡近郊夜话》中）的创作实践。但是它显然是有局限性的（首先在时间方面）：'激情的''折磨人的''婚前的爱'，通常都没有后续（'它只是开始，是瞬间

---

① 别林斯基：《答〈莫斯科人〉》，载《别林斯基文学论文选》，满涛、辛未艾译，上海：上海译文出版社，2000年，第627～628页。

② *Гуминский В.М.* Гоголь о любви и браке. http://gogol.lit-info.ru/gogol/kritika/guminskij-gogol-o-lyubvi-i-brake.htm Дата обращения: 01.12.2023

③ 菲利蒙和巴夫基德是好客的老人，与自己不热心的邻居不同，在自己贫穷的家里庇护了流浪的朱庇特（Юпитер，罗马神话最高的神）和墨丘利（Меркулий，神的使者）。作为上天的奖赏，他们拥有了长久的和幸福的家庭生活并在同一天死亡，死后变成了两棵同根生的绿树，而他们的邻居则遭受了大洪水的惩罚。

④ 《果戈理全集》第二卷，周启超主编，陈建华译，合肥：安徽文艺出版社，1999年，第5页。

⑤ *Гоголь Н.В.* Письмо Данилевскому А. С., 30 марта 1832 г. С.-Петербург // *Гоголь Н.В.* Полное собрание сочинений: [В 14 т.] / АН СССР; Ин-т рус. лит. (Пушкин. Дом). [М.; Л.]: Изд-во АН СССР, 1937-1952. Т. 10. Письма, 1820-1835. 1940. С. 227.

的热忱')——对于完整之爱的浪漫主义崇拜根本就不考虑它,当然,在顺利的情况下,爱的激情也可能会有幸福的结局,但是这恰恰是也仅仅是结局(婚礼),缺乏任何向前的运动"①。因此,果戈理在《旧式地主》里赋予了"婚后的爱"以至关重要的意义。在同一封信里果戈理这样揭示自己对"婚后的爱"的理解:它是"平静的,是满满一海洋的静静的享受,每一天都敞开更多一些,因此你会带着更大的享受对之感到惊奇,奇怪它们之前完全不起眼,完全平淡无奇。这是一个爱上大师作品的画家,他已经任何时候都不会将自己的眼睛从这作品上移开,并且每一天都在其中发现更多新的迷人的和充满极大天赋的特点,自己都会讶异,怎么他之前都没能看到"②。果戈理用文学上的例子来佐证自己的观点。他认为:"亚济科夫的诗是'婚前的爱':它们令人印象深刻、火热并且一下子就已然掌控了全部的情感。但是普希金的诗是婚后的爱:它不会突然之间抓住你,但是你越多地盯着它看,它越是打得更开,展现更多,并最终变成一片壮美浩瀚的海洋,你越是盯着它看,它越显得浩瀚无际,那时亚济科夫的诗就仅仅成了注入这海洋的一部分,一条不大的河流。"③果戈理在这里不是随便比喻的。他在《关于普希金的几句话》就已经强调了普希金向更加平静和更少激情的俄罗斯日常的转向:比起不同寻常的东西,更加喜欢平平常常的东西。果戈理在分析诗人的创作进化时得出的这一论断,他自己也在创作中加以实践,他认识到,"对象越是平凡,诗人越需要成为崇高,以便从中提取不平凡,以便使这个不平凡也成为完全的真理"④。果戈理明显在这方面继承了普希金,因此他在《旧式地主》中才有了对爱情和习惯的那番议论:"'……究竟是什么更强烈地影响了我们的生活:是激情还是习惯的力量?或许,我们的欲望和炽热激情燃起的所有强烈的冲动和一切旋风,只不过是我们花季的年龄所致,而且也只是因为这一点才显得深刻和有力吧?'不管怎么说,这时我觉得,我们所有的激情与这种持久的、

---

① *Гуминский В.М.* Гоголь о любви и браке. http://gogol.lit-info.ru/gogol/kritika/guminskij-gogol-o-lyubvi-i-brake.htm Дата обращения: 01.12.2023

② *Гоголь Н.В.* Письмо Данилевскому А. С., 30 марта 1832 г. С.-Петербург / Гоголь Н. В. Полное собрание сочинений: [В 14 т.] / АН СССР; Ин-т рус. лит. (Пушкин. Дом). [М.; Л.]: Изд-во АН СССР, 1937-1952. Т. 10. Письма, 1820-1835. 1940. С. 227.

③ Там же. С. 227.

④ 《果戈理全集》第七卷,周启超主编,彭克巽译,合肥:安徽文艺出版社,1999年,第77~78页。

缓慢的、几乎是无感觉的习惯的力量相比是十分幼稚的。"① 当然，我们必须指出的是，安宁和习惯是在激情的基础上建立的，每一种状态都有自己相对应的时候，因为任何事物都是由阴阳两种元素构成，它们互为基础，对立统一。见微知著，万物同理，由己及人，因人推己，这也是文学教给我们的功课。

《塔拉斯·布利巴》有两个版本：第一个版本发表于 1835 年（在《米尔格罗德》中），第二个版本发表于 1842 年（《果戈理文集》第 2 卷）。这篇小说的构思源于未完成的长篇小说《盖特曼》（又译为《首领》），该小说保留下来 4 个片断，其中 2 个在果戈理生前已发表（《历史长篇小说的一章》发表在《1831 年的北方之花》上，署名为"oooo"，后稍作改动收入《小品文集》中，并注明："出自题为《盖特曼》的长篇小说。小说的第一部分完成了，但因作者不满意而被焚毁；此文集中收入的是在期刊上发表过的两章。"《盖特曼》的第二章——《俘虏》首发于《小品文集》，是题为《血人班杜拉琴手》一章中通过了审查的那部分），第 3 个暂定名为《不知名小说的片断》，1856 年首发于 5 卷本文集，出版人是果戈理的侄子特鲁什科夫斯基（Н.П. Трушковский）。第 4 个片断没有标题，以"我要见团长"的字眼开头，首发于 1889 年 5 卷本文集的第十版。②

《盖特曼》写于 1830～1833 年间，后来果戈理兴趣转向写《塔拉斯·布利巴》，其中有审查不顺的原因。《血人班杜拉琴手》被格列奇（Н.И. Греч）要求不得发表，于是 1834 年审查官尼基坚柯（А.В. Никитенко）以"文中的许多表达方式以及描写对象本身在道德的意义上是不体面的""应该会对读者产生毒害道德情感和宗教观念的作用"为由，没有批准发表。《盖特曼》较之《塔拉斯·布利巴》更为符合历史现实，写的是 17 世纪扎波罗什哥萨克首领雅科夫·奥斯特拉尼察（Яков Остраница）时期的事件。他是 1638 年反抗波兰的哥萨克起义领袖，关于他的死有两种说法，一是《罗斯人历史》中所云，他给了波兰人沉重的打击，与对方签署了永久和平协议后，退隐了，结果被波兰人背信弃义地捉住并在华沙处死了，《塔拉斯·布利巴》结尾处就采用了这一说法；另一种说法载于俄罗斯和

---

① 《果戈理全集》第二卷，周启超主编，陈建华译，合肥：安徽文艺出版社，1999 年，第 35 页。

② См.: *Соколов Б.* Расшифрованный Гоголь. Вий. Тарас Бульба. Ревизор. Мертвые души. -М.: Яуза, Эксмо, 2007. С. 52-53.

乌克兰编年史中，他被波兰人打败，率余部逃往莫斯科罗斯，3年后，即1641年，在与部下的冲突中被打死，《盖特曼》中用的是这一说法。①

果戈理一直想写一部关于乌克兰历史的大部头作品，这大概是《塔拉斯·布利巴》第二版大量扩充小说内容的一个缘由。果戈理想在其中展现祖先的勇敢——"哥萨克的义勇精神"，及为东正教信仰而战时的英雄气概。波兰立陶宛联邦（Речь Посполитая）时期，存在着国家建制的扎波罗什—哥萨克聚居地——扎波罗什—谢奇。有很多逃亡的波兰和乌克兰农民，他们在谢奇成为自由人，靠与克里木的金帐汗国和土耳其打仗的战利品为生，也会在波兰攻打莫斯科、土耳其和克里木的金帐汗国时，做波兰的盟军，领华沙发的军饷。那时扎波罗什哥萨克常常攻打乌克兰和波兰的土地，有时打到立陶宛的东斯拉夫土地上。波兰政府在乌克兰也建有自己的所谓的雇佣哥萨克军，这是波兰与土耳其、莫斯科公国作战的主要力量。第一支哥萨克军队有300人，到1490年达到了1000人。雇佣哥萨克被免除一切国家赋役，拥有土地并有权进行贸易和渔猎活动。与此同时，在乌克兰南部草原上还有大量的非雇佣哥萨克，他们不负赋役，没有土地，以战争为生，但地位没有得到承认。②

《塔拉斯·布利巴》的关键词是"信"。

首先分享一下我认为《塔拉斯·布利巴》中最打动人心的三处文字：一是母亲不得不与儿子分别；二是关于草原的描写；三是塔拉斯混入敌营目睹大儿子被处死的那段。

下面我们按照它们在文本中出现的顺序来看一看。先是告别：

"我们明天就走！干吗再耽搁？守在这里，能等到敌人吗？这屋子算得了什么？这一切对我们有什么用？留着这些坛坛罐罐干啥？"说完他就开始摔打起那些瓦罐和玻璃瓶来。

可怜的老太婆早已习惯自己丈夫的这种举动，她坐在板凳上，忧愁地望着。她什么也不敢说，但是当听到对她来说是如此可怕的决定时，她忍不住流下了眼泪。她望着自己的孩子，他们马上就要离她而去，——她的悲伤仿佛在她的眼睛里，在她那痉挛的闭紧的嘴唇上颤

---

① См.: Соколов Б. Расшифрованный Гоголь. Вий. Тарас Бульба. Ревизор. Мертвые души. -М.: Яуза, Эксмо, 2007. С. 53-56.

② Там же. С. 58-59.

动,任何人都无法描摹出这种悲伤那全部的无言的力量。①

母亲几乎从一出场就是一个无足轻重的形象,她"苍白、瘦弱",对儿子充满怜爱,但无论是劝阻父子动拳头,还是反对丈夫把儿子送到扎波罗什去,都被无情地拒绝了,还被斥为"什么也不懂"的婆娘,把她对儿子的爱怜蔑称为"母鸡孵蛋"。原本说一周后动身,喝了点酒后就变成"明天就走"了。母亲对这种粗暴的任性"早已习惯",她只剩下"忧愁"和无声地"流泪"了。

"孩子们,现在该睡觉了,明天我们就要去做上帝托付的事情了。不用给我们铺床!我们不需要床,我们睡在院子里。"
……

只有可怜的母亲没有睡。她俯身伏在两个并排躺着的心爱的儿子的枕边,用梳子理顺他们年轻的散乱的卷发,她的眼泪润湿了他们。她全身心地看着儿子,全神贯注地看着他们,整个人都溶入这凝视之中,可还是看不够。她用自己的乳汁哺育了他们,把他们抚养成人,——然而,她只能在如此短暂的时间里见到他们在自己的身边。"我的儿子!我心爱的儿子啊!你们今后会有怎样的命运?等待你们的将是什么样的遭遇?"她说着,泪水打湿了脸上的皱纹,这些皱纹使她曾经美丽的容颜变了模样。同处在那个剽悍尚武的年代里的所有的女人一样,她的确很不幸。她只经历了短暂的爱情生活,这种生活只是出现在最初的炽热情欲和最初的青春狂热之中,——随即,她的严峻的诱惑者便为了马刀,为了伙伴,为了狂饮而抛弃了她。她在一年里有两三天见到过丈夫,而后便是久久听不到一点关于他的消息。即便是与丈夫见了面,住在一起的时候,她过的又是怎样的生活呢?她遭受侮辱,甚至殴打;她能见到的仅仅是出于怜悯而流露的一点温存。她在那样一个由放纵的扎波罗什抹上了严酷色彩的光棍骑士集团中,是一个奇异的存在。青春没有得到一点欢乐,就在她的眼前闪过了;她美丽鲜艳的双颊和胸脯没有被吻过,就褪去了颜色,就盖上了早衰的皱纹。所有的情爱,所有的感受,大凡女性具有的所有温柔多情的东西,在她身上全都变成了一种母性的情感。她带着炽热,带着

---

① 《果戈理全集》第二卷,周启超主编,陈建华译,合肥:安徽文艺出版社,1999年,第49~50页。

眼泪，像一只草原上的鸥鸟，在自己的孩子们的头上盘旋。人家要把她的儿子，她心爱的儿子，从她身边夺走，使她永远也不能再见到他们！谁知道，也许在第一次战斗中，鞑靼人就会砍掉他们的脑袋，她却不知道他们那被抛弃的、被路边猛禽啄食的尸体躺在哪里，而她是愿意为他们的每一滴血献出自己的一切的。她痛哭不止，同时又注视着孩子们因沉睡而紧闭着的眼睛，心想："说不定，布利巴醒来后会推迟两天动身；也许，他是喝多了，才打算仓促上路的。"

月亮从深邃的天空中已照亮了睡着很多人的整个院子，也照亮了茂密的柳树丛和掩埋了院子四周栅栏的高高的茅草。母亲仍坐在自己心爱的儿子的枕边，目光一分钟也不离开他们，她没有一丝睡意。马儿察觉到天快放亮，已卧在草上，不再吃食；柳梢上的叶子开始簌簌作响，渐渐地那簌簌的声响顺着树干一直传到了最下面。她一直坐到黎明，一点也不感到疲乏，她打心底里渴望夜尽可能延伸得更长久。一匹马驹响亮的嘶鸣，从草原上传来；空中辉映着无数条红色的光带。①

留给母亲和儿子共处的时间只有一夜了。母亲彻夜不眠地守在两个儿子跟前，目不转睛地看着他们的睡颜，"整个人都溶入这凝视之中"。她的泪水打湿了儿子的头发，她为儿子的未来担忧。这时，作者放下陷入自己的悲伤和忧虑之中的母亲，转而去概述起"那个剽悍尚武的年代里的所有的女人"，她们几乎都和这位母亲一样，"只经历了短暂的爱情生活"，就被"马刀""伙伴"和"狂饮"取代了，"一年里有两三天"能见到丈夫，即便如此，也免不了"遭受侮辱，甚至殴打"。因此，"所有的情爱，所有的感受，大凡女性具有的所有温柔多情的东西，在她身上全都变成了一种母性的情感"，她"愿意为他们的每一滴血献出自己的一切"。看到此处，相信每一个读者都会和这位母亲一样，"渴望夜尽可能延伸得更长久"，让她可以和自己的儿子多待一些时候，尤其当我们想到，此别之后，这个可怜的女人就会永远地失去她爱到骨髓里的儿子……

布利巴突然醒来，纵身跃起。他清楚地记得他昨天吩咐的一切。"嗨，年轻人，睡够了！该上路了！该上路了！给马饮水！老婆

---

① 《果戈理全集》第二卷，周启超主编，陈建华译，合肥：安徽文艺出版社，1999年，第57～59页。

子（他惯于这样称呼自己的妻子）在哪里？动作快一点，老婆子，给我们准备一点吃的东西，我们要走好长的路呢！"

可怜的老太婆失去了最后的希望，她满脸愁容，步履蹒跚地走进了小屋，就在她含着泪准备早餐所需要的一切时，布利巴下达着指令，在马厩里忙个不停，亲自替孩子挑选最好的服饰。两个神学校的学生一下子变得面目一新：带有银马刺的红色的上等山羊皮靴代替了昔日肮脏的长筒靴；宽如黑海的带有数不清的各种褶子的灯笼裤上缩有金色的丝绦；丝绦上又挂着几条长长的扎烟荷包和其他叮当响的饰物的小皮带；用鲜艳的呢料做成的深红色的立领短袄像一团火，上面系着一条有花纹的腰带；做工上乘的土耳其式的手枪插在腰间，马刀碰在腿上，铿锵作响。他们那还没有晒黑的脸看上去白净英俊，初生的黑髭如今像是更鲜明地衬出了他们的白皙和年轻人健壮的容颜，他们戴上金顶黑羊皮帽显得格外漂亮。可怜的母亲看到他们时，连一句话都说不出来，泪水盈满了她的眼眶。①

……

"母亲，现在为自己的孩子祝福吧！"布利巴说。"祈求上帝，愿他们打仗勇敢，永远捍卫骑士的荣誉，永远维护基督的信仰，假如不是这样，那么最好让他们消失得无影无踪，连他们的灵魂都不要留在这个世界上！孩子，到母亲那儿去：母亲的祈祷将带给你们水陆平安。"

衰弱的母亲，像所有的母亲那样拥抱了自己的孩子，她取出两尊小小的圣像，伤心地哭泣着，将它们挂在两个孩子的脖子上。

"求圣母……保佑你们……儿子们，别忘了你们的母亲……捎点口信回来……"她再也说不下去了。

"行了，我们走吧，孩子们！"布利巴说。

……

当母亲看到她的儿子们已经骑在马上时，她朝那个更多流露出某种温柔神情的小儿子扑了过去。她抓住他的马镫，紧靠在他的马鞍上，不肯松开自己的手，她的目光是绝望的。两个强壮的哥萨克小心地拽住她，把她拖进了小屋。然而，他们刚出大门，她就像野羊般敏捷地（这与她的年龄很不相称）向大门外飞奔而去，用不可思议

---

① 《果戈理全集》第二卷，周启超主编，陈建华译，合肥：安徽文艺出版社，1999年，第59页。

的力量拦住了马,热烈而又迷狂地抱住了一个儿子。人们又把她拖开了。"①

残忍的丈夫夺走了她"最后的希望"。蹒跚的步履、盈满泪水的眼眶、泣不成声的嘱咐,还有最后那"野羊般敏捷"的飞奔和那"不可思议的力量",使得果戈理笔下的母爱,尤其是绝望的母爱,真的是具有一种海啸般的、将铺天盖地的悲伤劈头盖脸砸过来的力量。和这种震撼人心的力量不相称的是,这个女人在小说里没名没姓,只有作者笔下的"老太婆"和丈夫嘴里的"老婆子"这类可以用在任何不再年轻的女性身上的称呼,而且在文中她只短暂地出现了这么一下,还是默默无语的(这种失语症源于对丈夫的暴行"早已习惯",无语凝噎、默默流泪就是她的语言),而就算开了口,也被丈夫预先规定了说话的内容:"母亲,现在为自己的孩子祝福吧!"一旦被发现所言不符合预设,则立刻剥夺话语权:"行了,我们走吧。"尽管果戈理分给这位母亲的篇幅如此有限,作家的意识里也没有为她鸣不平的意图,而只是略带惋惜和悲悯地借之描画一下哥萨克女人的悲哀,但优秀作家对生活入木三分的观察和对人物形象刻画的天分,还是使这位母亲的形象超凡脱俗,在哥萨克血脉偾张的铁血生活画卷上,并非不起眼地占据了一席之地。她是果戈理之后的俄罗斯文学中众多受难母亲形象的源头,从涅克拉索夫的《母亲》《片刻骑士》到拉斯普京的《伊万的女儿,伊万的母亲》……

联系我们前面讲过的果戈理对"婚前的爱"和"婚后的爱"的区分,可以看出其与《塔拉斯·布利巴》中对母亲的描写在思想上是一脉相承的。我们说"爱"是贯穿果戈理整个创作的又一个关键词,这也是一个证明。实际上,在《狄康卡近郊夜话》里就已经有了这个情节的雏形:在描写雷雨天气时的第聂伯河时,果戈理用了一个比喻:"这犹如上了年纪的母亲,送自己的哥萨克儿子去当兵。儿子又潇洒又精神,骑在黑骏马上,手叉在腰里,故意歪戴着帽子。母亲跟在马后跑,号啕不绝;又赶上前抓住马镫,伸手拽嚼环,满脸是伤心的泪水。"②到《塔拉斯·布利巴》里,这个情节更加血肉丰满了,也更加令人悲伤了。

还是跟随哥萨克们的马队,到草原上看看风景,平复一下心情吧:

---

① 《果戈理全集》第二卷,周启超主编,陈建华译,合肥:安徽文艺出版社,1999年,第60页。

② 《果戈理全集》第一卷,周启超主编,白春仁译,合肥:安徽文艺出版社,1999年,第214页。

这时，草原早已把他们全都搂在自己碧绿的怀抱里了，草丛高可及人，把他们给隐没了，只有几顶黑色的哥萨克帽子在草穗中间闪动。

……哥萨克们俯身伏在马背上，消失在蒿草丛中。现在连黑色的帽子也看不见了，只有被压倒的蒿草那翻卷的波浪显示出他们疾驰的痕迹。

太阳早已出现在晴朗的天空中，并用它那爽人的温和的光沐浴着草原。……

草原越远越美丽。那时，整个南方，直到黑海为止的构成新俄罗斯的全部地区，是一片碧绿的荒无人烟的处女地。犁耙从来没有犁过那些野生植物的漫无际涯的波浪。只有隐没的马匹像走进森林那样，践踏过它们。大自然中不会有比它们更加美丽的东西了。整个大地成了一片金绿色的海洋，千万朵各种各样的花儿开遍了原野。细长的草茎中间露出浅蓝色的、蓝色的和淡蓝色的矢车菊；黄色的金雀花向上挺出金字塔形的尖顶，白色的三叶草顶着伞状的帽子，在地面上显得色彩斑斓；天知道从哪里来的一支麦穗已经在花草中间灌浆成熟。在它们细细的根部，有山鹑伸着脖子在乱窜。空气中充满了千百种鸟儿的啾鸣声。鹞鹰平展双翼，纹丝不动地停留在天空，眼睛一瞬不瞬地注视着草地。一群野雁在云端飞过，在不知多么遥远的湖上响起了雁鸣的回声。从草丛中飞起一只鸥鸟，它有节奏地拍动着翅膀，优雅地游弋在天空蓝色的波浪之中。它时而打着转儿在空中飞翔，时而又在太阳下辉耀闪现……真见鬼，草原，你是多么的美！①

果戈理以抒情诗人的饱满情感，以画家对光影和色调的格外敏感，用略带夸张的笔法，把人迹罕至的草原这一自然景观呈现在读者面前。它的草丛高可及人，骑在马上的人俯身马背便会消失在草丛中，而"马匹像走进森林"。果戈理在描写这样神奇的草原时，一忽儿平视，看到"几顶黑色的哥萨克帽子在草穗中间闪动"；一忽儿俯瞰，让"被压倒的蒿草那翻卷的波浪显示出他们疾驰的痕迹"，看"整个大地成了一片金绿色的海洋"，而"千万朵各种各样的花儿"就像这海洋迸溅起来的五彩浪花；一忽儿又拉低镜头，贴近地面，让我们看在草茎"细细的根部，有山鹑伸着

---

① 《果戈理全集》第二卷，周启超主编，陈建华译，合肥：安徽文艺出版社，1999年，第66~67页。

脖子在乱窜"；一忽儿再拉高仰拍，展现"鹞鹰平展双翼，纹丝不动地停留在天空，眼睛一瞬不瞬地注视着草地"，还有野雁群飞过云端，单只的鸥鸟在阳光下"打着转儿"，"优雅地游弋在天空蓝色的波浪之中"。这已经不能用美妙的画幅来形容了，因为它不是二维的静态的画面，而是三维的动态的影像！哺育万物的阳光慷慨地遍洒，植物无拘无束地野蛮生长，鸟类自由自在地振翅飞翔，人在其中像偶然的闯入者，除了一线被压倒的蒿草，并不能给这自在的世界施加更多的影响。

......傍晚，整个草原完全变了样。整个五彩缤纷的地带被夕阳明亮的余晖笼罩着，并渐渐地变得昏暗起来。这时可以见到：一道隐隐约约的影子在草原上掠过，影子也变成了暗绿色。暮霭更浓了，每一朵花，每一棵草都散发出香味，于是整个草原弥漫着芬芳的气息。深蓝色的天空中，仿佛有人用巨大的画笔给抹上了几道宽阔的金红色的带子；间或，还有几片轻盈透明的云彩飘过；像海浪一样清新迷人的微风徐徐吹来，轻轻摇动着草穗和抚摸着行人的面颊。白天里的各种音乐刚安静下来，另一种音乐又开始响起。杂色的土拨鼠爬出自己的洞穴，后掌蹲着，啸声响彻了草原，蚂蚱唧唧的叫声更加清晰入耳。有时，不知从远处哪个僻静的湖泊上传来一声天鹅的鸣叫声，银铃般地回荡在空气中......草丛中到处都是昆虫，多得难以计数，......它们的喧嚷、鸣叫、啾唧，——这一切声音在黑夜里清朗地回荡，经过清新的空气的过滤，悦耳地送打盹的人们进入甜甜的梦乡。如果他们中间有人起身站一会儿，那么他就会看见，草原上到处都是萤火虫发出的灿烂的星光。有时，夜空中会有一些地方被远方的牧场和河岸上焚烧干枝的火光所映红，一队一队飞向北方的天鹅的黑黑的行列突然反射出绯红色的银光，那时就像是许多块红手帕在黑暗的天空中飞翔一样。[①]

夜晚的草原更美！果戈理只用一道影子，就轻巧地把草原的辽阔写尽了，再写天空中"几道宽阔的金红色的带子"，推想当是有人"用巨大的画笔给抹上"的，让读者不由去想，画下草原上这一道深绿色影子和天空中那几道晚霞的大自然本身，该有多么的宏大，恐怕已然超出了人的一

[①] 《果戈理全集》第二卷，周启超主编，陈建华译，合肥：安徽文艺出版社，1999年，第68页。

般想象。在这样浩瀚的天地之间，弥漫的是草木的芬芳。微风徐来，花草轻摇，暗香浮动；各种生物发出的声响，"经过清新的空气的过滤"，"在黑夜里清朗地回荡"；夜色渐浓之时，"草原上到处都是萤火虫发出的灿烂的星光"，真是让人迷醉啊！这也是在写"爱"，人对自然的爱。《塔拉斯·布利巴》中对草原的描写，即使再过多少个世纪，都仍将是人类的文字艺术中不可替代的杰出片段。

吸了这一口新鲜草原香气，我们来继续探索《塔拉斯·布利巴》中的"爱"的旅程。这次上场的是如山的父爱。

> 他们走来了，光着头，留着长长的额发，胡子蓬松杂乱，他们不怯懦，不忧郁，带着一种平静的凛然的神态向前走着；他们的贵重的呢子衣服破烂了，褴褛的布条在他们身上晃晃荡荡；他们对周围的人们既不理睬也不行礼。走在最前面的是奥斯塔普。[①]
>
> 当看到自己的奥斯塔普时，老塔拉斯百感交集，心头涌起说不清的滋味。他从人群中望着他，不放过他的每一个动作。哥萨克们走近了行刑的地方。奥斯塔普站住了，他将第一个领受这杯苦酒。他望了一下自己的伙伴，扬起一只手，高声说道：
>
> "上帝啊，不要让所有站在这里的邪教徒，这些有罪的人，听到基督徒的痛苦的呻吟吧！不要让我们中间的任何一个人发出哪怕一声叫喊吧！"
>
> 说完，他就走向了断头台。
>
> "好样的，儿子，好样的！"布利巴轻声地说，他垂下了满头白发的脑袋。
>
> 刽子手扯下了奥斯塔普身上的破衣烂衫，把他的手和脚绑在特制的木架上，接着……奥斯塔普像巨人似的忍受着痛苦和酷刑。听不到他的一声叫喊和呻吟，甚至当刽子手开始折断他手上和脚上的骨头时，当死寂的人群中最远的看客也听到了骨头可怕的断裂声时，当妇女们把自己的眼睛转过去时，——他嘴里也没有发出一丝类似呻吟的声音。塔拉斯垂着头站在人群中，这时他骄傲地抬起了眼睛，赞叹道："好样的，儿子，好样的！"
>
> 但是，在刽子手对他实施致命一击的时候，他的力量似乎开始

[①] 《果戈理全集》第二卷，周启超主编，陈建华译，合肥：安徽文艺出版社，1999年，第184～185页。

减弱了。他用目光环视四周:上帝啊,全是一些不相识的人们,一些陌生的脸!哪怕有一个亲人能在他临死的时候在场也好呀!他不想听到软弱的母亲的痛哭和悲泣,也不想听到扯着头发、捶着白净的胸脯的妻子的疯狂的哀号;他现在想见到的是一个能用睿智的话语使他振作,并给他以临死安慰的坚强的男子汉。他的力量就要消失殆尽了,他在弥留之际喊道:

"爸!你在哪里啊?你听见了吗?"

"我听着呢!"在一片寂静中传来了一声应答,这使成千上万在场的人同时哆嗦了一下。

一些骑兵扑向人群,开始仔细地搜寻起来。扬克尔的脸色苍白得像死人一般,当骑兵离他稍远一点的时候,他提心吊胆地转过身来看塔拉斯,但是塔拉斯已经不在身边:他已经无影无踪了。①

深沉的、如高山一样坚实安稳的父爱不仅抚慰了濒死的奥斯塔普内心的绝望和惶恐,那温暖和力量也直达读者的心底。我们且不管塔拉斯在众敌环伺之下离奇的逃脱有多神奇、多不可信,单是想象一下虎落平阳的奥斯塔普,在敌人的主场上,在酷刑加身的绝望境地中,在勇气和忍耐消耗殆尽,渴望强有力的精神支持,以激发他坚持到底的意志之时,父亲塔拉斯的一声"我听着呢!"有多么的及时和给力。很多时候,说到底,人需要的真是不多:只要知道,有人不管在什么时候,什么情况下,都会在场,都会挺你,这就够了。对于奥斯塔普,老塔拉斯爱得深沉,不惜代价。他欣赏儿子的勇猛和坚强,就像他自己一样,这是一位父亲看到自己在另一生命里延续的那种满足和自豪;他知道儿子的绝望和需要,因此他来了,这份了解、理解和全力支持是亲情的最美之处。

但对于小儿子安德烈,那个在母亲的眼中更温柔一些的小伙子,老塔拉斯却布了个陷阱,毫不手软地亲手杀掉。同样是亲生儿子,待遇却如此不同,因为老塔拉斯的爱与恨是如此分明。前面说过,安德烈和父亲塔拉斯一样,不重血缘,重心灵认同,但他与父亲所认同的东西是两个极端。这是这部小说里核心的悲剧冲突,父子二人越是忠诚于自己的信念,这一悲剧便越不可避免。别林斯基早已指出《塔拉斯·布利巴》中有戏剧因素的渗透:"这篇奇妙而具有艺术性的作品包含着两个悲剧冲突,其中每一

---

① 《果戈理全集》第二卷,周启超主编,陈建华译,合肥:安徽文艺出版社,1999年,第185~186页。

个都能构成一部伟大的戏剧作品。在饿殍载道、惨不忍睹的敌城被围困的时期,布利巴的儿子安德烈遇见了早已使他迷魂失魄的敌族的姑娘。他不能够献身于她而不遭到父亲的诅咒,不能够不背弃自己的同胞和信奉同一信仰的人,然而,他也不能够离开她,因为他不仅仅是一个小俄罗斯人,更是一个人,这便是冲突。充沛着过剩的青春精力的丰满天性,义无反顾地委身于心灵的吸引,为了一刹那的无限幸福,不惜忍受凶狠的刑罚,那就是亲生父亲加于他的死亡,这死亡是他的意志在冲突中抉择的必然结果,也是摆脱虚伪、不自然处境的唯一出路!另一方面,父亲的处境已经不是可能,而是必须当亲生儿子的刽子手,这是什么样的悲剧处境,多么可怕的冲突……"①

  有言道:爱与恨在同一深度。另有曰:爱之愈深,责之愈切。果戈理描绘了塔拉斯杀子的决绝,其中完全没有列宾的名画《伊凡雷帝杀子》(1885)中父亲杀死儿子之后的悔恨和恐惧,相反,老塔拉斯"久久地注视着已无气息的尸体",他只是百思不得其解:安德烈怎么就会不是个真正的哥萨克呢?"高高的身材,浓黑的眉毛,贵族般的容貌,还有那打起仗来力大无穷的手!"最终,他下了结论:"他可耻地完了,就像一条下贱的狗!"②他甚至为了再看一眼战斗中的哥萨克伙伴,也"让他们在临死的时候见到自己的联队长",而毅然决然地抛下了小儿子的尸身未予掩埋。父子亲情完败给了伙伴情义。而反观小儿子安德烈,简直和父亲塔拉斯一模一样,当他"被战争的激情和狂热所裹挟","渴望报答系在手臂上的礼物"时,"他就像一条最漂亮、最快捷和最年轻的猎犬",猎人一吹口哨,"他就会用自己的脚在空中画出一条直线,整个身体侧向一边,笔直朝前窜去,在狂奔中它一次又一次地超过了被追逐的兔子"。"他驱赶,砍杀,横冲直撞,左右开弓。""安德烈已分不清他面前的人是谁","他什么也没看见。他只看见鬈发,鬈发,长长的、长长的鬈发,天鹅般的胸脯,雪白的颈项和肩膀,以及专为疯狂的接吻而创造的一切。"③这对父子就像硬币的两面,质地完全一样,朝向则完全相反。他们的义气和爱都极其热烈,只是没有给予彼此。人间的悲剧莫过于此。他们都有坚定的信仰,父亲信伙伴情义,儿子信爱情。

---

① 别林斯基:《诗歌的分类和分科》,载《别林斯基文学论文选》,满涛、辛未艾译,上海:上海译文出版社,2000年,第325～326页。
② 《果戈理全集》第二卷,周启超主编,陈建华译,合肥:安徽文艺出版社,1999年,第164页。
③ 同上书,第162页。

为什么我们这里不说他们信仰东正教呢？这可是书中所有哥萨克时常挂在嘴边的，他们的入伙仪式也是以是否信仰东正教为接纳新成员的标准，而且，每一次攻城略地、收割生命前，他们都会呼喊："为了信仰！""为了生活在这个世界上的所有基督徒！"① 每一次有人即将阵亡，都会以"祝正教的俄罗斯大地万寿无疆""愿俄罗斯大地永远名扬世界""愿基督所爱的俄罗斯大地光耀人间"②等口号告别。可问题在于，小说中的哥萨克，他们也仅仅是把东正教信仰挂在嘴边而已。当他们说"为了生活在这个世界上的所有基督徒"时，他们的马刀砍向的也是基督徒，只不过在他们眼里，这些都是异教徒罢了。而他们自己是大块吃肉、大碗喝酒的正教徒，是为了让年轻人经历一下战争就不顾和平条约发动战争的正教徒，是可以不带一丝不安去烧杀劫掠修道院、残害妇女儿童的正教徒，因为他们从未深究过，东正教是什么，祖国又是什么，他们不过是被历史和命运打造成的战争利器。因而，在我们看来，这是一篇描写古代哥萨克风习的小说。果戈理笔下的谢奇是"一场永无休止的盛宴，一场喧闹地开场后就没有终结的舞会"。"这种全体参与的盛宴，本身有着某种极具诱惑力的东西，这不是一群酒鬼在借酒消愁，这简直是疯狂的纵情酣饮作乐。无论谁来到这里，他都会忘掉和抛开他以前所醉心的一切。可以说，他会唾弃自己的过去，毫不犹豫地投身于这种无拘无束的生活，投身于这些除了拥有自由的天空和心灵永恒的欢乐以外，没有亲人，没有栖身地，没有家庭，跟自己一样的人构成的群体之中。这种生活产生那疯狂的欢乐，那欢乐是其他任何源泉都无法产生的。"③ 然而，这个曾经热热闹闹的谢奇，在塔拉斯从重伤昏迷中醒来时，不论是去攻打波兰人的，还是去追赶鞑靼人的，"所有的人都牺牲了，毁灭了"，包括塔拉斯的两个儿子——小儿子投敌被他亲手结果了，大儿子在他的眼前被敌人俘虏了，而他自己也险些葬送在波兰。"如今他环顾四周，谢奇的一切都变了样，老伙伴全都不在人世了。"这令他觉得，"有过那么一个宴会，一次热闹而喧嚣的宴会：所有的器皿全都给砸得粉碎，到处都滴酒不剩，客人和仆人偷走了所有贵重的杯子和碗碟，——惊慌失措的主人站在家中，心想：'还不如不举行这次宴会呢。'"④ 扎波罗什哥萨克的征战，乃至于哥萨克

---

① 《果戈理全集》第二卷，周启超主编，陈建华译，合肥：安徽文艺出版社，1999年，第146~147页。
② 同上书，第155~160页。
③ 同上书，第75页。
④ 同上书，第168页。

的历史，就像一场热闹非凡的盛宴，其意义几乎被塔拉斯这一句"还不如不举行这次宴会呢"给彻底消解了。塔拉斯只是依照哥萨克的传统习俗生活，他要把儿子也培养成跟自己一样的哥萨克，因为他的人生没有其他选项。这是一部以飞扬的激情写就的故事，里面有很多动人之处，如关于爱、关于自然、关于信念的冲突；也有不少浮夸、狭隘之处，如关于正教信仰、爱国激情、我族中心之类的。

对于后面这方面，俄罗斯研究者阿列克谢·达维多夫（Алексей Давыдов）在《果戈理的心灵》一书中有具体论述。达维多夫从社会文化学的角度解读了《塔拉斯·布利巴》，给出了与别林斯基不同的阐释。别林斯基说："《塔拉斯·布利巴》是整个民族生活的伟大的叙事诗中的一个片断、插曲。如果在我们的时代能够产生荷马式的叙事诗的话，这就是它的最高的标本、典范和原型！"[①] 舍维廖夫也说："《塔拉斯·布利巴》高于一切！这一扎巴罗什人的令人惊讶的典型以粗犷奔放的线条被描绘了出来。这是那种由人民性的忧伤勾画出来并且深深地刻写进读者的想象之中的创造之一。鲜明的扎巴罗什画面新鲜、新颖，充满了某种英勇的哥萨克式的狂放不羁。小俄罗斯那些长满神奇植物的辽阔草原吸引着我们的想象力。"对《塔拉斯·布利巴》这部作品的传统解读基本上是依据别林斯基的论断，认为这是一部史诗，充满爱国主义精神。别林斯基列举了小说中的很多细节来证明这是一部对哥萨克生活进行了无所不包的、完满的、历史性的描绘的当之无愧的史诗。达维多夫也同意别林斯基是有的放矢，很有说服力的。但是，他认为这只是从模仿论上而言是言之有理的。而他自己的阐释角度是透过艺术家的个性而对现实生活进行反思。他写道："别林斯基把分析的重心移到了照相、模仿、复制的方法论上。我把分析的重心移到了康德和普希金的方法论上。因此我说，在别林斯基的分析中缺乏主要的东西，即对一个问题的回答，这个问题就是：果戈理如此准确和完满地描绘了15世纪扎波罗什人的生活和精神气质，那他关于自己想要对读者说些什么呢。"[②] 达维多夫认为，果戈理在小说中是围绕着两组价值进行分析的，一组是"我们的""自己的"，另一组是"非我们的""外族的"。小说为"我们的"价值辩护，诅咒"外族的"的价值，除此无

[①] 别林斯基：《论俄国中篇小说和果戈理君的中篇小说》，载《别林斯基文学论文选》，满涛、辛未艾译，上海：上海译文出版社，2000年，第170～171页。

[②] Давыдов А.П. Душа Гоголя. Опыт социокультурного анализа. М.: Новый хронограф; АИРО-XXI, 2008. C. 73.

它。①达维多夫还把谢奇这种历史文化现象定义为野蛮人的文化，他指出："在谢奇，善与恶的意义是由遗传的记忆、历史教育、历史惯性、传统规定的。鬼、伏特加、金钱、谎言、阴谋、土耳其人、克里米亚人、德国人、波兰人、犹太人、天主教徒、东仪天主教徒、莫斯科佬——所有这一切都能用忠实于市民大会文化、东正教信仰和兄弟同心来战胜。连最不可救药的骗子胸前都永远挂着十字架。……这是打家劫舍、杀人放火的野蛮人的文化。这不是天主教的骑士。这是一群、一帮、一伙，这是生活在几种文明边缘的野蛮人的文化，这是无拘无束、狂喝滥饮、家庭瓦解和居无定所。这是不以为是罪行的反人性罪行，是野蛮的民间沙文主义和一贯的对外侵略，战争'几乎是不间断的'。"②我们觉得达维多夫也是有的放矢，很有说服力的，因为小说中除了描写哥萨克的英勇善战，也确实展现了哥萨克这一群体的残酷与野蛮行径。

对于《塔拉斯·布利巴》中的信仰，达维多夫分析说：

"'我们的'信仰产生出'我们的'上帝。小说里哀悼库库边科之死，他是一位哥萨克首领，哥萨克与波兰人之战的英雄。天使们将库库边科的灵魂托上天国。果戈理写道：'请坐下，库库边科，坐在我的右边！'基督将会这样对他说，你没有背叛过伙伴精神，没有做过不光彩的事情，在倒霉时没有出卖过人，保护和珍藏了我的教会。库库边科是扎波罗什民族'自己'的领袖之一，耶稣是'自己的'教会领袖，当耶稣说出'我的'这个词时，果戈理甚至将它大写了③。结果就成了，库库边科和耶稣两位活动家大致是一个等量级的：一位是民族的军事领袖，另一位是民族的教会领袖。由此可轻易得出结论：耶稣是民族的东正教上帝，类似于旧约民族的耶和华。仅此而已。

"耶稣的确说了，没有比'为自己的朋友'抛头颅更高的幸福。但这番话说的完全不是果戈理所说的事情。耶稣说的是人为信仰而死，而不是说人应该为信仰而杀人。库库边科杀了人，而且他不是为信仰也不是为'自己的朋友'而死，而是死在战斗的狂热中，当所有人并非依照信念，而是依照战斗规则而杀死所有人，起作用的逻辑是：杀吧，不然你就会被

---

① Давыдов А.П. Душа Гоголя. Опыт социокультурного анализа. М.: Новый хронограф; АИРО-XXI, 2008. С. 76.
② Там же. С. 75.
③ 俄语习惯将专有名词大写。

杀。这里没耶稣什么事。"①

显然，达维多夫也认为，小说中只是借东正教之名。他把《塔拉斯·布利巴》称为"血腥的《伊利亚特》"，认为其中宗教集结性的战斗激情是指向传统的读者和俄国东正教会的，如今它早已过时了。②

《塔拉斯·布利巴》的影响很大，且不仅在俄罗斯本土。法国作家梅里美（Prosper Mérimée）就因这篇小说而对乌克兰历史产生了兴趣，19世纪50年代写了好几个相关题材的作品，其中在《乌克兰哥萨克与他们的最后几位首领》（1854）里梅里美直接借用了《塔拉斯·布利巴》中的某些材料。③

《维》的关键词是"疑"。

我们之前说过，这部作品里包含了两个部分，现实的和幻想的。对于这两个部分，不同时期的评论家们看法大相径庭。

先说说现实的部分。舍维廖夫和别林斯基最早（1835～1836）对此进行了评论，而且总的说来是正面的。十年后，布尔加林（Ф. В. Булгарин）在《北方蜜蜂》上发表了格列齐（Н. И. Греч）的巴黎来信，信中指责果戈理的小说歪曲了俄罗斯现实，把培育了许多俄罗斯伟大人物的一所重要的学府写得很古怪，描绘成了"可笑的漫画"。而杜纳耶夫（М. М. Дунаев）却说《维》以对神学校风习的严酷的现实主义描写开头，使人不由自主地依稀可见波缅洛夫斯基（Н.Г. Помяловский）后来的讽刺。而维诺格拉多夫（И. А. Виноградов）认为杜纳耶夫的论断太过武断，他认为《维》中的神学校生活描绘本身与《塔拉斯·布利巴》中的扎波罗什生活描绘一样，都是假定性的，不完全符合历史本源，它们受制于一定的艺术构思。果戈理力图描绘的是，宗教的和世俗的"慰藉"不仅在神学生们的生活中，而且在全民的生活中都是矛盾且共存的……显然，果戈理写神学生们的日常生活情景并非像别林斯基等认为的那样是讽刺神学生的风习。果戈理是要再现人民普遍的（而非理想的）性格特点。我们认为，上述评论都多少有一定的道理。果戈理的写作方法是表达自己的主观

---

① *Давыдов А.П.* Душа Гоголя. Опыт социокультурного анализа. М.: Новый хронограф; АИРО-XXI, 2008. С. 78.

② Там же. С. 78-79.

③ *Виноградов И.А.* Летопись жизни и творчества Н.В. Гоголя (1809-1852). Научное издание. В 7 т. Т. 7. 1851-1852. М.: ИМЛИ РАН, 2018. С. 181.

性，而非替过去和现在画像。正如他在《作者自白》中说的那样："我从不凭想象去创作任何东西，并且我也没有这种特性。在我笔下，只有那种取自我现实生活、取自我所熟悉的素材中的东西才写得好。……我从不从简单临摹的意义上去绘制肖像。我创作肖像，不过并非凭想象，而是凭理解去创作它。"① 说《维》把神学校描绘成了漫画，有一定的道理，因为果戈理不是简单临摹生活，他有自己的创造在里面；说依稀可见波缅洛夫斯基的讽刺，也有一定的道理，讽刺幽默是果戈理的艺术天赋所在，他的文学作品没有讽刺幽默才奇怪；说果戈理要再现人民普遍的（而非理想的）性格特点，也是有道理的，因为概括也是果戈理文学创作中固有的特点。只是评论家们非要觉得自己的发现才是唯一正确，不愿去接纳、兼容和自己不一样的观点。这在我们看来多少有些自我中心的味道，得不偿失。中国文化是兼收并蓄的，千万种观点和看法都在阴阳之道中演化，彼此关联；彼此对立，也彼此成就。

再来看看幻想部分。这部分好像更明了些。在苏联时期，果戈理的这种现实与幻想密切统一的创作画风是要被竭力克服的。有研究者试图以弗洛伊德（Sigmund Freud）的方法解读果戈理（如叶尔马科夫（Ив. Ермаков））的书《果戈理创作心理论文集》（Очерки по психологии творчества Гоголя），却引发了差不多所有学界大咖的反对。维诺格拉多夫（И.А. Виноградов）就说："忽视真正的宗教内容常常会导向一些不仅与果戈理的构思毫无共同之处的，甚而是相矛盾的结论"。不能说维诺格拉多夫说的没有道理，但是从接受美学的角度看，读者有创造"第二文本"的自由，如果文学接受和文学研究只局限于对作家原意的探究和理解，那么文学艺术存在的意义便会大打折扣。当然，全然不顾作者的意图，随心所欲地进行阐释，也会玩坏文学作品。真正的文学鉴赏和文学批评是在这两极之间与文学作品的共舞。沃隆斯基认为，《维》之后，果戈理作品中的幻想因素几乎消失了，而现实生活本身在其创作中获得了某种幻象性，从而有时看起来是幻想的。这一观点后来被学者们广为引用。莫丘尔斯基认为这种描绘反映出作家对于敌基督闯入世界，敌基督的、恶魔的因素在逐渐掌控世界的思考。果戈理谈论的是世界性的背离，对于果戈理世界观的这种全球性视野，很多研究者在谈及这个问题时都有提及，如安年斯基（И.Ф. Анненский）、梅列日科夫斯基（Д.С. Мережковский）、

---

① 《果戈理全集》第六卷，周启超主编，任光宣译，合肥：安徽文艺出版社，1999年，第309页。

沙姆比纳戈（С.К. Шамбинаго）、莫丘尔斯基（К.В. Мочульский）、沃隆斯基（А.К. Воронский）等等。

最能说明问题的还是文本。

  一钩新月斜挂在空中。深夜淡雅的月光像一层轻纱笼罩着大地。森林、牧场、天空、山谷——一切都好像眯着眼睛睡着了。如果能从什么地方吹来一阵风就好了。在清新的空气中透出一丝丝湿漉漉的暖气。树木和灌木丛的黑影，像彗星一样，向缓缓倾斜的平原投下一个个尖尖的三角形。就在这样的一个夜晚，哲学生霍玛·勃鲁特驮着一个古怪的骑士向前飞奔。一种令人痛苦的、不舒服的，但同时又是愉悦的感觉涌上了他的心头。他低下头去，看见原先长在他脚下的青草似乎一下子落到深处，并且离开他很远很远。青草的上面流淌着山泉般透明的水，而青草似乎就是清澈见底的大海的海底。至少，他清楚地看见自己和骑在他背上的老太婆的倒影。他看见天边挂着的不是月亮，而是一轮红日。他听到浅蓝色的风铃草垂着头在低声吟唱。他看见一个人鱼公主从浮萍中游出水面，她的背和大腿那么丰满，富有弹性，闪闪发亮，不停地颤动。她向他转过身来，啊，她的脸上闪烁着一双明澈晶莹而锐利的眼睛，她痴痴地望着你，能把你的心穿透。她向他游过来，浮出了水面，然后，随着一声清脆的笑声又游回去了。瞧，她翻过身来，仰面游着，两只云朵似的乳房，缺少光泽，就像没有上过釉彩的瓷器，它们在阳光下露出皎洁柔韧的轮廓。水凝成无数气泡，像珍珠一样撒在它们的上面。她在水中抖动着，笑着……"①

多么奇妙的幻想！我们在读的时候，仿佛亲身体会着那种"令人痛苦的、不舒服的，但同时又是愉悦的感觉"，这种被魔鬼控制的感觉很像情欲，我们之所以这么说，是因为在果戈理对美人鱼的描写中有很多肉体的诱惑：有弹性的背和大腿，能把人心穿透的痴痴的眼神，云朵般的乳房不停地颤动，清脆的笑声，情色描写的元素也不过如此吧。我们也可以把这种感觉与《涅瓦大街》里服用了致幻剂之后的皮斯卡廖夫那飞上云端般的意淫相联系。

---

① 《果戈理全集》第二卷，沈念驹主编，陈恩冬、冯玉律译，石家庄：河北教育出版社，2002年，第168页。

接下来，霍马（Хома）要降落了：

"这是怎么回事？"哲学生霍马·勃鲁特想，他一边望下面，一边飞驰向前，浑身汗如雨注。他感到一种神奇般的欢悦，感到一种刻骨铭心的、令人神往的巨大快乐。他常常觉得，自己的心似乎早已没有了，他害怕地用手紧紧捂住它。筋疲力尽、不知所措的他开始回忆还记得起来的全部祷文，他念起能驱鬼降妖的全部咒语。突然，他感到头脑清新多了，感到他的脚步也开始慢下来了，妖精抓住他背脊的力气也小得多了。茂密的青草拍打着他的身体，他已经看不到这片草地有什么异样。清亮的月牙在天空中闪着银光。①

随着霍马神智的清明，从魔幻之境降落回人世，世界也回归了正常。
教堂在《维》中是一个很重要的形象，它在果戈理笔下是这样的：

黑黝黝的长满青苔的木教堂，耸起着三个锥形的圆顶，落寞地耸立在村庄边上。②
……他们穿过年久失修的教堂的栅栏，进了一座小小的院子。院子后面一棵树也没有，只有空旷的野地和黑夜笼罩的牧场。
……教堂中间放着一口黑漆漆的棺材，黝黑的圣像前点着几支蜡烛。烛光只能照亮圣像壁，投到教堂中间的光就很微弱了。更远一点的门廊处的角落是一片漆黑。高高的古老的圣像壁已经陈旧不堪，它的贴金的镂空的雕花只有一星半点还在闪亮。金箔有的脱落了，有的则整个儿发黑了。圣像黝黑的面容看上去有点忧郁。③
……他开始在每个窗框上、读经台上和圣像前面，毫不怜惜地全都点上了蜡烛，整个教堂很快被烛光照亮了。只是教堂上面部分的黑暗似乎变得愈发浓重起来，黝黑的圣像从古老的、雕花处偶有金箔闪亮的框子里忧郁地向外探视着。
……为了给自己壮壮胆，他开始放开嗓子高声读了起来。他的声音震动了静默多时的教堂的木墙。可那浑厚的男低声跌落在死一般寂

---

① 《果戈理全集》第二卷，沈念驹主编，陈恩冬、冯玉律译，石家庄：河北教育出版社，2002年，第168～169页。
② 《果戈理全集》第二卷，周启超主编，陈建华译，合肥：安徽文艺出版社，1999年，第238页。
③ 同上书，第244页。

静之中，没有激起一点反响……①

……教堂四周阵风骤起，传来一阵喧哗声，像是有无数的翅膀在振翼扑飞。他听到翅膀撞击着教堂窗户的玻璃和铁栅，爪子蹭着铁条，发出刺耳的吱嘎声，有数不清的妖怪在外面用力地捣着门，想破门而入。②

他们来到了教堂，走到破旧的木头拱顶下面，这种衰败的景象说明它的主人很少替上帝的领地和自己的灵魂着想。③

传来了公鸡的啼鸣声。……惊慌失措的魔鬼们胡乱地夺路而逃，扑向门窗，但为时已晚：它们卡在门窗上，一直留在了那里。牧师走进了教堂，可他在这种玷污上帝圣地的情景面前停住了脚步，不敢再在那里举行安魂弥撒。从此以后，那座门窗上卡着魔鬼的教堂就被遗弃了，四周密密地长起了树林、虬根、高高的杂草和蔓生的荆棘，如今已经没有人能够找到通向那儿的道路了。④

从引文中我们可以看到，这间教堂在几个方面都很奇怪：首先，它的地理位置"落寞地耸立在村庄边上"。按照东正教习俗，教堂一般应建在最高、最显眼的地方，在居住区的中央，可这个教堂却建在村子边上。其次，教堂本身晦暗破败。通常，任何地方的教堂看上去都很华丽，给人以光明、愉悦之感。而小说中的这个教堂却不然，它"黑黝黝的"，"长满青苔"，栅栏"年久失修"，木头拱顶是"破旧的"，院子"小小的"，"院子后面一棵树也没有，只有空旷的野地和黑夜笼罩的牧场"。而教堂内部也没好到哪儿去，圣像是"黝黑的"，圣像壁"陈旧不堪"，"金箔有的脱落了，有的则整个儿发黑了"，圣像的面容是"忧郁"的。再次，教堂所属的田庄并非贫困小村，它人口众多，百夫长很富有，可教堂却无人问津，完全是一副破败相。难怪果戈理忍不住直接发表议论说："说明它的主人很少替上帝的领地和自己的灵魂着想"。这样的教堂一点也不像"圣地"，不仅不能吸引人，相反，它还挺吓人，因为哪怕烛光照亮了整个教堂，可是"教堂上面部分的黑暗似乎变得愈发浓重起来"，莫名引起人的恐惧和惊慌。到最后，教堂甚至成了魔鬼在其中为所欲为的一处空

---

① 《果戈理全集》第二卷，周启超主编，陈建华译，合肥：安徽文艺出版社，1999年，第245页。
② 同上书，第249～250页。
③ 同上书，第259页。
④ 同上书，第261页。

间,成了群魔乱舞的魔窟。

教堂形象是小说的一个关键性形象。根据一位研究者[①]的统计,《维》中重复次数较多的形象有:棺材(22次)、黑暗(18次)、圆圈(10次)、铁(9次)、蜡烛(7次)、圣像(5次)、寂静(5次)、鸡叫(4次)、镀金层(3次)、狼嗥(3次)。其中大部分形象或多或少都与乡村教堂有关,教堂也是故事高潮的发生地。多次重复的形象往往具有象征意义,而象征被洛特曼称为"情节的基因"。由此可见,教堂在《维》中无疑是一个重要的象征。教堂的边缘位置表明,在人们意识里占据中心位置的不是上帝;教堂的年久失修、破败不堪则说明,人们对信仰、对上帝的轻慢和不信。

也有研究者从性别的角度,将教堂形象视为一个象征,门窗上卡着的妖魔鬼怪代表心灵的女性位格,体现着痛楚、折磨和复仇的愤怒,它嵌入男性的本质,成为探秘男性因素和女性因素结合之隐秘实质的一种隐喻性"路径"。[②]可见,对文学作品的"观看"方式是因人而异的,而不同的"眼光"看到的也是全然不同的景观。虽然我们并不能认同这种阐释,但其中提出问题的角度给我们提供了新的思考方向。

小说的高潮是霍马之死。事实上,小说里的恶鬼"维"并没有用眼神杀死霍马,它只是使霍马的护身咒语失效了而已。地鬼的眼神只是一个导体,而不是霍马致死的元凶。那么元凶是谁呢?果戈理借霍马的伙伴之口揭示说:"我知道他为什么会完蛋,因为他害怕了。要是他不害怕,那么女妖对他就毫无办法。"[③]这个结尾实际上间接体现了果戈理的艺术观,即创作的目的不在于忠实地刻写现实生活的图景,而是把文学创作视为"肉眼看不见的阶梯",帮助人们攀升到精神的天国去。也就是说,果戈理要借霍马之死告诉世人,对上帝的信要诚,不能有一丝疑虑,否则就会千里之堤毁于蚁穴。

[①] *Ярослав Туров* О чём на самом деле писал Н.В.Гоголь в повести «Вий»? https://www.livelib.ru/articles/post/33478-o-chjom-na-samom-dele-pisal-nvgogol-v-povesti-vij Дата обращения: 01.12. 2023

[②] *Синцова С.В.* Гендерный подтекст «Повести о том, как поссорился Иван Иванович с Иваном Никифоровичем Н.В. Гоголя». // Ученые записки Казанского государственного университета. Гуманитарные науки. Том 152, кн. 2. 2010. С. 67.

[③] 周启超主编:《果戈理全集》第二卷,陈建华译,合肥:安徽文艺出版社,1999年,第262页。

《伊万·伊万诺维奇与伊万·尼基福罗维奇吵架的故事》无疑在《米尔戈罗德》中是最贴地的一篇。它与《狄康卡近郊夜话》里的《伊万·费多罗维奇·什蓬卡和他的姨妈》是同一质地的,连它们的标题都很像。这篇小说以一连串的感叹号开篇,先声夺人:

> 伊万·伊万诺维奇有一件漂亮的皮大衣!真是漂亮极了!多好的羊皮料子呀!哎哟!该死的,多好的皮子!瓦灰色上蒙白霜!我敢打赌,谁要是能找到这样的大衣,要什么都行!看在上帝的面上,您瞧瞧这大衣吧,——特别是当他站着同谁谈话的时候,——您从侧面瞧瞧吧:多么美妙啊!根本不可能将它描写出来:天鹅绒!银子!火!我的上帝啊!创造奇迹的尼古拉圣徒啊!为什么我没有这样的皮大衣呢!他做大衣那会儿,阿加菲娅·费多谢耶夫娜还没有去基辅呢!您知道阿加菲娅·费多谢耶夫娜吗?就是咬掉陪审员耳朵的那个女人。[1]

然而,读下来却发现,如此激动、高亢的语调下,讲的竟然是如此微不足道的事情——一件皮大衣而已。但果戈理要的就是这个效果。为了加强这种语表和语里的不谐,他还故意加上了阿加菲娅·费多谢耶夫娜,而且一开始还假装她和皮大衣有关联,接着就干脆不管了,八卦起她咬掉陪审员耳朵的事来。然后,接下来,再度故技重施,又开始高亢起来:

> 伊万·伊万诺维奇是一个非常出色的人!他在米尔格罗德有一幢什么样的房子哟!那房子……天气太热的时候,伊万·伊万诺维奇便会将大衣和里面的衣服全都脱去,只穿一件衬衫,在廊檐下休息,一面观看院子里和大街上出现的事情。在他家的窗户边上有好多的苹果树和梨树呀!……还得瞧瞧他花园里的东西!那里应有尽有![2]

这位"非常出色的人",只有在"天气太热的时候",才会把他那"漂亮极了"的皮大衣和里面的衣服脱掉,坐在廊檐下看自家的院子里和街上的事。也正是他的这个习惯才让他看见了那杆倒霉的猎枪,不过这是后话了。作者接下来仍旧情绪饱满地感叹:

---

[1] 周启超主编:《果戈理全集》第二卷,陈建华译,合肥:安徽文艺出版社,1999年,第266页。

[2] 同上书,第267页。

> 伊万·伊万诺维奇是一个非常出色的人！他极爱吃甜瓜……①

这位仁兄一次要吃两个甜瓜，还把瓜子用纸包好，写上：此瓜食于某日。若有客人在，则会加上：某君在座。给"非常出色的人"准备的这个注脚简直绝了！

但如是者三还不算完，果戈理接着惊呼：

> 伊万·伊万诺维奇是一个非常出色的人！连波尔塔瓦的警长也认识他！……②
> ……
> 伊万·伊万诺维奇又是一个多么虔诚的人啊！……祈祷仪式结束后，伊万·伊万诺维奇无论如何也忍不住要上所有乞丐那儿巡视一番。要不是出于善良的天性，他大概是不愿干这种乏味的事情的。③

可见，这位"非常出色"，同时还无比虔诚的人，有"善良的天性"。只是他"无论如何也忍不住"的急切，却并非是去给乞丐们送温暖的，他一个戈比、一块面包也不给他们，而只不过问问话而已，与其说是善良之举，不如说是拿穷人寻开心。或许在他看来，纡尊降贵地同乞丐们说说话，这已经是天大的善举了，因为他"很喜欢有人送他礼物或特产"，而不是他送别人。如此一来，便完全解构了"要不是出于善良的天性，他大概是不愿干这种乏味的事情的"的人设。这种欲抑先扬正是果戈理惯用的手法。前面捧得有多高，后面摔得就有多惨。

讲到另一个伊万（即伊万·尼基福罗维奇）时，情绪才从高亢转为平和。但一提到前一个伊万，调门就重新高起来了："天哪，他是多么能说会道啊！"听他讲话，"你听着，听着——头就会慢慢地垂下去了。惬意！惬意极了！"这明显是明褒暗贬，得说多少废话才能起到催眠的作用啊！

难怪别林斯基将《伊万·伊万诺维奇和伊万·尼基福罗维奇吵架的故事》称为"生活的可笑的喜剧"："的确，我们热烈地关心着伊万·伊万诺维奇和伊万·尼基福罗维奇的吵架，我们通过这两个人，为对人类充满

---

① 周启超主编：《果戈理全集》第二卷，陈建华译，合肥：安徽文艺出版社，1999年，第266、267页。
② 同上书，第267页。
③ 同上书，第268页。

活力的讽刺的这种愚蠢、卑琐和痴傻笑得流泪——这是很惊人的；可是，我们又可怜这一对白痴，真心真意地可怜他们，我们带着深深的惆怅和他们分手，和作者一同喊道：'诸位，活在这世上真是沉闷啊！'——这才是足堪称为创作的、神化的艺术；这才是一个艺术天才，在他看来，有生活，也就有诗歌！你把果戈理君的几乎全部的中篇小说拿来看：它们的显著特点是什么？差不多每一篇都是些什么东西？都是些以愚蠢开始，接着是愚蠢，最后以眼泪收场，可以称之为生活的可笑的喜剧。他的全部中篇小说都是这样：开始可笑，后来悲伤！我们的生活也是这样：开始可笑，后来悲伤！这里有着多少诗，多少哲学，多少真实！……"①

果戈理在其《论世界通史教学》一文的开篇写道："世界通史，就其真正意义来说，不是没有普遍联系、整体计划和共同目的的各民族、各国家个别史的汇集，不是无秩序的、无生命力的、枯燥无味的事件的堆积，就像人们通常所认为的那样。它的对象是巨大的：它应当一下子就在完满的图画中把握整个人类，人类怎样从自己起初的、穷困的幼小时代发展起来，怎样以多种多样的方式完善起来，并终于到达现今时代。这整个伟大进程中，人的自由精神从其摇篮时期起就同蒙昧、大自然和巨大障碍进行斗争，以血汗的劳作经受住这一进程；这就是世界通史的目的！它必须把被时间、山脉和海洋分开的世界各个民族聚集在一起，并将它们连接为一个严整的整体；从中编写出一部壮丽、完满的史诗。对世界没有产生过影响的事件，无权被收入其中。世界上的一切事件应当彼此紧紧相连，有如锁链的铁环，一环套一环。如果扯掉一个铁环，那么锁链就会断。不应当生硬地理解这种联系，它并不是那种"往往硬把一些事件联系起来的可见的物体"的联系，也不是在头脑中不依据事实而创造出来的体系。这种联系应当是在一个普遍的思想之中：在统一的不可分离的人类历史之中，在它面前不论是国家还是事件——都是暂时的形式和形象！世界应当在它当初出现时的那种巨大宏伟中被表现，它充满当初就那么不可思议地显露出来的神秘的天意的思想。必须使听众的兴趣达到最高潮，使其急不可耐地想知道后面的事；使他们不肯把书合起来或者不肯不听完，而如果把书合起来，那也只是为了重新阅读；使他们清楚地了解一个事件怎样引起另一个事件，没有起初的事件便不会有后来的事件。历史只能以这样的方式建

---

① 别林斯基：《论俄国中篇小说和果戈理君的中篇小说》，见《别林斯基论文学》，满涛、辛未艾译，上海：上海译文出版社，2000 年，第 151～152 页。

构。"①显然，果戈理在这里表述的是自己的历史哲学观，这里面有他那个时代的普遍主义思想，有宗教历史观，也有充满激情的理想主义想象。

这篇关于历史的文章首发于1834年，与《米尔格罗德》的发表时间很相近。因此，我们非常赞同布特尼克（К.В. Путник）将二者联系起来解读《米尔格罗德》的做法。在题为《作为一种历史模型的〈米尔格罗德〉》的长文中，研究者提出"《米尔格罗德》是果戈理的历史哲学观的艺术阐释"这一核心观点。布特尼克认为，"米尔格罗德本身不仅是地图上的一个点，不仅是一个地理上的地方，还是一个假想的世界体系模型，一个走过我们现存世界的所有阶段的模型——从黄金时代到黑铁时代，从完全的和谐统一和相互融合到绝对的离散和相互的冷漠。正是作为果戈理基督教历史理念基础的这种阶段性（стадиальность）将体裁上完全不同的小说结合了在一起。……世界有起始，建立在爱的基础上，这种爱一直达到忘我的境界；世界也有终结，当爱耗尽时，终结便会到来。《米尔格罗德》的第一部分描绘的是建立在爱的基础上的世界，为了真正的爱而忘我战斗的世界。第二部分描绘的是其镜像反映——爱正在消散的世界，全面堕落的世界，急遽败坏的、启示录式的、日薄西山的世界。这个世界是注定要灭亡的；人类的历史将以道德灾难造成的世界性灾难结束。但是果戈理像所有的预言家一样，诉诸有耳朵的人。而有耳朵的基督徒知道：在这个堕落的世界之后将出现另一个世界：新天新地。"②布特尼克在这里发展了果戈理的宗教历史观，将《米尔格罗德》视为这种历史观的艺术阐释，认为这部小说集形象地呈现了一种基督教视域下的历史模型。

对于布特尼克的解读，我们很认同其中关于《米尔格罗德》前两篇写爱、后两篇写爱之消散的观点，但我们的认同至多到小说集艺术地反映了历史发展的阶段性这里。因为，在《米尔格罗德》里，从《旧式地主》的和谐世界，到《塔拉斯·布利巴》里的敌我分立，再到《维》里人的孤立无援，最后到《伊万·伊万诺维奇与伊万·尼基福罗维奇吵架的故事》里人为物所役，确实呈现出人的精神追求一路走低的趋势。但若说果戈理在这里体现了"这个世界是注定要灭亡的，人类的历史将以道德灾难造成的世界性灾难结束"，"在这个堕落的世界之后将出现另一个世界：新天新

---

① 《果戈理全集》第七卷，周启超主编，彭克巽译，合肥：安徽文艺出版社，1999年，第45～46页。

② См.: Путник К.В. «Миргород» Н. В. Гоголя как историософская модель. 2007. https://rusklne.ru/analitika/2023/01/05/mirgorod_n_v_gogolya_kak_istoriosofskaya_model Дата обращения: 07.11.2023

地",还为时过早。因为我们都知道,后面果戈理还有"彼得堡故事",那里的人不仅为物所役,还自我分裂;后面还有《死魂灵》,人不仅自我分裂,还会异化为非人……简言之,这一下行的过程还远远没有终结。即便到了《与友人书简选》,自知不久人世、已经写下遗嘱的果戈理,也还没有放弃这现世,还在努力修补这千疮百孔的世界,操心着怎么"帮助穷人",怎么"热爱俄罗斯","身居要职者"该怎么做,寄希望于俄国能先庆祝"光明的复活"。

第三节 坐困愁城的"彼得堡故事"

《小品文集》是果戈理的第三本集子,其中除了三个中篇小说和一部历史长篇小说的片断外,还包括历史、地理方面的文章和艺术论文。果戈理自己称之为"大杂烩"(всякая всячина)和"混搭"(сумбур)。这类文集在当时很时髦,这与普遍主义有关。有一种看法,说《小品文集》的外在构成是混乱不统一的,但内里的思想艺术构思是统一的:其内容在三个方向上展开——历史、艺术、现代现实生活。在这部集子里,果戈理不仅是一个作家,而且还是艺术评论家,其感兴趣的领域涉及文学、建筑、雕塑、绘画、音乐等艺术门类。他赋予艺术以绝对意义并表达了对艺术的狂热崇拜。果戈理的美学观很复杂,因为其中交织了各种元素:启蒙主义的、浪漫主义的和现实主义的元素,道德的、宗教的和审美的元素。各种传统的融合在《雕塑、绘画和音乐》这篇文章中得到了很好的体现。后面我们会专门谈一谈果戈理的艺术观。

在这里我们主要谈的是其中的小说。在《小品文集》中的三篇小说《涅瓦大街》(Невский проспект)、《肖像》(Портрет)、《狂人日记》(Записки сумасшедшего)里,果戈理放下了乌克兰题材,转向了彼得堡的现实生活。稍晚些时候,就彼得堡题材他又发表了《鼻子》(Нос)和《外套》(Шинель)两篇。这五篇小说就构成了我们所谓的"彼得堡故事"系列。考虑到构成这一系列的五篇小说通常被视为联系更为紧密的一个整体,因为它们有共同的题材(彼得堡生活)、共同的主题(反映社会矛盾)、类似的主人公("小人物")、一致的作者立场(揭露社会和人的缺陷),我们便把它们放在一起谈。"彼得堡故事"系列的写作时间是1831~1842年,发表时间各不相同,《小品文集》中的三篇发表于1835年,《鼻子》是1836年,《外套》最晚,发表于1842年。

果戈理本人在1842年计划出一套作品集，他将上述五篇小说加上《马车》(Коляска)和《罗马》(Рим)两篇，组成了其中的第三卷。在某种意义上，这七篇小说也构成一个系列——城市题材小说系列。但后面这两篇与"彼得堡故事"系列相比，联系不够紧密，在调性上也完全不同，因而我们这里不采用后一种提法。况且，还有研究者把剧作《婚事》《钦差大臣》和史诗《死魂灵》也归入都市化主题（тема урбанизации）系列，认为在所有这些作品中果戈理都是将人放在宗法制的和资本主义的价值冲突进程中进行分析的。①但这样一来，"都市化主题"就成了无所不包的罩布，反而显得大而无当了，因为明显在《死魂灵》里，写乡村地主的部分占比更大。

在"彼得堡故事"系列中，果戈理试图从他的城市生活经验出发，思考城市中出现的社会文化矛盾，于是便产生了《狄康卡近郊夜话》和《米尔格罗德》中所没有的东西。这是一种更为广阔的视野，作家这时关注的是：在全面"碎化"的时代，美的毁灭、人的无尽孤独和异化的问题。在《1836年的彼得堡笔记》中果戈理写道："很难把握彼得堡的总体表情"，因为这座城市里充满了疏离："仿佛一辆巨大的公共马车来到旅店，马车上的乘客一路上都各自独处，这时走进公共大厅，只因没有其他地方可以坐下。"城市好像一个大客栈，每个人在其中都是自顾自的，彼此都不认识。把所有人联系在一起的只是地点。这里面体现出果戈理超前的现代意识、他对现代性的敏锐感觉和天才的艺术处理。

在"彼得堡故事"系列的五篇小说中，主人公基本都是与世界疏离的，他们也没有家庭，彼此隔绝。彼得堡这一"城市形象不单纯是外部环境"，而且是"作为一个最重要的、决定性的因素进入他们的日常生活之中"的。它延续了《狄康卡近郊夜话》和《米尔格罗德》中的幻想因素，尤其是《米尔格罗德》中体现出的将现实幻化的手法，使得"彼得堡故事"系列的每一篇小说都非常引人注目，比如《肖像》中的亦真亦幻的梦，《涅瓦大街》中服用了致幻剂的主人公产生的幻觉和较之更为不真实的涅瓦大街的幻象，《狂人日记》里的疯狂幻想，《鼻子》里的鼻子离奇的不翼而飞、令人瞠目的特立独行和莫名其妙的回归本位，《外套》结尾的大拳头鬼影等等。我们观察到：《狄康卡近郊夜话》里的幻想世界与现实世界是接壤的，但是幻想的世界是外接的，是现实世界之外的另一个世

---

① См.: Давидов А. Душа Гоголя. Опыт социокультурного анализа. М.: Новый хронограф; АИРО-XXI, 2008. С. 94.

界；到了《米尔格罗德》里，这个外接的世界仿佛朝现实世界折叠过来，现实世界本身被幻化了；而等到"彼得堡故事"时，幻想的世界进一步浸润、蔓延并内化到人的精神和心理之中。如果说《狄康卡近郊夜话》时期的果戈理仿佛是置身于广袤天地间的顽童，在凭借天赋的想象力自娱自乐，而《米尔格罗德》时期的果戈理则犹如初涉人世的少年，在似懂非懂间四处探寻，那么"彼得堡故事"时期的果戈理便像是陷入都市梦魇的青年，坐困愁城，倍感荒谬。

总的说来，"彼得堡故事"系列是果戈理创作发展中的又一个重要的阶段，此时的他彻底转向了现代题材。果戈理喜欢概括，他喜欢用"所有人"（все）或者"有一个算一个"（все что ни есть）这样的表述。在《狄康卡近郊夜话》和《米尔格罗德》里，"所有人"似乎将全体包含进一个统一的、集体的巨大个性之中。但在"彼得堡故事"系列中，这种统一、一致变成了表面现象，内部的和谐已经变成了虚空。"彼得堡故事"系列与前面的两个系列不同，其最大的特点就是它的现代性。具体地说，无论是色彩饱和度还是作品的基调，这五篇小说都呈现出完全不同于前面两个系列的质感。《狄康卡近郊夜话》的色彩是最绚丽的，到《米尔格罗德》最后一篇，色彩开始黯淡下来，等到了"彼得堡故事"系列，给人的感觉就基本是彩色转黑白了。基调上呢，《狄康卡近郊夜话》基本上是欢乐的，《米尔格罗德》的欢乐中已经掺杂了不少忧伤，到"彼得堡故事"系列欢乐完全让位给了辛酸、无奈、疯狂，还有荒谬感。

下面我们具体分析一下"彼得堡故事"系列中的每一篇小说。

第一篇《涅瓦大街》。果戈理早在1831年前后，即《狄康卡近郊夜话》时期就开始写这篇小说了。它以涅瓦大街的描写开篇，用貌似赞叹的口吻，将彼得堡这条主要街道一天之中的变容进行了详细的勾勒：

> 仅仅在一昼夜里，它要经历多少变化呀！让我们先从一清早说起吧。那时整个彼得堡弥漫着一种热乎乎的、刚刚烤出来的面包的香味，到处都是穿着破衣烂衫的老太婆，她们成群结队地涌向教堂，涌向富有慈悲心的行人。那时的涅瓦大街空空荡荡的：身强体壮的商店老板和他们的大伙计还正穿着荷兰衬衫睡大觉，或者正往自己高贵的面颊上涂抹肥皂、喝咖啡呢。乞丐们聚集在糖果点心店门口，昨天端着巧克力、像个没头苍蝇一样忙来忙去的小学徒，此时领带也没系，睡眼惺忪地拿着扫帚走出来，把干硬的蛋糕和残羹剩饭扔给她们。叫

花子们拖着沉重的脚步在街上走着,有时急着去干活的俄国庄稼汉横穿过马路,他们的靴子上溅满石灰水,即使用最干净的叶卡捷琳娜运河水来洗也无法洗干净它们。通常女士们这时上街是不体面的,因为俄国人喜欢用最刺耳的语言来表达自己的意思,那些话她们恐怕在剧院里也未必能听得到。有时会有一个半睡半醒的官员腋下夹着皮包,慢腾腾地走过,假若他去司里上班需要经过涅瓦大街的话。可以肯定地说,在这段时间里,即十二点之前,涅瓦大街对任何人来说都不是目的地,它只是交通设施:街上逐渐挤满了人,他们每个人都有自己的工作、自己的操心事和自己的烦恼,根本没有想到这条街。俄国庄稼汉们谈论着十戈比银币或七枚半戈比铜币,老头老太太们挥动着双手,彼此间说着什么,间或做出令人相当惊奇的手势;但谁都不听他们说话,不嘲笑他们,只有那些身穿花色粗布长衫、手持空酒瓶或缝好的皮靴、像闪电一般在涅瓦大街上飞跑的男孩子们例外。这时无论你穿戴什么,哪怕头上戴的不是礼帽,而是便帽,哪怕衣领高高耸出领带上方好大一截,——谁都不会发现。①

这一段有关涅瓦大街本身的描写其实很少,只有几句,其他全都是在写清早的彼得堡是一幅怎样的情形,给人的印象是清晨的彼得堡是穷人的世界,与普希金的《叶甫盖尼·奥涅金》第1章第35节里描述类似:商人、小贩、车夫、送牛奶的女孩儿……但这一切在果戈理笔下更鲜活具体,观察一如既往地细致入微,就连庄稼汉的"靴子上溅满石灰水"都没有漏看;描绘也一如既往地画面感十足,一句"一个半睡半醒的官员腋下夹着皮包,慢腾腾地走过"已然使一个典型的官员形象跃然纸上。

十二点钟,各种国籍的家庭教师带领自己的、穿着细麻布硬领的学生们涌上了涅瓦大街。英国的琼斯们和法国的科克们挽着托付给他们、请他们像父母一般关心照顾的学生的胳膊,庄重地向学生讲解说,商店上方挂招牌是为了让人们知道商店里卖些什么。女教师们,脸色苍白的英国小姐和面颊红润的斯拉夫女郎,举止端庄地走在敏捷活泼的女孩子们后面,吩咐她们把肩膀抬高些,挺起胸来;简言之,这时的涅瓦大街是教育界的涅瓦大街。但越接近两点钟,家庭教师、老师和孩子们的数量就越少,他们最终被孩子们温文尔雅的父亲们所

---

① 《果戈理全集》第三卷,周启超主编,刘开华译,合肥:安徽文艺出版社,1999年,第2~3页。

代替了，这些人跟自己花枝招展、珠光宝气、神经衰弱的女友们挽着胳膊走来。渐渐的，所有做完自己相当重要的家务事的人们，都与他们这些人汇合到一起了，例如：有的人与自己的医生谈论完了天气和鼻子上突然长出的一个小粉刺；有的人问明了马匹和自己的显示出很高天分的孩子的健康状况；有的人……汇合到这里的还有一些在外交部供职并以其工作、习惯之高尚而著称的官员。天哪，多么好的职位和职务啊！它们能使人的心灵得到多大的慰藉和升华啊！唉，可惜我没供职，没有享受到长官们与我温柔相待的快乐。①

十二点钟的涅瓦大街是属于教育界的，家庭教师、老师和学生们是涅瓦大街上的主角。到了两点钟，涅瓦大街就换了一拨人，成了温文尔雅的男人和花枝招展的女人的天下。作者还针对外交部的官员发了一通感慨，当读者看到"可惜我没供职，没有享受到长官们与我温柔相待的快乐"这一句时，不知是否会想起《外套》里那个由于被长官呵斥而一命呜呼的小抄写员。如果说写到这里还只是有点啰嗦的平铺直叙，那么接下来的描述就开始要飘浮起来了：

  在涅瓦大街上您看到的一切都是雍容风雅的：男人们身着长长的礼服，两手插在兜里；女人们穿着粉红色、白色和浅蓝色的长裙缎子礼服，戴着礼帽。在这里来您会看到在别处看不到的络腮胡子，它们极其高明地从领带下钻出来，如同丝绒一般柔软，缎子一般光滑，貂皮或煤炭一般乌亮，但是，唉，只有外交部的官员才有这样的络腮胡子。上帝未赐予在其他部门供职的人黑色的络腮胡子，他们也就只好极不情愿地蓄着棕红色的。在这里您会看到用任何笔墨也难以描绘的奇妙的短髭，一生中一半最美好的时光都花费在这些短髭上了，——它们是白天与黑夜辗转不眠、精心照料的对象，上面喷着令人陶醉的香水和香料，搽着最昂贵最稀有的香膏，一到晚上便被人用犊皮纸卷起来；蓄着这样短髭的人为其倾注了最感人的爱，行人们为之羡慕不已。成千上万种五色斑斓、轻飘精巧的帽子、衣裙、头巾，使它们的所有者有时能在整整两天的时间里爱不释手，而使涅瓦大街上的行人眼花缭乱。它们宛若无数蜘蛾突然从茎秆上飞起来，亮闪闪

---

① 《果戈理全集》第三卷，周启超主编，刘开华译，合肥：安徽文艺出版社，1999年，第 3～4 页。

的一大片，在黑色的雄性甲虫上方嗡嗡作响。这里您会看到您即使做梦都梦不到的纤细、苗条的腰肢，比瓶颈还要细的柳腰；您一看到它们，就会毕恭毕敬地闪到一边，唯恐一不小心用自己笨拙的臂肘碰了它们；您提心吊胆，害怕那大自然与艺术的杰作可千万别由于您哪怕是随意的一次呼气而折断。而在涅瓦大街您会看到什么样的女式衣袖呀！啊，多美呀！它们有点像两个气球，若不是男人挽着，女士恐怕会突然升到天空中去，因为把女士举到半空中，就如同把一杯盛满香槟酒的酒杯举到嘴边一样，是非常容易和令人愉快的。……在这里您会看到在其他任何地方都看不到的微笑，美妙绝伦的微笑，有的微笑使您骨酥魂销；有的微笑使您自惭形秽，低下头去；还有的微笑使您觉得自己比海军部大厦的尖塔还要高……在下午两点至三点的这段时间里，涅瓦大街可以被称作活动的陈列馆，在这里举办着人类最优秀作品的展览会。一个人炫耀自己有上等海狸皮领的、极考究的常礼服；另一个人显示其希腊式的漂亮鼻子；第三个人蓄着十分有气派的络腮胡子；第四位女士有一双娇媚的眼睛和俏丽的帽子……但是，三点的钟声一敲响，展览会便结束了，人群变得稀疏了……①

作者的描述里开始出现观看方式的变化——从整体观看变成了局部细究："络腮胡子""短髭""柳腰""衣袖""微笑"，最后用"人类最优秀作品的展览会"来收束，那些被果戈理像气球一样举起来放到眼前细瞧的展品得以重新回到原来的视野里。

  三点钟的时候出现了新的变化。春天突然降临到涅瓦大街上：整条街上到处都是穿绿色制服的官员们。饥肠辘辘的九等文官、七等文官及其他高级文官们竭力加快自己的脚步。年轻的十四等文官、十二等文官和十等文官还匆匆忙忙地抓紧时间在涅瓦大街上多溜达一会儿，他们装出一副神气样子，就好像他们根本没在机关里坐了六个小时……
  从四点钟起，涅瓦大街变得空空荡荡了，在街上恐怕一个官员也碰不上了。一个女裁缝……快步走过涅瓦大街；一个……弃妇踯躅在街头；一个……怪人……

---

① 《果戈理全集》第三卷，周启超主编，刘开华译，合肥：安徽文艺出版社，1999年，第4~8页。

> 但是，只要暮色一落到房子和街上……涅瓦大街上就又热闹起来了，又开始活动起来了。……您会遇到许许多多穿着暖暖和和的常礼服和外套的年轻人，其中多数是些单身汉。……年轻的十四等文官、十二等文官和十等文官们长时间地走来走去……在这里您会遇到两点钟时带着那样傲慢的神情、那样高尚的气度在涅瓦大街上散步的那些可敬的老者。您会看到他们也像年轻的十四等文官一样奔跑着，为的是往那老远就看见的女士的帽檐下偷偷地瞧一眼，她那肥厚的嘴唇和涂满胭脂的脸蛋使许多散步的人动情……①

"展览会"之后，三点钟"春天"上场。各级身穿绿色制服的官员被果戈理分成两拨儿——年轻的和年老的。年轻的一拨儿显然还在躁动，六小时的枯坐并没有完全消磨掉他们的活力，而年老的一拨儿则被社会吊打得完全没了脾气。四点钟是"中场休息"。到了掌灯时分，演员重新登场，单身汉们、年轻的官员们，甚至是两点钟出现过的那些温文尔雅的父亲们都来到涅瓦大街这个舞台上"散步"了。只不过，这时他们的散步带有某种目的性，一旦目标出现，他们会不分老少、不顾形象地奔跑起来。此时的涅瓦大街便成了猎艳场。

开篇的这一大段对涅瓦大街的描述，就像整个"彼得堡故事"系列的总图谱，让彼得堡的各色人物在涅瓦大街这个舞台上一一亮相，然后在人群中选中了两个年轻人，以花开两朵各表一枝的方式对他们的猎艳经历进行跟踪报道式的描写，最后又返回涅瓦大街，点出了小说的主题：涅瓦大街时刻在撒谎，一切都是欺骗，一切都是幻影。而涅瓦大街是彼得堡的灵魂，对涅瓦大街的印象和评述也就是对彼得堡的印象和评述，因而我们可以把这篇小说视为彼得堡的风俗画像。

结构上，以描写涅瓦大街开头，结尾又回到涅瓦大街，构成了的闭环。只不过，开篇貌似是正面的描写，而结尾则转为揭露和批判了。小说的主体情节是两个年轻人在涅瓦大街上开始截然不同的猎艳过程：画家彼斯卡廖夫（Пискарев）追逐黑发女郎，结果发现她是妓女，他想以自己的方式改造她，却遭到失败，最后在鸦片的麻醉中自我了断；军官彼罗果夫（Пирогов）追逐金发女郎，结果发现她是有夫之妇，因对之纠缠不休而遭其丈夫德国匠人的羞辱，激愤不已的心绪最后却出乎意料地被两张馅

---

① 《果戈理全集》第三卷，周启超主编，刘开华译，合肥：安徽文艺出版社，1999年，第8～9页。

饼和一张报纸抚平，仿佛什么也没有发生。同是猎艳，结局怎么就这么不同呢？

有趣之处还在于：平行展开的两条情节线，果戈理先讲述的是画家的那一条，即更不同寻常甚至可以说是惨烈的那一条，其后才不慌不忙地在一段关于死亡的插话后，讲起了相比之下日常和平庸很多的军官那一条线。为什么呢？明显前面的故事更具冲击力，而后面的故事是不了了之的，这种情节安排让人感觉头重脚轻，明显有悖常理，作家为什么选择这么做呢？不合常理的地方必有古怪。细想下来我们觉得，果戈理如此安排平行的情节线，是为了把读者的注意力重新引回到正常的生活轨道上。他先是像一个人类生活的研究者一样，从生活之流中剪裁下一小部分，拿着放大镜进行了深入观察、研究和思考，然后手握离奇与荒诞的棱镜，将这个样本透射给世人看，引导读者以陌生化的视角重新审视习以为常的生活，进而识破彼得堡生活中无处不在的虚伪和丑陋，最后又将其放回到生活之流中，不打扰生活原本的流向。《涅瓦大街》是这样，《鼻子》也是这样，在经历了为时近半个月的奇幻漂流之后，无声无息地，鼻子又回到了原处，一切恢复如初。《肖像》亦是如此，里面的一幅奇特的肖像画毁了一个有才华的画家（为什么倒霉的总是画家呢？），到了第二部结尾，画像神奇消失，也意味着被它搅扰的生活即将恢复平静。而《外套》结尾处出现的鬼魂，也只是在抢到了"大人物"的外套作为补偿之后，便即刻消失了，生活继续进行。只有《狂人日记》的结尾没有回到先前，但调子也陡然转向了日常，在"救救孩子"的激情呼喊后，是平淡无奇的八卦：阿尔及利亚大使的鼻子下长着一个瘤。

下面我们着重看一看前面说过的果戈理在"彼得堡故事"系列中、在描绘现实生活的荒诞不经时所采用的幻想因素，在《涅瓦大街》中的体现。

首先，在对涅瓦大街的现实性描绘中，掺杂着幻想和魔鬼母题。这从涅瓦大街在夜晚时分的欺骗性和虚幻性上可见一斑：

> 只要暮色一落到房子上和街上，守夜人身披粗席，爬上梯子去点路灯，而商店低矮的窗户里露出白天不敢拿出来的那些版画，这时，涅瓦大街就又热闹起来了，又开始活动起来了。灯火给一切罩上一层诱人的美妙色彩的那种神秘时刻便降临了。……此时可以感觉到一种目的，或者毋宁说是一种类似目的的东西，一种完全不由自主的东西。所有人的脚步都加快了，变得不均匀了。颀长的影子在墙上和马

路上闪动着,头部影子几乎能达到警察桥上。①

就在这华灯初上的"神秘时刻",画家皮斯卡廖夫也被"一种类似目的的东西"驱赶着奔走在涅瓦大街上。他在追逐一位"使自己为之倾倒的"黑发女郎。当"行人越来越稀少,街上逐渐寂静下来"时,"美人儿回头看了他一眼,他觉得她的嘴唇上似乎露出一丝微笑"。这一抹微笑就像果戈理惯用的"机关",一旦触发,事情就加速运转,一泻千里。果然,接着就出现了魔幻感十足的描写:

> 人行道在他的脚下疾驰,马车连同飞奔着的马儿似乎凝住了,桥变长了,在其拱弧处断裂了,房屋翻了个个儿,岗亭朝着他倒了下来,哨兵的斧钺和招牌上的烫金字以及画上去的剪子仿佛就在他睫毛上闪闪发亮。……他什么也没看见,没听见,没注意,沿着那双纤足轻盈的踪迹飞奔,自己竭力想放慢自己像心跳一般快的步子。……但心脏的跳动,一股不可遏止的力量以及各种感情的骚动使他又向前奔去。他甚至没有注意到,怎么会突然之间在他面前矗立起一幢四层的楼的房子,四排闪烁着灯火的窗户一齐盯住了他,他撞到了大门旁的铁栏杆上。②

因美人儿若有似无的一抹微笑,皮斯卡廖夫上头了。在他眼里,整个世界好像发生了某种倒错:没脚的人行道自己跑起来,而长着四条腿的马却凝滞住了;桥自己拉长了、断裂了,房屋四脚朝天,来了个倒栽葱……这一切都令人想起《维》中被女妖施法的霍马看到的奇幻世界。这种魔幻感甚至还延续到了画家的梦中:

> 皮斯卡廖夫跑下楼。院子里果真停着一辆四轮马车。他坐了进去,车门砰的一声关上了。马路上的铺路石在车轮和马蹄下轰响起来,被路灯照亮的一幢幢房屋连同色彩鲜艳的招牌一起飞快地在马车窗口一一掠过。……
> 马车在灯火辉煌的大门口停了下来,他立时被惊呆了:一长溜

---

① 《果戈理全集》第三卷,周启超主编,刘开华译,合肥:安徽文艺出版社,1999年,第8~9页。
② 同上书,第13页。

马车，车夫们的说话声，灯火通明的窗口，还有乐曲的旋律。穿阔绰号衣的仆人扶他下了车，恭恭敬敬地把他送进前厅。前厅里矗立着一根根大理石柱，穿绣金制服的看门人垂手而立，明亮的灯光下散放着一件件斗篷和皮大衣。……五光十色的人群使他心慌意乱，他觉得，好像有一个魔鬼把整个世界砸成了无数个碎块，又把这些碎块毫无意义，毫无条理地搅和到一起。女人们炫目的肩膀，黑色的燕尾服，枝形烛台，灯，空气般轻柔的薄纱，飘悠悠的绦带，华丽的长廊的栏杆后面露出的高大的低音提琴——所有这一切都在他眼前熠熠夺目。①

当画家追逐的美人展现出她作为妓女的真实的一面后，他"像只野山羊似的"跑了。午夜，"他怀着彻骨的怜悯之情，坐在快要燃尽的蜡烛前"。②他做了这个美梦：车门自行关闭，马路轰隆作响，一幢幢带招牌的房子飞快地掠过，他转眼间就到了一个明亮得耀眼的所在。在这里一切都那么华美、丰富，那么不真实，"好像有一个魔鬼把整个世界砸成了无数个碎块，又把这些碎块毫无意义，毫无条理地搅和到一起"。

之后，他"一心只想着梦境"。"终于，梦幻成了他的生活。"③他用鸦片制造的梦境也是幻想和魔性十足的，他的美人儿要么"坐在乡村明亮的小房子的窗前"，④要么"把一只可爱的胳膊肘支在他的椅背上，坐在他身旁看他作画"。⑤最后，结尾处直接点明："噢，千万不要相信这条涅瓦大街哟！我走在这街上时，总是用斗篷把自己裹得紧紧的，竭力不看迎面遇到的东西。一切都是欺骗，一切都是幻影，一切都不是表面看到的那样！……这条涅瓦大街，它任何时候都在撒谎，特别是在浓浓的夜色降临到街上，……而恶魔亲自点燃路灯、只为给一切制造假象的时候。"⑥

小说中的两个主要人物——画家和军官有着截然不同的道德观，悲情的画家与可笑的军官形成鲜明对照，就连他们选择的目标都是截然相反的：黑色头发是夜的颜色，金色头发是昼的颜色。一切从尚未开始追逐时便已经注定了，这里面有一丝宿命的味道。比起简单、原始、跟随天性和

---

① 《果戈理全集》第三卷，周启超主编，刘开华译，合肥：安徽文艺出版社，1999年，第 17～18 页。
② 同上书，第 16 页。
③ 同上书，第 25 页。
④ 同上书，第 26 页。
⑤ 同上书，第 27 页。
⑥ 同上书，第 46～49 页。

欲望行事的军官,画家就太过多愁善感、悲天悯人了,他想得太多,从而把简单的猎艳搞成了自己一个人的悲剧;反倒是军官,被人家丈夫捉住一顿羞辱,不但没有在羞愤中自杀,反而第一反应是要去告状,然后两张馅饼下肚,又是一条好汉了。这便是诗和散文的区别,便是文艺青年和油腻大叔的不同境界。

果戈理在小说中偶尔发表一番议论,不过采取的依旧是我们前面提到的古怪形式,即严肃的话题戏谑着说,用些不着边际的搞笑话风消解话题的严肃性,让读者摸不清他的真实意图。比如,在讲完画家和军官猎艳不成的故事后,果戈理写道:

"我们这个世界安排得多么奇诡啊!"前天我走在涅瓦大街上,回忆起这两件事时想到,"命运在多么奇怪、多么不可理喻地任意摆布我们!我们什么时候能得到我们所期待的东西吗?我们果真能达到我们的力量仿佛刻意追求的目的吗?"一切都会逆转的。命运赐给一个人几匹骏马,可他却无动于衷地乘坐在它们拉的车上,根本没注意到它们的英姿;而另一个人酷爱马匹,却只能徒步行走,当骏马在他身边飞驰而过时,他只能咂咂舌头而已。一个人有个顶呱呱的好厨师,可是很遗憾,他的小嘴连三块小肉都吃不下去;而另一个人的嘴有总参谋部的拱门那么大,可是,唉,他却只能满足于德国的土豆菜。命运多么奇怪地摆布着我们呀!①

这段话前半部分明明很有深意,可以说是已经上升到形而上的一种思考。可是,接下来的例子却一个比一个形而下,骏马还说得过去,可到了厨师的例子,却把嘴大嘴小拿来说事儿,完全陷入了无厘头。但不如此便不会产生滑稽感,而没有滑稽感也就不是果戈理的风格了。

第二篇《肖像》,写的是一位彼得堡穷画家无意中购得一幅肖像画,上面画的是一个老头儿,两只眼睛栩栩如生,令人望而生畏。正是这幅画像改变了画家的一切,使他不仅失去了创造力,甚至也失去了理智乃至生命。而画出这幅画像的那个人,在画完眼睛后,就意识到了这幅画的魔性,他扔下画笔跑进了修道院,用忏悔和苦行赎罪。所以,这是一部关于艺术家毁灭与

---

① 《果戈理全集》第三卷,周启超主编,刘开华译,合肥:安徽文艺出版社,1999年,第46页。

重生的奏鸣曲,关乎艺术创造的作用与意义、艺术家的责任与使命。

有人说,是普希金《黑桃皇后》的成功使果戈理萌生了一个愿望:讲述一个被金钱毁灭的人的故事。不过,果戈理除了写人对金钱的贪欲如何毁灭人之外,更主要的是探究人类生活的真正意义和艺术的使命。这一切又是透过魔幻的肖像画引发的不同故事来揭示的。

我们来看一看小说里魔幻的部分。

……画家突然战栗起来,脸色变得煞白:从放在地上的画布上伸出一张痉挛扭曲的脸,正瞧着他。两只可怕的眼睛紧紧盯着他,就好像要吃掉他似的;那张嘴上还铭刻着禁止出声的严厉命令。他吓得毛骨悚然,想喊叫,呼唤在前厅已鼾声如雷的尼基塔,但他猛然间定住了神,笑了起来。恐惧感在一瞬间消失了。原来这是他买来后忘得一干二净的肖像。月光照进屋子,也落在肖像上,给他增添了奇异的生气。①

又是熟悉的跨界感。这一回是月光惹的祸。但接下来,当恰尔特科夫把这幅画擦拭干净挂到墙上时,画上的"整个脸几乎活了,那双眼睛那样看了他一眼,使他禁不住哆嗦了一下,倒退几步,惊叫道:'他在看着我,用活人的眼睛看着!'"②他觉得"在他面前的这幅肖像画上有某种奇怪的东西。那已不是艺术,它把整个肖像的和谐都破坏了。这是一双活生生的、活人的眼睛!它们仿佛是从活人脸上剜下来,嵌到这张画上似的。通常不管画家选取的描绘对象有多么可怕,人们看到艺术家的作品时心中都会产生一种极大的愉悦。但在这里,没有这种愉悦;在这里只有一种病态的、痛苦的感觉"③。恰尔特科夫不明白为什么会有这么"奇怪的、令人不快的感觉",他想要弄明白:

他又一次走到肖像前,想仔细看看那双奇异的眼睛:他惊愕地发现,那双眼睛的确正瞧着他呢。这已不是对模特儿的临摹,这乃是那种奇诡的生气。……他忽然感到自己一个人坐在房间里很害怕。他悄悄离开肖像,走到房间另一头,竭力不去看它,可眼睛却不由自主地

---

① 《果戈理全集》第三卷,周启超主编,刘开华译,合肥:安徽文艺出版社,1999年,第109~110页。
② 同上书,第110页。
③ 同上。

时时斜瞟过去。终于，甚至在房间里走动他都感到害怕了，他总觉得好像有个人马上就会出现在他身后，于是他每一次都会提心吊胆地回头看看。……他坐到一个角落里，但就在这里他也觉得，好像有个人随时都会从背后探过脑袋来看他的脸。从前厅传来的尼基塔的鼾声也没有驱散他的恐惧。他终于低着头，怯生生地从座位上站起来，走到屏风后面，躺到床上。透过屏风上的缝隙他看到被月光照亮的房门，也看到挂在对面墙上的肖像。那双眼睛更可怕、更意味深长地盯住了他，似乎它们不想看其他任何东西，只想盯住他。他十分苦恼地从床上站起来，抓起一个床单，走到肖像跟前，把它整个包了起来。①

这里，梦的作用在于：一方面，展现人的潜意识里对金钱、荣耀的渴求，想走坦途、最好不劳而获的隐秘愿望；另一方面，肖像画上具有魔力的眼睛带来的厄运，魔鬼无可抵挡的入侵，使每个人都可能成为这种厄运的猎物。

别林斯基评论《肖像》，说它是果戈理幻想类的失败尝试。他的天才堕落了，但即便在堕落中他也是天才。他承认第一部令人读得津津有味，因为又恐怖，又美，又有吸引力，加上很多幽默和趣味（比方说片警对绘画的议论，还有领女儿来画肖像的太太也发表了很多有意思的议论）。但对于第二部，别林斯基就完全否定了，认为一文不值，画蛇添足，看不到果戈理的风格了，完全没有幻想的参与。

别林斯基的批评，加上果戈理在罗马目睹画家伊万诺夫的忘我工作，激发了果戈理对《肖像》进行修改的愿望。修改后的《肖像》主人公的姓氏改成了后来的恰尔特科夫（Чартков），而不是原来的切尔特科夫（Чертков），从而消除了与"魔鬼"（Чёрт）一词的关联。果戈理还删掉了肖像和定制者颇具神秘主义色彩的出场情景。与此同时，次要人物的现实主义描绘被展开来。第一版是画布上的放高利贷者消失了，第二版改为画作消失，又开始在世间游荡了。

为什么小说以肖像命名呢？

首先，是在主人公们的命运中起着致命作用的放高利贷老头的肖像画。其次，是现代社会的画像。再次，是艺术天才的画像。最后，是作者的心灵肖像。

---

① 《果戈理全集》第三卷，周启超主编，刘开华译，合肥：安徽文艺出版社，1999年，第111～112页。

《肖像》的主题是选择。人性的弱点是禁不住诱惑。金钱、名誉、地位、成就感、虚荣心、诱惑很多,而且往往比坚持正途来得容易和简单。而坚持正途,比如追求真正的艺术,除了天分,还要有不懈的努力;除了不懈的努力,还要找准方向。艺术的求道之路充满荆棘,每一次的坚持或者放弃都如同岔路口的选择,需要足够的勇气和坚定的信念。

第三篇《狂人日记》,写的是一个小官吏的疯言疯语。

从小说一开始这个姓波普利辛(Поприщин)的九品文官就对周围的一切都心存不满:科长、出纳、法国人、仆人,甚至是狗。

他上班迟到,预想到科长会做出"一副酸溜溜的表情",因为科长"老早以前就对我说:'你是怎么回事,老弟,你这脑袋瓜子怎么总是糊里糊涂的呢?有时你慌慌张张、毛手毛脚的,把事情搅得一塌糊涂,即使撒旦本人来了也理不清。你把爵位的头一个字母写成小写的,既不写日期,也不标号码。'这个可恶的长脚鹭鸶!他一定是妒忌我坐在司长的办公室里为大人削鹅毛笔"①。首先,这位波普利辛不想上班,他要不是需要预支薪水"真不会去上班"。他一想到科长看到他会摆出怎样的嘴脸就更打怵了,不过从科长训他的话里,我们也可以得知,波普利辛的工作状态不佳,常常出错。只是他不自知,反而觉得科长是针对他,妒忌他,妒忌他离司长近,虽说他也只不过是给司长削削鹅毛笔而已。从波普利辛的视角看,他的顶头上司嫉贤妒能,对他实施精神压迫,令他上班的心思都没有了。有意思的是果戈理在波普利辛的内心独白里引用了科长的话,这段话把波普利辛絮絮叨叨的独白撕开了一道口子,让另一个视角切进来,引起读者的警觉心,当读到"他一定是妒忌我坐在司长的办公室里为大人削鹅毛笔"时,读者的立场会在波普利辛和科长的视角之间摇摆游移,从而产生离间的艺术效果。后面科长又教训了他一通:"你已经是四十多岁的人了,也该长点脑子了。你成天想什么呢?你以为我不知道你那些鬼把戏?你竟然追逐上司长家的大小姐了!哼,你瞧瞧你自己那副模样,想想你算是个什么东西?你是个草包,蠢才一个。你连一个铜板也没有。你也不照照镜子,竟然异想天开!"②这让他认定了科长就是在妒忌他,他觉得科长的七等文官没啥了不起,自己也"是个贵族","也会一步步升上去的",

---

① 《果戈理全集》第三卷,周启超主编,刘开华译,合肥:安徽文艺出版社,1999年,第248页。
② 同上书,第253页。

"还会当上更大的官",到那时,"你想来给我擦鞋帮,我还不要呢"。① 这有点阿 Q 的精神胜利法的味道。

波普利辛在想到出纳时也是愤愤不平:"这也是个混账!要让他什么时候提前一个月发薪水,——那得等到世界末日到来以后。你去央求他吧,不管你说多少好话,也不管你有天大的困难,——他就是不发,这个白头发的老鬼。而在家里,连女厨子都抽他的嘴巴。这是全世界都知道的事。"② 在波普利辛对出纳的指责中,大概只有"不管你有天大的困难"这一点有些说服力,让人对于要求预支薪水这件事产生一点同理心。至于其他的什么央求啦、说好话啦,与财务制度比起来,都摆不到台面上,何况从波普利辛的话里可以看出,要求预支薪水这件事并非只此一回,任谁做出纳,应该也无法有求必应。但在波普利辛心里,出纳便因此成了"混账""老鬼",还不忘八卦点人家的隐私。

接着,波普利辛又给出不想上班的另一个原因:"一点财源也没有。"他羡慕在省公署、民政局和税务局里上班的人,因为人家可以租豪华的别墅,连"镀金边的瓷茶碗"都看不上,收礼物必得是"一对大走马或者一辆轻便马车送",再不然就是"价值三百卢布的海狸皮",可以当面是个人,背地里"把申请人敲诈得倾家荡产"。但波普利辛又对这些人有些不屑一顾,因为他们没有自己的职务"清高",若非如此,"我早就离开司里了"。③ 从这里可以看出波普利辛的矛盾心态,一方面自视清高,另一方面又不甘清贫。

上班的路上,波普利辛对其他人都视若无睹,只关注"上等人",也就是和自己一样的官员。看到一个这样的人,心里就判定说:"你不是去司里上班,你是在追前面跑着的那个小妞,在看她那双白嫩的腿。"不是同类的话,大概无法如此断然下结论。果然,他紧接着就感慨道:"我们这些官员是多么狡猾的人呀!真的,不亚于任何一个军官:只要有个戴小呢帽的女人走过去,他准能跟她勾搭上。"④ 这不由令人联想起《涅瓦大街》军官的猎艳起意和《钦差大臣》里市长的自暴其短。再下面波普利辛就以实际行动证明了自己是官员队伍里名副其实的一员。他看到司长的女儿,就靠到墙边,"有意识地竭力用外套挡住自己的脸",偷窥人家,把

---

① 《果戈理全集》第三卷,周启超主编,刘开华译,合肥:安徽文艺出版社,1999年,第 254 页。

② 同上书,第 249 页。

③ 同上。

④ 同上。

人家如何"像只小鸟一样从车里飞了出来""怎样向左右顾盼了一下,眉毛和眼睛是怎样闪动了一下"看了个分明,还自以为"她没认出我来"。而他挡住脸是缘于自己"身上的外套非常脏,而且还是旧式样"。他看到司长女儿的小狗美琦和过路的两位女士的小狗互相闻了闻,说起人话来。他开始很惊讶,"但过后,当我把所有这一切都认真考虑过之后,我不再惊讶了。的确,世界上已经发生过许多类似的事情"。① 说是不惊讶,还是"惊诧不已"。波普利辛的内心独白渐渐开始前后矛盾,前言不搭后语了,他的行为也不再按常理出牌:他不去上班了,而是跟着两位女士的小狗走,要"弄明白它是谁,在想些什么"。果戈理对波普利辛的异常举止适时地给了一个解释,而且用的是人物自己的坦白:"说实话,最近以来,我开始时常听到和看到一些无论谁都没听到和看到的事情。"②

令波普利辛反感的还有仆人。"我极不喜欢和仆人打交道:他们总是懒洋洋地坐在前厅,连头都懒得向你点一点。这还不算什么。有一次,他们当中的一个骗子竟然站都没站起来,就想给我敬烟。你知道吗,蠢才,我是官员,我是出身高贵的官员。但我拿起帽子,自己穿上大衣,因为这些先生从来不伺候你穿衣服,然后就走了。"③ 他心里骂仆人是"蠢才",感觉仆人怠慢了他,没对他表示敬意,或者他认为敬意不够。他一方面受科长的气,另一方面想在仆人面前趾高气扬,却没有实现,于是感到气闷。对于小狗他也是如此,他想要利用司长女儿的小狗美琦打听它的女主人的事情,小狗没理他溜走了,他不敢奈何美琦,就去找另一条小狗,强盗一样地把狗窝里的干草翻了个个儿,劫走了小狗的通信。

波普利辛只对司长和司长女儿刮目相看,以能为司长削羽毛笔为荣。他从司长"整个办公室里都摆满了书柜"④ 以及"非常喜欢在笔筒里多插一些笔"⑤ 这类事,便断定司长"一定是个聪明人";司长总是沉默不语,他就觉得司长"肯定把一切都考虑到了"。这完全是一副盲目崇拜的小迷弟模样。在司长家小姐面前,波普利辛的表现更是色令智昏,为了抢救小姐掉在地上的手帕,他"飞快地跑过去,在可恶的镶木地板上滑了一跤,

---

① 《果戈理全集》第三卷,周启超主编,刘开华译,合肥:安徽文艺出版社,1999年,第250页。
② 同上书,第251页。
③ 同上书,第253页。
④ 同上书,第251页。
⑤ 同上书,第255页。

差点没摔了个嘴啃泥"。① 卑躬屈膝的样子大概只有《变色龙》里的奥楚蔑洛夫能与之媲美。波普利辛对小姐还有不可描述的非分之想:"真想偷偷地看看那儿,看看小姐住的那几个房间,——这才是我非常想看的地方呢!窥视一下闺房:看看所有摆放在那儿的瓶瓶罐罐以及吹口气都怕吹折的娇嫩的花,看看她扔在各处的薄如蝉翼的衣服,真想窥视一下卧室……那儿,我想,一定像仙境一般,那儿,我想,一定是天堂,天上都没有的那种天堂。真想看看那个小板凳,看看她起床后怎么把自己那白嫩的脚放在那上面,怎么往那白嫩的脚上穿像雪一样白的袜子……"②

相对于波普利辛的内心独白,小狗的通信是果戈理引入文中的客观视角。信中对于司长和司长女儿的描述令读者和波普利辛同时了解了这两个人物不为人知的另一面。关于司长:

> ……非常古怪的人。他总是沉默不语,极少说话。但一星期前他不断地自言自语:"我能不能得到呢?"他一只手捏着一张纸,另一只手攥成空拳,说:"我能不能得到呢?"有一次他竟冲着我提出了这个问题:"你怎么想的,美琦,我能不能得到呢?"我根本不知道是怎么回事,闻了闻他的皮靴,就走开了。后来,ma chére,一个星期后爸爸兴高采烈地回到家里。整个上午不断地有一些穿着文官制服的人来见他,向他表示什么祝贺。在饭桌旁他十分快活,以前我还从来没有见过他那么快活过呢。他讲了一些笑话,而饭后他把我搂抱到他的脖子上,说:"你瞧瞧,美琦,这是什么东西?"我看到一条带子。我闻了闻它,但没闻出任何香味;最后我悄悄舔了一下:有点咸味儿。③

波普利辛发现:"啊!他原来是个贪图功名的人!这一条应该记住。"④小狗的反应是闻一闻、舔一舔,得出结论——就是条带子,没有香味,有点咸。而小狗的这个反应要比波普利辛的发现意味深长得多:那点咸味不过是因为主人紧张出汗而致,真不明白人为什么会为了一条带子这么反常。美琦大约是没听过《皇帝的新衣》这个故事。

---

① 《果戈理全集》第三卷,周启超主编,刘开华译,合肥:安徽文艺出版社,1999年,第252页。
② 同上书,第255～256页。
③ 同上书,第260页。
④ 同上。

关于小姐：

> ……突然走过来一个仆人，说："捷普洛夫来了！""请他进来！"索菲叫了一声，跑过来，抱住了我。"啊，美琦，美琦！你真应该知道他是谁：一个黑发小伙儿，宫廷侍从官；啊，他那双眼睛多美呀，黑黑的，像火炭一样闪闪发亮。"说完，索菲跑回自己的房间里去了。一分钟之后走进来一个年轻的、长着一脸络腮胡子的宫廷侍从官，他走到镜子前，整理了一下头发，坐到自己的位置上。索菲很快就出来了，她快活地鞠了一躬，以此作为对他的碰脚礼的回报。……啊，ma chére，他们的谈话多么无聊呀！……我真不知道，ma chére，她在自己的捷普洛夫身上相中了什么。她怎么那么迷恋他？①

美琦所描绘的是那个时代再典型不过的情景，跟奥涅金、毕巧林、罗亭们的经历差不多，跳舞会、剧院、家庭沙龙、花园散步……因而波普利辛对此倒没什么太大的反应。令他没有料到的是信中还提到了自己：

> 我觉得，既然她能爱上这个宫廷侍从官，那么很快她也就会爱上那个坐在爸爸办公室里的官员。唉，ma chére，你真应该看看那是一个多么丑陋的人呀，简直就像一个套在肥大衣服里的乌龟……②
>
> 他的姓非常古怪。他总是坐在那里削鹅毛笔。他脑袋上的头发非常像一堆干草。爸爸经常把他当仆人使唤……
>
> 索菲一看到他，就忍不住要笑。③

这下把波普利辛给惹毛了，不禁骂起小狗美琦来，随即又把火气转到了科长头上，说"这是科长搞的鬼把戏"。再往下看信，得知"现在宫廷侍从官每天都来"，"索菲疯狂地爱上了他"，"爸爸十分高兴"，"快举行婚礼了"，波普利辛悲愤至极，再也读不下去了。他控诉道："世界上一切美好的东西不是被宫廷侍从官们就是被将军们捞去了。你刚为自己找到一点财宝，正想着伸手去得到它，——可宫廷侍从官或将军却蛮横无理地

---

① 《果戈理全集》第三卷，周启超主编，刘开华译，合肥：安徽文艺出版社，1999年，第264～265页。
② 同上书，第265页。
③ 同上书，第266页。

把它从你这儿抢了过去。真见鬼！"①这虽说是基于自己肖想的东西落到了旁人手里的不甘，却也掷地有声，因为它直指等级社会的要害之处——好的资源都被金字塔尖上的少数人占了去。意识到这一点，波普利辛便也想挤到塔尖上去："真想当个将军。"只不过他想当将军"倒不是为了求婚，以及做什么别的事；不，我想当将军仅仅是为了看看他们怎样在我面前卑躬屈膝，怎么去玩弄所有这些形形色色的宫廷阴谋和把戏，然后我就去对他们说：我蔑视你们两个人"②。这个想法说明他还是没有参透这金字塔的奥秘，他只想着对鄙视他、无视他的人还以颜色。倘若他真有当上大人物的那一天，大概会是《外套》里那种大人物，特别想摆摆架子，抖抖威风。

这件事对波普利辛的刺激很大，他的思绪一直在围着小姐的婚事打转转。他想："他是个宫廷侍从官，这有什么了不起的。实际上，那只不过是个官衔，不是能看得到、可以拿到手的东西。即使他是个宫廷侍从官，额头上也没有长出第三只眼睛。他的鼻子也不是用金子做的，而是像我的和所有人的鼻子一样；他也是用它来闻味，而不是用它来吃东西；也是用它打喷嚏，而不是用它来咳嗽。"③这话说得虽然有点啰嗦，后面关于鼻子的说辞甚至有点不着边际，但核心思想却是深刻的：官衔不过是个虚妄的东西，并不是有了它，人就真的变成三头六臂了。然而，这个虚妄的东西却实实在在地在起作用，谁有了它的加持，谁就高人一等，虽然这虚名之下的那个人根本就没什么了不起的。进而，波普利辛又提出了一个更深刻的问题："为什么要有这些等级"？"为什么我是个九等文官？"也许，"我突然摇身一变，穿着将军制服进屋去：我的右肩上一个带穗肩章，左肩上一个带穗肩章，一条天蓝色的绶带横跨肩头，——那会怎样呢？"④是啊，那会怎样呢？大概就会像《钦差大臣》里的赫列斯塔科夫那样吧？

顺着这条思路，波普利辛想到了比将军更高的官衔。他在报纸上看到西班牙帝位空缺。"帝位怎么能空缺呢？……可听说，没有国王，——不可能没有国王。一个国家不能没有国王。有国王的，只不过他正栖身在一个无人知晓的地方。"于是，他一直就考虑西班牙的事，终于，"西班牙有了国王。他被找到了。这个国王就是我。说实话，我的脑子好像突然被

---

① 《果戈理全集》第三卷，周启超主编，刘开华译，合肥：安徽文艺出版社，1999年，第267页。
② 同上。
③ 同上。
④ 同上书，第267～268页。

一道电光照亮了一样。我不明白，以前我怎么能一直以为自己是个九等文官。我怎么会有这样一个癫狂的想法呢？幸亏那时谁都没想到把我关到疯人院去"。① 灵光一现，世界在波普利辛眼中颠倒了。颠倒得如同正常人的世界一样有逻辑，只不过是另一种逻辑。被封为王和自封为王的差别，仅此而已。波普利辛也正是从这一刻开始彻底疯癫了，在他的世界里，改变的不仅是逻辑，还有时间，还有常识，还有看到的东西……比如，"脑子是由风从里海那边吹来的"，司长"是个软木塞"，"女人爱上了鬼"，"虚荣是由于舌头下面有个小疱，疱里有个针头大小的小虫子，而这一切都是住在豌豆街上的一个理发匠安排的"。② 或者说，波普利辛获得彻底的自由，挣脱了这世间的一切束缚。只是，这种完全的自由持续时间很短，他的"使节们"仅用半个小时就把他护送到了"西班牙"。至此，他的世界里空间也改变了，于是中国和西班牙成了一个国家，地球也要坐到月球上了，那里住着的鼻子就会被压成粉末。鼻子到底有没有被压成粉末不得而知，但波普利辛被压制了：他被棍子打，他的头上被浇了冷水，"火辣辣的疼"，眼前一切都在旋转。他呼喊：

> ……救救我吧！带我走！给我一辆像旋风一般快的三套马的车！坐下吧，我的车夫，响起来吧，我的小铃铛，跑起来吧，马儿，把我从这个世界上带走吧！走得越远越好，让我什么也看不到，看不到。天空在我眼前翻腾；星星在远处闪烁；黑压压的树林连同月亮一起在飞跑；灰蓝色的雾在脚下延伸；琴弦在雾中发出清脆的声音；一边是大海，一边是意大利；瞧，俄罗斯的农村小木屋也看得到了。远处发蓝色的东西是不是我家的房子？是不是我的母亲正坐在窗前？妈妈，救救你可怜的孩子吧！把泪水滴落到他患病的脑袋上！你看看人家在怎样折磨他呀！把可怜的孤儿搂在你的怀里吧！这世界上没有他的栖身之地！人们在迫害他！妈妈！可怜可怜你的病孩子吧！③

这呼喊里能感受到《死魂灵》第一部结尾的气息，旋风般的三套马车、铃铛声、树林……只是，与《死魂灵》中不知要奔向何方不同，波普利辛是奔向了来处，在奔跑中倒退回了婴儿期。

---

① 《果戈理全集》第三卷，周启超主编，刘开华译，合肥：安徽文艺出版社，1999年，第268页。
② 同上书，第273～274页。
③ 同上书，第268页。

波普利辛的疯癫从社会的层面看，是社会等级制度下的下等官员的悲哀。在俄国的官衔中，文官分十四个等级，四等以上为上等职位，五到八等为中等职位，九等到十四等属于下等职位。而官员的升迁主要靠上级的提拔，这就是为什么在沙皇俄国人们对于官阶格外重视的原因。除了《狂人日记》，果戈理的《鼻子》《外套》，契诃夫的《胖子与瘦子》《小公务员之死》等作品反映的都是这一社会问题。波普利辛的悲剧并不在于上级官员的欺侮与压迫，而是在于等级制度所形成的思想意识的毒害。

从形而上的层面看，波普利辛对于人类社会秩序和游戏规则的质疑和思考是相当深刻的。个体的自由意志与群体的公共秩序之间永远存在着矛盾，疯癫是波普利辛作为一个个体，试图超越矛盾的一种不得已的选择。

第四篇《鼻子》是彼得堡系列中最令人匪夷所思的一篇。一个理发匠早起切面包切出个鼻子来，而且还是熟客科瓦廖夫（Ковалёв）的鼻子，他不知怎么办才好，就偷偷把鼻子扔进了涅瓦河里。与此同时，八等文官科瓦廖夫早起发现自己的鼻子不翼而飞了，而在他去找警察的路上竟然遇到了自己的鼻子，这鼻子大模大样、堂而皇之地"坐着马车满城跑"。他上前劝说鼻子回归原位，可鼻子对他不理不睬，关键是官阶竟还高出他一头，人家可是五等文官。没办法，科瓦廖夫只好去报社登寻鼻启事，又去找警察局长，可结果都是徒劳。沮丧之际，巡长上门送还了鼻子。但问题又来了，鼻子无论如何安不回去了，找医生来也没用。他认为是一位母亲因为他不肯娶她女儿而请女巫对他进行报复，专门写了封信去警告人家。之后，关于鼻子的传言满天飞。结局是，某天一觉醒来，科瓦廖夫的鼻子莫名其妙地又出现在了他的脸上。离奇、荒诞的情节，混乱、荒唐的逻辑，貌似不经意的揭露、讽刺，使得果戈理的这篇鼻子变形记别开生面，妙趣横生，把彼得堡的官阶崇拜以极端的形式展现了出来，比卡夫卡的《变形记》要早近八十年。

《鼻子》的情节结构和《涅瓦大街》类似，由两条平行的线索构成，一条是理发匠因头一天晚上醉酒，自己也记不得做过什么，因而在发现鼻子后又被老婆骂，只好拿着鼻子到外面去处理掉，结果好不容易想到把它扔到涅瓦河里，却不料被巡长抓了个现行。"然而，这里的事情实在是扑朔迷离；至于后来又怎样了，一无所知。"① 另一条是科瓦廖夫少校发现

---

① 《果戈理全集》第三卷，周启超主编，刘开华译，合肥：安徽文艺出版社，1999年，第60页。

自己的鼻子不翼而飞之后一连串的心理活动和为寻找出走的鼻子而付诸实际的行动。"但后来这里发生的一切又都笼罩在迷雾之中了，以后又怎样了，毫无所知。"① 维诺格拉多夫（В.В. Виноградов）在《写实的怪诞：果戈理小说〈鼻子〉的情节与结构》中分析了小说的这两个"有着相似开头、以同样的省略而结尾、在结局的第三章里被合到了一起的'独立的'平行片断。而它们之间原先的逻辑关系则被扯断。同一主人公（'鼻子'）的奇遇分两条线路走，他好像分裂了。对于两部分联系的错觉，与其说是由鼻子主题的类型学上的统一造成的，不如说，是由形式上点明了主人公（就是少校科瓦廖夫的鼻子）和一些出场人物（理发匠和巡长）的共同性造成的。这里点明了那条似乎是'机械地'在开头和结尾将两个片断串连起来的'生命线'"②。"但接下来片断分开了，鼻子不仅在作者的风格和科瓦廖夫的眼中一分为二了，也在读者的理解中一分为二了。鼻子生活在'双重存在的边缘'，一会儿转移到脸的世界，一会儿又重新出现在物的范畴。但在结尾，受'巡长指证理发匠参与了少校科瓦廖夫的鼻子失踪事件'的影响，'鼻子是统一的'这个思想重新出现了。"③

这样一来，鼻子失而复得的故事就变得扑朔迷离，真幻难辨。"鼻子"一词在俄语里是"нос"，而把这个词的字母反着写就变成了"сон"，即"梦"。果戈理很爱玩文字游戏，从这个词的正反次序各自的语义中似乎也可以一窥果戈理的用意，就像在小说的结尾果戈理所写的："喏，什么地方没有荒诞的事情呀？……但是，只要你再认真想一想，你就会觉得在整个这篇故事里，还真有点什么东西值得思考。不管人们说什么，世上还是有这类事情的，——不多，但总还是有的。"④ 这正如《红楼梦》里所写的："假作真时真亦假，无为有处有还无。"

《鼻子》的喜剧性缘于科瓦廖夫对鼻子失踪这件事的反应混淆了生活的不同方面，比如将他与鼻子的私人关系搬到社会领域，又是登报寻找，又是找警察局长申诉，还给怀疑捣鬼的女士写信警告威胁，最终搞得人尽

---

① 《果戈理全集》第三卷，周启超主编，刘开华译，合肥：安徽文艺出版社，1999年，第87页。

② *Виноградов В.В.* Натуралистический гротеск: (Сюжет и композиция повести Гоголя «Нос») / *Виноградов В.В.* Поэтика русской литературы: Избранные труды. М.: Наука, 1976. С. 24.

③ Там же. С. 25.

④ 《果戈理全集》第三卷，周启超主编，刘开华译，合肥：安徽文艺出版社，1999年，第90～91页。

皆知，满城风雨。"现实的不同方面——身体的、心理的、社会的——类似的混淆将'鼻子现象'——觊觎独立存在以及不愿从属于其主人的颐指气使的主体——推到了前台。"① 鼻子之所以从主人的脸上逃离，一种可能的现实原因大约是不堪忍受理发师的臭手，而鼻子会出现在理发师家的面包里，引发家庭龃龉，这应该是鼻子的报复。② 而鼻子之所以有"觊觎独立存在"之心，与当时的社会生态不无关系——只认官衣不认人，官大一级压死人，正是这样的官本位世界给鼻子的"独立"提供了空间和可能性，八等文官科瓦廖夫，即便是把自己说成是少校，对上五等文官，还是会张皇失措，支支吾吾。因而，往深里说，"《鼻子》是对什么是人、什么是人的本质这一题目的猜想"③。

　　果戈理为什么会写鼻子呢？首先，果戈理本人因鼻子生得长而尖，总被别人拿来说笑，因而对鼻子比较敏感，鼻子时不时就会出现在他的作品中。比如《伊万·伊万诺维奇和伊万·尼基福罗维奇吵架的故事》里，阿加菲娅·费多谢耶夫娜"像抓住茶壶柄那样轻而易举地抓住"伊万·尼基福罗维奇的鼻子，尽管后者的"鼻子有点像李子"④，还有上面说过的《狂人日记》结尾那些待在月亮上的鼻子等等。其次，日常生活中鼻子是开玩笑和讲双关语的对象。再者，如维诺格拉多夫所指出的那样，"19世纪20～30年代的文学氛围充斥着'鼻子学'（носология）"⑤，这种"鼻子学"缘于对斯特恩（Laurence Sterne）的长篇小说《特里斯特拉姆·项狄的生平与见解》（《项狄传》）的模仿。的确，《鼻子》中科瓦廖夫少校哀叹："我的天哪！我为什么这么不幸啊？哪怕我没有手没有脚，那也比这强呀！就是我没有了耳朵，——那很糟糕，但也还可以将就；可一个人没有鼻子，鬼才知道那是什么东西：说鸟不是鸟，说人不是人，简直得把他一下子扔到窗外去。"⑥ 我们再看一下《项狄传》里的见解："就算他是个

---

① *Ельницкая Л.М.* Мифы русской литературы: Гоголь. Достоевский. Островский. Чехов. М.: ЛЕНАНД, 2018. С. 41.
② Там же. С. 42.
③ Там же. С. 40.
④ 《果戈理全集》第二卷，周启超主编，陈建华译，合肥：安徽文艺出版社，1999年，第294页。
⑤ *Виноградов В.В.* Натуралистический гротеск: (Сюжет и композиция повести Гоголя «Нос») / *Виноградов В.В.* Поэтика русской литературы: Избранные труды. М.: Наука, 1976. С. 5.
⑥ 《果戈理全集》第三卷，周启超主编，刘开华译，合肥：安徽文艺出版社，1999年，第79页。

傻瓜、驴、鹅以及随便什么东西，只要给他一个体面的鼻子，那运气之门也会向他敞开。"两相比较，不难看出其中的相似性。

对《鼻子》的评论、研究和阐释很多，普希金、别林斯基、格里戈里耶夫、安年斯基、纳博科夫、洛特曼都有不俗的论述。当代研究者也有从梦的角度进行解读的，如奥克萨娜·萨维娜（Оксана Савина）在题为《果戈理小说〈鼻子〉被揭开的秘密》的文章中认为，通常人们会对梦进行解读，而《鼻子》相反，是用梦的象征对现实情节进行加密。① 这个思路还是颇值得肯定的。但是研究者把《鼻子》解释为作者对科瓦廖夫肮脏、下流行为的梦幻加工，这便有些恶趣味了。虽说"诗无达诂"，解读自由，但这样的解读无疑矮化了《鼻子》的艺术成就，对读者并无益处。

第五篇是我们前面提过的《外套》，写的是一个勤勉敬业的抄写小吏，他节衣缩食做了一件新外套，还没捂热乎就被强盗抢了去，求告大人物又被呵斥了一顿，竟然就此一命呜呼了，倒是死后出现了一个专抢外套的幽灵。这篇小说写得最妙的地方不是死后化幽灵报复，而是这位小吏对抄写的那种异乎寻常的专注与热爱。果戈理是这么写的："在这种抄写工作中，他看到了一个丰富多彩的、令人愉快的世界，脸上流露出享受的样子。有几个字母是他的宠儿，当写到它们时，他会忘乎所以：又是窃笑，又是挤眼儿，嘴角也跟着使劲儿，所以他的笔写出的任何一个字母，好像都可以从他脸上读出来。""除了抄写这件事之外，对于他来说，好像什么都不存在。"② 他好像完全活在自己的世界里：

> 阿卡基·阿卡基耶维奇如果望向什么东西，那他在所有东西上看到的也都是用均匀的笔迹写出来的整洁的字行，只有当不知道从哪儿冒出来的马脸搁到他的肩上并用鼻孔朝他的腮帮子喷了一大股风时，那时他才发现，他并非在字行中间，而多半是在街道中间。回到家他就立马坐到桌前，匆忙喝一口自己的菜汤，吃一块配洋葱的牛肉，完全没注意它们的味道，把这一切就着苍蝇和上天在这一刻送来的所有东西都吃掉。发现胃开始凸起了，他从桌边站起身，掏出墨水瓶就抄

---

① *Савина О.* Раскрытая тайна повести Н. В. Гоголя «Нос». http://www.proza.ru/2009/08/15/254 Дата обращения: 05.09.2023

② *Гоголь Н.В.* Шинель // *Гоголь Н.В.* Полное собрание сочинений: [В 14 т.] / АН СССР; Ин-т рус. лит. (Пушкин. Дом). — [М.; Л.]: Изд-во АН СССР, 1937-1952. Т. 3. Повести. 1938. С. 144.

写起带回家的公文来。要是没有这样的公文,他就特意给自己拷贝一份,自娱自乐,尤其是当公文不是因为文辞华丽而值得注意,而是因为写给某位新人或要人时。①

……总而言之,甚至在一切都渴望寻开心的时候,阿卡基·阿卡基耶维奇也不投入任何娱乐之中。谁都说不出来何时在哪个晚会上见过他。写够了,他就微笑着躺下睡觉,为想到明天的事儿而预先感到高兴:明天上帝一定会派点活儿给他抄写的。这个拿四百卢布年俸却能满足于自己命运的人,如果没有那些……生活道路上的各种灾祸的话,他的安生日子也许会一直过到耄耋之年。②

抄写就像用魔法棒画的一个圈,或者说一个结界,把阿卡基·阿卡基耶维奇与现实世界隔离开来,保护起来。周围人不把他放在眼里也好,嘲笑他也好,编他的瞎话也好,甚至把碎纸片撒到他头上欺负他,他都可以视而不见听而不闻。他只在别人妨碍了他抄写时才会发声:"别弄我了,你们干嘛欺负我呢?"对此,果戈理写道:

在这些话和说出这些话的声调中,包含了某种异样的东西。其中能听出某种令人生怜的东西,一个不久前才入职的年轻人原本也想学着别人的样子去取笑他的,这令人生怜的东西让年轻人突然好像被洞穿了一般停了下来,从此以后,他面前的一切好像都变了,而且显现出另一种样子。某种非自然的力量把他从同事们身边推开了,他认识他们时,曾把他们当作是体面的、上流社会人士。而且在之后的很长时间里,在最开心的时刻,他总是想起那个发际线退后的矮个子官员,和他那句刺心的话:"别弄我了,你们干吗欺负我呢?"在这句刺心的话里回响着另一句话:"我是你的兄弟。"于是可怜的年轻人用手捂住了自己的脸,而且他之后在自己的一生中有很多次都战栗不止,当他看到在人身上竟有如此多的没有人性的东西,在雅致、有教养的上流社会风度中竟隐藏着如此多凶残的粗暴,而且,天呐!甚至

---

① *Гоголь Н.В.* Шинель // *Гоголь Н.В.* Полное собрание сочинений: [В 14 т.] / АН СССР; Ин-т рус. лит. (Пушкин. Дом). — [М.; Л.]: Изд-во АН СССР, 1937-1952. Т. 3. Повести. 1938. С. 145-146.

② Там же. С. 146-147.

是在上流社会公认为高尚而诚实的人身上。①

这一发现和多年以后列夫·托尔斯泰在《舞会之后》中所写的年轻人的发现一样。《外套》里的这个年轻人好像突然之间开悟了一般，他"看见""听见"了之前看不到、听不着的东西，那种"异样的""刺人的"、令他"生怜的"东西。他的良心苏醒了。虽然年轻人是借由阿卡基·阿卡基耶维奇而良心发现的，但年轻人和他仍旧处在两个世界之中，他们有各自的路要走，有各自的命运在前方等待。

对于阿卡基·阿卡基耶维奇这样的人来说，在彼得堡"有一个强大的敌人"，那就是严寒。就在人们上班的时候，"它开始无差别地照着所有人的鼻子使劲弹，刺骨地疼，让可怜的官员们完全不知道该把它们往哪儿藏。这时候，就连身居高位的人也会冻得脑门疼，冻出眼泪来，可怜的九等文官们有时没有任何御寒之物。唯一能救他们的方式就是穿着薄外套尽快跑过五六条街，然后在门房处好生跺一跺脚，用这种方式给那些在路上冻坏了的能力和公务方面的才华除一下霜。"②九等文官巴什马奇金，也就是阿卡基·阿卡基耶维奇，一段时间以来就感到后背和肩头特别冷，查看了一下，发现这两个地方磨得"只剩一层稀麻布了：呢子磨透亮了，衬里也绽了线"。这个被同僚们视为笑柄的外套本就不堪，领子逐年缩小，因为要裁下一部分来贴补其他地方，而补得又不好看，所以被官员们戏称为"罩衣"，觉得它配不上"外套"的称谓。而如今，这罩衣也漏风了。巴什马奇金决定去找裁缝补一下。裁缝判了罩衣死刑，它如今只适合做包脚布了，要做一件"新的外套"。从这一刻起，生命的齿轮开始转动：

听到"新的"这个词，阿卡基·阿卡基耶维奇顿感眼前发黑，屋里的一切在他面前开始变得模糊起来。……"怎么就要做新的呢？"他说，仍旧像是在梦中一样："可我没有做这个的钱呐。"③

---

① *Гоголь Н.В.* Шинель // *Гоголь Н.В.* Полное собрание сочинений: [В 14 т.] / АН СССР; Ин-т рус. лит. (Пушкин. Дом). — [М.; Л.]: Изд-во АН СССР, 1937-1952. Т. 3. Повести. 1938. С. 144-145.

② Там же. С. 147.

③ *Гоголь Н.В.* Шинель // *Гоголь Н.В.* Шинель // *Гоголь Н.В.* Полное собрание сочинений: [В 14 т.] / АН СССР; Ин-т рус. лит. (Пушкин. Дом). — [М.; Л.]: Изд-во АН СССР, 1937-1952. Т. 3. Повести. 1938. С. 151.

当裁缝说做一件新外套要一百五十卢布的时候,巴什马奇金感觉五雷轰顶。他本来盘算着花两个卢布解决问题的。从裁缝家出来,他神思恍惚,自言自语,走错了路都不自知。直到撞到了岗警,被喝问后,他才清醒过来,转回家中。他想出贿赂裁缝帮他缝补外套的主意,但碰了壁。于是他开始盘算:果真做一件新的,钱从哪儿来。于是我们了解到,这个之前一心抄写、幸福满足的人,活得多么的捉襟见肘。他还没拿到手的节日奖金已经预先支配好了,且都是刚需。就算裁缝少要,怎么也得八十卢布。而他多年来一个铜板一个铜板地攒了四十卢布,剩下的一半无论如何也凑不上了。想来想去,只剩一条路,节省日常开支。于是我们就看到这个老实人是如何节衣缩食的:

> 晚间不再喝茶,不点蜡烛,如果需要做什么的话就去房东屋里,就着她的烛光;在街上走路时,要更加小心,踩在石头和方板上要尽可能轻一些,差不多要踮着脚尖走,这样短时间内就不会磨坏鞋掌;尽量少让洗衣女工洗内衣,为了不穿脏,每次一到家便脱下来,只穿一件很早以前做的保存至今的厚棉布长袍。①

这样的精打细算,把自己的需求降到了最低限度。令人想起张贤亮的《绿化树》里的某些生存困境。果戈理说,他的主人公完全学会了每晚饿肚子,不过得到了精神上的滋养——一直想着将要做成的外套:

> 从这时起,他的存在好像变得饱满起来,他好像结婚了,好像有另一个人和他在一起,好像他不再是一个人,而有一个可爱的生活伴侣同意和他一起走过人生之路——这个伴侣不是别个,就是那件有着厚厚的棉花、结实耐用的衬里的外套。他变得有些活泛了,甚至性格上也强硬了些,像一个已经给自己确定了目标的人。他的脸上和举止上的犹豫不决,总之,所有摇摆不定的特点,都自然消失了。他的眼中有时会闪现出火花,头脑中会出现最为大胆放肆的想法:是否真的在领子上放一块貂皮。一次在抄写公文时,他差点儿抄错,以至于几

---

① Гоголь Н.В. Шинель / Гоголь Н.В. Полное собрание сочинений: [В 14 т.] / АН СССР; Ин-т рус. лит. (Пушкин. Дом). — [М.; Л.]: Изд-во АН СССР, 1937-1952. Т. 3. Повести. 1938. С. 154.

乎惊呼出声："唉呀！"赶紧画了个十字。①

做一件新外套的决定给阿卡基·阿卡基耶维奇的生活带来了翻天覆地的变化，他变得都不像原来的自己了。他被有关外套的念头鼓动着、支撑着，连他最爱的抄写都无法专心致志了。简言之，新外套就像现实世界的一个楔子，被裁缝钉进了阿卡基·阿卡基耶维奇的结界，结界破碎了，现实的风雪灌了进来，婴儿般的巴什马奇金，只能像卖火柴的小女孩一样，冻死在严酷的现实里。

也许，有人会觉得，正是做新外套这件事让阿卡基·阿卡基耶维奇活了过来，有了人的生气，人的欲望，哪怕过把瘾就死，也比无知无觉地做个行尸走肉般的抄写机器强。但是，阿卡基·阿卡基耶维奇就像《涅瓦大街》中的画家皮斯卡廖夫一样，他们是和皮罗戈夫们不同的人，对于这个现实的、物质的、险恶的世界而言，他们太过单纯、脆弱了，他们需要的是另一种食粮，另一种标准。新外套那胜过丝绸的棉布衬里，那以假乱真的猫皮领子，让我们想起"一切都是欺骗"的涅瓦大街，想起不敢以真面目示人的"鬼"。穿上了新外套的阿卡基·阿卡基耶维奇被同事们接纳了，还被邀参加晚会，这和鼻子穿上五等文官制服就可以畅通无阻没有本质的区别，因为人们看重的依旧只是外在的、空虚的能指——外套或者五等文官制服。而他自己也被新外套弄得神魂颠倒，不但穿着它走在街上会不由自主地笑出声，"甚至走着走着，也不知道为啥，忽然跟在一位像闪电一样从身边走过、浑身上下每个部分都在扭动的太太后面跑了几步"。②他的这种突如其来的活力，与夜半的涅瓦大街貌似相得益彰，但读来却令人觉得他像被鬼附了体一样的不自然，甚至产生一种不祥的预感，因为这个举动连他自己都觉得奇怪。当他走近那几条昏暗的街道时，不知为什么竟让人想起霍马硬着头皮前去晦暗的教堂，大概是缘于同样的荒凉和隐隐的威胁吧。

阿卡基·阿卡基耶维奇终究是失去了外套。但他并非死于大人物的呵斥，就像霍马并非死于维的眼神一样。其实，早在他穿上新外套之时，原来永远在字行之间自得其乐的巴什马奇金便已经死去了，而穿着新外套走在彼得堡街头的已经是另一个巴什马奇金了。当然，死后抢外套的也是他。

---

① Гоголь Н.В. Шинель / Гоголь Н.В. Полное собрание сочинений: [В 14 т.] / АН СССР; Ин-т рус. лит. (Пушкин. Дом). — [М.; Л.]: Изд-во АН СССР, 1937-1952. Т. 3. Повести. 1938. С. 155.

② Там же. С. 160-161.

我们总结一下第一个阶段的特点：两个字——探路。果戈理这一时期尝试着不同的创作风格：从具有德国浪漫主义印记的长诗《汉斯·古谢加顿》，到乌克兰民间文学风味的小说集《狄康卡近郊夜话》；从生活喜剧《婚事》，到谈古论今、画风各异的《米尔格罗德》，再到包罗万象、现代感十足的"彼得堡故事"，探路的意味非常明显。还有一个特点，它不仅仅是第一个阶段的特点，可以说是果戈理整体创作的共同特点，那就是：在果戈理的故事中，用赫拉普钦科的话说，大多都有那么一个机关，赫拉普钦科称之为"急剧转换"[①]，一旦触发，便急转直下，一泻千里。这个机关我觉得更贴切的说法应该是"中了魔的地方"，简称"魔地"，这是《狄康卡近郊夜话》里一篇故事的标题。因为无论是《旧式地主》中的小猫，《伊万·伊万诺维奇和伊万·尼基福罗维奇吵架的故事》中的猎枪，《外套》中的新外套，《肖像》中的老头儿画像，还是《中了邪的地方》中的那块魔地，全都魔性十足，不能用常理去理解。

这个时期的果戈理主要依照天性和天赋进行艺术创作，他生命的失衡状态还不明显，阴盛阳弱的主要表现就是时不时袭上心头的烦闷。对此，他以天赋的敏锐和幽默制造欢快的笑声来克服。从作品中越来越频繁出现的鬼魂以及它们给人的生活所带来的越来越大的负面影响可以看出，果戈理生命中的阴阳失衡越来越严重，他需要越来越用力地制造驱散森森阴气的笑声。

[①] 参见米·赫拉普钦科：《尼古拉·果戈理》，刘逢祺、张捷等译，上海：上海译文出版社，2001年，第125页。

第二章　经由入世的立命

19世纪30年代后半期,果戈理在收获了自己最初的文学探险成果之后,从小说转向了戏剧。这一转向的最初尝试其实从更早的时候就开始了,那时他刚刚发表了《狄康卡近郊夜话》。在1833年给朋友的信中,果戈理写道:"我简直被喜剧迷得发狂。无论在莫斯科、在路途上,或者回到这里以后,它都一直在我的脑际萦回……"可见,这个时候果戈理对喜剧的兴趣正浓。他要写一部题为《三级弗拉基米尔勋章》的喜剧。可是写到中途他却停笔了,因为情节触及了难以通过书刊检查的东西。果戈理是个注重社会效果的艺术家,他不能容忍自己创作出来的作品成为"抽屉文学",更遑论是剧本了。在他看来,"剧本只有在舞台上才有生命"。可是书刊审查机构能通过的只有那种虚构的,"连警察局长也不会责怪的、最无害的情节",而果戈理又不写"不真实的和不刻薄的喜剧",因为他认为这样的喜剧一文不值。于是他得出结论:"我不能从事喜剧创作。"由此可见,果戈理对喜剧创作有很高的期许和要求,他十分重视舞台呈现,重视社会效果。几经探索和尝试,在普希金的帮助下,果戈理终于找到了适合的题材,创作出了传世之作《钦差大臣》。

其时,即1835~1836年,果戈理的创作告别第一个阶段,步入了一个新时期,具体而言,就是从之前的自由自在和顺其自然,晋级到了一个更为专注、自觉的阶段。因为此时果戈理感觉到:"对任何行动都要有意地问问'你做它是为了什么,有何目的?'的年代已经开始渐渐来到了。"[①]基于这种认识,他开始认真思考文学创作的问题。果戈理意识到,自己正像普希金说的那样,"有才能把生活的庸俗现象展现得淋漓尽致,把庸俗人的庸俗描写得异常有力,从而让那种被肉眼忽略的琐事显著地呈

---

① 《果戈理全集》第六卷,周启超主编,任光宣译,合肥:安徽文艺出版社,1999年,第302页。

现在大家的面前"①，既然如此，就要把这种才能用在正途上，要有目的地把它施展出来，使它成为对社会有益的事。站在这个立场上，在自己创作的这个节点上，果戈理意识到，他之前"在自己的作品里笑得毫无理由，毫无必要，自己都不知道为什么要笑"②。如今他深刻地认识到："如果要笑，那么最好要笑得有力，并且确实去笑那种值得普遍嘲笑的事情。"③要"以自己深刻的讽刺"而产生笑，产生一种"电一般的、令人兴奋的笑"，这种笑"是从心灵里不由自主地、自然而又出其不意地发出的"，而只有发自内心的笑，才能进入内心中。他赋予了笑深刻的思想性和倾向性，他要求戏剧应该"指出我们社会的共同因素和推动它的力量"，这样方能影响观众。

创作上的这种新思路，究其根底，与果戈理自身的生命状态关系密切。从我们的视角看，在与彼得堡的社会面接触得越来越广泛之后，果戈理的属阴体质让他越发明晰地感受到了同样属阴的这些丑恶、不义、缺点，他意识到，这些东西带来的烦闷，已经不是他随意杜撰一些快活的东西就可以抵抗和压制了的，他需要比前期更用力地制造笑，制造更加有力和有效的笑，因为他已经与魔性的彼得堡融为一体，彼得堡社会的普遍性阴冷靠他自己单打独斗已然无济于事，必得发动整个社会一齐发笑，抱团取暖，才能有生路。依我们的浅见，这便是此时果戈理立志服务社会的内在驱动力，是源自生命里阴盛阳弱的本能需求。

标志着创作思想上的这一转变的作品就是社会喜剧《钦差大臣》。正如果戈理后来所坦言的那样："这是我第一部带着对社会施加良好影响的目的构思的作品。"④在这样的创作思想指导下，在《钦差大臣》中，果戈理立意要"把当时知道的俄国的一切丑恶，把在最需要人有正义感的地方和场合里所干出的一切不义收拢到一起，对这一切统统予以嘲笑"⑤。不仅社会层面的丑恶和不义被果戈理搜集了起来，就连个人的缺点也被收拢到了一起，赋予了他剧中的人物，寄希望于这些丑恶、不义、缺点，能够在喜剧这面镜子中被高尚的笑荡涤干净。

---

① 《果戈理全集》第六卷，周启超主编，任光宣译，安徽文艺出版社，1999年，第113页。
② 同上书，第302页。
③ 同上。
④ *См.: Манн Ю.* Гоголь. Труды и дни: 1809-1845. М.: АспектПресс, 2004, С. 430.
⑤ 《果戈理全集》第六卷，周启超主编，任光宣译，合肥：安徽文艺出版社，1999年，第302页。

《钦差大臣》上演后，果戈理就到欧洲旅行去了，最终落脚在意大利，因为他喜欢罗马的灿烂阳光和那里的艺术氛围。他要远离国内的纷争，去潜心创作一部重要作品，这便是《死魂灵》。他要在远离俄国的地方把俄国看完全、看清楚，不受周围人和事的影响，专心思索俄国的事情，以完成自己的宏愿，并为俄罗斯寻找一剂药方，一条出路。

第一节　服务社会的《钦差大臣》

果戈理的时代，俄国戏剧舞台上演出的大多是外国的戏，主要是轻松喜剧和情节剧，以法国的居多。对于这类剧，果戈理指出："离奇的东西变成了当今话剧的情节。全部问题在于，叙述的事一定是新的，一定是离奇的，至今没有听到过和没有见到过的：杀人、放火、今天的社会上根本不存在的最野蛮的情欲！……残害者、毒药——效果，总是追求效果，而且没有一个人物会引起任何同情。""在情节剧中主要的东西是效果，即随便用什么东西一下子使观众惊呆，哪怕是刹那间。"① 他认为情节剧不走心，只博眼球，注重轰动效果，缺少真实性和平常性。这一点正是果戈理所嫌恶的，因为在他看来，这是"在用最无耻的方式说谎"②。果戈理的这些话里实际上还隐藏着一层意思：如果戏剧讲的净是离奇的、极端的、不可思议的事情，那么它产生的效果再惊人，也不过像烟花一样，转瞬即逝，不会落到人的心里和实际生活中，无法生根、发芽、开花、结果，因为它们与现实生活毫无关联，而"展示俄罗斯性格，展示我们自身、我们的骗子、我们的怪人！把他们搬上舞台，让大家去笑"③，这才是果戈理理想中的戏剧。由此可知，在果戈理的思想意识中，戏剧是要逗人发笑的，所以他更偏爱能逗人发笑的喜剧。而真正能逗人发笑的是生活里滑稽性的东西，不是演绎杜撰出来的可笑的东西。对于生活里的滑稽性，果戈理说："如果艺术家把它搬到艺术中，搬到舞台上，那我们自己就会对自己笑得前仰后合，并且会对以前没有发现它而感到奇怪……"在果戈理看

---

① *Гоголь Н.В. Полное собрание сочинений: [В 14 т.] / АН СССР. Ин-т рус. лит. (Пушкин. Дом). — [М.; Л.]: Изд-во АН СССР, 1937-1952. Т. 8. Статьи. 1952. C.555.*
Гоголь Н.В. Полное собрание сочинений: [В 14 т.] / АН СССР. Ин-т рус. лит. (Пушкин. Дом). — [М.; Л.]: Изд-во АН СССР, 1937-1952. Т. 8. Статьи. 1952. C.186.

② Там же. C.182.
③ Там же. C.182.

来,"滑稽性到处都有,只是我们生活于其中没有发现它罢了"。但是,戏剧在果戈理眼中又不仅仅是逗人发笑的,所以他反对把戏剧和舞台当成是"逗引孩子的叮当响的小玩具"。在他看来,戏剧和舞台应该是"同时给一大群人上生动一课的讲坛"。首先,果戈理说这个话针对的是当时俄国戏剧的现状——既没有生活,也没有思想,只博眼球。而果戈理心中的戏剧,要能给观众和社会带来益处,而不仅仅是视觉上的刺激。其次,"讲坛"在果戈理这句话里是一个比喻,果戈理真正要说的是戏剧(尤其是喜剧)应该有的品格。他还用到了另一个比喻,那就是镜子。他的戏剧代表作《钦差大臣》的题词就是"脸丑莫怪镜子歪"。果戈理说戏剧和舞台应该是"同时给一大群人上生动一课的讲坛",他实际上要表达的意思是:在剧院里,照着明亮的灯光,奏着洪亮的音乐,大厅里座无虚席,观众来自社会各个行当,有老有少,性情各异,但是他们全都盯着舞台看,全都被剧情所吸引,随着演出的进行,他们不约而同地或一起发笑,或一起唏嘘,或一起感慨。从这个意义上说,果戈理的确独具慧眼,他看到了戏剧的特殊功能,那就是让原本是一盘散沙一样的观众,不经过任何预先的训练,就能步调一致起来。而在舞台上,伴随着灯光和音乐,还有布景和道具,生动地展现着每一个人都熟悉却又往往是不易察觉的缺陷,这些缺陷一旦放到聚光灯下,被演员们活灵活现地表演出来,就变得纤毫毕现,无法视而不见了。于是观众们不由自主地一同笑起来,这时候像果戈理这样的剧作家就会变身成《钦差大臣》里的市长,站在舞台中央,用手指着观众席,大声质问:"你们笑什么?笑你们自己!"这恰是剧作家果戈理的心声。他因而把戏剧看得很重,看成是向民众揭示生活真相、传播正能量的讲坛。他赋予社会喜剧以重大意义,因为这种喜剧会"以自己深刻的讽刺"而产生笑,而这种笑会"伴随着普遍同情的隐蔽的声音,流露出熟悉而又胆怯地隐藏起来的高尚情感"[1],从而对观众产生影响。诚然,天生爱幻想、天生具有某种乌托邦气质的果戈理,在思考戏剧的时候也颇具乌托邦色彩。他在写《钦差大臣》时,想要把全部的缺陷、全部的恶都集中在一起,在一部剧作中一次性地加以嘲笑,目的是要与全部的缺陷和恶永远告别,纤尘不染。同时他还一厢情愿地以为,观众在看了戏,共同以笑声对这些缺陷和恶做了讨伐之后,离开剧场,一定个个脱胎换骨,对

---

[1] Гоголь Н.В. Полное собрание сочинений: [В 14 т.] / АН СССР. Ин-т рус. лит. (Пушкин. Дом). — [М.; Л.]: Изд-во АН СССР, 1937-1952. Т. 8. Статьи. 1952. С.186-187.

那些缺陷和恶完全能够做到片叶不沾。这种一厢情愿里有属于艺术家的天真和纯粹,更多的是不切实际的乌托邦式的幻想。

简而言之,果戈理的戏剧观念有两个要点:1.戏剧要反映生活,真实的、本土的生活;2.喜剧有崇高的功能——教育民众、疗救社会。果戈理的戏剧创作实践正是对这种戏剧观的践行。

对于喜剧,果戈理早在1832年就萌生了创作意图。那时他刚刚写完他的成名作《狄康卡近郊夜话》。小说集一炮而红,照理说,果戈理正该趁热打铁,赶紧出续集。但是他没有,却开始琢磨起了喜剧。

但他兴致勃勃开笔写的《三级弗拉基米尔勋章》最后就只留下了几场戏,这几场戏后来都被果戈理打磨成了独立的剧本,可以单独在舞台上演出:1836年,在《现代人》杂志上发表了《一个生意人的早晨》,1840年写出了其他片断。在1842年出版的文集中发表了这些独幕剧本和片断:《一个生意人的早晨》《讼事》《下房》《片断》。这几场戏展现了三条情节线:1.渴望当大官,2.遗产之争,3.有利可图的婚姻。剧本的末尾,主人公发疯了,认为他本人就是三级弗拉基米尔勋章。因嗜成癫或因嗜致死,这是果戈理经常重复的主导主题:爱外套而致死(《外套》),爱女人而成癫(《狂人日记》)而致死(《塔拉斯·布利巴》《涅瓦大街》),爱勋章而成癫(《三级弗拉基米尔勋章》),爱虚名而成癫(《肖像》)等等。实际上,作家的很多作品都是由他一开始就关注的东西发展而来的,当然这中间有所取舍,有的东西留了下来,有的则被抛弃了。《三级弗拉基米尔勋章》的构思和创作可以被视为《钦差大臣》的一种练笔和准备,尤其是其中"对官僚制度、官吏及其黑暗勾当的描写,在一定程度上为作家在《钦差大臣》里以另一种样子描写形象勾画出来雏形。"[①]

第一次写喜剧的尝试半途而废后,果戈理并没有放弃写喜剧的念头。他想写喜剧,想写真实的、刻薄的社会喜剧,还一定得是能在舞台上演出的喜剧,因为剧本的生命只能在舞台上呈现。可是,太真实、刻薄的剧本又不可能被检查机关通过。这就形成了一个想写的东西不能写,能写的东西不想写的尴尬局面。果戈理首先想到的破局之法是不去触碰当局的敏感神经,把题材局限在个人生活的领域。于是就有了开始于1833年的一部新的喜剧——《婚事》。

《婚事》的内容是相亲:几个出身和性格各异的单身汉,出于不同的

---

① 米·赫拉普钦科:《尼古拉·果戈理》,刘逢祺、张捷译,上海:上海译文出版社,2001年,第296页。

目的，去拜访一个商人的女儿。这个剧关注的点显然比前者更为集中，也更加生活化。1834年已经完成了第一稿，但这距离终稿还很遥远，1835年修改之后，果戈理又把它给放下了，开始构思《钦差大臣》。回过头来重拾《婚事》，已经是在《钦差大臣》之后了，即1836年，最后润色更晚，已经到了1841年。这个剧作有以下三个特点：一是展现真实的社会生活。《婚事》通过写几个都想求娶商人家女儿的单身汉之间的冲突，揭示当时贪财重利的社会风习，描绘资本化的社会进程。二是塑造具有概括性和典型化的人物性格。尽管《婚事》中的人物还没有达到《钦差大臣》里人物的那种锐度，但在心理和社会特征方面已经远远超出了日常生活剧的范畴，达到了社会讽刺剧的水准。三是以对节奏的操控来展现喜剧的内在冲突，即思想和价值观念上的冲突。在《婚事》中，果戈理运用出人意料的情况和"令人难以置信"的情景，使得情节进程"时而发展缓慢、困难，时而迅速、急剧"，"情节的这种不平衡、不稳定的节奏和它的摆动性都是事先计划好了的"[1]，果戈理正是通过对节奏的人为操控，把喜剧的内在冲突展现得妙趣横生，令人忍俊不禁，也凸显了人物的性格特点。可见，《婚事》"在许多方面都已经勾画出了《钦差大臣》的戏剧原则"[2]。

剧本完成后，果戈理在文学界和戏剧界的朋友中间亲自朗读了剧本，博得了一致好评。《婚事》不仅对于果戈理自身的戏剧创作而言很重要，对后世作家的影响也很大，如冈察洛夫的长篇小说《奥勃洛摩夫》里，主人公奥勃洛摩夫身上就明显带有《婚事》主人公波德科列辛的影子，受到《婚事》影响的，还有奥斯特洛夫斯基的戏剧。

但果戈理自己对《婚事》却并不满意。于是，他又尝试用以古讽今的方式绕开书刊检查，1835年夏，在写完《米尔格罗德》和《小品集》之前，他还写了一部以英国9世纪历史为素材的剧本——《阿尔弗雷德》（Альфред）。可见，果戈理能同时驾驭不同方向、不同体裁的创作，所谓左手画圆，右手画方。《阿尔弗雷德》是他试图通过戏剧展现重大社会思想和现象的一部作品，主要内容是民族独立和社会冲突，但这部戏也没有写完。车尔尼雪夫斯基将这部剧作与普希金的《骑士时代的几个场景》相提并论，足见对果戈理这部剧作的重视和肯定。车尔尼雪夫斯基认为《阿尔弗雷德》可能是对彼得的象征性颂扬。

---

[1] 米·赫拉普钦科：《尼古拉·果戈理》，刘逢祺、张捷译，上海：上海译文出版社，2001年，第315页。

[2] *Степанов Н.* Искусство Гоголя-драматурга. М., 1964, С.24.

在某种意义上，《三级弗拉基米尔勋章》《婚事》《阿尔弗雷德》这三部剧作构成了《钦差大臣》的创作语境，成为它的某种练笔和准备：《三级弗拉基米尔勋章》中"对官僚制度、官吏及其黑暗勾当的描写，在一定程度上为作家在《钦差大臣》里以另一种样子描写的思想和形象勾画出了雏形"。《婚事》是对《钦差大臣》的戏剧原则的锻炼。而《阿尔弗雷德》既是果戈理避开书刊审查的另一种尝试，也是他通过戏剧展现重大社会思想和现象的一种尝试。

对于把喜剧创作看得很神圣的果戈理而言，这些尝试都不尽如人意。他需要一个更有分量的喜剧题材。1835年10月间去拜访普希金时，果戈理请求普希金给他一个"纯粹俄罗斯的故事"："劳您驾，给我随便讲个题材吧，滑稽的也行，不滑稽的也行，只要是纯粹俄罗斯的故事。我想写一部喜剧，手都痒痒了……我发誓，会写得非常滑稽的。看在上帝的份上！"[①] 普希金大笑起来，把自己感兴趣的一个情节给了果戈理：他们共同的一个熟人不久前到比萨拉比亚（就是现在的摩尔多瓦）去。他在那儿冒充彼得堡要员，而当地人信以为真，向他控告市长和市政官员。普希金对这个情节已经有了一些考虑，在他的文稿里保留着下面这样一个作品提纲："克里斯平（斯文宁）来到省里赶集，大家认为他是大人物……省长是一个诚实的傻瓜。省长太太同他胡闹。克里斯平向她的女儿求婚。"[②]

了解《钦差大臣》剧情的人一眼就能看出这个情节和《钦差大臣》的情节相似度非常高。也就是说，果戈理果然是用了普希金给他的情节，而且这个情节也确实含金量极高。那么，如果没有普希金提供的情节，世上是不是就不会有《钦差大臣》了呢？在我们看来，《钦差大臣》的成功，固然有普希金所馈赠的这个情节的功劳，然而其重要性也只在于这是一个引发果戈理思考的契机，更为主要的是果戈理对社会历史情势和时代精神的感知能力和他的文学才华，它们加上普希金建议的触发，使得果戈理明确了方向，顺势而为，才有了喜剧经典《钦差大臣》。

那么，《钦差大臣》里写的是社会现实？还是仅仅是一个段子？都说无巧不成书，而实际上，生活往往比最有想象力的编剧想出来的桥段还要精彩百倍。《钦差大臣》里的情节普希金也亲身经历过：1833年秋，普希金去奥伦堡附近收集有关普加乔夫起义的素材，当时他就曾被误认为是担

[①] 尼·斯捷潘诺夫：《果戈理传》，张达三、刘健鸣译，哈尔滨：黑龙江人民出版社，1984年，第181页。

[②] 米·赫拉普钦科：《尼古拉·果戈理》，刘逢祺、张捷译，上海：上海译文出版社，2001年，第323页。

负秘密使命的钦差。而果戈理在从基辅返回彼得堡的路上，也曾冒充要员，戏弄过驿站长。普希金讲的那个熟人的故事、诗人自己和果戈理本人的亲身经历，以及许多类似的逸闻，使果戈理感到新的喜剧正在心中渐渐成形。饱满的创作激情让果戈理在1835年12月4日就完成了这部杰作，历时仅2个月。此后，剧作家一直在"不断地修改"剧本，以求尽善尽美，同时为演出获准而奔波。

在《钦差大臣》里，我们可以读到这么一段话："你知道我为什么想当将军吗？这是因为如果你要到什么地方去——信使们和副官们就会到处给你开道：'辔马！'在那里，在驿站上，所有那些九品官们、大尉们和市长们，任谁也不给马，等了又等，可是你不费吹灰之力就能弄到手。"①这不是作家想象的结果，而是他1832年9月的一次屈辱经历的艺术回声。果戈理当时从家乡返回彼得堡，马车中途坏了，不得不滞留在驿站几天，饱尝了普通人在权势面前的无奈。可见，在普希金和果戈理生活的19世纪上半叶，俄国的社会现状正是如此：专制制度下的官僚体制中的人，对上战战兢兢，对下肆意妄为。

《钦差大臣》首次公演是在彼得堡的亚历山德拉剧院②，时间是1836年4月19日。按照果戈理的观点，喜剧必须有"真实和辛辣的讽刺"，而要把这样一部讽刺喜剧搬上舞台，在当时的历史条件下绝对不是一件容易的事，况且，果戈理时代的书刊检查是最严苛的。我们说过《钦差大臣》过审是颇费周章的，不仅有御前行走的大诗人茹科夫斯基和其他有影响的人士一起说项，还从沙皇尼古拉一世那里得了尚方宝剑，书刊检察官才跟着沙皇的调子说："剧本没有任何应受指责的东西。"③个中缘由不再赘述。最要紧的一点是，沙皇并非没有看出果戈理这出喜剧的讽刺意义，之所以会放行，是因为他同时也看出了果戈理讽刺背后的态度，不是想要破坏、颠覆，而是想要建设、改进。果戈理在思想上从来不是一个别林斯基那样的革命者、激进派，而是一个希望天下普遍和解的理想主义者，一个天真的天才。

《钦差大臣》讲了这么一个故事：俄罗斯外省的一个不大的城市——N城，传闻有微服私访的官员将要到来。这个消息让全城的人，从

---

① 果戈理：《钦差大臣》，臧仲伦、胡明霞译，南京：译林出版社，2005年，第87页。
② 该剧院以尼古拉一世的妻子亚力山德拉·费德罗夫娜皇后的名字命名，也称普希金剧院，是俄罗斯最古老的剧院之一，建于1828—1832年间。
③ 米·赫拉普钦科：《尼古拉·果戈理》，刘逢祺、张捷译，上海：上海译文出版社，2001年，第327页。

市长到升斗小民，全都骚动了起来，各怀心事，各显神通，把一个过路的纨绔子弟错认成了钦差大臣。当官的排着队主动借钱给他，商人和市民则排着队去告状，而这个纨绔子弟就坡下驴，煞有介事地耍起派头，颐指气使，使这一城的愚夫愚妇入戏更深。最后，假钦差不但不费吹灰之力就赚了个盆满钵满，还顺便调戏了市长夫人和市长女儿。临走前给朋友写信，嘲笑这一城人的痴傻。正当市长满心欢喜地做着去彼得堡当将军的春秋大梦，假钦差的信被邮政局长截留下来，信里的内容兜头给市长泼了一桶冷水，没等他回过神来，又接到报告，真正的钦差大臣到了！以市长为首的一群人呆若木鸡。

一个临时起意的骗子，既不专业，也不是有计划有准备的，就把全城的人都给骗了。他不仅骗财骗色后成功溜之大吉，更在信里把受骗者一顿奚落，而受害者还要面对真正的钦差，想想这之后将要上演的戏码，真叫人不寒而栗！这就是果戈理戏剧创作的一大特色——喜欢运用出人意料的情况和"令人难以置信"的情景。但是他为什么又强调戏剧要反映生活的真实呢？在《钦差大臣》里，这种生活真实又体现在哪里呢？

的确，从《钦差大臣》的情节构成上看，故事真有几分令人难以置信。其实果戈理的文学创作，不论是小说，还是戏剧，都有一个共同的特点，那就是难以转述，因为转述之后，作品就失去了它主要的东西，它就不再是果戈理的作品了。果戈理的作品更像是爽口的汽水，要像感受气泡在口腔里爆破一样地去感受它的一字一句，快餐式的速读，根本不适合果戈理。所以，我们还是要一起来仔细看一看《钦差大臣》。

《钦差大臣》是一部社会喜剧。果戈理通过一个钦差大臣要来微服私访的传闻，让一城的人都动了起来，而作者就像一个摄影师，记录下所有人的反应。这是一出全是反派的戏，可以说是各丑其丑，各有各的可笑之处：从一市之长到他下面的法官、督学、慈善医院督办、邮政局长，也就是这座城市的管理层，全都是对上谄媚巴结、战战兢兢，对下蛮横无理、欺压百姓的人——他们要么吃完原告吃被告，还美其名曰一箭双雕；要么胆小怕事，懒政不作为；要么草菅人命，说什么人很简单，如果能痊愈，不给贵的药吃也会痊愈；要么监守自盗，私拆信件。而贵族绅士们，就像鲍勃钦斯基和多勃钦斯基这些人，空虚无聊，以搬弄是非为能事；贵族夫人和小姐们又虚荣，又八卦，还很轻浮；再看N市的商人阶层，一面被迫向管理者行贿，一面把损失转嫁到普通民众头上；而普通民众，如钳工的老婆和士官的老婆，受了欺压和折辱，却连告状都提不出正当的要求，满脑子糊涂意识。可以说是一城愚夫愚妇。赫列斯塔科夫这个假钦差，是个从京城来的花花公子、吹牛家、寄生虫。掰着指头数下来，整部戏还真就没有一个正面的人物形象。这使得《钦差大臣》的讽刺和揭露力量非常之大，连沙皇尼古拉一世看完戏都说："咳，这个剧本！大家都挨了骂，而我比谁挨得都多！"[1]

先科夫斯基评论说："喜剧中的所有人物不是滑头，就是傻瓜；它也不可能不是这样，因为它只是为滑头和傻瓜臆造出来的笑话，诚实的人在这里是没有存在余地的。……它的内容是一个笑话；这是旧的，众所周知的，以不同形式和不同语言无数次发表过、讲述过和加工过的笑话。"[2]他不仅说这是毫无新意的老生常谈，还不无恶意地说《钦差大臣》"只是为滑头和傻瓜臆造"的笑话。布尔加林则说："人物都被作者剥夺了人的所有属性，只剩下说话的才能，他们把这才能用到说空话上。市长、法官、邮政局长和督学都被演成了大滑头和大傻瓜。乡绅和退职的官员连糊涂人都不如……商人和承包商是真正的强盗；警官——简直可怕极了！"[3]这是指责果戈理写的都不是人。还有不少人也认为，剧里一个正面人物都没有，单是这一点就不符合生活真实，因为这世上总归是好人多，坏人少。全都是坏人，便不真实。其实这里面有一个生活真实和艺术真实的区别问题。简单地讲，艺术中的生活真实和我们日常的生活真实不是一回事。鲁迅在《南腔北调集》里一篇题为《我怎么做起小说来》的文章中就曾说过，自己"所写的事迹，大抵有一点见过或听到过的缘由，但决不全用这事实，只是采取一端，加以改造，或生发开去，到足以几乎完全发表我的意思为止。人物的模特儿也一样，没有专用过一个人，往往嘴在浙江，脸在北京，衣服在山西，是一个拼凑起来的角色。有人说，我的那一篇是骂谁，某一篇又是骂谁，那是完全胡说的"。可见，艺术里的生活真实不是原封不动地照抄生活故事和人物，而是依据生活故事和人物去表达作家的意思。这方面果戈理恰恰是鲁迅的老师，是鲁迅最爱看的作家之一。

果戈理在《钦差大臣》里着力刻画了两个主要人物：市长和假钦差。

我们先来说一说市长。这是一个在官场浮沉多年、为官经验老到的官僚，用人物自己的话说："干了30年，从来没让一名商人或者一名承包商骗过；只有我骗过骗子手中的骗子手，骗过能偷光全世界的拆白党和二流子……"对他而言，省长也不在话下，他甚至骗过三个省长！这里面

---

[1] 米·赫拉普钦科：《尼古拉·果戈理》，刘逢祺、张捷译，上海：上海译文出版社，第 327 页。

[2] *См.:* Библиотека для чтения. 1836. т.16. отд.5. С. 42-43.

[3] *См.:* Северная пчела. 1836. № 97 (30 апр.)

当然既有在下属面前吹嘘的成分,也有震慑下属的意思,还与后面他自己被一个二十多岁、没什么城府的年轻人骗得团团转形成了反衬。试想,如若市长的话当真,那么被他骗过的省长那得是有多蠢!果戈理讽刺的辛辣味道就体现在这里。在得知有大人物要来微服私访,市长紧急召集下属各部门的头头开会,通报情况,部署应对措施。在他对下属的建议中,我们发现,这个在官场混迹多年的老手,实际上对各部门的玩忽职守、收受贿赂、懒政等贪腐风气是了如指掌的,但他的建议基本上都是点到为止,并不想做什么实质性的改变。他说:

"诸位,我可是已经预先通知你们了。诸位看着办吧。我对所管部门已经做了一些安排。奉劝诸位也安排一下。特别是您,阿尔捷米·菲利波维奇!毫无疑问,路过的官员首先会视察您管辖的慈善医院,——因此嘛,您要想办法安排得一切都很体面——帽子都要干干净净的,病人也不要弄得像铁匠,平时他们都像在家里那样邋里邋遢。"①

可见,对慈善医院存在的问题市长是知道的,但他平时却任由那里的病人穿得破破烂烂,帽子脏兮兮的。而当院长说可以戴上干净的帽子后,市长便不再深究了。而对法官治下的问题,诸如门卫在办公的地方养鹅、公文柜上挂着打狗的鞭子、陪审员整天酒气熏天等等问题,市长在指出之后,还不忘加上一句:"我以前就想给您指出,可总是给忘了。"或者:"我早就想告诉您这一点,不记得是什么事岔开了。"而且,为了缓和批评可能给法官带来的不快,他在说完"公文柜上挂着打狗的鞭子,太不像话了"这句话之后,紧接着就安抚说:"我知道您喜欢打猎,不过暂时还是收起来为妙。等钦差走了以后,再挂出来就是了。"即便市长已经如此放低身段了,可法官在听到市长对他人的过错一副明察秋毫的样子,而对自己有失检点之处却文过饰非时,就并不想买他的账,于是提起了受贿的事情,认为受贿和受贿之间差别大了去了,收条小狗怎么能和收一件裘皮大衣相比呢?面对这样挑衅,市长的回答尽显其老奸巨猾的本性:

"您收猎狗就不算贿赂吗?您不信上帝,从来都不去教堂做祈

---

① 《果戈理全集》第五卷,周启超主编,白嗣宏译,合肥:安徽文艺出版社,1999年,第15页。

祷；我呢，至少坚信上帝，每星期我都上教堂去。可您呢……哦，我了解您：如果您一开口讲创造天地的事，简直会吓得人出冷汗。"①

这回答可真算得上是四两拨千斤：第一句反问，潜台词是咱们半斤八两，用不着五十步笑百步吧。接着开始反攻：你不信神，还亵渎神明！这顶帽子在沙皇尼古拉时代可是够大的。所以说，市长看似温和无害，甚至有点软弱，指出下属的毛病还得先给下属找个台阶——"等钦差走了以后，再挂出来就是了"，可实际上，一旦自己的权威受到挑战，那他就上纲上线，回击又稳又狠！这也说明法官是踩到了市长的痛脚，而市长的回击也恰恰暴露了他在钦差大臣即将到来时内心的恐惧，显得有那么几分色厉内荏。在市长的思想意识中，对钦差大臣的恐惧是一种本能，就像老鼠怕猫一样，而对自己和下属贪赃枉法、胡作非为也不觉得有什么大不妥，甚至觉得只要不过分，只要适度，"按官阶拿"，那就是天经地义的。也就是说，他认为，猫抓耗子是天经地义的事，而耗子打洞也是天经地义的事，耗子最好躲着猫，实在躲不过去了，就硬着头皮周旋吧。所以他才会一听说钦差来了，一边慌得把纸盒当帽子扣到了脑袋上，一边还不忘骂商人："眼见市长的佩剑旧得不行了，就是不送一把新的来。"或者一边为了能过钦差这一关而求上帝保佑，许愿要点一只大蜡烛，一边又在心里盘算要让"每个鬼商人送三普特蜡来"，这说明索贿已经刻写进了他的脑回路之中。在市长的为官哲学中，欺下和媚上这是联系在一起的，别看他连商人家"已经在桶里放了七年的黑李子干"都要抓走一大把，可是一旦碰上钦差，就自觉自愿地奉上了四百卢布，嘴里却说只是二百卢布，还请钦差到家里住，总之是百般奉承。在得到了钦差的欢心之后，一扫之前的惴惴不安，不但神气活现地叫人把告状的商人一顿臭骂，又借机进行了一番敲诈，还憧憬起说不定能去彼得堡"混上个将军"当当。这活脱脱一个官场老油条的典型形象。

再看看假钦差赫列斯塔科夫。这是个来自彼得堡的年轻人，时髦、浮夸、信口开河，"是机关里常常叫做大草包的那种人，一言一行都缺乏考虑，无法集中精神考虑某个想法"。他本是路过 N 市回老家去的，却因为赌博输光了路费而滞留在 N 市。他口袋里空空如也，架子却不倒，都交不起房租和饭钱了，还虚张声势地对服务生说："请你催一催，叫他们快点

---

① 《果戈理全集》第五卷，周启超主编，白嗣宏译，合肥：安徽文艺出版社，1999年，第 17 页。

送来，饭后我还有事要办。"听说旅馆老板不再给他提供午饭了，他还傲娇地说："他以为，他这样的粗人一天不吃没什么，别人也都像他一样。真新鲜！"市长和赫列斯塔科夫刚一见面的对话，让我们想到一个俗语：麻秆打狼——两头怕。看似两个人是在对话，实际上是自说自话，各说各的，但是在相互误解的基础上，最后竟然还说到一起去了。这主要是因为不管赫列斯塔科夫如何信口开河、胡说八道，先入为主的市长都觉得他这是在耍滑头、故弄玄虚，反而对他更加敬畏，开出的价码也更高。赫列斯塔科夫最擅长的就是说大话、说假话不用打草稿，属于那种享受吹嘘过程的人，对他的人设果戈理这样说过：

> 赫列斯塔科夫完全不胡吹大气，他不是职业的说谎者。他自己总会忘记他是在撒谎，而且自己对自己所说的话几乎都信以为真了。他各种发挥，兴致勃勃，看到一切都很顺利，大家都在听他说，单就是这一点就让他更加丝滑、更肆无忌惮地说下去，说得诚心诚意，彻底坦白，于是一边说着谎话，一边把真实的自己给暴露了出来。①

正因如此，他反而显得坦然而自信，完全没有职业骗子要把谎编圆的那种心理负担。所以他才会刚说完自己"在彼得堡当官"，没过一会儿，又说"我在彼得堡至今没当上官"；或者上一秒钟说自己"不只是抄抄写写"，而且同科长"关系非常友好"，下一秒就说"我有时候去部里待两分钟，只是为了说：'这件事这样办；那件事那样办！'书记官那个小耗子拿起笔就去沙沙地写……"这俨然又把自己塑造成了在部里指手画脚的大官。他吹嘘自己"写各种轻松戏剧""跟普希金关系很好"也就罢了，还越说越起劲，不但把《费加罗婚礼》等法国作家的作品说成是自己写的，而且，更加可笑的是，他还把《莫斯科电讯》这样一本杂志也说成是自己的作品。这么不走心的谎言都能蒙混过关，不得不说N市的人们都太没有见识、太愚昧昏聩了。而且哪怕赫列斯塔科夫的谎话已经露馅，他们都能天才地帮他给圆过去。赫列斯塔科夫身上体现出俄罗斯民族性格的一些普遍的和典型的特征，如心血来潮式的随心所欲、目空一切的自以为是、天马行空的胡吹大气等等，所以果戈理说："任何人都至少做过一分

---

① *Гоголь Н.В.* Отрывок из письма, писанного автором вскоре после первого представления «Ревизора» к одному литератору / *Гоголь Н.В.* Полное собрание сочинений: [В 14 т.] / АН СССР. Ин-т рус. лит. (Пушкин. Дом). — [М.; Л.]: Изд-во АН СССР, 1937-1952. Т. 4. Ревизор. 1951. С. 99.

钟（如果不是数分钟）的赫列斯塔科夫。"①

从上面对这两个人物形象的分析中，我们可以发现，《钦差大臣》在写作手法上有这样几个特点：1.把一些不寻常的东西、完全难以置信的事件拿来作为情节的基础，但是在细节的描绘上又特别具体而真实，从而形成了既荒诞又写实的独特风格。2.注重人物性格的刻画。通过展现鲜明的个体言语风格，使每个人物都有血有肉，有自己心理上和行为上的特点和逻辑，因而尽管剧中人物全都是反派，果戈理也把他们写得千人千面，辨识度很高，观看过演出的许多同时代人，甚至不由自主地将自己与剧中的人物进行了对号入座，这也从一个侧面证明，《钦差大臣》的人物性格刻画达到了相当高的艺术真实程度。3.首创了没有正面主人公的戏剧模式。《钦差大臣》中的戏剧冲突突破了家庭生活和爱情的框框，展现的是社会冲突，而且其中只聚焦了冲突的一个方面——丑恶，由此造成的失衡感赋予了喜剧以更大的震撼力。这里插一句，后来在回应对这部戏的指责时，果戈理曾说："我觉得遗憾的是没有人注意到我的剧本中的正直人物。是的，有一个正直高尚的人物；它在剧本全过程中都起作用。这个正直高尚的人物就是——笑。"②但应该说，果戈理这里说的已经是作品主题层面的问题了，关于主题的问题我们后面再细说。4.在展现社会生活的广阔画卷时，详写、实写 N 市的各个社会阶层，而略写、虚写首都彼得堡的社会生活，从而在有限的篇幅和时空条件下，巧妙地实现了作家对社会喜剧的构想。

说到《钦差大臣》的主题，按照教科书上的传统套路，应该说：《钦差大臣》这出喜剧描绘了俄罗斯外省广阔的社会生活图景，通过塑造市长等一系列社会上层人物形象，展示出官僚世界的社会关系原则，那就是官阶崇拜，弄虚作假，以及对罪行暴露的恐惧。剧作家果戈理对他们进行了无情的嘲笑，进而讽刺和揭露了尼古拉时代的黑暗统治。很熟悉，很标准，也很老套。其实，对一部优秀的文学作品是可以做多面观的，所以在主题的理解、把握和挖掘上也是有不同层面的。一般说来，主题蕴藏在一部作品的思想意蕴层面。而在文学作品中，意蕴层指的就是"渗透、充溢在艺术形象中的审美情思"。它可以分为两个层次："形而下意蕴层"和"形而上意蕴层"。"形而下"和"形而上"这是我国古代的哲学术语，语

---

① 《果戈理全集》第五卷，周启超主编，白嗣宏译，合肥：安徽文艺出版社，1999年，第 154 页。

② 《果戈理全集》第六卷，周启超主编，任光宣译，合肥：安徽文艺出版社，1999年，第 393 页。

出《周易》："形而上者谓之道，形而下者谓之器"，"道"是道理、道路的道，"器"是器皿、器具的器。简单粗暴地说，"形而下"指有形的、具体的东西，而"形而上"呢，指无形的、抽象的东西。文学作品的形而下意蕴层，就是指作品的文学形象"通过特定的社会历史内容所传达出的比较明确、具体的情感和观念"，这里的"特定社会历史内容"就像我们开头所说的"尼古拉时代俄罗斯外省的社会生活"，文学形象就类似我们刚才所说的《钦差大臣》里的"市长等一系列社会上层人物"，那"比较明确、具体的情感和观念"，就是剧作家果戈理的无情嘲笑和讽刺揭露了。可见，本段开头我们对《钦差大臣》主题思想的概括，虽然说很老套，但并没有错，只不过它是相对浅显的，属于形而下意蕴层面的。再来说说形而上意蕴层，这是"超越了特定社会历史内容、带有全人类性的，更为普遍、永恒的一种精神体验和哲理思考，是对人生终极意义的探寻和追问"。也就是说，好的文学作品除了有"通过什么反映或展现了什么以及表达了什么"之外，还可能让我们脱离开作品中所描绘的人和事，体悟到一些更高妙的道和理，从而拓宽我们精神世界的疆域。

如上所述，一部文学作品的主题是藏在意蕴层的，而且，主题与艺术形象是脱不开干系的。上面我们已经分析过《钦差大臣》的两个主要人物形象了，现在就讲一下他们与主题之间的关系。实际上，从《钦差大臣》一问世，对于到底谁是《钦差大臣》里的主角这个问题，就存在着争议。这里面不仅仅有一个习惯性认定一部文学作品只能有一个主人公的问题，更为重要的是，对谁是主角这个问题的回答，其实就包含了对主题的理解。如果把《钦差大臣》的主题理解为对官吏世界、对社会黑暗的揭露和讽刺，就会认为市长是主角。自《钦差大臣》问世之后，这种阐释基本上是通行的，它源自与果戈理同时代的文学评论家别林斯基。别林斯基在1839年时写了一篇文章，题目叫《智慧的痛苦》。在这篇文章里，别林斯基主张市长是主角。他认为假钦差赫列斯塔科夫在喜剧中根本就不是一个主要的人物，是偶然的、临时出现的。这个看法可以说影响了整个19世纪人们对《钦差大臣》主题的理解。但实际上，别林斯基很快就意识到自己错了，他在1842年写给果戈理的信中说："我明白了您为什么认为赫列斯塔科夫是您喜剧的主角，也明白了他确实是它的主角。"① 只是很遗憾，别林斯基后面的这番说辞并没有产生多大的影响。

但是从别林斯基的话里我们得知，果戈理本人认定赫列斯塔科夫是

---

① Белинский В.Г. Полн. собр. соч. -М., 1953. Т.3. С.454.

《钦差大臣》的主角。事实的确如此，而且果戈理一直坚持这个看法。但是，众所周知，一部作品就像一个婴儿，一旦问世，就意味着它拥有了自己的生命，拥有了属于它自己的历史和命运，很多时候作家也奈何不得。《钦差大臣》便是如此。为了让世人正确地理解它，果戈理做了很多努力，包括1842写的新剧本《戏剧散场》，也包括1846年写的《给那些希望演好〈钦差大臣〉的演员们的提示》和《〈钦差大臣〉的结局》。一般佛系作家才不管这么多呢，爱怎么理解那是读者的事。但果戈理显然不是佛系的，他像母亲牵挂自己的孩子一样，操心世人对自己作品的态度。他很不满意莫斯科和彼得堡剧院演出的《钦差大臣》，主要原因就是他觉得没有一个演员能把赫列斯塔科夫演活，没人能演得像他设想的那样。果戈理甚至于都想自己排演一出《钦差大臣》，然后亲自出马来演赫列斯塔科夫。可见，对于作家而言，赫列斯塔科夫是理解《钦差大臣》的关键。

问题是，为什么一个谎话连篇、虚荣轻浮的花花公子让果戈理如此看重呢？这里面隐藏着什么玄机呢？怎么别林斯基后来也转变看法了呢？

我们先来看看果戈理对这个人物的说明："赫列斯塔科夫是个魔幻人物，他就像一个虚假的、装扮成人形的欺骗，和三套马车一起，不知要奔向何方去。"[1]这句话很重要，我们理解赫列斯塔科夫这个人物形象，尤其是理解《钦差大臣》的主旨，都要着落到这句话上。首先，果戈理说"赫列斯塔科夫是个魔幻人物"，这里面的意味就多了。何谓魔幻？"魔"意味着不是人，但是带有人的特性，"幻"指不是现实的，是虚构的。果戈理用"魔幻人物"来定义赫列斯塔科夫，就使他凌驾于整部剧作的其他人物之上了。相对于N市和N市的居民，他是个天外来客，而他的假钦差身份也正有一种似是而非的虚幻性。如果说N市是一潭静水，赫列斯塔科夫就是从天而降的妖魔，漫不经心地用魔法棒搅动起这潭水来，让水里的一切都动起来，现了原形。其次，果戈理说赫列斯塔科夫"和三套马车一起，不知要奔向何方去"，这里面的三套马车让我们不由联想起《死魂灵》第一部结尾的那段话来：

哦，三套马车！飞鸟般的三套马车，是谁发明了你？……
俄罗斯，你不也像勇敢的、不可超越的三套马车一样飞驰着吗？
道路在你的轮下黄尘滚滚，桥梁在你的轮下隆隆轰鸣，一切都落在

---

[1] Гоголь Н.В. Полное собрание сочинений: [В 14 т.] / АН СССР. Ин-т рус. лит. (Пушкин. Дом). — [М.; Л.]: Изд-во АН СССР, 1937-1952. Т. 4. Ревизор. 1951. С.118.

后面，一切都留在后面。……奔驰起来了，那受着上帝鼓舞的三套马车！①

众所周知，三套马车在果戈理那里是俄罗斯的象征，是和《死魂灵》的主题紧密相连的，那么果戈理把赫列斯塔科夫与三套马车绑定，他的意思就不言而喻了。赫列斯塔科夫这个自身没什么内涵和心机、微不足道又心性不定的人物，实际上是被果戈理当做照妖镜而祭出的。在1842年版的《钦差大臣》中出现的题词"脸丑莫怪镜子歪"，可以成为我们的这个想法的佐证。这也非常符合果戈理的创作思想——有意识地把恶收集在一起进行嘲笑。以赫列斯塔科夫这个形象为着眼点看《钦差大臣》，其主旨就不再单纯是对尼古拉时代官僚制度的讽刺和揭露，而是对整个俄罗斯的一种超越时空的道德检验，就像后来布尔加科夫在《大师与玛格丽特》里设置的沃兰德形象一样。

说到"脸丑莫怪镜子歪"这个题词，我们还可以尝试对《钦差大臣》的主题作进一步的挖掘。"脸丑莫怪镜子歪"本是一句民谚，但是根据俄罗斯学者沃罗帕耶夫的研究，这里的镜子指的是福音书。果戈理时代信仰东正教的人都非常清楚这一点，而且在宗教信仰上把福音书理解成镜子一样的东西，这在东正教意识中是早已有之的。果戈理从教会圣父和导师的著作里做了很多的摘抄，在他的摘抄里我们可以看到这样的笔记："那些想要把自己的脸洗干净和洗白的人，通常去照镜子。基督徒！你的镜子是上帝的教诲；如果把它们摆到自己面前并聚精会神地往里照，那么它们会把所有的污点、全部的晦暗、你心灵的全部的不堪都显现给你看。"再联系上面引用的《死魂灵》中的话——"受着上帝鼓舞的三套马车"，意思是俄罗斯是受上帝鼓舞的，是上帝的选民。这么一来，我们就会发现，俄罗斯人必须在宗教信仰的层面上对镜自查自己的德行，这在果戈理的思想意识中是一种必然的逻辑。也就是说，在《钦差大臣》的主题当中还有宗教信仰的基底。这里我们完全可以借用俄罗斯宗教哲学家布尔加科夫在评论契诃夫时说的话，来说果戈理的《钦差大臣》：这里边体现了一种"俄罗斯式的对信仰的追寻、对生命的最高意义的眷恋、对俄罗斯灵魂的无尽的担忧以及这一灵魂的痛苦的良心"。②

---

① 《果戈理全集》第四卷，周启超主编，田大畏译，合肥：安徽文艺出版社，1999年，第314～315页。

② Толстая Е. Поэтика раздражения. М., 2002, С.245. 转引自董晓：《契诃夫戏剧的喜剧本质论》，北京：北京大学出版社，2016年，第11页。

当然，作为一部传世之作，《钦差大臣》的主题必然有它更为普适和永恒的形而上的层面，也就是超越俄罗斯的元素。在这方面，苏联文艺理论家洛特曼的分析给了我们启发：赫列斯塔科夫不是前无古人后无来者的，在他的时代说谎的人不少，不过他体现出了一种分裂——嫌弃自己的真实存在，通过谎话与自己分离，成为另一个更好的自己。这种分裂尽管对于十二月党时代的俄罗斯人而言还是很陌生的，但到了陀思妥耶夫斯基的《双貌人》里已经是习以为常的了。[1] 赫列斯塔科夫想象出来的自我有很多个分身：有著名的作家，有机关的长官，甚至还有土耳其使者等等。在赫列斯塔科夫的想象中，有两个主要的特点：一是异国情调，二是最高级别。这与《狂人日记》里的波普利辛是一样的，波普利辛就想象自己是西班牙国王，西班牙——异国情调，国王——最高级别。这里面也体现出赫列斯塔科夫的自弃和对自己所不在的空间的一种向往和追求。其实赫列斯塔科夫的这一特性是很普遍、很有代表性的，也就是我们平常说的风景在别处，好生活都在别处。这已经是超越了俄罗斯的民族局限，在全人类共通性层面上进行的一种哲理探讨了。这才是果戈理所说的"人人都做过一分钟（如果不是数分钟）的赫列斯塔科夫"的本意吧。

　　《钦差大臣》的主题深刻且具有多个层次。就像别林斯基在评论果戈理的另一个剧本《赌徒》时所说的那样，"果戈理的戏剧作品是俄国文坛上一种绝无仅有的现象"，"有了果戈理的剧本之后，就什么剧本也不能读，什么戏也不能看了"。[2] 尽管有些夸张，但有一点说的没错，即果戈理的戏剧作品是俄国文坛上一种稀有的现象，因为它在当时的文坛确实很独特。首先，它借用了小说的创作经验，用真实、准确的描绘"把生活反映得千真万确"，令许多同时代人将自己与剧中人物进行对号入座；其次，它首创了没有正面主人公的戏剧模式，只聚焦了冲突的一个方面——恶，这种失衡给人以强烈的震撼；再次，它以夸张、怪诞等艺术手法赋予了喜剧贯穿始终、内涵深刻的笑。这一点除了体现在情节和性格方面，还包括它独特的语言。严肃的话题戏谑着说，这是果戈理最为显著的创作特点，不仅局限于戏剧。就像冈察洛夫在《万般苦恼》一文中写的那样："果戈理的每一句话都非常典型，并且同格利鲍耶陀夫的每一行诗句一样，不以

---

[1] *Лотман Ю.М.* В школе поэтического слова. Пушкин. Лермонтов. Гоголь. М., 1988. С. 303-304.

[2] *Белинский В.Г.* Собрание сочинений. В 9-ти томах. Т. 5. М., «Художественная литература», 1979. С. 450.

总的情节为转移，具有自己特殊的可笑的东西。"①

《钦差大臣》是果戈理戏剧创作的巅峰之作。它不仅在俄罗斯戏剧史上占有重要的地位，在世界舞台上也是经久不衰的经典之作。剧作1835年底写成，1836年首演，之后历经6次修改，直至1842年才最后定稿。不仅如此，围绕着它，果戈理还写了诸如《〈钦差大臣〉第一次公演后作者致某文学家的书信片断》（1836；1842）、《新喜剧演出后散场记》（1836；1842）、《给那些希望演好〈钦差大臣〉的演员们的提示》（1842）、《为穷人出版〈钦差大臣〉的预先通知》（1846）、《〈钦差大臣〉的结局》（1846）、《对〈钦差大臣〉的结局的补充》（1847）等文章甚至是剧本，对《钦差大臣》进行说明和补充，可见作家对这部剧作的重视程度。

果戈理为什么如此看重这部剧作呢？或者，用诺索夫（В.Д. Носов）的话说："在他的这个亲孩子身上究竟是什么令他如此痛苦不安呢？"②诺索夫借用《〈钦差大臣〉的结局》第一版里的人物彼得·彼得罗维奇的困惑将问题展开："《钦差大臣》完全没有给人那种印象，就是观众看完它会振作起来；相反，我想您自己也知道，一些人感到了无益的恼怒，另一些人甚至感到了愤恨，总体而言每个人都带着某种沉重的感觉走了。尽管有一些讨巧的场景令人产生愉悦的心情，很多人物甚至有滑稽的状态，一些性格甚至处理得很老道，可结果却留下了某种如此这般的……我甚至无法给您解释清楚——某种阴郁可怕的东西，某种由于我们的混乱无序而生的恐惧。宪兵出场，他就像刽子手一样，出现在门口，宣告真正的钦差大臣到了，而这个人应该会把他们全都毁灭，从地球上抹掉，彻底消灭，这个宣告让所有人都石化了——所有这一切不知何故令人莫名其妙地觉得可怕！我向您毫无保留地坦白，不折不扣地③，没有一出悲剧曾让我产生过如此悲伤、如此沉重、如此了无乐趣的感觉。因此，我已经准备好怀疑作者是否有什么特别的意图，要以其喜剧的最后一幕来产生这样的作用。这

---

① 米·赫拉普钦科：《尼古拉·果戈理》，刘逢祺、张捷译，上海：上海译文出版社，2001年，第378页。

② Носов В.Д. «Ключ» к Гоголю. Опыт художественного стиля. САМИЗДАТ. London 1985. С. 32.

③ 此处原文为法语 à la lettre。

不可能是它自己自然而然产生的。"①彼得·彼得罗维奇的不解在于：令大家都感到沉重，作者用意何在呢？这就像"在所有人面前放一个锁着的匣子，问里面放着什么东西"。可钥匙在哪儿？果戈理借主人公"第一喜剧演员"之口揭晓答案：现实中没有这样的城市，可如果这是我们的心灵之城呢？诺索夫由此赋予了"城市"这一形象以丰富而深刻的象征意义，认为它要在果戈理整体创作的语境中去把握。

据果戈理自己的说法，他从创作《钦差大臣》时起就开始自觉地肩负起艺术的教诲使命并关注作品的社会效应了："这是我抱着对社会施以良好影响的目的构思的第一部作品。"②但读者和观众的反应却与他自己的设想大相径庭："有些人把这出喜剧看作是企图嘲笑事物的合法秩序和政府机制，然而我恰恰是要嘲笑某些人自以为是地偏离了正规的和合法的秩序。"③因此，"无论是对不理解我的观众，还是对造成观众不理解我的过错的我自己，我都很生气"④。对读者同时也对自己不满，从此就构成了果戈理创作过程中的某种常态——不断地进行解释、辩解。1836年《钦差大臣》首演造成的印象，在果戈理看来是不对的，他自己也没有料到他笔下的文字会成为比周围的现实本身更现实的东西。这成为他进行深刻内省的原因，这种内省一直持续到他生命的最后时刻。这也是作者不断思索、修改、阐释《钦差大臣》的原因。亚努什凯维奇将果戈理这么做的动机解释为："在一个单独的文本框架内果戈理觉得逼仄。他为之寻找历史的、文化的语境，力图经由作品间的相互关系引发意义和反响的连锁反应。"⑤维罗拉伊年（М.Н. Виролайнен）将之称为"天体演化学"："《钦差大臣》成为戏剧的某种独特的天体演化学，在研究者看来，其中两个版本、《戏剧散场》、为海报作的简要说明、《结局》，围绕着'组装的城

---

① *Гоголь Н.В.* Развязка Ревизора / *Гоголь Н.В.* Полное собрание сочинений: [В 14 т.] / АН СССР. Ин-т рус. лит. (Пушкин. Дом). — [М.; Л.]: Изд-во АН СССР, 1937-1952. Т. 4. Ревизор. 1951. С. 127-128.

② 《果戈理全集》第八卷，周启超主编，李毓榛译，合肥：安徽文艺出版社，1999年，第407页。

③ 同上。

④ 同上。

⑤ *Янушкевич А.С.* История русской литературы первой трети XIX века. М.: ФЛИНТА: Наука, 2015, С. 592.

市'画出一个个越来越新的圆圈,意欲将其封闭得更加密不透风。"①

我们认为,这是果戈理的惯用手法。就像早期的小说集一样,果戈理也为《钦差大臣》构造了一个系列。这个系列是逐渐形成的,它体现了果戈理用力强化其中的思想性的意图,也就是我们所理解的"强阳计划"。

在客观上,果戈理非凡的艺术天才使得《钦差大臣》讽刺和揭露的力量无比巨大,不仅沉重打击了尼古拉一世时代暗黑的官僚制度,对当今社会反腐倡廉、打虎灭蝇也具有深刻的现实意义。作为果戈理的艺术知音,别林斯基评论说:"在喜剧里,生活被写成实际上的样子,就是为了使我们想到它应该有的样子。"②果戈理的确是想让所有人通过嘲笑舞台上展现的恶行而在生活中与这些恶行永远告别。他是抱着建设而非破坏的目的而进行讽刺和揭露的,这与他创作的本质是平衡阴阳、补足生命中的缺失是一致的。正是因为看到了这一点,尼古拉一世才亲自批准了《钦差大臣》的上演。

在《钦差大臣》之后,果戈理在戏剧领域的探索也依旧没有止步。一方面,他继续思考社会喜剧的问题;另一方面,他也试图延续历史剧的创作,因为历史一直是他喜欢的领域。具体来说,1839年他写了一部关于扎波罗什人的历史悲剧,但是没有留存下来,因为果戈理把手稿给烧了。据说他读给茹科夫斯基听的时候,年迈的诗人听着听着睡着了,非常注重读者反应的果戈理便觉得是剧本没有吸引力。1842年秋,果戈理还完成了两个新的剧本,《赌徒》和《戏剧散场》。

《赌徒》通过"受骗的欺骗者"这一主题,在一定程度上与《钦差大臣》相呼应。《赌徒》里的主人公伊哈列夫靠出千赌博,他精心打造了一副牌,还给它取了个女人的名字"阿杰莱达·伊万诺夫娜"。靠着这副牌他自以为胜券在握,稳赢二十万,便洋洋得意地说:"早晨只有八万卢布,到傍晚就成了二十万。是不是啊?对有的人来说,要干一辈子,千辛万苦才能挣到;是坐一辈子冷板凳,吃苦受罪,丧失健康的代价。这里只需几个小时,几分钟——就成了具有世袭统治权的王子!"③接着他开

---

① *Виролайнен М.Н.* Гоголевская мифология городов / Пушкин и другие. Новгород, 1997. С. 231. См.: *Янушкевич А.С.* История русской литературы первой трети XIX века. М.: ФЛИНТА: Наука, 2015, С. 592.
② 别林斯基:《别林斯基论文学》,梁真译,上海:新文艺出版社,1958年,第188页。
③ 《果戈理全集》第五卷,周启超主编,白嗣宏译,合肥:安徽文艺出版社,1999年,第298页。

始憧憬有钱人的日子,给自己洗脑,把诈骗合法化:"现在我的生活有了保障。有的是空余时间。我可以从事增加学问的事。……我可以到莫斯科去……原因何在呢?靠什么呢?靠所谓的诈骗。胡说,这根本不是诈骗!变成二流子很容易,可是这里需要实践,需要研究。嗯,就拿诈骗来说吧。这是必需的东西:不诈骗能办成什么事呢?……智慧是个伟大的东西。上流社会注重细巧精美。我完全是从另一个角度看待生活的。像笨蛋一样混一辈子没什么了不起。可是要精美细巧地、讲艺术地过一辈子,欺骗别人同时自己又不要被别人欺骗——这才是真正的任务和目的!"① 就在他以为自己是高人,自己骗得了别人、别人骗不了自己时,得知自己才是那个被骗的,他恼羞成怒:"世上真有这样叫人羞愧和受人唾骂的诈骗犯!我可真要发疯了——这出戏演得多好呀!多精巧!一点破绽也没有!我连告状都不行!以后还有什么滑头可耍!还有什么小聪明可摆弄!动什么脑筋想什么办法!……岂有此理!丝毫不值了,高尚的努力和劳动!身边就有诈骗能手骗过你!就有骗子能一下子把你几年心血建起来的大楼炸个粉碎!活见鬼!真是一个骗人的国度!"② 他这副气急败坏的样子跟《钦差大臣》里的市长很像,都是玩了一辈子鹰,到头来被鹰啄了眼。

但《赌徒》的成就并非仅限于此,就像苏联文艺理论家赫拉普钦科所说的:"《赌徒》在根本上改变了性质,改变了所谓'小型'戏剧创作的面貌。果戈理出色地证明,戏剧文学这一领域可能而且应当充满重大内容。"③

而《戏剧散场》与《钦差大臣》的联系更为紧密,写的直接就是《钦差大臣》演出散场之后观众的各类反应及社会意见的矛盾冲突。《戏剧散场》的主旨是阐发自己的社会喜剧主张,捍卫喜剧中的尖锐讽刺和喜剧艺术形象的真实性。

综上可见,果戈理的戏剧创作不是一时的心血来潮,也并非只有一部《钦差大臣》。作为一个剧作家,果戈理是有追求、有实绩的,他创建了新的戏剧艺术——现实主义戏剧;创建了新的喜剧艺术原则——1.展现真实的社会生活,2.塑造具有概括性和典型化的人物性格,3.展现内在冲突,即思想和价值观念上的冲突。因而,果戈理对俄罗斯戏剧创作乃至世

---

① 《果戈理全集》第五卷,周启超主编,白嗣宏译,合肥:安徽文艺出版社,1999年,第299页。
② 同上书,第302页。
③ 米·赫拉普钦科:《尼古拉·果戈理》,刘逢祺、张捷译,上海:上海译文出版社,2001年,第389页。

界戏剧创作的发展都是功不可没的。

在《戏剧散场》的末尾,果戈理写了这样一段话:"世界像漩涡一样:各种意见和议论永远在其中转动;但是,时间在磨着一切!虚假的东西像糟粕一样会消失;永不变动的真理像坚实的种子一样会保留下来。"《钦差大臣》就是那保留下来的种子。

第二节 疗救心灵的《死魂灵》第一卷

《死魂灵》第一部的创作历时 6 年,于 1841 年底完稿,1842 年 5 月以《乞乞科夫的经历,或名死魂灵》为题出版。在果戈理自己设计的封面上我们可以看到,поэма("史诗")这个词比书名《死魂灵》要明显得多,可见作家对这部作品体裁的重视。史诗,这是果戈理自己确定的作品体裁。这一点从《死魂灵》出版伊始就引发了热议。有人说,"史诗"这个词是开玩笑;也有人认为这可不是开玩笑,而是有深意的;又有人说,这是作者想要抬高身价,故弄玄虚。的确,一提起史诗,人们首先都会想到荷马史诗,即《伊利亚特》《奥德赛》这类讲述英雄传说或历史事件的长篇诗歌作品,通常也叫叙事长诗。而首先,果戈理的《死魂灵》是一部散文作品,不是诗作;其次,它讲述的既不是英雄的传说,也不是重大的历史事件。《死魂灵》讲的是这样一个故事:在农奴制俄国,一个叫乞乞科夫的男子,打算钻法律的空子来发财致富。俄国从彼得大帝那时候开始,把按户收税改成了按人头收税,这样就需要对人口进行登记造册,这个册子叫做"ревизская сказка",意思是"纳税人口花名册"。因为人口总在变化,所以隔些年就需要重新核定一次。如此一来,在两次核定之间如果有人死去,就会出现一种情况,人不在了,名字还在花名册上。也就是说,这个已经不存在的人还照样得纳税,这显然是制度上的一个漏洞。乞乞科夫是个聪明的人,他从这里面看到了商机:花极小的代价甚至不用花什么代价,从地主手里把名存实亡的农奴弄到手,再利用国家充实西部地区的优惠政策,无偿地获取一些土地,走手续,把这些只在法律上存在的农奴迁过去,这样一来土地和农奴就都有了,就可以抵押给救济委员会取得大笔贷款了。这一招空手套白狼的商业计谋在今天看或许没什么新鲜的,但是,在 19 世纪农奴制俄国,还是相当"机智"的。《死魂灵》第一部写的就是乞乞科夫走访某地的五个地主,收买已经死去、但在花名册上还存在的农奴这件事。显然,这既不是英雄壮举,也算不上重大历史事件，而且还不是用诗歌的形式写的。

那果戈理为什么要把自己的书标上"史诗"二字，并且在亲手设计的封面上突出"史诗"这个词呢？实际上，这与作者对史诗的看法有关。在写完《死魂灵》之后，果戈理给青少年编写过一本《语文学教科书》，里面有对"史诗"（эпопея）和"小史诗"（меньшие роды эпопеи）的论述。关于"史诗"他是这样描述的："在所有戏剧性—叙事性作品中，最伟大、最完整、最庞大并包罗万象的作品是史诗。它总是选择意义重大的人物作为主人公，这个人物处在同众多人物、事件和现象的联系、相互关系和相互交往之中，围绕着这个人物必定出现他生活在其中的整个世纪和时代。……因此，史诗是全世界性的、属于所有民族和世纪的、最为经久的、不会陈旧和永远生动的创作，所以永远在口头被反复传诵。"①但是，对照《死魂灵》的故事情节，我们会发现，它与果戈理对"史诗"的描述似乎并不是很吻合。试想，一个投机取巧的骗子的故事，能说是"包罗万象的""世界性的"、会"被反复传诵"的史诗吗？但是，在关于"小史诗"的论述中，我们却可以找到几乎是为《死魂灵》量身打造的特点："在新世纪产生了一种叙事作品种类，这些作品仿佛构成小说和史诗之间的中间物，其主人公尽管往往是个别和不显要的人物，然而在许多方面对人类灵魂的观察者具有重要意义。作者通过一系列冒险和变化的链条展开他的生活，以便同时在他所选取的时代的特征和风俗中，活生生地展示一切具有意义的事物的事实图画，……它们当中有许多作品虽然是用散文写的，但尽管如此仍可以归入诗歌创作。"②果戈理的意思是说，小史诗是一种新型的叙事作品，它介于小说和史诗之间，主人公不一定是显赫的英雄，但是透过他的冒险经历来观察他，既能把时代的特征和风习展示出来，又能使作者获得对于人类灵魂的有益的经验。这样的作品纵然是用散文写的，也可以称为诗。从果戈理对史诗和小史诗体裁的这种界定当中，我们大致可以明白作家把自己的作品称为史诗的缘由：一是他想要强调自己的作品是一种新的体裁，叙事与抒情相结合的、散文版的诗；二是他想说自己所写的人和事意义重大，围绕着主人公出现的是整个世纪和时代，用作家自己的话说就是"打算在这部小说里，把整个俄罗斯反映出来，哪

---

① 《果戈理全集》第七卷，周启超主编，彭克巽译，合肥：安徽文艺出版社，1999年，第 314 页。
② 同上书，第 315 页。

怕只反映一个侧面也好";①三是果戈理想让自己的这部作品成为像《堂吉诃德》和《神曲》一样的传世经典,成为"全世界性的、属于所有民族和世纪的、最为经久的、不会陈旧和永远生动的创作"。

果戈理为什么能自己给史诗这一体裁下定义?据研究者说,这是因为,那个时代的人们对于像史诗、长篇小说、中篇小说这一类的文学体裁,在理论上的认识还不够明晰,这些概念当时都还在形成的过程当中。既然如此,没有统一的标准和认识也就不足为奇了。

事实证明,《死魂灵》被作家冠以"史诗"之名,的确是实至名归。现在的《文学术语词典》里,在"史诗"这个词条下面,我们已经可以看到这样的表述:"随着时间的流逝,〈史诗〉体裁内容扩展了——不仅是英雄、历史、抒情或讽刺性质的诗歌文本,作者力图强调其艺术构思规模宏大的散文作品(如:果戈理的史诗《死魂灵》和马卡连柯的《教育诗》)也被称为史诗。"可见,至少在俄罗斯,以散文作品而被称为史诗的情况是从果戈理的《死魂灵》开始的,作家的自封已经得到了广泛的认同。而且,这种情况也不是绝无仅有的,普希金将自己的《叶甫盖尼·奥涅金》称为"诗体长篇小说"便是例子。

那为什么叫《死魂灵》呢?在俄语中,"мертвые души"(即"死的魂灵")这样的词语搭配,在果戈理之前并无先例,也就是说,这也是作家首创的。这种用法可以理解为逆喻,或者叫矛盾修饰法,就是一种修辞手法,把词义相互矛盾的、不能搭配的词语搭配在一起,从而达到特殊的艺术效果,比如:活的尸体、冰冷的火焰。说"死魂灵"是逆喻,这是因为,一般说来灵魂被认为是不死的。前面在介绍《死魂灵》的故事梗概时我们已经说过,这部小说的主线就是购买已经死去的农奴。而"农奴"这个词在俄语里历史上和"灵魂"是一个词,都是"душа"。换句话说,"душа"这个词有几种不同的含义:1.指心灵、心地、精神;2.指人、人口、农奴;3.作为宗教用语,指灵魂。这样一来,《死魂灵》这个标题至少可以有这么三层含义:1.实指书中买卖的对象——死去的农奴,正是因此,有的译本直接就把标题译为了《死农奴》。作品的标题有这层意思,但又不局限于这层意思,所以说这个译法显然是太直白、太浅显了,与作品内容不匹配。2.指书中所描写的人物——地主们的心灵、精神状态死气沉沉,了无生机。3.指宗教层面上,俄罗斯人的灵魂已然堕落到了极点。

---

① 果戈理1835年10月7日致普希金的信。参见《果戈理全集》第四卷,沈念驹主编,郑海凌译,石家庄:河北教育出版社,2002年,第4页。

也许正是因为惧怕这个标题的深刻含义,所以在出版前,书刊检查官把它改成了《乞乞科夫的经历,或名死魂灵》。这个标题乍一看,与一般的感伤主义和浪漫主义游记毫无二致,《死魂灵》从崇高的史诗一下子就落入了流行小说的窠臼,这是书刊检查官削弱作品讽刺批判力度的一种策略。这也是为什么果戈理在自己设计的封面上用大号字突出"史诗"一词,而把"乞乞科夫的经历"几个字写得小小的,位置也偏上,和"死魂灵"之间还是隔开的,不仔细看根本不会认为是书名的一部分。这也算是果戈理和书刊审查之间的斗智斗勇吧。对于《死魂灵》的标题,赫尔岑曾有过精辟的论断:"《死魂灵》这个标题本身就包含着一种令人恐怖的东西。它不能赋以别样的名字;并非户籍名册上有的才是死魂灵,这一切诺兹德廖夫们、玛尼洛夫们及其他人——这些都是死魂灵,我们到处可以碰见他们。"①

起初,果戈理设想从一个侧面,即从反面来反映整个俄罗斯:"把每日在我们眼前发生的一切,把冷漠的眼睛所见的一切,把可怕的、惊心动魄的、湮埋着我们生活的琐事的泥潭,把遍布在我们土地上,遍布在有时是心酸而又乏味的人生道路上的冰冷、平庸的性格的全部深度,统统揭示出来,并且用一把毫不客气的刻刀的锐利刀锋着力把它们鲜明突出地刻画出来,让它们呈现在大众的眼前。"②后来,这个思路发生了变化,他不仅要表现俄罗斯的死气沉沉,愚昧黑暗,他还要展现正面的,能使俄罗斯走上民族复兴之路的内在力量。因而他设计了一个宏伟的蓝图——《死魂灵》的三部架构,像但丁的《神曲》分为"地狱""炼狱""天堂"一样。对于果戈理的《死魂灵》与但丁的《神曲》之间的关系,尤里·曼有过细致的研究。据曼的研究,在侨居罗马时期,果戈理就对但丁很感兴趣。1837年他曾在信中提及要读但丁作品的原文。再往前追溯的话,果戈理对但丁的兴趣大概可以追溯到普希金。③1841年,安年科夫(П. Анненков)见证说,果戈理不止一次反复阅读《神曲》。舍维廖夫也强调

---

① 参见《果戈理全集》第四卷,沈念驹主编,郑海凌译,石家庄:河北教育出版社,2002年,第9页。
② 果戈理:《死魂灵》,满涛、许庆道译,北京:人民文学出版社,1983年,第167页。
③ *Манн Ю.* Сквоз Форму к смыслу. Самоотчет. Часть 2 из «Гоголевской мозаики». Москва-Явне. Moscow-Yavne. 2016. С. 29.

过，果戈理有意识地研究过《神曲》。①"尽管在神智学的意义上，《死魂灵》中既没有地狱、炼狱，也没有天堂，没有描绘'死后灵魂的状态'，但其中一切事情的发生都好像瞄着灵魂的未来生活，瞄着永恒的存在。整个俄罗斯，经由它乃至整个人类，都被拉来与这些共相对质。通过外在的躯壳向存在的本质力量渗透的意图由此而来。这就是巴赫金针对《神曲》所称的'一切共存于永恒之中'。"②这里提到的"通过外在的躯壳向存在的本质力量渗透的意图"，照我们的理解，就是果戈理对生命状态和生命本质的领悟和有意识地改天换命，这与我们的阴阳视角有异曲同工之处。"作者与其主人公乞乞科夫的关系是复杂的和变动的，从嘲讽的距离感到在某些思想和体验上的相符。这种复杂性是由天性所预先决定的，也与主人公的应以自己为例给同胞们一个大大的教训的设定有关：'也许，就在这个乞乞科夫身上，便有一种欲望，诱惑着他，但并非来自于他。'——亦即它，这'欲望'，是作为改造成自己的反面的否定元素被塞进来的。果戈理的中心人物的注定使命使他接近《神曲》的主人公。"③

说《死魂灵》要写成三部曲，这是后话。在果戈理创作的第二个时期只完成了第一部。这部作品描绘了俄罗斯众生的画卷：

第一章以速写和简笔画的笔法，勾勒了这画卷的总图谱，仿佛是俄罗斯众生的《清明上河图》：除了乘着马车来到外省省城 N 市的主人公乞乞科夫和他的车夫、仆从，作家的笔触还勾勒了酒店对面闲聊天儿的乡下人、街上步履匆匆的贵族青年、旅店里殷勤迎客的伙计、街角卖热蜜水的小贩儿、人行道上长相不算难看的太太等市井人物的速写，描出了脖子上挂着安娜勋章并且会绣花的省长、长着两道乌黑浓眉的检察长、矮个子的邮政局长、待人和气的民政厅长、两眼总是眯缝起来笑的地主、双脚硕大无比的地主、见面说不上几句话就开始以"你我"相称的地主等一众上流社会人物的简笔画像。

在这个总图谱后面则跟着篇幅和画法各异的一幅幅人物画像。接下来几章像特写镜头一般细细描画了乞乞科夫和他所拜访的五个地主的肖像，再往后则是一系列官僚世界的风俗画，中间还以春秋笔法描绘了农奴中的能工巧匠和官逼民反的科贝金大尉，可以说是把俄罗斯社会的方方面面一网打尽，同时又突出了重点——新兴资本家乞乞科夫和逐渐僵死的地主

---

① Манн Ю. Сквоз Форму к смыслу. Самоотчет. Часть 2 из «Гоголевской мозайки». Москва-Явне. Moscow-Yavne. 2016. С. 26.

② Там же. С. 26.

③ Там же. С. 27.

阶层。

先看最引人注目的肖像画：

第一幅是地主玛尼洛夫的画像。他是乞乞科夫拜访的第一位地主。这位地主非常的谦恭有礼，他和圆滑世故的乞乞科夫两人都是戏精，书中写道："他们在客厅门前已经站了好几分钟，互相请对方先进去。"最后只好两个人同时侧着身子，彼此挤了一下，才总算是不分先后地一起进了门。玛尼洛夫永远心情愉悦，笑容甜蜜，只是时常会甜得发腻，果戈理形容说："像滑头的医生为了使病人爱喝而死命地多加了糖的一杯药水"。他的教养、友善一开始会令人如沐春风，但是过不了几分钟，就会让人"感到一种要命的无聊"，因为"从他嘴里听不到一句活生生的哪怕是狂妄自大的话"。他的话要么是附和别人，要么是假模假式的唱高调，实际上却是不知所云。不仅说话空洞无物，玛尼洛夫的思想也是随风飘散、留不下任何踪迹的浮云。他的生活处于某种停滞之中，仿佛被一种魔力按了停止键，就像他书房里那本小书，书签永远夹在第 14 页，或者像他家客厅里剩下的那两把安乐椅，永远没来得及蒙上锦缎。在这种停滞之中，没有创造、发展，只有无所事事的发呆、空想。在玛尼洛夫的"小角落"，也就是他的书房里，两个窗台上布满排列得非常美观的一座座小山，它们是用烟斗里磕出的灰烬堆成的。这一座座刻意堆成的烟灰山峰就是这种停滞的象征。玛尼洛夫的一切都透露出那么一种过分：过分甜蜜的笑容，过分不闻不问的轻信，过分安于现状、耽于幻想的怠惰，过分有礼的教养，过分热烈的感动等等。总结起来就三个字：假得很。这与他的姓氏很相符——Манилов 这个姓是从动词 манить 化来的，意为"招引、引诱"。关键是玛尼洛夫的"假"，就跟《钦差大臣》里赫列斯塔科夫的"谎"一样，假得很真。举个例子：当玛尼洛夫非常高尚地表示，不但要将死魂灵无偿奉送，还要承担契税时，乞乞科夫欣喜若狂，不由发出了一番人生感慨，还掉了一滴眼泪。然后二人"执手相看泪眼，竟无语凝噎"。这也就算了，重点在后面："玛尼洛夫说什么也不肯放开我们主人公的手，继续握得这样热烈，以至于对方已经不知道如何才能把它解脱出来了。"乞乞科夫是用演技在演，而玛尼洛夫那是用本性在演。所以飙戏的结果是玛尼洛夫胜出，因为乞乞科夫先演不下去了，当然他也无需演下去了，因为目的已经达成。

第二幅肖像画的本该是地主索巴凯维奇，就是前面提到的长着一双巨足的地主。乞乞科夫计划第二个拜访他，但是由于车夫喝醉了，马车偏离了正路，误打误撞地来到了女地主科罗博奇卡家。这是一个只有 80 个农奴的小地主，比起有 200 多个农奴的玛尼洛夫，原本不在乞乞科夫的卖家名单里。但是看到科罗博奇卡的村子也小有规模，而且相当殷实，乞乞科夫决定在她这里试试运气。和超级务虚的玛尼洛夫比起来，科罗博奇卡极其务实。人如其名，科罗博奇卡俄文是 Коробочка，意思是"小匣子"，她真就像一个装钱的小匣子，很能攒钱，不过也像小匣子一样狭隘、封闭，对于未知的东西有一种天然的抗拒和怀疑。她怀疑自己是不是把死魂灵卖便宜了，这让她坐立不安，在乞乞科夫走后一连三天睡不着觉，非去城里打探清楚不可。正是她的这一举动最后坏了乞乞科夫的事儿。

第三幅肖像得来也纯属偶然，画的是"半路杀出来的程咬金"——地主诺兹德廖夫。误入科罗博奇卡的村子之后，乞乞科夫半路又被强行拐到偶遇的诺兹德廖夫家。和彬彬有礼的玛尼洛夫正相反，诺兹德廖夫豪放、爱闹腾。在他身上可以看到残留的哥萨克影子，看到那种无目的的玩乐、恣意、任性、粗鲁、蛮横。他说话做事随心所欲、无视任何的礼节和规则，常常信口开河，毫无目的、毫无必要地吹嘘，这一点和赫列斯塔科夫也有几分相像。他一会儿说自己有一匹天蓝色或玫瑰色的马，一会儿又说自己一顿饭能喝 17 瓶香槟酒。他也不考虑别人的感受，刚一见面就不由分说地强推他的小狗，非让乞乞科夫摸摸小狗的耳朵、捏捏它的鼻子不可。这还不算什么，诺兹德廖夫身上最鲜明的特征当属那种赌徒式的狂热和不计后果。在他家，他先是邀请乞乞科夫打牌赌钱，被拒绝了。后来，在乞乞科夫提出要买他名下的死魂灵时，他又想用赌博来解决，再次被拒绝了。可他仍旧不屈不挠，最后建议用下棋来定输赢，要是乞乞科夫赢了，死魂灵就都是他的了。结果在下棋的过程中，因为他赖棋，乞乞科夫搅了棋盘，拒绝继续下棋，诺兹德廖夫恼羞成怒，居然命令奴仆堵住门不让乞乞科夫走，还要揍他，弄得乞乞科夫险些无法脱身。

第四幅画像终于轮到了期待已久的索巴凯维奇。这位地主姓狗名熊，合在一起就是"狗熊"，与这个人物的外形很相符——他长得活似一头中等个头儿的熊。为什么书上明明写的是米哈伊尔·索巴凯维奇，我们却说姓狗名熊呢？这是因为，在俄语里，Собакевич（索巴凯维奇）这个姓是从 собака（狗）这个词化来的，而名字 Михаил（米哈伊尔）在古罗斯习惯上被人们用来指代 медведь（熊）。可见，这个姓名果戈理可不是随便起的。与热闹的诺兹德廖夫比起来，索巴凯维奇是冷硬的。他没有诺兹德廖夫那么多废话，也没有玛尼洛夫那么多幻想，但是他很毒舌。在他嘴里，省长是"天下头号的强盗"，警察局长是"骗子"，公证处长是

"世界上从未见过的傻蛋"，唯有检察长还算正经人，不过也是"一头蠢猪"，这与玛尼洛夫的甜言蜜语形成了巨大的反差。和科罗博奇卡一样，索巴凯维奇也是十分务实和精明的，对外界的一切持否定和不信任的态度，但在程度上要比科罗博奇卡更上一个台阶。他的精明在与乞乞科夫的谈判中展露无遗：当乞乞科夫从很远的地方扯起，进行长篇大论时，他一直默默地倾听，直到乞乞科夫问他：您看怎么样？他才一句话直指问题的本质：您需要死魂灵？估计索巴凯维奇这么简单粗暴的回应，让费尽心机兜了一大圈的乞乞科夫撞墙的心都有了。然而惜字如金只是索巴凯维奇精明的一个方面。另一方面，当他为了抬价而对自己的死魂灵王婆卖瓜时，又开始口若悬河，滔滔不绝起来，最后硬是把百无一用的死魂灵卖了个好价钱——每个2块半！比较一下：玛尼洛夫白送不说，还出契税，科罗博奇卡的18个死魂灵总共卖了15块钱，而到索巴凯维奇这儿，价格高出了两倍。当然，乞乞科夫也不是菜鸟，他从索巴凯维奇这里额外得到了一个非常有用的信息：就在五俄里外，住着一个拥有800农奴的地主，那里的死魂灵多得跟苍蝇似的。这个人是谁呢？不是别个，正是我们都熟悉的泼留希金。

　　第五幅肖像画的自然就是这个大名鼎鼎的泼留希金了。他是五个地主里最富有的，拥有上千个农奴，家中的粮食和物品堆积如山。但是这偌大财产的主人，却穿着搞不清拿什么拼凑的睡袍，待客要用陈年的面包干，而且连上头坏掉的部分都吩咐不要扔掉，要刮下来送到鸡窝去；写个契约，连小半张白纸也舍不得全用，还要裁成四分之一，精打细算地把字写得一行紧贴一行。与此同时，他家的"干草和粮食在霉烂，庄稼垛和草垛变成了纯粹的肥料，就差在上面种白菜了；地窖里的面粉变成了石头，必须拿斧子劈；呢绒、麻布、家织布，谁也不敢碰：一碰就成灰"。贪婪永远是和吝啬结伴的。贪婪和吝啬使泼留希金这个人从内到外都物化了，化身为他那无用的"一堆儿"。甚至连天生的性别特征在泼留希金身上都模糊了，以至于乞乞科夫一开始都辨认不出，他到底是男的还是女的。对自己他尚且如此吝啬，何况对农奴呢！他总是疑心手下的人偷盗和欺骗，御下极其严厉，以致农奴大批死亡或逃跑，这可便宜了乞乞科夫，他只花了24块9毛6分就收获了近200个死魂灵，简直要乐疯了！

　　若说这五个地主的画像已经是惟肖惟妙了，那么小说主人公乞乞科夫的画像更得果戈理的精雕细琢。从第一章到最后一章，乞乞科夫一路走一路展现着其性格方面的特点：初来乍到的谨慎精细、见多识广和处事周到，表现在他一到N市便开始拜访实力人物，扩展人脉，并旁敲侧击地打听与死魂灵相关的人和事；接下来在与地主们打交道时的伸缩自如和见风使舵，表现在对不同的人采取不同的策略，对甜腻腻的玛尼洛夫就打感情牌，对没见过世面的科罗博奇卡则带着一种居高临下的漫不经心；最后是与官吏们周旋时的见惯不怪和心领神会，表现在去办过户手续时，应对那些官僚时的得心应手。不仅如此，作为史诗的主人公，果戈理在最后一章还专门讲述了他的成长史，为我们揭开了这个时代"新人"的性格成因。乞乞科夫之所以爱财如命和圆滑势利，启蒙老师是他的父亲。作为一个寒微之家的家长，在送儿子去市立学校读书时，父亲送给儿子一个硬币和一番临别赠言，教导儿子：一要讨好师长，结交能用得上的同学，二要爱钱，因为钱不会出卖，还能打通一切障碍。谨遵父亲的教诲，乞乞科夫在这两个方面可以说都做到了极致，在学校里不但成了老师的宠儿，还想方设法赚了不少钱。然而当老师倒了霉，失去了用处的时候，其他调皮捣蛋的学生为了凑钱帮老师，甚至变卖了许多有用的东西，可乞乞科夫这个老师的宠儿，却只拿出五分钱应付了事。这一行为模式一经形成，便一直沿用了下去。到了社会上，乞乞科夫先是各种讨好股长，但是碰了钉子，他就换一种策略，打听到股长家有个貌丑的女儿待字闺中，便百般追求，终于打动了股长，不但让他搬到家里住，还为他走关系，让他补了个缺，也当上了股长。达到了目的后，乞乞科夫第二天就变了脸，换了住处，也不叫伯伯了，也不提结婚的事了，仿佛什么事也没发生一样。从这两件事里，我们可以看到乞乞科夫的两个品质：未达目的时坚韧不拔，不择手段；达到目的后冷酷无情，毫无愧色。所以说，在乞乞科夫的人之初，就已经打上了唯利是图的烙印。他以后的每一步，无论是在建筑委员会的贪墨被查，还是在海关因与走私分子勾结大捞钱财被告发，都脱不了唯利是图这个原罪。他的灵活务实、随机应变、圆滑势利和百折不挠都是服务于唯利是图的手段。

在前面这组肖像画之后，跟着的是一系列N市官僚世界的风俗画：一组描绘乞乞科夫在公证处办过户手续的，一组描绘省长家舞会的，还有一组描绘"一般可爱的太太"和"各方面都可爱的太太"闲聊的。对这些人物，果戈理用的是另一种画法，也就是风俗画的画法，不以单个的人物形象刻画为要点，而是着意表现社会风习。这些画像描绘了城里各级官僚的贪赃枉法、为非作歹和社会名流的空虚无聊、搬弄是非、捕风捉影、以讹传讹。我们挑其中的两幅感受一下：乞乞科夫去办公证这个系列中，有一个画面是：办事员先是打官腔，当乞乞科夫提到和处长是至交，希望能加快办理后，又暗示说，也不是只有处长一个人啊，还有别人呢。

乞乞科夫许诺别人也不会亏待,并将一张钞票放到他桌上,他则好像没看见一样,马上用一本书遮上了,之后才安排人带乞乞科夫去找处长。这幅小画中的人物虽然只是一个普通官吏,但他勒索手法之娴熟,实在是令人印象深刻,很典型。再看一下两位太太八卦的一幅:太太们从狗牙花边儿好不好看的时尚问题,谈到乞乞科夫的鼻子,再从科罗博奇卡和乞乞科夫的交易,扯到他拐走省长女儿的企图,说着说着,最后竟把猜测的东西当成了事实去到处传扬了。这可以说是把贵妇人的空虚无聊和搬弄是非写活了。

果戈理在塑造《死魂灵》中的众多人物形象时,采用了类似速写、简笔画、肖像画和风俗画之类的不同艺术手法,集中体现了作家在驾驭文字方面的才华。在这部作品中,最突出的语言方面的特点就是叙述和抒情的文字并重。

大凡作家必都善于做文字功夫,而素有"俄国散文之父"美誉的果戈理更是玩转文字的天才。首先,他的比喻奇特,而且是"老鼠拖木锨式"的,令人过目难忘。比如,在描绘省长家舞会上的人们时,他这么写:

> 这里那里,闪动着黑色的燕尾服,有的在散开,有的在聚拢,就像炎热的七月天儿,年老的女管家在敞开的窗户前,把白花花的精制糖砸成亮晶晶的小块时,苍蝇在上面乱窜的情形。①

若在一般作家笔下,这个比喻到此也就为止了,因为已经很形象了。但是在果戈理这里,一切都只不过刚开了个头儿,好戏还在后面:

> 孩子们围拢来好奇地盯着她那干硬的手臂挥动榔头的动作,而一队队乘风御气的苍蝇飞行骑兵大模大样地闯进屋来,好像它们是全权的主人;它们利用老太婆老眼昏花和碍眼的阳光,有的地方以散兵队形,有的地方以密集阵势,盖满美味的糖块。丰饶的夏天和到处摆满的佳肴已经把它们喂得饱饱的,它们飞进来完全不是为了吃,而是为显显身手,在糖堆上来回走走,前腿和后腿互相蹭蹭,或者用它们在翅膀底下搔搔痒,或者把它们伸到前面,在头顶上搓搓爪;一会儿掉

---

① 《果戈理全集》第四卷,周启超主编,田大畏译,合肥:安徽文艺出版社,1999年,第17页。

头飞出去，一会儿又组成新的讨人嫌的骑兵队飞了回来。①

这么长的比喻，不细心的读者一不小心就会忘了果戈理这是以苍蝇来比喻参加舞会的人，还以为他是在细致入微地描写农村夏日里苍蝇的肆虐呢。不过，细心的读者读完这段必定会心一笑，眼前浮现出再鲜活不过的情景，省长家舞会上的情形仿佛正在剧院舞台上演着，而你和作者一起坐在二楼的包厢里，一切尽收眼底。这类比喻果戈理不仅用在场面描写上，即便是难以名状的内心情感，他也能用这种果式比喻描摹得生动而形象。泼留希金提起要好的小学同学时，内心涌动起一丝涟漪，对他的心理变化，果戈理是这么写的：

> 在这张泥塑木雕的脸上突然掠过一道温暖的光芒，竟然露出了某种表情，但那不是情感，而是情感的苍白的返照；这个现象，和溺水者在水面意外浮现，从而引起岸边人群欢呼有些类似。喜出望外的兄弟姐妹从岸上扔下绳子，期待溺水者的脊背或挣扎得疲惫不堪的手臂再次浮现，然而那已是他最后一次出现了。在此之后，一切都沉寂了，无情的大河重归平静的水面变得更加可怕和空虚。泼留希金的面孔也是这样，在一瞬间掠过了一丝情感之后，变得更加麻木，更加猥琐。②

简直是神来之笔。

另外，对比是果戈理手里的另一张王牌。当乞乞科夫来到索巴凯维奇家时，果戈理是这么写的："他看到一个窗口里几乎同时露出了两张脸：一张是戴着包发帽的女人的脸，又瘦又长，像根黄瓜，另一张是男人的脸，又圆又宽，像摩尔达维亚产的葫芦。"索巴凯维奇夫妇对比强烈的亮相喜感十足，这是果戈理惯用的制造幽默感的好牌。进行对比的双方旗鼓相当，这种情况还体现在人物性格上，比如玛尼洛夫的热忱和温情与索巴凯维奇的生硬和冷峻，科罗博奇卡的谨小慎微和诺兹德廖夫的豪气粗放等等。

果戈理笔下还有一种用到对比的情形，那就是把占压倒性优势的东西与微不足道但形成反差的东西并置，造成滑稽性的不和谐，效果也是非凡

---

① 《果戈理全集》第四卷，周启超主编，田大畏译，合肥：安徽文艺出版社，1999年，第17页。
② 同上书，第170页。

的。例如索巴凯维奇家墙上挂着的画：

> 画上全是英雄豪杰，全是希腊将领们的全身版画像：……这些英雄们的大腿全都如此粗壮，嘴上的髭须都如此浓密，令人不寒而栗。在这些强壮的希腊人中间，不知道是怎么回事，不知道是为了什么，挂着一张巴格拉基翁的画像，瘦小的身体下面画着一些小旗帜、小火炮，镶在一个最小的画框里。接下去又是希腊人了，这位是希腊女杰波别莉娜，她的一条腿要比充斥着当今客厅的公子哥儿们的腰还粗。①

可以想象一下，一大堆希腊人巨幅全身人像中间，突然现身一张小画，里面画的是个俄国将领，而且他还要和小旗子、小火炮分享本就不大的空间，这种画风的急停陡转也是果戈理制造笑声的拿手好戏。类似的例子还有，因为乞乞科夫不想再继续下棋并把棋子搅乱，诺兹德廖夫威胁乞乞科夫说要揍他的那一段描写：

> 诺兹德廖夫喊着，手持樱桃木烟袋向前冲，他浑身发烧，满头是汗，仿佛正在逼近一座坚不可摧的要塞……而他正在进攻的那个要塞……感到如此恐惧，灵魂都躲进脚后跟里了。②

一方是如临大敌，另一方却早已吓得半死了，真是要多滑稽有多滑稽。

果戈理玩转文字的第三张牌是夸张。《死魂灵》第七章里，乞乞科夫进城办过户手续时，在街头巧遇玛尼洛夫。这一对儿曾经执手相看泪眼的好朋友，"立刻就紧紧拥抱起来，并以这样的姿态停立在街上，时间长达五六分钟之久。双方的亲吻都是如此用力，以至两人的门牙差不多疼了整整一天"。类似的夸张比比皆是。再看一个例子：乞乞科夫黑夜误入科罗博奇卡的村子，又累又困，只求睡个好觉。科罗博奇卡的女奴收拾好卧具后，乞乞科夫"相当满意地看了看自己高得快够到天花板的铺位。……当他踩着椅子爬到铺上以后，铺位在他身子下面沉了下去，跟地板差不多平了，被他挤出褥套的羽毛飞得满屋子每个角落都是"。谁家的羽毛褥子能

---

① 《果戈理全集》第四卷，周启超主编，田大畏译，合肥：安徽文艺出版社，1999年，第125页。
② 同上书，第115～116页。

一下高到快要触到天花板，又一下低到和地板一般齐呢？当然是只有在艺术作品里了，这就像李白笔下的"白发三千丈"一样。

还有果戈理擅长的"揣着明白装糊涂"的笔法，每每说到关键处便顾左右而言他，可是读者从上下文中能够自行得出正确的结论，这使得他的那些不着边际的推测更显得愚蠢而荒唐，而这里面往往恰巧隐藏着某种嘲讽和揭露。比如，对乞乞科夫工作过的建筑委员会，果戈理这么写道：

> 围绕着这座建筑忙碌了六年；但不知道是气候碍事，还是材料的问题，反正这座公家建筑怎么也高不过地基。与此同时，在城里其他地方，每个委员各有了一座漂亮的私家房屋：看来是因为那些地方的土质比较好。①

六年都高不过地基的房子根本就是没有盖，跟气候和材料有什么关系？房子又不是蘑菇，跟土质好不好也扯不上关系吧？

这类手法有时会简化为一种逻辑悖论的形式，如在第一章描写乞乞科夫时，有这样几句：

> 这位绅士的做派中有一种十分庄重的东西，擤鼻子也特别响亮。不知道他是怎么做的，只听见鼻子的声音跟喇叭一样。这个似乎是完全无关宏旨的特点却给他赢来了旅店伙计的无比尊敬，每当他听到这种声音，便把头发往后一甩，把身子更加恭敬地挺直，从高处弯下头问：先生要点什么？②

果戈理写得那么的理所当然，好像擤鼻子声音大和受人尊敬之间确乎有着某种直接的逻辑关系一样，这就把旅店伙计这类人写活了，嘲笑了他们只看衣裳不看人的势利心态，以及认为有钱人做什么都是值得尊敬的奴性。

有时这种手法又简化为一种类似陌生化手法的不明说，就像在第二章里，玛尼洛夫在饭桌上对乞乞科夫说，他年满七岁的大儿子脑子特别灵，想往外交方面培养儿子，让他当公使。接着果戈理是这么写的：

---

① 《果戈理全集》第四卷，周启超主编，田大畏译，合肥：安徽文艺出版社，1999年，第298页。
② 同上书，第8～11页。

> 这时候站在后面的仆人擦了一下公使的鼻子，此举来得非常及时，否则好大一滴无关的液体就要掉进汤里了。①

这"好大一滴无关的液体"沿用的是玛尼洛夫咬文嚼字的言语风格，但它所实指的"鼻涕"这一语义，无论如何包装，都把用半希腊式的名字和"外交、公使"等文雅词汇营造出来的所谓的诗意嘲讽了个彻底，令人忍俊不禁。

此外，作为现实主义艺术的经典之作，《死魂灵》所具有的概括性在语言上也有所体现。第三章里，果戈理说到乞乞科夫在科罗博奇卡这样的小地主面前谈话随便，完全不讲客套，紧接着就把乞乞科夫的这种看人下菜碟的行为进行了归类，开始讲起在俄国普遍存在的、人们在待人接物方面的层次和奥妙，其中有这样的一段：

> 我们有这样一些能人，他们对有两百个魂灵的地主说话，完全和对有三百个魂灵的地主说话不一样，对有三百个的说话，和对有五百个的不一样，对有五百个的说话，又和对有八百个的不一样了，——总而言之，哪怕上升到一百万，也能找到相应的层次。②

说到这里还不算完，下面他又以假设的方式，把这种普遍存在于俄国人中间的行为模式生动形象地进行了一番描绘：

> 假定说有个衙门，……这个衙门里假定有个办公室主任。……他坐在下属当中时的样子……那真是一脸的傲慢和高贵……普罗米修斯，绝对的普罗米修斯！目光炯如雄鹰，谈吐四平八稳，话音一板一眼。同是这只雄鹰，只要出了房门，往自己上司办公室去，那就会胳肢窝里夹着公文像只鹌鹑似的一路颠颠小跑了，样子简直叫人吃不消。在社交场合或者晚会上，如果都是官衔不大的，普罗米修斯还是普罗米修斯，可是要有个官衔稍微比他高一些的，普罗米修斯就会发

---

① 《果戈理全集》第四卷，周启超主编，田大畏译，合肥：安徽文艺出版社，1999年，第43页。
② 同上书，第66页。

生……变形：他会变成苍蝇，甚至比苍蝇还小，变成了一粒细沙！①

这样的归类和概括不但把乞乞科夫的形象变成了一种鲜活的典型，同时也讽刺和揭露了俄罗斯社会中（尤其是在官场上）等级观念造成的畸形的人际关系。这一传统后来被契诃夫所继承，体现在他的《胖子和瘦子》等作品中。

最后，我们来谈一谈《死魂灵》语言上的抒情色彩。它主要体现在无处不在的、与叙事穿插、结合在一起的抒情插笔上。这些抒情插笔以大量的排比句、惊叹句和疑问句以及无数崇高语汇为标志，激情饱满，格调高昂。在内容上，大开大合，包罗万象，有对世界规律的总结，诸如"如果你在快乐事物面前停留太久，快乐的转眼间会变成悲哀的"；有对人内心忽有所悟的感慨，诸如"在无所用心的、快活的、无忧无虑的时刻，为什么又会突然闪过一道神奇的光：笑容尚未从你脸上退尽，周围还是同一些人，而你却已变成了另外一个人，你的脸已经被另一种光照亮……"也有对不同作家类型的特点和命运的概括，诸如"这个作家是幸福的，他……向显露人类崇高美德的人物靠拢；……他一次也不改变他竖琴奏出的高雅音调……众人拍着巴掌尾随他飞奔……把他称为伟大的世界性诗人……但另一个作家就没有这样的好运了。……因为他竟敢揭露时刻存在于眼前……的一切……竟敢凭借无情的雕塑刀的威力，把他们突出而鲜明地展示在全民的眼前！他听不到民众的掌声，……当代法庭将……对他的心，他的灵魂，他的天才的神圣火焰，一概加以否定……"更有对于俄罗斯民族和语言的自豪，诸如"世上没有一种语言可以同更精确生动的俄罗斯口头语言媲美，像它那样泼辣、敏捷，那样迸发自心灵的深处，那样令人感觉到里面血液在沸腾，生命在颤动"。②抒情插笔不仅在内容上是包罗万象的，在情感上也是丰富多样的，既有深沉的忧虑，也有热情的赞美，既有痛苦的疑惑，也有美好的憧憬。简言之，此中有真意，尽在插笔中。

总之，《死魂灵》的语言是叙事与抒情的结合体，果戈理灵活地调动了各种修辞手段，造就了作品既庄重又诙谐、既热情奔放又深沉厚重的文本风格。

果戈理要描绘俄罗斯人的真面目——展示他们在现实中实际的状态，

---

① 《果戈理全集》第四卷，周启超主编，田大畏译，合肥：安徽文艺出版社，1999年，第66页。

② 果戈理：《死魂灵》，满涛、许庆道译，北京：人民文学出版社，1983年，第119页。

勾勒他们在未来应有的样子，用艺术的话语唤醒沉沦的心灵，指点回归天国的道路："这对他来说是头等大事，也决定了《死魂灵》的三卷集计划。因此，在完成这一任务时果戈理未曾局限于，也不可能局限于向自己的同胞展示其'丧尽人性的嘴脸'，亦即局限于仅描绘民族当前的道德状态。出于这一目的，他在'长诗'中引入作者的直接话语（所谓的'抒情插话'），亦即在体裁方面全新的而且源于绝对不同于叙事作品的其他源泉的因素。"① 佐洛图斯基说，"这就是《死魂灵》的诗学"，它"用了三分之一的篇幅评论和向读者呼吁。在这里，对任何一个新词的使用和安排，都有以作者身份出现的解释和辩护，对任何脱缰而出的喜剧性或抒情性的感情的奔泻，都有强调它们，使它们免受批评、受到保护的理由。看来，果戈理对书中的每一个画面都准备好了无可辩驳的论据。……这就是俄罗斯文学与读者的新关系的开端。俄罗斯文学正是从果戈理开始才如此积极地关心读者，才在注意到内在的目的的同时又如此注意外部的反映，并从果戈理的好辩发展到陀思妥耶夫斯基的好辩"。② 他从中感受到一种俄罗斯文学的新现象。《死魂灵》的这种"诗学"，它所显示的与读者的"新关系"，在《与友人书简选》里都得到了进一步的发展。

　　果戈理在俄国文学艺术中所见的俄罗斯人令他不满："我国诗歌的题材毕竟是我们，但我们在俄国诗歌里认不出自己来。当诗人把我们的优点展示给我们的时候，我们好像觉得是夸大其词，……当作家展示出我们的卑鄙方面的时候，我们也不相信，并且我们似乎觉得这是一种滑稽模仿。……第一种情况的原因是，我国的抒情诗人掌握着一种在普通肉眼几乎看不出来的种子里能在将来长出其丰饶的果实的奥秘，更加纯净地展示出我们的每一个品质。后一种情况的原因是，我国的讽刺作家在自己的内心里虽然尚不明确但已经有了优秀的俄国人的典范，因此，对当代俄国人的一切卑劣的品质就看得更加清楚。……这样一来，我国诗歌在任何地方都没有给我们完全描绘出一个无论应处在理想中，还是处在如今现实中的俄国人来。"③

　　因而，果戈理便想要"完全描绘出"这样的俄国人来。《死魂灵》就

---

① *Недзвецкий В.А.* От Пушкина к Чехову. МГУ: Перечитывая классику. 1999. С. 79-80.

② 伊·佐洛图斯基：《果戈理传》，刘伦振等译，天津：天津人民出版社，1982年，第445页。

③ 《果戈理全集》第六卷，周启超主编，任光宣译，合肥：安徽文艺出版社，1999年，第259页。

是他实现自己设想的作品。从社会历史层面来说,《死魂灵》以乞乞科夫在广袤的俄罗斯大地上漫游、到处收购死魂灵为线索,展现了农奴制俄国广阔的社会和生活画卷,这里面有暮气沉沉、寄生封闭的贵族地主的庄园生活,有贪污腐化、官气十足的外省官吏世界,有受尽奴役和压榨却依然保有创造力的农奴群体,有正在进行资本原始积累的新兴阶级。这些阶层以生与死为界限,分为两个部分:一个部分是虽生犹死的官僚、地主和新兴的掠食者,说他们虽生犹死,是因为在这些省长、局长、处长们,在这些玛尼洛夫、科罗博奇卡、诺兹德廖夫、索巴凯维奇、泼留希金们,还有乞乞科夫们身上,"果戈理描写了人的精神和道德的堕落,而这种堕落随着故事的发展表现得越来越突出"[①],致使他们身上体现出精神上的死相。这一部分主要展现的是讽刺和揭露社会丑恶的主题。另一个部分是虽死犹生的死魂灵,说他们虽死犹生,是因为这些肉体已然消亡的农奴,哪怕变成了名单上的几个符号,一想到他们,还是会活生生地保留着本人的特征,譬如"好木匠"啦,或者"滴酒不沾,精明能干"啦,"不偷东西,品行端正"啦,等等。在这个名单上还有一些农奴实际上并没有死去,而是不堪忍受地主的欺压而逃跑了,只是在地主和乞乞科夫那里,他们等同于死魂灵,就像乞乞科夫对着他们的名单想的那样:"你们虽然说还活着,可顶什么用呢!如今还不是跟死人一样……"尽管如此,对名单中的这一部分人,就连乞乞科夫也不由自主地会联想起欢快的、有活力的生活场景,脑海里浮现出逃跑农奴加入纤夫行列的情景:"结帮搭伙的纤夫们,帽子上插着鲜花扎着彩带,正和他们戴项圈结飘带、身材颀长匀称的情人儿和妻子告别,大伙儿都在尽情地欢乐:环舞、歌声,整个广场在沸腾,而此时搬运工们正在喊声、骂声、吆喝声中用钩子把近九普特重的麻包搭上肩,把豌豆和小麦哗哗地倒进深深的货船,把大包的燕麦和杂粮扔进舱底;整个场地上,老远可以看到一堆堆摞成金字塔状的炮弹似的粮食;码头上的粮食一直会堆积如山,直到全部装进深深的苏拉河船,直到不见首尾的船队随着春天的浮冰扬帆远行。那时候你们将要大干一番了,纤夫们!你们将在一首像俄罗斯一样没有尽头的歌声下拉着纤绳,齐心协力地劳动和流汗,就像你们玩乐和疯闹时那样亲密无间。"[②]离开了泼留希金这样的主人,哪怕干的活也很重,但过的却是自由的、人的生活:有伙

[①] 米·赫拉普钦科:《尼古拉·果戈理》,刘逢祺、张捷译,上海:上海译文出版社,2001年,第409页。

[②] 《果戈理全集》第四卷,周启超主编,田大畏译,合肥:安徽文艺出版社,1999年,第189页。

伴，有劳作，有爱情，有歌声。这部分主要体现的是人民的主题。有关人民的主题除了体现在死魂灵身上，还体现在关于科贝金大尉的传说之中，并且在这个环节中达到了最强音——如果说在写死魂灵时，作家告诉我们的是：人民是勤劳能干的，人民在不堪重负时是会逃跑去追求自由的生活的；那么，在写科贝金大尉时，想表达的则是：人民也是英勇的，他们能为祖国流血，在受到不公正待遇时也能揭竿而起，捍卫人的尊严。正因为如此，《死魂灵》中科贝金大尉的传说才受到书刊检查官的删改，也正是因为如此，果戈理才千方百计要在作品中保留这个传说，因为它关系到作品的主题思想。

此外，《死魂灵》第一卷的最后一章，还集中地揭示了更为宏大的主题：俄罗斯的主题。首先是俄罗斯的得天独厚注定了它应该有大气魄："俄罗斯！俄罗斯！……你有的，是贫穷，是散乱，是不舒适；……你有的，是开阔，是空旷，是平坦；……广阔无垠的思想不就应在你这里产生吗，既然你本身就如此广阔无垠；伟岸的壮士不就应在你这里出现吗，既然这里有着让他施展和驰骋的场地。"① 其次是对俄罗斯发展道路的思考："俄罗斯啊，你究竟在向何处飞驰？给一个回答吧！它不回答。"② 果戈理的时代正是西欧派和斯拉夫派围绕着俄罗斯的发展道路问题，激烈争锋的时代。果戈理虽然只是在作品的结尾处才提出了问题，但是这在当时的社会语境中已经是一种表态了，那就是他不站在任何一方，他希望有其他的答案。最后是对俄罗斯的未来充满爱国激情的憧憬："叮当响着奇妙的铃声；空气在耳边呼啸，它被撕扯成碎片，它变成一股狂风；大地上所有的一切都在两边闪过，其他的民族和国家全都斜视着它，躲到一旁，给它让开大路。"③ 虽说这里的强国梦有点儿唯我独尊，会让地球村的其他居民不以为然，但实事求是地说，这其实是俄罗斯民族心理和社会思想的惯性使然，其根源在于俄罗斯人的"弥赛亚"意识、他们自封为"第三罗马"的野心。

到这里便很清楚了，果戈理说要在《死魂灵》里"把整个俄罗斯都展现出来"，他是认真的。同样，说到这里，我们也就不会轻易认同那些习惯性地认为《死魂灵》只是借由几个丑陋的地主形象讽刺揭露农奴制黑暗和腐朽的观点了，因为仅仅把《死魂灵》视为一部讽刺作品，实际上是贬

---

① 《果戈理全集》第四卷，周启超主编，田大畏译，合肥：安徽文艺出版社，1999年，第 285 页。
② 同上书，第 315 页。
③ 同上。

低了这部史诗的艺术价值。沃罗帕耶夫 2017 年接受采访时说,《死魂灵》不是讽刺作品,果戈理的同时代人,包括别林斯基,都明白这一点。他还引用了别林斯基的话:"把《死魂灵》视为和理解成讽刺作品,没有比这更错误和更愚蠢的了。"①果戈理本人也在 1845 年给友人的信里说过:"《死魂灵》的对象完全不是外省也不是几个丑陋的地主,也不是人们加诸于他们的东西。这暂时还是个秘密,这秘密应该会在后续的卷集中一下子突然揭开,让所有人大吃一惊(因为读者中没有一个人能猜得到)……解开它的钥匙暂时只在作者一个人的心灵中。"②这段话透露出两个意思:1. 当时的读者还没有人真正理解《死魂灵》的主题;2.《死魂灵》的主题与作者的心灵密切相关。

　　实际上,果戈理在这里所说的秘密,在《死魂灵》第一卷最后一章里已经有所暗示,他是这么写的:"人类激情如海滩上的沙粒,而且各不相同,所有激情,不论卑下还是美好,一开始是听命于人的,后来反过来成为他可怕的主宰。从一切激情中选择了最美好激情的人有福了;……但有些激情是不由人选择的。……它们注定要在人世间做出一次重大的表演:不管是扮成一个阴暗的形象,还是化作令世界欢欣的光辉的一闪,两者同样是为了给人带来他所不知的裨益。也许在这个乞乞科夫身上,牵引着他的激情并不是出自他本人,也许要通过他的冰冷的存在,使人今后在上天的智慧面前顶礼膜拜。"③这段话透露出一种特殊的意味,一种"天意"。沃罗帕耶夫研究指出,乞乞科夫名字叫巴维尔(也就是保罗),而这个名字"不是别的,正是源自使徒行传的典故,源自扫罗转变为保罗的情节。有理由认为,主人公的名字本身就包含着对其后面的精神重生的暗示"④。这也就是说,果戈理所说的"秘密"以及"解开秘密的钥匙在他的心灵中",实际上已经不是在社会历史层面上探讨问题了,而是在更高的,或者说更深的意义上探讨更为普遍的、全人类性的问题——人的精神生长、

---

① *Воропаев В.* Гоголь не сжигал второй том «Мертвых душ». https://weekend.rambler.ru/items/36959744-vladimir-voropaev-gogol-ne-szhigal-vtoroy-tom-mertvyh-dush/ Дата обращения: 10.03.2023

② *Виноградов И.А.* Гоголь -- художник и мыслитель: Христианские основы миросозерцания. М., 2000, С. 318.

③ 《果戈理全集》第四卷,周启超主编,田大畏译,合肥:安徽文艺出版社,1999 年,第 309～310 页。

④ *Воропаев В.* Гоголь не сжигал второй том «Мертвых душ». https://weekend.rambler.ru/items/36959744-vladimir-voropaev-gogol-ne-szhigal-vtoroy-tom-mertvyh-dush/ Дата обращения: 10.03.2023

败坏和重生。他给自己的主人公起的名字和圣经里的圣徒一样，显然是有深意的。我们在开始时说过，在作品构思的过程中，果戈理对主题的构想是有一个变化过程的，这个过程与他本人的精神进境是同步的，也就是说，随着他自己上体天心的境界不断提升，《死魂灵》的主题也在不断升级。他的目标从审视社会上的恶逐渐转移到要审视人的灵魂，要让读者在看完作品后，心有所动，而不是事不关己地一笑而过。这还不够，果戈理希望读者："会满怀基督徒的谦卑，不是公开地，而是在寂静中，一个人，在扪心自问的时刻，向内心深处提出这样一个沉甸甸的问题：'我身上是不是也有乞乞科夫的某一部分？'"也就是对照检查，目的是最后能够达到心有所悟。那么果戈理想让读者领悟的道是什么呢？就是他说的："不要做死人，要做活人！"这里的活人，果戈理指的是精神上的活人。

综上可见，《死魂灵》是要通过疗救人心的途径疗救社会的。所谓大事远处才得见，离开了俄罗斯，才能把俄罗斯看得更清楚。安年科娃认为，果戈理在写《死魂灵》时，其意识中"美学的与宗教的因素还共存着，在很大程度上它们是自治的，它们之间没有出现紧张态势。因此，在长诗中，无论作者的面目多么复杂，他是完整的"；"他没有面临最为复杂、几乎是无可解决的选择问题。""在《死魂灵》的字里行间，……作者－叙事者、……作者－漂泊者、……作者－导师和……作者－'俄罗斯人'有机地共存着"。① 然而从中却可以发现其向《与友人书简选》作者过渡的趋向。这种趋向在安年科娃的论述中表现为果戈理的视点从远到近的过渡以及他作为文学本体的"我"向精神本体的"我"的转换。《死魂灵》第一部中，俄罗斯的生活首先是从"美妙的远方"着眼的，因而带有一种概括全俄的气势。但"随着情节的发展，作者自己也走过一条类似于与他所描绘的世界贴近的道路：他越是以'敏锐的'目光去探究生活，他就越是分明地从'美妙的远方'移近俄罗斯的'穷乡僻壤'。……因此作者的'我'渐渐地从设定的、写书人的'我'中挣脱出来，贴近——在最后几章里——果戈理的本我"②。也就是说，《死魂灵》的作者逐渐朝《与友人书简选》的作者演变。

对于果戈理的美学和宗教因素的"共存"和"自治"，对于他作为作者的"我"的转变，我们深表同意，只是我们是站在另一个立场上对此进

---

① Анненкова Е. Автор в «Мертвых душах» и «Выбранных мест…» Н.В.Гоголя. // Литература в школе. 1999. № 2. С. 34.

② Там же.

行解读的。在我们看来，在"彼得堡故事"系列中，果戈理表达的是对于以彼得堡为代表的俄国社会的切身感受，那是一种寒凉的、荒谬的可怕体验，不是个体能对抗的属阴的力量。果戈理以自己的生命本能意识到这一点，同样，他转向与社会联结的喜剧的笑，也是出于他的生命本能。他需要与众人一起笑，需要全社会一起抵抗无所不在的阴冷。《钦差大臣》的社会服务定位就是这么来的。当他看到，《钦差大臣》没有起到他预想的立竿见影的效果，他便知道，俄国社会不是他想象中的那样一呼百应，不是一部喜剧就可以令其同呼吸共命运的，喜剧上演的那一刻并不能达到这个目标。他在《钦差大臣》首演后不久就出国，除了有对演出效果的失望，对人们的负面评价感到伤心外，更多的是要逃离俄国社会的阴冷，不单单是为自己，更是要为俄国社会寻一张药方。因为他意识到，这不是他一个人的体感，他以自己天赋的眼光看到了全俄的阴冷，而这种阴冷正在令整个俄国社会陷入麻木和僵死的状态。他认定，既然自己看到了这一点，就注定了自己对此负有责任，就如同鲁迅所言的"铁屋子"里清醒的人。《死魂灵》就是果戈理力图叫醒昏睡者的努力，也是他自己谋求生路的努力。这是果戈理"强阳计划"在艺术范畴内发出的最强音。其中起决定性作用的是俄罗斯的现状和特性，以及果戈理的艺术观和宗教信念。涅兹维茨基（В. Недзвецкий）说，在《死魂灵》中，"现代俄罗斯成为一个有着真正的勇士的身躯，但却没有灵魂的民族。实质上这是一个忘却并且失去了自己的根本特性中最具决定性的东西——基督教心灵和基督教使命——的多神教民族的形象"①。然而，"俄罗斯不同寻常的体态本身，……包含了民族的觉醒和精神复苏之可能性"②。因为在果戈理看来，《死魂灵》中"奇怪的主人公们"，这些灵魂已死的俄罗斯人，属于《圣经》新约中所指的"冰冷的"人，他们比不冷不热的"温吞的"人离上帝更近。这大概近似于中国的"放下屠刀，立地成佛"或者"浪子回头金不换"吧。果戈理把个体得救与整体得救结合在一起，把个人命运与家国命运联结在一起，这是他在《死魂灵》阶段悟出的"道"。

---

① *Недзвецкий В.А.* От Пушкина к Чехову. МГУ: Перечитывая классику. 1999. С. 78.
② Там же. С. 79.

第三节　屡试屡败的《死魂灵》第二卷

在《死魂灵》第一卷还没有完全结束时，果戈理就开始写第二卷了，这从1840年12月他写给友人的信中就可以看出来。他在信里是这么说的："我身体很好，……甚至在写《死魂灵》的续篇。"① 同期，在写给另一位友人的信中他又说："我现在正准备做《死魂灵》第一卷的最后清理工作。……同时它下一步的续篇在我的脑子里变得更清楚、更雄伟了，所以我现在看到，只要我微薄的力量能做到的话，到时候它将成为某种很大的东西。"② 可能正是因为在第一卷还未出版时，果戈理就开启了第二卷，所以在《死魂灵》第一卷的末尾，我们已经可以看到作家对续篇内容的暗示了：

> 读者已经看到了最初的几笔买卖是怎样成交的；事情后来将怎样发展，主人公将有哪些成功和失败，他将怎样解决和克服更困难的障碍；一些宏伟的形象将如何登场，这部内容宽泛的小说的隐秘杠杆将怎样扳动，它的境界将如何变得更加宽广，它的进程将怎样获得庄严的抒情意味，这一切，读者将在以后看到。③

然而，《死魂灵》第二卷的写作并不顺利。1844年果戈理在给好朋友亚济科夫的回信中说："你问我，写没写《死魂灵》？也在写，也没写。写得非常慢，完全不像我所希望的那样，而且常常由于病痛（更经常的是由于我本身的原因）而发生故障。每一步和每一行都感到需要变得更加智慧，而且主题和事情本身都同我自己的内心改造联系在一起，以致我无论如何也不能抛开我自己去写作，应当等待自己。我往前走，作品也往前走，我停下来，作品也停下来。"④

《死魂灵》的创作与作者自身的心灵事业之间的联系，我们在上文讲

---

① 参见米·赫拉普钦科：《尼古拉·果戈理》，刘逢祺、张捷译，上海：上海译文出版社，2001年，第542页。
② 同上。
③ 《果戈理全集》第四卷，周启超主编，田大畏译，合肥：安徽文艺出版社，1999年，第308页。
④ 参见米·赫拉普钦科：《尼古拉·果戈理》，刘逢祺、张捷译，上海：上海译文出版社，2001年，第545页。

《死魂灵》第一卷的主题时已经谈过了。这封写于创作《死魂灵》第二卷的过程中的信说明，把《死魂灵》的写作与自己的心灵修炼挂钩，这是果戈理一贯的创作原则。果戈理说"等待自己"，意思是等待自己的灵魂提升到能够领会上帝的旨意，能够说出有益的、智慧的话语。这里面实际上涉及果戈理的艺术观，也就是果戈理对艺术的见解。弄清果戈理的艺术观，对我们理解《死魂灵》续篇难产的原因很重要。

早在1832年，果戈理便在《关于普希金的几句话》这篇文章中谈道："对象越平凡，诗人越需要成为崇高，以便从中提取不平凡。"[1]在果戈理看来，要想成为崇高，诗人必须"要保持自己灵魂的纯洁"，完备自我，像上帝本人那样，只有这样，他的创作才是艺术，才能完满。而要做到这一点，诗人必须明白，创作的崇高使命是为上帝服务，艺术创作的目标是要唤醒人身上沉睡的神性。照果戈理的想法，这需要用艺术的放大镜把人的卑贱、丑陋夸张到极致，让人看了自己都感到震惊和恐惧，从而产生急切地逃离它们、摆脱它们的愿望。恐惧则标志着神性的复苏。与此同时，诗人还应该使自己的作品成为"一个通向崇高之物的觉察不出的阶梯"；艺术作品中要"含有一种虔诚的思考，充满温柔暖人的光芒，让读者感到不同寻常的安慰"。"恐惧"和"安慰"，这是描绘"黑暗"与"光明"、"恶"与"善"的两种不同的艺术手法。这种艺术观建立在基督教世界观的基础之上。概括地讲，果戈理认为艺术活动是诉诸心灵的，它的指向是心灵的提升，艺术的宗旨和艺术家的使命是使人们经由艺术作品的影响和作用，形象地说，就是踏着艺术作品所提供的阶梯，最终走向上帝。这个阶梯是肉眼看不见的，它通往崇高神圣的天国。要完成这样的使命，艺术家先要从事自己的"内心事业"，让神圣的光使自己的灵魂通透，用果戈理的话说，艺术家"应成为虔诚的基督徒，才能获得一种有预见性的，深邃的生活观"。只有这样的灵魂创造出来的艺术作品才能充满和谐，充满上天的爱的光亮，才具有照亮灵魂、引导人们向善的神奇力量。果戈理的艺术观对俄罗斯文学乃至文化产生了巨大的影响。他所开辟的宗教道德方向成为俄罗斯民族文化的特色方向之一，尤其为陀思妥耶夫斯基、托尔斯泰等文学大师所继承和发扬。

了解了果戈理的艺术观，我们就会明白，果戈理为什么要"等待自己"了。在果戈理看来，这是因为作家的文学创作不是别的，乃是一种

---

[1] 《果戈理全集》第七卷，周启超主编，彭克巽译，合肥：安徽文艺出版社，1999年，第77页。

"心灵的事业"。如果说《死魂灵》第一卷是要引起人们对丑恶的恐惧，那么第二卷就想要给人以"不同寻常的安慰"。可是，果戈理在创作中依照的是"心灵的真实"，而且是他本人现阶段的"心灵的真实"。而现阶段总要成为过去，更何况，理论与实践、理想与现实之间是注定充满矛盾的。因而，《死魂灵》第二卷总是依照不断发展的"心灵真实"而不断进行修正，有时甚至是重新来过，比如1845年夏的焚稿。

说到焚稿，这恐怕是果戈理作为作家的宿命之举。1845年作家焚毁了已经写就的《死魂灵》第二卷，这既不是果戈理第一次，也不是他最后一次烧毁文稿。果戈理的创作生涯始于焚稿——1829年他烧掉了写于中学时代的长诗《汉斯·古谢加顿》，他的创作生涯也终于焚稿——1852年临终前，他烧掉了《死魂灵》第二卷完稿，现存残章为早期的版本。我国的四大名著之一《红楼梦》里有黛玉焚稿的情节，古往今来，多少人追思黛玉的绝代风华和才情，为之伤情流泪。可是黛玉写诗，那是"毫端蕴秀临霜写，口角噙香对月吟"，是情趣，而果戈理写小说，则是当作使命来完成的，不仅他的艺术观如上面说的那样，是为上帝的，他的生活观也是如此。1845年，他的身体亮了红灯，他感觉自己"完全散了架了"，怕冷和腿肿困扰着他，让他感觉生不如死。此时果戈理的思考都是围绕着人的心灵进行的，他想在第二卷里塑造正面的形象，而且认定，如果一个作家自己的心灵境界没有提升到相应的高度，就不可能塑造出这样的人物形象。他对心灵的关注有时令人瞠目，比如在餐桌上，当别人询问他菜肴味道如何时，他会建议人家不要关心菜肴，而要想想自己的心灵。果戈理此时对心灵事业的这份专注和执着，使得他对于心灵的烦闷和空虚格外敏感。由此形成了一种身体、精神、写作三者之间彼此关联、互为因果的状态。在《死魂灵》第二卷的残章里，果戈理借书中人物穆拉佐夫之口说："我们在世俗中也应该为上帝服务而不是为其他什么人。如果我们也服务于其他什么人，之所以这样，也是因为确信这是上帝的旨意，否则我们不会去为他服务。至于人人各不相同的能力和天赋，那是什么？那不过是我们祈祷的工具而已：一些人是用语言，一些人是用行动。"[①] 所以，焚稿既是果戈理在艺术上的自我否定，精益求精，也是他在信仰上的一种祈祷，一种虔敬。

相对于《死魂灵》第一部，第二部的创作可谓举步维艰，一波三折。德米特里耶娃（Е. Дмитриева）在其2023年发表的新著《〈死魂灵〉第二

[①] 《果戈理全集》第四卷，周启超主编，田大畏译，合肥：安徽文艺出版社，1999年，第440页。

部：构思与推想》(Второй том «Мертвых душ»: замыслы и домыслы)中，以果戈理与同时代人的通信等史料为依据，勾勒了《死魂灵》第二部的创作历程，从中我们可以得知，这是一个屡试屡败、艰辛痛苦的过程。由于赋予了这部作品以非凡的意义，果戈理必得先将自身的"心灵事业"完成，才能写出满意的文学作品。而俄国社会对果戈理这部作品的期待非常急迫，催更的书信此起彼伏，源源不绝，根本等不得他慢慢修炼，加上他不甚强健的身体和极其脆弱的神经，时不时就因承受不住压力而亮起红灯，这一切合在一起形成了一种对写作极其不利的高压。为了尽快写出这部作品，果戈理过着苦行僧一般的生活，用他自己的话说："我将全部力气都用来创作自己的作品，我只活在它之中，对于其他的欢愉而言我已经死掉了。"（1843.2.16. 给舍维廖夫的信）或者："我没有一刻空闲，全部时间都给了工作。时间在不知不觉中飞逝……我甚至避免与熟人碰面，害怕因而打断我的工作。"① 而且，随着果戈理"心灵事业"的进展，他对《死魂灵》第二部的写作要求也越来越高，这首先体现在他对《死魂灵》第一部的看法上。1842年，他在书信中不止一次表达出《死魂灵》第一部只是"通往正在我心中建设着的宫殿的台阶"（1842.3.17. 给普列特尼奥夫的信），是"伟大史诗的有些苍白的前庭"（1842.5.9. 给达尼列夫斯基的信）。果戈理本来就是对创作精益求精的人，这从前面《钦差大臣》的反复修改和各种补充阐发就可见一斑。如今一边修心，一边写《死魂灵》第二部，水涨船高的情况下，他很难做到令自己满意，除非他停止其中的一件事。两手抓的结果就是身心俱疲，充满挫败感。1845年累积的疲惫和不满达到危机的程度，他被迫停下来休整。1846年再度重启，此时《死魂灵》第一部要再版，以果戈理的个性势必要站在当下的高度对之做些修订，还有《〈钦差大臣〉的结局》，还有《与友人书简选》，真是千头万绪。德米特里耶娃指出，在1845～1847年《与友人书简选》发表之前的书信里，果戈理应该是有意识地含糊其词，只说著作，让人分不清是指《死魂灵》第二部，还是指《与友人书简选》。② 这说明，在作家的思想意识里，这两部作品密不可分，甚至就是一回事。《死魂灵》是《与友人书简选》的艺术阐释；如果把《死魂灵》看成是"艺术布道"（其三部曲的构想"来自古典

---

① *Гоголь Н.В.* Полное собрание сочинений: [В 14 т.] *Гоголь Н.В.* Полное собрание сочинений: [В 14 т.] / АН СССР. Ин-т рус. лит. (Пушкин. Дом). — [М.; Л.]: Изд-во АН СССР, 1937-1952. Т. 14. Письма, 1848-1852. 1952. С. 147-148.

② *Дмитриева Е.* Второй том «Мертвых душ»: замыслы и домыслы. М.: Новое литературное обозрение, 2023. С. 52-53.

宗教布道的三部式结构，而不仅源于但丁的《神曲》")①，那么《与友人书简选》就是这布道后两部分的提纲。我们这里为论说方便，把艺术作品和思想探索分开来谈，即不按创作分期，而是先说《死魂灵》第二部。

相对于第一卷的完整，第二卷残章是片段式的和未完成性的。里面除了乞乞科夫是老相识，其他人物都是新面孔：有俄式慵懒与闲散的代表人物坚捷特尼科夫（Тентетников），这个人物可以说是俄罗斯文学史上大名鼎鼎的最后一个"多余人"奥勃洛摩夫的鼻祖；还有谜之俄国人的代表人物赫洛布耶夫（Хлобуев），他"有时一连几天家里连一块面包也没有，有时又举办能让最挑剔的美食家都非常满意的盛大宴会。……有时困难得换另外一个人早就上吊或开枪自杀了，可他却靠着虔诚的信仰幸免于死。宗教的虔诚同他的奢华生活奇异地交替进行着。家境困苦时，他就虔诚地读《苦行者传》和《勤劳者传》，让自己的精神超脱痛苦和不幸。……说也奇怪，他几乎总能得到意料不到的接济……这时他便虔诚地感激上帝博大的慈悲心怀，举办感恩祈祷，接着又开始过起放荡不羁的生活来"。新面孔还有俄式好客的代表人物别图赫（Петух），他劝客人进餐的名言是：教堂挤得再满，若市长来了，总还是能腾出地方来的；以及把庄园管理得井井有条的模范地主科斯坦若格洛（Костанжогло）和睿智富有的包税商人穆拉佐夫（Муразов）。科斯坦若格洛和穆拉佐夫是作家着意刻画的两个正面形象，果戈理借他们之口表达了这样的思想观念："上帝担负起造物的工作，以此当作至高的快乐，他也要求人成为福祉和秩序的创造者。"②人在尘世的创造是在模仿上帝；人要为上帝服务，人的才学和能力是向上帝祈祷的工具。

巴甫利诺夫（С. Павлинов）在分析《死魂灵》第二部残章时指出，福音书有关天上播种者的寓言里的四种象征在《死魂灵》第二部中得到了艺术再现：坚捷特尼科夫好比福音书上所说的多石的地界，土壤很少，真理的种子落下去，很快就长出来，但因为土太薄，扎不了根，太阳一晒，就枯了。他小的时候有一个好老师，受其影响而心怀大志。后来老师去世了，他的美好理想也随之而逝了。那就退而求其次，回乡当一个好地主，可就连这也行不通，于是痛哭一场之后索性什么也不做、什么也不管了。第二个象征是通衢，种子落下来，被飞鸟偷走了。别图赫的领地本身就是

---

① Недзвецкий В.А. От Пушкина к Чехову. МГУ: Перечитывая классику. 1999. С. 83.
② 《果戈理全集》第四卷，周启超主编，田大畏译，合肥：安徽文艺出版社，1999年，第401页。

沿着一条滨湖的路铺展开的。他不只姓名与鸟有关（别图赫意为公鸡），连走路也像鸟在飞一样。他使农民离开了耕作而去捕鱼。第三个象征是荆棘地，杂草欺苗，也是没结果。赫洛布耶夫那儿土地肥沃但却缺乏照料、荒芜破败的庄园就是如此。适宜真理的种子生长的沃土只有科斯坦若格洛代表的类型。其他地主则都是处于这四种类型的中间地带。①

无论如何，《死魂灵》第二部也仅仅是断壁残垣的遗址一般的存在，尽管同时代人见证说，《死魂灵》第二部打造得相当不错（果戈理曾为很多人，如斯米尔诺娃、阿克萨科夫一家、卡普尼斯特、舍维廖夫、列普宁一家、萨马林、霍米亚科夫、波戈津、马克西莫维奇等亲近的朋友们朗诵过《死魂灵》的一些章节，他们的印象是果戈理的艺术天才非但未衰退，反而更高了），②它最后仍被果戈理付之一炬。原因我们在上篇里曾谈到过。若在文学创作的语境中看这个问题的话，恐怕要着落到前面所说的"与读者的新关系"上。首先是出于对误解的担心，出于对读者理解力的不满。1850年3月在给普罗科波维奇的信中果戈理写道："病魔迫使我那《死魂灵》写作的活儿中断了；这活儿开头曾是顺利的。可能就是病魔在作祟，而可能也有这种情况：只要你一睁眼瞧瞧，读者们在执着于多么愚蠢的想法，行家们抛出了多么不可思议的评说，这是怎样的缺少趣味……——双手简直就举不起来。"③其次是对于自己的不满：在《死魂灵》第二部的初稿中只是加进了几个优秀的人物，而没有指明道路。关于这一点，果戈理后来在《与友人书简选》中进一步阐发道："……往往有这样的时候，当你没有把社会的真正卑鄙事物的全部深度展现出来时，你就不能按另外的方式让社会或者甚至让整个一代人去追求美好的事物；往往有这样的时候，如果没有立即像白天一样清楚地给每个人指出通向崇高和美的道路，那就根本不应去谈论它们。后一种情况在《死魂灵》第二部里表现得很少并且展开得很弱，可它本应当成为主要东西；所以《死魂灵》就被烧掉了。"④没有死亡就没有新生，果戈理感谢上帝赐予他毁掉其五年劳作成果的勇气和力量。为了《死魂灵》第二部的重生，他要修炼自

---

① См.: Павлинов С.А. Путь духа. Николай Гоголь. М. 1998. С. 30.

② Дмитриева Е. Второй том «Мертвых душ»: замыслы и домыслы. М.: Новое литературное обозрение, 2023. С. 75-111.

③ 《果戈理全集》第九卷，周启超主编，周启超、吴晓都译，合肥：安徽文艺出版社，1999年，第474页。

④ 《果戈理全集》第六卷，周启超主编，任光宣译，合肥：安徽文艺出版社，1999年，第119～120页。

己，以达到能"像白天一样清楚地给每个人指出通向崇高和美的道路"①的思想高度。而所谓"通往崇高和美的道路"在《〈钦差大臣〉的结局》中已经初露端倪："我们要向全世界证明，在俄罗斯大地上的一切，无论大小，都向往服务于地上的一切都要为之服务的那个人，都要奔向那里……向上，向着最高的永恒之美！"②在《〈钦差大臣〉的结局》中所表达的爱国主义与对当代社会的缺陷和俄罗斯人心灵的缺陷的清醒认识极其自然地结合在一起，这种以极大的艺术力量体现出来的爱与关心的结合，构成果戈理寻找通向祖国复兴的正确道路这一追求的实质。③

在果戈理的心目中，《死魂灵》是他一生的安身立命的基本作品，他要在其艺术框架中体现自己对人生、对世界、对上帝的全部认知；与这部作品相比，一切都是练笔、素材和准备，因为认识已经站在新的高度——"因为另外的时期已经到来了。……如今诗人应当用基督教的、高尚的修养来培育自己。对于诗歌来说，如今正呈现出另外一些事业。……号召人去迎接另一种高尚的战斗——不是为了我们暂时的自由、我们的权力和特权，而是为了我们的灵魂（我们上天的创世主自认为灵魂是自己造物的最珍贵的东西）去战斗。……言语本身将是另外一种，……这种语言能彻底穿透整个心灵，并且不会落到不毛之地。我国诗歌会点燃天使的悲哀，在撞击了俄国人身上的所有心弦之后，把任何力量和手段都不能将之固定在人身上的那种东西的圣物带入最粗俗的心灵中；她给我们唤来我们的俄罗斯——我们俄国人的俄罗斯：不是某些克瓦斯爱国者们给我们粗俗地展示的那个俄罗斯，也不是一些已经异国化的俄国人从大洋彼岸给我们召唤的那个俄罗斯，而是那个来自我们的俄罗斯，并且把她这样展示出来，好让所有人，不论他们的思想有多么大的分歧，教养方式和观点是多么不同，都毫无例外地异口同声说：'这是我们的俄罗斯，在她的国土上我们感到舒适和温暖，我们现在的确是在自己家里，在自己故乡的屋檐下，而不是在异国他乡。'"④多么崇高的理想，多么宏伟的蓝图！遗憾的是，尽管付出了生命的代价，果戈理的宏伟大厦却没能竣工。但是，也不像他自己说

---

① 《果戈理全集》第六卷，周启超主编，任光宣译，合肥：安徽文艺出版社，1999年，第119页。

② *Гоголь Н. В.* Полное собрание сочинений: [В 14 т.] / АН СССР. Ин-т рус. лит. (Пушкин. Дом). — [М.; Л.]: Изд-во АН СССР, 1937—1952. Т. 4. Ревизор. — 1951. — С. 132—133.

③ *Носов В.Д.* «Ключ» к Гоголю. London. 1985. *С.* 36-37.

④ 《果戈理全集》第六卷，周启超主编，任光宣译，合肥：安徽文艺出版社，1999年，第263～265页。

的——只砌了台阶，他还构筑了框架，准备了材料，甚至动工盖了主体部分，然而在最后关头他又把它拆了。即便如此，我们也还是能从其残垣断壁中领略到作者创作的某种神韵，至少可以感受到其庞大的规模。

而且，《死魂灵》第二部中有不少发人深省的金玉良言，即使放在今天也不失其教益。比如，果戈理借人物之口教导人们："真的，财产只是身外之物，人们为了财产相互争吵，相互坑害，以为不用考虑彼世的生活就可以谋得此世生活的完满。……只要人们不抛弃在尘世上为之相互撕咬吞噬的一切，不考虑精神财产的完满，那么尘世财产的完满也不会得到。饥饿和贫穷的时代将会降临，全民在劫难逃……这是显而易见的。不管您怎么说，肉体是依赖于灵魂的。……不要去想死的魂灵了，而应想想自己的活的灵魂。"① 现在也很流行一句话："我们走得太快了，是该停下来等等自己的灵魂了。"这说明，我们如今仍然面临与果戈理时代同样的问题。所以说，《死魂灵》第二卷的残章，虽然只剩下了一些残砖断瓦，但它就像圆明园遗址一样，观之依然可以感受到原建筑的磅礴气势，并且引发诸多思考，也就是我们常说的具有现实意义。

下面我们摘几段《死魂灵》第二卷中的话，一起感受一下果戈理超前的预见性和深邃的思想。

> 如果您想很快地发财，那您永远也发不了财；如果您想发财而不问时间，那您很快就能发财。②

这一段放到今天来看，也一点都不过时，因为我们也有不少人急功近利，总是想着挣快钱，而不考虑可持续性。

再看另一段：

> 您瞧还有一个聪明人——您猜他在自己村里搞了个什么名堂？慈善机关，一座砖石结构的建筑！所谓奉行基督精神的事业！……你想助人，那你就帮助每人去履行基督徒的义务，而不是解除他的这种义务。要帮助儿子把有病的父亲孝敬地收留在自己家里，而不要给他把父亲当做包袱甩掉的机会。最好给一个人提供条件，让他能在自己

---

① 《果戈理全集》第四卷，周启超主编，田大畏译，合肥：安徽文艺出版社，1999年，第463页。
② 同上书，第399页。

家中收养他人；为此可以给他钱，全力帮助他，而不要使他与他人隔离：那样他将对基督徒的一切责任失去兴趣。①

这段话让我们有一种如芒在背之感。"要帮助儿子把有病的父亲孝敬地收留在自己家里，而不要给他把父亲当做包袱甩掉的机会。"果戈理在一百多年前如是说。反观我们的现实生活，很多事情上都是在创造条件让他人代劳，不仅仅是养老的事情上。

果戈理还写了一句话：

要从头开始，而不是从半道上开始。②

果戈理笔下类似的金句还有许多。作家一生孜孜以求的是"心灵的事业"，同时他又有得天独厚的文采，所以说阅读果戈理是一件快乐的事，有时甚至会让人笑出眼泪。只可惜，死亡终止了果戈理的艺术之路，也剥夺了我们享受更多审美快乐的可能性。

有人认为："如果公正地说，这部史诗可以成为作为作家的果戈理的纪念碑的话，那么，同样可以有根据地说，他的史诗中替作为人的果戈理挖掘了坟墓。《死魂灵》是他痛苦挣扎的苦行禅房，一直挣扎到断了气被人抬出为止。"③而在我们看来，《死魂灵》是果戈理步入"阴阳之间"的最后一块跳板。

---

① 《果戈理全集》第四卷，周启超主编，田大畏译，合肥：安徽文艺出版社，1999年，第395页。
② 《果戈理全集》第四卷，沈念驹主编，郑海凌译，石家庄：河北教育出版社，2002年，第395页。
③ 屠格涅夫等：《回忆果戈理》，蓝英年译，北京：东方出版社，2008年，第57～58页。

第三章　试图出世的布道

果戈理在其创作的第三个阶段（1842～1852），也就是他生命的最后十年，充满了痛苦的思考和精神上的挣扎。之前，他更多的是在自己身上体会到不可名状的、令人寝食难安的心灵烦闷，而此时的他，感受到这种烦闷已经侵袭了整个世界："……烦闷已然遍布人间；生命变得越来越冷漠；一切都变得越来越渺小，于是由于所有人的变小，唯有烦闷的巨大形象在日益增大，达到无限大的身量。一切都无声无息，到处都是坟墓。上帝啊！你的世界变得空虚而可怕！"这是他源自自身的生命体验的外放，也是他基于此对世界的一种理解。因而，他不仅努力修炼自己的心灵，更要为全体同胞探索出一条得救之路。为此，他要与死神赛跑。此时，文学创作不再像第一个时期那样是为了自娱自乐，也不再像第二个时期那样是为了对社会施加良好的影响，它变成了一种面对俄罗斯、整个人类乃至神明的责任了。所以，果戈理后期的创作实质上变成了一种苦修。

这是从俄罗斯社会、历史和文化的层面看。如果以阴阳之道观之，当果戈理的生命元阳几近耗尽，他需要的补阳力度空前之大，已然无法借助天赋去化阴为阳，只能直接诉诸属阳的纯思想，用以"续命"。甚至可以说，果戈理此时的努力已不再局限于对自己失衡生命的纠偏（即前文所谓的"强阳"），而开始追求超越个体生命的大道。然而沉重的肉身和感性的审美感受力这些地上的、属阴的东西，相对于精神的、灵魂的、理性的思考和领悟这些天上的、属阳的东西，始终是一种羁绊。因而，朝着天道"飞升"的势能时常会受到来自内部和外部的各种因素的影响而忽高忽低，但总体境界已突破个体"小我"，几近步入"阴阳之间"的神道。

第一节 如是我观的《关于宗教礼拜仪式的沉思》

《关于宗教礼拜仪式的沉思》是果戈理修炼过程中的一个阶段性成果,也是《与友人书简选》的姊妹篇。这是一部宗教内容的书,创作时间比《与友人书简选》略早,有的研究者(如吉洪拉沃夫等)认为,它写于1845年。尤·曼也同意这一观点,但他不否认构思可能早已有,他甚至认为在1842年就已经写出来了。① 也有人认为,其创作始于1843年,而其基础甚至可以追溯到果戈理在涅仁读书的时候,也就是20年代。② 我们且不管到底谁是谁非,至少我们可以得出这样的结论——这部作品不是作家心血来潮之作,而是深思熟虑的结果。斯米尔诺娃把它与《与友人书简选》一起看作是两卷集神学著作。③ 事实上,这两个作品也的确密切相关。19世纪40年代,果戈理在写作《死魂灵》第二部时感到难以为继,因为第二部需要新的、象征性的情节和符合真理的、有现实意义的话语,而这些他还没有掌握。于是他转向神学作品和宗教典籍,希望借此完成自我教育并在那里找到明确的思想和正确的道路。这其实并非果戈理的首创,很多作家都会到圣经等宗教典籍中去寻找生成意义的原型和象征。

对于自己的写作目的,果戈理在《关于宗教礼拜仪式的沉思》一开头是这么说的:"写这本书的目的是,向青少年和刚开始、对它的意义还知之甚少的人们展示,我们的礼拜仪式是在怎样完满和深刻的内在联系中完成的。从神父和导师们所做的为数众多的解释中只选择了那些简明易懂的、那些主要能使人明白一个动作出自另一个动作的必要的和正确的方式。这本书的出版者的意图在于在读者的头脑中确定一切事物的秩序。他坚信,每一个认真追随礼拜仪式的人,当他重复每一个词时,礼拜仪式的深刻的内在含义将会自然而然地对其敞开。"④ 关于这本书的写作动机,佐洛图斯基在一篇题为《爱之餐》(Трапеза любви)的文章中分析认为:果戈理"一是要使礼拜的内容简单易懂地传达给人们;二是寻找要在《死

---

① *Манн Ю.* Гоголь. «Размышлениях о божественной литургии») // Наше наследие. 1990. № 5. С. 38.

② *Виноградов И.А.* Гоголь - художник и мыслитель: Христианские основы миросозерцания. М. 2000. С. 370.

③ *Павлинов С.А.* Путь духа. Николай Гоголь. М. 1998. С. 8.

④ *Гоголь Н.В.* Размышления о Божественной литургии. М.: Худож. лит. 1990. С. 17.

魂灵》第二部中展示的'美好人物'的原型。这样的人与基督之间的联系是不可避免的。最主要的是，这是一个基督徒的行为，他信赖教会的怀抱并希望通过这种信赖净化自我、战胜自己的罪过并获得'明晰地反映生活的最高优点、它在尘世上应有的和可能有的样子及存在于少数选民和好人身上的样子'的权力。"①

《关于宗教礼拜仪式的沉思》反映了果戈理的读书心得，反映了他对基督教的理解。他认为，"宗教礼拜仪式在某种意义上是为我们而建的伟大的爱的功绩的永恒的重演"。②也就是说，"整个圣餐仪式是基督的生活史的隐喻性重演，是基督之死和基督升天的隐喻性重演；它负有净化祈祷者、帮助他'将伪信赶出自己心灵的教堂'的责任"。③在书中果戈理生动且相当独特地解说礼拜仪式的象征意义，如："助祭的称号相当于天上的天使的称号，他肩上佩戴的细带在飘扬，好比天使的翅膀，他在教堂里疾走，按兹拉托乌斯特的话说，是在扮演天使的飞翔。"④他还把圣餐布比喻成"在这个世界的波涛上航行的船，无论在哪儿都不抛下自己的锚——它的锚在天上……"⑤而每一份圣餐在其最小的部分里都保存了那个完整的基督，就像人身体的每一个肢体中都有完整的、不可分割的灵魂的存在，就像镜子无论碎成多小的一片，仍保存着反映物体的性能一样。⑥领圣餐就好比是"与上帝脸对脸地约会"，在片刻中体会永恒，因为在这片刻中有"上帝的临在，而上帝是永恒之始"。⑦在这些生动而极富想象力的解说中，果戈理的作家面貌不时闪现，使这部宗教内容的作品具有很强的可读性。

果戈理在书中强调真正的信仰者与尚未登堂入室的伪信仰者的区别，强调一切要深入内心而不能流于形式，尤其强调信仰中的创造性。他写

---

① *Золотусский И.П.* Трапеза любви. // Новый мир. 1991. № 9. С. 223.
② *Гоголь Н.В.* Размышления о Божественной литургии. / *Гоголь Н.В.* Выбранные места из переписки с друзьями. М.: Сов. Россия. 1990. С. 316.（这个版本不同于 *Гоголь Н.В.* Размышления о Божественной литургии. // Наше наследие. 1990. № 5. М. С.40-54.，在内容上较之丰富一些，语言上古斯拉夫语汇运用得较多，从中能感受到曼所说的"音响本身、声音的接续与和谐带来的快感"，因此我们将主要引用这个版本。）
③ *Золотусский И.П.* Трапеза любви. // Новый мир. 1991. № 9. С. 222.
④ *Гоголь Н.В.* Размышления о Божественной литургии. / Выбранные места из переписки с друзьями. М.: Сов. Россия. 1990. С. 318.
⑤ Там же. С. 341.
⑥ Там же. С. 361-362.
⑦ Там же. С. 364.

道:"真正的信仰者力争既是听众,同时也是创造者,救世主把他比作那在石头上而不是在沙子上建殿堂的智者,这样,即便他一走出教堂,就遇上大雨、大水和一切灾难的风暴,他心灵的殿堂也像石头上建的堡垒一样岿然不动。"① 可见,"创造"对于果戈理而言有着非凡的意义,它意味着人不仅仅是被动地接受基督真理的种子,他还应该能动地在心灵里用心地培育它;而伪信仰者是指那些"只是嘴上念诵基督,但没有把基督带入生活之中;只是听到了基督智慧的话语,但没有去实行它们"的人;② "其信仰也是冰冷的,缺乏对兄弟的宽恕一切的爱的火焰,这爱能够消除心灵的冷酷;他虽为了基督而受洗,但他没有达到那种精神的复活,没有这种复活,他的基督教就是毫无意义的……"③ 这也就是说,真正的信仰者不仅要听从、接受上帝的真理,更要创造性地把它带入生活之中。从这里我们可以感受到果戈理把创造与信仰紧密联结的意图,因为这对于他来说是头等重要的事情。只有让创造在信仰中具有合法性,果戈理的艺术创作才有立足之地。从这里可以看出,在写《关于宗教礼拜仪式的沉思》的时候,作家还在做赋形思想的事情,只不过,整个动作已经在脱离个体范畴的途中了,亦即在朝着"阴阳之间"奔去。

《关于宗教礼拜仪式的沉思》中还强调爱和集结性,真正的信仰者要在心中燃起"对兄弟的宽恕一切的爱的火焰",因为基督就是爱,信基督的人如果"不彼此相爱,就无法爱那个整个人都是爱的人(指基督)和爱的行为本身,这爱是完满的、完美的,它包含在其自身(指基督)的爱人和被爱的三位一体之中,……:爱人者是圣父,被爱者是圣子,连接他们(指圣父、圣子)的爱本身是圣灵"④。爱上帝,首先要爱兄弟,连看得见的兄弟都不爱,又怎么能爱看不见的上帝呢。不仅要爱"与自己的心贴近的人",而且要爱"与自己的心疏远的人";⑤ 不仅要爱"白白净净的"可爱的人,更要爱"黑不溜秋的"不那么可爱的人。⑥ 在做礼拜时,要"心中想着所有的基督徒,……赶快与那些曾经不喜欢他们、恨过他

---

① Гоголь Н.В. Размышления о Божественной литургии. / Выбранные места из переписки с друзьями. М.: Сов. Россия. 1990. С. 337.
② Там же. С. 339.
③ Там же. С. 339.
④ Там же. С. 348.
⑤ Там же. С. 348.
⑥ 《果戈理全集》第四卷,周启超主编,田大畏译,合肥:安徽文艺出版社,1999年,第358页。

们、不满他们的人和解,在心中亲吻他们所有的人,默念:'基督在我们中间'……"①所有人,全体,这是果戈理在理解爱的时候的必要前提,也是他克服自己身体上的病痛和精神上的烦闷,坚持书写《死魂灵》第二部的精神支撑,他不是为自己的荣耀而劳作,而是为全体的得救、为全体的福祉而劳作,他以自己的劳作完成自己的使命,以自己的劳作爱所有人,从而朝着"完满的、完美的"的爱靠近。

此外,果戈理在《关于宗教礼拜仪式的沉思》中还特别强调"语言"的重要性,在书中他有时甚至用圣言代替圣子;但是,与圣言相比,"人的语言是无力的,说出来徒劳无功,什么也创造不了;而他的灵不属于他,为一切不相干的印象所左右。只有当他使自己心向上帝时,他的语言和他的灵才具有力量,因为在他的语言中反映着上帝的语言,在他的灵中反映着上帝的灵,于是,造物主的三位一体形象在其造物中显露出来,造物变得像其造物主一样……"②

果戈理之所以要写这样一本自认对各阶层都有用的、人民大众的书,是因为他在俄罗斯人身上看到了能让上帝真理的种子生根发芽、开花结果的肥沃的土地——俄罗斯人的宗教性:"俄罗斯种族的最高尚的优点在于它有比别的种族更深刻地领会福音书把人引向完善的最高话语的能力。天上的播种者的种子是同样慷慨地撒向任何地方的。……俄罗斯的敏感本性是这肥沃的土地。"③还有一个原因,那就是他看到了他的作品所带来的社会效果,尤其是经由别林斯基阐释的社会影响,他为此感到害怕,"他怕他以不可比拟的艺术力量展现的恶变为现实并造成破坏,就像偶然买的肖像画在画家恰特科夫的心灵中造成的破坏一样。于是,就像肖像画的作者为了赎罪而进了修道院并在那里创作圣母和圣婴的形象,把它们挂在教堂的墙壁上一样,果戈理也为了创作《死魂灵》第二、三部而'像个和尚似的,割断与世人感到亲切的一切的联系'"④。

从上面的论述中我们可以发现,《关于宗教礼拜仪式的沉思》反映了果戈理的一种宗教道德的追求,一种把人的行为和思想规范到基督教的理

---

① *Гоголь Н.В.* Размышления о Божественной литургии. / Выбранные места из переписки с друзьями. М.: Сов. Россия. 1990. С. 348.

② Там же. С. 334.

③ *Павлинов С.А.* Путь духа. Николай Гоголь. М. 1998. С. 30.(出自果戈理1849年3月写给维耶利戈尔斯基(М.Ю.Виельгорский)伯爵的女儿维耶利戈尔斯卡娅(А.М.Виельгорская)的信)

④ *Золотусский И.П.* Трапеза любви. // Новый мир. 1991. № 9. С. 223.

念范畴之中的追求。果戈理希望通过解释宗教礼拜仪式的意义，使自己的同胞成为真正的信仰者，而不是流于形式的伪信者，诸如《伊万·伊万诺维奇和伊万·尼基福罗维奇吵架的故事》中的伊万·伊万诺维奇，净做表面功夫，出了教堂连一块面包都舍不得救济乞丐，或者像《钦差大臣》里的市长，他所谓的去教堂献祭其实都是搜刮民脂民膏的借口。

果戈理并非为了写书而写书，他是在自我教育的过程中悟到一些之前所没有体会到的东西，想要与读者分享。果戈理在写作《死魂灵》第二部的过程中逐渐把自己的生活变成苦修，如大量阅读宗教典籍，与神职人员保持密切的联系，常常去教堂做礼拜，乃至计划已久的朝圣等等，这已是不争的事实。沃拉帕耶夫说过："果戈理是我国文学中最具禁欲主义精神的人物之一。对在人间实现基督教理想的向往越来越强烈，这是他最后十年的特征。"①

除了《关于宗教礼拜仪式的沉思》，果戈理后期还写了以《在世上生存的规则》（1844年）为代表的其他一些具有宗教内容的作品。它们表明，果戈理后期创作明显倾向于宗教道德的探索。维诺格拉多夫发现，果戈理在《在世上生存的规则》一文中阐述的思想，也正是《与友人书简选》的核心思想："对上帝的爱是一切的发端、根源和见证。可是在我们这里，这个发端却在最后，我们爱世上的一切胜过上帝。"②确实，如果说《关于宗教礼拜仪式的沉思》是针对人在教堂中的行为，那么《与友人书简选》便是针对人在社会中的行为。从这个意义上，它们确乎可以被视为姊妹篇或上下集。

这本书在某种意义上可视为果戈理艺术创作的一种幕间休息，更确切点说，是积蓄冲刺力量的试跑。这时的宗教倾向已经十分明显，这表明，果戈理创作上的审美和类象之阴已逐渐为思想和推理之阳所取代，因为整个生命大厦的倾斜度亟需有一个强有力的阳性的支撑。

---

① *Воропаев В.А.* «Монастырь ваш — Россия!» / *Гоголь Н.В.* Духовная проза. М.: Русская книга. 1992. С. 11.

② *Виноградов И.* Гоголь: Художник и мыслитель. Христианские основы миросозерцания. М.: ИМЛИ РАН Наследие. 2000. С. 363.

第二节 引起纷争的《与友人书简选》

果戈理创作《与友人书简选》的念头最早可以在 1843 年 2 月从罗马写给达尼列夫斯基的信中找到暗示："你问我，为什么我不给你写信，不告诉你关于我的生活、所有的琐事、午宴及其他。可是我的全部生活早已在我的内心进行，而内心生活（你自己可以感觉得到）是不易传达的，这需要写上几大本。不过其（指内心生活——笔者注）结果以后会以出版物的形式出现。"[1] 而按照果戈理自己的说法，《与友人书简选》的创作意图产生于 1845 年。当时他身体欠佳，在 2 月份写给亚·斯米尔诺娃（А. Смирнова）的信中果戈理谈到自己的身体状况时说："去年末和今年初在法兰克福时完全散架了。"[2] 他本来是希望用《死魂灵》第二部甚至第三部来形象地表达自己在从事"心灵的事业"的过程中领悟到的真理，为俄罗斯展示一条避免灾难的得救之路，因为他坚信自己作为艺术家是"天降大任于斯人"，用艺术形象说话是他的本分，也是他最擅长的。但 1845 年身体上的疾病给他造成来日无多的紧迫感，而《死魂灵》第二部的创作又很不顺利，在身心俱疲的情况下，这年夏天，果戈理焚毁了《死魂灵》第二部的第一稿。那时，他觉得自己恐怕难以完成这部自己和国人都寄予厚望的著作了。为了把几年来精神探索的收获留下来，他决心放弃艺术形象的塑造，而是直接说出核心思想。他打算把 1844 年以来所写的一些"可能对心灵有所裨益"的书信结集发表，希冀以此对他迟迟不能将《死魂灵》第二部付梓略做补偿，顺便"以此书来给他人与自己'复脉'听诊，就是为了弄清楚，如今我本人究竟站在精神发展的哪个阶梯上"。[3] 另外，果戈理对于别林斯基站在革命民主主义者的立场上解读自己的作品，赋予它们以政治含义的做法越来越感到害怕。别林斯基的批评影响巨大，让果戈理感到自己作品中真正的思想正被他的文学批评所"活埋"，他觉得必须对自己的创作做一些解释，于是他在再版《钦差大臣》和《死魂灵》时写了《〈钦差大臣〉的结局》和《〈死魂灵〉再版前言，作者致

---

[1] Гоголь Н.В. Полное собрание сочинений: [В 14 т.] / АН СССР. Ин-т рус. лит. (Пушкин. Дом). — [М.; Л.]: Изд-во АН СССР, 1937-1952. Т. 12. 1952. С. 139.

[2] Там же. С. 457.

[3] 《果戈理全集》第九卷，周启超主编，周启超、吴晓都译，合肥：安徽文艺出版社，1999 年，第 333 页。

读者》，以期引导读者正确理解自己真正的思想意图，从而阻止对他的作品进行随心所欲的阐释。但他在这些作品中并没有畅所欲言。对自己以往的创作加以解释，以正视听，这也是果戈理发表《与友人书简选》的最重要的动机之一。这也是为什么他在1847年1月20日给舍维廖夫的信中会说，《死魂灵》再版前言只有在读了《与友人书简选》后才能为读者所理解。而这也正是别林斯基对《与友人书简选》写下愤怒的声讨信的原因。1847年发表的《与友人书简选》便是这么来的。

果戈理对《与友人书简选》的构想在1845年已经较为明确了："这将是一部不大的作品，对现今的社会而言，书名也不花哨。但将为许多人所需要……"①坚信自己的这本书是"需要"的，是"有益"的，这对于果戈理至关重要。此时的果戈理早已走过了创作的初期阶段，用他自己的话说，"现在只有益处能够驱动我，而不是带来愉悦"②。果戈理如此强调自己的作品旨在带来益处是出于强烈的爱。伊·维诺格拉多夫指出，果戈理坦言自己有对俄罗斯的爱，他把自己的"笑"称做"含泪的笑"时，意思是他在揭露和嘲笑时是饱含泪水的，不是为了使人不快，而是出于爱，是缘于爱得太深，而不是像激进的批评所认为的那样，是出于对"旧俄国"的憎恶和敌意。对这一点，果戈理在《与友人书简选》中写道："谁若愿意真诚地为俄罗斯服务，谁就应当对俄罗斯具有一种大概会吞噬一切其他感情的爱，谁就应当热爱芸芸众生并且成为一位真正的基督徒。"③在该书第19章"应当热爱俄罗斯"中作家又解释了为什么要热爱俄罗斯："如果不热爱俄罗斯，您就不会热爱自己的兄弟们，如果不热爱自己的兄弟们，您就不可能炽热地产生对上帝的爱，而如果不炽热地热爱上帝，您就不会拯救自己。"④

1846年果戈理开始着手选材。根据尤·巴拉巴什（Ю. Барабаш）的研究，选材的过程是与构思的定型同时进行的。巴拉巴什否定了以往一些研究者的观点（譬如吉皮乌斯，他认为书信只是作者假托的艺术手段，果戈理在《与友人书简选》中没有使用任何的"与友人的通信"，只有很少

---

① *Гоголь Н.В.* Полное собрание сочинений: [В 14 т.] / АН СССР. Ин-т рус. лит. (Пушкин. Дом). — [М.; Л.]: Изд-во АН СССР, 1937-1952. Т. 12. Письма, 1842-1845. 1952. С. 472-473.

② Там же. С. 52-53.

③ 《果戈理全集》第六卷，周启超主编，任光宣译，合肥：安徽文艺出版社，1999年，第303页。

④ 同上书，第123页。

的几篇文章采取了以前真实信件中的一些想法，而且也并非所有的文章都带有书信的形式，由此得出结论，《与友人书简选》纯粹是文学作品[①]），明确指出《与友人书简选》材料的来源共有三种：1. 作家自己保留的信件副本；2. 从通信人处索回的书信原件；3. 特为《与友人书简选》写作的一些篇章。他以果戈理本人的信为证据：1846年4月果戈理在给亚济科夫（Н. Языков）的信中说："顺便说一句，这些信你保存好。我仔细看了看我近期写给不同人——那些特别需要和要求我给予精神上的帮助的人——的信的内容，我发觉，这些信可以编成一本书，对在各个职位上的、痛苦着的人们有益的书。我打算再加上一些泛论文学的东西，把它们出版。"[②]但巴拉巴什同时也认同吉皮乌斯关于《与友人书简选》是文学作品的看法。他的根据是，材料的选取是紧紧围绕着构思进行的，而且作品不是材料的简单堆砌，作家对材料进行了艺术加工，并按一定的顺序组织起来，具有内在的逻辑性，或称"内在的情节"。[③]

同年7月初，果戈理从卡尔斯巴德给在彼得堡的普列特尼奥夫寄去《论茹科夫斯基译的〈奥德修记〉》一文，一个月后，这篇文章先是发表在《莫斯科新闻》报上，后被《莫斯科人》和《现代人》杂志转载。这就是果戈理为《与友人书简选》所写的"泛论文学"的文章之一，后来它成为书中的第7章。7月30日果戈理又给普列特尼奥夫寄去了一个笔记本，其内容是《前言》和六篇文章。他请求后者把其他一切事都放到一边，一心着手出版他的这本题为《与友人书简选》的书。在《前言》里，作家对《与友人书简选》的描绘更为具体了："我从我收回来的一些近来写的书信中，亲自选出所有涉及如今社会感兴趣的问题的信件，筛掉那些在我死后才可能具有意义的信件，也不选那些一切只对少数人有意义的书信。我又增添了两三篇文学论文，最后再加上遗嘱本身……"[④]以后的几个月果戈理一边辗转于什瓦尔巴赫、奥斯坦德、法兰克福等地进行治疗，一边紧张地写作。8月至10月，普列特尼奥夫又收到了四本笔记。在普

[①] *Гиппиус В.В.* Гоголь. Л.: «Мысль». 1924. С. 170.

[②] *Гоголь Н.В.* Полное собрание сочинений: [В 14 т.] / АН СССР. Ин-т рус. лит. (Пушкин. Дом). — [М.; Л.]: Изд-во АН СССР, 1937-1952. Т. 13. Письма, 1846-1847. 1952. С. 52-53.

[③] *Барабаш Ю.* Гоголь. Загадка «Прощальной повести» («Выбранные…». Опыт непредвзятого прочтения). М.: Худож. лит. 1993. С. 29-30.

[④] 《果戈理全集》第六卷，周启超主编，任光宣译，合肥：安徽文艺出版社，1999年，第3～4页。

列特尼奥夫的操持下，《与友人书简选》于1847年初问世。只是它的出版并没给果戈理带来期望的快慰，反而令作者痛心不已，因为它被书刊检查机构删改得已面目全非：全书三十二章中，五章（《应当热爱俄罗斯》《应当在俄国走一走》《什么是省长夫人》《俄国的惊慌和恐惧》《致身居要职者》，这几部分大约占全书的六分之一①）被彻底删除，其余各章也遭到肆意的歪曲、篡改，再加上编辑普列特尼奥夫在文字上自作主张的修改，其结果可想而知，与果戈理的初衷相去甚远。难怪作家要说："我的事情被弄得一片乱七八糟。我这本书被发表出来的仅仅是其三分之一，而且被砍被删头绪紊乱，结果印出来的乃是某种奇怪的被啃光的骨头，而不是一本书。"②"凡是说明如何做到言行一致的地方，几乎全没有通过：所有给俄罗斯国内任职人士和官员们的信里，都说明在我们社会职务的任何职位上都能做出真正基督的壮举。"③而"书里一切都是有联系的、连贯的，引导读者逐步了解事情始末"。可是审查机关"在母亲眼前屠杀她最心爱的孩子"，④使得"出版的不是一本厚厚的、有气派的书，而是本不伦不类的东西。书不像书，小册子不像小册子。连贯性和联系——全都没有了"⑤。1855~1856年由作家的外甥特鲁什科夫斯基（Н. Трушковский）主持出版的《尼·瓦·果戈理文集》第6卷收入了《与友人书简选》，"完全是按照1847年作家生前出版时的样子"⑥。事隔十余年后，费·奇热夫（Ф. Чижов）根据作家手稿于1867年编辑出版的《尼·瓦·果戈理文集》中收入了《与友人书简选》，尽管在出版者的努力下，《与友人书简选》第一次以全版面世，但其中仍有不尽人意之处。1889年吉洪拉沃夫（Н. Тихонравов）主编的《尼·瓦·果戈理文集》第4卷也收入了《与友人书简选》。吉洪拉沃夫在前言中指出，该版主要以作家手稿和作品的最初版本为依据，以作家自己的构想为指南。所谓作家自己的构想是指果戈理的这段话："《与友人书简选》一书引起了很大的争议。有许多让我为之心

---

① *Манн Ю.* Сквоз форму к смыслу. Самоотчет. Часть 2 из «Гоголевской мозайки». Москва-Явне. Moscow-Yavne. 2016. С. 23.
② 《果戈理全集》第九卷，周启超主编，周启超、吴晓都译，合肥：安徽文艺出版社，1999年，第330页。
③ 《果戈理全集》第八卷，周启超主编，李毓榛译，合肥：安徽文艺出版社，1999年，第363页。
④ 同上书，第373页。
⑤ 同上书，第370页。
⑥ *Тихонравов Н.* Предуведомление. / Сочинения Гоголя. т.1. М.: Издание книжн. маг. В.Думнова. 1889. С. 16.

痛的责难，这样的责难我可能都不忍加诸于坏人，尽管如此，我仍决定接受任何一种意见。我重新审视了一切，在一些地方改变了不合适的语气，而对另一些地方做了删节或补充；同时，把《小品集》中的几篇文章和迄今未发表的几篇加进来，这样，第5卷就几乎构成了我关于文学、关于艺术和关于推动我国文学的动力应该是什么的全部理论认知。"① 可见，这一版本与作家的初衷也有一定的距离。直到1952年，苏联科学院出版了14卷本《果戈理全集》，第8卷中的《与友人书简选》总算是以其本来面目与读者见面了，其时果戈理作古已整整一百年了。而《与友人书简选》与中国读者的见面则更晚些——1999年，正值果戈理诞辰190周年之际才问世。

可见，《与友人书简选》是一部内容独特、遭遇坎坷的书。果戈理在这部作品中要完成解释以往创作、公开心灵探索结果、指出通往理想之途径这三大任务，而宗教道德思想是贯穿其中的主线。

不少研究者把这本书看作是过渡性作品，是作家在创作《死魂灵》第一部和第二部之间的"幕间休息"，如佐洛图斯基。诚然，这种观点有事实为依据，因为从创作时间上看的确如此，而且果戈理自己也曾坦言，他发表《与友人书简选》是为《死魂灵》第一部之后的长时间沉默而向读者做出交代。不仅如此，对《死魂灵》第一部他也在《与友人书简选》中以《就〈死魂灵〉致不同人的四封信》加以解释。

但这只是表面的现象。如果我们深入果戈理的思想发展脉络之中，我们就会看到，《与友人书简选》是果戈理创作的一种必然。前面我们已经谈到果戈理把诗分为"思想的诗"和"诗意的诗"两种。虽然他承认两种诗都是通向圣殿的阶梯，区别只不过是一显一隐，但在40~50年代的社会生活语境中，他认为需要的恰恰是赤裸裸的真理。1847年1月在给索洛古勃（Л. Сологуб）的信中他写道："我发表它是因为我确信，我的书恰恰在当前对俄罗斯而言是需要的和有益的，我坚信，如果我不说出我书中的那些话，那么谁都不会说的，因为，我看到，共同的善的事业对谁来说都没成为亲近的和血肉相连的事情。"② 果戈理的这种信心来自他的思想进化和"心灵事业"的成果。在构思《与友人书简选》时，作家已走过了艺术至上的阶段，个人主义带上了道德说教的形式，而且正由道德说教走

---

① *Тихонравов Н.* Предуведомление. / Сочинения Гоголя. т.1. М.: Издание книжн. маг. В.Думнова. 1889. С. 23.

② *Лукичева З.В.* Книга Н.В. Гоголя «Выбранные места из переписки с друзьями» в автооценках. / Наследие Н.В. Гоголя и современность. Часть вторая. Нежин. 1988. С. 29.

向宗教；①而他的"心灵事业"的发展也使其觉得自己达到了最高境界。不仅如此，我们从《与友人书简选》所要完成的任务和它的内容上也能够进一步确定，果戈理赋予了这部作品以非凡的意义，而它也的确是果戈理创作中的一部重要之作。

《与友人书简选》继承并发展了俄罗斯文学宗教道德传统。莫丘尔斯基在其《果戈理的精神道路》（1934）一书中指出："他注定要将整个俄罗斯文学陡然由美学拉转向宗教，将它从普希金的道路推上陀思妥耶夫斯基的道路。标志着'伟大的俄罗斯文学'的一切特征都是果戈理所勾勒的：宗教道德的基调、公民意识和社会责任感、战斗的和务实的特点、预言激情和救世论。从果戈理开始了一条宽广的大道，世界性的广阔空间。……在果戈理那令人心碎的'心灵的哭泣'之后，俄罗斯文学中已不再可能有'甜美的声音和祈祷'。我国文学的全部'黑夜意识'——托尔斯泰的虚无主义，陀思妥耶夫斯基的无底深渊，罗扎诺夫的暴动，这一切都始于果戈理。"②莫丘尔斯基在这里主要强调的是果戈理对后世的影响、他作为传统的开创者的意义，正视这一点对于我们极其重要；但同时我们也不应忽视另一方面，那就是果戈理还是传统的继承者，就像佐洛图斯基所说的，果戈理"继承了俄罗斯文学传统遗产（文学一向被认为是'共同的善的事业'的一部分）。……俄罗斯自己在表现自己思想的时候，也同时追求一个目的——使俄罗斯的生活高尚起来，使它达到理想的境地，哪怕是局部地达到也好！赫拉斯科夫、苏马罗科夫、杰尔查文、卡普尼斯特、冯维辛就是这样的作家。卡拉姆辛被服务的思想所鼓舞，普希金也认为，一个有思想的人要对国家有责任感"③。不少研究者（如吉皮乌斯）指出，果戈理《与友人书简选》的许多内容，像对行贿受贿现象和地主使命的思考，对君主制的宗教理想化以及认为治理国家首要的任务是人选问题等等，都不是什么新鲜话题，在苏马罗科夫、诺维科夫、卡拉姆辛、诺瓦里斯（Новалис）等人的作品中早有体现。然而，果戈理在《与友人书简选》中所做的已经不是一般意义上的继承和发展，"因为佐洛图斯基所指出的品质在果戈理身上获得了完全不同的深度。追求改良在果戈理这里变为渴望变革。……果戈理使文学第一次给自己提出了超出其直接可能的任务。

---

① *Гиппиус В.В.* Гоголь. Л.: «Мысль». 1924. С. 168.
② *Мочульский К.* Гоголь. Соловьев. Достоевский. М.: Республика. 1995. С. 37.
③ 伊·佐洛图斯基：《果戈理传》，刘伦振等译，天津：天津人民出版社，1982年，第494～495页。

俄罗斯文学的道德极端主义是从果戈理开始的"①。

《与友人书简选》由 32 篇加"前言"组成，其中 22 篇的标题下面作者都标有"致××的信"或"摘自致××的信"的字样，尽管人名大多都是字母缩写加词尾，有时干脆只有一个字母或者干脆只有词尾②；余下的 10 篇则没有任何标记。这些篇什长短不一，最短的一篇是第 29 篇《在世上谁的使命更崇高》，还不到一页，而最长的第 31 篇《究竟什么是俄国诗歌的本质及特色》则有 40 页之多。标题也颇为驳杂：有的很简洁，只有一个词，如开篇的《遗嘱》；有的相当冗长，如第 24 篇《在俄国当前的事情关系中，在普通的家庭日常生活里，妻子对于丈夫应当是什么人》；有的像人物传记，如第 13 篇《卡拉姆辛》；有的像标语口号，如第 19 篇《应当热爱俄罗斯》；有的像公开信，如第 28 篇《致身居要职者》；有的像课堂提问，如第 29 篇《在世上谁的使命更崇高》；还有的像学术论文，如第 4 篇《论什么是语言》。不仅标题的风格是如此多样，它们所包含的内容也似乎是风马牛不相及："遗嘱""女人""生病""帮穷""教会""诗人""俄罗斯"等等，给人的感觉是混乱无序，令人摸不着头脑。我们不禁要问：果戈理所说的"连贯性和联系"在哪里？像这样论说不像论说、记叙不像记叙的书究竟属于什么体裁？

对于读者而言，《与友人书简选》的确是一种惊人之举。它的"庄重的语气及其不寻常的文体"③让习惯了在虚妄而又真实的人和鬼的不同世界之间自由穿梭，或乘着三套马车跟随乞乞科夫在广袤的俄罗斯大地上到处历险的读者感到震惊，使他们像炸开了锅似的议论不休——《死魂灵》中的抒情议论并没有使读者做好接受《与友人书简选》的这种"庄重的语气及其不寻常的文体"的准备。俄罗斯的许多研究者也因此把《与友人书简选》看作是政论性作品。就体裁而言，所谓政论在中国指的是"政治性论文的简称。从政治角度阐述和评论当前重大事件和社会问题的议论文"④。以此为标准，果戈理的《与友人书简选》虽说也涉及社会政治问题，但与其说是从政治的角度，不如说是从宗教道德的角度，因此不能把它确认为政论体。同样也不能把《与友人书简选》等同于一般的书信，因

---

① Волгин И. Уроки Гоголя. // Новый мир. 1980. № 12. С. 244.
② 在俄语里一个大写的字母可以代表收信人的姓氏以这个字母开头的，但性别不确定；而一个词尾则可以代表收信人的性别，但姓名不确定。
③ 《果戈理全集》第六卷，周启超主编，任光宣译，合肥：安徽文艺出版社，1999 年，第 295 页。
④ 金振邦编著：《文章体裁辞典》，长春：东北师范大学出版社，1985 年，第 51 页。

为"作家的书信，对于研究书信作者的个性和创作、研究他们所生活的时代以及他们周围与之有直接交往的人们，都是具有巨大而多方面意义的重要文献资料。但是，作家的书信又不仅只是历史的见证；它不同于任何别的日常生活的文字资料、文书档案，乃至其他信函文件；它直接近似于文艺作品……"① 何况果戈理的《与友人书简选》本来就是作家精心构造的一本书。

我们赞同吉皮乌斯、巴拉巴什等人把《与友人书简选》当作文学作品的观点。在俄罗斯，政论（或者应该译作"社会论说文体"，因为 публицистика 从词源上讲来自拉丁语 publicus，意为"社会的"）的概念要比我国宽泛一些，指的是"关于当前社会生活的迫切问题和现象的一类作品。作为表达社会观点——尤其是围绕着一些尖锐的问题而形成的观点——的多元性的手段，起着重要的政治和思想作用。……常常被运用于文艺和科学作品"②。

因此俄罗斯研究者在称《与友人书简选》为政论性作品时，主要是强调它对迫切的社会问题的关注，而并非是要否定它的艺术性。例如，巴拉巴什就断然地说："《与友人书简选》正是政论性作品，这是作家的随笔集，其对象是'生活，而不是别的什么'，是透过宗教道德的棱镜看到的和理解的生活。"同时，这并不妨碍他同样断然地把《与友人书简选》看作是文学作品。作为这一观点的论据，巴拉巴什指出，《与友人书简选》不是材料的简单堆砌，作家紧紧围绕着构思对材料进行了选取和艺术加工，它们被有序地组织起来，具有内在的逻辑性，或称"内在的情节"。③

我们认为，这一"内在的情节"即：一个充满基督之爱的人一面忏悔着自己的罪过，奋力向着天国的光明攀登，一面向同路但落后的人伸出援手，并试图对尚留在浑浑噩噩中的人们大声疾呼，热切地企盼所有的同胞都听到他的呼声，从而共同踏上得救的光明之途。

当我们深入文本，仔细阅读看似互不相干的各个篇章之后，我们就会发觉，它们之间的确由这条无形的线穿着，它统领一切，使一切"形散而神不散"。巴拉巴什形象地指出："果戈理的宗教思想不是以赤裸裸的、被神学的解剖刀制备成标本的形式存在的，它被编织进艺术－政论的组织

---

① *Тургенев И.С.* Полное собрание сочинений и писем. В 28 томах. Письма т.1. М.-Л. 1961. С. 15.

② «Большой энциклопедический словарь». гл. ред. *А.М. Прохоров,* М. 2000. С. 977.

③ *Барабаш Ю.* Гоголь. Загадка «Прощальной повести» («Выбранные…». Опыт непредвзятого прочтения). М.: Худож. лит. 1993. С. 29-30.

结构中，构成形象的主体和核心。……这一思想'融化'在《与友人书简选》的文本中，就像盐溶于水里。"①就连严厉批判《与友人书简选》的别林斯基也不能不承认："书里的思路是连贯的；透过散漫的叙述是可以看出那种深思熟虑的推敲的"。②占据《与友人书简选》中心的宗教思想是主人公"我"对基督真理的体悟：世上没有"罪人"和"义人"之分，"人没有没罪的，唯独上帝是无罪的"③。对于人而言，只有"无辜的罪人和有罪的无辜者"，因为"罪过如今都平摊到每个人头上"；④任何人身上都有神性的存在，"我们俄罗斯的血统甚至在骗子身上也那么高尚"；⑤"上帝虽然用不幸的皮鞭抽打人，但直到人的生命最后一刻都不抛弃他。无论怎样的罪人，只要他还活在世上，雷还没有把他击倒，就表明，他之所以活在世上，是为了有某个人受到他的命运的感动之后，会帮助他并拯救他"⑥。因而，共同得救不但是可能的，而且是必须的；得救的道路在于每个人在自己尘世的职位上遵循上天的真理行事。这就是构成《与友人书简选》灵魂的思想。

"但所有这一切不是带有一种自足性，而是带有一种从属性，一切都是经由艺术理解的。神学范畴转化为形象；神学思想引发关于人及其精神世界的思考。即使是在那些看起来仅仅涉及教会问题的信中，比方说在《略谈我国的教会和神职人员》和接下来的叫做《再谈谈我国的教会和神职人员》的信中，如我们下面将要证实的，果戈理讲的不仅仅是狭隘的教会问题，甚而，与其说是狭隘的教会问题，不如说是教会与社会和人的相互关系问题。就连那些好像只是在对宗教法规文本进行注释的地方，实际上也有人的生活、人的道德、人存在的意义的主题出现。在《在世上谁的使命更崇高》一篇中，由《福音书》里关于一个人按个人的才干给了三个仆人不同数额的银子以及他们每个人如何各自支配自己财富的寓言，产生了关于'给予每一位诚实履行自己职责的人，不管他是沙皇还是最穷的乞丐'以注定的、公正的、'相同地驻在上帝身上'的报答的思想，关于

---

① Барабаш Ю. Гоголь. Загадка «Прощальной повести» («Выбранные…». Опыт непредвзятого прочтения). М.: Худож. лит. 1993. С. 201.
② 《果戈理全集》第九卷，周启超主编，周启超、吴晓都译，合肥：安徽文艺出版社，1999年，第349页。
③ 《果戈理全集》第六卷，周启超主编，任光宣译，合肥：安徽文艺出版社，1999年，第177页。
④ 同上书，第190页。
⑤ 同上。
⑥ 同上书，第142页。

尘世的虚妄、关于对尘世名望的渴望、关于陶醉于'尘世荣誉的醉人的芳醇'的思想。这些思想完全不是宗教法规的思想，它们远远超出了《福音书》的范围。"①

那么，首先让我们来看一看这种构成《与友人书简选》的"灵魂"的思想从何而来，怎样体现，又是如何统领一切的。

前面我们已经说过家庭和学校里的宗教氛围对果戈理的影响。这种氛围使果戈理很自然地养成了一种宗教的习惯。儿时的神秘体验及特殊的心理因素使他不断感受到一种"恐惧"，对"最后的审判"的恐惧。他几乎是本能地用艺术去搏击恐惧。巴拉巴什不无道理地指出，在果戈理宗教性的形成过程中，起决定性作用的与其说是理智、认知、学识方面的因素，不如说是情感、潜意识、信仰方面的。恐惧和艺术——这是巴拉巴什认定的两种决定性因素。②但这不是全部。这种自发的、感性的宗教认识属于创作《死魂灵》第一部之前的果戈理，在这之后，他的宗教道德探索则带上了自觉的、理性的色彩，其表现为潜心研读宗教书籍。"他研究神父们的著作，读圣徒传记，读福马·克姆皮斯基（Фома Кемпийский）的《宗教典籍考》和《耶稣演义》，……有一本书他爱不释手，……总是随身携带，这就是《福音书》。"③果戈理在40年代大量阅读宗教方面的书籍，"力图搞明白，什么是'人和人的心灵'、什么是'一般而言的人类'，同时，果戈理在寻找'通往基督'、通往神的真理、通往'认识永恒的规律'的路"④。在阅读各个时期的、众多的宗教典籍时，果戈理做了很多摘抄笔记。从中，我们不仅可以看到他在宗教领域的广泛涉猎，而且还能找到《与友人书简选》中思想的根源。依据彼得罗夫（Н. Петров）在其1902年编辑出版的《研究果戈理宗教道德观的新材料》中对果戈理读书笔记的分析结果，巴拉巴什指出，将这些笔记与果戈理最后的作品中的一些思想相比较很有意思，例如：关于对上帝和亲近的人的爱，关于君主神造，关于基督徒的调解活动，关于道德自我完善和个人的自我教育，关于顺从等等。他观察到："在《与友人书简选》中，我们常常，基本上

---

① *Барабаш Ю.* Гоголь. Загадка «Прощальной повести» («Выбранные…». Опыт непредвзятого прочтения). М.: Худож. лит. 1993. С. 200.

② Там же. С. 186.

③ 伊·佐洛图斯基：《果戈理传》，刘伦振等译，天津：天津人民出版社，1982年，第465页。

④ *Барабаш Ю.* Гоголь. Загадка «Прощальной повести» («Выбранные…». Опыт непредвзятого прочтения). М.: Худож. лит. 1993. С. 196.

到处都能碰上与基督教教义有关的概念、术语、象征、成语，随处可见对圣经、对教会的神父们的权威的引用。"①

在果戈理的《与友人书简选》中，思想性占据着中心位置，"一切都是经过深思熟虑的，并且一切都从属于一定的思想"②。这种思想性不是别的，是以宗教道德的立场探索人世间社会的和人生的重大问题。如果说《关于宗教礼拜仪式的沉思》是试图给思想赋形，那么《与友人书简选》就是抛开具象的思想裸奔。

社会人生在果戈理《与友人书简选》的宗教道德思想维度中呈现出一种简单的、理想化的、带有乌托邦色彩的形态。它有两个大的层次：精神的（包括信仰和艺术）和社会的（包括社会政治、人生百态），且后者从属于前者。也就是说，精神层次的问题解决了，社会层次的问题自然会迎刃而解。

解决精神层次问题的基础是每个个体的自我完善。果戈理在《与友人书简选》的第一篇中写道："应严格审视一下自身，对自身上的黑暗而不是对他人的黑暗和整个世界的黑暗进行思考。心灵的黑暗是可怕的……"③要想驱除心灵的黑暗，就要用基督的真理照亮心灵，因为"任何人离开对上帝的爱都无法拯救自己……"④而"在俄罗斯无论发生什么事情，都有上帝之手存在"⑤。"谁若愿意真诚地为俄罗斯服务，谁就应当对俄罗斯具有一种大概会吞噬一切其他感情的爱，谁就应当热爱芸芸众生并且成为一位真正的基督徒。"⑥

正是在这个意义上，果戈理表达了自己对教会的理解："我们应成为我国的教会，并且我们应以我们自己去宣告教会真理。……用我们心灵的芳香宣告教会的真理。"⑦"这个教会及其深刻的教义和极其细微的外在仪式好像为了俄国人民而直接从天上移了下来，它独自有能力解决一切疑团

---

① *Барабаш Ю.* Гоголь. Загадка «Прощальной повести» («Выбранные…». Опыт непредвзятого прочтения). М.: Худож. лит. 1993. С. 200.

② *Томачинский В.В.* Синтез вместо хаоса. «Выбранные места из переписки с друзьями» как стилистическая программа Гоголя. / Евангельский текст в русской литературе 18-20 веков. Сб. научн. тр. Вып.3 Петрозаводск. 2001. С. 251.

③ 《果戈理全集》第六卷，周启超主编，任光宣译，合肥：安徽文艺出版社，1999年，第8页。

④ 同上书，第121页。

⑤ 同上书，第54页。

⑥ 同上书，第303页。

⑦ 同上书，第46页。

症结和我们的问题，它可以当着整个欧洲的面搞出前所未闻的奇迹，让我国的任何阶层、身份和职位走进其合理的界限和范围，并且在不改变国家里任何东西的情况下，赋予俄国一种力量。"①

这种关于教会的思想曾受到别林斯基的猛烈攻击，他在著名的《致果戈理的一封信》中指出："东正教教会一向都是皮鞭政策的支持者，是专制制度的侍女。"②他指责果戈理不该把基督与教会扯在一起，"基督破天荒地向人们宣布了自由、平等与博爱的学说，并以苦行和殉身来表明来证实自己学说的真理性。这一学说只是在没有组成教会、没有把正统原则当作基础的时候才是人们的救星。教会则等级森严，进而它便成了不平等制度的卫道士、讨好当局的献媚者、人与人之间以博爱相待这一行为准则的仇敌和迫害者……"③

别林斯基这里所说的教会是现实生活中的教会，而果戈理在《与友人书简选》中所描绘的则是他理想中的教会。果戈理写道："这个教会我们并不熟悉！况且这个为生活创建的教会，我们至今还没有带入我们的生活中！"④在他看来，教会应当在人们的心中圣化，⑤神职人员也不能过于世俗化，⑥因为"需要他从某个高处对站在世间的人说话，好让人在此时感到并不是他存在，而是同样地聆听他俩说话的上帝本身存在，并且由于上帝的无形存在双方感到一种彼此的恐惧。……他们的服饰漂亮庄重。……它具有一种涵义：从样式和外形看，它像救世主本人曾穿过的那件衣服"⑦。

由此果戈理得出结论："人们要了解人世不是在人世之中，而是远离人世，去进行深刻的内在观察，去探索自己个人的心灵，因为那里有万物之规律；只是应首先找到通往自己个人心灵的钥匙；你找到它后，你就能用这把钥匙开启所有人的心灵。"⑧

果戈理这种向内心深处寻求人生的真谛、寻求改变社会的良方的思

---

① 《果戈理全集》第六卷，周启超主编，任光宣译，合肥：安徽文艺出版社，1999年，第45页。
② 《果戈理全集》第九卷，周启超主编，周启超、吴晓都译，合肥：安徽文艺出版社，1999年，第346页。
③ 同上。
④ 《果戈理全集》第六卷，周启超主编，任光宣译，合肥：安徽文艺出版社，1999年，第45页。
⑤ 同上。
⑥ 同上书，第48页。
⑦ 同上。
⑧ 同上书，第49页。

想,与别林斯基立足于现实生活、希望通过外部社会环境的改变进而实现社会理想的思想,显然是两股道上的车,走不到一起去。因而,别林斯基批评果戈理说:"这么多年来已习惯于从您那美妙的远方来看俄国;……因为在这美妙的远方,您生活于那种完全与它格格不入的境况中,生活于独自一人的小天地里、自己的内心世界里,或者是在那种在情绪上与您相通且无力抵抗您对它们影响的清一色的小圈子了里;因而您就看不出来,俄国看出自己的拯救之路不在神秘主义,不在禁欲主义,不在虔诚主义,而在文明、启蒙、人道精神诸方面的成就。她需要的不是布道(她对它们开始听够了),不是祈祷(她祈祷够了),而是需要人民身上人的尊严感的苏醒,千百年来这种尊严感一直淹没在污泥浊水之中,——需要那种并不是与教会的信条相吻合,而是与健全的理智和公正相符合的法制和法律,需要的是对这些法制和法律之尽可能严苛地实施。"①而果戈理也反驳别林斯基道:"一些人认为,可以用各种变革、用这样或那样的方式挽救世界;另一些人认为,用某种特殊的、颇为间接的文学的手段——你称之为轻松读物的,能够对社会起教育作用。但无论是骚动还是头脑发热都不能给社会带来福利。内心的动荡是任何宪法也无法平息的……社会是自然形成的,社会是由个体构成的……人必须记得,他不是物质的畜生,而是崇高天国的高尚公民。因此他哪怕有一点点不按天上公民的要求去生活,他都无法搞好尘世的立法。"②

实质上,别林斯基和果戈理对社会现状的认识和所追求的爱国救民的目标是一致的,他们有许多相同之处,用果戈理的话说就是"心灵之间有一种亲密的近似"③。比如,在对待基督的看法上,"尽管别林斯基把基督教现代化了,使之充满法国革命理想的精神,关于基督他断言道,'基督第一个向人们传播关于自由、平等、博爱的教义,并且通过殉教精神印证和巩固了他的教义的真实性'。这种评价与果戈理对基督的看法是颇相近的,果戈理把基督看作是包括'全人类;一个都不能少'的、'神圣的、

---

① 《果戈理全集》第九卷,周启超主编,周启超、吴晓都译,合肥:安徽文艺出版社,1999年,第343～344页。

② Гоголь Н.В. Полное собрание сочинений: [В 14 т.] / АН СССР. Ин-т рус. лит. (Пушкин. Дом). — [М.; Л.]: Изд-во АН СССР, 1937-1952. Т. 8. С. 363-364.

③ 《果戈理全集》第六卷,周启超主编,任光宣译,合肥:安徽文艺出版社,1999年,第97页。

天上的兄弟同盟'的布道者"①。再比如，尤·曼指出，果戈理认为"为了监督限制从前官吏的偷盗行为而任命一位新官吏"的做法不可取，因为这"意味着让一个贼变成两个"。"用一个人去限制另一个人，第二年就会有必要去限制被派去限制别人的人了，这样一来，限制就将没完没了。"②这与别林斯基在《致果戈理的一封信》中关于在俄国"连治安秩序都没有，而只有各种各样的官贼和官盗的庞大的帮派"③的说法很相近。④果戈理在《与友人书简选》中还尖锐地指出："如今在俄国国内当官很难，比从前任何时候都难得多，……有许多营私舞弊行为；出现了一些人类的任何手段都无法将之根除的贿赂现象，我知道，在国家的法律一旁已构成了另外一个非法的行为进程，并且它几乎变为一种合法的进程，所以法律只不过形同虚设；假如你去认真深究那件其他人只是看看其表面而提不出任何疑问的事情本身，那么就连聪明绝顶的人也会头晕目眩的。"⑤

　　但他们实现理想的途径不同。别林斯基希望通过外部的、革命的手段改变社会秩序以到达理想的彼岸，而果戈理则幻想通过内在的、精神的修炼改变每一个社会个体，从而实现全社会的道德康复。马尔高里斯指出，在尼古拉时期的俄国，别林斯基的药方和果戈理的一样没有生命力，"富有成果的只是俄国革新的拥护者们之间的争论本身。无论宗教改革家（果戈理），还是有战斗精神的民主主义者（别林斯基），他们都是革新的拥护者"⑥。也就是说，如果从历史的角度看问题，在当时的社会环境下，别林斯基的社会理想也是无法实现的乌托邦。然而，即便如此，别林斯基与果戈理之间的"道路"之争、他们各自对真理的探索和所犯的错误仍然有着巨大的社会历史意义。格尔申宗说得好："根据果戈理这本书的命运可以追踪我国社会思想从别林斯基到现在的进化过程。"⑦

---

① *Марголис Ю.Д.* Книга Н.В.Гоголя «Выбранные места из переписки с друзьями». Основные вехи истории восприятия. СпбГУ. 1998. С. 88.

② 《果戈理全集》第六卷，周启超主编，任光宣译，合肥：安徽文艺出版社，1999年，第196～197页。

③ 别林斯基：《别林斯基文学论文选》，满涛、辛未艾译，上海：上海译文出版社，2000年，第583页。译文略有改动。

④ *Манн Ю.* Гоголь — критик и публицист. / *Гоголь Н.В.* Собрание сочинений в 7 томах. Издательство: "Художественная литература". М. 1986. Т.6. С. 470.

⑤ 《果戈理全集》第六卷，周启超主编，任光宣译，合肥：安徽文艺出版社，1999年，第189页。

⑥ *Марголис Ю.Д.* Книга Н.В.Гоголя «Выбранные места из переписки с друзьями». Основные вехи истории восприятия. СпбГУ. 1998. С. 90.

⑦ *Гершензон М.* Исторические записи. М. 1910. С. 121-122.

果戈理赋予精神道德生活以高于一切的地位和意义，他看到："人人都在寻找某种东西，已不在自身之外，而在自身之内寻找着。道德问题取得了对政治问题、学术问题和其他各种问题的优势。无论利剑还是大炮的轰鸣都征服不了世界。到处都多少暴露出一种关于内部结构的思想：万物都等待着某种更加严整的次序。关于构建自我，还有构建他人的思想，已成了普遍的思想。"① 在《与友人书简选》第28章《致身居要职者》中，果戈理指出："修筑道路、桥梁和各种交通设施，并把它们搞得像您搞得那么合理，是一件真正需要的事情；但是，至今有许多内心的道路阻止每个俄国人去全面发展自身力量，既妨碍他将之用作道路，也妨碍他将之用作我们如此热心地为之忙碌的各种外在的修养，修平这些内心的道路是件更为需要的事情。"②

果戈理强调个体自我完善的终极目标并不是自我灵魂的得救，而是全人类的共同得救。自我完善"只是为了自己在为共同的利益而工作的时候能够行之有效，而且得救的思想在果戈理眼里原本就与共同利益的活动密不可分：离开这一联系他简直就无法思考"③。

社会层次问题的解决以精神道德思想为钥匙，这一思想在《与友人书简选》中随处可见：小到家庭生活问题，大到社会改革的事情，一切都离不开这把钥匙。

要想处理好家庭事务，丈夫和妻子应当有精神追求，要"向上帝祈求坚强"④，因为"让人身上哪怕是某种东西变得坚强并且成为确定无疑的，这点很重要；由于这点，秩序就不由自主地固定在其他一切事物上。您只要在物质方面的事情上能挺得住，那么您不知不觉地就在精神方面的事情上也挺得住"⑤。"要去祷告，要不停地祈求上帝，他会帮助您把自身上的自我集中起来并且控制住自我。如今，在我国一切都走了样，乱了套。人人都变成败类和无能之辈；自己把自己变成万物的卑微的踏凳，并且变成极其空虚和卑微的环境的奴仆。现在，到处都没有真正意义上的自由。"⑥果

---

① 《果戈理全集》第六卷，周启超主编，任光宣译，合肥：安徽文艺出版社，1999年，第319页，译文略有改动。
② 同上书，第191页。
③ Гершензон М. Исторические записи. М. 1910. С. 90.
④ 《果戈理全集》第六卷，周启超主编，任光宣译，合肥：安徽文艺出版社，1999年，第172页。
⑤ 同上书，第174页。
⑥ 同上书，第175页。

戈理所理解的自由是自我否定、自我控制的能力，离开它，精神上、心灵上、思想上的许多优秀品质就都无所适从。①

要想进行社会改革，也不能没有这把钥匙，因为"离开上帝做出来的""结论是腐烂货"，如果在某种"方案里看不到上帝的参与"，在人的"思想中没有上帝"，"看不到神圣的净化"，那么纵然"满怀美好的愿望可能干出坏事，就像许多人已经把它干出来那样"②。果戈理认为："当前一种最佳的行为方式——并不是激烈而无情地去反对受贿者和坏人，也不是去追究他们，而是努力把任何诚实的品德摆到明处，……产生道德上的影响。"③他坚信："谁要是与上帝在一起，谁就光明地凝视前方，并且在现在已经是一位光辉未来的创作者。"④

在社会中，重要的是各司其职。任何一个职位都不是偶然的，都是按上帝的旨意安排的，因而也都是神圣的。这是果戈理社会理想的重要前提。"上帝不是平白无故地让每个人处在他如今所处的位置上的。"⑤"一切职务无一例外地仿佛是上天为我们安排的，以符合我们的国务日常生活的所有要求。"⑥而且"任何人都应在自己的位置上而不是在别人的位置上为上帝效力"⑦，可是"人人具有一种普遍的盲目。……觉得他若处在别人的地位和职位上，大概能干出许多善事，只是在自己的职位上无法办到这点"⑧。"一切职务之所以走了样，是因为每个人都争着抢着去努力或是扩大自己职务的权限，或者干脆越出其权限去行事。任何人，甚至诚实而聪明的人都争取得到哪怕比自己拥有的权力多一点点的权力，并力争高出自己的位置，认为正是这样他让自己和自己的职务高尚起来。"⑨果戈理认为："这是万恶之因。"⑩一个人懂得了这一点，在自己的职位上安分守己地工作，只是本分，这还不够，还要锐意进取，因为"任何身份和职位都要求有勇士气概。我们每个人把自己神圣的身份和职位（所有的职位都是神圣

---

① 《果戈理全集》第六卷，周启超主编，任光宣译，合肥：安徽文艺出版社，1999年，第171页。
② 同上书，第184～185页。
③ 同上书，第141页。
④ 同上书，第185页。
⑤ 同上书，第15页。
⑥ 同上书，第82页。
⑦ 同上书，第151页。
⑧ 同上书，第15页。
⑨ 同上书，第82～83页。
⑩ 同上书，第15页。

的）玷污到这种地步，都需要勇士般的力量将之升华到应有的高度"①。这个高度就是"为了他人的幸福，而不是为了自己的幸福"工作，"把为自己国家服务，而不是为自己服务定为一条必须遵守的法律"，站在这样的高度，他就能够"下决心牺牲虚荣心、自尊心和由自己动辄发作的利己主义所引起的一切微不足道的东西"，②"做出某种牢固且有益的事业"。③这"牢固且有益的事业"是"每个人应首先去考虑的事。……是心灵和人生的永久事业"。④"只需记住一点，只是为了基督才承担职务，因此应当像基督而不是像其他任何人吩咐的那样去执行它。如今，我们每个人唯独靠这个方法可以拯救自己。"⑤

如此，果戈理把社会中的每个个体所处的地位神圣化，并将之与精神追求联系了起来。从沙皇到乞丐，如果人人了解并在生活中贯彻基督爱的真理，把俄罗斯当作自己的修道院，那么理想之国在尘世也可以实现。为此，果戈理在《与友人书简选》中为社会各个阶层确定了行为规范：

在精神教育领域，神职人员要慎言，"神父看到人们身上有许多恶习的时候，善于暂时保持缄默，并在自己心里久久地考虑，他应以怎样的方式去说，才能让每句话深入人心"⑥；"神父也需要给自己留出时间，因为他需要进行自我修炼。他应以救世主为榜样，因为救世主长期住在荒郊野外，在四十天的预斋期之后，才来到人们中间教诲他们"⑦。"他们边祈祷边修炼自己，从自己心灵中驱走一切像狂热病一样的不适合的欲望，让自己心灵升华到它应处在的那种极其冷静的高度，以便能够谈起这件事情。"⑧而艺术家是用形象布道的人，他们也要以基督的真理为主导思想，以传达基督的真理为使命。关于这一点我们将在下一章详谈。

在社会政治体系中，沙皇应该是上帝的形象，"应浑身都变为爱"⑨。他"把自己的权力集于自身，并且远离开我们所有的人，站得高于大地的万物，为的是这样更能同样地接近芸芸众生，从高处去体谅一切，倾听从天

---

① 《果戈理全集》第六卷，周启超主编，任光宣译，合肥：安徽文艺出版社，1999年，第112页。
② 同上书，第110页。
③ 同上书，第111页，译文略有改动。
④ 同上书，第120页。
⑤ 同上书，第181页。
⑥ 同上书，第48页。
⑦ 同上书，第49页。
⑧ 同上书，第44~45页。
⑨ 同上书，第60页。

上的雷鸣和诗人的诗声直到我们的平庸欢娱的一切"①。身居要职的人"要为了上帝"去担任建议给他的任何职务,因为"一个已经懂得了应像基督徒那样去到处行动的人","他在任何地方都是圣贤,到处都是行家里手"。②在具体行事时,"要像学生一样首先了解情况。……对任何一种意见都不要置若罔闻,无论对谁,哪怕是对身处低位的人的劝告都不要置若罔闻,要知道有时候上帝可以把聪明的意见提示给普通人。……总之,您要仔细听完所有人的话,但要按您自己的头脑吩咐您那样去做;您的头脑会让您办事合理,因为它听取了所有人的意见"③。与政绩相比,果戈理认为道德方面的业绩更为重要。因为任何职务都是暂时的,应当考虑"怎样坚实地去行动并且把已办成的事情牢牢固定下来,以便您离任后,任何人都不可能推翻业已确定的东西。您应当把恶不是从枝干部分而是从根部铲除,并应对一切事物的普遍发展予以强有力的推动,……这样,您大概会矗起一座您当总督的永久丰碑"④。贵族则应该具有一种"道德高尚感","贵族阶层像是一个容器,里面盛着这种高尚的道德品格,它应传遍整个俄罗斯大地,以便所有其他阶层都知道,为什么高贵的阶层被称为人民的精华"。⑤但是,要"让贵族真正地认识自己的身份"⑥,尤其"当看到业已发生的错综复杂的事件的旋风已挡住了所有人相互的视线并且几乎夺去每个人行善和给自己国家带来真正好处的可能,当看到普遍的暗淡状况和人人都普遍偏离开自己国家的精神,最后,当看到这些可耻的骗子、司法的出卖者和强盗,像一群乌鸦从四面八方啄噬着我们尚还存活的肌体并且在一潭浑浊的污水中捞取自己卑鄙利益的时候,不能不这样去做"⑦。只要向贵族们明确地指出:"整个俄罗斯大地在呼吁帮助,并且唯独高尚品德作出的业绩才可能给她以帮助,那么您就会看到,……我国的贵族阶层将怎样为之振奋……"⑧这是因为"我国贵族阶层确实是一个不同寻常的现象。它在我国形成的方法与在其他国家形成的方法完全不同。我国贵族阶层不是以那些总想夺取最高权力并且压迫下等阶层的诸侯们带着部队强行

---

① 《果戈理全集》第六卷,周启超主编,任光宣译,合肥:安徽文艺出版社,1999年,第59页。
② 同上书,第188页。
③ 同上。
④ 同上书,第192页。
⑤ 同上书,第200~201页。
⑥ 同上书,第198页。
⑦ 同上书,第201页。
⑧ 同上。

到来而开始的；它在我国是以为沙皇、人民和整个国家进行个人服务而开始的，这种服务基于道德的尊严而不是武力"①。而农民"既然诞生在政权之下，就应顺从自己诞生时的那个政权本身，因为没有任何政权不是来自上帝的"②。农民应"用劳动和汗水给自己找到面包，……为他们自己去诚实地劳动"③，在贵族地主与农民的关系问题上，果戈理认为："应当去说服贵族，让他们更加认真地研究地主与农民的真正俄国式的关系，……应让他们真正地关心农民，像关心自己的同胞和亲人一样，……并且像父亲对待自己的孩子那样对待他们。"④"要让他们清楚地看到，你要求他们干的一切事情都符合上帝的意愿，……要告诉他们全部真理：人的心灵比世上的任何东西都可贵，……只要关心主要的事情，其他一切事情就会顺理成章。"⑤

在家庭生活中，妻子的义务是"鼓励自己的丈夫诚实地履行职责"，"高尚地指责"丈夫，"用羞愧和良心的鞭子高尚地抽打并催促"他，⑥"要时刻提醒他，他的全部身心应属于公共的事业和整个国家的家业"。在果戈理看来，做丈夫的"之所以结婚，正是让自己摆脱开区区琐事，让自己全部献身于祖国，妻子嫁给他不应妨碍他供职，而是要有助于他供职"。⑦

果戈理不仅赋予精神生活、社会政治生活和家庭生活以宗教道德意义，在他看来，就连生病都是精神向更高境界升华的必要台阶，"倘若不患这些疾病，我大概会以为我已成为我应当成的人了。……如果不是这些严重疾病的苦苦折磨，我现在大概不知要傲到什么程度了！"⑧若要行善，也"应让这种帮助以真正的基督教方式进行"，使受助者"懂得他自己为什么会遭遇不幸，以便让他改变自己从前的生活方式，让他……在物质上和道德上仿佛变成另外一个人"⑨。

可见，思想性确实是贯穿《与友人书简选》的红线、统领《与友人书简选》的灵魂。

---

① 《果戈理全集》第六卷，周启超主编，任光宣译，合肥：安徽文艺出版社，1999年，第200页。
② 同上书，第151页。
③ 同上。
④ 同上书，第202页。
⑤ 同上书，第151～152页。
⑥ 同上书，第146页。
⑦ 同上书，第174页。
⑧ 同上书，第21页。
⑨ 同上书，第31页。

始于 20 世纪的果戈理创作诗学和风格学研究，尤其 80 年代以来维诺格拉多夫、伊瓦尼茨基、托马钦斯基等人对果戈理后期创作的诗学和风格学研究，为我们分析《与友人书简选》的形式方面的特点奠定了坚实的基础。维诺格拉多夫认为，到 70 年代"果戈理的诗学尚未得到研究和确定"①。他研究指出："教会斯拉夫语言、祈祷书和教会训导文献的语言，是果戈理政论的修辞学和雄辩术思想体系的中心。"②可以把《与友人书简选》看作是"教会书面语与民间日常用语的思想相互圣化的独特体系"③，因为"庄重的教会斯拉夫词语与普通的口语词汇、与俗语体的粗俗词的共存，是全民语言的特征，是修辞作用的强有力的手段"④。伊瓦尼茨基进一步明确指出，从形式方面研究《与友人书简选》至关重要，因为"果戈理的这部分文学遗产尚未被从语言修辞方面研究过"⑤。继维诺格拉多夫之后，伊瓦尼茨基也将果戈理的《与友人书简选》与《阿瓦库姆大司祭行传》(Житие протопопа Аввакума)进行对比，指出两者都暗藏着大量的《圣经》中的因素："《圣经》的修饰语隐秘地、不被察觉地移植，好比偷梁换柱一般地调换词语。"⑥

　　尤其值得我们注意的是托马钦斯基的研究。他认为，果戈理的创作浸透了《圣经》的精神，这不仅体现在思想或形象上，甚至在语言上也充分显示出来。⑦1994 年出版的 9 卷本果戈理文集发表了以前不为人知的材料——果戈理从教会和神学作品中所做的摘录，使研究者得以将果戈理的文学作品与他从《教会法规集》《每日读物月书》及教会神父们的著作中亲手做的摘录进行对比。可资考证的还有果戈理对《圣经·诗篇》的摘录以及留有果戈理铅笔标记的 1820 年版教会斯拉夫语《圣经》。在这些材料的基础上，托马钦斯基从果戈理的修辞学纲要、词汇和句法、形象和

---

① *Виноградов В.В.* Поэтика русской литературы. М. 1976. С. 210.

② *Виноградов В.В.* Очерки по истории русского литературного языка XVII—XIX вв. М. 1982. С. 395.

③ Там же. С. 44.

④ *Виноградов В.В.* Язык и стиль русских писателей. От Карамзина до Гоголя. М. 1990. С. 328.

⑤ *Иваницкий А.И.* Смысловые функции тропов в публицистике Н.В.Гоголя 1840-х годов. Диссертация кандидата филологических наук. Москва. 1987. С. 2.

⑥ Там же. С. 58.

⑦ *Томачинский В.В.* Синтез вместо хаоса. «Выбранные места из переписки с друзьями» как стилистическая программа Гоголя. / Евангельский текст в русской литературе 18-20 веков. Сб. научн. тр. Вып.3 Петрозаводск. 2001. С. 261.

比喻三大方面具体分析了《与友人书简选》中《圣经》精神在语言层面的体现。

托马钦斯基指出，正是在《与友人书简选》中果戈理的修辞学纲要得到了尤其鲜明的反映。"果戈理不是要确定标准用法，而是要克服不同的语言原生态和修辞格之间的不可沟通性。"①果戈理对俄语民族化的理解在把不同的言语风格结合起来这点上，与达里（В.И. Даль）和纳杰日金（Н.И. Надеждин）有相通之处，但在对斯拉夫书面语在现代俄语和未来俄语中作用的评价上与他们意见相左。他认为，俄语的典型特质是在同一言语中可以从崇高语体极其大胆地过渡到普通语体。他在《与友人书简选》中身体力行了自己的修辞学，如：一些非常口语化的词汇，诸如"вовсе не безделица""все это пустяки""это просто вздор"等等，常常夹杂在崇高语体中；在《俄罗斯地主》一章中果戈理还直言不讳地说，即使在谈论崇高的事物时也可以用活泼的语言，尤其当听众是普通百姓时，只有用他们能够接受的语言才能让他们明白崇高的道理。在这方面他推崇兹拉托乌斯特（Златоуст）："他在与'只在表面上接受了基督教但内心仍是野蛮的多神教徒的愚昧的人们'打交道时，尽量做到让普通的粗俗的人能理解，并且用十分生动的语言去讲解有用的，乃至崇高的事物，因此完全可以把他的布道中的一些片断讲给我国的农民，我国的农民会明白的。"②

我们在《与友人书简选》中看到果戈理赞美茹科夫斯基在翻译《奥德修记》时所用的语言："在这里，俄罗斯语言的所有变化和说法都囊括在一切变异之中。十分庞大的圆周句，……在他笔下，圆周句像兄弟一样一句挨着一句排列着，一切对立的过渡和交锋都完成在音韵的和谐中，一切都那么浑然一体，把全部整体的沉重堆砌气化了，以至于使人觉得任何笔法和言语风格都完全消失了……"③由此可见，果戈理注重的不是如何纯洁语言的风格，他要的是语言的作用力。果戈理看重语言的整体交响效果。他说："我不知道在另外的哪种文学里诗人们展示出如此众多的五彩缤纷

---

① *Томачинский В.В.* Синтез вместо хаоса. «Выбранные места из переписки с друзьями» как стилистическая программа Гоголя. / Евангельский текст в русской литературе 18-20 веков. Сб. научн. тр. Вып.3 Петрозаводск. 2001. С. 255.
② 《果戈理全集》第六卷，周启超主编，任光宣译，合肥：安徽文艺出版社，1999年，第156页。
③ 同上书，第40页。

的音响色彩"①,"悦耳的诗句并不像那些不懂诗歌的人所想象的那样,是空虚无聊的事情。悦耳的诗句就像母亲唱的一首美妙的摇篮曲,婴儿虽不懂摇篮曲本身的词义,但年幼的人民听着这种诗句就要沉沉欲睡,其野蛮的欲望就会不知不觉地平息下来。悦耳的诗句往往像教堂里香炉的青烟一样,在开始进行礼拜仪式前,香炉冒出的青烟已无形地让心灵去倾听某种美好的事情。我国诗歌试过了一切和音,受到各国文学的熏陶,倾听过所有诗人的声音,找到了某种世界性的语言,是为了让所有人准备好为更加重要的事业服务。……让真正的美和那种被当今毫无意义的生活挤出社会的东西返回到社会中去。……语言本身将是另外一种,它会令我们的俄罗斯心灵感到接近和亲切。……在语言里有一切声调色彩,有声音从坚硬到柔和的各种过渡;语言是无穷尽的,并可以像生命一样朝气蓬勃,它时时刻刻在丰富自己,一方面从教会圣经语言中汲取崇高的词汇,另一方面从散见于我国各省的无数方言中挑选一些确切的名称,这样一来,就有可能在同一种言语里上升到任何一种其他语言无法达到的高度,并且也能降到一个目不识丁的文盲的触觉所能感到的简单程度……这种语言能彻底穿透整个心灵,……把任何力量和手段都不能将之固定在人身上的那种圣物,带入最粗俗的心灵中。"②这就是果戈理的语言观,带有基督教色彩的语言观。它决定了果戈理自己的语言取向必定是一种庄严的教会斯拉夫语与民间俗语的综合。

实际上,这种语言取向在古俄罗斯文学中是有传统的。托马钦斯基指出:"在11~17世纪的许多古代文献中,书面的教会斯拉夫语和口头的古俄语就曾在同一文本中或是混合或是交替地结合了。"③而且,在阿瓦库姆大司祭的作品中,托马钦斯基观察到,高级语体与低级语体的混用常常并不带有任何思想负荷,而是随心所欲,信马由缰。还有不少文献也是如此。这种有意混用书面语和口语的特点为果戈理所继承,但与阿瓦库姆不同的是,果戈理力求把民间语言升格到教会斯拉夫语的高度。按照果戈理的想法,二者有机的结合能够创造一种全新的和谐。《与友人书简选》恰恰体现了"教会书面语和民间日常用语在思想意识上相互圣化的一种独特

---

① 《果戈理全集》第六卷,周启超主编,任光宣译,合肥:安徽文艺出版社,1999年,第262页。
② 同上书,第263~265页。
③ Томачинский В.В. Синтез вместо хаоса. «Выбранные места из переписки с друзьями» как стилистическая программа Гоголя. / Евангельский текст в русской литературе 18-20 веков. Сб. научн. тр. Вып.3 Петрозаводск. 2001. С. 258.

的体系"①。

另外,《与友人书简选》在词汇和句法上也充分展示了其与《圣经》的紧密联系。托马钦斯基的研究表明,《与友人书简选》中大量运用源于《圣经》的语汇,如:"облекается"②,"превыше"③,"отрок"④等等。果戈理还偏爱前缀"воз-"、"вос-",用它们来构造一种庄重的、激昂的语汇,如:"возлет","возыметь","не возможет","возболев духом","восскорбеть"等,这也是《圣经》的典型语汇。其他教会斯拉夫语化的例子还有诸如"упал во прах","клик Божий, неумолкаемо к нему вопиющий","снисходить с вышины ко всему и внимать всему","стремить народ к свету","возведенье на престол <...> отрока","с трепетом","и сею чистою жертвою"等等。一些表达方式和句子构成本身也让人感到一种《圣经》的气息,像"оно же не длинно","кто более нежели остроумен, кто мудр","но даже и самый народ","всяк кто даже и не в силах"等句式与《新约·腓立比书》的句式就很相像。托马钦斯基还指出使《与友人书简选》与《圣经》风格相近的另一特点,那就是"同根词、重复、同义词组合的运用"。如果把《与友人书简选》中的"слышать всеслышащим ухом","безлюднее самого безлюдья","живой как жизнь","выбирая на выбор","недоумевает ум решить","толково потолковать"等词组与《圣经》中的"былие травное, сеющее семя по роду и по подобию, и древо плодовитое, творящее плод",⑤"Се изыде сеяй, да сеет; и сеющу ему...",⑥"...а друг женихов ... радостию радуется за глас женихов"⑦相对照,或者把果戈理近义重复形成的对称句式,如"На письмо твое теперь не буду отвечать; ответ будет после" 或"С такою нежною душой теперь такие грубые обвиненья; с такими возвышенными

---

① *Виноградов В.В.* Очерки по истории русского литературного языка XVII—XIX вв. М. 1982. С. 44.
② Псалтирь. гл. 92. (Книги Ветхого завета. М. 2002)
③ Псалтирь. гл. 148. (Книги Ветхого завета. М. 2002)
④ Евангелие от Матфея. гл. 17. (Книги Нового завета. М. 2002)
⑤ Бытие. гл. 1. (Книги Ветхого завета. М. 2002)
⑥ Евангелие от Матфея. гл. 13. (Книги Нового завета. М. 2002)
⑦ Евангелие от Иоанна. гл. 3. (Книги Нового завета. М. 2002)

чувствами жить среди таких грубых, неуклюжих людей"①，与《圣经》中"Изми мя от враг моих, Боже, и от восстающих на мя избави мя"②等用法相对照，其相似之处是显而易见的。果戈理有时还把这种手法扩展到句子之间，比方说，在《论什么是语言》一章中，"语言"一词在连续的6个句子里重复了8遍；而在《论戏剧，论对戏剧的片面观点以及一般地论片面性问题》一章里，"片面"这个词开篇就一连气用了4次。这样的例子还有许多。这也是《圣经》常用的修辞格，翻开福音书，例子比比皆是：马太福音"论起誓"一节4行中"誓"字用了7遍；另一节"祈求就得到"7、8两行："你们祈求，就给你们；寻找，就寻见；扣门，就给你们开门。因为凡祈求的，就得着；寻找的，就寻见；扣门的，就给他开门。"除了重复，果戈理用的较多的还有部分重复的排比句式，比如："……在我国，贵族之间就像猫与狗的关系；商人之间就像猫与狗的关系；小市民之间就像猫与狗的关系；农民们如果不把推动力集中到和睦的劳动上去，他们之间的关系也像猫与狗一样。"③或者："带片面性的人相当自信；带片面性的人为人粗鲁；带片面性的人与众人为敌。带片面性的人在任何事情里都找不到中庸之处，带片面性的人不会成为真正的基督徒：他只会成为宗教狂热分子。思维的片面性只能表明人尚处在通向基督的途中，但还没有到达那里，因为基督赋予人的头脑以全面性。"④这与《新约·哥林多前书》中"爱的颂歌"一节无论在节奏上还是在句法上都非常相似："爱是恒久忍耐，又有恩慈；爱是不嫉妒，爱是不自夸，不张狂，不作害羞的事，不求自己的益处，不轻易发怒，不计算人的恶。不喜欢不义，只喜欢真理；凡事包容，凡事相信，凡事盼望，凡事忍耐。爱是永不止息。先知讲道之能终必归于无有，说方言之能终必停止，知识也终必归于无有。"⑤

再者，托马钦斯基指出，《与友人书简选》广泛运用了《圣经》里的形象进行比喻、隐喻和象征，并且这些形象是经过果戈理自己语言加工的。比如，在《论帮助穷人》一章中果戈理写道："大多数情况是这样

---

① 《果戈理全集》第六卷，周启超主编，任光宣译，合肥：安徽文艺出版社，1999年，第210页。

② Псалтирь. гл. 59. (Книги Ветхого завета. М. 2002)

③ 《果戈理全集》第六卷，周启超主编，任光宣译，合肥：安徽文艺出版社，1999年，第128页。

④ 同上书，第89～90页。

⑤ Первое послание к Коринфянам. гл. 13. (Книги Нового завета. М. 2002)

的，这种捐助就像捧在手里的某种液体，在到达目的地之前，一路上都已洒光了，所以，需要得到帮助的人只好看看那只没有带来任何东西的干燥的空手。"① 这里所说的"干燥的手"（сухая рука）从上下文来看，只是由以液体比喻帮助而来的，似乎并没有什么更深的涵义。但实际上，在果戈理的创作中总是存在着好几个语义层。"сухая рука"同时也是圣经中的一个典故："……有一个人枯干了一只手。有人问耶稣说：'安息日治病，可以不可以？'意思是要控告他。耶稣说：'你们中间谁有一只羊，当安息日掉在坑里，不把它抓住拉上来呢？人比羊何等贵重呢！所以，在安息日做善事是可以的。'于是对那人说：'伸出手来！'他把手一伸，手就复了原，和那只手一样。"②《圣经》中这个"治好萎缩的手"的故事也是关于救助的，果戈理用这个形象阐明一个道理：对需要帮助的人不肯施援手，这样的人就像长着一只"萎缩的手"的人一样，自己就需要医治。另如：在《论茹科夫斯基译的〈奥德修记〉》一章中有这样一段话："只有习惯于揪住杂志头头们不放的马后炮式的读者还反复读着某种东西，他们天真无邪地发现不了，那些引导他们的山羊早已在沉思中停下了脚步，因为他们自己都不知道该把迷途的羊群带往何方。"③ 这段话一下子就用了好几个《福音书》中的形象：首先是"领路人"的形象。《马太福音》里说："你们这瞎眼领路的有祸了！"④ 还有关于"山羊"的形象。"万民都聚集在他面前。他要把他们分别出来，好像牧羊的分别绵羊、山羊一般；把绵羊安置在右边，山羊安置在左边。"⑤ 绵羊代表着义人，山羊代表着不义的人。"这些人要往永刑里去，那些义人要往永生里去。"⑥ 还有"羊群"的形象，这也是《福音书》中非常重要且反复提到的一个形象。《约翰福音》里"耶稣是好牧人"一节就讲到要把羊"合成一群，归一个牧人"。⑦ 此外，"迷途的羊群"的形象也来自《福音书》：《路加福音》中有"迷失的羊"一节，其中讲道："耶稣就用比喻说：'你们中间，谁有一百只羊失去一只，不把这九十九只撇在旷野，去找那失去的羊，直到找着

---

① 《果戈理全集》第六卷，周启超主编，任光宣译，合肥：安徽文艺出版社，1999年，第 31 页，译文略有改动。
② Евангелие от Матфея. гл. 12. (Книги Нового завета. М. 2002)
③ 《果戈理全集》第六卷，周启超主编，任光宣译，合肥：安徽文艺出版社，1999年，第 35 页。
④ Евангелие от Матфея. гл. 23. (Книги Нового завета. М. 2002)
⑤ Евангелие от Матфея. гл. 25. (Книги Нового завета. М. 2002)
⑥ Евангелие от Матфея. гл. 25. (Книги Нового завета. М. 2002)
⑦ Евангелие от Иоанна. гл. 10. (Книги Нового завета. М. 2002)

呢？找着了，就欢欢喜喜地扛在肩上，回到家里，就请朋友邻舍来，对他们说：'我失去的羊已经找着了，你们和我一同欢喜吧！'我告诉你们：一个罪人悔改，在天上也要这样为他欢喜，比为九十九个不用悔改的义人欢喜更大。'"① 果戈理是有意识地借用这些形象来把《福音书》里的象征引入具体的事件当中，赋予自己的观点以更为深刻的内涵。再如，果戈理在《光明的复活》中描绘道："仇恨……乘着杂志篇章的翅膀，像一只毁掉万物的蝗虫到处袭击人们的心灵。"② 这里所用的隐喻来自《启示录》："有蝗虫从烟中飞出来，飞到地上，有能力赐给它们，好像地上蝎子的能力一样。它们被吩咐说，不可伤害地上的草和各样青物，及一切树木，唯独要伤害额上没有神印记的人。但不许害死他们，只叫他们受痛苦五个月，这痛苦就像蝎子蜇人的痛苦一样。在那些日子，人要求死，决不得死；愿意死，死却远避他们。"③

总之，通过以上三方面的研究，托马钦斯基得出结论："毫无疑问，果戈理以《圣经》的象征为依托，将之置于当代的环境之中并对之进行了创造性的再认识。"④ 他认为："《与友人书简选》中对《圣经》风格的仿效是要突出果戈理的书关于回归精神源头、回归圣经式的对世界的认识、回归真正的教会生活的主要思想。另一方面，果戈理呼吁神职人员更加贴近人民的疾苦。抛开纯美学和修辞学的任务、将口语与教会斯拉夫语相结合的意义，正在于此。代替破坏性的混乱，果戈理提出的正是这种创建性的综合。"⑤

我们认为，托马钦斯基的研究是很有价值的，他从语言学的角度证实了我们的观点：宗教道德思想是《与友人书简选》的主旨。

可以说，一切的一切都围绕着这一主旨，也包括书的结构。果戈理在《与友人书简选》中的目标是布道⑥，这个目标决定了《与友人书简选》必须运用"新的语言诗学"——语言和叙述的"宗教化"。而由于在书中

---

① Евангелие от Луки. гл. 15. (Книги Нового завета. М. 2002)
② 《果戈理全集》第六卷，周启超主编，任光宣译，合肥：安徽文艺出版社，1999年，第271页。
③ Откровение Иоанна Богослова. гл. 9. (Книги Нового завета. М. 2002)
④ *Томачинский В.В.* Синтез вместо хаоса. «Выбранные места из переписки с друзьями» как стилистическая программа Гоголя. / Евангельский текст в русской литературе 18-20 веков. Сб. научн. тр. Вып.3 Петрозаводск. 2001. С. 274.
⑤ Там же. С. 275.
⑥ *Абрамович С.* Заметки об изучении писательской позиции позднего Гоголя / Гоголеведческие студии. Выпуск второй. Ніжин. 1997. С. 51.

"作者自己作为人和作家的命运成了审美中心"①，自然产生了作者重新进行自我定位的需求，因为一直以来，他在人们的印象中是一个喜剧作家，这样的身份是无法进行布道的。因此，果戈理需要"进入一个严肃的地带并自己塑造一种作家的命运，……清楚地描画出基督教的生活模式，这种生活模式可以用一个公式来表示：'迷途——醒悟——获得真理——忏悔——布道'"②。为此，果戈理在作品的结构安排上把充满告别气氛的《前言》和《遗嘱》放在开篇的位置，意在把读者带入不同寻常的、极端的时刻，一方面使自己的布道身份合法化，另一方面也使读者在心理上做好接受严肃的话题的准备；而在最后则以《光明的复活》结尾，一方面"描绘人类道路的总的图景"③："万物毫无生气，处处是坟墓。天啊！你世上的一切变得无聊而可怕了！"④同时，又力图使人相信："那些注定要永存的习俗是不会消亡的。它们在字面上消亡，可在精神上复活。……任何其中含有真正俄国东西并被基督亲自阐述过的东西的种子都不会死亡。它将由诗人们的心弦、由圣者们的芳唇传播开来，暗淡下去的东西会突然闪出光芒——光明的复活节会首先在我国而不是在其他人民那里得到应有的庆祝！"⑤

在这一头一尾所确定的范围内，主人公"我"围绕着成为基督徒的精神之路这一中心，陈说往事，剖白心曲，憧憬未来。这中间，既有虔诚的忏悔，也有激情的布道；精神之路既在作者自己的寻找之中，又被当作已经找到了的而推荐给别人。⑥所以说，《与友人书简选》中的果戈理是在忏悔和布道这两极之间奔波。⑦忏悔和布道、学生和导师之间的矛盾构成《与友人书简选》"情节"发展的动因。果戈理复杂的精神探索在这个范围内得到了多层次的体现。巴拉巴什指出："果戈理的书呈现在我们面前的是

---

① *Михед П.* Способы сакрализации художественного слова в "Выбранных местах из переписки с друзьями" Н.В. Гоголя (заметки к новой эстетике писателя) // Гоголеведческие студии. Выпуск второй. Ніжин. 1997. С. 54-55.
② Там же. С. 56.
③ *Анненкова Е.* Гоголь и декабристы. М.: Прометей. 1989. С. 120.
④ 《果戈理全集》第六卷，周启超主编，任光宣译，合肥：安徽文艺出版社，1999年，第274页。
⑤ 同上书，第374页。
⑥ *Анненкова Е.* Автор в «Мертвых душах» и «Выбранных мест…» Н.В.Гоголя. // Литература в школе. 1999. № 2. С. 35.
⑦ *Гончаров С.А.* Творчество Н.В.Гоголя и традиции религиозно-учительной культуры. СПб. 1992. С. 142-143.

一种多层次的、等级制的'体系的体系',作为一个整体,其组成部分有着'严格的、内在的联系和连续性'。"①这个"体系的体系"的特点是:主导思想、各种因素和次体系内在地相互联系和交织,各种问题从一个"分区"流转到另一个"分区",从一个层次到另一个层次。动因则是基督教的道德。

《与友人书简选》既是时代的产物,也是果戈理创作上的一种必然。综观作家的整个创作,无论是早期的《狄康卡近郊夜话》《米尔格罗德》,还是之后的"彼得堡故事"系列、《死魂灵》,其中都或隐或显地流露出作家的宗教情结。实际上,以往的研究也不是对此毫无察觉,只是受到庸俗社会学和无神论意识形态的影响,或避而不谈,或用"落后""消极"等词句一言以蔽之。这种态度必然导致对果戈理创作接受的片面性。如果全面地、不带任何先入为主的成见地看待作家的创作,我们就会发现,果戈理的创作本身恰恰是这种宗教道德的精神求索从自发走向自觉的一个动态过程,而这一过程的发展极致就是《与友人书简选》。它实际上是果戈理一生精神探索的总结,既是《死魂灵》第二部的纲要和核心思想,也是果戈理的精神遗嘱,是果戈理在当时殚精竭虑给出的社会救疗方略。如上所述,这部集大成之作,全面展示了果戈理的宗教观、艺术观、历史观、政治观,而其中占主导地位的是宗教—艺术观,它对俄罗斯文学乃至文化进程都产生了极大的影响。

而从阴阳之道的视角看,《与友人书简选》既是果戈理个体生命强阳行动的最后一块拼图,也是他藉此跃升到"阴阳之间"境界的破关之举。无论此后还有多少进退维谷,多少患得患失,它都标识了果戈理作为一个个体生命、一个社会中人和一个追求精神完满者所达到的至高点。

第三节　披肝沥胆的《作者自白》

《作者自白》一文写于1847年,原本没有标题,现在的标题是1855年初次发表此文时由舍维廖夫加上去的。

《与友人书简选》引发轩然大波,果戈理也遭到了一波最厉害的口诛笔伐。昔日的知音别林斯基怒不可遏地写信痛骂他,指责他"背

---

① *Барабаш Ю.* Гоголь. Загадка «Прощальной повести» («Выбранные…». Опыт непредвзятого прочтения). М.: Худож. лит. 1993. С. 35.

叛"进步阵营,果戈理觉得特别冤枉,就写了《作者自白》(Авторская исповедь)为自己辩解。这只是这篇文章的缘起,但不是其全部意涵。

在这篇文章中果戈理以极其真诚的态度,要"利用这个机会就像利用来自上天的训诫一样——更加严厉地把自己审视一下"①。这才是他的主要目的。因为他深信,"只要你把自己身上那些怕人胳肢的、极易激动生气的心弦除掉,让自己走进一种心平气和地倾听一切事情的状态,那么你会听到一种中庸的声音,这种声音是当你把所有的声音合在一起并想象出两种极端的声音时才最终形成的,——总之,听到那种人人都寻找的中庸的声音,怪不得它被称为人民之声、上帝之声"②。果戈理把去除"怕人胳肢的、极易激动生气的心弦"说得好像放下手里拿着的一样东西似的稀松平常,可实际上,不带任何情绪地倾听怀疑、指责、非难、误解,哪有这般容易?何况还要"听到一种中庸的声音",就是要过滤掉极端的、带主观情绪的声音,把各种意见和建议加以综合,这比自己放下敏感、自尊和情绪更难!能做到这一点的,应该离圣人不远了。可这就是果戈理给自己的《作者自白》提出的要求。至少,他努力想要这么做。

首先,针对《与友人书简选》,果戈理在《作者自白》中汇总了世人对之的评价,把它们分为三类:1."空前傲慢的作品";2."误入歧途"的人写的作品;3."基督徒的作品"。果戈理对这些评价的评价是:"这些观点在局部上是对的,但任何一种观点怎么也不可能全部正确。把这本书称作人的一面真实的镜子大概才是最为正确的。"③他检讨了自己在《与友人书简选》中的失误:自己对"死亡的恐惧"影响了写书的"语气";"由于担心写不完《死魂灵》而"不慎提前说出我本该通过叙事作品塑造的主人公们去证实的东西";还有"我本人的愚昧无知和笔头无力"。④他承认说:"我自己反复阅读我这本书里的许多东西时,我并不是不感到羞耻和脸红"⑤,"我是一切的罪魁祸首"⑥。当然,他也为自己做了一些辩护,比如,对于人们说他"反对国民教育",他写道:"我一向赞成国民教育,不过我似乎觉得,在对人民本身进行教育之前,首先要对那些与人

---

① 《果戈理全集》第六卷,周启超主编,任光宣译,合肥:安徽文艺出版社,1999年,第293页。
② 同上书,第293~294页。
③ 同上书,第185页。
④ 同上。
⑤ 同上。
⑥ 同上。

民有直接冲突的、人民经常遭受其害的人进行教育更有好处。……我一向觉得,我们的庄稼汉比其他所有人都更道德,并且比其他人都更少需要作家的训导。"①再比如,对于说他"否定欧式教育的必要性",他回应说:"无论过去还是现在我都觉得,俄国公民应当知道欧洲的事情。但我一向坚信,若具备这种了解外国东西的可嘉的热望,而忽视了自己俄国的东西,那么这些了解不会有好处的。……无论过去还是现在我都相信,应当很好地深入了解自己的俄罗斯的本性,并且只有在这种知识的帮助下才能感觉到,什么东西才是我们应当从欧洲借鉴和汲取的。"②在果戈理为《与友人书简选》所做的辩护中,下面的话至关重要:"我根本没有想过要从某些人强加给我的那种意义上去指教社会。……我是作为一位与他们平起平坐的同学来到自己的同事、同学中间的;我带来了几个笔记本,上面已来得及记下了我们都向之学习的那位老师说的话;我拿来它们供人选择,让每个人挑选适合自己的东西。……我认为,每个人只去取他所需要的东西,而对其他东西则不必去注意。……我作为一个在某方面比其他学生成绩更好的学生,只是想告诉其他同学,怎样才能更容易地背会我们的老师教给我们的课程。"③他这里说的"老师"指的是基督,而"学生""同学"则指自己和世人。除了辩护,果戈理甚至还对某些评论进行了反驳,比如对于"把我的灵魂和心灵所流露出来的一切都称作谎言",他认为"这样说是不公正的",④"不管怎么样,在这种融合了心灵事情的问题上,不能这样武断地下判决书"。⑤再比如:"至于说到我的这本书会产生危害;我是无论如何也不能同意这种说法的。这本书虽说有着自己的一切缺点,但是字里行间十分明显地流露出善的愿望。尽管有许多含糊不确切的地方,但书里主要的东西看得相当清楚……即……人生诸问题的答案寓于教会之中。"⑥他还坦言了《与友人书简选》仓促发表的另一个原因:"我曾几次试着像从前那样去写作,就像青年时代那样去写,也就是不管三七二十一,我的笔写到哪里就算哪里,但什么东西都写不到纸上去。我高兴的是,我好不容易给自己的朋友和熟人的信里写了这么多,我马上就

---

① 《果戈理全集》第六卷,周启超主编,任光宣译,合肥:安徽文艺出版社,1999年,第296~297页。
② 同上书,第297~298页。
③ 同上书,第330~331页。
④ 同上书,第298页。
⑤ 同上书,第299页。
⑥ 同上书,第331页。

想用此派上用场，况且我自己刚刚大病初愈，我就把信件编成一本书，千方百计让这本书有某种顺序和条理，让她像一本有道理的书……我本人害怕仔细观看这本书的缺点，几乎闭目不去看她，因为知道如果比较严厉地分析我的这本书的话，那也许它会被毁掉，就像我毁掉《死魂灵》和我最近写的一切东西那样。"① 他要赶紧发表，一怕来不及，二怕自己会毁掉它。结合书信和同时代人的回忆等一些生平材料看，关于这两个动机，果戈理应该说的是大实话。

在《作者自白》里，果戈理也谈到《与友人书简选》的失败对他的影响："我似乎觉得我身上刚要开始觉醒的激情熄灭了……我是否真的应当写作？我是否应当待在这个最近以来一切东西都十分明显地引诱我离开它的场所呢？"就算"下笔如飞"，"我的作品在这个时候确实对当局社会有利和有用"吗？② 果戈理仿佛对自己的作家生涯是否还有必要继续产生了怀疑，他设想，即使自己有最好的状态，即"下笔如飞"，他写出来的作品就一定对当下的社会有好处吗？他的答案似乎是否定的："如果屈从于所有人的当前的普遍嗜好，而本人尚在进行着自我完善的过程，那么他出来登上活动舞台甚至是危险的：他的影响与其说有益，不如说有害。"③ 但值得注意的一点是，果戈理否定的不是写作本身，而是"在这个时候"写作。"这个时候"指的是作者还没有修炼好，"尚在进行着自我完善的过程"之中。也就是说，果戈理觉得不能操之过急，不能把还没想清楚的东西写出来，因为他十分了解自己文学创作的魅力。果戈理坦言，如果"我用叙事作品的栩栩如生的形象代替这些信件去表示态度的话……那时就未必有谁能驳倒我了。我笔下的形象具有诱惑力并且十分牢固地卡在脑海里，所以评论界大概无法将之从脑海里拉出来"。果戈理以此解释《死魂灵》第二部1845年被焚毁的原因："我在这本书简里毕竟站在比在已销毁的《死魂灵》中更高的位置上。……被焚烧的《死魂灵》，过多地暴露了我的过度的情绪，主要部分思想较为活跃，而在局部之处引人入胜的东西太多，并且主人公们很具有诱惑力。"④

但果戈理认为最重要的是要在《作者自白》中回答这样一个问题："我为什么要丢下那种我已确立的、几乎是轻车熟路的事业和生涯，而去

---

① 《果戈理全集》第六卷，周启超主编，任光宣译，合肥：安徽文艺出版社，1999年，第318页。
② 同上书，第318页。
③ 同上书，第321页。
④ 同上书，第322页。

干另外一种我所陌生的事情呢?"①为了回答这个问题,他对自己的一生做了回顾。

"我在青年时代想服务的欲望十分强烈",但"从未想过要当作家","我的同伴们都没料到我会成为喜剧讽刺作家"。②若非普希金"强迫我去严肃地对待事业","劝我写大部头的作品",或许"我的写作也会随着欢乐心情的消失而停止"。③于是,果戈理开始反思早期创作,觉得自己那时"笑得毫无理由,毫无必要",便决心在《钦差大臣》里"要笑得有力并且确实去笑那种值得普遍嘲笑的事情"。结果他发现,"这样做产生了非常惊人的效果","读者感到了忧郁"。

到写《死魂灵》的时候,"我清醒地发现,没有十分清晰的、确切的提纲我是无法写作的,我发现应当首先很好地给自己明确自己写作的目的、写作的主要益处和必要性,由此作者本人大概才会对自己的创作燃起真正强烈的爱……总之,为让作者本人感觉到并且深信,他在创作自己作品的时候,他正在履行一种义务,为了这个义务他来到世上,正是这个义务赋予他能力和力量,让作者本人感到并相信,在履行这个义务的时候,他同时也在为自己国家服务,好像他的确在国家机关供职一样"④。由此可见,果戈理在写《死魂灵》时已经非常严肃认真地对待写作了,而且天赋神授的思想初露端倪。但这时,他还只是把写作与服务国家联系在一起。为了更好地服务,果戈理跑到"远方和离群索居之处去全面考虑一下,怎么才能办好这件事"。"我愈是思考自己的创作,就愈感到它确实可能会带来益处。我对自己的创作愈加深刻地思考,就愈加看到我不应去撷取一些偶尔碰到的性格,而应该选择那种身上鲜明而深刻地打上真正俄罗斯的、我们根本特征的性格。"⑤思考的结果是果戈理提高了对自己艺术创作的要求,而且随着对创作要求的提高,也对自身提出了更多的任务,要更多、更深入地观察和了解生活、了解人的本性和心灵:"在我尚未给自己确切、鲜明地界定出我们俄罗斯本性中的崇高与卑鄙、我们的优点与缺点之前,我无法开始写作;而要想给自己明确什么是俄罗斯本性,应更好地去了解一般人的本性和一般人的心灵。……从这时起,人及人的心灵比从

---

① 《果戈理全集》第六卷,周启超主编,任光宣译,合肥:安徽文艺出版社,1999年,第299页。
② 同上书,第300页。
③ 同上书,第301页。
④ 同上书,第303页。
⑤ 同上书,第304页。

前任何时候都更加变成观察的对象。……一切东西，只要其中反映出对人和人的心灵的认识，从世俗之士的自白到隐士和修士的忏悔，都令我感兴趣，并且在这条道路上，我不知不觉地，自己都几乎不知道怎样就来到了基督跟前，因为我在他身上发现有一把开启人的心灵的钥匙，况且任何一位心灵洞察者还没有上升到他所站的那个认识心灵的高度。"①

果戈理在探究人的心灵时"不知不觉地"来到了基督面前。他在基督那里发现了开启心灵的钥匙。他既已走到这里，不把人心琢磨透便无法下笔。但他已经是有影响力的作家了，大家都在期盼他的新作。因而，"有几次，因别人指责我无所事事，我才提起了笔"。这就是名声的负累，大师也逃不脱活在别人眼光里的局限。可是，艺术创造不是糊纸盒，只要你坐下来、拿起来就能出成果。"我曾想强迫自己写出某种哪怕像是小中篇的作品或某种文学作品——可却写不出任何东西来。我的努力几乎总是以生病、痛苦和疾病发作而告终……我该怎么办呢？"②果戈理在这里揭开了他生病的秘密——除了身体本身的原因，还有来自创作的压力。当他勉强自己写作他没有考虑成熟的东西时，他就会有生理上的反应，这也说明果戈理对待创作是极其严肃认真的，甚至有点强迫症的迹象。对于一个创作上已经走向自觉的作家，就连他自己都无法强迫自己去重复之前的"我"，这就像当雾气散去，我们便再也无法把一棵树看成是别的东西一样。这一切又与果戈理的创作特点有关："我从不凭想象去创作任何东西，并且我也没有这种特性。在我笔下，只有那种我取自现实生活、取自我所熟悉的素材中的东西才写得好。只有一个人外貌的极其微小的细节特征呈现在我面前时，我才能猜透他。"因此，果戈理总是向周围的人寻求帮助、索要素材。他需要这些东西，"就像创作一幅自己的大型画作的画家需要写生草图一样。他并不把这些草图搬上自己的画作，而将它们挂满四壁，让它们时刻摆在眼前，以便在任何方面都不与现实相悖，不与时间或他撷取的那个时代相悖"③。但很少有人理解他，回应他的请求。人们只是不停地向他催更。而果戈理呢，"当我什么也不漏掉，把从小到大的一切东西都弄清楚的时候，我笔下才能完成人物性格的这种充分的体现，这

---

① 《果戈理全集》第六卷，周启超主编，任光宣译，合肥：安徽文艺出版社，1999年，第305页。

② 同上书，第307页。

③ 同上书，第309页。

种完美的加工"①。这里面其实隐藏着一个即使在今天也颇有现实意义的问题，那就是快与慢的矛盾。果戈理是一个追求完美的艺术家，他不考虑清楚提纲不能动笔，不掌握完整的资料不能动笔，有任何一点不妥帖、不具体也不能动笔。而他的同时代读者不管这些，他们不稼不穑，却个个跟债主催债似的频频打探创作进展，搞得辛勤耕耘的人反而像是做了什么亏心事一般，勉力而为。催生出来的东西如何有自然成熟的好呢？这时，还是这些读者，反过来又要聒噪：这里不自然，那里语气不对，或者完全没有新意等，不一而足。这就是果戈理的创作生态。

接下来，果戈理对于他"要待在'美妙的远方'让别人为他提供素材，而不是自己回到俄国实地考察这件事"进行解释，他说："当你本人站在其他人的行列之中并且或多或少与他们一块行动时，你自己面前只能看到那些站得离你很近的人；你看不到整个人群和大众，你无法把一切尽收眼底。"②就是我们所谓的"不识庐山真面目，只缘身在此山中"。果戈理还指出了俄国的一个普遍现象："我遇见的所有俄国人多半喜欢谈论在欧洲而不是在俄国发生的事情。……我们每个人都被自己亲近的熟人圈子所包围，由于这样，他很难看到局外人。首先，是因为有义务与亲近的人们经常待在一起；其次，是因为朋友的圈子本身就令人十分愉快，要想挣脱这个圈子，需要作出相当多的自我牺牲。所有的我有幸与之相识的人已把一些现成的结论、评语，而不是我所寻找的事实给了我。"③这段话有三重含义：1. 俄国人对国内的事情不关心，反而喜欢谈论欧洲的事，这意味着在俄国并了解不到俄国的事情；2. 圈子的局限性使我们闭目塞听（这有点像我们当下的大数据推送，只不过我们是被算法规定了圈子，还不如果戈理时代，至少是面对面的真人秀）；3. 对于交际的这种舒适圈，维持它有时很耗神，脱离它有时又若有所失，令人难以抉择。这简直就像在说当下我们所面临的社交困境。"总之，我待在俄国的日子里，俄罗斯在我的脑海中渐渐淡漠并且消逝而去。我无论怎么也无法把她收集成一个整体：我精神消沉了，想了解她的愿望减弱了。然而我只要刚刚走出俄国，俄国在我的思想里马上重新聚成一个完整的图像，我身上又重新唤起了解她的愿望，并且想与任何一位不久前从俄国来的陌生人相识的愿望又重新变得

---

① 《果戈理全集》第六卷，周启超主编，任光宣译，合肥：安徽文艺出版社，1999年，第316页。
② 同上书，第312页。
③ 同上书，第314页。

强烈起来。"①这是在说走出国门,更能体会对祖国的爱吧。

在《作者自白》中,果戈理表达了他基督教的社会观和人生观。他先是谈到,即使有再多的困难,也很难放弃写作,理由是:"写作构成我的一切思考的唯一对象",为了写作"把一切其他东西、把人生中的一切最美好的诱饵都丢掉了",把一切让凡人感到愉悦的东西都割舍了;写作成为"我一生中最美好的时刻",没有比"创作的享受"更"崇高的享受"。这里已经有写作至上的苗头了。如果无法写作了,"人生大概在那时对于我就会顿时失掉全部的价值,停止写作对于我就完全等于停止生命"。②接着讲人如何在社会中找到自己的位置:尽管写作对于果戈理而言如此重要,与生命等同,但"写作能力只要丢开我,思想就好像自然地回到我童年时代思考过的事情。我很想在无论任何职位上,哪怕是最卑微的、不显眼的职位上服务,为自己的国家服务"。③他对此的解释是,人的心灵就像土地,一刻也不能空着,不耕种时就会长满野草,回到原始的状态。关于自己的职位,他在《作者自白》里含糊其词地提到"我的计划和打算是骄傲自大的"④,"我的想法是狂妄的",大概意指他曾经想谋求皇储老师的职位。"不过,它们只是基于我的作品的成功之上,一旦我失去了创作富有诗意的作品的能力,这些想法也就随之消失了。如今我觉得一切职务都一样,一切职位无论大小,只要你以意味深长的目光去看它们,所有职位的意义同样重要。"⑤从这些话里我们可以感受到,果戈理在人生选择上是有过歧路彷徨的,当作家、做官都曾是他的选项。最终,他以自己的方式把它们结合到了一起:"如果你把职位和职务视为一种并非达到尘世的目的而是达到天上的目的,视为拯救自己灵魂的手段,那你会发现,基督所赐予的法律就好像是给你本人制订的,好像就是冲着你本人而来的,为的是清楚地展示给你应怎样在自己的职位上承担自己的职务。……一个没有把自己固定在职位上、没有给自己明确自己的职务是什么的人,活在世上尤为艰难,因为他最难让自己运用基督的法则,因为基督的法则是在大地上而不是在空中得以执行的;因此,人生对于他应是永恒之谜。……一个不知道自己的职务是什么,不知道自己的职位何在,一个给

---

① 《果戈理全集》第六卷,周启超主编,任光宣译,合肥:安徽文艺出版社,1999年,第315页。
② 同上书,第323页。
③ 同上书,第324页。
④ 同上书,第324页。
⑤ 同上书,第325页。

自己明确不了任何东西并且不研究任何问题的人，他既不待在世界之内，也不待在世界之外，他不知道谁是他的亲人，谁是兄弟，需要去爱谁，需要宽恕谁。……人的使命是服务，并且我们的整个人生是一种服务。只是不应忘记，在地上的国家里谋得一个职位是为了在这个职位上对天上的君主服务，因此要考虑到他的法。只有这样去服务，可以让君主、人民和自己的国家都满意。"① 这是果戈理基督教的社会观和人生观的集中表达。

在《作者自白》里，果戈理以比《与友人书简选》中的自己更通透、更超拔的姿态展现了他在阴阳之间的求索。他以外位于自身和社会的视角审视自己的一生，以平和的心态看待自己的主要事业——写作，并把一切都统一到宗教信仰上。尽管在《作者自白》之后，果戈理仍然百般努力地想要完成《死魂灵》第二部的创作，但那不过是他的精神上下求索的惯性和震荡使然。前面我们已经谈及了《死魂灵》第二部注定无法问世的原因，这里就不再赘述。

---

① 《果戈理全集》第六卷，周启超主编，任光宣译，合肥：安徽文艺出版社，1999年，第 326～327 页。

结　语

　　本书以新的视角、新的研究方法对果戈理的"人生之路"和"心灵事业"进行细致的"观看"。与以往果戈理研究成果的不同之处在于：上篇虽也主要以作家的生命历程为线索，但其中每节都以影响其精神成长的生平事件或对其产生较大影响的人际关系为主要关注点，诸如果戈理与诗人普希金、与沙皇尼古拉一世、与历史学家波戈津、与文学批评家别林斯基、与画家伊万诺夫、与神父马特维等等；下篇则以果戈理的主要作品为线索，根据创作情况和作品的特点将果戈理的整个创作分成三个阶段加以分析、论述，既有宏观上的归纳总结，也有细致的文本解析。我们将果戈理的创作视为一个整体，它是作家失衡的生命一种本能的需要。"烦闷"与"笑"是果戈理青年时期的阴与阳，他用自发的文学创作之"阳"来对抗生命里过剩的"阴"；"庸俗"与"含泪的笑"是果戈理中期的阴与阳，他用自觉的文学创作之"阳"来对抗社会中普遍存在的庸俗之"阴"；世界性的无聊与艺术布道是果戈理晚期的阴与阳，他用精神追求的思想之"阳"来对抗人类生活无孔不入的无聊之"阴"。

　　本书对阴阳理论的运用体现在三个层面：一、在整体性方面，我们认为果戈理的生命先天不足，阴盛而阳弱，这方面有很多生平资料的支撑。这是一种先天失衡的生命状态。与此同时，他的艺术天赋很好，所谓失之东隅收之桑榆，这可以视为上天给他的补偿。因而，在果戈理的生命历程中，他以创作来支撑倾斜的生命，补足偏弱的阳。二、从创作本身看，他的创作总体上是从自发走向自觉，从审美中心走向思想中心，这可以视为向"阳"迈进的趋势，以抵御生命状态向"阴"的倾斜。三、在文学作品的现象层，从小说集内部的阴阳之分，到作家创作手法的阴阳之分。简言之，阴阳理论的运用，阴阳视角的观照贯穿于本书之中，而最普遍、最具价值的是我们自觉的观察角度本身：阴阳平衡、中庸之道、天人合一。

　　果戈理的人生之路和心灵事业作为俄罗斯历史文化的重要现象，本身极其丰富，同时伴有十分复杂的研究史，其为我们提供的启示是多方面的。本书从中国传统文化的角度对其进行解读，意欲使一些在俄罗斯本土文化语境中相互排斥的特征得以兼容在阴阳之道中，从而使果戈理的形象更为立体，为果戈理研究提供一种中国阐释。在我们的视野中，果戈理以自己非凡的艺术天赋和思想力，不但将自己"先天不足"的羸弱生命活成了人中龙凤，还顽强修炼，在精神上不断进阶，最终脱离小我，超凡入圣，得窥阴阳之间的神道。

本人这方面的研究立意已经得到了国际上果戈理研究领域同行的认可，这是我们在探索过程中的一颗定心丸。同时，本书的尝试应该也可以为我国研究其他俄罗斯作家提供一种可供讨论的研究方法和路径，如果有更多的学者加入这方面的理论和实践的批评、探讨与研究，相信也可以为建立俄罗斯文学研究的中国学派贡献一份力量。

当然，作为一种全新的尝试，我们在本书中从中国传统文化的角度对果戈理的人生和创作所做的解析还不够深入，存在不少需要进一步思考的问题，比如，对阴阳之道的源头《周易》还缺乏应有的研究，对中医阴阳五行理论及其辨症还仅了解了一些皮毛，有待进一步探究，就像一个初学太极拳的人，眼睛会了，手还差些意思，离形神相合、收发自如的境界更远，因而在论述中有的地方还欠圆融。这是主观方面，也是主要的不足之处。客观方面，以往将中国传统文化与外国文学相结合的研究经验，多出自比较文学研究领域，或探究外国作家作品中体现出的中国文化元素，或辨析中国作家作品中体现出的外国文化元素。而以中国思想、中国立场作为总体研究的理论框架去阐释外国文学现象，目前并没有什么可资借鉴的经验。本书不揣冒昧，欲做引玉之砖。

附录　果戈理的接受史概览

尼·瓦·果戈理，俄国19世纪著名文学大师，俄罗斯文学"黄金时代"的开创者之一，"俄罗斯散文之父"。他22岁成名，以一部富于乌克兰民间文学色彩的短篇小说集《狄康卡近郊夜话》跻身文坛，初出茅庐即受到热烈的追捧："从伟大的作家出现伊始，新一代就大力颂扬。当时果戈理带来的狂喜无与伦比。到处都在废寝忘食地读他的作品。年轻人说话都开始用果戈理体。"①

自此，果戈理一直是俄罗斯知识界关注的对象。可以说，自1831年的《狄康卡近郊夜话》之后，果戈理每发表一部作品，几乎都会引发评论和争议的声浪，到19世纪30年代中期，果戈理已然可谓是文学界的领军人物。

在同时代人给果戈理画过的文学肖像中，以别林斯基画的那幅最为著名，影响也最为深远：半边脸是"文坛盟主，诗人魁首"，另外半边脸是"叛徒"。别林斯基的这幅画作，其完成过程虽历经十余载，曲曲折折，②但其影响力非常之大，把果戈理一分为二进行评价的传统就此确定下来，甚而延续至今。如赫尔岑③、车尔尼雪夫斯基④、安年科夫⑤等都积极支持"两个果戈理"的理论。其后，杜波罗留波夫（Н.А. Добролюбов）、佩宾（А.Н. Пыпин）、奥夫夏尼科—库利科夫斯基（Д. Н. Овсянико-Куликовский）、科特利亚列夫斯基（Н. А. Котляревский）、科罗布卡（Н. И. Коробка）等的研究中也清晰可见别林斯基这种理论的影响，甚至在德

---

① *Стасов В.В.* Гоголь в восприятии русской молодежи 30 - 40-х гг. / Н.В. Гоголь в воспоминаниях современников. 1952. С. 396.

② 参见刘洪波：《果戈理与别林斯基的分与合》，载《欧美文学论丛·俄罗斯文学研究》第九辑，查晓燕主编，北京：人民文学出版社，2016年，第32～49页。

③ *Герцен А.И.* О развитии революционных идей в России. 1851.

④ *Чернышевский Н.Г.* Очерки гоголевского периода русской литературы. 1855.

⑤ *Анненков П.В.* Воспоминания о Гоголе. 1857.

鲁日宁、杜德什金、罗扎诺夫、别尔嘉耶夫等阐释者那里也有特别的体现。维诺格拉多夫将别林斯基的理论视为一种"对果戈理的先入为主的看法",认为其"本质上是他们唯一的理由——他们将自己在文学中的全部意义挂于其上的唯一的'钉子'"。① 不管怎样,别林斯基这幅先扬后抑的阴阳脸肖像,正好形象地说明了批评家自己的观点:没有谁能够漠视果戈理的天才:"不是狂热地爱他,就是把他衔恨入骨。"② 以后的果戈理批评也验证了别林斯基这一论断的正确性。

与知识界的这种繁荣景象形成鲜明对照的是:在 19 世纪 80 年代以前,普通俄罗斯民众对果戈理的了解还仅限于其早期的两部作品——《狄康卡近郊夜话》和《米尔格罗德》,据说,它们占到了当时果戈理作品发行总量的四分之三。普通民众很少能看到《钦差大臣》,根本不了解《死魂灵》。果戈理成为广大俄罗斯民众心目中的经典作家是在 19 世纪末至 20 世纪初。究其原因:首先,1886 年,果戈理作品版权被卖给了出版商杜姆诺夫(В. Думнов),后者出版了一些价格亲民的版本。及至 1902 年,随着版权到期失效,大量果戈理作品涌入书市,名目达 26 种之多,印数更是超过了二百万,几乎所有的作品都出版了。其次,作家传记的出版对于民众认识和了解果戈理起了很大的作用。当时流传最广、影响最大的传记是在列夫·托尔斯泰的倡议下,由奥尔罗夫(А. Орлов)写成的《作为生活导师的果戈理》③,这本传记在 1888～1902 这几年间就出版了四次。最后,继 1880 年全民纪念普希金的活动后,搞纪念活动成为 19 世纪末 20 世纪初文化生活的重要组成部分。1902 年和 1909 年适逢果戈理逝世五十周年和诞辰一百周年,除了各种讲话和文章之外,人们还为诗人—基督徒果戈理举办了追荐亡灵仪式、纪念碑揭幕仪式、展览、创作纪念赞歌、演出大合唱曲等形式的纪念活动,可谓盛况空前。以上几个因素的合力使果戈理最终成为了全民的作家,而不仅仅是知识界的经典作家。④

---

① *Виноградов И.А.* Литературная проповедь Н.В. Гоголя: pro et contra. // Проблемы исторической поэтики. 2018. Т.16. № 2. С. 55.
② 别林斯基:《别林斯基选集》第三卷,满涛译,上海:上海译文出版社,1980 年,第 412 页。
③ *Орлов А.И.* Гоголь как учитель жизни. // Посредник. 1888. № 45.
④ См.: *Стивен Моллер-Салли*. Изобретение классика: Н.В. Гоголь в массовом культурном сознании России на рубеже веков. С.170-175. http://ecsocma.edu.ru/images/pubs/2005/08/16/0000218593/018_Molles-Salli.pdf Дата обращения: 30.12.2009

19世纪末至20世纪初，在民众发现了果戈理这个伟大的作家同时，俄罗斯知识界则发现了一个新的果戈理。

这表现在：大量生平资料的发表，使许多当时不为人知的情况如今引起人们的注意，果戈理的个性形象在读者眼中更为丰满。如：斯米尔诺娃的《给果戈理的信》[1]，申罗克的《果戈理的朋友们在给他的信中》[2]、《通信中的果戈理和维叶利戈尔斯基们》[3]、四卷集《果戈理生平材料》[4]，阿克萨科夫的《我与果戈理的相识史及1832～1852年间的全部通信》[5]，普列特尼奥夫的《给果戈理的信》[6]，普罗科波维奇的《给果戈理的信》[7]，彼特罗夫的《果戈理宗教道德观研究新资料》[8]，巴热诺夫的《果戈理的病与死》[9]，塔拉先科夫的《果戈理一生的最后几天》[10]，奇日的《果戈理的病》[11]，基尔皮齐尼科夫任主编的《尼·瓦·果戈理全集》中的《果戈理生平大事记》[12]，果戈理母亲的自传[13]，果戈理—戈洛夫尼亚的回忆录[14]，格鲁津斯基主编的"历史—文学书库"第一辑：《书信及同时代人回忆中的尼·瓦·果戈理》[15]等的发表，以及申罗克、卡拉什（В. Каллаш）、基尔皮齐尼科夫、科罗

---

[1] *Смирнова А.О.* Письма к Н.В.Гоголю. // Русская старина. 1888. № 4.6.10. 1890. № 6-8;11-12.

[2] *Шенрок В.И.* Друзья Н.В.Гоголя в их к нему письмах. // Русская старина. 1889. № 7.8.

[3] *Шенрок В.И.* Гоголь и Вьельгорские в их переписке. // Вестник Европы. 1889. № 10.11.

[4] *Шенрок В.И.* Материалы для биографии Гоголя. М., 1892-1897.

[5] *Аксаков С.Т.* История моего знакомства с Гоголем со включением всей переписки с 1832 по 1852 год. // Русский архив. 1890. № 8.

[6] *Плетнёв П.А.* Письма к Н.В.ГоголЮ. // Русский вестник. 1890. № 11.

[7] *Прокопович Н.Я.* Письма к Н.В.Гоголю. / Письма Н.В.Гоголя к Н.Я.Прокоповичу. Киев. 1895.

[8] *Петров Н.И.* Новые материалы для изучения религиозно-нравственных воззрений Н.В.Гоголя. Киев. 1902.

[9] *Баженов Н.* Болезнь и смерть Гоголя. // Русская мысль. 1902. № 1.2.

[10] *Тарасенков А.Т.* Последние дни жизни Николая Васильевича Гоголя. // Отеч. записки. ноябрь1856. Т. С Ⅸ. С. 397-427.

[11] *Чиж В.* Болезнь Гоголя. // Вопросы философии и психологии. 1903. № 5.

[12] *Кирпичников А.И.* Опыт хронологической канвы к биографии Гоголя. / Полное собрание сочинений Н.В.Гоголя. М., 1902.

[13] *См.:* Русский архив. 1902. № 4.

[14] *Гоголь-Головня О.* Из семейной хроники Гоголей. Киев. 1909.

[15] *Грузинский А.Е.* Н.В. Гоголь в воспоминаниях современников и переписке. Составил В.В. Каллаш. Москва: Типография Т-ва И. Д. Сытина, 1909.

布卡（Н.И. Коробка）、斯佩兰斯基（М. Сперанский）、佩图霍夫（Е. Петухов）、扎博洛茨基（П. Заболотский）、谢戈列夫（П. Щеголев）等人根据未发表过的或未研究过的资料对生平问题进行的专项研究等等。

另外，果戈理手稿的整理和发掘工作以及以手稿为基础的作品出版和注释工作取得了很大进展。如，1908~1910年格奥尔基耶夫斯基（Г. Георгиевский）出版了两大本果戈理的手稿，内容包括历史和民俗学方面的摘录、科学著作笔记、民间口头文学记录等。这类成果展示了果戈理的研究领域之宽泛和研究之执着，丰富了果戈理的艺术家形象。① 而在此之前，人们对果戈理的认识相对单一，就像文格罗夫在其《作家—公民果戈理》②中所指出的那样："如果说历史学家果戈理通常在我们这里没有得到应有的重视，那么评论家果戈理更简直就是鲜有人知。"③ 可是如今，人们不仅看到果戈理世界观的发展有很好的延续性，而且了解到："像普希金一样，果戈理不仅是一个艺术家，还是一位卓越的文学评论家，一个机敏的、对对手而言是危险的辩论者，一个在美学方面有着的深刻和独到见解的理论家。他对罗蒙诺索夫、杰尔查文、克雷洛夫、普希金和其他人的评价，证明了他不仅有着纯正而细腻的品味，而且对文史和美学的理解很有广度。他对大型杂志的任务、人民性、现实主义、普希金的意义、30年代末俄罗斯读者对普希金的冷淡及许多其他问题的反响远远超越了自己的时代……难怪普希金期待他写出俄国批评通史并认为他作为小说家和批评家是自己的《现代人》最强的力量之一。"④ 而季洪拉沃夫（Н. Тихонравов）、申罗克主编的七卷集作品集⑤、申罗克主编的四卷集书信集⑥、卡拉什主编的九卷集作品与书信集⑦的出版，为果戈理研究奠定了更好的基础；科学院出版的《纪念瓦·亚·茹科夫斯基和尼·瓦·果戈

---

① *Манн Ю.* Гоголь — критик и публицист. / Гоголь Н.В. Собр. соч. в 7 тт. т.6. М., 1986. С. 455.
② *Венгеров С.А.* Писатель-гражданин. // Русское Богатство. 1902. № 1-4.
③ *Венгеров С.А.* Собр. соч. т.2. СПб., 1913. С. 55.
④ *Каллаш В.В.* Вступительная статья. / Гоголь Н.В. Сочинения. т.7. из-во «БРОКГАУЗ-ЕВРОН». 1915. С. 8.
⑤ *Гоголь Н.В.* Сочинения. изд. 10-е. М.-СПб., 1889-1896.
⑥ Письма. (*Шенрок В.И.*) СПб., 1901.
⑦ Сочинения и письма. (*Каллаш В.В.*) СПб., 1907-1909.

理》文集第2、3辑[1]，米哈依洛夫斯基报道的《新发现的果戈理的手稿》[2]也做出了相应的贡献。

再者，一些很重要的资料汇编和文献索引相继出版，为进一步了解和深入研究果戈理提供了便利的条件，如泽林斯基收集的批评文献索引汇编《关于尼·瓦·果戈理作品的俄罗斯批评文献》[3]，波克罗夫斯基编辑的历史—文学论文集《尼·瓦·果戈理》[4]，扎博洛茨基编辑的文献索引综述《俄罗斯文学中的尼·瓦·果戈理》[5]、《果戈理集》[6]、《尼·瓦·果戈理青少年时期的生平材料综述》[7]，科罗布卡的《果戈理纪念文献总汇》[8]，文格罗夫的《俄罗斯作家词典资料》[9]，别尔坚松的《1900～1909年间关于果戈理的文献索引指南》[10]、1912年补充1910年的文献索引[11]，列别杰夫的文献索引专著《诗人—基督徒》[12]等等。

进而，研究方面在此基础上也有了很大进展：

19世纪80～90年代，研究方面比较有分量的评论是佩宾写于1893年的文章，它归纳了从果戈理逝世时起40年来的研究成果，也是佩宾本人多年研究的总结。文章对果戈理的个性进行了总体评价，描绘了其生平和创作中的主要情况，并对果戈理的历史意义做出了评价，其中的一些观

---

[1] Память В.А. Жуковского и Н.В. Гоголя. Вып.2.3. СПб., 1908, 1909.

[2] *Михайловский К.Н.* Вновь найденные рукописи Гоголя. // Исторический вестник. 1902. № 2.

[3] Русская критическая литература о произведениях Н.В. Гоголя. Сборник критико-библиографических статей. Собрал *В.Зелинский.* Три части. 4-е изд., М., 1910.

[4] *Гоголь Н.В.* Сборник историко-литературных статей. Составил *В.И.Покровский.* 3-е изд., М., 1910.

[5] *Заболотский П.А.* Н.В. Гоголь в русской литературе (библиографический обзор). Киев: тип. С. В. Кульженко, 1901.

[6] *Заболотский П.А.* Гоголевский сборник. Киев. 1902.

[7] *Заболотский П.А.* Опыт обзора материалов для библиографии Н.В.Гоголя в юношескую пору. // Известия II Отделения Академии Наук. т.7. кн. 2. 1902.

[8] *Коробка Н.И.* Итоги гоголевской юбилейной литературы. // Журнал Министерства Народного Просвещения. 1904. № 4.5.

[9] *Венгеров С.А.* Источники словаря русских писателей. т.1. СПб. 1900.

[10] *Бертенсон С.Л.* Библиографический указатель литературы о Гоголе за 1900-1909 годы. // Известия II Отделения Академии Наук. т.14. кн. 4. 1909.

[11] *Бертенсон С.Л.* Библиографический указатель литературы о Гоголе за 1900-1909 годы. // Известия II Отделения Академии Наук. т.17. кн. 2. 1912.

[12] *Лебедев А.* Поэт-христианин. Саратов. 1911.

点至今没有过时。比较重要的还有罗扎诺夫1891年出版的《关于宗教大法官的传说》①一书中的两篇专论果戈理的文章、弗拉基米罗夫的专著《果戈理创作发展概述》②和维谢洛夫斯基1894年发表的《〈死魂灵〉：果戈理专论一章》③等等。

20世纪初，借作家逝世五十周年及诞辰一百周年的天赐良机，果戈理的学术研究迈上了一个新台阶，步入了一个新阶段。1902年一下子出了四部研究性著作：科特里亚列夫斯基的《尼·瓦·果戈理》④，库利科夫斯基的《果戈理》⑤，文格罗夫的《作家—公民》，曼德施塔姆的《论果戈理的风格特征》⑥。这四本书基于积累到90年代初的大量资料，对果戈理的创作、个性和历史意义给了新的、全面的重新评价。

随后发表和再版的还有梅列日科夫斯基的《果戈理与鬼》⑦、丘达科夫的《尼·瓦·果戈理的创作对西欧文学的态度》⑧、勃留索夫的《燃烧成灰的人》⑨、柯罗连科的《幽默大师的悲剧》⑩、沙姆施纳戈的《浪漫主义三部曲：尼·瓦·果戈理》⑪、维谢洛夫斯基的《专论与评述》⑫、格尔申宗的《果戈理的遗嘱》⑬、高尔基的《论果戈理》⑭、彼列韦尔泽夫的《果戈理的创作》⑮、艾亨鲍姆的《果戈理的〈外套〉是如何创作的》⑯、吉皮乌斯的《果戈

---

① *Розанов В.В.* Легенда о Великом инквизиторе. 1891.
② *Владимиров П.В.* Очерк развития творчества Гоголя. Киев. 1891.
③ *Веселовский А.* Этюды и характеристики. М. 1894. С. 557-609.
④ *Котляревский Н.А.* Н.В. Гоголь. 1829-42. Очерк из истории русской повести и драмы. // Мир Божий. 1902-03.
⑤ *Овсянико-Куликовский Д.Н.* Н.В. Гоголь. М., 1902.
⑥ *Мандельштам И.* О характре гоголевского стиля. Глава из истории русского литературного языка. Гельсингфор С. 1902.
⑦ *Мережковский Д.С.* Гоголь и черт. М., 1906.
⑧ *Чудаков Г.И.* Отношение творчества Н.В.Гоголя к западноевропейским литературам. Киев. 1908.
⑨ *Брюсов В.* Испепеленный. К харакристике Гоголя. М., 1909.
⑩ *Короленко В.Г.* Трагедия писателя. Несколько мыслей о Гоголе. // Русское богатство. 1909. № 4, № 5.; под заглавием «Трагедия великого юмориста» в кн.: Собр. соч. т. 8. М., 1955.
⑪ *Шамбинаго С.Н.* Трилогия романтизма. Н.В. Гоголь. М.,1911.
⑫ *Веселовский А.Н.* Этюды и характеристики. 4-е изд., М.,1912.
⑬ *Гершизон М.О.* Завещание Гоголя. // Русская мысль. 1909. № 5.
⑭ *См.: Горький М.* История русской литературы. М. 1939.
⑮ *Переверзев В.Ф.* Творчество Гоголя, изд. 1-е, М. 1914.
⑯ *Эйхенбаум Б.* Как сделана «Шинель» Гоголя. / Поэтика. Пг. 1919.

理》①、别雷的《果戈理的技巧》②等论著，以及勃洛克（А. Блок）、巴赫金（М. Бахтин）、卢那察尔斯基（А. Луначарский）、列宁（В. Ленин）等人的评论。

　　略晚一些时候，流亡在外的文人也相继发表了在总体思路上与世纪之交的论著相辅相成的研究成果：莫丘尔斯基的《果戈理的精神道路》③，泽尼科夫斯基的《俄罗斯思想家与欧洲》④、《俄罗斯哲学史》⑤、《尼·瓦·果戈理》⑥，纳博科夫的《尼古拉·果戈理》⑦，别尔嘉耶夫的《俄罗斯革命的精神实质》⑧、《俄罗斯理念——19世纪末至20世纪初俄罗斯思想的主要问题》⑨，弗兰克的《果戈理的宗教意识》⑩，弗洛罗夫斯基的《俄罗斯神学之路》⑪，伊·伊里因的《果戈理——伟大的俄罗斯讽刺家、浪漫主义者、生活的哲学家》⑫，契热夫斯基的《论果戈理的〈外套〉》⑬、《不为人知的果戈理》⑭、《果戈理的两套家谱》⑮、《果戈理的"是"与"否"》⑯，比齐利的《论新时期俄罗斯语言文学的发展特点》⑰、《论陀思

---

① *Гиппиус В.В.* Гоголь. Л. 1924.
② *Белый А.* Мастерство Гоголя. М.-Л. 1934.
③ *Мочульский К.В.* Духовный путь Гоголя. Париж. 1934.
④ *Зеньковский В.В.* Русские мыслители и Европа. Париж. 1926.
⑤ *Зеньковский В.В.* История русской философии. 1948.
⑥ *Зеньковский В.В.* Н.В. Гоголь. Париж. 1961.
⑦ *Набоков В.* Николай Гоголь. 1944.
⑧ *Бердяев Н.А.* Духи русской революции. / Из глубины. Сборник статей о русской революции. М.-Пг., 1918.
⑨ *Бердяев Н.А.* Русская идея (Основные проблемы русской мысли XIX века и начала XX века). Париж. 1946.
⑩ *Франк С.Н.* Религиозное сознание Гоголя. / *Франк С.Л.* Русское мировоззрение. СПб., 1996. С.303-304.
⑪ *Флоровский Г.В.* Пути русского богословия. Париж, 1937.
⑫ *Ильин И.* Гоголь — великий русский сатирик, романтик, философ жизни. (это было лекцией, произнесенная автором на немецком языке в 1944 в Цюрихе.)
⑬ *Чижевский Д.М.* О «Шинели» Гоголя. // Современные записки. Париж, 1938. № 67.
⑭ *Чижевский Д.М.* Неизвестный Гоголь. // Новый журнал. 1951. № 27.
⑮ *Чижевский Д.М.* Две родословных Гоголя. // Новый журнал. 1965. № 78.
⑯ *Чижевский Д.М.* «Да» и «нет» у Гоголя. (Gogol's «Ja» und «Nein» // Archiv fur das Studium der neuren Sprachen und Literaturen. Braunschweig, 1978.)
⑰ *Бицилли П.М.* К вопросу о хараетере русского языкового и литературного развития в новое время. // Годишник на Софийския Университет. Историко-филологический факультет. София, 1936. т. 32. кн. 5.

妥耶夫斯基长篇小说的内在形式》[1]、《人的问题之于果戈理》[2],弗·伊里因的《陀思妥耶夫斯基与果戈理》[3]、《愤怒的日子》[4]、《大卫之琴:俄罗斯文学的宗教哲学主题》[5],扎伊采夫的《果戈理在普列齐斯托耶林荫道》[6]、《有果戈理的生活》[7],霍达谢维奇的《忆果戈理》[8]、《关于〈钦差大臣〉》[9],别姆的《果戈理的〈外套〉与陀思妥耶夫斯基的〈穷人〉(论果戈理对陀思妥耶夫斯基的影响)》[10] 等。

上述成果表明,在 19 世纪末 20 世纪初,俄罗斯社会对果戈理进行了重新认识和评价,其规模和深度都是空前的,而其中表现最为突出的是俄罗斯批评界。在与 19 世纪 40~50 年代有了一定的历史距离的时候,人们对果戈理的反思显得更加理性和超脱,对果戈理创作的把握也更有历史感,更加客观和全面,更为深刻了。此时的果戈理评论呈现出百花齐放、百家争鸣的繁荣景象,评论家们分别从象征主义、形式主义、宗教神秘主义、马克思主义等不同立场和观点,从语言学、心理学、历史—文学、宗教哲学乃至病理学等多种视角对果戈理的思想与创作加以阐释。之所以出现如此热闹的局面,一是由于转型期文学流派丛生,都想借果戈理来宣扬自己的主张,二是适逢果戈理诞辰百周年及逝世五十周年两个大的纪念日。热闹中也不乏论争的激烈和尖锐,各家各派大有语不惊人死不休之势。

其中,最具特色的,也是我国学界了解相对较少的当数宗教哲学家

---

[1] *Бицилли П.М.* К вопросу о внетренней форме романа Достоевского. // Годишник на Софийския Университет. Историко-филологический факультет. София, 1945/1946. т. 42. ч.15.

[2] *Бицилли П.М.* Проблема человека у Гоголя. // Годишник на Софийския Университет. Историко-филологический факультет. София. 1948. т. 44. ч. 4.

[3] *Ильин В.* Достоевский и Гоголь. // Вестник Русского студенческого христианского движения. Париж, 1931.

[4] *Ильин В.* День гнева (К юбилею Гоголя). // Вестник Русского студенческого христианского движения. 1952. № 1.

[5] *Ильин В.* Арфа Давида. Религиозно-философские мотивы русской литературы. Сан-Франциско, 1980. т.1.

[6] *Зайцев Б.* Гоголь на Пречистенском. // Возрождение. 1931. 29 марта.

[7] *Зайцев Б.* Жизнь с Гоголем. // Современные записки. 1935. № 59.

[8] *Ходасевич В.* Памяти Гоголя. // Возрождение. 1934. 29 марта.

[9] *Ходасевич В.* По поводу «Ревизора». // Возрождение. 1935. 12 февраля.

[10] *Бем А.Л.* «Шинель» Гоголя и «Бедные люди» Достоевского (К вопросу о влиянии Гоголя на Достоевского). // Записки Русского исторического общества в Праге. 1927. кн. 1.

对果戈理的评论以及其他侧重果戈理的内心世界、以果戈理的宗教道德探索和作家个性与其创作的关联为焦点的研究，这部分评论和研究赋予了果戈理新的面貌，迥异于此前业已形成的现实主义作家、讽刺幽默大师、农奴制掘墓人的形象，对我们全面正确地认识果戈理极有帮助。

例如，罗扎诺夫和勃留索夫都看到了果戈理创作所蕴含的破坏力量，但罗扎诺夫认为果戈理的破坏是"走过所有想象出来的或现实存在的纪念碑，用他那双瘦弱无力的脚把它们统统踢垮、威武地踢垮，使它们不留下一丝痕迹，只剩下一团不成形的废墟……"① 而勃留索夫看到的破坏则是果戈理内心中的某种"可以在一瞬间将他燃烧成灰的烈焰"。再比如，梅列日科夫斯基和柯罗连科都强调果戈理的创作是他与命运抗争的一种手段，但前者看到的是果戈理与鬼的搏斗，而后者看到的却是与先天之忧郁气质的搏斗。还有，同样是关注果戈理创作的夸张、在想象中把一切推向极致的特点，罗扎诺夫和勃留索夫将果戈理的夸张看成破坏力，而奥夫夏尼科－库利科夫斯基则把这种夸张视为"人类心灵的试验家"② 果戈理的试验手段，是一种显微、放大。他从分析果戈理的天性和才智构成入手，认为在果戈理身上有一种可以称为"道德疑病症"的东西，他明显夸大自身性格的缺点，并且鸡蛋里挑骨头般地找出他根本没有的缺点。即使在自己和他人身上寻找缺点的时候，他也不是纯粹观察，而是"痛苦地反应，病态地回应，夸大，加工，研究人类心灵的方方面面"③。库利科夫斯基将果戈理总是进行自我分析及拿别人做试验的行为与他的精神失衡联系起来，认为太过卖力气地和长久地在自己和别人的心灵中挖掘是不可能不受到惩罚的。此外，莫丘尔斯基、弗洛罗夫斯基、泽尼科夫斯基、伊·伊里因等都是从宗教的角度看待果戈理的。莫丘尔斯基在果戈理身上主要看到了"道德导师、基督教苦行僧、神秘主义者"④，把作家的一生视为走向基督的过程；泽尼科夫斯基认为，果戈理很早就独立地甚至是孤身一人进行宗教探索了，这些宗教探索后来决定了他全部的精神活动。在他身上，艺术家、思想家、宗教探索者紧张繁

---

① 参见魏列萨耶夫：《果戈理是怎样写作的》，蓝英年译，沈阳：辽宁教育出版社，1998年，第87页。
② *Овсянико-Куликовский Д.Н. Собрание сочинений.* т.1. СПб., 1909. С. 54.
③ Там же. С. 49.
④ *Мочульский К. Гоголь. Соловьев. Достоевский.* М., 1995. С. 7.

忙地生活着。①"可以毫不夸大地称果戈理为东正教文化的预言家。"②"在俄罗斯的精神生活史上没有谁在这方面可以与果戈理相提并论，他不仅在理论上，而且全身心地为教会与文化的相互关系问题而苦恼。"③伊·伊里因认为，果戈理的整个生活道路、全部创作和一切斗争都是伟大的净化和升华的历史，同时也是日益绷紧的精神发条在创作方面的放松。④伊·伊里因将在狂喜与绝望之间摇摆的节奏称为俄罗斯民族节奏，它成为果戈理生命的一种专属规律，而且往高昂里走的越来越少，往低沉里走得越来越勤。这种摇摆充满了痛苦，它们不会使生命变得轻松，不会促进它，但会使人走向精神世界的高度和深度，使内心经验的兼容性变大了。⑤虔信上帝与追求自我实现，没有比这种结合更苦恼、更有害的了。⑥这就是他的命运。果戈理在狂喜与绝望之间的摇摆由此而来。而艾亨鲍姆、别雷等人则另辟蹊径，对果戈理创作的风格和技巧方面进行了深入细致的解读，颇具时代特色，推进了果戈理创作的内部研究。不过，尽管艾亨鲍姆和别雷给果戈理画的都是语言艺术大师的肖像，但二人的侧重点也各不相同。艾亨鲍姆认为果戈理的作品情节很贫乏，他不善此道，所以才常向别人讨情节。果戈理的文本基础是说故事，他的文本是由鲜活的言语想象和言语情绪构成。果戈理的言语被艾亨鲍姆概括为"随便的、天真的闲谈"⑦，他说果戈理总爱跑题儿，似乎一不留神就蹦出了一些"无用的"细节。果戈理用这种艺术手段，把不可联结的联结在一起，将小的东西夸大而将大的东西缩小，总之，他可以与现实精神生活的一切规则进行游戏。果戈理在《外套》中就是这样做的。别雷则从果戈理的语言对同辈和后世作家的影响方面来描画语言大师果戈理。他指出，果戈理是语言经验的实验室，他是各流派相互争吵的土壤。别雷认为，在每一位语言艺术家身上都有果戈理的影子，有他的影响。果戈理的语言推动了自然派作家、浪漫主义作家、现实主义作家、印象派

---

① *Зеньковский В.В.* Русские мыслители и Европа. Критика европейской культуры у русских мыслителей. М. 1997. глава 2.
② *Зеньковский В.В.* История русской философии. Л., 1991. т.1. ч.1. С. 186.
③ Там же. С. 187.
④ *Ильин И.* Собр. соч. в 10 т. т.6. кн.3. ч.2. С. 264.
⑤ Там же. С. 263.
⑥ Там же. С. 262-263.
⑦ 《果戈理评论集》，袁晚禾、陈殿兴编选，上海：复旦大学出版社，1993 年，第 342 页。

作家和象征派作家，与昔日的都会主义作家和未来派作家相呼应。① 纳博科夫对果戈理的解读颇具独创性，他关注的正是被艾亨鲍姆认为是跑题、"无用的"那些细枝末节，那些次级人物，并断言："就这般从戏剧背景后面闯了进来的这个次级的世界，是果戈理的真实王国。……他们活灵活现的行为构成了剧本的真正内容，他们不但不干扰……'情节'，实际上反而有助于戏剧更加戏剧化，这是十分奇妙的。"② 纳博科夫以自己创造性的阅读改写了果戈理的作品，把中心和边缘进行了置换，从而描画出了一位梦幻文学家的形象。这让我们不由想起西方女性主义文学批评对《简·爱》中的"阁楼上的疯女人"的解读。如此这般，纳博科夫在果戈理的创作中看到了别的俄罗斯作家所没有的维度，认为在果戈理的作品中能够找到"把我们的存在形式与我们偶尔在超意识体验时所模糊感觉到的另外的形式和状态接通的幻影。普希金的散文是三维的，果戈理的至少是四维的"③。可见，纳博科夫的这幅梦幻文学家的画像中还具有某种神秘主义色彩。别尔嘉耶夫把果戈理视为现代派领军人物，认为他在技法上已经是完全意义上的现代派了——他的艺术中已经有了对活生生的生活的立体分解，他已经看到了那些后来毕加索看到的怪物，只是在理念上还一如既往地"落后"，不属于新的时代，因为他还对人有信念，还要寻找人的美。这是他的悲剧之所在。他的天赋是不幸的天赋，他成了这天赋的牺牲品。④

概括而言，19世纪末20世纪初的果戈理批评比较集中关注的，首先是他作为个体生命的特点，即果戈理天性中的某些突出特点，确切地说是某种失衡状态，它们对作家精神状态、心理面貌、世界观乃至人际关系的影响，并把它们与其思想和创作相联系；其次是作为历史文化现象的果戈理，他的艺术之路和精神之路；最后则是果戈理作为艺术家的风格特点。

苏联时期，确切地说，是在20世纪50～60年代，马申斯基、约法

---

① *Белый А.* Мастерство Гоголя. М., 1996. С. 302.
② 符拉基米尔·纳博科夫：《尼古拉·果戈理》，刘佳林译，桂林：广西师范大学出版社，2010年，第56页。
③ *Набоков В.В.* Лекции по русской литературе. М.: Независимая Газета, 1999, С. 127-128.
④ *Бердяев Н.А.* Духи русской революции. / Из глубины. Сборник статей о русской революции. (М.-Пг., 1918.) М., 1990, С. 57-63.

诺夫、叶尔米洛夫、赫拉普钦柯、波斯佩洛夫、古斯、古科夫斯基、日丹诺夫、斯捷潘诺夫等人①关于果戈理的著作先后问世。在苏联"解冻"时期的这些研究者笔下，果戈理主要是卓越的现实主义作家，他创作中的讽刺幽默、戏剧性、诗学特征等问题，基本上是从社会—历史学的视角进行探究的，包括对作家的世界观与创作之间联系的解读。

20世纪70年代下半叶至80年代，曼、彼列维尔泽夫、洛特曼、佐洛图斯基②等出版了自己的研究著作，其中以佐洛图斯基的《果戈理传》最具特色。作者以新的视角和观点对果戈理的生平和创作进行了重新的诠释，试图勾勒出一幅不同于以往的果戈理画像。其中尤其醒目的是对作家后期思想和创作的解读："他让自己的文学事业超出了文学的范围，把'精神生活'摆在文学事业的位置上。……他带着自己裸露的心灵出现在读者面前，准许读者进入自己的精神生活。"③果戈理打破了文学的"禁区"，让《伊戈尔远征记》《阿瓦库姆大司祭行传》中先知式的声音在《与友人书简选》中再度响起。佐洛图斯基的这幅画像成为了导火索，让一些著名学者，如萨哈罗夫（В. Сахаров）、斯卡托夫（Н. Скатов）、日丹诺夫、杰缅季耶夫（А. Дементьев）、莫福强（П. Мовчан）等在《文学问题》杂志上展开了公开辩论④：是该"按自己的方式""用新的方法"去阅读伟大作家呢，还是"需要捍卫老生常谈"？这次论争的焦点是如何

---

① Машинский С. Гоголь. М.: Госкультпросветиздат, 1951. *Его же*. Гоголь и революционные демократы. М.: Худ. лит., 1953. *Иофанов Д.М.* Н.В.Гоголь. Детские и юношеские годы. Киев: изд. Академии наук Украинской ССР, 1951. *Ермилов В.В.* Н.В.Гоголь. М.: Советский писатель, 1952. *Его же*. Гений Гоголя. М.: Советская Россия, 1959. *Храпченко М.Б.* «Мёртвые души» Н.В. Гоголя. М.: изд. Академии наук СССР, 1952. *Его же*. Творчество Гоголя. М.: Сов. пис., 1959. *Поспелов Г.Н.* Творчество Н.В. Гоголя. М.: Учпедгиз, 1954. *Гус М.* Гоголь и николаевская Россия. М.: Худ. лит., 1957. *Гуковский Г.А.* Реализм Гоголя. М.; Л., 1959. *Жданов В.Н.* Гоголь: Очерк жизни и творчества. М., 1959. *Степанов Н.* Гоголь. М.: Молод. гв., 1961.

② *Манн Ю.В.* Поэтика Гоголя. М.: Худож. лит., 1978. *Переверзев В.Ф.* Гоголь. Достоевский. Исследования. М.: Советский писатель, 1982. *Лотман Ю.М.* В школе поэтического слова: Пушкин, Лермонтов, Гоголь. М.: Просвещение, 1988. *Золотусский И.П.* Гоголь. М.: Молодая гвардия. ЖЗЛ, 1984.

③ 伊·佐洛图斯基：《果戈理传》，刘伦振等，天津：天津人民出版社，1982年，第494～495页。

④ Вопросы литературы. 1980, № 9.

评价果戈理的《与友人书简选》以及别林斯基的《致果戈理的一封信》，它进而引发了一场重读经典的运动，也揭开了果戈理研究新阶段或者说新方向的序幕。

这一新的方向便是20～21世纪之交体现在冈察洛夫、沃罗帕耶夫、维诺格拉多夫、伊瓦尼茨基等学者的著作中[①]，被冈察洛夫概括为在"反思世俗与宗教文化相互关系问题的潮流"[②]下，把文学创作纳入宗教道德的语境中进行研究的方向。杜纳耶夫在其《东正教与俄罗斯文学》一书的导言中明确指出："俄罗斯文学为东正教理想所圣化，这就是俄罗斯文学的主要特色——这首先是东正教的文学。"[③]他认为，东正教在俄国生活中根深蒂固，"无论俄罗斯人的社会和个人生活怎样迷失在诱惑的黑暗的迷宫里，其精神罗盘的指针依然固执地指向原来的方向"[④]，"正是东正教影响了人对自己精神实质的不断关注、对内心的自我深化不断关注，这种关注被文学所反映"[⑤]。因此，俄罗斯文学的宗教性成为其固有的、本能的特点，它体现在："俄罗斯作家在看待生活事件、人物性格和人们的追求时，用福音书的真理将之照亮，在东正教的范畴内去思考。这不仅表现在直接的政论性作品中（如果戈理的《书简》、陀思妥耶夫斯基的《作家日记》），而且还表现在文艺创作上。"[⑥]杜纳耶夫认为，"从文学的社会分析或审美分析转到宗教分析"[⑦]是必然趋势。

杜纳耶夫的这个预判只说中了一半。进入21世纪后，果戈理研究中从东正教视角出发的强劲研究趋势确实在延续，如以沃罗帕耶夫为代表的一些学者发表了一系列这方面的研究成果，包括但不限于维诺格拉多夫

---

① *Гончаров С.А.* Творчество Н.В.Гоголя в религиозно-мистическом контексте. СПб.: РГПУ им. Герцена, 1997. *Воропаев В.А.* Н.В. Гоголь: Жизнь и творчество. МГУ: Перечитывая классику, 1999. *Виноградов И.* Гоголь: Художник и мыслитель. Христианские основы миросозерцания. М.: ИМЛИ РАН Наследие, 2000. *Иваницкий А.И.* Гоголь. Морфология земли и власти. М.: МГУ, 2000.

② *Гончаров С.А.* Творчество Н.В.Гоголя в религиозно-мистическом контексте. СПб.: РГПУ им. Герцена, 1997, С. 3.

③ *Дунаев М.М.* Православие и русская литература. т.1, М.: Христианская литература, 1996, С. 5.

④ Там же, С.13.

⑤ Там же, С.5.

⑥ Там же, С.4.

⑦ Там же, С.7.

的《果戈理：艺术家与思想家》（2000）①，沃罗帕耶夫的《马特维神父与果戈理》（2000）②、《研读宗教书籍的果戈理》（2002）③、《没有其他的门》（2019）④，格良茨的《果戈理与启示录》（2004）⑤，叶萨乌洛夫的《俄罗斯经典新解》（2012）⑥、列克山的《圣诞节前的果戈理》（2012）⑦，戈卢别娃的《果戈理与圣经：果戈理作品中神秘意义溯源》（2019）⑧等等。

然而，传统的社会分析和审美分析的研究方向也依旧在前行。如佐洛图斯基的《果戈理的笑》（2005）⑨，克里沃诺斯的《果戈理的〈死魂灵〉：意义空间》（2006）⑩，戈利杰恩别尔格的《果戈理：创作与阐释问题》（2009）⑪、《果戈理诗学中的原型》（2012）⑫，维罗拉伊年和卡尔波夫的《早期果戈理的神话诗学》（2010）⑬、索弗罗诺娃的《早期果戈理的神话诗学》（2010）⑭、舍斯塔科夫的《在昼与夜之间：关于果戈理的思考》（2010）⑮、安年科娃的《果戈理与俄国社会》（2012）⑯、柳别茨卡娅的《果戈理创作的文学艺术风格与词语秩序》（2012）⑰，伊休克-法杰耶娃的《与

---

① *Виноградов И.А.* Гоголь: Художник и мыслитель. Христианские основы миросозерцания. 2000.
② *Воропаев В.А.* Отец Матфей и Гоголь. Пермь, 2000.
③ *Воропаев В.А.* Гоголь над страницами духовных книг. – М., 2002.
④ *Воропаев В.А.* Нет другой двери…: О Гоголе и не только. М.: Белый город, 2019.
⑤ *Глянц В.М.* Гоголь и апокалипсис. М.: Элекс-КМ, 2004.
⑥ *Есаулов И.А.* Русская классика: новое понимание. - СПб.: Алетейя, 2012.
⑦ *Рекшан В.* Гоголь перед Рождеством. — Санкт-Петербург: ИД «Петрополис», 2012.
⑧ *Голубева Е.И.* Н.В. Гоголь и Библия: К истокам загадочных смыслов в произведениях писателя. М.: Паломник, 2019.
⑨ *Золотусский И.* Смех Гоголя. М., 2005.
⑩ *Кривонос В.Ш.* «Мертвые души» Гоголя: Пространство смысла. Самара. 2006.
⑪ *Кривонос В.Ш.* Гоголь: Проблемы творчества и интерпретации. Самара: СГПУ, 2009.
⑫ *Гольденберг А.Х.* Архетипы в поэтике Н.В.Гоголя.
⑬ *Виролайнен М.Н., Карпов А.А.* Мифопоэтика раннего Гоголя. 2010.
⑭ *Софронова Л.А.* Мифопоэтика раннего Гоголя. СПб.: Алетейя, 2010.
⑮ *Шестаков П.А.* Между днем и ночью. Размышления о Гоголе. М.: Издательство "КОНТАКТ-КУЛЬТУРА", 2010.
⑯ *Анненкова Е.И.* Гоголь и русское общество. СПб.: ООО "Издательство "Росток", 2012.
⑰ *Любецкая В.В.* Литературно-художественный стиль и словесный лад в творчестве Н.В.Гоголя. Кривой рог: Видавничий дім, 2012.

果戈理中篇小说有关的一切人和事：从词语到世界形象》（2014）[1]，特列季亚科夫的《果戈理创作体系中四元素哲学和诗学》（2015）[2]、舒利茨的《果戈理的史诗〈死魂灵〉：内部世界与哲学—文学语境》（2017）[3]、库利科夫的《果戈理创作中的神话母题》（2020）[4]、维诺格拉多夫的《果戈理与书刊审查：艺术家与政权的相互关系作为果戈理遗产的关键问题》（2021）[5]、德米特里耶娃的《〈死魂灵〉第二卷：构思与推想》（2023）[6]等。

此外，21世纪的果戈理研究还有一个新的动向——果戈理是现实主义作家的定论正面临强有力的挑战：晚近的研究者更倾向于在后现代主义的视域中解读果戈理，如奥西波娃的《后现代小说空间中的果戈理文本》[7]，科布连科娃的《"后现代实践"语境下的果戈理》[8]，亚历山德罗夫的《后现代主义体系中的果戈理创作》[9]，巴宾科的《果戈理——俄罗斯后现代文学诗学奠基人？》[10]等。这些研究基于的文学事实是果戈理在当代文

---

[1] *Ищук-Фадеева Н.И.* Все/всё о повестях Н. В. Гоголя: от слова к образу мира. Москва: Директ-Медиа, 2014.

[2] *Третьяков Е.О.* Философия и поэтика четырех стихий в творческой системе Н.В. Гоголя / науч. ред. А.С. Янушкевич. Томск: STT, 2015.

[3] *Шульц С.А.* Поэма Гоголя "Мертвые души". Внутренний мир и литературно-философские контексты. 2017.

[4] *Куликов А.К.* Мифологические мотивы в творчестве Н.В. Гоголя. Философский анализ: монография. СПб.: Алетейя, 2020.

[5] *Виноградов И.А.* Н.В. Гоголь и цензура. Взаимоотношения художника и власти как ключевая проблема гоголевского наследия. М.: ИМЛИ РАН, 2021.

[6] *Дмитриева Е.* Второй том «Мертвых душ»: замыслы и домыслы. М.: Новое литературное обозрение, 2023.

[7] *Осипова Н.О.* «Гоголевский текст» в пространстве постмодернистской прозы. / Н. В. Гоголь и современная культура. VI Гоголевские чтения. 2006. С. 245–257.

[8] *Кобленкова Д.В.* Гоголь в контексте «постмодернистских практик» («Жена Гоголя» Т. Ландольфи, «Голова Гоголя» А. Королева, «Дело о мертвых душах» Ю. Арабова – П. Лунгина). / Н.В. Гоголь и современная культура. VI Гоголевские чтения. 2006. С. 258–270.

[9] *Александров В.Б.* Творчество Гоголя в свете парадигмы постмодерна. // Управленческое консультирование.2009. № 1. С. 5-13.

[10] *Бабенко Н.Г.* Н. В. Гоголь — родоначальник поэтики русского постмодернизма? // Альтернативный текст. Версия и контрверсия: сб. ст. Балтийский федеральный университет имени Иммануила Канта; под редакцией Т. В. Цвигун и А. Н. Чернякова.Вып.1. 2006. С. 64-86.

学中的深远影响①，这一点正在成为学术界的一种关切。如切尔尼亚克发表于《旗》杂志的文章《与果戈理亲密交往：周年漫笔》②就明确指出了果戈理对当代文学进程的重要影响，并列举了沃伊诺维奇、戈尔切夫、皮耶楚赫、科罗廖夫、米·库拉耶夫、阿·伊万诺夫、尼·萨杜尔等多位当代作家的作品与果戈理的紧密联系，某种意义上可谓是当代"果戈理现象"的综述性文章。类似的研究还有齐普什塔诺娃的《当代文化空间中的果戈

---

① 21世纪的俄罗斯文学创作中，果戈理传统成为显而易见的模仿和致敬的对象，许多作家将果戈理及其作品视为不可多得的灵感源泉，自觉不自觉地从他那里花式汲取养分：如层出不穷的对果戈理作品的戏剧改编和在其母题基础上进行的戏剧再创作——博加耶夫（О. Богаев）的《巴什马奇金》（Башмачкин. (по мотивам «Шинели» Н.В. Гоголя) 2003），福缅科（П. Фоменко）的《他曾是九等文官》(Он был титулярный советник. (по мотивам «Записок сумасшедшего» Гоголя) 2004），奥利尚斯基（В.И. Ольшанский）的《我可爱的泼留希金》(Мой милый Плюшкин. (по мотивам поэмы Н. В. Гоголя «Мертвых душ») 2005），斯皮罗舍克（У. Спирошек）的《匿名冠军》(Чемпион Инкогнито. (ремейк пьесы Н. В. Гоголя «Ревизор») 2006），洛扎（В. Лоза）的《狄康卡的科里亚达》(Коляда в Диканьке. (по мотивам повести Н. В. Гоголя «Ночь перед Рождеством») 2006），《塔拉斯·布利巴叙事诗》(Поэма о Тарасе Бульбе. (по мотивам повести Н. В. Гоголя «Тарас Бульба») 2006），莫古奇（А. Могучий）的《伊万们》(Иваны. (по мотивам повести Н. В. Гоголя «Повесть о том, как поссорился Иван Иванович с Иваном Никифоровичем») 2007），德列维茨基（В.И. Древицкий）的《鼻子》(Нос. (по мотивам повести Н. В. Гоголя «Нос») 2007），科里亚达（Н. Коляда）的《伊万·什蓬卡和他的姨妈》(Иван Федорович Шпонька и его тетушка. 2008）、《科罗博奇卡》(Коробочка. (по мотивам произведений Н.В. Гоголя) 2009）、《死魂灵》(Мертвые души. (по мотивам Н.В. Гоголя) 2013），萨杜尔（Н. Садур）的《飞行员》(Летчик. (по мотивам поэмы Н. В. Гоголя «Мертвых душ») 2009) 等等；还有小说领域的借鉴——科罗廖夫（А. Королев）的《鼻子》(Нос. 2000），吉尔绍维奇（Л. Гиршович）的《《维依》：舒伯特声乐套曲，果戈理词》(Вий, вокальный цикл Шуберта на слова Гоголя. 2005），维耶罗夫（Я. Вееров）的《乞乞科夫先生》(Господин Чичиков. 2005），贝科夫（Д. Быков）的《活魂灵》(ЖД. 2007），皮耶楚赫（В. Пьецух）的作品集《中了魔的国度》(Заколдованная страна. 2001）、《剽窃》(Плагиат. 2006）和短篇集《新彼得堡故事集》(Новые петербургские повести. 2006），戈尔切夫（В. Горчев）的《警察探戈》(Милицейское танго. 2007），梅里霍夫（А. Мелихов）的《新式地主》(Новосветские помещики. 2007），伊万诺夫（А. Иванов）的《浪荡与MUDO》(Блуда и МУДО. 2007），叶利扎洛夫（М. Елизаров）的《战地医院》(Госпиталь. 2008），沙罗夫（В. Шаров）的《返回埃及》(Возвращение в Египет. 2014），多尔戈皮亚特（Е. Долгопят）的《受害人》(Потерпевший. 2016），先钦（Р. Сенчин）的《彼得堡故事》(Петербургские повести. 2020）等等。

② *Черняк М.* С Гоголем на дружеской ноге // Знамя. 2009. № 6. С. 181-187.

理文本》①，巴利的《当代俄罗斯散文中的乞乞科夫形象》②等。也有不少论述当代具体的文学作品中的果戈理因素的文章，如针对沙罗夫的长篇小说《返回埃及》，便有巴利的《与果戈理的对话：沙罗夫长篇小说〈返回埃及〉中的民族复兴思想》③、达尼琳娜、哈弗拉廖娃的《沙罗夫长篇小说〈返回埃及〉对果戈理创作的接受》④、梅拉德希娜的《果戈理喜剧〈钦差大臣〉的人物与沙罗夫长篇小说〈返回埃及〉中他们的扮演者在思想和艺术上的对照》⑤等数篇文章。

到了 21 世纪，人们对作家生平材料的收集、整理更加深入和全面，也有了多部集大成之作，如维诺格拉多夫主编的 3 卷集《同时代人回忆、日记和通信中的果戈理》（2011～2013）⑥、7 卷集《果戈理生活与创作编

---

① *Цыпуштанова М.А.* Гоголевский текст в современном культурном пространстве // Дергачевские чтения - 2011. Русская литература: национальное развитие и региональные особенности: материалы X Всерос. науч. конф. Екатеринбург, 2012. Т.1. С. 186-192.

② *Баль В.Ю.* Образ Чичикова в современной русской прозе. // Вестник Томского государственного университета. Филология. 2017. № 49. С. 147-167. 标题中的"散文"主要指政论和小说，其中政论文本包括但不限于皮耶楚赫的《美人鱼》（Русаки, 2007），叶利斯特拉托夫（В. Елистратов）的《乞乞科夫与抵押贷款：对金融危机的形而上学思考》（Чичиков и ипотечное кредитование: к метафизике финансового кризиса, 2009）；小说包括但不限于斯拉夫尼科娃（О. Славникова）的《永生之人》（Бессмертный, 2001），维耶罗夫的《乞乞科夫先生》（2012），伊万诺夫的《浪荡与 MUDO》（2011），沙罗夫的《返回埃及》（2013）等。

③ *Баль В.Ю.* Идея национального возрождения в романе В. Шарова «Возвращение в Египет»: диалог с Гоголем // Библиотека журнала «Русин». 2015. № 3 (3). С. 41-54.

④ *Данилина Г.И. Хавралёва О.В.* Рецепция творчества Н. В. Гоголя в романе В. А. Шарова «Возвращение в Египет» //Вестник Тюменского государственного университета. Гуманитарные исследования. Humanitates. 2018. Том 4. № 3. С. 140-152.

⑤ *Меладшина Ю.В.* Идейно-художественные параллели между героями комедии Н. В. Гоголя «Ревизор» и исполнителями их ролей в романе В. Шарова «Возвращение в Египет»// Вестник удмуртского университета. Том 28. № 3, Ижевск, 2018. С. 373-381.

⑥ *Виноградов И.А.* Гоголь в воспоминаниях, дневниках, переписке современников. Полный систематический свод документальных свидетельств. Научно-критическое издание. В 3 т. Т. 1. М.: ИМЛИ РАН, 2011. — 904 с.; Т. 2. М.: ИМЛИ РАН, 2012. — 1032 с.; Т. 3. М.: ИМЛИ РАН, 2013. — 1168 с.

年史》（2017～2018）①，夯实了果戈理研究的基础。作家传记方面也有不少新成果，代表性的有曼的《果戈理：著作与日子（1809～1845）》（2004）②、《果戈理：道路的终结（1845～1852）》（2009）③、《尼·瓦·果戈理：生平的秘密和创作的秘密》（2019）④，沃罗帕耶夫的《尼古拉·果戈理：一种艺术传记尝试》（2014）⑤、《有一次果戈理……：作家生活故事》（2014）⑥等。

果戈理文本细读、导读类的著作21世纪也时有问世，如：安年科娃的《果戈理长篇小说〈死魂灵〉指南》（2010）⑦、波格丹诺娃的《果戈理中篇小说〈鼻子〉〈外套〉：形象·象征·语义》（2020）⑧、索科洛夫的《解密果戈理：〈维〉〈塔拉斯·布利巴〉〈钦差大臣〉〈死魂灵〉》（2021）⑨等。

凡此种种，都证明新世纪以来果戈理在俄罗斯仍然受到学界的持续关注和研究。而且，莫斯科"果戈理之家"自21世纪以来每年都组织国际性果戈理报告会，迄今已成功举办了24届，吸引了来自世界各地的果戈理研究者，每一届报告会都会出版一本会议论文集，已然成为俄罗斯学界果戈理研究的风向标和重要基地。

综上，我们从果戈理文学肖像的画册中挑选出了一些有代表性的、醒目的画像，以期把近两个世纪以来俄罗斯读者和批评家眼中丰富多彩的果

---

① *Виноградов И.А.* Летопись жизни и творчества Н.В.Гоголя (1809-1852). Научное издание. В 7 т. Т. 1. 1405-1808; 1809-1828. М.: ИМЛИ РАН, 2017. — 736 с.; Т. 2. 1829-1836. М.: ИМЛИ РАН, 2017. — 672 с.; Т. 3. 1837-1841. М.: ИМЛИ РАН, 2017. — 672 с.; Т. 4. 1842-1844. М.: ИМЛИ РАН, 2018. — 704 с.; Т. 5. 1845-1847. М.: ИМЛИ РАН, 2018. — 928 с.; Т. 6. 1848-1850. М.: ИМЛИ РАН, 2018. — 656 с.; Т. 7. 1851-1852. М.: ИМЛИ РАН, 2018. — 640 с.

② *Манн Ю.В.* Гоголь. Труды и дни: 1809–1845. М., 2004.

③ *Манн Ю.В.* Гоголь. Завершение пути: 1845-1852. М.: Аспект Пресс, 2009.

④ *Манн Ю.В.* Н.В. Гоголь. Тайны биографии и тайны творчества. М.: РГГУ, 2019.

⑤ *Воропаев В.А.* Николай Гоголь. Опыт художественной биографии. 2014.

⑥ *Воропаев В.А.* Однажды Гоголь…: Рассказы из жизни писателя. М.: Издательство Московской патриархии Русской Православной Церкви, 2014.

⑦ *Анненкова Е.И.* Путеводитель по роману Н.В. Гоголя «Мертвые души». М.: Издательство Московского университета, 2010.

⑧ *Богданова О.В.* Повести Н.В. Гоголя «Нос», «Шинель»: образ, символ, семантика: научно-монографическое издание / Российский гос. педагогический ун-т им. А.И. Герцена. СПб., 2020.

⑨ *Соколов Б.В.* Расшифрованный Гоголь. Вий, Тарас Бульба, Ревизор, Мертвые души. Издательство: Эксмо, 2021.

戈理面貌做一个简要回顾。即便如此，从中也已经可以发现，在历代评论家们的笔下，果戈理画像千姿百态，风格各异，展现了不同时期的评论家对果戈理的理解。这些画像足以向读者证明，果戈理——这是一个多么有趣的人，一个多么有趣的作家，一个多么有趣的历史文化现象！

在俄罗斯，人们称果戈理是"俄罗斯这个国度上曾经孕生出来的最不平凡的诗人与小说家"（纳博科夫），是"比陀思妥耶夫斯基还要更为玄奥、更为神秘的作家"（别尔嘉耶夫），他"被公认为俄罗斯人民的伟大导师……没有一个当代俄罗斯人，其部分心灵不是被果戈理所造就的"。[①]果戈理的作品，仅在苏联，就"用苏联各民族人民的五十八种语言出版了他的作品的一千多个版本。总印数达到六千七百七十万册。……其中用俄语出版的版本有六百三十个，印数超过六千二百万册"[②]。这足见其受欢迎的程度。

事实上，果戈理的地位和影响早已是世界性的。

在世界范围内，果戈理也以其独特的"含泪的微笑"饮誉全球。法国作家梅里美曾将他与最杰出的英国幽默小说家相提并论，德国作家托马斯·曼认为"从果戈理起，俄罗斯文学开始具有现代的特点"[③]，而我国大文豪鲁迅称果戈理是"俄国写实派的开山祖师"[④]，是他"最爱看的作者"[⑤]。1952 年，即果戈理逝世一百周年之时，联合国教科文组织将果戈理列入世界文化名人。而果戈理诞辰二百周年的 2009 年，则被联合国教科文组织宣布为"果戈理年"，果戈理作品的巨大文化价值受到更广泛的关注。美国一所大学建立了"果戈理研究会"，我国的果戈理译介和研究也已走过了一百多年的历程。[⑥]

"大江东去，浪淘尽，千古风流人物"，然而果戈理形象虽经沧海桑

[①] *Розанов В.В.* Русь и Гоголь. /О писательстве и писателях. М.: Современник, 1995, С. 353.

[②] 米·赫拉普钦科：《尼古拉·果戈理》，刘逢祺、张捷译，上海：上海译文出版社，2001 年，第 688 页。

[③] 同上书，第 707 页。

[④] 鲁迅：《鼻子·译后记》，载《鲁迅译文集》，第 10 卷，人民文学出版社，1958 年，第 660 页。

[⑤] 鲁迅：《南腔北调集》，载《鲁迅全集》，第四卷，人民文学出版社，1982 年，第 511 页。

[⑥] 参见刘洪波：《果戈理小说研究》，载《新中国 60 年外国文学研究·外国小说研究》第一卷下，申丹、王邦维总主编，章燕、赵桂莲主编，北京：北京大学出版社，2015 年，第 11～26 页。

田之变换，却历久弥新。二百年来，他的作品、他本人总是能在读者那里产生迥异的印象，引发尖锐的对立，让人读出不同的境界，咂摸出不一样的味道。漫步果戈理评论和研究的画廊，我们发现，绘出果戈理迥异画像的批评家们站在各自的立场说话，透过自己的棱镜去观察审视果戈理其人其作。从他们各自的立场看，每一幅画像都是有道理的。这就是所谓的见仁见智吧。而果戈理不是个别批评家的，或者，更确切一点，应该说，他是大家的。阐释他的人越多，观点越不相同，对于我们接近真实的果戈理越有益处，因为只要是真诚地解读果戈理，每一个评论者都或多或少地会发现果戈理的某些特点，这些发现叠加在一起，应该可以为我们描画出一个更接近本真的作家形象。

概言之，果戈理一生上下求索，以探究人类的心灵奥秘为己任，虽心力交瘁而终不改其志。他对人间的厚爱与对永恒的光明和善的向往同样真挚，因了这真纯的爱与渴望，成就了作家一生的苦与乐、幸与不幸、功德与骂名。以"果戈理"之名标记的是一个非常值得我们去接近和了解或者重新发现的特别的世界。

参考文献

中国传统文化：

[1] 程士德：《程士德中医学基础讲稿》，北京：人民卫生出版社，2008 年。

[2] 傅勤家：《中国道教史》，北京：商务印书馆，2011 年（2022.11 重印）。

[3] 何光沪、许志伟：《对话：儒释道与基督教》，北京：社会科学文献出版社，1998 年。

[4] 何光沪、许志伟：《对话二：儒释道与基督教》，北京：社会科学文献出版社，2001 年。

[5] 《黄帝内经》（上、下），姚春鹏译注，北京：中华书局，2022 年。

[6] 刘梦溪：《中国文化的张力：传统解故》，北京：中信出版社，2019 年。

[7] 陆玉林、唐有伯：《中国阴阳家》，北京：中国人民大学出版社，2019 年。

[8] 欧阳中石等：《中国的书法》，北京：商务印书馆，1997 年（2020.12 重印）。

[9] 苏永利：《中国哲学基本原理：阴阳之道》，北京：中国大百科全书出版社，2022 年。

[10] 叶舒宪：《文学人类学教程》，北京：中国社会科学出版社，2010 年。

[11] 赵沃天：《天道钩沉：大衍之数与阴阳五行思想探源》，北京：九州出版社，2022 年。

[12] 周德元：《天"行"有常：阴阳五行之探索》，北京：团结出版社，2022 年。

[13] 迈克尔·斯洛特：《阴阳的哲学：一种当代的路径》，王江伟、牛纪凤译，北京：商务印书馆，2018 年。

果戈理作品：

[14] 《果戈理全集》9 卷本，周启超主编，合肥：安徽文艺出版社，1999 年。

[15] 《果戈理全集》7 卷本，沈念驹主编，石家庄：河北教育出版社，2002 年。

[16] 果戈理：《钦差大臣》，臧仲伦、胡明霞译，南京：译林出版社，2005 年。

[17] 果戈理：《死魂灵》，满涛、许庆道译，北京：人民文学出版社，1983 年。

[18] 果戈理：《与友人书简选》，任光宣译，合肥：安徽文艺出版社，1999 年。

[19] *Гоголь Н.В.* Полное собрание сочинений: [В 14 т.] / АН СССР; Ин-т рус. лит. （Пушкин. Дом）. [М.; Л.]: Изд-во АН СССР, 1937-1952.

[20] *Гоголь Н.В.* Выбранные места из переписки с друзьями. М.: Сов. Россия. 1990.

[21] *Гоголь Н.В.* Духовная проза. М., 1992.

果戈理研究专著及文集：

[22] 别林斯基：《别林斯基文学论文选》，满涛、辛未艾译，上海：上海译文出版社，2000年。

[23] 别林斯基：《别林斯基选集》第三卷，满涛译，上海：上海译文出版社，1980年。

[24] 符拉基米尔·纳博科夫：《尼古拉·果戈理》，刘佳林译，桂林：广西师范大学出版社，2010年。

[25]《果戈理评论集》，袁晚禾、陈殿兴编选，上海：复旦大学出版社，1993年。

[26] 亨利·特罗亚：《幽默大师果戈理》，赵惠民译，北京：世界知识出版社，2002年。

[27] 侯丹：《尼古拉·果戈理——人生与创作》，天津：百花文艺出版社，2020年。

[28] 梅列日科夫斯基：《果戈理与鬼》，耿海英译，北京：华夏出版社，2013年。

[29] 米·赫拉普钦科：《尼古拉·果戈理》，刘逢祺、张捷译，上海：上海译文出版社，2001年。

[30] 尼·斯捷潘诺夫：《果戈理传》，张达三、刘健鸣译，哈尔滨：黑龙江人民出版社，1984年。

[31] 奥夫夏尼科—库利科夫斯基：《文学创作心理学》，杜海燕译，北京：中国青年出版社，2004年。

[32] 屠格涅夫等：《回忆果戈理》，蓝英年译，北京：东方出版社，2008年。

[33] 魏列萨耶夫：《果戈理是怎样写作的》，蓝英年译，沈阳：辽宁教育出版社，1998年。

[34] 伊万·帕宁：《俄罗斯文学演讲稿》，侯丹译，北京：中国社会科学出版社，2022年。

[35] 伊·佐洛图斯基：《果戈理传》，刘伦振等译，天津：天津人民出版社，1982年。

[36] 于明清：《果戈理神秘的浪漫与现实》，北京：东方出版社，2017年。

[37] *Агеева З.М.* Душевная болезнь Гоголя. М.: У Никитских ворот, 2010.

[38] *Аксаков С.Т.* История моего знакомства с Гоголем: Со включением всей переписки с 1832 по 1852 год. Изд. 2-е. М.: Книжный дом «ЛИБРОКОМ», 2011.

[39] *Анненкова Е.А.* Гоголь и русское общество. СПб.: "Росток", 2012.

[40] *Анненкова Е.И.* Путеводитель по поэме Н.В. Гоголя «Мертвые души»: Учебное

пособие. М.: Изд-во Московского ун-та, 2011.

[41] *Белый А.* Мастерство Гоголя. Исследование / Вступ. статья Ю. Манна. М.: Книжный Клуб Книговек, 2011.

[42] *Вайскопф М.* Сюжет Гоголя: Морфология. Идеология. Контекст. М., 1993.

[43] *Вересаев В.* Гоголь в жизни. Систематический свод подлинных свидетельств современников. Харьков, 1990.

[44] *Виноградов И.А.* Гоголь в воспоминаниях, дневниках, переписке современников. Полный систематический свод документальных свидетельств. Научно-критическое издание. В 3 т. М.: ИМЛИ РАН, 2011-2013.

[45] *Виноградов И.А.* Н.В. Гоголь и цензура. Взаимоотношения художника и власти как ключевая проблема гоголевского наследия. М.: ИМЛИ РАН, 2021.

[46] *Виноградов И.* Гоголь: Художник и мыслитель. Христианские основы миросозерцания. М., 2000.

[47] *Виноградов И.А.* Летопись жизни и творчества Н.В.Гоголя（1809-1852）. Научное издание. В 7 т. М.: ИМЛИ РАН, 2017-2018.

[48] *Видугирите И.* Гоголь и географическое воображение романтизма: монография. М.: Новое литературное обозрение, М., 2019.

[49] *Волосков И.В.* Духовное наследие Н.В. Гоголя и традиции русской культуры. М.: Университет, 2010.

[50] *Воропаев В.А.* Николай Гоголь: Опыт духовной биографии. М.: Православный Паломник, 2008.

[51] *Воропаев В.А.* Н.В. Гоголь: Жизнь и творчество. М., 1999.

[52] *Воропаев В.А.* Однажды Гоголь…: Рассказы из жизни писателя / Худож. П. Сацкий. М.: Изд-во Московской Патриархии Русской Православной Церкви, 2014.

[53] *Воропаев В.А.* Отец Матфей и Гоголь. Пермь, 2000.

[54] *Гиппиус В., Зеньковский В.* Н.В. Гоголь. Санкт-Петербург: «Logos», 1994.

[55] *Гиппиус В.В.* Гоголь. Воспоминания. Письма. Дневники… М., 1999.

[56] *Глянц В.М.* Гоголь и апокалипсис. М.: Изд-во ЭЛЕКС-КМ, 2004.

[57] Гоголеведческие студии. Вып.4, Нежин, 1999; Вып.5, Нежин, 2000.

[58] Гоголевский вестник. под. ред. В.А.Воропаева; Науч. Совет РАН «История мировой культуры». М.: Наука, 2007.

[59] Гоголевский сборник. СПб., 1993.

[60] Гоголь в Нежинской гимназии высших наук: антология мемуаров. СПб.: Изд-

во «Пушкинский дом», 2014.

[61] Гоголь и мировая художественная культура. Москва; Новосибирск: Новосиб. изд. дом, 2021.

[62] Гоголь и вектор движения русской литературы. Москва; Новосибирск: Новосиб. изд. дом, 2022.

[63] Гоголь и современность（К 185-летию со дня рождения）. Киев, 1994.

[64] *Гольденберг А.Х.* Архетипы в поэтике Н.В. Гоголя: монография. 2-е изд., испр. и доп. М.: Флинта; Наука, 2012.

[65] *Голубева Е.И. Н.В.* Гоголь и Библия: К истокам загадочных смыслов в произведениях писателя. М.: Паломник, 2019.

[66] *Гончаров С.А.* Творчество Н.В.Гоголя в религиозно-мистическом контексте. СПб., 1997.

[67] *Гуковский Г.А.* Реализм Гоголя. М.: Гос. изд-во художественной литературы, 1959.

[68] *Гус М.* Живая Россия и «Мертвые души». М., 1981.

[69] *Давыдов А.П.* Душа Гоголя. Опыт социокультурного анализа. М.: Новый хронограф; АИРО–XXI, 2008.

[70] *Дмитриева Е.* Второй том «Мертвых душ»: замыслы и домыслы. М.: Новое литературное обозрение, 2023.

[71] *Дмитриева Е.* Гоголь в западно-европейском контексте: между языками и культурами. М., 2011.

[72] *Дунаев М.М.* Православие и русская литература. М., 1996.

[73] Евангельский текст в русской литературе 18-20 веков. Цитата, реминисценция, мотив, сюжет, жанр. Сб. науч. тр. Вып.2, Петрозаводск, 1998.

[74] Евангельский текст в русской литературе 18-20 веков. Сб. научн. тр. Вып.3 Петрозаводск. 2001.

[75] *Ельницкая Л.М.* Мифы русской литературы: Гоголь. Достоевский. Островский. Чехов. М.: ЛЕНАНД, 2018.

[76] *Еремина Л.И.* О языке художественной прозы Н.В. Гоголя. М.: Наука, 1987.

[77] *Есаулов И.А.* Категория соборности в русской литературе. Петрозаводск. 1995.

[78] *Есаулов И.А.* Спектор адекватности в истолковании литературного произведения.（«Миргород» Гоголя）. М. 1995.

[79] *Есаулов И.А.* Русская классика: новое понимание. 3-е изд., испр. и доп. СПб.:

Издательство Русской христианской гуманитарной академии, 2017.

[80] *Золотусский И.П.* Гоголь. М., 1984.

[81] *Золотусский И.* Смех Гоголя. – М., 2005.

[82] *Золотусский И.П.* "Я человек, ваше сиятельство" : Комментарий к "Похожлениям Чичикова" с приложением позднейшей редакции 2 тома и набросков последних глав "Мертвых душ". М.: ОАО "Московские учебники и Картолитография", 2009.

[83] *Иваницкий А.И.* Гоголь. Морфология земли и власти. М.: МГУ, 2000.

[84] *Ищук-Фадеева Н.И.* Все/всё о повестях Н. В. Гоголя: от слова к образу мира. – Москва: Директ-Медиа, 2014.

[85] *Карасев Л.В.* Гоголь в тексте. М.: Знак, 2012.

[86] *Котляревский Н.А.* Николай Васильевич Гоголь. 1829-1842. Очерк из истории русской повести и драмы. М.; СПб.: Центр гуманитарных инициатив, 2015.

[87] *Кривонос В.Ш.* Гоголь: Проблемы творчества и интерпретации. Самара: СГПУ, 2009.

[88] *Кривонос В.Ш.* «Мертвые души» Гоголя: пространство смысла / Поволжская гос. социально-гуманитарная академия. Самара: ПГСГА, 2012.

[89] Литература и религия. Шестые крымские пушкинские международные чтения. Симфирополь, 1996.

[90] *Лотман Ю.М.* В школе поэтического слова: Пушкин-Лермонтов-Гоголь. М.: Просвещение. 1988.

[91] *Любецкая В.В.* Литературно-художественный стиль и словесный лад в творчестве Н.В. Гоголя: монография / Науч. ред. А.В. Домащенко. Кривой Рог: Видавничий дім, 2012.

[92] *Макогоненко Г.П.* Гоголь и Пушкин. Л., 1985.

[93] *Манн Ю.* Поэтика Гоголя. Вариации к теме. М.: Coda. 1996.

[94] *Манн Ю.* Гоголь. Труды и дни: 1809-1845. М.: Аспект Пресс, 2004.

[95] *Манн Ю.* Гоголь. Завершение пути: 1845-1852. М.: Аспект Пресс, 2009.

[96] *Марголис Ю.Д.* Книга Н.В.Гоголя «Выбранные места из переписки с друзьями». Основные вехи истории восприятия. СпбГУ, 1998.

[97] *Маркович В.* Петербургские повести Н.В.Гоголя. Л.: Худ. лит. 1989.

[98] *Марченко В.* «Будьте не мертвые, а живые души». Православный писатель-патриот Н.В.Гоголь. М.: Российское отделение Валаамского Общества Америки. 1998.

[99] *Матвеев П.А.* Николай Васильевич Гоголь и его переписка с друзьями: Историко-литературный очерк. Изд. 2-е. М.: ЛЕНАНД, 2016.

[100] *Машинский С.* Художественный мир Гоголя. М.: Просвещение. 1979.

[101] *Машковцев Н.Г.* Гоголь в кругу художников. М.: Государственное издательство «Искусство». 1955.

[102] *Мережковский Д.С.* Гоголь и черт. *В кн.:* В тихом омуте. Статьи и исследования разных лет. М.: Сов. пис. 1991. С. 213-309.

[103] *Мочульский К.* Великие русские писатели 19 в. СПб.: Алетейя. 2000.

[104] *Мочульский К.* Духовный путь Гоголя. *В кн.:* Гоголь. Соловьев. Достоевский. М.: Республика. 1995.

[105] *Набоков В.* Лекции по русской литературе. / Перев. с англ. М.: Независимая Газета. 1999.

[106] Наследие Н.В.Гоголя и современность. ч.1 и 2. Нежин. 1988.

[107] *Наумова Н.Г.* Языковые средства создания образа П.И. Чичикова (на материале поэмы Н.В. Гоголя «Мертвые души») / Вятский гос. гуманитарный ун-т. Киров, 2010.

[108] Н.В. Гоголь в русской критике. Сб. ст. М., 1953.

[109] Н.В. Гоголь в русской критике и воспоминаниях современников. М.-Л., 1959.

[110] Н.В. Гоголь и русская литература 19 века. Л., 1989.

[111] Н.В. Гоголь и славянские литературы / РАН. Институт славяноведения. Отв. ред. Л.Н. Будагова. М.: Изд-во «Индрик», 2012.

[112] Н.В. Гоголь: Материалы и исследования / Редкол.: Ю.В. Манн (отв. ред.), И.А. Зайцева, Е.Г. Падерина. Вып. 3. М.: ИМЛИ РАН, 2012.

[113] Н.В. Гоголь в русской критике и воспоминаниях современников. ДЕТГИЗ 1959.

[114] Н.В. Гоголь и литература народов СССР. Библиографический указатель. Нежин. 1984.

[115] Н.В. Гоголь и Нежин: нежинская гимназия выших наук князя Безбородко, начало творчества. Библиографический указатель. Нежин. 1989.

[116] Н.В. Гоголь: pro et contra. Т. 1. СПб.: РХГА, 2009.

[117] *Недзвецкий В.А.* От Пушкина к Чехову. МГУ: Перечитывая классику. 1999.

[118] *Носов В.Д.* «Ключ» к Гоголю. London. 1985.

[119] *Овсянико-Куликовский Д.Н.* Гоголь. СПб., 1902.

[120] *Овсянико-Куликовский Д.Н.* Литературно-критические работы. В 2-х т. Т. 1. М.:

Худож. лит., 1989.

[121] *Павлинов С.А.* «История моей души». Поэма Н.Гоголя «Мертвые души». М. 1997.

[122] *Павлинов С.А.* Путь духа. Николай Гоголь. М. 1998.

[123] *Павлинов С.А.* Философские притчи Гоголя. Петербургские повести. М. 1997.

[124] *Переверзев В.Ф.* Творчество Гоголя, изд. 1-е, М. 1914.

[125] Православие: Осмысление роли Православия в судьбе России со стороны деятелей культуры и церкви. СПб.: Рус. христ. гуман. ин-т. 2001.

[126] *Рекшан В.* Гоголь перед Рождеством. СПб.: ИД «Петрополис», 2012.

[127] *Ремизов А.М.* Сны и предсонье. СПб.: Азбука 2000.

[128] *Розанов В.* Мысли о литературе. М.: Современник. 1989.

[129] *Розанов В.* О писательстве и писателях. М.: Республика. 1995.

[130] *Розен В.* Тарас Бульба: рифмованное повествование. Киев: Синопсис, 2012.

[131] Русская литература 19 века и христианство. М.: МГУ 1997.

[132] Русская эстетика и критика 40—50-х годов 19 века. М.: Исскуство, 1982.

[133] *Смирнова Е.А.* Поэма Гоголя «Мертвые души». Л. 1987.

[134] *Соколов Б.В.* Расшифрованный Гоголь. Вий, Тарас Бульба, Ревизор, Мертвые души Издательство: Эксмо, 2021.

[135] *Софронова Л.А.* Мифопоэтика раннего Гоголя / РАН. Институт славяноведения. СПб.: Алетейя, 2010.

[136] *Степанов Н.* Гоголь. М.: Молод. гв. 1961.

[137] *Терц. А.* В тени Гоголя. М.: Колибри, 2009.

[138] Творчество Н.В.Гоголя и современность. ч.1, 2. Нежин. 1989.

[139] Творчество Пушкина и Гоголя в историко-литературном контексте: Сб. науч. ст. СПб. 1999.

[140] *Третьяков Е.О.* Философия и поэтика четырех стихий в творческой системе Н.В. Гоголя / науч. ред. А.С. Янушкевич. Томск: STT, 2015.

[141] *Трубин В.Н.* Пушкин. Гоголь. Лермонтов. Опыт жанрового анализа. М. 1998.

[142] Феномен Гоголя: Материалы Юбилейной международной научной конференции, посвященной 200-летию со дня рождения Н.В. Гоголя (Москва; Санкт-Петербург, 5—10 октября 2009 г.) / [Институт мировой литературы им. А.М. Горького, Институт русской литературы (Пушкинский Дом) РАН, Санкт-Петербургский гос. ун-т;] Под ред. М.Н. Виролайнен и А.А. Карпова. СПб.: Петрополис, 2011.

[143] *Франк С.Л.* Русское мировоззрение. СПб., 1996.

[144] *Храпченко М.Б.* Николай Гоголь. Литературный путь. Величие писателя. М.: Современник, 1984.

[145] *Чиж В.Ф.* Болезнь Гоголя. М.: Республика. 2001.

[146] *Шамбинаго С.К.* Трилогия романтизма. 1911.

[147] *Шестаков П.А.* Между днем и ночью: Размышления о Гоголе / Сост. и оформление А. Шклярука. М.: Изд-во «КОНТАКТ-КУЛЬТУРА», 2010.

[148] *Шульц С.А.* Поэма Гоголя «Мертвые души». Внутренний мир и литературно-философские контексты. СПб.: Алетейя, 2017.

[149] *Эйхенбаум Б.М.* Как сделана «Шинель» Гоголя. 1919.

[150] *Янушкевич А.С.* История русской литературы первой трети XIX века. М.: ФЛИНТА: Наука, 2015.

后　记

　　《果戈理：阴阳之间》这本书动意于2002年我博士论文答辩之后，而真正动笔则已经是2016年下半年的事了。其后也是时断时续，除了教学和其他事情的牵绊，更多的是总觉得对于国内外研究情况摸得还不够清楚，因而屡屡提上日程，又每每无奈放下，重新扎入资料堆里。如此这般，从构思到成书，不经意就走过了二十三个春秋，可谓是一个旷日持久的过程，所幸唯一没有改变的是一定要写出这本书的初衷。

　　时光飞逝，生活在貌似没有什么不同的日复一日中，悄然发生了很多变化。但是，果戈理一直都在，就像罗扎诺夫在谈到果戈理语言的艺术魅力时说的那样："一旦它钻到读者的颅骨下，那么无论用什么样的钢钳都无法把这个词儿从那里拽出来。于是，这个'魂儿'——颅骨下的词儿——就啃食你的心灵，在你身上也引起某种疯狂……"① 对于我而言，不仅是果戈理的作品，具有魔力的还有他这个人，他和他的作品确实让我有一种欲罢不能之感，而且，越是走近，越是觉得自己在"眺望深渊"——此坑太深，每一次凝神静气极目远眺而若有所得之后，都发现，下面仍然是幽深的令人不解的黑洞。

　　知道有果戈理这么一位作家还是上中学的时候，语文课本里有一篇题为《泼留希金》的课文。那时，果戈理是作为世界文学中四大吝啬鬼之一的文学形象塑造者，作为一个重要的文史知识点，而被我毫不怀疑地接受了的文学事实。进了北大俄语系，张秋华先生的俄罗斯文学史课上，果戈理这个揭露黑暗农奴制的批判现实主义大师，却出乎意料地向我展现出了其既充满英雄气概而又不乏感性温情的一面：在一次公开课上，张先生给我们读了《塔拉斯·布利巴》的一个片断——落入敌手的奥斯塔普受刑不过之时呼唤父亲，而只身混入敌城的父亲布利巴在人群中发出让人心旌摇

---

① *Розанов В.В.* Отчего не удался памятник Гоголю? 1909. / Мысли о летературе, М., из-во «Современник», 1989, С. 297-298.

曳的一声"我听着呐！"——张先生的语调并不慷慨激昂，甚至还有些平淡，但是灌注在那种平铺直叙的声调中的深沉情感，随着先生微微摇晃的、满是霜华的头和因内心激动而轻颤的脸颊，直抵我的心底，至今每每思及，还莫名心动。这大抵是我与果戈理的缘起。

此后，留校任教、赴苏留学、结婚生子、驻外工作，生命中的一系列变化都与果戈理无关。直到1998年，我在母校在职攻读博士学位时，我的导师任光宣教授当时首译了果戈理的《与友人书简选》，建议我的博士论文以这部此前只闻其名、既无译本也鲜少研究的作品为研究对象，我与果戈理的缘分才算接续上了。任老师不仅是国内首位翻译《与友人书简选》的人，也是改革开放以后国内果戈理研究领域开先河的学者。他在自己的专著《俄国文学与宗教》中将果戈理的创作视为一种不同寻常的文学现象，这是国内学界正视俄罗斯文学宗教传统的肇始。在任老师的指导和支持下，我开始认真研读果戈理的作品，力图解读"果戈理现象"。在这一过程中，果戈理不断地给我始料不及的惊奇：一忽儿是浪漫的，满是月夜、鬼怪和奇迹的《狄康卡近郊夜话》；一忽儿又是现实的，充斥着破衣烂衫、家长里短和十载不变的庸常的《伊万·伊万诺维奇和伊万·尼基福罗维奇吵架的故事》；一忽儿是匪夷所思的《鼻子》和亦真似幻的《肖像》；一忽儿又是庄重严肃的《与友人书简选》。这么多面孔，哪一个才是真身？又或者，站在哪一个角度，才能把果戈理看得完全？

在自己不得要领时，看看别人的观点，或许就豁然开朗了。然后却发现，果戈理评论这个坑也是个无底洞，一个众说纷纭的无底洞。别林斯基说："他对生活既不阿谀，也不诽谤；他愿意把里面所包含的一切美的、人性的东西展露出来，但同时也不隐蔽它的丑恶。在前后两种情况下，他都极度忠实于生活。在他看来，生活是一幅真正的肖像画，十分逼真地抓住一切，从人物的表情直到他脸上的雀斑；从伊万·尼基福罗维奇的各色衣服，直到穿长筒靴、身上涂满石灰、在涅瓦大街上溜达的俄国农夫；从嘴衔烟斗、手持马刀、不怕世上任何人的勇士布利巴的巨大的脸，直到嘴衔烟斗手擎酒杯时不怕世上任何人，甚至也不怕妖魔鬼怪的坚忍学派哲学家霍马。"[①] 勃留索夫却认为："果戈理不仅在描写生活中的庸俗、荒谬时超越一切界限。……描绘可怕的和美好的事物时，果戈理也陷入了完全相

---

① 别林斯基：《别林斯基文学论文选》，满涛、辛未艾译，上海：上海译文出版社，2000年，第155~156页。

同的夸张之中。"①果戈理对现实生活做了大量的观察和研究,但"所有这些仔细收集的材料在他笔下完全变了样,各种现实的形象都得到了某一个方面的发展,要么成为某种'美得令人目眩的事物',要么显示出'过分的、大量的卑劣品质'。现实在果戈理创作中的变化,就像《可怕的复仇》中的巫师在施法术时的变化一样——'鼻子拉长了,垂挂在嘴唇上面;大嘴直咧到耳根;嘴里吐出一只獠牙'。或者像《维》里霍马·布鲁特念咒语时妖怪的变化一样——老太婆不见了,'他面前躺着一位美人,头上是一条松散开的漂亮的大辫子,长着长长的箭一般的睫毛'"②。"对于果戈理来说,没有任何适中的、平常的东西,他只承认极端和无限。"③而罗扎诺夫更是直言:果戈理"在自己的作品中根本没有反映现实,只是以惊人的技巧替生活描绘了一系列的漫画"④。不仅没有反映现实,而且"作为一个人,在遇到及听到现实的一些现象时,他诧异,瑟缩,逃避",躲到自己那"奇怪的病态想象的世界"之中,"只与一些奇怪的形象生活在一起,为他们而感到苦恼,反映他们;并且,他在做这件事时,不但自己相信,也以自己的技巧的力量使几代人认为,他描绘的不是他自己奇特而孤独的灵魂世界,而是鲜明的、就发生在他们面前可他们却看不见、听不到、感觉不到的生活"⑤。

真是公说公有理,婆说婆有理。评论不但没有解惑,反而增添了不知所措。那就只有再回到果戈理那里去寻找答案。

俗话说,人之将死其言也善,洞察世事和自身往往是在经历人生的风雨之后。于是,我尝试倒读果戈理,即从尾至头地重新阅读,从《与友人书简选》入手。1998~2002年在职攻读博士学位的四年里,我便只做了这一件事——研究《与友人书简选》。从这部作品出发,将果戈理的整个创作还原到贯穿作家一生的宗教道德探索的语境下,我发现,其创作本身恰恰是这种宗教道德的精神求索从自发走向自觉的动态过程,而这一过程的发展极致就是《与友人书简选》。透过《与友人书简选》这一视点重新审视

---

① [俄] 布留索夫:《燃烧成灰的人》,载《果戈理评论集》,袁晚禾、陈殿兴编选,上海:复旦大学出版社,1993年,第263页。(注,布留索夫即勃留索夫)
② 同上书,第266页。
③ 同上书,第259页。
④ Розанов В.В. Легенда о великом инквизиторе Д.М. Достоевского. / Мысли о литературе, М., 1989. С. 51.
⑤ Розанов В.В. Как произошел тип Акакия Акакиевича. / Мысли о литературе. М., 1989. С. 172-173.

果戈理的思想和创作，可以看到，在其思想的发展进程中并不存在所谓的"迷误""转折"或"背叛"，只有"发展"或"进化"；而从其文艺创作的艺术性方面着眼，这一动态过程则呈现出与思想性的发展、进化相反的态势，即：随着思想性的不断加强，艺术性逐渐被思想性所遮蔽而相对萎缩。

我曾一度觉得自己终于搞明白了果戈理：他的整个创作就是宗教道德探索由自发走向自觉的过程，是他沿着"肉眼看不见的阶梯"一路攀升的过程。

然而，到了2009年，当果戈理诞辰二百周年纪念日来临，再度思考时，我发现，我心中的果戈理似乎又不一样了。其实，以前的种种印象都还在，也都并没有错，而且至今还不断地有人在强调。只是，当比例变了，位置变了时，整体形象也就变了。这就好比我们从沙土中挖一个深埋其中的雕像出来，最初碰到的可能是鼻子或肩膀，在全貌出现之前，我们会以为这就是全部或者大部分了，比例是不对的；而当我们进一步挖掘时，还会发现，也许我们把鼻子当作了脑袋，把肩膀当作了躯干，位置是不对的。所以说，我们最初的认识是真实存在的，不容否认的，但却是会有所改变和需要修正的。

对于果戈理其人其作，有人总结说："人不快乐，却是快乐的作家。"非常大而化之的说法，却也不无道理。事实上，作为一个人，一个社会个体，人们对果戈理的态度"经历了一些有时是意想不到的巨变——忽而宣称他是宗教狂，忽而说他是疯子，忽而又说他是自戕者"。（莫斯科及全俄牧首基里尔）其实，果戈理不过是个敏感的人，他有着一颗天真的赤子之心、诗人之心，他真诚地感悟着真理，急切地想要把自己努力领悟到的东西与世人分享。诚然，他早年也曾虚荣，浮夸，也曾豪情万丈，自命不凡，眼高于顶，或许还曾摇摆不定，自相矛盾。可是谁没有年轻过，没有过那样年少轻狂的时刻呢？我非常赞同佐洛图斯基的观点："果戈理是最坦白的作家。""您随便拿起一本小说，史诗《死魂灵》，这就是通往他心灵的敞开的门。果戈理的每一部作品，不仅是他天才的反映，也是自白。"当然，理解这一点需要读者擅读。

也就是说，在果戈理两百岁时，作为一个作家，他在我眼中首先是一个真诚、坦白的人，有梦想并且执着于梦想的人。他的梦想就是相信话语的力量，这是一种"绝对神圣的信念"（玛·尤·达维多娃）。"总的说来，艺术，特别是文学，能够直接地影响生活。"而"果戈理的话语——这是他用于使一切结为一体，使一切缝合在一起，使所有的接缝都结痂愈合的话语，这样人就不再是废物和破布了"（德·彼·巴克）。从这个意义上说，果戈理所从事的也是某种神圣的"夜织"（Ночное шитье）①。并且更为重要的是，像 19 世纪的许多诗人和作家一样，果戈理相信，话语的力量源自神授：他在 1841 年 3 月 5 日写给阿克萨科夫的信中说："一部卓越的著作正在我灵魂中构思、酝酿，我常常激动得热泪盈眶。我在此间清楚地看到了上帝的神圣意志。"另外，这是个天生具有幽默感，散发着小俄罗斯乡土气息，同时全身心地将自己融入俄罗斯文化传统的人。有人将果戈理与普希金做比较：从未出国门的普希金被视为完全的欧洲人，与此同时，生命中的很大一部分时间在国外度过的果戈理则被视为小俄罗斯人。这说明，果戈理身上的民族烙印更为深刻，在其创作中的表现也更为鲜明：充满乌克兰风情的故事，充满乌克兰语汇的俄语，充满乌克兰风格的狡黠和幽默，它们在果戈理的作品中与俄罗斯文化传统水乳交融，形成了果戈理独特的个人风格。二者对于果戈理而言是同等重要的，缺一不可的，抽离了其中的任何一方，果戈理都将不再是果戈理了。正如尤·曼所说的那样："乌克兰的和俄罗斯的原质相互作用这一因素非常珍贵，并且在许多方面决定着果戈理的创作。"对于这个问题，果戈理本人也曾说过："我自己也不知道，我的心灵是乌克兰的还是俄罗斯的。我只知道，无论如何我既不会认为小俄罗斯的比俄罗斯的更有优势，也不会认为俄罗斯的比小俄罗斯的更有优势。上帝特别慷慨地赋予的这两种天性，就好像特意使其中的每一种单拿出来都包含着另一种所没有的东西——这明显是想让它们互补的标志。"②

　　再往后，我发现，随纪念日而兴起的"果戈理热"在"果戈理年"（2009）之后似乎并没有凉。俄罗斯学界出版了以维诺格拉多夫主编的 3 卷集《同时代人回忆、日记和通信中的果戈理》（2011～2013）③和 7 卷集《果

---

① 出自谢达科娃的诗《夜织》，其中把文学创作喻为夜间的织造。*Седакова О.* Врата, окна, арки: избранные стихотворения[M]. Ymca-Press, 1986:62. https://imwerden.de/pdf/sedakova_vrata_okna_arki_1986_ocr.pdf Дата обращения: 10.11.2023.

② Из письма А. О. Смирновой 24 декабря 1844 г., Франкфурт. „…Сам не знаю, какая у меня душа, хохлацкая или русская. Знаю только то, что никак бы не дал преимущества ни малороссиянину перед русским, ни русскому пред малороссиянином. Обе природы слишком щедро одарены богом, и как нарочно каждая из них порознь заключает в себе то, чего нет в другой — явный знак, что они должны пополнить одна другую."

③ Виноградов И.А. Гоголь в воспоминаниях, дневниках, переписке современников. Полный систематический свод документальных свидетельств. Научно-критическое издание. В 3 т. Т. 1. М.: ИМЛИ РАН, 2011. — 904 с.; Т. 2. М.: ИМЛИ РАН, 2012. — 1032 с.; Т. 3. М.: ИМЛИ РАН, 2013. — 1168 с.

戈理生活与创作年谱》（2017～2018）①为代表的一系列重要基础资料汇编及以叶萨乌洛夫所著《俄罗斯经典：新的理解》（2012）②、沃罗帕耶夫所著《尼古拉·果戈理：一种艺术传记尝试》（2014）③、特列季亚科夫所著《果戈理创作体系中四元素哲学和诗学》（2015）④、舒利茨所著《果戈理的史诗〈死魂灵〉：内部世界与哲学—文学语境》（2017）⑤、曼所著《尼·瓦·果戈理：生平的秘密和创作的秘密》（2019）⑥、戈卢别娃所著《果戈理与圣经：果戈理作品中神秘意义溯源》（2019）⑦、维诺格拉多夫所著《果戈理与书刊审查：艺术家与政权的相互关系作为果戈理遗产的关键问题》（2021）⑧、德米特里耶娃所著《〈死魂灵〉第二卷：构思与推想》（2023）⑨等为代表的研究专著，还有一些果戈理文本细读、导读类的著作问世，如：安年科娃的《果戈理长篇小说〈死魂灵〉指南》（2010）⑩、波格丹诺娃的《果戈理中篇小说〈鼻子〉〈外套〉：形象·象征·语义》（2020）⑪、索科洛夫的《解密果戈理：〈维〉〈塔拉斯·布利巴〉〈钦差大臣〉〈死魂

---

① *Виноградов И.А.* Летопись жизни и творчества Н.В.Гоголя (1809-1852). С родоНаучное издание. В 7 т. Т. 1. 1405-1808; 1809-1828. М.: ИМЛИ РАН, 2017. — 736 с.; Т. 2. 1829-1836. М.: ИМЛИ РАН, 2017. — 672 с.; Т. 3. 1837-1841. М.: ИМЛИ РАН, 2017. — 672 с.; Т. 4. 1842-1844. М.: ИМЛИ РАН, 2018. — 704 с.; Т. 5. 1845-1847. М.: ИМЛИ РАН, 2018. — 928 с.; Т. 6. 1848-1850. М.: ИМЛИ РАН, 2018. — 656 с.; Т. 7. 1851-1852. М.: ИМЛИ РАН, 2018. — 640 с.

② *Есаулов И.А.* Русская классика: новое понимание. - СПб.: Алетейя, 2012.

③ *Воропаев В.А.* Николай Гоголь. Опыт художественной биографии. 2014.

④ *Третьяков Е.О.* Философия и поэтика четырех стихий в творческой системе Н.В. Гоголя / науч. ред. А.С. Янушкевич. Томск: STT, 2015.

⑤ *Шульц С.А.* Поэма Гоголя "Мертвые души". Внутренний мир и литературно-философские контексты. 2017.

⑥ *Манн Ю.В.* Н.В. Гоголь Тайны биографии и тайны творчества. М.: РГГУ, 2019.

⑦ *Голубева Е.И.* Н.В. Гоголь и Библия: К истокам загадочных смыслов в произведениях писателя. М.: Паломник, 2019.

⑧ *Виноградов И.А.* Н.В. Гоголь и цензура. Взаимоотношения художника и власти как ключевая проблема гоголевского наследия. М.: ИМЛИ РАН, 2021.

⑨ *Дмитриева Е.* Второй том «Мертвых душ»: замыслы и домыслы. М.: Новое литературное обозрение, 2023.

⑩ *Анненкова Е.И.* Путеводитель по роману Н.В. Гоголя «Мертвые души». — М.: Издательство Московского университета, 2010.

⑪ *Богданова О.В.* Повести Н.В. Гоголя «Нос», «Шинель»: образ, символ, семантика: научно-монографическое издание / Российский гос. педагогический ун-т им. А.И. Герцена. СПб., 2020.

灵〉》（2021）①等。这一切都充分证明，果戈理最近十余年在俄罗斯仍然受到学界的持续关注和研究。而且，莫斯科"果戈理之家"自新世纪以来每年都组织国际性果戈理报告会，迄今已成功举办了二十四届，吸引了来自世界各地的果戈理研究者，每一届报告会都会出版一本会议论文集。

不仅学界对果戈理保持了一种持续的热度，21世纪的俄罗斯文学创作领域也将果戈理及其作品视为不可多得的灵感源泉而进行花式汲取：戏剧界对果戈理作品的改编和在其母题基础上进行的再创作层出不穷，如博加耶夫的《巴什马奇金》（2003）②、德列维茨基的《鼻子》（2007）③、科里亚达的《伊万·什蓬卡和他的姨妈》（2008）④、《科罗博奇卡》（2009）⑤、《死魂灵》（2013）⑥、萨杜尔的《飞行员》（2009）⑦等众多戏剧作品；小说家们也同样广泛借鉴果戈理的文学作品，如科罗廖夫的《鼻子》（2000）⑧、吉尔绍维奇的《〈维依〉：舒伯特声乐套曲，果戈理词》（2005）⑨、贝科夫的《活魂灵》（2007）⑩、皮耶楚赫的作品集《中了魔的国度》（2001）⑪、戈尔切夫的《警察探戈》（2007）⑫、梅里霍夫的《新式地主》（2007）⑬、沙罗夫的《返回埃及》（2014）⑭、先钦的《彼得堡故事》（2020）⑮等等。

因而，新的研究资料和新的接受方式总是让人产生一种欲罢不能的"贪念"，总觉得还要再等等，再想想。

时至今日，当这本关于果戈理的书完稿之时，我觉得，我对于果戈理所知依旧甚少，我所写的一切都不过是前人说过的东西，只是以我目前的理解

---

① *Соколов Б.В.* Расшифрованный Гоголь. Вий, Тарас Бульба, Ревизор, Мертвые души. Издательство: Эксмо, 2021.
② *Богаев О.* Башмачкин. (по мотивам «Шинели» Н.В. Гоголя)
③ *Древицкий В.И.* Нос. (по мотивам повести Н. В. Гоголя «Нос»)
④ *Коляда Н.* Иван Федорович Шпонька и его тетушка.
⑤ *Коляда Н.* Коробочка. (по мотивам произведений Н.В. Гоголя)
⑥ *Коляда Н.* Мертвые души. (по мотивам Н.В. Гоголя)
⑦ *Садур Н.* Летчик. (по мотивам поэмы Н. В. Гоголя «Мертвых душ»)
⑧ *Королев А.* Нос.
⑨ *Гиршович Л.* Вий, вокальный цикл Шуберта на слова Гоголя.
⑩ *Быков Д.* ЖД.
⑪ *Пьецух В.* Заколдованная страна. (Центрполиграф.)
⑫ *Горчев В.* Милицейское танго. (СПб. Издательство Амфора.)
⑬ *Мелихов А.* Новосветские помещики. («Знамя», № 7.)
⑭ *Шаров В.* Возвращение в Египет.
⑮ *Сенчин Р.* Петербургские повести. (ООО «Издательство «Эксмо».)

力将它们连缀在了一起，形成一幅我自认为看得过、说得通的画像罢了。

我所做的连缀依据的是什么方法呢？说起来话长。

读博期间我曾于 2000 年去乌克兰基辅大学进修了一年，其间偶然读到俄罗斯学者米尔顿写的一篇文章，题为《空何以为空：果戈理与老子——两种命运》①，一下子被这个出乎意料的题目吸引住了。一直以来，只知道"十月革命一声炮响"不仅为我国送来了马克思主义，随之而来的还有带着尖锐的批判锋芒、充满革命和爱国激情的俄罗斯文学。放眼五四以来的中国文学，鲁迅以降，所讲的也大多是俄罗斯文学之于我们的影响。而对于我国文化在俄罗斯的传播情况，因没有多少了解，也就想当然地认为，俄罗斯人接受得更多的是欧洲文化，对于中华文明恐怕是敬而远之的。忽然间，竟有人把中国古代圣贤老子与俄国 19 世纪作家果戈理相提并论起来，实在是不能不引起注意。

说来惭愧，当时对《道德经》一书也只是只言片语地有所耳闻，并没有通读过，更谈不上研读。反而因为当时正在写关于《与友人书简选》的博士论文，对于果戈理的创作反倒更熟悉一些。如果仅仅是这样，那么由于当时的主要任务是研究果戈理，恐怕一时间也不会去涉足比较研究，尤其是跨文化的比较。但是曾有国外的同行就米尔顿的这篇文章来问我的看法，作为老子的后裔，总不能装聋作哑。于是临时抱佛脚，用了两个多月的时间恶补了一番，结果不仅认识了老子及其《道德经》，还发现老子在俄罗斯学界是很有知音的，列夫·托尔斯泰早在 1884 年就开始编译《道德经》，并从老子的思想中汲取了不少有益的养分。实际上，当代俄罗斯对以老子为代表的道家思想的研究也一直在进行。我后知后觉地回想起 20 世纪 80 年代末我在列宁格勒（现在的圣彼得堡）进修时，就曾结识一位俄罗斯朋友，他当时在研究《太平经》。遗憾的是，那时我还不知道这是一部道家的著作，但他总是把《太平经》挂在嘴上，给我的印象很深。2000～2001 年在基辅大学进修期间，我找到的最新的研究"道"的学术专著是卢基扬诺夫的《老子与孔子：道的哲学》（2000）②。

现在想来，或许冥冥之中确有一股力量，草蛇灰线般地存在于我的学术生活之中，不急不忙，时隐时现，却坚定不移地指向今天的研究。

经过上述的一番折腾之后我发现，把老子与果戈理联系起来进行比较

---

① Мильдон В. Чем пуста пустота: Гоголь и Лао-цзы— два образа судьбы. // Независимая газета, 1996, 4. сент.

② Лукьянов А.Е. Лао-цзы и Конфуций: Философия Дао. М. 2000.

研究还真不是随心所欲、毫无根据的，但又觉得米尔顿文章中的一些观点值得商榷。于是有了两篇拙文：《果戈理与老子：思想对话》（2001）和《果戈理与老子：文化对话》（2002）①。这两篇文章都用俄文写就，发表在乌克兰的杂志上，面对的是国外的读者，有纠正国外学界对老子的一些误读（以当时我的粗浅理解而言）的意图在里面，也有传播中国文化的意图在里面，与今天在这本书里所谈的话题在侧重点上自然是大不相同的。写出这个前因，主要是回溯一下，自己为什么，以及从何时起选择将中国传统文化与果戈理研究联系在了一起。

其实，新世纪以来的二十多年里，我国的外国文学研究领域业已发生了不小的变化。本世纪初我们还处在需要努力了解事实情况的阶段。记得 2002 年秋，我在北大外院的一次研讨会上作题为《老子的'道'与果戈理的'道'——中俄文化对话的一种途径》的报告，那时我还需要首先证明果戈理可以代表俄罗斯文化，因为当时对于大多数中国读者而言，果戈理是《钦差大臣》《死魂灵》的作者，讽刺幽默作家，如此而已。所以还需要先做一个事实情况的搬运工，告诉大家：果戈理不仅是俄罗斯文学史上的一代宗师，也是伟大的思想家，甚至还是历史学家、哲学家，并且引证莫斯科 1999 年出版的《俄罗斯哲学辞典》，说其中"果戈理"词条占了一整页，第一句话是这样写的："尼古拉·瓦西里耶维奇·果戈理——作家，其创作对整个祖国文化——其中也包括哲学——的进一步发展产生了巨大的作用。从哲学、美学和社会学角度而言，果戈理的艺术创作本身就是重要而严肃的思考对象。"②就像莫丘尔斯基在《果戈理的精神道路》（1934）③一书中所指出的那样："标志着'伟大的俄罗斯文学'的一切特征都被果戈理勾勒出来了：宗教道德基调、公民意识和社会责任感、战斗的和务实的特点、预言激情和救世论。从果戈理开始了一条宽广的大道，一个世界性的广阔空间。"④诸如此类。

之所以说这些，是因为那时果戈理在我国读者心目中的形象还远不够立体和丰满。这里不妨回顾一下我国的果戈理接受情况：在百余年里，我国的果戈理研究经历了比较曲折的历史进程：开局不错，20 世纪初叶至中

---

① *Лю Хунбо* Гоголь и Лао-цзы: диалог идей. // Наукові записки. Ніжин. 2001. С. 30-37.; Гоголь и Лао-цзы: диалог культур. // Мова і культура. У 5-ти томах. Випуск 4. Том IV/1. Київ. 2002. С. 197-204.

② Русская философия: Словарь. М., 1999, С. 116.

③ *Мочульский К.В.* Духовный путь Гоголя.

④ *Мочульский К.В.* Гоголь. Соловьев. Достоевский. М., 1995, С. 37.

叶，中国的果戈理研究，无论是译介、研究基础还是发展态势，都已具基本的规模和大致的轮廓，总体评介称得上沉稳有见识，彰显了学人们深厚的文化素养和文学功底。20 世纪 50 年代，得益于当时纪念果戈理逝世百周年和世界范围内纪念四大文化名人①的活动，果戈理在我国读者中获得了极高的声誉，与此相关，其对中国文学的影响研究取得了一定的进展，而且这条研究线路一直延伸到今天，是我国果戈理研究中比较有中国特色的方向。20 世纪 60 年代，果戈理研究基本中断。起自 70 年代末的改革开放大潮中，果戈理研究也重新启动，并且一方面接续 1949 年前的规模和轮廓，另一方面与苏联的研究保持了同步。及至 20~21 世纪之交，"从文学的社会分析或审美分析转向宗教分析"的势头日渐明显。②

新世纪以来，我国果戈理研究在与世界接轨和保持同步的基础上，逐步来到了需要选择合适的角度对已经掌握的情况进行独特而有益阐释的阶段，依照我的理解，这便是力图提出中国问题，践行中国视角，展现我们的文化自信。这是时代的要求，因为前所未有的、迫切的对话需求已成为文化领域的时代特点。要想进行文化间平等的对话，而不是自说自话、故步自封，或者拿别人的鸡毛当令箭，那就必须以非功利的、客观平和、不卑不亢的心态去了解他民族的文化，同时努力进行本民族的表达。了解他民族文化不是目的，发出自己的声音并使之被听见，才是我们的目的。因为文化领域的丛林法则虽然不如其他领域那么明目张胆，也不遑多让，只是更加隐蔽罢了。因此，知己知彼只是出发前必要的准备，相当于"万里长征走完了第一步"。要想拥有同等的话语权，让世界听见我们的声音，这声音必得既独特又有益才行。

具体到果戈理研究上，充分了解国内外研究情况是知己知彼，而如何发出独特又有益的声音便是本书追求的目标了。给自己设定这个目标是基于对新世纪果戈理研究发展方向的预测——未来的果戈理研究应该在综合社会分析、审美分析和宗教分析的研究成果之基础上，朝着中国立场和中国特色的研究方向发展。这与近年来建立中国学派的大趋势应该说是一种不谋而合，比如 2017 年 9 月 24 日，《人民日报》第五版发表总标题为"构

---

① 四大文化名人是：塔吉克医学家阿维森（诞辰 1000 周年），意大利艺术家达·芬奇（诞辰 500 周年），法兰西作家雨果（诞辰 150 周年），俄罗斯作家果戈理（逝世 100 周年）。

② 详见刘洪波：《果戈理小说研究》，载《新中国 60 年外国文学研究》第 1 卷下，申丹、王邦维总主编，章燕、赵桂莲主编，北京：北京大学出版社，2015 年，第 11～26 页。

建中国学派恰逢其时"的几篇文章,探讨中国学派的建构问题;刘文飞教授自 2015 年起就萌生创建俄国文学研究中国学派的愿景,2023 年在俄罗斯文学研究分会年会上做了题为"俄国文学研究的中国学派:可能性与路径"的主旨发言。这给了我一些坚持下来的勇气。

  需要说明的一点是,本书下篇中个别章节的内容取自我的博士论文和之前的讲稿,但以新的视角进行了统合。

  我知道,与果戈理同行的路自己还会走下去,只是后面我大约不会给自己套上规定动作的绳索了,也许到那时,少了功利的因素,只存自由自在的神交,我对他的"心灵的事业"会有更深的领会吧。至少,他让我关注起自己的心灵来,这是千真万确的事情。

  重要的事情放在最后。这本书终能完稿,首先要感谢我家人的理解和支持。从 1998 年起,与果戈理有关的书籍和资料就成了我们家人尽皆知的重要存在,也是寒暑假探亲时旅行箱里必不可少的内容。因为我的缘故,一家老少都知道果戈理这个名字。也因为果戈理的缘故,与亲人们一起谈天、出行、消遣的时间少了好多。从动手写这本书开始,进度便成了全家人关注的焦点。虽然在被问及时都会一脸的抗拒,但心里满满的都是感动!尤其感谢小妹洪洲,法律专业背景的她居然把这部几十万字的文学研究书稿一字一句地读了三四遍,只为我说想知道不了解果戈理的人能否读得下去。其次,要感谢我的师长、朋友、同事和学生对我的鼓励和帮助。在我厌倦懈怠时,在我失去信心时,在我缺少资料时,你们的提醒、敦促、肯定、鼓励、分享都是让我坚持下来的理由。每一本千里迢迢带回来的资料我都有用心读,每一次真诚的谈话、热切的关怀我都牢记在心。你们就是我的现世,你们的包容和欣赏构成了我的社会生态,让我能够在我钟爱的园子里,在湖光塔影中,从容安适地工作和读书,散步和思考。最后,我要感谢北大,这是一个可以做梦的地方。有首歌叫《未名湖是个海洋》,我觉得它比海洋还要博大,因为它承载的是万千人的精神世界。在浮躁的当下,也许,十几、二十几年出一本书,七八年编一本教材这样的慢节奏,只有在北大才能够被容许。这是除了园子之外,我成为北大死忠粉的另一个理由。

2025 年 2 月于满庭芳园